계간지 『문학과지성』 창간호 발간 기념(1970. 9)
왼쪽부터 앞줄 김병익·황인철·성민경, 뒷줄 김치수·최재유·김현

1972년 공저 『현대 한국문학의 이론』 간행 기념(청진동 골목)
왼쪽부터 김현·김치수·김병익·김주연

문학과지성사 창사 1주년 자축 파티(1976. 12)
왼쪽부터 조선작·김광규·김승옥·최인호·오규원·김화영·김현·김주연·정현종·
오생근·권영빈·황동규·김치수·황인철·김원일·홍성원·이기웅·김병익·조해일

1978년 온양에서 『문학과지성』 동인 간담회
왼쪽부터 김종철·황인철·김병익·김현·오생근·김치수·김주연

1985년 문학과지성사 창사 10주년 기념 파티
왼쪽부터 김주연·김현·김병익·황인철

1989년 원주 근교 문막에서 가진 『문학과지성』『문학과사회』 합동 간담회
왼쪽부터 임우기·김치수·오생근·정과리·김주연·김현·김병익·홍정선·권오룡·이인성·진형준

『문학과지성』 창간 10주년 기념호 복각본

『문학과지성』 창간 10주년 기념호 복각본

초판 1쇄 발행 2015년 12월 12일

편집인 김병익
발행인 주일우
펴낸곳 ㈜문학과지성사
등록번호 제1993-000098호
주소 121-894 서울 마포구 잔다리로7길 18(서교동 377-20)
전화 02) 338-7224
팩스 02) 323-4180(편집) / 02) 338-7221(영업)
전자우편 moonji@moonji.com
홈페이지 www.moonji.com

ⓒ 김병익 외, 2015. Printed in Seoul, Korea

ISBN 978-89-320-2809-5

이 도서의 국립중앙도서관 출판예정도서목록(CIP)은 서지정보유통지원시스템 홈페이지(http://seoji.nl.go.kr)와
국가자료공동목록시스템(http://www.nl.go.kr/kolisnet)에서 이용하실 수 있습니다. (CIP제어번호: CIP2015032422)

『문학과지성』 창간 10주년 기념호 복각본

(1980년 가을 · 통권 제41호)

문학과지성사

2015

차례

文学과 知性

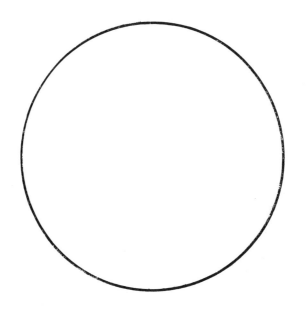

1980년 가을 · 제 11 권 제 3 호 · 통권 제 41 호

41

8

創刊 10周年記念號를 내면서

▨ 우리에게 가장 의의 있는, 그래서 가장 야심적인 기획으로 축하되었어야 할 창간 10주년 기념호가, 독자 여러분들의 기대와 우리 자신의 기도에 반해서, 초라하게 만들어졌음에 대해 깊은 自愧感으로 사과한다. 우리는 당초 〈80년대의 이념적 지향〉이란 표제로 지난 10년 동안을 검토하고 앞으로의 10년에 어떤 바람직한 지표를 탐구해 보려고 했었다. 그러나 그것은 보류되었고, 그 탓을 필자들에게만 돌릴 수 없었다. 지금 우리가 전망할 수 있기에는 10년이란 기간은 너무 멀었고 우리의 상황은 순진하면서도 뿌듯한 의욕을 갖고 출발했던 10년 전 오늘의 창간 당시보다 더 유동적이고 애매한 입장에 놓여 있기 때문이다. 그러므로, 앞에서 우리는 自愧感이란 말을 썼지만, 그것은 결코 그 같은 스스로에의 부끄러움으로 자학할 수 있는 것만도 아니었다. 자기에의 성찰, 명징한 진실의 탐구에도 막다른 골목이 있으며 그 막다름은 존재론적, 혹은 우리 식으로 표현하자면 한계 상황적 부딪힘이 될 것이다. 이 부딪힘 위에서 우리는 虛心坦懷하게 창간 10주년을 기념하고 있는 것이다. 그렇다고 우리는 우리가 창간 당초에 지녔던 희망까지 보류하는 것은 결코 아니다. 우리의 지금까지의 한결같은 입장은 풍요롭기 위해 가난한 마음으로 다짐하고 자유롭기 위해 괴로움을 만들고 평화롭기 위해 비판적이며 이 모든 희망을 갖기 위해 회의하는 것이었다. 이제 誌齡 41호를 기록하면서, 여기에 덧붙이자면, 우리는 희망을 갖지 못하는 사람들을 위해 희망을 갖는다는 것이다. 이 말은 희망을 갖기 위해 희망한다는 동어 반복일 수도 있겠지만, 우리는 이 속에 숨겨진 깊은 역설에 유의한다. 우리는 말을 할 수 있기 위해 말을 하며 생각할 수 있기 위해 생각한다. 그리고, 반복하지만, 희망하기 위해 희망한다. 한 달 넘어 계속되는 지루한 장마 속에서 이번 호를 만들면서 쾌청한 날의 신선함에 희망을 주는 것은 이런 까닭이다.

▨ 좋은 시들을 보내 주는 분들이 요즈음 부쩍 많아지고 있다. 이번 호에는 그 많은 분들 가운데 세 분을 소개한다. 「風歌」 외 3편의 신인 丁仁燮씨는 좀처럼 눈에 띄지 않는 절망의 굵은 밧줄로 절망 그 자체를 튼튼히 옭아매고 있는 믿음직스러움을 우리에게 보여 주고 있다. 특히 한국의 현실을 거시적으로 통찰하는 깊은 역사 의식과 그 박토의 땅을 사랑하는 뜨거운 정열이 우리의 눈을 끈다. 무엇보다 감동스러운 점은, 어떤 상황에서도 쉽게 주저앉지 않으리라는 강한 의지와 초월의 정신이다. 「비오는 날」 외 3편의 작품을 보여 주고 있는 박덕규씨는 개인의 진실이 현실에 의해 찢기워지는 분열의 비극을 비극적으로 묘사한다. 박씨 역시 丁씨처럼 절망하고 있으나 丁씨가 기본적으로 비관론과 거리를 갖고 있다면 박씨는 훨씬 비관론에 접근해 있다. 아마 체질의 차이리라 생각된다. 또 한 분의 신인 박시언씨는 「해는 달린다」 외 3편에서 앞의 시인들과는 달리 퍽 동화적인 방법을 통해 현실 극복의 한 양태와 그 가능성을 조심스럽게 제시한다. 〈달아나라 달아나라/아무 데도 숨을 곳/옹이 안 생기는 품 속은 없다〉는 표현이 말하듯 그 반어적 문체의 활달한 사용은 이미 이 시인이 언어가 절망의 확실한 아들이며, 그 아들은 필경 세상을 뛰어넘는 힘의 근원임을 알고 있음을 나타낸다. 다만 박시언씨의 경우, 치열한 현실 인식이 동반하지 않을 때 그의 방법론은 자칫 불성실하게 보일 수도 있음을 알아야 할 것이다. 절망의 시대는 필경 절망에도 굴하지 않는 언어의 능력을 거듭 재생시켜 준다. 우리는 이번호에 만난 세 사람의 새로운 시인들과 더불어 그것을 확인한다. 크게 커 주기를 기대한다. 丁仁燮씨는 현재 全北大 國文科 4학년 재학생이며, 박덕규씨는 慶熙大 國文科 3學年 재학생, 그리고 박시언씨는 서울藝專을 졸업하고 현재 군 복무중이다.

▨ 愼鏞廈씨의 『韓國近代史와 社會變動』, 金學俊씨의 『러시아 革命史』에 이어 李仁浩씨의 『知識人과 歷史意識』의 간행이 독자들의 높은 반응을 얻고 있다. 전반적인 불황에도 불구하고 이러한 역사 사회과학서가 활발하게 구독된다는 것은 우리나라의 독서층이 어느 수준으로 올라 있으며 어떤 유의 책을 원하는가를 가늠하게 한다. 물론 이것은 참으로 바람직한 일이다. 이에 용기를 얻어 우리는 韓國勞動經濟學會의 林鍾哲·裵茂基 두 교수의 編으로 『韓國의 勞動經濟學』을 간행한다. 이 책에서 우리는 마땅히 인격을 갖춘 상품으로서의 勞動의 특성과 구조, 그것이 우리 경제와 삶에서 처하고 있는 상황과 조건을 보게 될 것이다. 이와 더불어 車鳳禧씨가 번역한 벤야민의 『現代社會와 藝術』, 김현·趙珖熙씨가 공역한 골드만의 『人

文科學과 哲學』, 본지에 연재된 철학자 朴異汶씨의 『老莊思想』이 간행되었으며 가을중에 馬鍾基·李河石·李晟馥씨의 시집들과 黃順元全集 중 첫 배본분 2권이 나올 예정이다.

▨ 약간의 첨삭과 수정을 감수해 준 필자 여러분께 사과와 감사를 드린다.

蕩子의 未歸

——言語社會學序說 ④

李　淸　俊

　시를 쓰는 강한욱이 비평장이 백경태의 얼굴을 짓갈아이긴 춘사가 일어난 것은, 때마침 시 북쪽 공설운동장께에다 포장막을 둘러친 부흥강사 안춘근 장로의 이적에 관한 소문이 가랑잎의 불길처럼 시내를 온통 휩쓸고 다닐 무렵이었다.

　그 안장로의 부흥회 소식이 처음 시내 사람들의 입에 오르내리기 시작한 것은 일반 교회들의 연례적인 부활절 기도회가 고비를 지난 4월 중순께부터의 일이었다. 나중에야 알려진 일이지만, 그러나 그 안장로의 부흥 목회가 시작된 것은 실제로 그보다 보름쯤이나 앞선 일이었다. 시 교외 공설운동장께에다 서커스 공연장처럼 흰 광목 포장을 높게 둘러치고 안장로가 그 포장막 안으로 모여든 신도들을 위하여 발음이 불확실한 목소리로 확성기를 울려대기 시작한 것은 이미 4월 초순께부터의 일이었다 하였다.

　하지만 이때는 그곳에서 그런 부흥 목회가 행해지고 있는지, 그리고 그 모임을 인도하고 있는 안장로란 강사의 믿음이나 능력이 어느 정도의 것인지, 그런 건 거의 알려진 바가 없었다. 그때는 아직 그런 모임에 관심을 기울인 사람도 드물었고 혹 거기에 흥미를 가지고 주의를 기울인 사람이 있었다 하더라도, 자신이 직접 그 포장막 안을 들어가 보지 않고는 정확한 사실을 알아낼 방법이 없었기 때문이었다. 뒤에 흘러나온 얘기들이지만, 부흥회는 연일연야 금식 기도로 인도되고 있었고, 그에 따라 기도를 위해 한 번 포장막 안으로 들어간 사람은 취식 출입이 전혀 없었다 하였다. 사람들은 몇날며칠이고 줄곧 굶고 앉아서 끝없는 기도를 계속하였고, 장막 바깥으로는 목회를 인도해 나가는 안춘근 장로의 그 발음이 분명치 않은 기도와 설교의 목소리만 밤낮으로 낭자하게 울려나올 뿐이었다 하였다.

그러던 어느 날쯤서부터였다.

부흥회와 부흥 강사 안춘근 장로의 소문이 갑자기 시내로 흘러들기 시작했다. 그리고 그 안춘근 장로의 능력과 그가 그의 주님을 증거하기 위하여 병든 신도들에게 행해 보인 이적의 소문이 온 시내에 퍼지기 시작했다.

누구의 입을 통하여 그런 이야기가 시내로 흘러들기 시작했는지 자세한 경위가 알려진 것은 없었다. 하지만 한 번 흘러든 이적의 소문은 온 시내를 휩쓸기 시작했다.

——그 안장로라는 사람 앉은뱅이를 일으켜 세워 그 자리에서 당장 걷게 했다더구먼.

——앉은뱅이를 걷게 했을 뿐 아니라, 장님을 눈뜨게 하여 보게 하고, 귀머거리를 듣게 했다는데.

——그 사람, 하나님을 믿고 예수를 믿는 건 여느 교인들과 한가지이지만 능력은 전혀 다른 사람이라니까. 신학교나 교회 같은 데서가 아니라 그 혼자의 기도로 하나님의 능력을 받은 사람이라지 않아. 그래 다른 교회 사람들처럼 일정한 교파나 직명 같은 게 없다는 거야. 장로라는 직명도 그를 따르는 신도들이 그저 자기들 편하게 부르는 말이라니까.

——교파나 직명이 없으면 어떤가. 지금 부흥회엔 수백 수천 명의 고난 받은 사람들이 그를 통한 하나님의 은혜를 기다리며 금식 기도를 올리고 있다는데.

소문들은 또 부흥회에 참가하고 있는 사람들의 끈질긴 인내심과 금식 기도의 방법을 들어 그들도 이미 은혜와 이적을 체험하고 있음을 증거하려 하였다.

——기도를 시작하면 먹지 않아도 배고프지 않고 자지 않아도 피곤하지 않다더라.

——그것은 이미 그들도 은혜를 받고 있음이요, 주님의 권능을 체험함이 아니냐.

뿐만 아니라 소문은 소문을 낳고, 그 소문은 다시 과장을 거듭하면서 눈사태처럼 자꾸 기세를 더해 갔다.

——은혜를 받으러 몰려든 사람들이 수백이라든가 수천이라든가.

——불구자로 찾아가서 병을 여읜 사람만도 벌써 몇십 명이나 된다니까.

병을 고친 사람 수는 여나믄 안팎에서 순식간에 수십 수백으로 넘쳐났고, 은혜를 받으러 모여든 사람도 수십 수백에서 하루이틀 사이에 수천 수만으로 불어나 버렸다. 예배를 계속하는 기도자들의 금식 날수도 닷새에서 일주일로, 혹은 열흘에서 한 달로, 실제 날수가 흘러가는 것보다 몇 배나 빠르게 헤아려지고 있었다.

사람들은 그저 어느 것 하나도 확인힐 수기 없는 채 소문을 휘두르고, 거꾸로 소문에 휘둘리고 있었다.

시내는 온통 부흥회와 안장로의 소문으로 정신을 차릴 수가 없게 된 판이었다.

형세가 이쯤 되니, 우리들의 성지 조율실(調律室 : 아는 이는 이미 알고 있겠지만, 글 한 줄 못 써내는 글장이들이 모여들어 입으로 글을 엮고 가는 저 암울스런 역 근방의 〈기적〉 다방 말이다)이라고 언제까지나 그 소문의 무풍 지대로 남아 있을 수는 없었다.

조율실에 소문이 묻어들기 시작한 것은 시내가 이미 그 부흥회와 부흥 강사의 이적에 관한 소문으로 제 정신을 잃어 갈 때쯤서부터였다. 〈기적〉이 원래 그런 곳이었고, 〈기적〉을 찾아든 위인들이 원래 말에 대한 믿음을 잃고 있는 친구들이었기 때문이었다.

하지만 그 조율실 친구들도 벌써 바깥 소문을 듣고 있었다.

「시낸 요즘 참 굉장들 하지. 그 공설운동장께에다 전을 벌였다는 부흥사 얘기 말야.」

맨처음 〈기적〉으로 소문을 끌어들인 것은 비평을 써 온 백경태였다. 어느 날 저녁 그가 마침내 잠긴 수도꼭지를 열 듯 첫마디를 꺼냈다. 그리고 그 이죽거리는 듯한 한 마디를 신호로 〈기적〉은 금방 같은 소문의 와중으로 함께 휩쓸려들고 말았다.

「그 얘기 참 나도 들었어. 귀가 따가울 지경이더군.」

「앉은뱅이를 걷게 한다는 게 정말일까? 난 아무래도 대포가 좀 심한 것 같던걸.」

「직접 눈으로 본 사람이 있다니까. 그래 사람들이 그렇게 몰려들고 있는 거 아니겠어?」

좌중은 기다리고나 있었다는 듯 제각기 밖에서 얻어 온 정보들을 한 마디씩 거들고 나섰다. 그리고 그로부터 〈기적〉은 며칠 동안 오로지 그 부흥회에 관한 새 정보와 그 정보의 진위 평가의 시합장으로 변해 갔다.

「그 안장로라는 사람이 눈을 뜨게 한 장님 수가 정확히 여섯 명이라던가.」

「여섯 명이라는 건 어제 뉴스야. 그리고 그건 사실이 아니라는 게 이미 밝혀졌어. 오늘 아침에 직접 집회장 근처까지 가서 사실을 확인해 보고 온 사람이 있어. 그 사람 얘기에 의하면, 눈을 뜨게 된 장님은 아직 한 사람도 없고, 그 여섯 명이라는 건 정신쇠약자의 영혼에서 악령을 쫓는 안장로의 기도를 받은 사람의 숫자라는 거야.」

「아니, 그런 기도를 받은 사람이야 수십 수백 명은 될 거라는데 뭘. 나도 이 말은 오늘 아침에 듣고 나온 최신 정보란 말야. 그것도 부흥회장엘 직접 다녀왔다는 사람한테서……」

자기 정보의 확실성을 입증하기 위하여 우리는 저마다 그 정보의 신속성과 사실성의 권위를 내세웠다.

하지만 이야기는 실상 자기 눈으로 보지 않은 소문이 늘 그렇듯이, 어느 게 진짜고 어느 게 헛소린지 구분을 할 수가 전혀 없었다. 정보의 제공자들은 저마다 자기 정보의 정확성과 신속성을 보증하고 싶어했고, 그것을 위해 저마다 그럴 듯한 근거를 내세우고 보니, 나중에는 도대체 어느 것이 앞이고 어느 것이 뒤인지도 알 수가 없었고, 어느 정보의 제보자가 현장에 더 가까이 있었는지를 가늠해낼 방도가 전혀 없었다.

하고 보니 조율실 친구들은 대체로 그 정보들에 대하여 두 가지 다른 태도들을 취했다. 맨처음 〈기적〉으로 소문을 끌어들인 백경태를 비롯한 몇몇 친구들은 끊임없이 밀려든 정보에 지쳐 나중엔 어떤 장담이나 보증이 붙어 와도 아예 아무 것도 믿으려들질 않는 쪽이었고, 거기 비해 일찌기 나를 조율실에 소개한 소설꾼 이준 주변의 몇몇 친구들은 여전히 그 이야기에 열이 나서 새로운 정보를 기다리는 쪽이었다. 〈기적〉에 모여든 친구들로 말하면 이치들은 근래 사람의 말이란 것에 대한 심한 불신감 때문에 자기 글을 쓰는 일조차 거의 단념을 하고 있는 형편들이니, 이번 소문에 대해서도 별반 믿음을 보이려 하지 않는 게 당연한 노릇이거니와, 아직도 새로운 정보를 기다리며 소문에 열을 올리고 있는 축들 역시, 고난을 당하는 사람들을 구하려는 것은 어쨌든 바람직스러운 일인즉 부흥사의 이적을 하나의 희망 사항으로서 사실로 믿고 싶어하는 걸 허물할 수가 없는 처지들이었다.

하지만 우리의 조율실이 원래 그런 곳이고 보니 안장로의 이적을 믿고 싶어하는 쪽보다는 의심하고 외면하고 비양거리는 체념파가 많을 건 당연했다.

「오늘도 또 그 얘기들이야? 참 못 말릴 작자들이로구만. 그것도 별로 새로운 뉴스도 아닌 걸 가지고 말야. 내 진짜 최근 정보를 말해 줄까.」

체념파들은 걸핏하면 이야기를 무지르고 나서며 희망파들의 비위를 건드렸다. 그리고는 즉석에서 엄청나게 과장된 헛소문을 만들어 희망파들을 골려대곤 하였다. 체념파들의 그런 작태는 이를테면 사실이나 현장과 상관이 없는(그래서 말 자체의 순수한 정조를 지켜 올 수 있었던) 조율실 안에서조차 그런 헛소문이 활개를 치고 있는 데 대한 자조적인 불신감의 극치를 보여 주고 있는 격이었다.

백경태를 상대로 한 강한욱의 해프닝은 그러니까 그런 조율실의 허탈스럽고 자조적인 분위기의 산물일 수도 있었다.

하지만 강한욱은 원래 우리들의 이야기에 열을 내는 희망파는 아니었다. 그는 실상 안장로의 이적을 믿고 싶은 쪽인지 아닌지조차도 구분할 수가 없을 만큼 평소에 말이 없는 편이었다. 어떻게 보면 그는 애초 무얼 믿고 말고도 하기가 싫은 사람처럼 이렇다할 이야기가 없는 친구였다. 몸집이 남보다 좀 깡마른 편이라 그 마른 몸집이 더욱 지쳐 보이는 강한욱은 언제나 그렇게 말이 없이, 우리 패거리와는 좀 거리가 떨어진 창가에 앉아 혼자 생각에만 잠겨 있기 일쑤였다. 그는 늘 우리들 쪽 이야기엔 관심조차도 없는 사람 같았었다.

한데 그가 느닷없이 소동을 일으킨 것이다.

그날도 〈기적〉엔 체념파와 희망파간에 한창 실없는 실랑이가 오가고 있었다. 그때 화장실을 다니러 갔던 백경태가 허겁지겁 자리로 돌아오며 좌중의 이야기를 제지하고 나섰다.

「가만 있어 봐. 내 방금 화장실을 다녀오다 요 앞 길거리까지 담뱃 사러 갔다 오는데 말야, 그 담배 가게 아저씨한테서 최신 뉴스를 들었단 말야……」

백경태는 좌중의 이야기를 중단시키고 나서 그가 그 담배 가게에서 듣고 왔다는 최신 뉴스라는 걸 이렇게 말했다.

「그 안장로라는 부흥사 말야. 그 위인이 오늘 비로소 본색을 드러냈다지 뭐야. 위인이 오늘 신도들 앞에서 자기는 아무 능력도 없고 믿음도 없노라고 마지막으로 솔직한 고백을 남기고 사라져 버렸다는 게야. 그래 부흥집회도 더 이상 계속될 수가 없어 신도들이 침을 뱉고 돌아서고 말았는데, 그래 포장을 걷고 나온 신도수가 고작 백 수십 명에 불과했다지 않아. 병을 고치고 나온 사람은 물론 한 사람도 없었구……」

백경태는 웃지도 않고 단숨에 이야기를 쏟아놓고 있었다.

하지만 그것은 물론 백경태가 오줌을 누고 나오다 즉석에서 지어낸 거짓말임이 분명하였다. 우리는 모두 그걸 알고 있었다. 그런 허풍은 평소에도 자주 들어 온 일인 데다, 무엇보다도 그는 화장실을 나와서 거리를 나간 일이 없었기 때문이었다. 우리는 그저 실없는 웃음으로 녀석의 허풍을 흘려 넘기고 있었다. 녀석의 농짓거리를 굳이 타박하고 나서는 사람조차 없었다.

하니까 그쯤에서 그냥 입을 다물었으면 이날의 소동은 없었을지도 모른다.

한데 백경태는 그걸로도 아직 만족할 수가 없었던 것 같았다. 그는 이날사말고 장난기가 좀 지나치고 있었다.

「그래, 이만큼 했으면 이제 그런 허황스런 헛소문 따윈 그만두구, 해 본 지랄병이라구, 오늘은 우리 조율이나 한판 하고 가자구. 오늘 조율은 내가 주조를 맡을 테니까……」

좌중이 그저 웃고만 있으니까, 작자가 또 무슨 생각을 했는지 엉뚱한 제안을 하고 나섰다.

「내 어젯밤 기가 찰 우화 한 편을 생각한 게 있거든. 무슨 얘긴고 하니 말이지, 그건 바로 사람의 자존심과 치질이란 질병의 상관 관계가 주제랄 수 있는데……」

녀석은 아무래도 이날의 화제를 자기식으로 이끌어 나갈 결심이라도 하고 온 듯 어느새 이야기의 서두를 꺼내고 있었다. 할 수 없는 일이었다. 우리는 그러는 백경태를 내버려두어 주는 수밖에 없었다. 그의 이야기에 말없이 귀를 맡겨두는 수밖에 도리가 없었다. 그의 이야기에 무슨 별다른 기대나 흥미를 느껴서는 물론 아니었다. 비평을 써 오던 백경태가 답지 않게 엉뚱한 우화 형식의 글을 들먹이고 나선 것부터가 써가 먹히지 않을 일이었지만, 그가 미리 발설을 하고 나선 그 글의 주제라는 것 또한 녀석의 장난기가 역연했기 때문이었다. 뿐만 아니라 그런 일은 이 조율실에서 한두 번 있어 온 일도 아니었다. 그래 우리는 지금까지도 늘 그래 왔듯이 한귀로 듣고 한귀로 다시 흘리는 식으로 녀석의 사설을 응대하고 있었다.

그런데 바로 그게 마지막 불찰이었다. 사설을 늘어놓고 있던 쪽이나 그걸 무심히 들어넘기고 있던 쪽이나 강한욱에 대한 주의가 부족했던 게 탈이었다. 아니, 한욱이 그때 무슨 주의를 끌 만한 특별한 기미를 보여 온 것은 아니었다. 그는 이날 오후 목줄기가 그렇게 굳어진 사람처럼 창밖만 내내 내다보고 앉아 있었다. 백경태의 이야기가 계속되는 동안도 그는 마치 그 소리가 귀에도 닿아 본 적이 없는 사람처럼 하고 있었다. 그가 그때까지 우리 쪽으로 목줄기를 움직인 것은 백경태가 화장실을 다녀와서 엉뚱한 너스레를 떨고 났을 때 꼭 그때 한 번뿐이었다. 하지만 그는 이날 누구보다도 열심히 백경태의 이야기에 귀를 기울이고 있었던 것도 같았다. 뒤늦게 생각난 일이지만 그가 딱 한 번 우리들 쪽으로 눈길을 돌렸을 때 그 눈길 속에 뭔가 심한 경멸기 같은 것이 어리고 있었던 게 그 증거가 될 수 있었다. 그리고 그 후론 내내 창밖만 내다보고 앉아 있던 그 부자연스럽도록 철저한 부동의 자세도 이야기를 아예 안 듣고 있었다기보다는, 한가닥한가닥 백경태의 언통에 참을 수 없는 여거움은 느끼고 있었던 녀석 특유의 반발이었을 수도 있었다.

하지만 우리는 전혀 그걸 알아차리지 못하고 있었다. 녀석이 늘 그런 식으로 우리들과는 두어 간쯤 저쪽으로 자리를 떨어져 앉길 잘했던 데도 이유는 있었다.

하지만 우리가 그의 기미를 미리 알아차리지 못했던 것은 어쨌든 사실이었다. 백경태 역시도 녀석의 기미를 알아차렸을 리 없었다. 그래 백경태는 그 한욱의 기미엔 까맣게 무심한 채 자신의 이야기를 한동안 기분 좋게 이끌어 나갔다.

「이야기의 주제를 먼저 좀 설명해 두자면 말이지, 그 자존심과 치질이라는 질병이 우선 어떻게 상관이 되는고 하니……」

그 우화의 주제에 대한 백경태의 설명을 요약하면 대략 이런 것이 되었다……

이 세상엔 치질이란 질병으로 고생을 하는 사람들의 수가 뜻밖에 많다, 그런데 이 질병은 실상 사람이 두 발로 직립을 하기 이전 사지 보행을 하고 다니던 시절에는 그리 흔치가 않았을 병이다, 치질은 사람이 직립을 하면서부터 수직으로 내리미는 복압(腹壓)의 작용으로 생기는 수가 많은 질병이기 때문이다, …… 세상에서 치질이란 질병을 퇴치하려면 직립에서 다시 사지 보행으로 돌아가는 게 첩경인데, 사람들은 치질의 고통을 견딜 망정 사지 보행으로는 다시 돌아가려고 하질 않는다, 이유인즉 사람의 자존심이라는 것 때문인데, 바로 그 자존심의 내력이 그걸 절대로 용납치 않는다——그것은 이 자존심의 내력이 사지 보행에서 직립으로 옮겨간 사람의 진화 경위 속에 있는 것이기 때문이다.

백경태에 의하면 그 경위는 이러했다.

사람은 본능적으로 부끄러운 곳을 남의 눈에 안 띄게 감추고 싶어한다, 한데 사람의 몸 가운데서 가장 지저분하고 수치스러운 곳은 생식 기관보다도(죄를 짓지 않은 담에야 그게 왜 부끄러운 곳이겠는가) 엉덩이 끝의 항문 부위이다, 게다가 이곳은 그 사지 보행 시절 유난히 밖으로 노출이 심했다, 하여 의복이나 별다른 은폐의 수단이 없었던 그 시절 사람들은 그 부끄러운 곳을 감추기 위하여 본능적으로 하체의 근육 운동을 일삼게 되는데, 그게 바로 창자 끝을 안으로 끌어당기면서 갈라진 둔부를 좁게 오무려뜨리는 동작을 낳는다, 어디 한번 지금이라도 엉덩이 뒤로 빼고 엎드려서 그런 근육 운동을 하여 보라…… 상체가 자연히 위로 솟아오를 것이다…… 결국, 옛날 사람들은 그 자기 부끄러움을 안으로 숨겨 들이려는 동작을 익힌 끝에 직립 자세를 얻은 것이다, 그리고 그 천부의 자세를 일그러뜨린 육신의 보복으로 인간은 치질이란 새로운 질병을 얻은 것이다, 그런데 그 부끄러움을 숨기려는 동작으로 자신의 체고를 높이고 있는 게 무엇인가, 그게 바로 자존 아닌가, 그리고 그 부끄러움을 숨기고 싶어하는 마음 그게 바로 자존심이 아닌가…… 그래 그 자존심이라는 건 자기 부끄러움을 숨기고 싶어하는 마음 그것에 다름아닌 것이며, 사람들은 결국 그 자존심 때문에 달갑잖은 질병을 덤으로 얻게 된 것이다, 사람들은 그 자기 부끄러움을 숨기고 싶은 본성을 버릴 수가 없는 터이고, 그런 본성을 버릴 수 없는 한은 치질의 고통도 숙명으로 참아내는 수밖에 도리가 없는 것이다…….

「……하니까 인간은 치질의 고통을 감내할망정 자존심을 꺾을 수는 없다 이거지. 사실은 그 자존심 때문에 치질 따위의 질병을 고치자고 네발로 다시 땅을 기면서 살 수는 없다, 이런 이야기야.」

백경태는 자신 있게 단정하고 나서 거기서 일단 그의 주제에 관한 설명을 끝냈다. 비평장이가 생각해낸 소재치곤 재기가 제법 엿보이는 얘기였다. 어차피 우화의 형식을 빌고 있으니 황당스런 상상력도 나무랄 바가 못 되었다. 소재에 좀 더 구체적인 상황을 부여하고 소설적인 연결을 지어 나가면 그럴 듯한 이야기가 될 것 같았다. 특히나 그가 사람의 자존심이라는 걸 치질에 대응시켜 설명한 대목엔 상당히 중요한 시사가 있었다.

하지만 이야기를 듣고 난 좌중은 말들이 없었다. 이야기 속에 스민 화술의 재치나 그 시사성에도 불구하고 기분이 왠지 언짢았기 때문이었다. 아니 다른 친구들의 기분은 장담할 수가 없다. 나 자신의 기분을 말하자면 나는 거의 역겨움이 치솟아 오를 지경이었다.

——이젠 이 조율실의 말이 여기까지 와 버렸구나.

그것은 참으로 무서운 말의 사역이요 학대였다. 이야기 중에 스며 있는 짓궂은 장난기나 그 상상력의 황당스러움 때문이 아니었다. 젖은 손이라든가 불효자식은 웁니다 라든가, 백경태는 대체로 우리를 역겹게 하는 노래들만을 배워 와선 눈을 지그시 감고서 마지막 소절까지 엄숙하게 불러대곤 하는 징그러운 넉살의 소유자였다. 그런 백경태의 말은 이제 완전한 나체였다. 백경태는 스스로 그의 말의 순결을 더럽히고 있었다. 그리고 그런 식으로 그는 자기의 말과 자기 자신을 비웃고 있었다. 그것은 일종의 말의 수음이었다. 그의 이야기에 나는 숫제 자신이 심한 모욕을 당한 느낌이었다. 백경태와 그의 이야기가 나와 조율실의 친구들 모두를 그렇게 매도하고 있는 기분이었다. 장담을 할 수는 없는 일이지만, 그때 다른 친구들도 아마 서의가 비슷한 기분들이었으리라. 그래 맏들이 없었으리라.

하지만 백경태는 아직도 만족을 할 수가 없었던 것 같았다.

「그럼 이제 좀 구체적인 이야기의 진행을 소개할까……」

망연해 앉아 있는 우리 앞에 백경태가 다시 입을 열어 왔다. 녀석은 이번에야말로 진짜 이야기를 마저 엮어 나갈 참이었다. 그리고 그가 그렇게 했다면 우리는 여전히 맥빠진 기분으로 그를 용납하고 말았을 터였다.

하지만 백경태는 실상 그때 다음 이야기를 시작하지 못했다. 그의 이야기를 더 이상 조용히 들어 넘기려 하지 않은 사람이 있었기 때문이었다. 창 쪽에 계속 외면만 하고 앉아 있던 강한욱이 그였다.

「아니, 잠깐 기다려! 그 다음 이야기는 내가 대신 마무릴 지어 줄 테니까……」

아직 창가에 남아 앉아 있는 줄 알았던 한욱이 어느 새 자리를 건너와 이야기를 이어 나가려는 백경태 앞으로 다가서고 있었다. 그 백경태 앞에 잠시 발길을 멈추고 선 한욱의 눈꼬리로 웃음긴지 뭔지 모를 심상찮은 경련기가 지나가고 있었다. 우리는 그때까지도 아직 예상을 못 했지만 드디어 그의 해프닝이 시작된 것이었다.

덕분에 일은 오히려 누구의 방해도 받음이 없이 정연하고 침착하게 치러져 나갔다. 그것은 그의 해프닝의 대역으로 점이 적힌 백경태조차도 예상을 못 한 일이었으니까.

「좀 일어서 봐!」

백경태 앞으로 다가선 강한욱이 평소의 그답지 않게 위압적인 어조로 명령을 해 왔다. 백경태는 영문을 알 수 없어 무슨 일이냐는 듯 잠시 눈길을 올려보고 있었다. 그러자 한욱은 대답 대신 다짜고짜 백경태에게로 달려들어 그의 멱살을 끌어 일으켰다. 한쪽은 화가 나고 한쪽은 미처 방비를 못 하고 있었던 탓도 있겠지만, 깡마른 체구의 강한욱이 백경태의 그 비대한 몸집을 의외로 간단히 들어올려 버렸다.

「이새끼야. 이제부턴 그 잘난 네놈의 주둥이로 먼저 더러운 치질을 앓게 해 주겠다.」

허공으로 떠올라 두 다리를 우습게 바등대고 있는 백경태의 콧날 앞에서 한욱이 매섭게 뱉아낸 소리였다.

그러자 백경태도 뒤늦게 그 한욱의 적의를 알아차린 것 같았다.

「이 새끼가 왜 이래! 왜 이게 갑자기 미쳤어?」

백경태는 죄어 눌린 목소리로 악다구니를 써대며 한욱의 완력을 벗어나려 애썼다. 하다 보니 한욱의 완력에도 한계가 있었다. 한욱은 곧 바둥대는 백경태를 바닥으로 내려세웠다. 하지만 한욱이 백경태의 목줄기를 풀어 주는가 싶은 순간 그는 번개같이 그 백경태의 양쪽 빗장뼈를 수도로 내리쳐서 그의 육신을 다시 땅바닥으로 뉘어 버렸다.

「그 주둥이로 치질을 앓으면서 네놈부터 네 발로 땅바닥을 벌벌 기어 보란 말이다.」

다방 바닥에 엎어진 백경태의 머리통을 구둣발로 지근지근 깔아 비비면서 한욱이 다시 한번 저주를 퍼부었다. 그리고 다음 순간 그는 문득 얼굴에 불빛을 맞은 밤약탈꾼처럼 쏜살같이 다방을 뛰쳐나가 버렸다.

누가 녀석을 저지하고 나설 틈도 없었고 사연 따위를 알아볼 여가도 없었다. 너무도 갑자기 막이 열리고 그리고 너무도 순식간에 막이 내려 버린 일장의 해프닝이었다. 백경태와 함께 자리를 둘러앉아 있던 친구들조차도 영락없는 구경꾼에 불과한 꼴이었다.

그것은 어쨌거나 참 끔찍스런 일이었다. 그것은 자기보다 덩치가 큰 백경태를 상대로 한 강한욱의 그 신속하고 완벽한 완력이 일찌기 도장을 드나들며 익힌 솜씨라는 게 밝혀진 데서가 아니었다. 오랜 친지 사이에 완력을 함부로 휘둘러댔대서만도 아니었다.

말장이들(글을 쓰지 못하니까 말장이랄밖에) 사이에서의 폭력의 거래는 자신들의 말에 대해서조차 절망을 하고 만 극한적인 불신의 표시였다. 강한욱은 이제 그의 말에 대한 믿음을 공공연히 팽개쳐 버리고 나선 셈이었다. 완력은 그 자신의 말에 대한 완전한 절망의 선언이었다.

그것은 다만 강한욱 한 사람만의 배신이 아니었다. 사실을 말하자면 강한욱의 그 발작을 보았을 때 우리는 누구나 올 것이 드디어 오고 말았다는 절망적인 느낌을 맛보고 있었다. 그리고 각자 그 한욱과 함께 자기 말에 대한 믿음의 종말을 보고 있었다.

끔찍스러운 것은 바로 그 점에 있었다.

조율실에도 이젠 말을 완전히 단념해야 할 때가 온 것이다. 하지만 그건 아닌게아니라 언젠가는 결국 그렇게 되고 말 일이었는지도 모른다. 나 자신도 그건 일찍부터 예감을 해 오고 있었던 터이니까.

조율실——이곳부터가 원래 말의 파산자들의 집합소인 셈이었다. 그러나 그 때문에 그곳엔 아직 말에 대한 꿈이 남아 있었고, 미미하고 소극적이나마 그 말의 순결을 지키려는 마지막 노력이 계속되고 있었다.

내가 처음 이곳을 찾게 된 것은 3년여 전 나의 그 〈자서전 대필〉 일을 그만둔 다음부터였다. 자서전 대필에 동원된 나의 말들에 믿음을 잃고 방황하던 참에 이준이란 소설장이의 〈왜 쓰는가〉라는 강연을 듣게 된 것이 인연이었다. 소설을 쓰는 동기와 목적에 관한 이준의 진술은 그때 자신의 말에 대한 믿음을 되찾고자 고심하던 내게 상당한 기대와 희망을 주었다. 나는 그 후 어느 날 이준을 찾았고, 그를 만나러 간 곳이 그 역 앞 2층 다방 〈기적〉이었다. 그리고 거기서 만난 것이 이준의 동업자들이자 내가 이날까지 그럭저럭 같은 증세를 의지해 않아 온 그 조율실의 글장이 친구들인 것이다.

하지만 나의 희망과는 달리 내가 그 〈기적〉을 찾았을 때 그곳을 드나드는 글장이들도 이미 말에 대한 믿음을 잃고 있었다.

이준들은 이미 소설이고 시고 글들을 전혀 쓰지 못하고 있었다. 말들은 이미 실체와의 약속 단계에서 벗어나 제멋대로 세상을 떠돌고 있어 소설이고 시고 사람이 시도하는 어떤 통일적인 구조 속에 놓여질 수가 없기 때문이랬다. 존재의 집을 떠나 버린 말들은 그 말들이 지금까지 겪어 온 혹사와 학대와 배반으로 하여 이젠 거꾸로 그 자신들의 독자적인 기능으로 배신의 복수극을 시작했다 하였다. 거기서는 이제 말도 글도 사람의 것이 아니라 하였다. 글은 이미 쓸 수도 없거니와, 만약 무엇을 써낸다 하여도 그 자체가 인간에 대한 또 하나 복수극의 시나리오가 될 뿐이라 하였다.

다방 〈기적〉은 이를테면 그런 말의 파산자들의 집합소였다. 격은 훨씬 다를지 모르지만 나 역시 그런 말의 파산자의 한 사람으로 〈기적〉의 일당에 끼어든 셈이었다.

하지만 이준 일당은 아직도 말에 대한 미련을 못 버리고 있었다. 이준들은 어떻게든지 무책임하고 파괴적이 되어 버린 말들과의 화해를 시도하면서 그 말들에 대한 신뢰 관계를 회복하고 싶어했다. 글들은 쓰지 않았지만, 이들은 끊임없이 그 믿음을 잃지 않았던 시절의 말들을 기억하려 하였고, 그에 대한 추억을 열심히 이야기했다. 그리고 그 이준이 강연회에서 보여 주었듯이 기회가 닿는 대로 분명한 신념을 가지고 마지막 말들의 순결을 지키려 안타까운 노력을 계속하고 있었다.

——말이 말이었을 때를 잊지 말라.

——말이 아직도 말할 수 있는 것을, 말이 아직도 말할 수 있는 방법을, 우리들끼리라도 그 약속을 잊어선 안 된다.

蕩子의 未歸 *669*

말이 말할 수 있는 것을 말하려 하고, 말이 말할 수 있는 방법을 잊지 않으려 자기들끼리 말 연습을 하는 것——그게 이를테면 조율이라는 것이었다. 그리고 다방 〈기적〉은 그래 우리들의 조율실이 되었고, 글을 쓰지 못하는 글장이들은 말의 방법을 끊임없이 추억하는 마지막 말의 조율사가 된 것이다.

하지만 말의 방법을 잃어버리지 않으려는 꿈이나 추억, 이를테면 그 조율마저도 따지고 보면 이미 말들의 가혹한 복수를 유인했다. 아니 우리들의 그 말에 대한 조율 행위 자체가 이미 또 하나의 가혹한 말의 복수극이 있다.

조율사들은 날마다 조율실에 모여 앉아 말들의 허물을 들추어대면서 말들의 배신에 반성과 절망을 되풀이하였다.

——오늘 우리들은 왜 모든 사람의 생각이 하나로 같아져야 한다고만 생각하는가. 너의 생각이 나의 그것과 같지 않음을 용납할 수가 없는가. 그래서 모든 개인이 개인으로 남는 것을 용납하지 않으려 하는가.

——그것은 우리가 말을 부림이 아니라, 말이 우리를 부리기 때문이다. 요즘의 말들은 떼를 지어 다닌다. 신문으로 텔레비젼으로 혹은 소문으로 병든 말들이 떼를 지어 다니면서 우리 위에 군림하고 우리를 몰아댄다. 우리는 모두가 그 병든 말들에 감염되어 부림을 당하고 순종하길 좋아한다. 말들의 떼에서 벗어져 나기를 두려워한다. 말들의 떼에서 벗어져 나면 외롭고 슬퍼지기 때문이다. 우리가 이미 말의 주인이 아님에서이다.

——우리가 이미 남의 말을 곧이들을 수 없음은 무엇 때문인가. 내년에 농사가 풍년이 든다고, 풍년이 들 만한 옳은 이유를 백번천번 말해도 곧이를 들으려져 않는 이유가 무엇인가.

——그것은 말과 논리의 철두철미한 선택 때문이다. 우리가 지금까지 너무 일방적으로 말을 선택하는 버릇에 익숙해 온 결과이다. 선택되지 않은 말들에 대한 지나친 학대와 냉대 때문이다. 풍년이 오리라 말하는 사람들은, 풍년이 들지 않을 가능성에 대한 이유는 절대로 말들을 않기 때문이다. 그리하여 우리는 언제나 우리들의 말에 대하여 한쪽 문만을 열어 둔 것이다. 문을 통과한 말들의 화려한 행진에 대한 열광에 반하여 그렇지 못한 말들의 고통과 신음소리는 도대체 듣지를 못하고 있는 것이다. 하지만 선택되지 않은 말들도 말은 말이다. 그 말들이 학대와 냉대를 참을 수 없어 복수를 시작한 것이다. 하나의 구호를 생각해 보라. 거리에 나부끼는 플래카드의 말을 상기해 보라. 그 한 마디 선택된 말 뒤엔 또 선택되지 않은 아픈 말들이 얼마나 냉대를 감수하고 있어야 하는가. 그 말들은

또 얼마나한 고통과 신음 속에서 절망적인 복수를 꿈꾸고 있겠는가. 우리가 이미 구호조차도 믿을 수 없는 것은, 아니 구호일수록 오히려 더 믿음이 적은 것은 그 일방적인 선택으로 냉대를 당한 말들의 복수가 시작된 때문이다. 그 말들이 반란을 일으켜 약속과 싱깅의 끼기 체게를 난김없이 모두 파괴했기 때문이다…… 전쟁이 일어난다고 말을 할 때는 그러지 않을 이유도 생각하라. 부자가 되리라 말을 들을 때는, 가난해질 가능성도 함께 생각하라. 하지만 우리는 이미 우리의 말에 너무도 공평하질 못해 온 것이다.

——우리는 과거 십년 뒤의 소득 수준을 약속받은 바 있었고, 그 십년 뒤에 우리는 실제 숫자로 그 약속을 분명히 성취하였다. 이것은 무엇보다 분명한 사실이다. 한데도 사람들은 이제 다시 그 십년에 대한 기대를 지니지 않으려 한다. 과거의 십년마저 약속이 이루어지지 않은 것처럼 생각한다. 이런 불신감도 우리들의 말에 책임이 있는가.

——말에 책임이 있다기보다 말을 혹사한 우리들에게 책임이 있다. 말은 실체와의 약속 형식이지 그 실체 자체는 아니다. 한데도 우리는 십년 전에 그 십년 후의 소득 수준의 약속을 현재의 실체로 받아들인 것이다. 약속을 현실로 받아들인 것이다. 그리고 그 십년 후에나 만나질 현실을 미리 앞당겨 누려 버린 것이다. 약속 내용을 앞당겨 누려 버리고 나니 십년 뒤에 만난 건 숫자와 약속의 기호뿐이었다. 그래 사람들은 배신감을 느낀 것이다. 말은 실상 무고했다. 약속의 기호인 말에게 실체의 책임을 감당시키려 한 것이 그 말에 대한 지나친 혹사였다. 그 무게를 감당치 못해 말들은 배반을 시작한 것이다. 그리고 우리에게서 미래의 문을 닫아 버린 것이다. 하지만 그 배신은 실상 사람들 자신이 먼저였다.

——앞으로 말들은 어떻게 될 것인가. 말들은 이제 실체와의 모든 약속에서 해방이 되었다. 그리하여 우리들이 그간 힘들여 이룩해 온 모든 약속 체계를 파괴해 버렸다. 말들은 이제 우리의 생각이나 희망과는 상관없이 스스로 생각하고 기능할 것이다. 사람처럼 따지고 울고 웃으며, 심지어는 성내고 복수하는 말의 콤퓨터를 생각해 보면 좋을 것이다…… 그리하여 그 말들의 떼거리는 이제 우리가 그것들에게 행해 온 학대나 배신만큼이나 가혹한 복수를 가해 올 것이다. 아니 그 복수극은 이미 시작되고 있다. 하지만 우리는 원망조차 할 수가 없을 것이다. 배신은 우리가 먼저였으니까…….

조울사들은 그런 식으로 한 가지 한 가지 말의 배반 현상을 점검해 나갔다. 그리고 어떻게 해서든지 그 말들의 마지막 순결을 지켜보려 하였다.

하지만 사실은 그 자체가 바로 말에 대한 절망의 확인 과정에 다름아니 었다. 어느 때 어느 곳에서도 말들이 다시 화해의 손길을 뻗쳐 올 가망은 엿보이지 않았다.

——대화를 하자.

——신뢰를 회복하자.

세상 사람들 사이에선 뒤늦게 그런 호소가 오가고 조율실 안의 조율사 들 사이에서도 그런 말들이 자주 나왔지만, 이젠 오히려 그런 말들 자체가 새로운 절망의 시발일 뿐이었다. 그리하여 조율사들은 그들의 오랜 조율 풍습을 〈광인 좌담회〉니 〈말의 수음〉이니 하면서 스스로 매도하길 좋아하 던 판이었다.

하고 보니 강한욱의 해프닝은 언젠가는 결국 우리들에게 닥쳐오고 말 소동이기는 하였다. 아니, 그 한욱이야말로 이제 이 조율실의 거사들 가운데선 아직도 희망을 버리지 않고 있는 마지막 인물이었는지 모른다. 왜냐하면 이제 다른 친구들은 자신의 말에 대해서조차 희망을 버린 지가 오래였고, 그런 절망에 대한 자기 회복의 몸짓조차 내보일 기력이 없었기 때문이다.

강한욱의 그런 격렬한 행동은 아직도 그 말에 대한 미련과 애착을 버리 지 못하고 있는 자의 마지막 발작과도 같은 것이었다. 거기엔 아직도 어 떤 희망이 있었다. 나는 그것을 알고 있었다. 아니 나뿐만이 아니라 다방 〈기적〉의 조율사들 누구나가 그것을 알고 있었다. 변을 당한 백경태조차 도 그것을 알고 있었음이 분명했다. 그래 그 한욱의 갑작스런 발작을 보 고 나서도 아무도 그걸 탓하고 나서는 사람이 없었다. 녀석의 행동을 허 물하려기는커녕 오히려 어딘지 비애스럽기까지 한 침묵으로 녀석을 동정 하는 기색들이 역력했다.

「빌어먹을 새끼, 누군 저만큼 속이 안 뜨거워서 그런 소리나 주절대고 있는 줄 알아. 원 내 참 새끼의 성미하고는……」

봉변을 당하고 난 백경태조차도 뒤늦은 친구들의 걱정을 들으면서 녀석 을 오히려 딱해했을 정도였다.

하지만 어쨌거나 그건 끔찍스런 일이었다. 우리들의 그 조율실은 뭐니 뭐니해도 아직 우리들의 말의 마지막 보루였다. 말을 너무 혹사했고, 광 인 좌담회니 수음이니 하면서 자기의 말들을 스스로 비웃어 왔다 하더라 도, 조율실엔 아직도 말다운 말에 대한 추억이 있었고 꿈이 있었다. 그리 고 그 조율실에서나마 말들의 마지막 순결을 지키려는 나름대로의 노력도 있었다. 아니 조율실의 거사들은 뭐니뭐니해도 일찍부터 그 말들의 파괴적인 징후를 알아차린 사람들이었고, 자기 말의 파산을 자각한 자들이었다. 그리하여 소설이나 시를 쓰기를 단념한 대신 조율이란 그 기이한 놀음으로 말들의 순결을 추억해 온 자들이었다. 그것은 이를테면 내가 한때 말들의 반란을 막기 위하여 녹음 테이프 속에 감금시킨 말들의 순결과도 같은 것이었다.

한데 이젠 그 조율실에서조차도 말의 종말이 오고 만 것이다. 우리들의 말에 대한 추억이나 희망, 그 조율 행위 자체가 종말을 고하고 만 것이다. 강한욱의 무도한 완력은 무엇보다도 분명한 그 말들의 완전한 절망의 (혹은 자폭의) 선언이었다.

조율실의 거사들은 누구나 그걸 알고 있었다. 그리하여 그 허탈스런 절망감 속에서 누구도 다시 입을 열려고 하지 않았다. 누구도 섣불리 다시 입을 열 수가 없었다. 조율실은 차츰 말의 무덤이 되어 가고 있었다. 소동을 벌이고 조율실을 나간 강한욱은 이후 며칠 동안 다시 조율실로 돌아올 기미가 없었다. 그는 침을 뱉고 간 사람처럼 다음날부터 〈기적〉 쪽엔 아예 그림자조차 스쳐간 일이 없었다.

조율실은 계속 침묵 속에 지냈다.

한욱이 다시 나타나기를 기다리거나 그의 뒷소식을 궁금해하는 사람조차 없었다. 그렇다고 무슨 다른 소문거리를 가지고 새 판잡이 조율을 시작하려는 친구도 없었다. 우리는 그저 묵묵히 자리를 지키고 앉았다가 말없이 자리를 일어서곤 하였다.

하지만 사실을 말하자면 나는 아직도 그 한욱의 뒷소식이 몹시 궁금했다. 글 같은 글을 써 본 일이 없는 나로선 진짜 조율판에 끼어들 수도 없는 처지였다. 이야기를 함께 하고 술자리를 같이할 수는 있어도 진짜 조율에 관한 한 나는 언제나 구경꾼이나 방관자에 불과할 뿐이었다. 나는 나 자신의 말에 대한 실망보다도 녀석들의 말과 조율에 대하여 더 많은 절망을 느껴 오던 처지였다. 그래 오히려 막판에 가서는 희망을 남길 수가 있었는지도 모른다.

나는 강한욱에 대하여 이상한 희망을 남기고 있었다. 그리고 은근히 작자의 소식을 기다리고 있었다. 그가 다시 조율실을 찾지 않은 것은 어쩌면 너무 당연한 일일 수도 있었다. 그가 이 조율실과 조율패들을 그런 식으로 매도하고 간 것은 그것들에 대한 그의 참을 수 없는 분노 때문일 수 있었다. 분노에는 아직 희망이 있었다. 하지만 그는 이 조율실에선 꿈을 꾸기를(감히 단정하거니와) 단념한 것이었다. 그는 이 조율실에 침을 뱉고 바깥으로 그 희망을 좇아 나간 것이었다. 말들이 어떤 모습으로 세상을

蕩子의 未歸   673

떠돌아 다니거나, 그는 그 말의 현장을 찾아 나선 것이었다. 하루이틀 사이에 그가 다시 돌아올 리는 없었다. 아니, 그가 그런 식으로 이 조율실을 떠난 이상은 그가 세상에서 무엇을 어떻게 경험하게 되든 다시 〈기적〉으로 돌아와서는 안 될 사람이었다. 한욱은 이제 이 조율실이 아니라 그의 말의 현장을 살고 거기서 승패를 내야 할 사람이었다.

나는 결국 그가 다시 〈기적〉으로 돌아오기를 기다리는 것이 아니라, 그가 돌아올지도 모른다는 두려움 때문에 거꾸로 그를 기다린 셈이었다. 그리고 그가 돌아오지 않는 하루하루를 안심하면서 그의 소식을 궁금해해 온 격이었다. 어쨌거나 나는 그가 세상에서 무엇을 어떻게 겪어내고 있는지 뒷소식만은 갈수록 궁금했으니까.

하지만 실상은 그런 기다림이나 궁금증 자체가 나에겐 힘든 고역이 되어 가고 있었다.

〈기적〉의 침묵은 나를 점점 초조하게 만들었다. 게다가 녀석들은 이제 날이 갈수록 출석률이 차츰 저조해져 가고 있었다. 하루 이틀만큼씩 얼굴이 뜸해지는 친구도 있었고, 그러다 끝내는 발길을 아예 끊어 버리고 마는 친구도 있었다. 이준처럼 조율실을 계속 나오고 있는 친구들도 그저 그림자처럼 말없이 서로 자리만 지키다 돌아가기 예사였다. 부흥회에 관한 소문도, 강한욱에 관한 후일담도 화제에 오르는 일이 거의 없었다. 그리고 그런 식으로 〈기적〉은 하루하루 사람 수가 줄면서 날이 갈수록 썰렁한 분위기만 더해 가고 있었다.

한데 그러던 어느 날——드디어는 한욱이 이번에는 그 강한욱 자신이 또 하나의 소문으로 문득 우리들의 조율실로 돌아와 있었다.

「강선생님이 말이에요. 강한욱 선생님이 글쎄, 부흥횔 오셨더래요. 이건 아까 이준 선생님이 잠깐 다녀가시면서 하신 말씀인데, 이선생님이 잘 아시는 친구 한 분이 부흥회엘 가셨다가 거기서 직접 강선생님을 보셨대요.」

다방 〈기적〉의 미스 윤이 그날 저녁 버릇처럼 조율실을 들어서고 있는 나를 붙들고 신바람이 나서 지껄여댄 소리였다.

늦배운 도둑질이 밤새는 줄 모른다고 나는 끝끝내 〈기적〉을 떠나지 못하고 있었다. 아직도 계속해서 〈기적〉을 찾고 있는 사람은 그러니까 이젠 나 하나뿐인 셈이었다. 다른 친구들은 아예 〈기적〉을 떠나고 말았거나 어쩌다 한 번씩 얼굴을 잠깐 스치고 지나가는 것이 고작일 정도였다. 비교적 끈질기게 출입을 계속해 오던 이준조차도 끝내는 발길이 차츰 뜸해지고 있었다.

하지만 나는 아직도 〈기적〉에 대한 미련을 버릴 수가 없었다. 〈기적〉으로 전해져 오는 소문들 때문이었다.

〈기적〉으로 전해져 오는 부흥회의 소문은 아직도 어건했다. 〈기적〉을 찾아오는 녀석들의 발길은 뜸했지만, 그리고 내가 그 〈기적〉을 찾는 시각이 녀석들의 그것과 맞떨어지는 경우도 쉽지가 않았지만 그곳의 미스 윤이 이런저런 소문들을 빠짐없이 잘 취합해 주었다.

——안장로님의 손길만 스쳐도 곪아 터진 상처가 씻은 듯이 낫는대요.

——어제는 위암에 걸린 남자 하나가 안장로의 안수를 받은 자리에서 동이피를 흘리고 병을 떼었대요.

〈기적〉의 미스 윤은 나날이 새로운 뉴스를 전했다. 그리고 부흥회의 인파는 그런 식으로 하루하루 수를 더해 갔고 그에 따라 거기서 병을 여읜 신도의 수효도 날이 갈수록 늘어 가고 있었다.

시내에 아직도 소문이 그처럼 무성했기 때문이었다. 이젠 아예 시내 전체가 부흥회와 안장로의 이적에 관한 소문의 소용돌이 속으로 휩쓸리고 있었다. 혹은 그것을 믿으려 하고 혹은 극렬히 비난을 하기도 했지만, 그것을 믿는 쪽이나 안 믿는 쪽이나 모든 언동이 결국은 그 하나의 소문으로 수렴되어 갔고 모든 논의가 그 이적과 관련한 소문화에로의 길을 걸었다. 그리고 그렇게 모든 것이 한 가지 소문에 수렴돼 가고 있는 세상은 묘하게 단순하고 얇은 구조와 질서를 낳아 가고 있는 것 같았다. 거기서 어떤 위기감을 느끼고 있는 사람들마저 있었다. 그리고 뒤늦게 사태를 수습하러 나선 사람들도 있었다.

——하느님의 이적은 당신의 권능의 증거일 뿐이다. 이적의 사태를 경험한 우리 인간들에겐 이미 당신의 증거가 충분한 것이다. 주님의 이적은 외과의의 수술과 같은 것이 아니다. 무당의 주문에서처럼 자주 나타날 수 있는 것이 아니다. 교인들은 진정해야 한다. 그리고 항간의 낭설에 현혹되어서는 안 된다.

정통 교파의 교직자들이 텔레비젼 프로그램에 좌담을 열고 안장로의 능력을 강력히 부인했다.

——신앙의 자유는 원칙적으로 보호되어야 한다. 그러나 신성한 종교의 교리를 빌어 혹세무민하는 사이비 종교인이 있다면 우리 사회의 질서와 안녕을 위하여 부득이한 조처가 강구되어야 할 것이다.

치안 당국에서도 은근히 소문이 진정되기를 희망하고 나섰다.

하지만 그것도 소용없는 일이었다. 때가 너무 늦은 다음이었다. 이젠 이미 안장로의 능력을 믿고 그의 구원을 기다리는 사람이 너무도 많았다. 그리고 이들의 소망과 믿음 속에서 안장로는 진짜 고난당한 자들의 구원자로서 엄청난 힘을 지녀 가고 있었다.

소문은 도대체 진정될 수가 없었다. 하지만 내가 아직도 계속 〈기적〉을 찾고 있는 것은 이제 그 부흥 집회에 관한 소문 때문만이 아니었다. 나는 〈기적〉을 떠나간 녀석들의 소식을 기다리고 있었다.

무엇보다도 나는 강한욱의 그 뒷소식을 궁금하게 기다리고 있었다. 하지만 〈기적〉을 떠나간 뒤로 소문이 되어 돌아온 것은 강한욱 그 한 사람만이 아니었다. 〈기적〉에서 누가 며칠 모습을 감췄다 하면 이들도 그 한욱처럼 쉬 소문이 되어 돌아왔다.

──어젠 백경태 선생님도 부흥횔 오셨더라는데요. 이준 선생님이 거기서 백선생님을 보셨대요.

소식은 모두가 부흥회장을 무대로 발원되고 있었다. 그리고 그것들은 〈기적〉 다방의 미스 윤에 의하여 적당히 취합되고 통신이 되었다. 미스 윤에 의하면 백경태도 이준도 드디어는 부흥회장엘 찾아간 것이 되고 있었다.

어쩌면 그것은 지극히 당연한 노릇같이도 보였다. 작자들은 모두 자기 말에 대한 조율에 진력이 날 대로 나 있던 자들이었다. 게다가 그 부흥회의 소문에마저 녹초가 되도록 시달려 온 자들이었다. 드디어는 그 자신들의 눈으로 소문의 진위를 확인해 보고 싶어졌을 수도 있었다. 자신들이 직접 소문의 진실을 살아 보고 싶어졌을 수도 있었다.

나는 이를테면 〈기적〉에 앉아 그들의 결과를 기다리고 있는 셈이었다. 나로선 아직 그만한 용기조차 없었기 때문이었다. 마음의 준비가 부족했기 때문일까. 부흥회에 관한 소문이 내 눈앞에서 사실로 확인되어지는 것을 목격하기도 두려웠고, 그렇다고 그 소문이 진짜 소문에 불과한 것으로 확인되어지는 것을 보기도 두려웠다. 뿐만 아니라 그 말에 대한 나의 희망이나 절망도 진짜 조율패들의 그것엔 비길 바가 전혀 못 되는 것이었다. 어느 편이냐 하면 나는 그 조율패들이 소문을 찾아 나가, 소문을 직접 살아낸 결과로 나의 기대를 채워 보자는 속셈이었다.

그러니까 녀석들에 대한 나의 기다림은 강한욱에 대해서처럼 육신의 귀환에 대한 것이 아니었다. 녀석들은 정말로 다시 〈기적〉을 찾아 돌아와서는 안 될 위인들이었다. 소문을 찾아 나갔으면 자신의 눈으로 그것을 확인하고, 그것이 사실이든 거짓이든 이제는 거기서 함께 그 소문을 살아내야 하였다. 다시는 조율실로 돌아와선 안 되었다. 내가 기다린 것은 녀석들의 뒷소식이었다. 녀석들이 그 소문의 현장을 찾아가고 그것을 함께 살아가고 있는 뒷소식을 나는 기다리고 있었다. 그것이 녀석들에 대한 나의 기대였다.

그런데 사실은 그 반대였다. 녀석들은 자꾸 나의 기대를 배반하기 시작했다. 녀석들이 하나하나 다시 〈기적〉으로 돌아오기 시작한 것이다. 아니 처음에는 물론 사람이 실제로 돌아온 게 아니었다. 한욱이 맨처음 그랬던 것처럼 녀석들도 처음에는 소문으로 돌아왔다. 그리고 오래지 않아 녀석들은 하나하나 정말로 그 육신을 〈기적〉으로 이끌고 돌아왔다. 강한욱 한 사람을 제외하곤 모두가 다시 〈기적〉으로 돌아왔다.

하지만 그것은 더욱더 절망스런 귀환일 뿐이었다. 녀석들이 돌아온 것은 사실이었으나 그것은 사람으로서가 아니었다. 녀석들은 이제 그 자신들이 새로운 소문이 되어 단지 하나의 소문거리로 돌아와 있을 뿐이었다.

참으로 알 수 없는 일이었다. 〈기적〉으로 돌아온 녀석들은 한결같이 모두 부흥회장엘 다녀왔노라 말하고 있었다. 그러나 녀석들이 말하는 부흥회의 규모나 이적의 내용은 하나같이 모두 제멋대로였다. 부흥회장을 다녀온 사람이 늘어가면 갈수록 현장 사정은 혼란만 더해 갔다. 한데도 녀석들은 그걸 그리 괘념하려 하지도 않았다. 녀석들은 그저 자기 말을 쉽게 늘어 놓고 있을 뿐 그걸 남 앞에서 굳이 우기려드는 일이 없었다. 다른 녀석의 이야기가 자기와 달라도 그걸 허물하려 들지도 않았다. 어차피 네 말은 네 말이고 내 말은 내 말일 뿐이라는 식들이었다. 부흥회ㄹ 가 보기 전과는 이야기의 내용이나 방식이 달라진 것이 아무 것도 없었다. 이야기에 통로가 생기질 않았다.

녀석들까지도 이젠 소문에 완전히 항복을 하고 만 것이었다. 아니 이제는 그 녀석들까지도 스스로가 하나의 소문거리가 되어서 소문으로 〈기적〉을 찾아온 것이었다.

하고 보니 녀석들이 정말로 부흥회ㄹ 갔었는지 어쨌는지, 그것도 끝내는 믿을 수가 없어졌다. 모두가 녀석들이 거길 갔었노라고, 자신의 말은 자신의 눈과 귀로 직접 확인을 한 일이라 했지만, 그게 그토록 제각각이고 보면 누구도 그걸 확인할 길이 없었다.

그런 녀석들의 말들 가운데에서도 희귀하게 한 가지 일치점이 있었는데, 그게 강한욱에 대한 것이었다.

──한욱이 그곳에 나타났었다는 얘긴 들었지. 하지만 나는 강형을 직접 보진 못했어.

녀석들은 저마다 한 마디씩 한욱에 대한 말을 잊지 않았다. 그리고 누구나 그 한욱의 이야길 듣고는 있었지만, 그를 직접 본 일은 없다는 점에서 희한하게 말이 일치하고 있었다.

나는 그 한욱에게 다시 희망을 걸기 시작했다. 사실을 말하자면, 그런 한욱은 이제 나의(혹은 우리들 모두의) 마지막 희망으로 남겨진 셈이었다. 녀석들의 말대로라면 한욱은 실상 그곳엔 전혀 나타난 일이 없었을 수도 있었다. 하지만 녀석들은 이미 자신들이 하나의 뜬소문에 불과한 존재들이었다. 그곳을 가지 않은 것은 오히려 녀석들 쪽일 수 있었다. 그를 본 일이 없다는 강한욱만이, 아직도 〈기적〉으로 돌아오지 않고 있는 오직 한 사람 그 강한욱만이 정말로 그곳을 찾아갔을 수 있었다. 그것이 나의 믿음이었고, 한욱에 의지한 마지막 희망이었다. (소문은 때로 우리의 희망을 사실로 바꾸어 놓기도 하였다!)

나는 다시 한욱을 기다리기 시작했다.

이번에는 다만 그의 소식만이 아니었다. 그가 정말로 부흥회엘 갔다면, 그리고 안장로의 정체와 이적을 보았다면 그는 다시 떳떳하게 〈기적〉을 찾아 돌아올 수도 있었다. 그리고 우리들에게 모처럼 소문이 아닌 사실을 듣게 해 줄 수가 있는 일이었다. 아니 그는 그렇게 다시 돌아와야 하였다. 소문 속을 떠돌다 소문으로 돌아온 녀석들의 모습으로서가 아니라 이번에는 진짜로 현장을 증거할 우리들의 떳떳한 말의 천사로. 그리하여 그는 마침내 우리들에게서 떠나가 버린 말의 숨결을 되살려내야 하였다.

……하지만 강한욱은 돌아오지 않았다.

다시 며칠이 지나도록 〈기적〉 근처에는 그의 그림자도 스치질 않았다. 다방 〈기적〉엔 날이 갈수록 그에 관한 소문만 무성해 가고 있었다.

——강형이 이젠 아주 발을 벗고 나선 모양이더구만. 어젠가 언젠가는 작자가 부흥회에서 안장로의 능력을 증거하고 나서기까지 했었다는 소문이야.

어느 날인가는 마침내 그 한욱이 안장로의 신도들 앞에서 자신에게 일어난 이적의 증거를 직접 보여 주고 나섰다는 얘기까지 돌았다. (아니 도대체 그가 그것을 무엇으로 어떻게?)

나는 더 이상 기다릴 수가 없었다. 그런 소문이 〈기적〉에 떠돌던 날 나는 드디어 용기를 내어 결심을 하였다.

그러나 알고 보니 그 결심 역시도 때가 너무 늦고 있었다.

그날 저녁 내가 시 북쪽 공설운동장께로 한욱의 종적을 찾아갔을 때 부흥회는 그날로 이미 끝이 나 있었다. 포장막이 둘러쳐졌던 자리엔 어수선한 말뚝 자국과 허접쓰레기들만 즐비해 있었다. 구름처럼 모여들었다던

신도들도 이날 낮까지 모두 흩어져가 버리고 흔적을 거의 찾아볼 수 없었다. 한욱의 종적은 더더욱 알아볼 길이 없었다. 현장까지도 이미 제자리를 잃고 소문의 와중으로 휩쓸려 들어 버린 것이었다 !

부흥회와 안장로의 능력 따위에 괸해서 알아볼 수 있는 것은 〈기적〉에서처럼 종잡을 수 없는 소문들뿐이었다. 공설운동장 근처의 주민들마저도 부흥회의 내막에 대해선 분명한 사실을 말하지 못했다. 이들 역시도 번번이 자기가 직접 현장을 목격했다거나, 현장을 목격한 사람에게서 들은 사실이라는 단서를 붙여 말들을 했지만, 직접 현장을 목격했거나 들었다는 말들도 제각기 모두 앞뒤가 달랐다. 부흥회장에 모여든 신도 수나 병을 고치고 간 사람들, 그리고 금식을 가장 오래 계속한 기도자의 기도 일수들이 사람마다 모두 제각각이었다.

——그 사람 이름까진 알 수가 없어요. 병을 고쳐 간 사람이 너무 많으니까요. 하지만 〈내 말을 들으라〉는 장로님의 한 마디에 귀가 담박 열린 사람이 있었다더구만요. 그건 귀가 뚫려 듣게 된 사람 자신이 만인 앞에서 증거를 했다니까…… 선생이 찾고 있는 사람이 혹 그 사람이 아닌지 모르겠군요.

강한욱이 자신의 몸으로 증거해 보였다는 안장로의 이적에 대해서도 사람들은 대충 그런 정도의 아리송한 추측을 해 보일 뿐이었다.

한데 제각기 다른 근처 사람들의 말 중에서도 가장 종잡을 수 없고 불가사의한 것은 부흥회가 그토록 돌연히 끝나게 된 사유에 대한 것이었다.

전날 저녁 무렵까지도 부흥회는 아직 한창 성황이었다 하였다. 한 주일이고 두 주일이고 예배와 기도가 계속되어 나갈 형세였다 하였다. 그러던 예배가 갑자기 중단이 된 것은 안장로의 교세 신장을 시기한 일부 기성 교파의 술책 때문이라 하였다.

——아시는 일이지만 안장로님의 교회를 이단으로 지탄해 온 일부 기성 종파가 있었지요. 그 사람들은 장로님의 기도를 혹세무민의 배교 행위라 기회 있을 때마다 비방해 왔어요. 그런데 장로님의 성가가 그럴수록 날로 더 무성해지자 저들은 마침내 조바심을 참지 못해 당신을 당국에 고발했다는 거예요. 그리고 어젯밤에 기도 예배는 중지령이 내리고 장로님은 누구에겐가 연행이 되어 가셨다는 겁니다.

그게 안장로의 믿음을 신뢰하는 사람들의 주장으로 부흥회가 끝나게 된 사유의 일설이었다.

그러나 안장로를 신뢰하지 않은 사람들은 그와는 정반대의 말을 하였다.

——안장로가 연행되었다구요? 당치 않은 낭설입니다. 임의든 강제든

안장로를 어디로 연행해 가 보십시요. 그토록 열성적인 신도들이 그걸로 기도를 중지하고 물러설 것 같습니까. 부흥회는 오히려 더 극성스러워졌 을 겁니다. 신도들은 오늘 아침 제물에 모두 기도를 중단하고 흩어져 갔 어요. 안장로란 사람이 본색이 드러날까봐 밤새 혼자서 뺑소니를 놨기 때 문이지요. 신도들을 더 이상 속일 수가 없었거든요. 특히나 그 불구자들 의 기대와 성화가 이만저만했어야지요.

이들의 주장인즉, 안장로는 실상 이적이고 뭐고 아무 능력도 없는 사람 으로 병자를 고쳐낸 일 따위는 한번도 없었다는 것이었다. 그가 불구 신 도의 병마를 쫓았다는 소문은 그의 몇몇 측근과 열성 신도들이 일부러 조 작해낸 헛소문이라 하였다. 그런데 그 헛소문을 믿고 몰려든 신도들의 그 에 대한 기대와 간구가 지나쳤다는 것이었다. 병자들의 수효가 예상외로 많아지고, 그리고 이들이 자기 몸에서 일어날 이적을 너무도 끈질기게 열 망하고 있음을 보자 안장로들은 더 이상 속임수를 계속할 수가 없어 마침 내는 본색이 드러나기 전에 야간 도주를 하고 말았을 거라는 것이었다.

이 역시 일면은 그럴 듯한 소리였다.

하지만 어느 쪽이 진실이고 어느 쪽이 거짓인지, 현장을 보지 못한 나 로선 도대체 진위를 가려낼 길이 없었다.

나는 혼란만 한 겹 더해진 심사로 〈기적〉으로 다시 돌아올 수밖에 없었다.

그런데 그 다방 〈기적〉엔 그때 또 뜻밖의 일이 일어나 있었다. 끈질긴 소문 속에 그림자만 드리워 올 뿐 그 동안 통 발걸음을 하지 않던 한욱이 이날 저녁 문득 〈기적〉으로 다시 돌아와 있었던 것이다.

「이형도 이미 알고 있는 일이지만, 자기 눈으로 보지 않고 이야기나 듣 는 건 부질없는 일이야. 자기 눈으로 보는 것도 이제 우리는 다만 볼 수 있을 뿐 그것을 옳게 말할 방법은 없거든.」

나는 물론 한욱에게 그가 백경태를 상대로 행한 해프닝의 사유 따위를 묻 지는 않았다. 한데도 한욱은 처음 한동안 도대체 입을 열려고 하질 않았다. 다방 〈기적〉엔 그때 마침 우리 둘 이외에 다른 친구가 없었으므로, 나 한 사람에게만이라도 그가 알고 있는 일들을 말해 달라는 요청에 대하여 한욱 은 자신이 그 며칠 사이에 지내 온 일조차 이야기하는 걸 부질없어하였다.

「내가 직접 보고 겪은 일이라도 입을 열어 말을 하는 순간 그것은 금세 소문으로 변해 버리거든. 현장에서부터 소문이 생기는 건 그 때문이지. 뭐 니뭐니 해도 이젠 이형 자신부터가 내 말을 곧이들을 수가 없게 되어 있 을걸 뭘. 내가 지금 이형한테 무슨 말을 한대도 말야.」

한욱은 끝내 사양을 해 버릴 눈치였다.

하지만 나는 그가 돌아와 준 게 무엇보다 반가왔다. 나는 그 반가움의
값을 기어코 그에게서 받아내야 하였다. 아니 그 한욱 한 사람에게서만이
라도 소문이 아닌 사람의 실체를 만나야 하였다.

나는 끈질기게 녀석에게 매달렸다. 그러자 한욱도 끝내는 무슨 생각에
서였던지 슬그머니 마음을 고쳐먹은 모양이었다.

「하기야 이형이 정 그걸 원한다면, 내가 거기 있었다고 할 수도 있는 일
이겠지.」

그가 드디어 입을 열기 시작했다. 그리고 거기서부터 그는 무슨 새로운
결심을 지어 먹은 듯 이쪽에서 미처 묻지도 않은 이야기들을 제물에 슬금
슬금 털어놓기 시작했다.

「믿거나 안 믿거나 거기서 있었던 일들을 일단은 말을 해 줄 수도 있는
일이겠고…… 왠가 하면 난 뭐니뭐니 해도 내 눈으로 직접 현장을 보고
싶었던 사람이거든. 보지 않고는 배길 수가 없었어……」

기묘한 전제를 내세우긴 했지만 그는 먼저 내가 소문으로 듣고 추궁한
말들을 거의 사실처럼 시인을 해 왔다. 한욱은 내가 원하기만 한다면 그
기다림에 지친 신도들 앞에 안장로의 능력을 증거해 보인 것도 모두 소문
대로 해두라는 것이었다.

「아니 땐 굴뚝에 연기 나랴는 속담이 있으니까. 그런 비슷한 일이 있었을
수도 있구.」

몸은 다소 말랐다 하지만 아픈 곳이 하나도 없는 한욱이 무엇으로 어떻
게 그 안장로의 능력을 증거해 보였는지 아닌게 아니라 나는 당사자의 말
을 듣고도 그것을 쉽사리 믿을 수가 없었다.

하지만 한욱은 내가 그것을 묻기도 전에 드디어 자초지종을 스스로 설
명해 왔다.

「내가 그 현장엘 갔을 때 신도들은 너무 능력의 증거에 목이 말라 있었
어. 이건 아마 내 말을 그대로 믿는 게 좋을 거야. 안장로는 그때까지 실
상 참능력을 보인 적이 없었거든. 적어도 내가 갔을 때까지 그 자리에 있
던 사람들 중엔 그걸 자기 몸으로 체험했거나 눈으로 본 사람이 아무도
없었어. 한데도 그 사람들은 안장로의 능력을 철석같이 믿었고, 그만큼
간구도 간절할 수밖에 없었지. 하지만 바로 그런 믿음과 간구가 안장로
에겐 엄청난 고통과 두려움이었어. 신도들은 끝끝내 안장로의 능력으로
은혜를 입고 말 작정들이었거든. 그것도 자신의 병든 육신에 나타날 하나
님의 이적의 증거로서 말야. 난 그 안장로의 고통과 두려움을 알았지……」

蕩子의 未歸 681

한욱에게 있어서 그건 별로 어려운 일이 아니었다 하였다. 한욱이 신도들 사이에 끼어 앉아 서투른 찬송과 기도로 금식 예배를 사흘 동안이나 계속하고 있는 동안 안장로는 날이 갈수록 자신의 고통과 두려움을 감추지 못하고 있었다 하였다.

——이적을 행하실 분은 오직 여호와 하나님 한 분뿐이십니다. 나는 여호와 하나님께서 증거를 보이기를 원하실 때 나의 말과 몸을 빌어 여러분에게 당신의 권능을 전해드리는 것뿐입니다. 그러므로 그것은 오직 여호와 하나님의 은총과 권능의 증거일 뿐인 것입니다. 우리는 우리들 모두에게서 그 증거를 보기를 바래서는 아니 됩니다. 아버지 하나님의 권능은 단 한 번의 증거로도 그것을 모두가 믿어야 하는 것입니다. 하나님의 전지전능하심은 단 한 번의 증거로도 우리의 믿음엔 족한 것입니다. 여기 있는 이 죄인은 오늘 비록 당신의 능력을 은혜받지 못하고 있다 하더라도 당신께서 이미 행하신 이적의 말씀, 우리 주 예수 그리스도를 통하여 당신이 행하신 역사의 말씀, 우리가 알고 있는 성경의 말씀 그것만으로도 충만한 믿음을 가지고 당신을 증거해야 하는 종인 것입니다. 형제들이여! 우리는 결코 우리 자신에게서 증거를 구하려 하지 맙시다. 우리는 결코 우리의 육신에서 증거를 구하려고 하지 맙시다. 하지만 형제들이여! 우리는 또한 그것으로 낙담을 해서도 아니 됩니다. 여호와 하나님께서 우리에게 무엇을 원하시든지 우리는 다만 그분의 뜻에 순종을 해야 하는 무리인 것입니다. 그리하면 당신의 은총은 우리의 눈에 나타나 보이는 이적의 역사로서가 아니더라도 우리의 영혼 가운데서 이미 충만해지고 있을 것입니다. 전지전능하신 권능의 증거로 우리의 육신이 설령 당신께 선택을 받지 못하였다 하더라도 우리는 이미 그 믿음으로 당신의 축복을 누리게 되는 것입니다……

「안장로는 지금 당장 자기의 육신에서 능력의 증거를 볼 수 없다고 조급해하거나 성내지 말라고 골백 번이나 당부를 하였지. 그러면서도 그는 아마 속으로는 능력을 내려 주시라고 그의 하나님에게 애가 타도록 간원을 하고 있었겠지만, 막판 무렵의 안장로의 기도는 그러나 그 능력을 빌려는 쪽보다 신도들을 달래는 데에 기도와 설교의 대부분을 바쳤어…… 말하자면 안장로는 그런 식으로 자기 믿음과 기도의 한계를 신도들 앞에서 솔직하게 모두 고백해 버리고 있었던 셈이지.」

한욱은 거의 단정적인 어조로 말을 이어 나갔다.

「그런 안장로의 기도나 설교는 내 보기론 거의 애원에 가까왔어. 막판엔 처지가 더욱 난처해졌지. 일부에서들은 기다리다 못해 이제는 자기들이 거꾸로 안장로의 믿음과 능력을 심판해야겠다고 나서는 판이었으니까. 기도장에 그런 소문이 한참 나돌았어. 아무래도 안 되겠더군. 그대로 갔다간 안장로가 무슨 변을 당하게 될지 알 수가 없었어. 그래서 결국은 내가 나섰던 거지.」

 ——내 귀가 들린다! 소리가 들린다!」

 할렐루야!

 작정을 하고 나서 그는 한동안 다시 신도들 사이에 엎드려 있다가 느닷없이 소리를 지르며 강단 쪽으로 달려갔다 하였다. 그리고 그가 그 강단 앞으로 나가 어리둥절해 있는 안장로와 신도들 앞에 귀가 열려 소리가 들리게 된 사연(물론 그건 거짓말이었지만)을 말하자 장내는 일시에 새로운 흥분에 휩싸여들고 말았다는 것이었다.

「글쎄 내가 왜 그때 그러고 나섰는지 지금도 분명한 이유는 모르겠어. 안장로가 그 능력의 한계를 솔직히 고백한 말에서 마지막 희망을 보았기 때문이었던지 혹은 나 자신이 이번에는 그런 식으로 거짓 소문거리가 되어버리고 싶은 엉뚱한 복수심 때문이었던지…… 하지만 역시 그런 건 분명한 이유가 아니었어. 결과적으로 그랬길 바랄 수도 없는 일이겠구. 그것보다도 한 가지 확실한 게 있었다면 나는 우선 그 안장로를 보호해놓고 싶었다는 것일 거야. 안장로의 그 구원자로서의 권위와 능력을 말이야. 그게 금방 정체가 드러날 것일지도 모르지만, 우리들 쪽에서 그를 먼저 배반하고 나서는 건 죄악이었거든.」

 무슨 목적에서 그런 연극을 연출했느냐는 나의 물음에 한욱은 당장 자신도 그의 행동의 분명한 동기를 말하지 못했다. 분명한 것은 다만 그의 쪽에서 안장로의 능력과 권위를 배반할 수 없어 그를 그런 식으로 보호해주고 싶었던 것뿐이라 하였다. 그런데 그 안장로에 대한 한욱의 〈배반〉이라는 말이 아무래도 좀 심상치 않았다. 나는 다시 한욱에게 묻지 않을 수 없었다.

「안장로의 능력이라니? 그의 능력은 어차피 거짓이 아니었던가? 우리가 여태까지 소문 속에서 만들어낸 거짓 능력과 권위 말이야. 그런데 그 거짓의 정체를 밝히는 데에 무슨 배반이 있고 죄악이 있을 수 있어.」

「안장로가 문제가 아니라, 우리 자신이 문제였으니까……」

 나의 소리에 한욱도 이번에는 냉큼 반발을 하고 나섰다. 그리고 뒤이어 스스로 훨씬 자세한 설명을 덧붙여 왔다.

「안장로의 능력이나 권위가 모두 거짓인 것은 사실일 수도 있겠지. 하지만 그걸 안장로에게 지어 붙인 건 바로 우리들 자신이었어. 그리고 그런

점에서 그건 실상 의미가 전혀 없었던 일도 아니었지. 그게 바로 구원자로
서의 안장로에 대한 우리들의 희망과 기대였으니까. 안장로는 우리의 희망
과 기대의 표상이었고, 그에게 어떤 구원의 능력과 권위가 임했다면, 그건
바로 우리 자신이 그에게 탄생시킨 우리들 자신의 기도의 능력이요 권위였
던 셈이지. 결국 안장로 자신은 문제가 아니었어. 우리들이 갈구해 온 구
원은 안장로의 문제가 아니라 우리들 자신의 문제였으니까. 안장로를 심판
하려 드는 것은 바로 우리 자신의 구원의 문제를 스스로 배반하고 나서는
것이 되는 거지. 안장로가 스스로의 정체를 드러내 준다면 몰라도 우리
자신이 그런 배반을 먼저 감행하고 나설 수는 없는 일이었어……」

「그 능력이나 권위가 비록 우리들의 그 헛된 소문과 낭설 속에서 태어난
것이라 하더라도 말인가.」

나는 계속 묻지 않을 수 없었다.

하지만 한욱의 대꾸는 이제 갈수록 거침이 없었다.

「아까도 말했지만 소문이라는 것도 때로는 가장 힘있는 진실을 담을 수
가 있거든. 그건 바로 우리들의 간절한 희망일 경우가 있으니까 말야.」

「그새 갑자기 소문 예찬론자로 돌변해 버린 것 같군.」

「소문도 말은 말인 게니까. 그리고 이제 우리에겐 어차피 그 소문의 형
식밖에는 다른 말이 남아 있지 않질 않아?」

「둘러치나 메치나……」

「그야 순결을 잃지 않은 정직한 말처럼 이 세상과 자신에 대한 구원의
힘이 분명한 것은 없겠지. 그건 나도 아직 부인할 생각이 없어. 말을 잃
는 건 구원에 대한 우리들의 능력, 아니 구원 자체를 잃는 것이 될 수도
있으니까. 하지만 이제 우리들에게 순결을 지켜 갈 정직한 말이 어디 있
어. 구원의 능력을 지닌 말들이 어디에 아직 남아 있느냔 말이야. 남은
것은 다만 소문뿐이지. 슬픈 일이지만 그래 우리는 그 소문을 살아갈 수
밖에 없다는 거야. 소문을 살아가면서 그 소문 속에나마 아직 조그맣게
남아 있는 어떤 진실의 씨앗을 새로운 말과 구원의 힘으로 키워 나가기 위
하여 끈질긴 인내와 지혜를 가지고…… 소문의 그 파괴적인 속성과 진실
을 분별하는 지혜 말이야.」

한욱은 어느 새 흥분하고 있었다.

하지만 나는 이제 그 한욱에게서 어떤 분명한 변신을 보고 있었다. 한
욱의 말은 옳은 점이 많았고 논리에 빈틈이 있는 것도 아니었다. 하지만
나는 그 한욱이 섭섭했다. 이제는 그 자신도 소문을 살아갈 수밖에 없다
는 그의 무기력한 변신이 섭섭했다. 아니, 그 한욱마저 이제는 더 이상

순결을 지킬 만한 정직한 말이 없다는 무서운 파산이 슬프고 끔찍스러웠다.

한데 그 한욱에 관한 한 사정은 더욱더 절망적이었다.

거기까지 이야기를 듣고 나서도 나는 아예 한욱을 단념해 버릴 수는 없었다. 나는 그의 주장 가운데서 아직도 그의 옳은 점을 취하고 싶었다. 말이 지닌 구원의 능력에 대한 그의 희망과 기대 쪽을 좀 더 취해 주고 싶었다. 그리하여 나는 한욱에게 다시 그가 그 자기 구원의 능력을 위하여, 자기 배반의 죄악을 피하기 위하여 안장로와 신도들 앞에 행한 거짓 증거의 결과가 어쨌느냐고 물었다.

한욱은 이번에도 그리 대답을 아끼려 하지 않았다.

「그야 내가 처음부터 바라던 대로였지.」

한욱은 한 번뿐 아니라 그 후 몇 차례나 안장로의 기도를 통하여 자신에게 내려진 이적의 은총을 찬송하면서 신도들 앞에 하나님의 능력을 증거했노라 하였다. 그리고 그의 그런 연극은 그런 대로 상당한 성공을 거두어 안장로가 그날 하루를 무사히 보내고 야간 피신이 가능하게 했다는 것이었다.

「그런데 왜 안장로는 제 물에 도망을 치고 말았을까?」

나는 다시 묻지 않을 수 없었다.

「이번에는 강형 도움으로 이적의 증거도 보여 준 참인데?」

하지만 한욱은 그럴수록 더욱더 자신이 만만했다.

「그건 내가 그러길 원했으니까. 아니, 말이 그렇게 하고 싶어졌다고 할까? 나는 결국 다시 안장로의 신도들 앞에 내 연극의 진실을 밝힐 참이었거든…… 일부러 협박을 한 건 아니지만, 안장로 쪽도 그쯤은 능히 눈치를 채고 있었던 때문이야.」

「증거를 해 놓고 다시 그 비밀을 밝히고 싶은 건 또 무슨 심사로?」

「글쎄. 그냥 그래야 한다고 생각이 들어서랄까…… 어차피 소문으로 둔갑할 우리들의 말은 그 소문을 사 주는 사람들에게 그만한 값을 요구하게 마련이니까. 이건 아마 내가 아직도 진짜 소문의 조종사가 못 된 때문이기도 하겠지만 말이야. 진짜 소문꾼은 자기 소문에 그토록 조급하게 값을 요구하지 않는 법이거든.」

「그렇다면 그 안장로란 사람 결국은 소문대로 사기꾼이었단 말인가?」

그런데 그때였다. 이번에는 왠지 한욱이 냉큼 대답을 해 오지 않았다. 대답 대신 그는 한동안 말없이 나를 조용히 응시하고 있더니, 이윽고 그 눈가에 알 수 없는 웃음기가 번지기 시작했다.

「그래, 이형은 어느 쪽을 원하지?」

「……?」

「이형은 안장로가 어느 쪽이길 바라는가 말이야. 안장로가 진짜 능력 있는 부흥사이길 바라는가, 아니면 사기꾼이길 바라는가…… 그래 이형은 어느 쪽을 원하고 있어. 부흥사 쪽인가, 사기꾼 쪽인가」

「그게 마치 내가 원하는 대로 될 수 있는 일인 듯이 말하는군?」

나는 아직도 한욱의 진짜 속셈을 알 수 없어 미심쩍은 얼굴로 반문하였다. 하니까 한욱은 이번에야말로 노골적으로 나를 놀리는 어조로 말했다.

「그렇게 될 수도 있는 일이지. 이형이 원하기만 한다면 안장로는 사기꾼으로 야간 도주를 놓을 수도 있겠고 믿음 깊은 부흥사로 존경을 받을 수도 있는 게 사실이야.」

「그게 어떻게 그렇게 될 수가 있을까?」

「아까도 말했지만 구원은 그 안장로의 문제가 아닌 거니까. 그건 바로 그에 관한 소문을 만들어내고 있는 우리 자신의 문제였거든. 요컨대 안장로는 그에게 걸고 있는 이형의 기대와 그를 받아들이는 이형 자신의 방법에 달린 사람인 게지. 그리고 이형한테는 그런 선택에 대한 권리가 있지. 무엇보다도 이형은 그 현장을 안 갔던 사람이니까. 소문에 관한 한 현장을 멀리 떠나 있는 사람일수록 선택이 훨씬 자유로운 법이거든……」

「………」

「그 대신 소문은 이형한테 제 식으로 값을 요구하고 제 식으로 보답을 해 오겠지만, 그 점만 각오한다면 이형 마음대로 선택을 할 수가 있을 거야. 그래 어느 쪽이지? 어차피 둘 다 소문이 될 수밖에 없을 바에는 이형에게 좀 더 맘에 드는 쪽을 선택해야 할 텐데 말이야.」

나를 한껏 비웃어 놓고는 다시 선택을 재촉하고 들었다.

하지만 나는 이제 대꾸를 하지 않았다. 이제 더 이상 대꾸를 하기도 싫었고 그의 이야기를 듣기도 싫었다.

이제는 한욱도 그 정체가 분명해진 것이었다. 한욱은 이제 소문을 살면서 그 소문 속에서나마 순결하고 정직한 말의 씨앗을 찾아보자 하였다. 그리고 그것을 길러가자 하였다.

하지만 그는 실상 그 소문을 살고 있는 것이 아니었다. 소문을 살고 있는 것이 아니라, 그 자신이 한 조각 소문으로 그 소문의 깊은 숲속을 헤매고 있었다. 한욱은 이젠 다른 누구와 다를 바가 없었다. 아니 그는 스스로가 오히려 소문의 조종사를 자처하고 있었다. 한욱에게도 이미 희망이 없었다. 나는 더 이상 할말이 없었다.

그런데 참 알 수가 없었다. 나는 아직도 거기서 말을 아주 끝내 버리고 싶지가 않았다. 아직도 자꾸만 그게 아니라는 생각이 들었다. 한욱이 뭐라고 말을 하여도, 그 한욱과 한욱이 말하는 말과 세상이 그게 아닐 거라는 생각이 들었다. 그가 한 말들이 진짜 그의 말이 아닐 거라는 생각이 들었다. 이제 더 할말이 없다 하면서도, 아직도 그 한욱의 진짜 모습을 보고 싶어, 그의 가슴 속에 깊숙이 숨겨져 있을 진짜 말을 듣고 싶어 안간힘을 쓰듯 다시 말을 이었다.

「그러고 보니 강형도 아마 부흥회장 근처엔 그림자도 스쳐 보질 않았던 것 같구먼.」

왜 그랬는진 알 수가 없었다. 한욱이 그곳엘 갔거나 안 갔거나 그런 건 이제 문제가 아니었다. 하지만 나는 줄곧 그 한욱과 어떻게든지 이야길 계속해 나가야 할 것만 같았다. 그래 그렇게 자신도 깊이 괘념해 본 일이 없는 소리를 무당점장이처럼 불쑥 내뱉고 말았다.

하지만 이번에도 나는 한욱의 진짜 모습을 볼 수는 없었다. 예상치 않았던 나의 추궁에 한욱은 한동안 말이 없이 실없는 웃음만 짓고 있었다. 그리고 마침내 그가 말했다.

「글쎄…… 내가 정말 그곳엘 갔었는지 안 갔었는지, 그것도 이형의 선택에 달린 거겠지. 하지만 이형의 선택이 어느 쪽이든 나를 너무 허물할 순 없을 거야.」

자기의 말에 동의라도 구하듯 한욱은 잠시 동안 나의 표정을 살피고 나서 혼잣소리처럼 자신없게 말했다.

「그 선택이 어느 쪽이든간에 그것도 어차피 이형이 그렇게 원한 쪽일 테니까……」

한욱도 그러니까 그런 식으로 뭔가 계속 이야길 지껄이고 있었던 셈이기는 하였다. 하지만 그것들은 이미 힘도 믿음도 아무 것도 없는 빈껍데기의 소리일 뿐이었다. 그러면서도 우리는 그 힘도 믿음도 아무 것도 없는 빈껍데기뿐인 허황한 말들을 부질없이 계속하고 있는 것이었다. 나도 그랬고 한욱도 그랬다. 거기에서 진짜 한욱의 모습이 나타날 리 없었다.

하지만 나는 이제 알 수 있었다. 아무리 말을 해도 그것으로 사실엔 이를 수가 없는 이유를. 그러면서도 끊임없이 부질없는 말을 계속하고 있는 진짜 이유를. 나는 한욱의 허상을 상대로 한 그 끊임없는 말의 도로 속에서, 그 허망하고 무의미한 도로의 안타까움 속에서 문득 그것을 깨닫고 있었다.

그것은 바로 말의 가위눌림이었다.

깨어나야지, 깨어나야지, 아무리 안간힘을 써대도 잠이 깨지지 않는 안타까운 가위눌림, 희미한 영상을 끄나불삼아 눈앞에 살아 있는 현실을 안으려 아무리 기를 써대도 자꾸 도로만 되풀이되는 무서운 가위눌림, 우리는 바로 그런 말의 가위눌림에 걸려 있었다. 한욱도 그랬고 나도 그랬다. 아니 이 세상 사람 모두가 그런 꼴이었다. 그런 가위눌림 속에서의 말은 원래부터 힘이나 믿음이 있을 수 없었다. 그것은 아예 발음이 되지도 않을 뿐 아니라, 설령 발음이 되는 경우라도 제 뜻을 옳게 지녀내질 못했다. 그러면서도 자꾸 같은 시도를 되풀이하게 되는 게 가위눌림의 고통이었다.

한욱(한욱뿐 아니라 우리들 모두가)은 아직도 자신의 정직한 현실로는 돌아갈 수가 없는 것이었다.

그가 아직 자신의 현실로 돌아가지 못하고 있는 것은 영락없이 그 가위눌림 때문이었다. 한욱은 그 가위눌림 속에서 자신도 어쩔 수 없이 그 자신을 배반하는 말을 일삼고 있는 것이었다. 우리가 그런 배반을 알면서도 끊임없이 다시 헛소리를 계속해 오고 있었던 것 역시 그 말의 가위눌림 때문이었다.

적어도 내겐 이제 사정이 그만큼 분명하게 느껴지고 있었다.

하지만 그건 아마 한욱에게도 마찬가지였는지 모른다. 한욱도 이미 그것을 알고 있었기 때문에 그토록 부질없는 소리들을 끈질기게 계속해 오고 있었는지 모른다.

「지금 생각해 보면 아닌게아니라 나도 실상 그곳엘 갔었는지 어쨌는지 도대체 분명한 확신이 안 서거든…… 그래 오리발엔 개똥이겠지만 말이야.」

한욱이 아직도 이야기에 미련이 남아 있는 듯 이윽고 한 마딜 덧붙이고 있었다.

하지만 나는 이제 그 한욱을 탓하고 나설 생각이 없었다. 그야 우리가 그 무서운 가위눌림을 벗어나는 길은 아예 더 깊이 잠이 들어 버리는 방법도 있기는 하리라. 하지만, 가위눌림을 한 번 당하면 깊은 잠조차 허락하지 않는 게 미덕이라면 그것이 마지막 미덕이었다. 자기가 가위에 눌린 것을 알면서도 우리는 계속 악몽과 싸우고 있기가 일쑤였다. 그리고 그 자신과의 고통스런 싸움이야말로, 그것이 비록 한욱에게서처럼 믿음과 힘이 전혀 없는 말들의 배반과 도로에 불과한 것이라 하더라도, 아직은 우리가 그 가위눌림을 벗어져 나갈 유일한 방법이 되고 있는 것이었다.

한욱을 허물하는 건 아직은 거의 소용이 없는 일이었다. ▨

임 꺽 정 · 5

趙　海　一

꺽정이 청석골에 산채를 차린 뒤 측근에 서림(徐林)이라는 모사(謀土)를 둔 이야기는 널리 알려진 바 있다. 그리고 그의 배신에 의해 꺽정이 마침내 대업을 이루지 못하고 중도에 낙명(落命)하고 말게 된 이야기도 잘 알려진 바와 같다. 대체로 그 대목들에 관해서는 모든 임꺽정 이야기들이 엇비슷한 표현을 보이고 있다.

그러나 서림이 꺽정을 배신하고 난 뒤의 후일담을 전하는 기록은 기왕에 발견된 것이 없어 적이 궁금해하던 중, 역시 허순의 『근기 야록(近畿野錄)』에 그 편린을 엿볼 수 있는 대목들이 눈에 띄어 조금 살을 붙이고 선후를 맞추어 옮겨 볼까 한다.

임꺽정의 무리를 토벌하고 마침내는 임꺽정을 포살(捕殺)하는 데에 큰 몫을 한 공으로 조정으로부터 적잖은 재물의 내림을 받은 서림은 남소문 안에 제법 널찍한 집 한 채를 장만하여 짐짓 거들먹거리며 살고 있었다. 노비도 데리고, 첩도 둘 씩이나 거느렸다. 겉보기로는 어지간한 양반 벼슬아치의 살림에 못지 않았다.

그는 특히 첩들을 골라들이는 데 남달리 마음을 썼는데 잘 알려진 바와 같이 그는 사물의 가치 가운데 제 목숨말고는 계집을 그 으뜸으로 꼽는 사내였기 때문이다. 그 결과로 어쨌든 그는 장안에서 제법 해반주그레하기로 이름난 기녀(妓女) 둘을 첩으로 거느릴 수 있었다. 하나는 조금 나이 든 기녀로, 그 대신 사내받이의 온갖 비의를 알고 있는 매향(梅香)이라는 계집이었고 하나는 나이 이제 열 여섯밖에 안 된 동기(童妓)로, 살갗이 막

피어오르는 복사꽃 같은, 계옥(桂玉)이라는 계집이었다. 매향은 나이 든 계집으로서의 온갖 은근한 비의로써 그를 기껍게 해 주었고 계옥은 터질 듯한 생명의 봉오리로써 그의 옛 같지 못한 사내다움의 불씨를 북돋고 새로이 일구어 주었다. 거기에 두 계집이 서로 투기하는 기색 하나 없이 오로지 그의 수발 드는 데만 마음을 다하는 것도 미상불 기특한 일이 아닐 수 없었다. 서림으로서는 이제 더 바라잘 것이 없는 팔자랄 수 있었다. 그만하면 딱히, 변변찮은 수십 명 후궁을 거느린 임금보다 못하달 것도 없었으니까.

이따금, 껑정이 마지막 보인 모습——토포 군사로부터 수십 대의 화살을 몸에 받고 흡사 고슴도치의 형상이 되어 쓰러지던, 두 눈 크게 부릅뜬 모습이 마음 속에 되살아나 바늘처럼 그의 속을 쩔러대는 적이 없지 않았으나 그만 일로 크게 마음 썩일 그는 아니었다. 하긴 그런 때는 속이 좀 불편하긴 했다. 흡사 무수한 바늘을 단 고슴도치라도 한 마리 제 속에 웅크리고 있는 듯도 했다. 그러나 그의 위인됨은 그만 일에 집착할 성미가 아니었다.

술과 계집, 그리고 그것들을 제 곁에 붙들어매 둘 재물이 있는 한, 그만 일쯤은 쉽사리 눈감아 버릴 수 있는 일이었다. 또 그런 불편한 기분이 드는 게 자주 있는 일도 아니었을뿐더러 시간이 감에 따라 그나마 점점 엷어져 갔다. 요컨대 그에겐 이제 그가 바라던 것이 모두 갖추어진 쾌락한 여생이 남아 있을 뿐이었다.

한데 서림의 그와 같은 살림이 완전히 제 자리를 잡아 갈 무렵의 어느 날 저녁, 그의 집에 낯선 나그네 한 사람이 찾아왔다. 중인 차림의, 얼굴이 좀 검은 사내였는데 대문께서부터 그는 망설임 없는 목청으로 해괴한 소리를 지껄였다.

「허, 이 댁에 웬 쌀 썩는 내가 이리 진동허누. 쌀이 썩는 냄샐 풍길 지경이면 밥 한 그릇 얻어 먹고 가긴 그닥 어렵지 않겠군. 가만, 이게 쌀 썩는 내가 아니라 혹 사람 썩는 내가 아닌가.」

마침 사랑에서 저녁상을 받기 위해 안으로 들던 길의 서림은 걸음을 멈춰 세웠다. 웬 비렁뱅이인가 싶었다. 요즈음 비렁뱅이들은 입버릇이 고약하다는 걸 그는 알고 있었다. 그러나 사내의 차림이 비렁뱅이는 아님이 분명했다. 서림은 대문께로 두어 발짝 나서며 곱지 않은 눈길로 말했다.

「거, 웬 손인데 입이 그리 험하시우?」

그러자 사내는 서림을 향해 두어 발짝 서슴없이 안으로 들어서며 대꾸했다.

「오라, 마침 주인장이신 모양이구먼. 지나던 과객인데, 이 댁 앞을 지나노라니까 쌀 썩는 내가 진동허길래 염치 없이 찾아들었수. 마침 시장하던 참이기도 해서 저녁이나 한끼 얻어 먹고 갈까 하구.」

그러며 서림을 향해 쏘아오는 눈길이 예사롭지가 않았다. 적어도 저녁이나 한끼 얻어 먹고 가자는 게 목적인 사람의 눈길이 아닌 것만은 분명했다. 서림은 조금 긴장하며, 그러나 목소리만은 짐짓 눙쳐서 말했다.

「저녁 한끼야 그닥 어려울 것 없소만, 헌데 그 쌀 썩는 내라느니 허는 건 웬 소린지 모르겠구려.」

「허어, 그럼 이건 역시 쌀 썩는 내가 아니라 사람 썩는 냄새인가 보군.」

사내는 이번엔, 코를 벌룸거려 집안의 이곳저곳을 짐짓 냄새맡아 보는 시늉마저 했다. 서림은 벌컥 성을 냈다.

「무어요? 사람 썩는 내? 보자보자 하니 이 사람 미친 사람 아닌가.」

사내는 그러나 능청스레 두 눈알을 크게 굴렸다.

「허어, 날더러 미친 사람이라시네. 나는 냄샐 맡는 게 미친 사람인지 나는 냄새도 못 맡는 게 미친 사람인지 모를 노릇이로구먼.」

잘 알려진 바처럼 서림은 눈치가 빠른 사람이었다. 사내의 신분이 결코 단순한 나그네가 아님은 물론 뚜렷한 내방(來訪)의 숨긴 목적을 지닌 자임을 직감할 수 있었다. 그렇다면 섣불리 상대해선 안 될 인물이었다. 서림은 짐짓 목소리를 다시 눙쳐서 물었다.

「그럼 내 집에서 정말 무슨 냄새가 난단 말이오?」

「주인장께선 그럼 이 냄샐 못 맡는단 말이오? 허긴 냄새에 익으면 못 맡는 수도 있긴 허겠수만.」

「허허, 그 코 한번 별난 손이시구먼. 내 집에서 쌀 썩는 내, 아니 사람 썩는 내가 난다? 정히 그러시면 내 집 밥에선 무슨 내가 나는지 한번 맡아 보시려우? 마침 나도 저녁상을 받으려던 참이니.」

「한 그릇 주시겠수?」

「그럽시다. 별난 코 가진 손과 겸상 한번 해 보는 것두 미상불 괜찮겠수.」

감춘 내방의 목적을 지닌 자라면 쫓아내기보단 끌어들여 속을 떠보는 것이 차라리 개운하리란 판단을 서림은 했다. 또 쫓아낸다 해서 호락호락 물러설 위인으로 보이지도 않았다. 그럴 바엔 이쪽에서 차라리 선선한 태도를 지어 보이는 게 나을 일이었다. 사내 쪽에서도 서림의 그러한 속셈을 읽었음인지 빙그레 천연스런 웃음마저 입가에 띠고 서림을 따랐다.

저녁상을 다시 보아 사랑으로 내라고 고쳐 이른 뒤 서림은 앞장서 다시 사랑으로 향했다. 그러며 사내에게 물었다.

「헌데 과객이시라면 어디서 오는 길이시우?」
사내는 넌지시 서림을 건너다보며 대답했다.
「전라도 구례 고을에서 올라 오는 길이우.」
「전라도 구례 고을이라, 그럼 한양은 초행이시우?」
「아니, 전에두 두어 번 왕래한 적이 있수.」
「그럼 상인(商人)이시우?」
「그저 그럭저럭 먹고 사는 자라구 알아두시우.」
「그럭저럭 먹고 살다니?」
「차차 아시게 되리다.」
사내의 그 말뜻을 서림이 뒤늦게나마 깨달은 것은 사랑에 들어 마주 앉
으며 서로 통성명을 하고 난 뒤였다.
「우리 서루 통성명이나 하십시다. 난 서림이라구 하우.」
「알구 왔수. 난 그저 임가(林哥)라구 하우.」
「알구 오다니, 내 이름을 진작 알구 오셨단 말이오?」
「그럼 내가 주인 이름도 모르고 찾아온 사람 같소?」
툭 뱉듯이 하며, 쏘아오는 사내의 눈길이 짐짓 짓궂은 빛을 띠고 있었
다. 서림은 마음의 동요를 감추지 못하였다.
「아니, 그럼 무슨 일루? 날 이렇게 찾아온 무슨 딴 뜻이라두 있단 말이
우?」
「그럼 내가 정말 밥이나 한 그릇 얻어 먹으러 온 동냥아치인 줄 아셨수?」
「그럼…… 손은 대체 뉘시오?」
「방금 말하지 않았수. 그저 임가라구 한다구. 내 성님 성이 임가이니 나
또한 임가가 아니겠수.」
서림은 마음 속이 켈렸다.
「백씨 성이 임씨라면……?」
「짐작 못 하겠수?」
「글쎄, 뉘신지…….」
「임꺽정이라면 아시겠수?」
「……….」
서림은 순간 크게 뜬 눈과 벌린 입을 다물지 못하였다. 사내는 빙긋이
웃었다.
「뭘 그리 놀라시우. 처음 듣는 이름두 아닐 텐네.」
「허, 허지만 임두령은…….」
「임두령은 죽었구 그에겐 아우가 없을 게란 말이우?」

「그럼 손이 죽은 임두령의……?」

「죽은 임두령의 아우는 아니우. 산 임두령의 아우지.」

「산 임두령이라니……?」

「왜, 모르우? 죽은 청석골 임두령말구 전라도 구례 고을 부구 직매재에 또 한 사람 임두령이 있다는 걸.」

서림은 그제야 확연히 알아차릴 수 있었다. 언젠가 전라도 구례 고을 부근에 임꺽정을 자처하는 자가 있다는 염탐꾼의 보고에 따라, 꺽정이 손수 전라도까지 찾아내려가 그 자를 만나본 뒤, 그 자의 검술과 인품에 마음이 움직여 그 자로 하여금 그곳에서 이후로도 임꺽정의 행세를 계속하도록 허락했었다는 사실이 일깨워졌던 것이다. 당시 전라도에서 돌아와, 마치 죽었던 아우라도 만나고 돌아온 듯 기뻐해 마지 않던 꺽정의 모습이 선연히 되살아났다.

서림은 잠시 사내의 눈길을 피하고 앉았다가 조심스레 고개를 들며 물었다.

「……그럼 나를 해꼬지하려 오신 게로구려?」

그러자 사내는 지그시 서림을 쏘아보며 천천히 고개를 저었다.

「손끝 하나 다쳐선 안 된다는 게 성님의 엄명이었수. 마음 같아선 지금 당장 목이라두 베어 가구 싶지만 난 그저 심부름만 할 밖에 없수. 심부름이 별것두 아니우. 성님 말 한 마디 전하는 것뿐이우.」

「?」

「성님 말이, 자인(自刃)하랍디다.」

「……자인?」

「성님 칼에 더러운 피 묻히기 싫어서라우. 허나 만일 스스로 자인하지 않으면 부득이 성님이 대신 와서 목을 베어 가는 수밖에 없답디다.」

서림은 순간 칼날이 선뜩 목에 와 대어지는 듯한 전율을 느꼈다. 가슴속이 별안간 무엇에 꽉 막히는 듯한 느낌이었다.

「자, 난 볼일 다 보았으니 그만 일어서겠수. 부디 우리 성님 말 허투루 듣지 마시우. 내 여직 성님이 허튼 말 하는 것 듣지 못했수.」

그러며 사내는 천천히 몸을 일으켰다. 무언가 지그시 노여움을 이기려는 태도였다. 서림은 황망히 따라 일어서며 사내의 소맷부리를 잡았다.

「잠시만 앉으시우. 곧 저녁상이 들어올 텐데. 그리구…… 내가 자인을 해야 한다면 언제까지 해야 하는지 그것두 좀 일러 주우.」

사내는 천천히 그러나 단호히 소맷부리를 뿌리치며 말했다.

「저녁상이 들어오거든 네눔이나 배불리 먹거라. 내 네눔의 더러운 밥으로 뱃속을 더럽힐 듯 싶으냐? 그리구 며칠이나 더 살고 싶어 시한을 묻느냐. 정히 부끄럼도 모르는 눔이로구나. 성님 말이 사흘 말미를 주라더라만 내가 네눔이라면 오늘 밤을 넘기지 않겠다. 여우 같은 눔이 혹 잔꾀를 부릴 요량인지 모르겠다만 행여 그럴 생각일랑 버려라. 이 시간부터 네눔 집은 우리 감시를 벗어나지 못할 테니.」

사내가 돌아가고 난 뒤 서림은 사랑에 혼자 남겨진 채 한동안 안절부절을 못하였다. 막연히 이런 일을 한 번쯤 겪으리라는 위구심을 가져 보지 않은 건 아니었으나 막상 눈앞에 당하고 보니 가슴 속이 꽉 막혔다. 사내의 하던 수작으로 미루어 결코 허튼 수작이 아님은 분명했다. 사내는 제 손으로 당장 해치우지 못하는 걸 못내 분해하기까지 하지 않던가. 이 일을 어찌 모면해야 좋단 말인가. 전라도 구례 고을의 그 가짜 임꺽정이도 죽은 꺽정이에 못지 않은 검술을 지녔다지 않던가. 나라 안에 짝을 찾을 수 없다던 죽은 꺽정의 검술로도 그 자를 쉽사리 꺾지는 못했다지 않던가. 대체 이 일을 어찌 모면해야 옳단 말인가.

그렇다고 자인을 한다는 건 서림으로선 생심도 할 수 없는 일이었다. 어떻게든 그것은 모면해야 할 일이지 고지식하게 따를 일은 못 되었다. 자인을 해야 한다면 그는 차라리 벌레가 되어서라도 살기를 바랄 위인이었다. 더우기 매향과 계옥을 두고 자인을 한다는 건 그로선 꿈 속에서도 생각해 볼 수 없는 일이었다.

어떻게든 모면해야 한다, 모면해야 한다는 생각만이 그의 어지럽고 터질 듯한 머리 속에 가득찼다. 그러나 아무런 뾰족한 수도 쉬 떠올라 주지 않았다. 밤중에 쥐도 새도 모르게 이사를 해 버리는 방법이나 관가에 알려서 보호를 청하는 방법을 생각해 보긴 했으나 그것도 여의치 못할 것 같았다. 사내가 마지막 남긴 말, 〈이 시간부터 네눔 집은 우리 감시를 벗어나지 못할 터〉란 말이 결코 단순한 엄포로만 들리지는 않았기 때문이었다. 그것은 꺽정의 패거리를 몇 해 따라다녀 그의 몸에 밴 지식이었다. 요컨대 그의 지식에 따르면 그가 살아날 방도란 없었다. 그들은 아마 대궐 속에라도 숨어들어 그를 찾아내고야 말 터이었다.

그러나 그는 역시 서림이었다. 마침내 묘책 한 가지가 떠올랐다.

그날 밤, 그는 매향과 계옥 두 첩을 침소로 불러 몇 가지 분부를 하였다. 그리고 당부하는 걸 잊지 않았다.

「이 일은 너희들 서방의 목숨에 관련한 일이니 실수 없도록 해야 한다. 좀 황당한 일이라 싶을 터이나 그것은 훗날 내 자상히 이야기해 줄 날이 있을 게다. 그리구 노비들두 실수 없이 부려야 한다. 만에 하나 실수가 있어서는 너희들 이 서방 목숨은 그날부터 남에게 맡겨 놓은 것이 될 테니. 자, 그럼 난 너희들만 믿는다.」

그의 표정은 자못 비장하였다. 매향과 계옥은 처음 반신반의하는 눈치였으나 그의 비장한 표정을 대하자 곧 정색하고 그의 분부를 들었다. 필시 무슨 위중한 곡절이 있으리라 믿는 태도였다.

서림의 집에서 느닷없이 낭자한 곡성(哭聲)이 들리기 시작한 것은 이튿날 이른 아침부터였다. 매향과 계옥 두 계집이 내장이라도 끌어낼 듯 섧디섧게 토해내는 그 곡성은 의심할 바 없이, 졸지에 서방을 잃은 계집들의 넋나간 그것이었다.

「아이고 서방님, 졸지에 이게 무슨 변이란 말이오. 무슨 곡절이 있기에 이렇다 말 한 마디 없이, 그것도 스스로 목숨을 끊는단 말이오. 아이고 서방님, 이게 무슨 마른 하늘에 날벼락이오. 아이고 서방님, 아이고 서방님…… 우리 계집들은 누굴 의지해 살라고, 아이고 서방님, 아이고 서방님……」

이웃에서는 수군수군 입들을 모았다.

「그 변괴로군. 어제꺼정 멀쩡하던 사람이……」

「그 뭐 듣자하니 임꺽정이 패거리와 한 패였다는데 나중에 관가에 붙어 저희 괴수를 잡혀 죽게 한 공으루 조정에서 재물깨나 받은 자랍디다.」

「나두 그 비슷헌 소릴 들은 것 같수. 그럼 그 임꺽정이 잔당이 와서 해꼬지하구 간 게 아닐까.」

「아니, 그게 아닌 모양이우. 자인을 헌 모양인데.」

「임꺽정이 잔당이야 지난 번 관군 토벌에 다 잡혀 죽구 남은 패거리가 어디 있을라구.」

「암튼 그 변괴로군, 변괴야.」

「주제에 첩두 둘 씩이나 거느리구 노비두 데렸다며?」

「그랬답디다. 조정에서 재물깨나 듬뿍 내렸다니까.」

「그런 늘어진 팔자에 자인은 또 무슨 연고인구.」

「제 패거리를 배신허구 괴수꺼정 잡혀 죽게 헌 게 두구두구 마음에 켱겼던 게지.」

「에이, 그럴 위인으룬 뵈지 않읍디다.」

「암튼 작자 생김생김이 제 명엔 못 갈 것같이 생겼더라니……」

사흘 밤 사흘 낮을 곡성이 끊이지 않더니 나흘째 되는 날 아침, 서림의 집에선 조촐히 꾸민 상여 하나가 나갔다. 야단스러움을 버린, 지극히 간소하게 꾸민 상여였다. 소복한, 좀 나이 든 계집 하나와 나어린 계집 하나가 그 뒤를 따랐고, 상가의 대문은 곧 굳게 닫혔다. 그리고 아무도 이 일을 의심하는 사람은 없었다.

허순의 『근기 야록』에는 다음과 같은 기록이 남아 있다.

〈……이후 서림의 모습을 보았다는 사람은 아무도 없는바, 혹자는 그가 제 집에 숨어 천수를 누렸다고도 하고 혹자는 말이 달라, 그가 기계(奇計)를 부렸으나 마침내 임꺽정을 자칭하는 어떤 사내에게 죽임을 당했다고도 하더라.〉 ▨

우리들의 불꽃

白　道　基

　빈지 문을 걸어 잠그고 마악 샛문 틈에 머리를 디밀고 밖으로 나가려는 참인데 전화벨이 울렸다. 나는 제기럴…… 이렇게 투덜거리며 그냥 상체를 문 밖으로 내논 채 망설이고 있다가 혀를 끌끌 차고 나서 몸을 돌려 송수화기를 집어들었다.

　그러자 저쪽에서 대뜸,

「거기 한성표(韓性杓)씨라고 있음까?」

하고 캐묻는 듯한 어조로 물어 왔다. 나는 거의 반사적으로 귀에 대었던 수화기를 떼내어 한 번 훑어 보고는

「난데, 누구시요?」

이렇게 물었다. 상대방의 어투를 닮아 이쪽 말씨도 어느 틈에 상당히 경계하는 어투로 변해져 있었다.

「여기 화양경찰선데…… 이충(李忠)이란 사람 잘 아시지요?」

　나는 일순 호흡을 가다듬었다.

「이충? 그런 사람 잘 기억나지 않는데요.」

　나는 이충이란 이름을 듣는 순간 한 사내의 모습이 선명하게 뇌리에 떠올랐으나 우선 이런 식으로 발뺌부터 했다.

「그 사람이 오늘 새벽 어느 무허가 하숙집에서 죽었읍니다.」

　그 순간 나는 상대가 무슨 낌새를 느낄까봐 얼른 송화기를 손바닥으로 덮었다. 한 순간 나는 망연한 느낌에 사로잡혔다. 그러나 충격을 받은 건 아니었다.

「여보세요. 들립니까? 아 그런데 말입니다. 그 사람의 유류품 가운데서

선생의 명함이 있기에 혹시나 연고자를 찾을 수 있을까 해서 전화한 겁니다.」

「네. 의도는 잘 알겠읍니다만 도무지 기억이 없읍니다, 아시다시피 나는 장사하는 사람이라 명함 같은 걸 막 뿌리는 입장이니까요.」

「한선생. 잘 좀 생각해 보시지요. 선생의 명함뿐만 아니라 영문(英文)으로 된 이력서도 한 통 들어 있었으니까 전혀 무관한 관계는 아닌 듯싶어 그러는 거니까 이해해 주십시오. 그저 무연고자로 간단히 처리해 버릴 수도 있읍니다만 이왕이면 연고자를 찾아 알려 주는 게 좋은 일 아니겠읍니까?」

상대방은 이쪽의 속셈을 간파한 듯이 목소리를 은근하게 바꿔 가지고 사정조로 나왔다. 영문으로 된 이력서가 어쩌구 할 때부터 나는 뭔가 둔중한 것으로 머리통을 얻어 맞은 것처럼 얼얼한 기분이 되어가지고 허둥댔다.

「네, 의도는…… 의도는 말입니다. 십분 이해하겠읍니다. 원체 저라는 사람이 기억력이 부실한 편이어서 말이지요. 여하튼 생각이 나는 대로 연락해드리지요. 어디로 연락하면 됩니까?」

「사회과 김문기순경입니다. 김문기. 사횟괍니다.」

상대방은 두 번씩이나 자기의 소속과 성명을 말해 주었다. 나는 천천히 송수화기를 내려놓고 다시 의자에 털썩 주저앉았다.

그날 밤 나는 억병으로 취해서 간신히 집에 돌아왔다. 그러고도 잠을 이룰 수 없었다.

다음날 아침에 아내에게서 내가 통금 시간이 십분 지났을 무렵에야 집에 돌아왔으며, 이 풍진 세상을 만났으니 너희 희망이 무엇이냐를 돼지 멱따는 소리로 악을 써 가며 세 차례나 불렀으며, 왜 이러시느냐고 말리는 그녀에게 주먹으로 한 대 치기 전에 입 다물고 꺼지라고 했다는 사실을 알았다. 나도 왜 그렇게 했는지 알 수 없었다.

나는 느즈막하게 가게 문을 열었다. 일찍 문을 연다고 해도 손님이 있을 턱 없겠지만 지난 밤의 숙취가 아직도 골치를 흔들어 오늘은 그만 문을 열지 말까 하다가 마음을 고쳐먹었던 것이다.

나는 깜빡 졸다가 눈을 떴다. 문간께서 순경 제복을 입은 내 나이 또래의 사내가 주춤거리고 있었다.

「실례합니다. 한선생이십니까?」

하며 안으로 들어섰다. 아마 꿈결에 그 비슷한 소리를 들은 것 같기도

했다.

「예. 제가 한입니다만 무슨 일로 오셨읍니까?」

「어젠 실례 많았읍니다. 김문기올시다.」

그가 내민 손을 엉겁결에 마주 잡고 나서야, 이 사람이 이층 때문에 네게 전화를 걸었던 장본인이구나 하는 걸 깨달았다. 얼핏 보아 친근하게 느껴지는 호인 같은 인상이어서 한결 마음이 놓였다. 견장을 보니까 경장이었다.

「바쁘십니까?」

그러면서 그는 씨익 웃었다. 아마 한가로와 낮잠을 자고 있던 사람에게 그런 질문을 했다는 게 우스웠던 모양이었다.

「어제 그 일 때문인데요. 누군지 생각나셨읍니까?」

나는 아니오 하고 잡아떼려다가 고개를 끄덕여 시인했다.

「뭘 하던 노인인가요?」

「한마디로 말해서 그 노인은…… 아니, 그런데 웬일이시죠? 살인인가요?」

그는 고개를 좌우로 흔들었다.

「사인(死因)은 알콜 램프에 불을 켜둔 채 잠을 잤기 때문에 질식사(窒息死)한 걸로 판명되었지요. 고의적으로 그랬는지 혹은 실수였는지 그건 확연치 않습니다만.」

「만약 그게 고의적이었다면 그건 충격적인 일이군요.」

「아니, 왜요?」

「그 노인처럼 수단 방법을 가리지 않고 악착같이 살려는 사람을 본 적이 없었으니까요. 참 어제 그 노인의 유류품 가운데서 내 영문 이력서가 나왔다고 하셨는데 다른 사람들 건 없었읍니까?」

「정확히 열 세 통 있었읍니다. 그게 이상한 호기심을 자아내더구먼요. 그 뿐만 아니라 거창한 사업 계획서도 있었어요. 호텔 경영을 비롯한 관광 기업에다가 출판사까지 하려고 했더군요.」

「아마 연고자를 따로 찾을 순 없을 겁니다. 왕래하는 일가 친척들이 있는 거 같진 않았거든요. 지금 시신(屍身)은 어디 있읍니까?」

「시립 병원 시체실에 있읍니다. 한 번 와 주시겠읍니까?」

「아뇨. 절대 그럴 의사는 없읍니다.」

나는 고개까지 흔들어 완강히 거절했다.

그는 나의 그런 완강한 거절에도 조금 놀라는 기색이 없었다. 포킷을 뒤져 담배를 찾는 눈치기에 나는 얼른 응접 탁자 곁에 놓아 두었던 담배갑을 들어 그에게 권했다. 그는 머리를 저으며 웃었다.

「담배 안 태웁니다. 간장이 나빠져서요.」

그러면서 그는 포킷에서 절반으로 접힌 편지 봉투 한 장을 꺼내 내 앞으로 내밀었다.

「이거?」

「네. 선생의 이력섭니다. 연고자가 없는 경우 사망자의 유품은 국고에 수납됩니다만 그 노인에겐 모조리 태워 버릴 것밖엔 없더구먼요.」

나는 꺼림직한 기분으로 내 앞에 놓인 봉투를 바라보았다. 몹시 불쾌했으나 그런 내색은 하지 않았다. 어제 전화가 왔을 때 잘 모르겠다고 잡아뗐는데도 우정 내 이력서를 들고 찾아온 그의 행위가 몹시 괘씸스러웠다. 나는 그가 분명 어떤 저의를 가지고 있으리라고 생각했다.

그런데 그는 그냥 일어설 눈치를 보였다. 그러자 순간적으로 그를 그저 보내서는 안 된다는 생각이 들었다. 저의가 있어서 찾아온 경찰관을 맨입으로 돌려보낸다는 게 아무래도 꺼림직했기 때문이다. 그래서 마침 점심때도 되었고 하니 같이 식사나 하자고 붙잡았다. 그가 사양하자 나는 더다급한 심정이 되어 사정했다.

「이거 왜 이러십니까? 여기까지 일부러 찾아와 주셨는데 그냥 가신다면 제 도리가 아니잖습니까? 요즘 부조리 부조리 하지만 짜장면 한그릇 같이 했대서 무슨 일 나겠읍니까? 그게 다 오가는 인정이지요. 이렇게 뿌리치시면 일껀 청을 드린 내 꼴이 뭐가 됩니까?」

그래도 그는 사양했다. 사실은 이충에 관해 아는 바 있으면 참고할까 하고 들렀는데 일이 끝났으니 그냥 가겠다는 거였다. 경찰서에 도시락을 싸다뒀으니 걱정 말라고 괜한 폐를 끼치고 싶지 않노라고 막무가내였다. 그럴수록 나는 당황해졌다.

내가 하고 있는 물물 교환소라는 업종은 일반 고물상이 다아 그렇듯이 언제나 장물(藏物)을 살 위험을 안고 있다. 아무리 조심을 해도 지능범한테 걸려들면 속아서 장물을 사게 마련이다. 내가 이 중고품 장사 삼년 동안에 뼈저리게 체험한 게 있는데 괜히 콧대를 세우고 어설피 뻣뻣하게 굴다가는 어느 귀신에게 물려가는지 모르게 물려가 골탕을 먹게 된다는 사실이었다. 세무서원·시청 직원·경찰관·소방관·방범 대원, 심지어 청소부에 이르기까지 어쩌다 밉게 보였다가는 반드시 깨지는 날이 있게 마련이다.

나는 벗어 걸었던 웃저고리를 떼어 입고 나갈 차비를 했다.

「이거 정말 난처한데요. 저엉 그러시다면 차나 한 잔 하겠읍니다. 커피로 주문해 주세요.」

그의 표정에는 일부러 검사해하는 게 아니라 아주 난처해하는 형색이 역력했다. 나는 점심 시간도 되었고 하니 할 바에야 식사를 하자고 조르다가 그가 막무가내인 바람에 〈곰〉이라는 다방에다가 커피 두 잔을 주문했다. 그에게 별다른 저의가 없는 듯한 느낌이 들자 나는 속으로 턱없이 감격했다. 그래서 안 하겠다고 마음먹고 있던 얘기를 자진해서 꺼냈다.

그를 처음 만난 때가 정확히 어느날이었었는지는 확실하지 않다. 작년 가을께쯤인 것만은 분명했다. 그가 후줄근한 바바리 코트를 걸치고 나다닐 무렵이었으니까. 어쩌면 시월이나 십 일월의 그 어간일 가능성이 많다. 장소는 똑똑히 기억하는데 〈자하〉라는 좀 별스런 느낌이 드는 다방이었다. 가게에서 그리 멀잖은 뒷골목에 있는데 우연히 한 번 들렀다가 차 맛도 괜찮고 적막할이만치 조용한 분위기가 마음에 들어 단골처럼 드나들던 곳이었기 때문이다.

그와 내가 어떤 발연으로 해서 서로 안면을 트고 지내게 되었었는지도 분명하지는 않다. 피차에 그 다방에 자주 드나들게 되니까 자연스레 서로 아는 체하게 된 것 같기도 하고. 그가, 내가 앉아 있는 곳으로 우정 다가와 같이 앉아도 되겠읍니까 하고 먼저 인사를 건넸던 듯싶기도 하다.

그는 한 눈에, 키가 조그맣고 살집이 거의 없는 데다가 얼굴이 상당히 허물어져 있는, 육십여 세 가량 되어 보이는 사내였다. 유행이 지난 것 좁은 상의의 포킷에 손수건을 개여 찌른 품이라든가 줄이 선 홈스펀 바지며 은 녹색의 털양말, 심하게 윤을 내지 않고 정갈한 느낌이 들도록 닦아 신 엷은 검정 구두며, 야위고 메마른 손가락에 낀 검은 산호 반지, 구호 물자 시장의 퇴물인지는 모르나 하여튼 외제(外製) 냄새가 물씬 풍기는 허름한 바바리 코트의 주머니에다가 그 무렵의 시사적인 인물의 사진이 표지에 난 〈타임〉지를 꽂고 있었는데, 그런 풍모가 아주 썩 잘 격에 어울려 보이는 사람이었다.

그 뒤로 합석하는 기회가 종종 생겼다. 〈자하〉는 고전 음악을 들려 주면서 뮤직 박스 옆에 붙어 있는 흑판에다가 작곡가, 곡명, 연주자, 지휘자들의 이름을 적어 주기도 하는 좀 별난 곳이어서 그런지 퇴근 무렵이면 좌석이 남아 돌지 않았기 때문에 자연히 합석하게 되는 경우가 많았던 것이다.

어느날인가. 그는 아주 난처해하며 내게 돈 천원만 빌려달라고 했다. 아침부터 나왔기 때문에 자리 값을 하느라고 우유를 두 잔 커피 한 잔 담배도 한 갑 갖다달래서 피운 연후에 막상 값을 치르려고 보니 수중에 무일푼이더란 것이었다. 나는 선선히 빌려 주었다.

다음날인가 다방에 들렀더니 그는 기다리고 있었던 모양으로 반색을 하면서 저녁 식사 전이면 자기가 저녁을 한턱 쓰겠노라고 했다. 나는 왠지 부담스러워 막 먹고 오는 길이라고 거짓말을 했다.

마아 요즘은 세태가 하도 각박해서 잘 아는 처지라도 돈 얘기만 나오면 낯색이 홱 달라지는 판인데 생면 부지인 나 같은 사람에게 성명 삼자(姓名 三字)도 묻지 않고 돈을 처억 내주시는 걸 보고 내 속으로 느낀 게 많았어요. 액수의 다과가 문제 아니라 사람이 사람 대접을 받는다는 게 그리도 흐뭇할 수가 없더구먼요.

말하는 품이 하도 진지해서 오히려 듣는 쪽이 면구스럽고 어색할 지경이었으나 그는 치하를 더 계속한 후에 끝내 그날의 내 차 값을 자기가 우겨서 내기까지 했다. 그런데 이상한 것은 그처럼 억지를 써도 끝내 말릴 수 없게 하는 이상한 힘이랄까 하여튼 그 비슷한 분위기를 그는 지니고 있었다.

다음에 만났을 때 그는 혹시 숙비가 많이 들지 않는 조용한 여관이 있으면 소개해 달라고 나에게 부탁했다.

여기 성 빈센트 병원에 닥터 최라구 냇과 책임자가 있는데 그 사람을 내가 미국에 있을 때 조금 돌보아준 적이 있었지요. 뭐 특별히 돌봐준 것도 아닌데 유학온 학생 처지라는 게 조금만 친절을 베풀어 줘도 큰 은혜라고 생각하게끔 되는 모양이에요. 그래서 미국에서 나온 이후로 그 사람 신세를 지게 되었지요. 와서 얼마 동안은 병원에 입원해 있었는데 생각해보니까 하루이틀에 나을 병도 아니고 가지고 온 돈이래야 몇 푼 되지도 않고 해서 여관을 골라들었는데…… 야 거 망하더구먼. 저쪽 남문(南門) 곁에 있는 은하라는 여관인데 술집 근처라서 그런지 밤늦게까지 떠들고 시시덕거리는 바람에 통히 잠을 제대로 잘 수 있어야지요. 허허허허…… 신로심불로(身老心不老)라는 말이 있더니 옆방에서 남녀가 어울려 시시덕거리는 소리를 들으니까 것두 상당한 자극이 됩디다 그려. 허허허허…… 홍허물이 없이 지내다 보니 나도 모르게 희언(戱言)이 나왔군요.

그가 웃을 때면 목구멍 속에서 뭐가 긁히는 듯한 쉐쉐 소리가 섞여 나왔다. 그러면서 고개를 자꾸만 주억거려 가며 웃는, 꽤 별난 몸짓의 웃음이었다.

어디가 편찮으십니까?

그러자 그는 내 질문을 기다리고 있었다는 듯이 산호 반지를 끼고 있는 오른손을 쫙 펼쳐 내 코 앞에 내밀었다. 엄지와 새끼 손가락을 제외한 나머지 세손가락 마디가 이상하게 휘어져 있었다.

이거 보세요. 이 손가락이 이상하지요? 이게 비행기 추락 사고로 잘려 나간 손가락을 다시 맞춰 이 모양이 된 겁니다. 그때 늑골에 심한 타박상을 입었는데 그것 때문에 협심증세가 생겨서 아주 고질이 되었지요. 힘빈 기침이 터졌다 허면 쉽게 진정이 되지 않아요.

그러다가 그는 정말 발작적으로 기침을 해댔다. 얼굴이 시뻘겋게 상기되어 가지고 가슴을 움켜 쥔 채 자지러지게 기침을 내쏟고 있는 그의 모습은 한마디로 목불인견이었다.

이윽고 기침이 멎자 그는 가슴을 움켜 쥐고 있던 두 손 중에서 왼손을 떼내어 이마에 흥건히 배인 땀을 씻어냈다. 아직도 그의 목구멍 속에서는 그 발작적인 기침의 여진 같은 가르릉거리는 소리가 나고 있었다.

간신히 평정을 되찾고 나자 그는 미안한 듯 주위를 둘러보았다. 그러자 우리를 에워싸고 있던 눈길들이 서서히 흩어져 나갔다. 기침 소리에 삼켜졌던 브람스의 곡(曲)이 갑자기 튕겨지듯 되살아났다.

내가 이 모양 이 꼴이 되가지고도 악착같이 살고 있는 이유가 어디 있는지 아십니까? 이대로는 정말이지 너무나 억울해서 죽을 수 없기 때문입니다. 내 언젠가 선생께 죄다 말씀드릴 날이 있을 거외다. 나야말로 한(恨)이 많은 놈입니다.

그러면서 그는 가슴 저 깊숙한 곳에서 뿜어올리는 듯한 한숨을 길게 내쉬었다. 되려 이쪽의 가슴이 콱 막혀 오는 그런 한숨이었다.

그날, (아마 틀림없이 바로 그날이었을 것이다) 그는 서로 안면도 트고 여러 차례 얘기도 나누었는데 정작 통성명이 없었으니 이거 될일이냐면서 먼저 자신의 이름을 이충(李忠)이라고 밝혔다. 어디선가 들은 적이 있는 귀익은 이름이다 싶었는데 나중에 생각해 보니 수호지(水滸誌)에 나오는 백팔두령(百八頭領) 중의 한 사람 이름이라는 것과 그가 한 자루의 창봉을 흔들며 고약인가 뭔가 하는 약을 팔다가 노지심인지 흑선풍 이귀(李貴)인지 하는 위인에게 무안을 당하던 광경 같은 게 어슴푸레 떠오르는 것이었다.

그런데 그는 다만 이름을 말하는 것이 아니라 수첩 갈피에서 명함 쪽지 같은 흰 바닥의 종이를 한 장 꺼내어 거기다가 〈李忠·Roy Lee〉라고 써서 내게 건네주었다.

나는 무척 당황했다. 나야말로 서로 이름까지 트고 자별스럽게 지낼 의도 같은 건 없었던 터였지만, 나이가 훨씬 위인 그쪽에서 먼저 이렇게 나오니까 낭패스럽기 그지없었다.

나는 얼떨김에 자리에서 벌떡 몸을 일으켜 꾸벅 절을 하고 나서 정중하게 한성표라는 내 이름을 댔다.

그러자 그는 매우 흡족하게 웃고 나서 두서없이 이것저것 캐묻기 시작했다. 나이는 몇이냐, 직업은 뭐냐, 결혼은 언제 했느냐, 아이들은 몇이냐 두었느냐, 부인의 나이는 몇살이냐, 사업의 전망은 어떠하냐, 이런 따위의 내가 그중 꺼려하는 질문을 던져 놓고 마치 당연히 알아야 할 권리라도 있는 것처럼 진지한 표정으로 내 대답을 기다렸다.

세상에는 제가 제일 잘난 놈마냥 말끝마다 내가, 이 몸이 어쩌고 저쩌고 해가면서 우쭐거리는 놈도 있지만, 자신의 존재를 개떡같이 여겨 제말하기를 죽기 만큼이나 싫어하는 놈도 있다는 사실을 그는 전혀 모르고 있는 눈치였다.

나는 별수없이 싫은 내색조차 못하고 내 신상에 관한 얘기를 털어 놓았다.

내 나이는 설흔 여덟이고 나보다 한살 아래인 처가 있는데 그녀는 현재 공무원으로 만 십년째 봉직하고 있는 중이며, 나는 지금까지 학교 훈장노릇도 좀 해 보고 출판사 교정원도 해 보고, 연극판에 얼굴을 내밀어 보기도 하면서 근거 없이 방황하다가 지금은 물물 교환소(物物交換所)를 열고 있는 중이다. 곧 죽어도 꿈이 하나 있는데 그건 출판업으로 돈을 왕창 벌어 봤으면 하는 것으로서 물물 교환소 한구석에다가 베니다판으로 간막이를 해 가지고 동양문화사(東洋文化社)라는 간판을 걸어 놓고 있다. 그러나 출판 실적은 없고 자비(自費)로 출판하는 사람에게 회사 명의를 서너 차례 빌려 준 일이 있을 뿐이다. 아들은 없고 딸만 둘인데 큰놈이 올해 학교에 입학했다. 마누라가 조기 교육의 효과를 내세우며 일곱살짜리를 우겨서 집어 넣었는데 시험 성적이 대체로 60점을 밑돌고 있는 형편이다. 나는 물론 그런 일 때문에 걱정은 안 하고 있다. 물물 교환소는 월세를 내고 겨우 내 용돈이나 쓸 정도다. 용돈이래야 기껏 삼사 만원이다. 술은 기분풀이로 소주 두 병을 털어 넣는 실력이지만 요즘은 간장이 나빠서 되도록이면 삼가는 중이고 담배만은 어쩔 수 없어서 여전히 하루 한 갑씩 태운다. 얼마 전까지만 해도 신문을 보면서 자주 흥분하는 버릇이 있었다. 흥분하면 분별 없이 아무에게나 쌍욕을 하는 객기가 발동해서 그것 때문에 마누라는 항상 맘을 못 놓는다며 걱정하고 있으므로 나도 조심하고 있다. 결혼 십년 만엔가. 자주 드나들던 다방의 마담하고 이상하게 정분이 나서 대여섯번 가량 함께 독탕에 드나든 적이 있었다. 그러나 마누라가 눈치채기 전에 적당히 해서 헤어졌다. 그 뒤로 왠지 여자를 봐도 별 뜻이 없다. 아마 갱년기 현상이 조금 일찍 밀려온 게 아닌가 싶지만 별 걱정은 안 하고 있다. 마누라하고는 일주 일회 정도의 방사(房事)를 하고 있다. 그러나 일을 한번 치르고 나면 오금이 저리는 증세를 느낀다. 취미랄 것도 없지만 전에는 낚시를 즐겼는데 한 이태 전부터 손을 통 못 대고 있고, 그 대신 틈이 있으면 기원에 나가 바둑을 두어 꽤색 하고 있다

내 얘기를 듣고 난 그는 별로 감정이 섞이지 않은 눈으로 나를 한동안 물끄러미 바라보았다. 내 말이 아니더라도 내가 야심은 있으나 그 야심을 달성할 만한 기력도 계획도 의지도 노력도 이미 잃어버린 채로 그렁저렁 시간이나 죽여가며 살아 가고 있는 인간이라는 걸 진작 꿰뚫어보고 있었던 것 같았다.

물론 내 신상에 관한 얘기를 이렇듯 단숨에 지껄이지는 않았을 것이다. 그러나 그와 함께 어울린 삼개월 가량의 어간에 나의 어느 부분을 미화(美化)하거나 은닉하지 않은 채 거의 적나라하게 드러낸 셈이었다.

그도 나에게 여러 가지 얘기를 하긴 했다. 그러나 극히 단편적이고 서로 연관성이 없어서 되려 전체가 아리송하게 느껴지기만 했다.

통성명이 있은 후로는 그는 나를 한선생이라고 불렀고, 자주 내 인간성이 마음에 든다는 말을 했으며 그런 뒤끝에는 으례 한숨을 내쉬면서, 세상에 믿을 놈이 없읍니다. 형제도 친척도 소용없읍니다. 이렇게 말하며 적막한 표정을 짓는 것이었다.

세상에 믿을 놈이 없다는 따위의 표현 같은 거야 흔해빠진 넋두리여서 조금도 새삼스러울 게 없지만 이상하게도 그의 말을 듣고 있으면 비감해지면서 나 때문에 믿을 수 없어진 이 세상을 생각해 보게끔 되는 거였다.

그로부터 며칠인가 뒤에 그는 거처를 옮겼다. 부득불 내가 여관 한 군데를 알선해 줘야겠다고 조르는 통에 가게 근처의 여관을 소개해 주었던 것이다. 여관 주인은 물물 교환 관계로 너덧 차례 서로 접촉을 한 일이 있는데 확연히 뭣 때문이라고 꼬집어 말할 수는 없어도 왠지 접객업 같은 거하고는 전혀 어울려 보이지 않는 사내였다. 옥호가 태양여관임에도 불구하고 어두컴컴하고 을써년스런 구석이 많은 그런 곳이었다.

그런데 막상 그가 태양여관으로 옮긴 사나흘 후엔가 인사 겸 찾아가 보니 그가 거처하는 방은 깊숙한 안쪽이고 아직은 한낮이었으나 바로 마루를 격한 긴너방에서 남녀의 설껄대며 시시덕거리는 소리가 방자하게 울려 나오고 있었다.

여기도 조용하진 않군요.

내가 사과하듯 이렇게 말하니까 그는 손을 앞으로 내어 휘휘 저어 보이

며 그래도 은하여관보다 훨씬 나아요. 아마 저 색션 술집에 나가는 모양
인데 웬놈하고 동서하나 봅디다.

그는 입술을 쭝긋하면서 쩌억 입맛을 다시고 턱으로 마루 건너쪽을 가
리켰다.

조금 지나자 가정부인 듯한 여자가 쟁반에 찬합을 받쳐들고 들어왔다.

그는 여자가 방에 들어와 있는 동안에는 아무 말도 않고 있다가 방 밖
으로 나가기를 기다려,

아침 점심은 빵이나 스파게티 같은 걸로 그럭저럭 때우곤 하는데 저녁
식사는 나댕기기 귀찮아서 죽을 쑤어 달랬지요.
하고 말했다.

그럼 식기 전에 어서 드시지요. 했더니 그는, 사람을 앞에 앉혀 놓고
혼자 식사를 하는 게 예의냐고 극구 사양하다가 마지못해 하는 시능으로
쟁반을 탁자 위에 올려 놓고 그 앞에 쭈그리고 앉아 후후 불어 가며 죽을
뜨기 시작했다.

위는 속내의 바람에, 아래는 파자마를 걸치고 돌아앉아 있는 그의 모습
에서는 유랑의 생활에 찌들은 냄새가 물씬하게 풍겼다.

나는 그의 식사가 끝나기를 기다려 밖으로 나왔다.

방문을 나서는데 마침 건넛방 문이 열리며 여자가 불쑥 마루로 나왔다.
생각보다는 나이도 어리고 몸매도 가냘픈데다가 살결이 투명해 보이는 귀
여운 인상의 여자였다. 맨발이 아주 조그맣고 깨끗했다. 나는 불현듯 치
밀어오르는 열기 같은 것을 의식했다. 오래 잊고 있었던 충동이었다.

내가 그녀의 앞을 지나 복도 끝에 이르러 고개를 돌려보니 그녀는 웬일
인지 두어 발걸음쯤 내켜 선 채 내 쪽을 빤히 바라보고 있었다. 나는 황망
히 시선을 거두고 현관을 빠져 나왔다.

그로부터 며칠이 지난 어느날 뜻밖에도 그에게서 전화가 걸려왔다.

한선생이시요? 하고 묻는 저쪽의 음성을 듣고도 나는 상대가 이층이라
는 생각은 전혀 하지 못했다. 그때까지 그가 한번도 내게 전화를 건 일이
없었기 때문이다. 내가 뒤늦게야 알아채는 눈치를 보이니까, 그는 대뜸
들뜬 목소리로 이렇게 말했다.

선생. 고진감래(苦盡甘來)라더니 이제야 드디어 기다리던 때가 왔소이다.
내 정신이 시방 정상이 아니요. 어쨌던 빨리 좀 만납시다.

어딥니까?

여기 〈자하〉요. 곧 나오실 수 있소?

네. 지금 나가지요.

오분쯤 후에 〈자하〉로 갔더니 그는 나를 향해 손을 번쩍 들고 나 여기 있소 하는 시늉을 해 보였다. 그는 내가 맞은편 의자에 앉으려 하자 옆에 있는 의자를 가리키며 가깝게 앉으라고 했다. 그러더니 내가 자리에 앉자마자 덥석 내 손을 쥐며,

한선생, 나 이제 살게 됐소이다.

하고 말했다. 그리고는 감회에 젖은 눈길로 한 오분 가량 천정을 바라보며 말을 잇지 않았다. 감개에 벅차 할 말을 잊은 듯이 보이는 그런 몸짓이었다.

한선생, 드디어 내 미국에 있는 재산이 처분되어 오늘 그 일차분으로 이만 달러가 도착되었소.

그는 겉에 뭐라고 영문으로 쓴 편지의 겉봉을 안포킷에서 꺼내어 그러나 내편으로는 내밀지 않고 소중스럽게 두 손으로 쥐고 있었다.

나 그 동안 정말 필설로는 형언할 수 없을 만큼 고생하면서 살았어요. 명색이 사내녀석인데 남모르게 눈물도 많이 흘렸지요. 나 사실은 미국 여자하고 결혼했었소. 딸애가 하나 있는데 그애는 지금 프랑스에서 미술 공부를 하고 있구요. 그러다가 이년 전에 여객기 추락 사고를 당해 마누라는 죽고 나는 몸을 다치고 나니 세상을 살아갈 의욕이 깡그리 없어집디다. 그래 남은 목숨 내 땅에나 와서 살다가 뼈를 묻을 작정으로 훌쩍 이리로 날아왔는데 내가 외환 관리법이 뭔 줄이나 알았어야지요. 지니고 있는 외화를 신고 안 했다고 해서 압류당하고 알거지 신세가 되었지요. 아는 사람들을 만나 사정사정해서 몇 푼 건져내 가지고 몸 치료를 해 가며 오늘 이때까지 살아왔으니 그 정상이 오죽이나 했겠소. 미국에 있는 친구에게 부탁을 해서 엘·에이에 있는 내 땅을 처분해 돈을 보내달라고 해도 매매가 잘안 된다고 차일피일 일년여나 세월을 끌지 뭡니까? 참 환장하겠읍디다. 당장 달러가 보고 싶어도 건강은 둘째로 치고라도 수중에 여비가 한 푼 있어야지요. 그러더니 오늘에야 매매 계약이 되었다면서 우선 이만달러를 보내왔군요. 월여 전에 명동에 나갔다 우연히 미국 친구를 만난 일이 있었어요. 바이어로 한국에 온 친군데 엘·에이에서 서로 안면을 트고 지냈던 처지라, 만난 김에 체면 무릅쓰고 통사정했지요. 미국 가거든 내 친구놈한테 내 딱한 사정 좀 전해다오. 그랬더니 미국 가서 해 준 모양이예요. 편시에 그렇게 고생하는 줄 몰랐다, 미안하다고 그랬더군요. 망할 녀석. 아무리 남의 염병이 제 고뿔만 못하다기로서니……. 어허 참. 내 재산 거기 놔두고 조국이랍시고 찾아와서 그 지긋지긋한 고생을 한 걸 생각하면 이가 갈립니다. 저쪽에서는 거의가 할부제(割部制)지 일시불이라는 건 드

무니까 매매가 힘들었던 것 같아요. 아뭏든 금년말까지 이십만 오천 사백 달러가 더 오게 되었으니 이제 고생은 면한 셈이지요.

나는 이십만 오천 사백 달러가 여깃돈으로 환산해서 얼마나 되는지 머릿 속으로 가늠해 보면서.

거 정말 잘 되셨군요.

하고 건성이 아닌 어조로 축하해 주었다. 그러자 그는 눈을 스르르 감고 고개를 두어 번 주억거리더니

한선생. 그거 몇 푼 안 되긴 하지만 꼬지에서 곶감 빼먹듯 축낼 게 아니라 조그만 사업이라도 하나 손대고 싶은데 날 좀 도와주시겠소?

이렇게 은근한 어조로 물었다.

나는 나 같은 게 무슨 능력이 있느냐고 겸사했지만 속으로는 들끓어 오르는 충동을 억제하기 어려울 지경이었다. 다른 사업은 모르겠으나 약간 경험이 있는 출판에 손을 댄다면, 자신 있을 것 같았다. 송탄에 있는 양키 서점에 가 보니까 미군들이 즐겨서 읽는 책들이 〈살인 청부업자〉니 〈약탈자〉니 하는 따위의 시리즈 물(物)이었는데 이를테면 초인적인 힘을 가진 강자가 등장해서 악덕을 일삼아 오던 난폭자와 악당들을 깡그리 쓸어 버리는 긴박한 줄거리에다 심심찮게 여자들의 옷을 벗기는 장면이 섞여 있는 그렇고 그런 유(類)의 책이었다. 부피도 얄팍하니까 원고지 한 장에 이삼백원씩만 주고 적당히 윤색해서 한 판(版)에 만권 정도로 책값을 헐하게 값을 먹여 주로 가판점(街販店)에다 깔아 놓으면 먹혀들 것이라는 생각을 진작부터 해 왔던 것이다. 현대인들은 자꾸 정신적으로 왜소해지니까 초인적인 힘을 가진 영웅들을 숭배한다. 손바닥으로 한 방 후리쳐 십센티 두께의 강철판에 구멍을 내고 십층 건물에서 고양이마냥 사뿐히 뛰어내릴 수 있으며, 열 겹으로 둘러싸인 악당의 소굴에 들어가 졸개들이 도열해 있는 장소에서 두목의 목숨을 마치 제 포킷에서 잔돈푼 꺼내듯 손쉽게 처지하고 억울하게 억류당해 있는 성적 매력 만점의 여인을 손아귀에 넣는다. 그들은 아무도 두려워하지 않으며 누구에게도 억압당하지 않으며, 그들의 자유를 억압하는 자들은 누구나 가차없이 보복을 당한다. 영웅들이야말로 우리 시대의 꿈이며 상징이다. 현대는 확실히 영웅들과 바보들의 시대이다. 영웅은 그들의 힘 때문에 바보는 겉으로는 멍청이 같지만 뱃속에 하늘을 꿰뚫어볼 줄 아는 지혜를 숨기고 있기 때문에 절대로 왜소해지지 않으며 결코 억눌리지 않고 죽지도 않는다.

영웅들을 값싸게 대량으로 팔아먹은 다음에는 바보들을 팔아넘기자. 이건 순전히 언어들은 풍월이다. 그러나 가능한 일이다. 잘 하면 휴 헤프너

가 될 수도 있으며, 적어도 물물 교환소의 벽을 뛰어넘을 수는 있을 것이다.

그는 문득 몇시나 되었느냐고 묻더니 D관광 호텔의 레스토랑에서 손님과 회의 약속이 있다며 자리에서 일어섰다.

지금 만나러 가는 친구가 헨리 오코너라고 오산 비행장의 비행장장으로 있는 친군데 놈이 프린스톤 출신의 아주 멋쟁입니다. 내 언제 그자와 합석할 기회를 마련해 보리다. 실은 그자보다는 그 형허구 사업 관계로 잘 아는 사인데 며칠 전에 한남동에 있는 미군 식당에서 우연히 만났지요. 내 연락처를 묻더니 오늘 아침에 전화를 해 왔어요. 만나자구요. 아마 내 몰골을 보고 고생깨나 하고 있는 눈치를 챈 모양이예요. 꼭 좀 만나자니까 내가 보구 한선생한텐 뵐이라두 연락하리다. 그 동안 날 위해 계획 좀 세워 주시오. 나 정말이지 한선생말고는 이 바닥에서 믿을 사람 없읍니다.

그는 야윈 손을 뻗쳐 내 손을 더듬어 쥐더니 두어 번 가량 흔들고, 먼저 다방문을 나섰다.

이튿날 가게에 나간 지 한 시간쯤 되어 그에게서 전화가 걸려 왔다. 긴히 할 얘기가 있는데 그리로 가도 좋겠느냐는 것이었다. 좋다고 했더니 오분쯤 지나 가게앞 어름에서 택시가 한 대 멎고 그가 뒤우뚱거리는 몸짓으로 차에서 내려섰다.

그는 한편으로는 즐겁기도 하고 한편으로 난처한 듯한 묘한 표정을 한 채 가게 안으로 들어와 응접 의자에 앉더니 단도직입적으로 사만 원만 빌려 달라고 했다.

이거 사람 신세 기구 절창하게 됐읍니다. 돈을 찾으려니까 저쪽 은행에 추심을 해 봐야 한다고 추심료를 내라지 뭡니까. 그런데 내 주머니에는 푼전밖에 없으니 어떡해요? 돈을 이만 달러나 찾으러 왔다는 놈이 추심료도 없다고 하면 미친놈이라 할거구, 그래 지갑을 빠뜨리고 왔노라 허며 나오긴 했는데 망연하지 뭐예요. 그러다가 내 한선생 생각나서 신세 좀 끼칠까 허고 찾아 왔소이다. 그 돈이 다 소용되는 건 아니지만 돈을 찾을 때까지 약간 부비도 있어야겠+ 해서 아예 한 사만 원 빌려야겠어요.

나는 딱한 생각이 들어 당장 수중에는 없지만 곧 만들어 보내겠노라고 그를 안심시키고 아내의 직장으로 달려갔다.

돈될 만한 물건이 나왔는데 사만 원이 필요하다고 했더니 아내는 선선히 통장을 내주었다. 나는 돈을 찾아 가게에서 기다리고 있는 그에게 갖다 주었다.

우리들의 불꽃 *709*

그는 그걸 헤아려 보지도 않고 감개한 낯빛으로 손바닥에 쥔 돈을 한동안 내려다 보고 있었다.

내 늙을 말년이 박복한 채로 끝나지 않으려고 한선생 같은 양반을 만났군요. 이거 정말 감사하오. 난 인제 한시름 놨소이다. 정말 고맙소.

그는 이렇게 치하하더니 일으켰던 몸을 다시 의자에 앉혔다.

한선생. 이거 다 된 얘기는 아니오만 내 종이를 약간 얻을 수 있겠는데 출판에 소용되는 종이는 어떤 건가요?

그러면서 어제 헨리 오코너를 만났을 때 별뜻없이 미국에서 돈이 약간 오게 되어 그걸로 아는 사람과 함께 출판 사업을 해 볼까 한다고 했더니, 마침 비행장 창고에 잉여분의 종이가 있는데 소용이 된다면 내주겠노라고 했다는 것이었다.

사년째나 창고에 묵어 있는 거니까 폐기 처분 명목으로 반출해 주겠다고 그럽디다. 그런데 내가 종이에 대해 뭐 알아야지요. 여하튼 저자들이 책자를 박아 쓰던 게라니까 인쇄에 소용이 닿긴 한 모양입디다만 이 바닥에서는 어떤 종이가 쓰임새 있는지 몰라 내 한선생보고 물어 보려던 찬데 그놈의 추심쪼각 땜에 깜빡 잊고 있었구먼요.

나는 만약 어떤 종이라도 얻을 수만 있다면 바꿔 쓰면 되니까 다 좋다고 알려 주었다.

그는 아주 흔쾌한 표정으로 은행에 간다면서 가게를 나섰다.

그런 뒤로 한 주일 가량 그에게서는 아무런 소식이 없었다. 〈자하〉다방에 가 봐도 보이지 않았다. 궁금증이 나서 태양여관에 들러보니까 마침 그의 방에는 젊은 사내가 와 있었다.

이층은 내의 바람으로 아랫목에 누운 채 그 청년과 무엇 때문인지 말다툼을 하고 있었던 눈치였다. 그는 나를 보자 애써 웃는 시늉을 했으나 볼에는 아직도 격앙의 빛이 스러지지 않고 있어 무척 어색해 보였다.

귀한 손님이 오셨으니 자네는 가 있게. 만사 조바심을 가지면 될 일도 안 되는 게야. 이왕 참던 길이니 더 좀 참고 있어 보라구. 그럼 일간에 희소식이 갈 테니까.

그러자 얼핏 보아 접객업소의 종업원 냄새가 물썬 나는 그 사내는 노여운 시선으로 나를 흘낏 쳐다보더니 벌떡 일어섰다.

일주일 안으로 가부간 결정내려 주시오. 나도 더 이상 못 기다리겠소.

사내는 꽤나 퉁명스런 목소리로 쏘아붙이더니 문을 열고 나갔다.

방 안에는 한동안 석연치 않은 침묵이 흘렀다.

불만에 찬 듯한 발자국 소리가 마루를 울리며 이윽고 복도 저편으로 사

라져갔다. 그는 기다렸다는 듯이 길게 한숨을 내쉬고 나서

내 참 상말에 뭣 주고 뺨맞는다더니만 놀고 있는 꼴 보기 딱해서 취직을 시켜줬랬더니 적반하장격으로 제 놈이 성깔을 부리고 저러는구먼. 내 참 기가 막혀……,

이렇게 중얼거렸다. 나는 아무 말도 하지 않았다. 그러자 그는 내게서 무슨 기미를 찾아내려는 듯 내 표정을 흘끔흘끔 쳐다봤다. 나는 어색했으므로 나도 모르게 히죽이 웃고 말았다. 그러자 그도 덩달아 피석 웃었다. 웃긴 했어도 시종 불안스런 느낌을 떨쳐 버릴 수는 없었다.

계획 세워 보셨소?

나는 고개를 저었다

왜요? 믿기지 않던가요?

나는 또 웃었다. 왜 웃음이 나는지 나 자신도 몰랐다.

아마 그럴 꺼요. 내 수중에 수표가 들어 있어도 이게 꿈이 아닌가 생각되는 판이니까……

그러면서 그는 껄껄 웃다가 칵칵거리며 기침을 하기 시작했다. 나는 견딜 수 없는 기분이어서 밖으로 나왔다.

그런 뒤로 사나흘 가량 지났을까. 그가 가게로 나를 찾아왔다.

그동안 헨리 오코너를 만나 종이의 반출 문제를 의논해 왔는데 얘기가 상당히 진전되었다며 날더러 영문으로 이력서를 만들어 명함판 사진 석장과 함께 내일 오전 10시까지 자기에게 갖다 달라는 것이었다. 나는 당연히 어리둥절해 할 수밖에 없었다.

오코너란 자는 여기 오래 와 있어서 이쪽 풍토를 대강은 짐작합디. 나보고 한선생이 믿을 만한 사람이냐고 걱정을 해요. 문화 사업을 위한 기증 명목으로 동양문화사 대표 한아무개에게 반출되는 거니까 일체의 재량권이 한선생에게 있는데 나중에 혹시 나한테 섭섭하게 대하는 일이라도 생기면 어떡하겠느냐는 거지요. 그 말 들으니 왈칵 부끄러운 생각이 듭디다. 그래 내가 뭐라고 대답했는 줄 아시오? 우리네들 중에는 양반과 상놈 두 부류의 인간들이 있는데 상놈들이나 거짓말하지 양반은 거짓말할 줄 모른다 그랬지요. 우리네 양반은 너희 젠틀맨이라는 애들보다 윗질에 속한다고 말요. 그랬더니 껄껄 웃읍디다. 자아 그럼 부탁하고 갑니다.

그는 이 말만 하고는 곧장 일어섰다.

내가 송수화기를 들면서 이웃 다방에 차를 시킬 작정이니 한잔 들고 가라고 만류해도 그는 바쁘다며 듣지 않았다.

그가 자리를 뜬 후 나는 곧 이웃 사람에게 점포를 좀 봐 달라고 부탁하

고 사진관으로 달려가 명함판 사진을 찍었다. 사나흘은 걸린다는 걸 여하튼 내일 오전 10시까지 꼭 써야 할 사진이라고 생떼를 쓰고 나서 가게로 돌아 와 영문으로 이력서를 만들기 시작했다. 손님이 찾아오면 번거로울까 봐 아예 가게문을 걸어 버렸다.

지금까지는 뒤로 자빠져도 코가 깨진다는 식으로 만사가 그저 뒤틀리기만 했었기 때문에 내 팔자에 무슨 해뜰 날이 있을까 보냐 싶고 이거 괜한 짓하는 게 아닌가 걱정되었지만 밑져봐야 본전 아니냐 하고 자신을 고무해 나갔다. 그렇게 해서 저녁 무렵에는 타이핑까지 끝냈다.

그날 밤. 나는 오랜만에 아내의 몸을 열었다. 설흔이 넘어서면서부터 약간 살이 오르기 시작한 아내의 몸은 깊숙이 열리면서 은근하고 끈질기게 타올랐다. 행위 중에 나는 아마 열에 들떠 당신 나 때문에 고생 많았지, 당신 참 고마운 사람이야, 조금만 기다려 줘, 틀림없이 좋은 일이 있을 꺼야, 이번에는 진짜야 하고 중얼거렸던 모양이어서 행위의 뒷처리를 끝낸 아내가 틀림없이 좋은 일이 있을 꺼라고 했는데 그게 무슨 의미냐고 물어왔다. 나 때문에 고생이 많았다. 고맙다 하는 말은 내가 그런 때 항용 지껄이는 소리니까 대수로울 게 없지만 그 뒷말은 심상히 들리지 않았던 모양이다.

나는 숨기려 했으나 입이 근질거려 가만 있을 도리가 없었다. 그래서 지금까지의 경과를 소상히 털어 놨다.

물론 나는 거기에 별 기대를 갖고 있지 않다는 투로 얘기했다. 그러나 민감한 그녀는 그 일에 내가 전신을 걸고 매달려 있다는 사실을 감지한 모양이어서 한참 동안 천정을 멀거니 바라보고 있더니.

정말 기대는 하지 마세요, 하고 한마디 했다. 더 이상 무슨 말이 나올까 하고 기다렸으나 그녀는 눈을 다소곳이 감은 채 아무 말도 하지 않았다. 나는 왜 그런 심증이 들었느냐고 묻고 싶었으나 왠지 말이 되어 나오질 않았다.

다음 날 나는 아침 일찍이 가게로 나가서 이충의 연락을 기다렸다. 내 편에서 여관으로 찾아가 서류를 넘겨줘도 무방하긴 했지만 그러자니 이쪽에서 등달아 있는 꼴을 보이는 것 같아 망설여지던 닷이었다. 그런데 10시가 되자 이충이 어김없이 나타났다. 그는 헐떡거리며 내가 권하는 의자에 앉더니

어이구, 지난 밤에 나 한 잠도 못 잤소이다. 거 웬놈의 기침이 그리 나오는지 나는 어젯밤에 꼭 죽는 줄만 알았소.
하고 고개를 설레설레 흔들었다.

그럼 쉬시지 뭣허러 나오셨읍니까?

헨리와 약속을 지켜야지요. 그자들은 약속을 무섭게 아는 자들이라. 도리가 있나요. 서류는?

나는 그가 내민 야윈 손바닥 위에 서류 뭉치를 얹어 주었다.

그는 봉투에서 내 서류를 꺼내어 찬찬히 훑어보더니 고개를 끄덕거렸다.

좋아요. 이만하면 곳이오. 12시에 오산 자기 사무실에서 만나기로 했으니까 이제 일어나 봐야겠소. 내 다녀와서 연락하리다.

그는 가게문 밖으로 나서다가 갑자기 허리를 구부리며 심한 기침을 했다. 그는 앙상한 고목가지처럼 금방이라도 꺾어질 듯 온 몸을 세차게 휘두르고 있었다.

나는 불현듯 포킷을 뒤지기 시작했는데 이윽고 포킷 안이 텅 비어 있다는 사실과 손이 땀에 젖어 있음을 깨달았다.

그는 천천히, 역시 흔들리면서 하나의 영상처럼 흐려지다가 사라져 갔다.

이튿날. 그에게서 소식이 왔다.

몸이 편찮아 자리에 누워 있는 중인데 날더러 짬을 내서 잠깐 여관에 다녀갈 수 없겠느냐는 전갈이었다. 전화를 대신 걸어 준 여자의 음성이 분명 여관 안주인은 아니었다. 젊은 여자의 가녀리고 약간 비음이 섞인 목소리였다.

전화가 끊긴 뒤에야 나는 언젠가 여관 복도에서 마주친 적이 있는, 그 조그맣고 하얀 맨발의 여자를 기억해 낼 수 있었다.

나는 가게 문을 걸어 놓고 곧장 여관으로 달려갔다.

방문을 노크하니까 안에서는 대답도 없이 잠깐 동안 부산한 기척이 나더니 들어오시오 하는 그의 목소리가 들렸다.

문을 열자 그는 누웠던 자리에서 몸을 반쯤 일으키며 나를 맞았다. 이상하게도 그는 누워 있는 모습을 내게 보이고 싶었던 듯한 인상이었다. 그리고는 예의 가래가 끄는 기침을 연거푸 너댓번 하고 나서.

어 참 지독허다. 이노무 기침 사람 잡는구먼. 그나저나 일은 됐시다. 내 일모레 물건을 내줄 테니까 미리 영수증을 만들어 두랍디다. 물품은 일단 영등포나 어디 적당한 창고에 보관해 두었다가 필요한 대로 꺼내 씁시다. 무슨 트럭인진 모르겠으나 다섯 대 분량이래요. 그런데 돈들 일이 또 생겼으니 이걸 어쩌지요?

무슨 일인데요?

모레면 일요일 아니요? 그러니 자동차 끌고 가는 운전병들헌테 자기 체면 생각해서 팁 좀 주라고 그럽디다. 있는 놈 자식들이라 남의 등골 빠지는 줄은 모르고 말이요. 기가 막힌 노릇이지만 어쩌겠소? 물건 몇천 만원 어치 내준다는데 팁도 못 준대서야 말도 안 되지 않소. 안 그래요?

나는 가만히 있으려고 했는데 그건 그렇지요 하는 말이 나도 모르게 불쑥 튀어나갔다.

한놈 앞에 십불씩만 줘도 적다군 못허겠지. 하기야 거기서 여기까지 운반해 오자고 해도 그 돈은 들게 될 테니까 쌌주는 셈 치면 과하지도 않긴 헙디다만 내 수중에는 한푼 없으니……

그러면서 그는 주눅이 든 사람처럼 힐끔힐끔 내 눈치를 살폈다.

오십불이면 이만 오천원이구나. 하는 생각이 들었고 수중에는 몇백원 정도의 용돈밖에 없었지만 어떻게든 되겠지 싶어 내가 마련하겠노라고 했다. 그런데 이상하게도 전혀 실감이 나지 않았다. 그처럼 요리조리 내 손살을 피해 달아나던 행운이란 놈이 갑자기 트럭 다섯 대에 가득가득 실려 와 내 눈 앞에 쌓이게 된다는 일이 여영 사실 같지 않았던 것이다.

그는 문자 그대로 온 몸을 고통의 덩어리처럼 뒤틀며 끙끙대고 일어서더니 벽에 걸어둔 상의의 포켓을 뒤져 웬 종이쪽지 한 장을 내게 건네주었다. 받아보니 영문으로 된 영수증 초안이었다. 두루말이로 된 뭉치 설흔 개를 받았다는 영수증인데 받는 쪽은 헨리·오코너, 주는 편은 나로 되어 있었고 〈리씨트〉라는 단어의 〈c〉와 〈i〉의 순서가 뒤바뀌어져 있었다.

내가 좀 멍청한 표정으로 그 종이쪽지를 들여다보고 있었더니 그는 시간이 없으니까 어서 보관 창고도 물색하고 영수증도 다시 타이프해서 싸인을 해 간직하고 있다가 모레 그들이 종이 뭉치를 가져오면 내줄 수 있도록 서둘러 준비해야 할 게 아니냐고 편잔하듯 말했다.

그러자 그 순간 허공을 맴돌고 있던 허황한 꿈들이 사실로서 내 눈 앞에 밀려들기 시작했다. 나는 이러고 한만하게 있을 때가 아니구나 싶어 자리를 차고 일어섰다.

나오다가 타이프를 맡기고, 곧장 아내의 근무쳐로 달려갔다. 택시 안에서 궁리해 뒀던 대로 화초장(花草欌) 한 쌍이 들어왔는데 오만원에 사기로 했다고 거짓말을 해서 돈을 옭어다가 그에게 갖다 주었다.

그는 아까처럼 아랫목에 길게 누운 채 달 지난 잡지를 뒤적거리고 있다가 내가 돈을 내밀자 이건 뭐요, 하는 눈으로 나를 바라보았다. 그러다가 겨우 알겠다는 듯이

아하 달러 바꾸는 데를 모르시는 모양이군. 그럼 하는 수 없이 내가 바꿔야하겠구먼.

하면서 돈을 챙겨 넣었다.

나는 그 길로 영등포로 나갔다. 마음이 급하니까 버스로도 충분히 갈 수 있는데 택시를 불러 탔다. 아니, 솔직히 말해서 몇 천만원이 굴러 들어오는 판인데, 택시비 기천원 아끼겠다고 째째하게 굴 수야 있겠느냐는 호기가 치밀어 올랐던 탓이였다.

나는 너댓 군데의 창고를 쫓아다닌 끝에 비로소 습기 타지 않게 종이를 보관해 줄 만한 곳을 물색해 놓고 급히 그가 있는 여관으로 돌아왔다. 그는 없었다. 그가 오는 대로 〈자하〉로 연락해 달라는 부탁을 주인에게 단단히 일러 놓고 찻집 문 닫을 시간까지 기다렸지만 그에게서는 웬일인지 아무 소식도 없었다. 찻집을 나서서 다시 여관에 가 보았으나 그는 아직도 오지 않았다는 것이었다. 나는 통금 시간 직전에 집으로 돌아왔다. 기분이 착잡했다. 꿈자리도 몹시 뒤숭숭했다.

다음날 아침. 나는 여느 때보다 이르게 집을 나서서 곧장 태양여관으로 갔다. 그런데 방문을 두드리니 인기척이 없었다. 여관 주인에게 들어 봐도 그가 나가는 걸 본 적이 없다고 했으므로 아마 늦잠을 자나보다 싶어 다시 방문을 조심스럽게 두들겨 보았다. 그러자 건너편 방문이 살며시 열리며 여자가 얼굴을 빼꼼하게 내밀어 나를 건너다보더니 눈이 마주치자 약간 웃음기를 띠워 아는 체했다.

아까 나가는 거 같았어요.

벌써요?

아마 화장하는 중이었던 모양으로 안 보이는 쪽의 손으로 반쯤 가리고 있는 얼굴에 묻은 콜드를 문지르고 있는 것처럼 보였다.

고마워요. 라고 그랬던지, 그 비슷한 인삿말을 하고 나오려는데

저어 아저씨.

여자가 망설이는 음성으로 나를 불렀다.

시간 있으세요? 커피 한잔 드릴게요. 여쭤볼 얘기가 있어서 그래요.

나는 버릇처럼 주위를 후딱 둘러보고 나서 여자의 방으로 들어갔다. 방 한쪽 면에 조그만 화장대, 옷가방, 개켜진 이부자리들이 나란히 놓여 있고 그 윗벽에 입는 옷들이 주루루 걸려 있었다. 아닌게아니라 커피 포트에서 설설 물 끓는 소리가 났다.

나는 여자가 권하는 대로 아랫목에 앉았다. 꼭 오입하러 들어왔을 때마냥 가슴이 이상스레 두근거렸다.

여자는 익숙한 솜씨로 차를 두 잔 만들어 쟁반에 담아 내놓더니 내 앞에 마주 앉았다. 자세히 보니까 퍽 귀엽고 깜찍스런 인상의 아가씨였다.

저 몇살쯤으로 보여요?

나는 저절로 웃음이 나왔다. 할말이 있다고 사람을 불러 놓고 자기 나이를 묻다니…….

스물 한살쯤으로 보이는군.

그러자 여자는 고개를 숙여 캬득캬득 소리를 죽여 웃더니

스물 둘이에요. 예비 고사 낙방 두 번하고 나서 그냥 집에서 뛰쳐나와 버렸어요. 다방에서 일년쯤 지내다가 지금은 싸롱에 나가고 있는데 것두 시들해서 미국에나 갈까 하는 중이걸랑요.

그러면서 여자는 또 피씩 웃었다. 결국은 이층에게 미국행의 알선을 부탁해 두고 있다는 얘기였다. 수속비조로 돈을 적잖이 건넨 눈치였는데 액수는 말하지 않고 그의 신분이 확실한가, 과연 믿어도 좋은가 나한테 슬쩍 물음 떠 보려는 의도임을 나는 알았다.

나는 숨김없이 그간의 사정을 털어 놓았다. 여자는 경직된 표정으로 내 말을 듣고 나더니 또 피씩하고 웃었다. 스물 두살밖에 안 된 여자가 세상만사, 그런거지 그런 거야 하는 투로 웃고 있는 걸 보니 어쩐지 속이 느글거렸다.

사실은 오늘 또 십만원쯤 해달래거든요. 말이 쉽지 십만원이 당장 어딨어요? 눈 한 번 딱 감고 꼬시는 대로 따라나가서 하룻밤에 만리장성을 쌓고 나면 그 돈 못 만들라는 법도 없겠지만 맘이 안 내키지 뭐예요. 저 사실은 그게 아닌데 거기서는 아다라시로 통하고 있걸랑요.

나는 십만원만 있으면 이런 얄상하고 애릿한 여자애와 하룻밤 지낼 수도 있겠구나 하는 생각을 하고 있다가 털어내듯 고개를 저었는데, 여자는 그런 내 속셈을 꿰뚫어보기라도 한 듯 또 피씩 웃는 거였다. 나는 무안해서 얼굴이 화끈거렸다.

나중에 들은 얘기지만 여자에게 미국 갈 의향이 없느냐고 타진해 온 건 이층쪽이었다. 미국에 있는 친구가 동양 서화(書畵)들을 주로 취급하는 화랑을 열고 있는데 그 방면에 식견이 있는 젊고 예쁜 여자를 한 사람 소개해 달라고 해서 지금 물색 중이노라고 하더란 거였다.

봐허니, 규모 없는 가정에서 함부로 자란 아이도 아닌 듯한데 술집에 몸담고 사내애들이나 끌어들여 시시덕거려서 어쩔 셈이냐. 아예 발 씻고 미국에 건너가 새롭게 앞길을 개척해 보아라. 나도 비행기 사고로 몸 다쳐 이꼴이지만 빈주먹으로 미국에 뛰어들어 대학꺼정 마쳤고 워싱톤 디시에서는 양놈들도 이 〈로이·리〉라면 괄세하지 못했다. 이렇게 준절히 타이르며 설득했으므로 그녀는 드디어 미국에 가기로 결심하기에 이르렀다는 것이었다.

나는 속에서 뭔가가 들어오르는 기분이었다. 그러나 참고 결정적인 말을 피했다. 자신을 억누르기 위해 차를 한모금 마시고 나서 아주 온건하고 사려 깊은 목소리를 지어내어 조심해서 손해될 건 없으니까 내 일이 되는 낌새를 봐가며 일을 진전시켜 나가는 게 어떠냐고 말한 후에 자리에서 일어섰다.

방문을 열고 나오는 나에게 여자는

아저씨 미안해요. 안녕히 가세요. 하고 인사했다. 그런 후에 혼잣말처럼, 김이 팍 새느냐, 안 새느냐 그것이 문제로다. 오오. 이 망할놈의 세상이어.

라고 중얼거렸다.

나는 고개를 돌리려다가 왠지 무거운 느낌이 들어 머리를 수그린 채 그냥 현관 쪽으로 걸어나왔다.

부아도 나고 웃음도 났다. 계란 놈에게 뭣 물렸다는 말이 아마 이런 경우구나 싶었다. 나는 이층에게 준 돈을 대충 헤아려 보았다. 결코 많은 액수랄 수는 없지만 가게에서 내가 한 달 동안에 얻는 수입과 대충 맞먹는 금액이었다.

작자가 해온 행투로 보아 지능적인 사기꾼의 수법이라는 심증이 굳어지면서도 한편으로는 설마하는 기대를 떨쳐 버릴 수가 없었다. 내가 참 치사한 놈이구나 하는 생각이 들어 저절로 한숨이 나왔다. 이층을 찾아내어 먹살을 움켜잡고 너 사기쳤지. 내 돈 내놔. 하고 다구칠 배짱이 없었다. 만에 하나라도 산통을 깨는 결과가 될까봐 두려웠던 것이다. 이왕 물려있는 판이니까……. 그 순간 희한하게도 눈 앞에 이중섭(李仲燮)의 계란 놈이 그 큰 이빨로 벌거벗은 아이의 잠지를 물고 있는 그림이 떠올랐다. 이왕 물린 바에야…… 나는 이 말을 자꾸만 되풀이해서 중얼거리고 있었는데 그렇다고 해서 마음이 느긋해지지는 않았다.

가게로 돌아와 대충만 걸어뒀던 빈지 문을 활짝 열고 나서 응접용 소파에 털썩 주저앉았다. 내 몸뚱이의 무게보다 훨씬 무거운 그 무엇이 의자 밑으로 가라앉는 느낌이 들었다. 나는 포킷에서 담배 한 개비를 빼어 입에 물었다. 그러나 뒤져보아도 성냥은 잡히지 않았다. 저만큼 손을 길게 뻗기만 하면 잡힐 듯한 거리의 테이블, 한 구석에 성냥통이 있었지만 그 짓을 하기가 딱 귀찮아 담배 개비를 입에 문 채 한동안 그러고 있다가 도로 갑 속에 집어 넣었다.

나는 새삼스럽게 가게 안을 둘러보았다. 철제 장농이 두 개, 파일 캐비닛이 한 개, 호마이카 이불장 한 개, 자개 경대가 하나, 제네럴 일렉트릭

の 텔레비젼, 금성 세탁기, 신일 믹서, 소형 삼성 냉장고 이런 것들이 아무리 닦고 문질러도 생색이 안 날 정도로 퇴색한 채 벽면을 타고 주욱 늘어 서 있었다. 그리고 가운데쯤에는 한눈으로 보아 수재 의연품 냄새가 물씬나는 옷가지들이 주렁주렁 매달려 있었는데 늘상 보아온 터인데도 오늘따라 꽤나 낯설어 보이는 게 이상했다.

　물물 교환 센터도 처음 몇 개월은 그럭저럭 재미를 봤는데 날이 갈수록 거래가 뜸해졌다. 가전제품(家電製品) 따위들의 매매는 여전히 활발한 편이지만 옷가지 나부랭이나 중고 가구들은 아주 부진했다. 이민(移民)이다 뭐다해서 매물은 쏟아져 나오는데 사둬봤자 찾는 손님들이 없으니 이 장사도 막판에 접어든 게 아닌가 싶어 여간 불안스럽지 않았다. 아마도 요즘들어 판도가 고가구(古家具) 쪽으로 바짝 기울고 있는 탓도 있겠고, 남이 쓰다가 마뜩지 않아서 내버리는 가구를 사가지고 제집 안방에 모셔둔다는 일이 재수나 자존심하고도 상당히 관계되는 것 같았다. 옷가지들도 그렇다. 시중에 보세 물품들이 지천으로 쏟아져 나오는 판이라 구태여 남이 입다 싫증나서 내버린 헌옷가지를 사 입겠다는 고객이 있을 리도 없고, 어쩌다가 찾아온 손님도 헌옷 가게라는 사실을 깜박 잊고 있는지 색이 바랬느니 소매끝이 닳아빠졌느니 하면서 투정이나 하다 돌아가는 게 고작이었다.

　이런 판국이어서 나도 전적으로 고가구 쪽에다 손 써 보고 싶은 욕심이 없는 건 아니지만 가이다시꾼들이 집집에 찾아다니며 마구 훑어 내오는 가구들을 사들이자면 여간 돈 정도로는 범접하기가 어려운 데다가 싸게 사서 나까마꾼(중간 소개자)들에게 비싸게 파는 일에 여엉 자신이 없었다. 중간 상인들은 그걸 사다가 청계천 칠가나 인사동에 있는 전문적인 고가구 수리상에서 손보아 가지고 수장가나 인사동 고가구상에 넘겨 수입을 잡는다. 한푼이라도 더 받아낼려고 수단 방법을 가리지 않는 가이다시꾼들과 십원 한장이라도 덜주려고 바둥대는 중간 상인들 틈 새에 시달리다 보면 누구 말마따나 손에 땀만 나고 돈은 안 붙고 앞으로 남고 뒤로 밑지는 판국이다. 나도 고가구를 중점적으로 취급해 볼 양으로 가게 한 구석을 말히끔 치워 놓고 대들었다가 구변 좋은 중간 상인의 농간 때문에 돈 오십 만원을 고스란히 날렸다. 그자가 외상으로 물건을 가져다 행방이 묘연해져서 병신 사고 돈마저 홀 날려 버렸던 것이다. 아내는 내가 돈을 날렸다는 사실을 알자 말없이 한참 동안 나를 바라보고 있더니 문득 손을 뻗쳐 내 고간 근처를 만졌다. 나는 아내가 〈당신은 남자예요. 그깐 일은 잊어버리세요〉 하는 의미로 그런 행동을 취했을 것이라고 생각되어 눈시울이 뜨거웠으나 이내 그게 아니고 〈당신은 이 물건 하나 빼 놓고는 쓸모 없는 인간이에요.〉 하는

718

뜻이 아닐까 싶은 의혹이 불쑥 치밀어 올랐다. 때마침 밤이었고 우리는 잠자리에 나란히 들어 있었으니까 그건 전혀 무의식적이고 타성적인 행위였을지도 모르는데 왠지 그 일이 그후에도 오랫동안 내 마음에서 떠나지 않고 나를 괴롭혔다.

그날 밤. 나는 몸을 돌려 천정을 바라보며 눈물을 흘렸다. 아무에게도 이해받을 수 없다는 절망감과 고독이 나의 영혼과 육체를 무겁게 찍어 누르고 이 세상의 어떤 힘도 나를 구원할 수 없다는 느낌이 들었던 것이다.

하루가 지나도 이충에게서는 아무 소식이 없었다.

나는 미안해서 더 이상 전화를 걸 수 없을 정도로 연락을 해 보았고 오후에는 직접 두 차례나 여관으로 찾아가기까지 했다.

여관 안주인은 내가 하도 등이 달아 하니까 긴장이 되는 눈치였다.

미국에서 큰돈이 왔다고 자랑하던데 그게 사실이냐, 영감이 몸이 여엉 시원찮던데 혹시 어디 가서 횡액이나 당하지 않았나 하는 방정맞은 생각도 든다, 그간 방값은 고사하고 밥값마저 한 푼도 못 받았는데 제발 노인 신변에 아무런 탈이 없었으면 좋겠다, 들으니 한선생이랑 굉장히 큰 사업을 벌인다고 영감이 그러던데 일은 어떻게 되고 있느냐, 그러면서 되려 나를 통해 무슨 낌새라도 알아내려고 했다.

이충의 말대로라면 내일중으로 헨리 오코너가 보내준다는 종이 설흔 뭉치가 도착하게 된다. 인수증은 내게 있으나 팁으로 준다던 돈 오만원은 이충이 달러로 바꾼다면서 가져갔다. 장소가 없다는 걸 사정사정해서 간신히 보관 창고의 한구석을 빌기로 했던 그제 저녁의 일을 생각하니 억장이 탁 막혔다.

나는 여관 안주인에게 옆방 색시가 나가는 싸롱이 어디냐고 물었다. 그러자 여자는 살피는 듯한 눈초리가 되어 내 얼굴을 빤히 바라봤다. 자세히 보니 주근깨가 퍽 많은 얼굴이었다. 그런데 얼굴이 찌들어 있지 않아 실제의 나이보다 젊고 밝은 인상으로 보였던 모양이다.

여자는 싸롱의 이름도 소재도 모르고 아는 건 전화 번호밖에 없다면서 가르쳐 주었다. 그러면서 새삼스럽게 내 몰골을 흘끔흘끔 살펴보았다. 나는 그녀의 시선을 털어내듯 거칠게 몸을 돌려 밖으로 나왔다.

포킷을 뒤져보니 잔돈 몇 푼과 네쪽으로 접힌 천원짜리 지폐 한 장이 손에 걸렸다. 시간은 여덟시 반이 이미 지나 있었다. 지금 한창 왁작거릴 시간인데 전화로 여자를 불러내어 이충의 소식을 묻기도 뭣하고 돈도 자라지 않아서 오늘은 일단 그만두고 내일 오전 중에 그녀를 찾아가기로 작정했다.

나는 이충을 만나기만 하면 가만두지 않겠다고 속으로 별렀다.

당신. 나한테 사기치는 거 아뇨? 여보시오. 원 세상에 사기쳐 먹을 놈이 없어서 하필 나 같은 놈을 골라잡는단 말요?

그렇지만 욕해 주겠다고 벼르다가도 막상 상대와 맞닥뜨리면 아무 말도 못했던 경험이 많았으므로 나 자신을 믿을 수 없었다. 그렇다고 해서 병신처럼 가만 있는 건 말도 안 된다고 생각했기 때문에 편지를 쓰기로 했다. 나는 격앙된 감정을 억누르며 되도록이면 냉정히 쓰려고 했다.

이선생님.

제번하옵고.

연극이 끝나 막이 내리면 연기를 그만두고 무대에서 내려와야 합니다. 연민을 느끼고 있는 관객이 혹 한 사람쯤 있어, 외로운 무대에서 이미 수없이 되풀이되어 감동도 감격도 줄 수 없는 연기를 지켜본다고 해도 그 관객이 매료당했기 때문이라고 착각해서는 안 됩니다.

그렇지 않으면 친절한 누군가가 그에게 〈여보게. 이제 그만 해두게. 징이 울려 막은 이미 내렸네〉라고 말하게 될 것이고, 그럼에도 불구하고 연기를 계속하려 들면, 처음에는 예의 바르게, 나중에는 멱살을 잡아 무대에서 끌어 내릴 것입니다.

나는 특히 인내심이 없으므로 오래 참는 일은 아주 질색입니다. 당신은 너무 늙고 게다가 병들었기 때문에 나는 당신을 때리거나 고발하지는 않을 것입니다. 그러나 특히 나 같은 인간을 골라 농락한 당신의 그 괘씸한 행위에 대해서는 결코 용서할 수 없을 것입니다. 당신은 그렇지 않아도 좌절해 있는 나를 구렁텅이에 몰아 넣고 똥물을 먹였습니다. 그리고 내가 용기도 없고 병신 같은 사내여서 당신을 마음 속으로는 죽도록 미워하지만 결국 당신을 어쩌지는 못하리라는 걸 알고 나를 농락한 사실을 생각하면 기가 막힙니다.

당신은 뭣 때문에 세상을 삽니까? 더 이상 추한 꼴을 보이지 말고 어디 가서 조용히 죽으시오. 그것만이 당신 같은 인간이 할 수 있는 이 세상에 대한 유일한 기여일 것입니다. 결코 안녕히라고 인사드리지 않겠읍니다. 왜냐하면 나는 지금 나 자신의 감정에 충실하고 싶기 때문입니다.

한성표

나는 다 쓰고 나서 다시 한 번 읽어 보았다. 약간 감상적인 구석이 없는 것 같진 않았으나 이만하면 나도 제법 문장 실력이 있구나 하는 생각이 들었다.

나는 편지를 접어 봉투에 넣고 겉에 〈이충 선생에게〉라고 썼다. 그래서 두겹으로 접어 포킷에 넣었다.

그날 밤,

나는 이상한 꿈을 꾸었다. 꼭 내 나이만큼의 달구지 서른 여덟 대에다가 짐을 가득가득 채워 싣고 아내와 아이들을 데리고 가다가 어느 강가에 이르렀다.

뒷쪽에서는 은은히 포성이 들려왔다. 확연치는 않아도 아마 피난길인 듯했다. 그런데 강 건너편에서 키가 하늘에 닿을 듯 거대한 몸집을 가진 사내가 아주 큰 저울을 한 손에 들고 나를 향해 이리 오라고 손짓했다. 나는 겁이 나서 왜 그러느냐고 물었다. 그 사내는 지금까지 네가 해온 일들을 모조리 저울에 달아 보려는 것이라고 말했다. 나는 도대체 저울에 달아 봐서 어쩔 셈이냐고 따졌다. 그 사내는 근량이 모자라는 경우에 너는 마땅히 벌을 받아야만 한다고 말했다. 나는 사내가 왠지 절대로 강 이편으로 건너올 수 없으리라는 확신이 들었으므로 용기를 내어 개소리 집어치우라고 외쳤다. 그러자 그 사내는 하늘을 향해 껄껄 웃더니 이 어리석은 놈아, 네놈이 고집을 부린다고 해서 내가 널 가만히 놔둘 줄 아느냐. 이 천치 같은 얼간이 놈아. 대체로 근량이 모자란 놈들이 고집을 부리고 뻗대는 법이라서 앙탈하는 놈은 무조건 벌을 주기로 했으니 그런 줄이나 알아라. 하고 말했다. 그러자 아내는 겁이 나서 발발 떨며 나보고 앞장서서 강을 건너 가라고 졸랐다. 나는 화가 나서 누구 죽는 꼴 보려고 이러느냐. 나는 절대로 안 간다. 갈 테면 너나 가거라. 하고 펄펄 뛰었다. 그랬더니 아내는 눈물을 뿌리며, 당신은 정말 비겁한 남자다. 당신이 저영 안 가겠다면 나만이라도 애들을 데리고 가겠다. 그러면서 발목을 걷어붙이더니 아이 둘을 양쪽 겨드랑이에 하나씩 끼고 강을 건너가기 시작했다. 그러자 이상하게도 소달구지들마저 아내의 뒤를 따라 강을 건너는 것이었다. 나는 혼자 강 이쪽에 남아 분하고 절통해서 아내와 자식들과 소달구지를 향해 싸가지 없고 인정머리 없는 천하의 개 같은 것들이라고 마구 욕을 퍼부었다. 이윽고 금방 밤이 찾아왔으므로 나는 무섭고 외로워서 징징 울며 넋두리를 하다가 큼지막한 돌을 베개로 삼아 머리를 얹고 강가 모래밭에 누웠다. 그러나 꿈 속에서도 잠은 오지 않았다. 감고 있던 눈을 뜨니 하늘에는 별들이 총총하게 빛나고 있었다. 그런데 갑자기 그 중의 큰별 하나가 호선을 그으며 쏜살같이 나를 향해 내리덮쳤다. 나는 얼떨결에 굼벵이마냥 몸을 옴츠리고 땅에 엎드렸다. 다음 순간 나는 어떤 왁살스런 손아귀에 등덜미를 잡혀 일으켜 세워졌다. 상대는 내 뒷쪽에 있었으므로 보이지 않았다. 나는 겁도 났지만 그보다 화가 더 났기 때문에 죽어도 좋다는 오기가 나서 도대체 지금 내 모가지를 틀어 쥐고 있는 개자식이 누구냐고 악을 썼다. 그랬더니 상대는 퍽이나 귀익은 음성으로 〈나는 한성표다〉라고 말했다. 나는 너무나 화가 나서 이미 제정신이 아니었으므로 이 개자식아, 거짓말 마라, 한성표는 바로 나다. 네놈은 누구냐, 이 똥물에 튀길 놈아, 바른 대로 대답하지 않으면 가만 안 두겠다고 대들었다. 그러면서 상대가 누군가 보려고 온 몸을 바둥대며 고개를 돌리려 했다. 그러나 아무리 몸부림쳐 봐도 목이 옥죄어 꼼짝할 수 없었다.

꿈에서 깨어 보니 온 몸이 흠씬 땀에 젖어 있었다. 어디선가 새벽 종소리가 들려왔다. 나는 뜬눈으로 아침을 맞이했다. 이상하게도 모든 사물이 생소하게 느껴졌다.

나는 아침 일찌기 집을 나섰다. 그러나 여관에는 가지 않았다. 더 자세히 말하자면 여관 근처에까지 갔다가 그냥 되돌아왔던 것이다. 왜 그랬는지 나 자신도 뭐라고 설명하기가 어렵다. 어쩌면, 이층이 여관에 없기가 십상일 듯한데다가 어젯밤의 그 생생한 꿈의 환영을 말끔히 떨쳐내 버리기에는 너무도 이른 시간이었던 탓인지도 모른다.

그런데 상점으로 돌아와 빈지 문을 열려고 손을 대는 순간부터 안에서 전화 벨소리가 울리기 시작했다. 열쇠를 풀고 빈지 문 한짝을 들어낸 후에 쪽문을 통해 안으로 들어가 송수화기를 집어들 때까지 벨은 끊이지 않고 울렸다.

내가, 여보세요. 여기 신한 물물 교환 센텁니다라고 미처 말을 끝내기도 전에 저쪽에서 아저씨세요. 저 미쓰 윤이예요. 여기 여관이걸랑요. 할아버지가 연락 좀 해달래서 전화하는 거예요. 상의 드릴 말씀 있으니까 곧 좀 와 주시래요, 하는 여자의 목소리가 들려왔다. 나는 송수화기를 내려놓고 나서 숨을 길게 들이마셨다가 천천히 내뿜었다. 나는 망설이지 않았다. 허둥지둥 서둘러 일단 열어 뒀던 가게 문을 다시 닫아 걸고 태양여관을 향했다. 반쯤은 뒤다시피 걸었나. 내가 운명의 멱살을 손아귀에 쥐고 있는 듯한 느낌이 들었으므로 여러 번 이빨을 드러내고 혼자 웃었다.

여관에 가 보니 노인은 아랫목에 누운 채로 나를 향해 정도 이상으로 보일 만큼 반가운 시늉을 했다.

아, 내 참 죽는 줄 알았쉬다. 지금까지 내가 어디 있다가 온 줄 아시오? 오산 비행장 병원에 누워 있었소. 아마 헨리 오코너 그녀석이 아니었더라면 지금쯤은 죽었을 게요. 이거 무슨 기구헌 운명의 농간인지…… 내 한선생 석성 하실까 봐 의사가 날리는 실 뿌디시꼬시 죽기 힌니고 길려있지요. 오늘이 바로 종이 뭉치가 오기로 된 날이 아니요? 그런데 예기치 않았던 일이 생겼소. 우선 그 일이 적어도 한 주일은 연기되겠다는 사실만 알아 두시요.

그러더니 그는 손을 까불어 날더러 더 가까이 다가 앉으라는 시늉을 했다.

지금 비상 중이오. 왜 그러는지 군사 비밀이라서 알 수는 없으나 일선에서 무슨 트러블이 생겼나 봅디다. 헨리 오코너가 넉넉잡고 두 주일만 더 기다리라고 그럽디다. 잘 되면 내주 토요일 안으로 비상이 풀릴 가능성도 있답디다만 이게 원 무슨 재순지 모르겠소. 기가 막혀서…… 그러나 걱정은 마시오. 오긴 틀림없이 올 테니까.

그는 길게 한숨을 쉬고 나서 말을 이었다.

한선생은 일이 주일이 아무 것도 아니겠소만 나야 정말 참 까마득한 생각이 드오. 그거 나오길 내가 눈이 빠지게 기다리고 있었는데……, 다른 건 뭐 불편할 게 없으만 약 좀 사구, 구두가 너무 무거워서 한선생 꺼 같은 고무창 달린 쌔무 구두 한 켤레 사 신자고 마음 먹고 있었더니만……

말씨가 점점 처량해지더니 오른손 손가락을 벌려 눈자위를 매만지며 눈물을 훔쳐냈다.

나는 아무 말도 못 하고 가만히 있었다. 새삼 여관 안주인에게 노인을 사기꾼이라고 단정지어 말 안 했던 건 참 다행이었구나 하는 생각이 들었다.

내 이런 말 한다고 해서 오해하진 마시오. 그러나 하도 답답하니까 내가 왜 많은 사람 놔두고 하필 한선생 같이 돈없는 양반하고 이 일을 시작했나 하는 후회도 문득 들 때가 있읍디다. 그러구선 금방 나 자신을 꾸짖었소. 정말 인간이란 약한 것입니다. 기왕 잘 참아 왔는데 며칠을 더 못 기다려 그 따위 약한 생각을 하다니 기가 막혀서……

그는 혀를 끌끌 찼다.

그날 오후에 나는 삼만 오천원에 사 두었던 중고품 텔레비젼을 본전에 넘겨 이층에게 갖다 주었다.

돈 봉투를 베개 밑에다 밀어 넣고 일어서려니까 그는 떨리는 손으로 내 손목을 잡았다.

한선생. 아까 내가 한 말 오해하셨소?

아뇨.

나는 고개를 저으며 웃었다.

그렇담 다행이오. 얼떨결에 그런 말을 해 놓고 한선생이 어떻게 생각하실까 걱정깨나 했소이다.

그러면서 그는 길게 한숨을 내쉬었다.

다음날. 새벽 이충은 태양여관을 떠났다. 여관의 방 값, 밥 값 한 푼 안 갚고 빈 가방 한 개만 남겨둔 채 어디론가 사라져 버렸던 것이다.

그 사실은 미스 윤이 가게에 와서 전해 주어 비로소 알게 되었다.

이충은 아침 일찌기 신문지로 싼 웬 뭉치를 들고 여관을 나서며, 나가는 길에 세탁을 맡기고 어디 좀 다녀서 오전 중으로 돌아올 테니 누가 찾아오거든 그렇게 전해 달라는 당부까지 하고 나갔는데 나중에 소제하러 그의 방에 들어가 보니 방구석에 빈 가방만이 남고 벽에 걸려 있던 옷나부랑이들이며 책상 위에 놓여 있던 알콜 곤로마저도 보이지 않더란 거였다. 혹시나 하고 세탁소에 들러 보니까 아침에 세탁을 맡기러 오기는커녕 어젯밤 문 닫을 어름에 와서 바지 한 개와 와이샤쓰 두 장을 찾아갔다는 사실이 드러났다.

나는 그 말을 듣고 한동안 멍하니 앉아 있었다. 처음에는 착잡하기만 했다. 그러다간 이윽고 처참하고 억울하고 분하고 기막힌 감정의 소용돌이 속으로 빠져들어갔다.

나는 떨리는 손으로 담배를 뽑아들었다. 손이 자꾸만 엇나가 너덧번만에야 성냥불을 당길 수 있었다.

그녀는 이런 나를 한 동안 물끄러미 바라보고 있다가

아저씨. 술 한 잔 안 사주실래요?

하고 말했다. 그 말을 듣는 순간 나는 내가 뭘 해야만 이 감정의 소용돌이 속에서 벗어날 수 있는가를 깨달았다.

나는 가게를 닫아 걸고 무작정 지나가는 택시를 불러 세워 올라탔다. 그래서 우리는 결국 대낮부터 어느 삼류 호텔의 방구석에 틀어박혀 국산 위스키를 빨게 되었고 드디어 우리는 서로 분별을 잃을 만큼 취해 버렸다.

술이 취해 오르자 그녀는 상처받은 짐승처럼 앝은 신음 소리를 내며 흐느껴 울기 시작했다.

나는 차츰 술이 깨어 가는 걸 느끼며 그녀의 흐느낌을 들었다. 이윽고

나는 그녀의 자그만 몸뚱이가 녹아 내리는 것 같은 환각에 빠져 여자를
얼싸안았다. 그리고 우리는 마치 두 마리의 개처럼 어울려 서로의 상처
자국을 핥기 시작했다.

새벽 네시쯤 나는 눈을 떴다.

여자는 몸을 옹숭그린 채 잠들어 있었다. 머리는 헝클어지고 눈자위엔
눈물 자국이 보였다. 나는 오랜만에 나 자신을 잊고 나보다 열 여섯살이
나 아랜 여자의 상처와 눈물에 대해서 생각해 보았다. 그러자 나도 모르
게 눈물이 흘렀다. 나는 오래 울었다. 그녀의 불행이 나의 아픔으로 전도
되어 오고 이윽고 그것은 점점 우리들의 고통으로 확산되어 갔다. 나는
팔을 빌려 그녀의 목을 감싸안았다.

참으로 공교로운 일을 통해서 모르는 사이에 그녀와 내가 끊을 수 없는
숙명의 기반(羈絆)에 얽혀져 버렸구나 하는 느낌이 들었다.

여자가 눈을 뜬 것은 바로 그때였다.

그녀는 눈을 떠 놀란 듯이 나와 주위를 둘러보았다. 그리고 거의 본능
적으로 자신의 몸을 둘러본 후에 다시금 내게 눈길을 돌렸다. 놀람이 말
끔히 가신 맑고 조용한 눈빛이었다. 어디에도 그녀가 겪은 아픔의 흔적이
보이지 않았다.

이윽고 그녀는 손을 뻗쳐 내 뺨을 어루만졌다.

우셨군요.

그녀가 고즈넉한 음성으로 말했다.

나는 고개를 좌우로 저었다. 나는 아니야라고 말하고 싶었다.

우리들 모두가 불쌍하죠? 그 할아버지도 말예요. 우리 같은 사람들한
테 사기를 치다니 생각할수록 측은스러워요.

나는 건성으로 고개를 끄덕여 주었다.

이상해요. 지금, 제가 아주 나이 많은 여자가 된 듯한 느낌이 들어요.
하룻밤새 늙어 버렸나봐요. 저 말예요. 발 씻고 미국 가서 여기서완 다르
게 살아 보고 싶었걸랑요. 새롭게 말예요. 그게 유일한 출구(出口)라고 믿
었는데 아주 틀렸구나 싶으니까, 제 자신이 한없이 불쌍해서 울었지 뭐예
요. 그런데 지금은 그렇게 울었던 나 자신이 우습게 생각되네요. 참 이상
해요.

나도 그랬어. 드디어 나를 둘러싸고 있는 울타리를 벗어나게 되나부다
하고 잔뜩 부풀어 있었지. 어리석게도 말야.

우린 둘 다 바보네요.

그러면서 그녀는 말갛게 웃었다.

그래. 참 바보들이야. 그렇게 간단히 벗어날 수 없는 건데 착각하고 있었어.

이번에는 그녀가 얕은 소리를 내며 웃었다. 그 웃음이 아주 즐겁게 들렸다.

네가 참 좋다. 나는 이렇게 말하려다 말았다. 그런 말일수록 그것이 지닌 의미의 깊이 만큼 잘 전달되지 않을 것이라는 생각이 들었기 때문이었다. 나는 한번도 경험해 보지 못했던 것 같은 평안을 느꼈다.

창문 틈으로 새벽의 햇살이 잔조롭게 밀려 들어왔다. 빛살이 우리를 감쌌다. 그리고 그 빛살은 마치 의지를 지닌 것처럼 우리 위에 머무른 채 자신을 거두어가지 않았다.

우리는 서로 팔을 얽은 채 꼼짝도 하지 않았다.

사흘 뒤에 나는 그녀를 찾아갔다. 그러나 그녀는 여관에서 떠난 뒤였다. 그녀가 나가던 싸롱에 전화해 보니 그저께부터 나오지 않는다는 거였다. 그로부터 한 열흘 동안 나는 그녀가 있을 만한 곳이라고 생각되는 곳은 전부 찾아다녔다. 결국 나는 찾지 못했다. 그 대신 내가 찾아낸 것은 어처구니없는 사실이었다.

분명히 이충에게 전해 줬다고 믿고 있었던 돈 봉투가 내 저고리 안포킷에 그대로 간직되어 있었던 것이다. 그렇다면 돈 봉투 대신에 〈어디 가서 조용히 죽으시오. 그것만이 당신 같은 인간이 할 수 있는 이 세상에 대한 유일한 기여일 것입니다.〉 하는 내용이 담긴 편지를 건네 준 게 확실했다. 아마도 둘 다 봉투에 들어 있었고, 만원 지폐 석 장과 오천원짜리 한 장이 들어 있었으므로 편지의 부피와 혼동했던 것 같다. 돈 봉투인 줄 알고 펼쳐보았더니, 당신 같은 사기꾼은 어디 가서 죽으시오, 하는 내용이었다면 아마 굉장한 충격을 받았을 것이다. 하여튼 내 편지가 그로 하여금 태양여관에 더 이상 버티고 앉아 있을 수 없게 만든 것만은 명백했다. 나는 드디어 그의 멱살을 움켜잡아 무대 밖으로 끌어내어 동댕이쳐 버렸던 것이다.

나는 충동적으로 송수화기를 집어들었다. 그리고 다이얼을 돌렸다.

「사횟곱니까? 김문기선생 계십니까?」

「김경장님 말입니까?」

「네. 맞습니다.」

안쪽에서 김경장님 전화 받으세요, 나요? 누굽디까, 이런 소리들이 수화기를 통해 먼저 들리고 나서 이윽고.

「김문기. 전화바꿨읍니다.」

하는 귀익은 듯한 음성이 들렸다.

「기억하시겠읍니까? 저 한성푭니다.」

그러자 저쪽에서 아아 하는 탄성 비슷한 소리가 들렸다.

「네. 알구말구요. 그런데 웬일이십니까?」

「노인 말인데요. 한번 가 보고 싶습니다. 지금 병원에 그대로 있읍니까?」

「네. 있읍니다. 시청에서 오늘 오후 4시에 나와서 장제장(葬齋場)으로 데려 갈 예정입니다. 나도 마악 병원으로 가려던 참입니다.」

나는 얼핏 손목 시계를 바라봤다. 네시까지는 약 반시간쯤의 시간이 남아 있었다.

「그럼 곧 병원 영안실로 나가겠읍니다. 거기서 뵙겠읍니다.」

「그럭헙시다.」

나는 서둘러 문을 닫아 걸고 가게를 나섰다. 시립 병원까지는 걸어서 약 오륙 분이면 닿는 거리였으므로 어쩌면 김문기보다 내가 먼저 그곳에 닿을지 모른다는 생각이 들었다.

걷기가 힘들 정도로 몸도 마음도 무거웠다. 내 편지가 그를 죽음으로 몰아 넣는 결정적인 역할을 했을 것이라는 자책감을 아무리 떨쳐 버리려고 해도 소용 없었다. 아니야. 아니야. 나는 수없이 도이질치며 걷다가 이내 빌어먹을 될 대로 돼라 하는 기분이 되어 혼자 투덜거리기 시작했다.

제기릴. 그렇게 당하고도 그런 편지 안 쓸 놈이 천하에 어디 있겠어! 그 따위는 약과야…… 것두, 주려고 맘먹고 줬나? 돈 봉투를 준다는 게 일이 묘하게 되느라고 그렇게 된 거지. 내가 책임질 일은 아니야. 아니고 말구, 길을 막고 물어 보란 말이야. 나처럼 당했다면 당신은 어떡허겠느냐구 말야. 되려 날보구 병신이라고 욕할 꺼야. 야 이 등신 같은 인간아. 그 따위 일 갖고 뭘 괴로워 해? 사내자식이 그런 봇장 갖구 이 살판 같은 세상을 어떻게 살아 나가겠어? 나 같음 말야. 그런 개자식 놈 목을 확 비틀어 버렸을 꺼야…….

나는 실제로 두 손을 들어 올려 빨래를 비틀어 짜는 시능을 하고 있다가 쇼윈도우에 비친 내 몰골을 보고 깜짝 놀랐다. 순간 형언키 어려운 두려움이 내 전신을 휩쌌다. 나는 어느덧 발을 멈추고 유리창에 비친 나를 다시금 바라보았다. 거기엔 나이 마흔 가량의 사내가 불안스런 표정으로 서 있었다. 나는, 그만 돌아가 버릴까, 망설이다가 다시 걷기 시작했다.

병원 수위실에 들러 영안실이 어디냐고 물었더니 내 나이쯤으로 보이는 사내가 만사가 다 귀찮아 죽겠다고 하는 얼굴로 내 아래위를 힐끗 쳐다보더니 말은 않고 손만 들어 올려 병원 건물의 왼쪽 모퉁이를 가리켰다. 아마 그리로 해서 건물의 뒷켠으로 돌아가면 된다는 뜻인 것 같았다.

병원은 안 뜰 한가운데에 커다란 분수가 있었으므로 거기를 휘돌아가도록 되어 있었다. 포도 위를 걷다가 문득 분수 곁에 서서 치솟는 물길을 바라보며 서 있는 한 여자가 눈에 띄었다. 그 순간 나도 모르게 발길을 멈추고 숨을 멈추었다. 분명히 미스 윤 그 여자였다.

「미스 윤!」

그녀는 화들짝 놀라며 얼굴을 내게로 돌렸다. 그러나 눈을 환히 열고 입을 바름이 벌린 채로 아무 말도 못 했다.

내가 그녀의 앞으로 다가서며 손을 덥석 잡았다.

「이게 웬일야? 도대체 그 동안 어디에 있었어?」

「집에 갔었어요.」

그녀는 애써 태연해 보이려고 했다.

「그럼. 지금 집에 있는 거야?」

「아네요. 도루 나왔어요.」

「지금은 어디 있어?」

여자는 아무 말 않고 그냥 조용히 웃었다.

「병원엔 왜? 어디가 아파?」

「아픈 덴 없어요.」

「아는 사람 찾아 왔나?」

「아뇨.」

그녀는 또 고개를 좌우로 흔들었다.

「그럼?」

「그냥 왔어요.」

「그냥?」

나는 그제야 여자의 전신을 찬찬히 살펴보았다. 주의 깊게 보면 알아차릴 수 있을 정도로 그녀의 허리통이 굵어져 있었다.

「임신이야?」

이번에도 그녀는 대답 않고 웃기만 했다.

「아니 도대체 어떻게 된 셈야? 말 좀 해 봐. 답답하게 굴지 말고.」

「걱정 마세요.」

「걱정 말라구?」

나는 숨이 막혀 더 이상 말을 할 수 없었다. 그녀가 걱정 마세요, 하는 말의 뜻이 무언가를 그 순간 명확하게 깨달았던 것이다.

「제가 알아서 할 꺼예요.」

「이게 무슨 짓이야? 정말 철없는 어린애로구먼. 어쩔려고 이때까지 가만 있었어?」

그러자 그녀는 당돌해 보일 만큼 고개를 반짝 쳐켜들었다.

「저 낳을래요.」

「미쳤어? 지금 제정신이야?」

그러면서 나는 우리가 헤어지던 날로부터 지금까지의 시간을 대충 헤아려 보았다. 이미 오개월이나 지나 있었다.

내 말에 그녀는 대답하지 않았다. 그러나 나를 똑바로 바라보았다. 나는 잠시 말문이 막혔다.

「미스 윤. 아니, 이름이 뭐지?」

그러면서 나는 새삼스럽게 얼굴이 달아오름을 느꼈다.

「윤정아예요. 수정정(晶), 맑을아(雅).」

「내 이름은 한성표야.」

「알고 있어요.」

그러면서 그녀는 터져 나오려는 웃음을 간신히 참는 듯이 손으로 입을 가리고 웃었다.

「정아. 제발 고집 부리지 말어. 내가 얼마나 못난 사내란 건 정아도 잘 알고 있잖아. 나 책임 회피하자고 이러는 거 아니야. 나는 아무 것도 해 줄 수 없는 무능한 사람이야. 물론 정아가 나에게 뭘 바라고 있는 게 아니라는 사실도 알고 있어. 아무리 그렇다곤 해도 내가 뭔가는 해야 하지 않겠어? 그러니까 더 답답한 거야. 제발 너무 쉽게 생각하지 말란 말이야. 이게 어떤 세상인데 이러구 있어?」

「나도 알아요. 병원에도 여러 차례 갔었어요. 그렇게 하면 홀가분해질 거 같아서 갔는데, 마음이 무거워 되돌아오군 했던 거예요. 이제는 늦었어요. 이렇게 된 이상 낳아 볼래요. 이미 결심이 섰어요. 집에서 나올 때 돈도 갖고 나왔어요. 제 힘껏 길러 보다가 저엉 할 수 없으면 잘 길러 주실 분을 찾아 보겠어요.」

나는 한동안 말을 못 하고 서 있었다. 내 가슴의 울림이 내 귀에도 역력히 들려왔다.

「이거 봐. 정아. 왜 하필이면 천하에 아이 만드는 재주밖엔 없는 나 같은 놈의 애를 낳겠다는 거야? 이왕 가질려거든, 똑똑하고 강한 남자의 자식을 가지란 말야. 알겠어? 어느 시대건간에 강자(強者)로 남아날 수

있는 힘을 가진 아이를 낳으란 말야. 나처럼 못나 빠진 인간을 이 세상에
또 만들어 놓고 싶어? 지금 이렇게 살고 있는 것만도 짐스러워 죽겠는
판에 내가 무슨 일을 저질렀는지 늘 생각하고 살란 말야? 엉?」
「선생님이 어때서 그러세요? 뭐가 그렇게도 못났어요?」
「그걸 몰라서 묻는 거야?」
　나는 이렇게 소리 지르다가 문득 누군가 우리의 곁을 스쳐갔고, 그가 바
로 김문기 같다는 데 생각이 미쳤다. 흘깃 돌아보니 김문기가 일부러 이
쪽을 의식 안 한 듯한 몸짓으로 영안실이 있다는 곳을 향해 저만큼 걸어가
고 있었다. 얼른 시간을 보니 네시까지는 아직도 사분가량의 시간이 남아
있었다.
「하필이면 이런 시간에 만나다니…… 나 지금 영안실에 가는 중이야.」
「영안실엔 왜요?」
「그 노인이 죽었어. 태양여관에 있던 이충이란 노인 말야.」
「죽었어요?」
「그래. 죽었어. 그래서 순경하고 장제장에 같이 가기로 했어. 네시에 떠
날 거야. 내가 늦어도 여덟시까지는 돌아올 테니 나 좀 만나 줘. 〈자하〉에
서 기다려 줘. 꼭 만나야 해. 알았지?」
「네.」
　그녀는 대답했다. 그 힘없고 가녀린 음성의 대답을 듣는 순간 나는 그
녀가 그 시간에 나오지 않을 것 같은 예감에 사로잡혔다.
「이봐. 정아.」
　나는 다시 그녀를 향해 돌아섰다.
「아이 때문에 정아가 겪어야 할 고통을 생각해 봐. 이성을 잃지 말고 냉
정하게 말야.」
「오래 생각해 보고 내린 결단이에요. 어떤 불행을 당한다고 해도 좋아요.
대학 입시에 실패해서 한 번 꺾여지기 시작하니까 살아가는 일에 자꾸만
자신이 없어지는 거 있죠? 이러다간 제 자신을 도저히 못 지탱해 나가겠
어요. 이번엔 한 번 맞붙어 싸워 볼래요. 쉽게 꺾여지지 않고, 물러서지도
않구요. 제 심정을 조금이라도 이해하신다면 절 약하게 만들지 마세요.
그러길래 선생님을 안 만날려고 했던 건데…… 이따가 그리루 나갈게요.
그렇잖아도 〈자하〉에 들러 음악이나 들을까 했었으니까요. 선생님 따라가
고 싶은데 참아야겠어요. 궂은 일을 보면……」
　그러면서 그녀는 말갛게 웃었다.
　낙천사의 장례차가 정문으로 들어와 우리의 곁을 천천히 스쳐갔다.

그녀는 저쪽으로 가는 차의 뒷모습에 눈을 주고 있다가
「불쌍해요.」
하고 중얼거렸다.
「다녀올게.」
　내가 돌아서려 하자 그녀는 내게 손을 내밀었다.
「악수해 줘요.」
　나는 그녀의 조그만 손을 잡았다. 내 손은 떨리고 있었다. 나는 몸을 돌
렸다. 가다가 되돌아보니 그녀가 분수 곁에 꼼짝 않고 서서 이쪽을 바라보
고 있었다. 나는 손으로 어서 가라는 시늉을 했다. 그녀도 손을 치켜 올
렸다. 그러다가 금방 무거운 듯 내리고 천천히 정문을 향해 걸어갔다. 나
는 그녀가 보이지 않을 때까지 그 자리에 서 있었다. 이윽고 그녀가 눈앞
에서 사라지자 뜨겁고 고통스런 감각이 내 등줄기를 무섭게 할퀴고 지나
갔다. 나는 한 동안 꼼짝도 못 했다. 정체 모를 어떤 힘이 나를 위에서 찍
어누르고 있는 느낌이었다. 나는 내 머리에 뿔이 돋아 있기라도 한 것처럼
나를 찍어누르는 힘을 치받으려고 머리를 힘차게 들어올렸다.

　이충의 시체는 영안실 왼쪽 구석에 흰 시포(屍布)에 쌓인 채 누워 있었
다. 나란히 대여섯 구의 시체가 그런 모습으로 누워 있었기 때문에 김문
기와 시청 직원으로 보이는 오십대의 대머리 사내가 그 곁에 없었더라면
나는 그게 바로 이충의 시신이라는 걸 알아낼 수 없었을 것이다.
　김문기가 나를 향해 여깁니다. 하는 시늉의 손짓을 했다.
　내가 그리로 다가가자 그는 악수를 청하고 나서 말했다.
「보시겠읍니까?」
　음성이 몹시 피곤하게 들렸다. 가라앉은 낮은 음성이었다.
　나는 그를 빤히 지켜보고 있다가 고개를 좌우로 흔들었다. 그러자 그는
오른손을 들어올려 손바닥으로 이마 언저리를 쓸며 지친 듯 눈을 감았다.
마치 기도하는 듯한 자세였다.
「제가 노인에게 보낸 편지를 보셨읍니까?」
　그는 내 말을 못 알아들은 것처럼 잠시 가만히 있었다. 그러더니 눈을
뜨지도 않은 채 고개를 끄덕거렸다.
　내가 입을 열기 전에 시청 직원이 김문기에게 말했다.
「시작할까요?」
「그럽시다.」
　그러면서 김문기는 나지막하게 한숨을 쉬었다.

시청 직원은 밖에다 대고 소리쳐 사람을 불렀다. 그러자 사내들 둘이 들어왔다.

그 중의 한 사내가 주저 없이 이층을 덮고 있던 시포를 훌쩍 벗겨냈다. 그 순간 나는 얼핏 고개를 돌려 외면했다. 그러다가 어떤 이상한 견인력에 이끌렸을 때처럼 주저하면서 그의 드러난 얼굴을 향해 눈길을 돌렸다·

그의 얼굴은 몹시 창백했다. 그는 죽음 그 자체 외에는 아무 표정도 담지 않은 채 눈을 무겁게 감고 입을 꼭 다물고 숨을 멈추고 있었다.

나는 그가 내게 어떤 의지(意志)를 드러내 보이지 않을까 두려워하고 있었던 자신을 발견했다. 그러나 그는 이미 주검 외에는 아무 것도 아니었다. 나는 저도 모르게 안도의 한숨을 내쉬었다. 나는 한 발 앞으로 다가서서 그의 죽음을 찬찬히 들여다보았다. 그러자 전혀 낯선 사람처럼 보였다.

그의 시체는 관에 담겼다. 얇은 송판으로 엉성하게 짠 관이었다. 거기에 눕혀지자 그는 한결 더 왜소해 보였고, 조금도 생명의 냄새가 나지 않았다. 아니 애초부터 생명과는 아무런 관계도 없었던 것처럼 보였다.

나는 관이 덮이기 전에 다시 한번 그의 얼굴을 보았다.

관은 사내들의 손에 들려 장례차의 뒤에 실렸다.

나는 김문기의 뒤를 따라 차에 올랐다. 그리고 그와 통로를 사이에 두고 자리를 잡았다. 갑자기 차가운 기운이 으시시 치밀어 올라 나는 코트의 깃을 치올려 귀언저리를 덮었다.

차가 달리기 시작했다. 나는 눈을 감았다. 내 뒤에 실린 죽음에서 풍겨오는 냄새가 점점 짙게 퍼져올라 나를 감쌌다. 그러자 언젠가 닥쳐 올 나의 죽음이 눈앞에 선명하게 떠올랐다. 나는 모든 것을 잃어버리고 박탈당한 채 관 속에 누워 장제장을 향해 가고 있었다. 나는 몸을 떨며 눈을 떴다. 삶이 주는 그 막중한 부담감에 그처럼 시달려 왔음에도 불구하고 나는 결국은 닥쳐오고야 말 저 죽음의 무의미를 어쩔 수 없이 받아들여야 한다는 사실이 끔찍히도 두려웠다.

김문기는 굳은 자세로 창밖을 바라보고 있었다. 몇 년 전까지만 해도 이 거리의 주변은 황량한 들판이었다. 그러나 지금은 우리들의 집과 우리들의 일상(日常)이 이어져가는 선(線) 위에서 갑자기 불쑥 튀어나오는 장제장을 만나게 되는 것이었다. 죽음의 실체가 이처럼 가까운 거리에 도사리고 있으리라고 나는 미처 생각하지 않았었다. 음울한 오후였다. 이런 날이라면 헤어짐과 죽음 외에는 아무 일도 일어나지 않을 것 같은 느낌이 들었다.

그때 김문기가 내 쪽으로 시선을 돌렸다.

「날씨가 아무래도 심상치 않군요.」

그는 창밖으로 잔뜩 찌푸린 하늘을 가리켰다. 탁하고 짙은 색깔의 회색빛 구름이 두텁게 저쪽 산허리에 걸쳐 있었다. 나는 망설이다가 말을 꺼냈다.

「내가 쓴 편지를 보셨다고 하셨지요?」

「네. 봤읍니다.」

「그런데 왜 저번엔 거기에 대해서 암말도 안 하셨읍니까?」

「새삼스럽게 그런 걸 왜 말합니까?」

「그건 내 실수였읍니다.」

「실수였다니요?」

「나중에야 그 편지가 돈 대신 전해졌다는 사실을 알았읍니다.」

그러면서 나는 그때 일어났던 일을 얘기했다.

「그 편지가 결정적인 역할을 했겠지요.」

「너무 지나치게 생각하지 마십시오. 그 편지에 충격을 받아 자살했을 거라면 신작에 하지 왜 오륙 개월이 지난 지금에 와서야 죽었겠읍니까?」

그러나 왠지 말은 그렇게 하면서도 실제로 그가 그처럼 생각하지 않고 있는 듯한 느낌이 들었다.

뒤에 앉아 있던 시청 직원이 소리쳤다.

「김경장님. 쇠주 한 잔 안 하실랍니까?」

김문기가 손부터 내저으며 고개를 돌리고 말했다.

「나요? 나 술 못 합니다.」

「아참 못 하시지? 저 분 한잔 합시다. 이리루 오십쇼.」

사내는 나를 향해 왼손에 든 술병을 치켜 올렸다. 그 사내의 왼쪽에 아까 시체를 들어내던 사내들이 나란히 앉아 있었다.

「저도 생각 없읍니다.」

나는 이렇게 말하고 나서야 괜히 거절했구나 하고 후회했다.

사내는 이빨로 병뚜껑을 벗겨 버스 바닥에다 튀하고 뱉아내더니 병째로 꿀꺽꿀꺽 마셨다. 다른 사내들의 손에도 술병이 하나씩 들려 있었다. 그 꼴을 보고 있다가 김문기가 한 마디 했다.

「장형. 몸을 돌보셔서 작작 좀 드시지요.」

「몸을 돌보려니까 이걸 마시지요. 술 한 잔 안 꺾고는 이놈의 차 못 타겠는 걸 어쩝니까?」

그러면서 그는 코와 입을 찡그리고 웃었다.

「장형. 큰일나셨구먼.」

「이놈의 차 탈 때마다 이상하게도 내 발밑에 누워 있는 시체가 나 같은 생각이 자꾸 든단 말예요. 이게 지랄이지 뭡니까? 김경장님은 안 그러시 겠죠?」

김문기는 뭐라고 말할 듯 입을 우물거리다가 아무 말도 안 했다. 그의 얼굴은 어느새 딱딱하게 굳어 있었다.

차는 가던 길을 휘돌아 언덕길로 접어들었다. 백여 미터쯤 앞에 장제장 굴뚝이 보였다. 굴뚝 위로 검은 연기가 기어나와 흐느적거리며 음울한 회색의 하늘 속으로 사라져갔다.

차는 이윽고 장제장에 닿았다. 인부 둘이 먼저 내리고 시청 직원이 겉으로는 멀쩡해 보이는 얼굴로 그 뒤를 따라 내렸다.

나는 그냥 앉아 있었다. 갑자기 일어날 수 있는 힘을 뭔가에 의해서 빼앗긴 듯한 기분이 들었다.

「안 내리시겠읍니까?」

김문기가 천천히 몸을 일으키며 물었다.

「나중에 내리겠읍니다.」

그는 더 말하지 않고 차에서 내렸다. 차는 앞으로 나갔다가 방향을 꺾어 뒤로 물러나기 시작했다.

나는 눈을 감았다. 처음 들려온 것은 운전대 옆의 비상구가 열리는 소리였다. 이윽고 차의 뒷문이 열리고 쇠붙이가 둔중하게 긁히는 소리를 내며 이층의 관이 뒤로 빠져나갔다. 그 순간 나는 뭐랄까, 일종의 짙은 허탈감 같은 것을 느꼈다. 내 뱃속의 내장이 송두리째 빠져나간 듯한 공허한 기분이었다.

나는 눈을 뜰 수도 고개를 뒤로 돌릴 수도 없었다. 그러나 내 눈앞에서 이층의 관은 서서히 화장로(火葬爐) 속으로 사라져 갔다. 이윽고 일천 삼백도의 뜨거운 불길이 그의 죽음과 죽음에 속한 모든 내용을 불태우기 시작했다.

그러자 갑자기 뜨거움을 감지한 그의 영혼과 육신이 죽음의 저 짙은 무감각 속에서 활짝 눈을 뜨고 신들린 무당처럼 뜨거운 불길을 붙안으려고 허우적거리며 춤을 추기 시작했다.

불길은 점점 거세게 타올랐다. 그럴수록 영혼의 절규도 육신의 광란도 그 열도를 더해 갔다.

운전수가 비상구를 열고 들어와 나를 의식하고 있는 듯한 태도로 문을 콩 닫았다. 엔진이 그르릉거리는 소리를 내기 시작했다. 뒤미처 시청 직원과 인부들이 들어섰다. 차가 서서히 움직였다. 나는 그제야 황망히 차에서 내렸다.

김문기가 화장로 앞에서 그것을 지키는 듯한 자세로 서 있는 모습이 보였다.

나는 천천히 그리로 다가 갔다.

「시간이 얼마나 걸립니까?」

이렇게 말하고 나서야 나는 이러는 게 아닌데 하고 속으로 혀를 찼다.

「약 한 시간 삼십 분 가량 걸립니다. 그래야 뼈가 곱게 바숴지지요.」

그러면서 그는 팔을 들어 올려 손목 시계를 바라봤다.

우리 사이에 다시 침묵이 흘렀다. 나는 그와 같이 있다는 사실에서 안위 비슷한 감정을 느꼈다.

화장로를 오래 바라보고 있는 동안 의식은 차츰 그 명료성을 잃고, 이윽고 지금 불타고 있는 것은 이충이 아니라 나 자신 같은 느낌이 들었다. 나는 불타고 있는 나 자신을 망연하게 바라보고 있었다.

김문기가 시간을 재 보더니 화장로의 뒤켠으로 돌아갔다. 거기서 그는 백지로 싼 흰 함 한 개를 들고 내 곁으로 천천히 다가왔다. 그는 혼자 들기에는 감당할 수 없는 무거운 것을 들고 있는 표정이었다. 나는 자신도 모르게 앞으로 나가서 그를 거들어 주려는 몸짓을 했다. 그러나 막상 함에 손이 닿으려는 순간 나는 심한 저항감을 느끼고 손을 움츠렸다.

김문기가 말 없이 앞장 섰다. 나는 그를 따라 장제장 뒷산으로 오르는 숲길로 들어섰다. 산은 가파롭지 않았다. 그냥 깊고 길기만 한 느낌이 들었다. 그러다가 갑자기 산허리의 저쪽으로 툭 꺾인 벼랑이 눈 앞에 드러났다. 벼랑 아래는 무연한 들판이었다.

「여기가 어떻습니까?」

김문기는 그제야 뒤를 돌아보며 나를 향해 물었다. 나는 통념으로 재를 뿌리는 곳은 강이라고 생각하고 있었다. 그러나 그가 이 자리를 미리 염두에 두고 있었던 것 같은 느낌이 들어 잠자코 고개를 끄덕였다.

잠시 우리는 그 자리에 섰다. 그는 묵념의 자세로 한 동안 가만히 서 있다가 백지를 뜯어 봉함을 열었다. 그러더니 벼랑으로 바싹 다가 서서 재를 한 줌 움켜 쥐고 그걸 아래로 뿌렸다. 세월에 찌들은 그의 손갈피 사이로 이충의 잔해는 소리없이 흩날리며 흩어져 갔다.

나도 한 줌쯤은 뿌려 줘야 도리가 아닐까 하고 생각은 했지만 왠지 두려웠다.

이윽고 김문기는 마지막 재 한 줌을 뿌리고 나서 함을 땅 속에 정성스럽게 파묻었다.

어느덧 날이 어두워졌다. 햇살이 사라지자 바람 끝이 차가웠다. 우리는 말 없이 산을 내려왔다. 나는, 수고하셨읍니다. 하고 말할까 말까 망설이다가 그만두었다. 왠지 쑥스러웠던 것이다.

장제장 앞 길까지 나와서 시내로 들어오는 버스를 타고 나란히 한 자리에 앉았을 때 그가 불쑥 입을 열었다.

「한 선생. 곧바로 들어가시겠읍니까?」

「예?」

나는 마침 정아의 생각을 하고 있던 중이라서 그의 말을 잘 못 알아듣고 이렇게 물었다.

「시간이 있으시면 간단히 술 한 잔 하고 싶어서요.」

간장이 좋지 않아 담배와 술을 끊었다던 그가 해 온 청이라서 나는 저으기 당황했다. 나는 얼결에 시계를 보았다. 시간은 일곱 시가 약간 지나 있었다.

「시간이 없으신 것 같군요.」

「여덟 시에 〈자하〉다방에서 만나기로 한 사람이 있어서요.」

「그렇다면 하는 수 없죠. 괘념치 마십시오.」

「지금 제가 누굴 만나러 가는지 모르시겠죠. 미스 윤입니다.」

「미스 윤이라니? 누군데요?」

「노인이 미국에 보내준다고 했던……」

「아아 알겠읍니다.」

「아까 시립 병원 분수 곁에서 만났었지요.」

「아, 그 여자였군요.」

「그앤 지금 제 아기를 갖고 있읍니다. 육개월째랍니다. 아일 낳겠다고 고집을 부리는군요.」

「아니, 어떻게 된 겁니까?」

나는 그간의 경위를 털어 놓았다. 말하고 있는 중에도 내가 지금 괜한 얘기를 하고 있구나 하는 기분이 들었지만 털어 놓고 나니까 마음이 한결 가벼워지는 것 같았다.

「그래 어떡허실 작정입니까?」

「어떡허다뇨?」

「설득을 해도 듣지 않으면?」

「아직 철이 안 들어서 말귀를 못 알아들어요. 대신 설득 좀 해 주시겠읍니까?」

김문기 보고 설득해 달라고 부탁하자는 생각이 든 건 그 순간이었다. 나

736

도 모르게 불쑥 그런 말이 나왔던 것이다.

「내 말이라고 듣겠읍니까?」

「그래도 할 수 있는 건 다 해 봐야죠.」

「한선생, 너무 강권하지 마십시오.」

「강권하지 말라니?」

「그쪽의 입장을 철 없다고 무시해 버릴 게 아니라는 생각이 드는군요.」

「아니, 아일 낳겠다는 게 철 없는 소견이 아니고 뭡니까?」

「그 나이쯤이면 그 정도는 이미 생각하고도 남습니다. 충분히 생각하고 나서 싸운다고 봐야죠.」

「싸우다뇨? 나랑 말입니까?」

「아뇨. 자기 자신과 싸우는 거죠. 그러니 너무 강권하지 마십시오.」

「기가 막히군. 정말 기막힌 일이군……」

나는 이런 말을 두세 번 거푸 중얼거렸다.

「내가 맡은 일이 대개 죽음과 관련되어 있어요. 죽음의 언저리에서 늘 죽음을 대하다 보니까 새삼스럽게 삶에 대한 애착 같은 게 생기나봐요.」

그러면서 김문기는 혼자 조용히 웃었다. 나는 멍한 느낌에 사로잡혀서 아무 말도 못 했다. 그냥 몸을 잔뜩 옴츠린 채로 가만히 있었다.

버스는 어느듯 내가 내려야 할 근처에까지 와 있었다.

나는 몸을 일으켰다. 작별 인사를 하려는데 김문기도 자리에서 일어서며 먼저 입을 열었다.

「경찰서에서 나오기 전에 마침 노인에 대한 신상 보고가 들어왔어요. 미국에서 돌아온 지 십 년 동안 여기저길 돌아 다니며 그런 수법으로 살았더군요. 잘 가십시오. 일간에 한 번 뵙겠읍니다. 오늘 수고하셨읍니다. 한선생.」

나는 그가 내미는 손을 붙잡았다. 그랬다가 허둥지둥 버스에서 내렸다.

나는 〈자하〉의 문 앞에서 잠시 멈춰섰다. 나는 다방 문을 밀치려고 손을 들어 올렸다. 그러다가 손을 토로 내렸다. 내가 일상적으로 되풀이해 온 그 평범한 행위가 오늘 이 시간에는 왜 이처럼 하기 힘들게 느껴지는지 알 수 없었다. 나는 일찌기 느껴본 적이 없는 짙은 두려움에 사로잡혔다. 어떻게 전개될지 모르는 미지의 삶(生)이 내 앞에 복병처럼 웅크리고 숨어 있는 것 같았다.

드디어 나는 문을 밀치고 안으로 들어섰다.

아직 오지 않았으리라는 내 예상을 뒤엎고 그녀가 저쪽 구석 의자에 앉아 있는 모습이 보였다. 그녀는 깊은 생각에 잠겨 앞을 똑바로 바라보고 있었다.

나는 걸음을 멈추고, 자기 자신과 싸우고 있는 나이 어린 여자를 바라보았다.

그 순간이었다. 문득 하나의 환영이 눈앞을 스쳐갔다. 그것은 언젠가 한밤중의 꿈에 손에 큰 저울을 들고 나타나 날더러 강을 건너와라. 네 무게를 달아 보자고 외치던 그 거대한 사내의 모습이었다.

나는 호흡을 가다듬고 천천히 그녀의 앞으로 걸어갔다. 그러면서 힘을 넣어 두 손을 꽉 움켜 쥐었다. ▨

붉은 달

金 相 烈

그해 가을, 읍내에는 미군이 들어와 주둔하기 시작했다. 먼지를 부옇게 뒤집어쓴 군용 트럭들이 신작로를 가로질러 면사무소 쪽 고개로 넘어가는 행렬을 무시로 볼 수 있었다. 징그럽도록 시꺼먼 피부를 가진 흑인 병사가 있는가 하면, 알아들을 수 없는 말로 자기네들끼리 웃고 짓까불며 박수치는 흰 비계덩이의 살을 가진 병사도 있었다. 그들은 하나같이, 적어도 우리 어린애들의 눈에는 무슨 말 못 할 짐승처럼 보였다.

율치(栗峙) 마을을 지나 야트막한 고개를 하나 넘으면 읍내 채 못 미쳐서 민둥산이 있는데, 그들의 부대는 바로 그 산허리에 터를 닦고 철조망을 치고 야단법석이더니 어느새 학교 건물보다 더 크고 멋있는 현대식 막사를 지어놓은 것이었다.

큰형은 버스에서 내려 그 미군 차량 행렬이 일으킨 먼지를 흠뻑 뒤집어쓰고 있었다. 미처 피할 겨를도 없이 힘차게 질주하는 트럭들이 다 사라질 때까지 흙먼지 속에 우두커니 서 있던 큰형은, 이제 시선을 돌려 낯익은 마을을 바라보았다. 고개 너머에 미군 부대가 들어왔다는 사실 외에는 거의 하나도 변한 게 없을 터였다. 개펄밖에 없는 먼 서해 바다가 그렇고, 방앗간에서 들리는 원동기 소리가 그렇고, 동네로 접어드는 골목 어귀 늙은 은행나무가 그랬을 것이었다. 그러나 큰형은,

「참 많이도 변했구나.」

하고 혼잣말처럼 중얼거렸다. 비낀 저녁 햇살을 받아 평화로이 누워 있는 국민학교 지붕 위에서는 이제 곧 태극기가 내려질 시각이다. 신작로 양쪽으로 늘어선 느티나무 잎새들이 잔물결인 양 흔들리며 떨어지고 있었다.

큰형은 추수를 끝낸 해질녘의 빈 벌판을 일별한 후 목발을 내짚으며 과수원으로 가는 샛길로 꺾어들었다. 일쑤 동네 사람들 만나기가 싫었기 때문이었으리라. 돌다리를 건너서 한쪽이 무너진 담모퉁이를 돌아서자 전갈을 받고 나온 늙은 어머니가 양팔을 벌리며 낮게 소리쳤다.

「아이구, 내 새끼가……」

당신은 멈칫 큰형 앞에 서더니 한동안 다음 말을 잇지 못했다. 차마 다리 병신이 돼서 돌아올 줄은 꿈에도 생각지 못한 터였기 때문에 충격이 꽤나 컸던 모양이었다. 망연자실 목발에 눈을 던지고 섰다가 와락 끌어안으며 눈물부터 쏟기 시작했다.

「괜찮아요, 글쎄.」

마을 사람들이 호기심과 동정 어린 시선으로 하나둘씩 모여들기 시작했으므로 큰형은 성큼 목발을 내짚으며 집안으로 들어섰다. 또각또각 땅을 찍는 그의 목발이 낡은 기와집 마당 한가운데로 들어서자, 기다리던 아버지 역시 이내 어안이 벙벙해졌다. 종가(宗家)의 큰아들이 절름발이가 되었다는 건 기실 놀라운 일이 아닐 수 없었다. 툇마루에서 우뚝 물러선 채 헛기침만 내뱉는 아버지를 향해 큰형이 꾸벅 고개를 숙였다. 그리고 다시 목발을 짚어나가서 마루에 걸터앉았다.

「살아 왔구나.」

「예.」

검은 농구화 끈을 풀어 헤친 큰형은 부엌 쪽으로 시선을 던져 혼자 눈물 바람인 형수에게 씨익 멋적은 웃음을 보낸 다음 안방으로 들어갔다. 자기 아내의 배가 만삭임을 쉬 알아차렸을 터였다. 그러나 방으로 들어가려는 순간 큰형을 놀라게 한 것은 기둥 모서리에 찍힌 도끼날 자국이었다. 예리한 그 자국이 두 군데나 생겨 있었는데, 호랑이로 불리운 전직 면장댁 기둥이 이렇듯 불미스러운 흉기의 상처를 입었다는 건 도대체 이해할 수 없는 일이었다. 눈을 치뜨고 기둥과 아버지를 번갈아 살피는 큰형을 향해 개가 짖어대기 시작했다. 처음 대문을 들어설 때만해도 슬슬 장독대 뒤에 몸을 숨기더니 큰형이 정작 방으로 들어서려니까 사나운 본성을 드러내고 있었다.

「짖지 말아. 너네 주인이다……」

어머니가 죄없는 개에게 넋두리했다. 어머니는 당신의 머리에 항상 수건이 동여매어진 해수병 환자였다.

큰형은 아랫목에 앉는 아버지에게 큰 절을 생략했다. 당신 역시 병신이 돼서 귀향한 아들의 인사를 사양할 요량으로 담배를 찾아 피워 무는 것이었다. 양담배 개비였다.

어머니가 큰형 곁으로 바짝 다가앉으며 다리를 만지려 들었다.

「병신은 되지 않습니다. 두어 달만 집에 박혀 있으면 목발 팽개치게 되니까 거정 마세요. 그나저나 저 도끼 지국은 이렇게 해시 생긴 집니까?」

어른들의 시선이 기둥 쪽으로 동시에 쏠렸다. 그러나 이내 그것을 외면해 버린 아버지가 입에 담았던 담배 연기를 후우 천정으로 내뱉은 다음 자리를 털고 일어섰다.

아버지 정만호씨로 말하면 돈 많은 마을 유지로서 한때 면장을 지내기도 했고, 육십줄에 접어든 노년임에도 불구하고 정력이 왕성한, 욕심 많은 사람이었다. 무엇보다도 아버지는 엉뚱한 야심에 차 있었다. 그것은 기실 허무맹랑한 과욕에 불과한 것이었지만 자유당의 지방책으로서 앞으로 국회에라도 진출하고 싶은 거창한 포부를 갖고 있었다. 물려받은 유산과 턱없이 불어난 그 재산을 바탕으로 해서 마을의 공공 사업을 지원하고 주민들에게 갖가지 선행을 베푸는 것도 다 그런 꿍꿍이속이 있어서였다. 하지만 집에서는 지나치게 엄격한 가장으로서의 권위를 내세운 나머지 병든 마누라한테나 자식들에게조차 당신의 깊은 애정을 표현할 줄 몰랐다. 어머니나 자식들 역시 그런 연유로 해서 그 앞에 나서기를 모두 두려워하고 기피하려고만 했다. 그랬는데 아름드리 기둥 모서리에 도끼 자국이 박혀 있다니, 더군다나 이제 겨우 고등학교를 졸업한 둘째아들, 그러니까 작은형의 손에 의해 그런 불상사가 생겼으니 큰형으로선 도대체 믿을 수 없는 일이었다. 고양이 앞의 쥐처럼 항상 죽어 지내온 자식들이 아니던가. 작은형은 어디서 그런 엄청난 용기와 죄의식이 싹텄던 것일까, 나는 지금도 생각할 때가 있다. 그러나 작은형이 감옥에 끌려간 것은 순전히 미군 때문이었다. 패싸움 끝에 미군 한 명을 칼로 찔렀던 것이다.

큰형의 검은 농구화가 행랑채의 댓돌 위에 가지런히 놓인 채 며칠이 흘렀다. 형의 다리는 아주 부서진 건 아니어서 몇 개월 집에서 요양하면 목발을 짚지 않아도 되는 모양이었다. 보기에 안스러웠지만, 그러나 그가 제대하고 돌아온 이후 죽음의 집 같던 우리 집의 분위기가 잠시 밝아지는 듯했다. 나는 시간만 나면 곧장 큰형 방으로 달려갔다. 형, 하고 부르면, 응, 병삼이냐? 하고 따뜻하게 대답해 주었다.

「다리가 왜 그렇게 됐어?」

「응, 좀 다쳤어.」

「인민군하고 싸우다가? 그럼 형도 상이 군인이란 말예요?」

「그래. 하지만 곧 나을 꺼다. 옛날처럼 축구도 할 수 있게 돼.」

「만져 봐도 괜찮을까?」

「아직 아물지 않았어. 뼈가 상했어.」

「그럼……」

「철사로 이어 박았으니까 거기에 새살이 붙으면 걱정 없다.」

그러나 나는 믿을 수 없다는 듯 큰형의 왼쪽 다리에 눈길을 고정시킨다. 잠시 침묵. 그러면 큰형은 다리를 이불 속에 집어 넣은 다음 이윽히 내 얼굴을 들여다보는 것이었다.

「넌 알고 있지?」

「뭘요?」

하고, 나는 고개를 들어 큰형을 빤히 쳐다본다.

「느그 작은형이 왜 그랬는지 말이다.」

「……모르겠어요.」

나는 알고 있고, 큰형 역시 빤히 알고 있으면서 우리는 이렇듯 부질없는 대화를 나누곤 했다. 작은형이 아버지한테 반항하고 기둥에 도끼날을 찍은 근원적인 이유는 극히 단순했다. 그는 우리들의 친형제가 아니었던 것이다. 아버지가 한때 개성(開城)으로 장사하러 다니면서 이북 여자를 알게 되었는데, 작은형은 거기에서 생긴 사생아였다. 호적만 우리하고 같을 뿐이지 자식 대접은 우리하고 같지 않았다.

덩덩 덩더쿵 달무리 붉게 진 밤하늘에 징소리가 울려 퍼지고 있었다. 개 짖는 소리도 들렸다.

작은형 문제가 완전한 해결을 못 본 채 교도소 미결 감방 안에 넣어진 이후 아버지는 서울 출입이 부쩍 잦아지고 있었는데, 당신이 서울로 몸을 비운 날을 택해 어머니는 드디어 미루어오던 굿판을 벌이고 만 것이었다. 그 모든 액마, 요컨대 큰아들이 전장에 나가 다리병신 된 것도, 배다른 둘째아들이 징역을 살 만큼 흉악해진 것도 다 당신의 저주덩어리인 서울어머니(작은댁) 탓으로 단정짓고 있었다. 어머니는 기회 있을 때마다〈그 화냥년의 피가 흘러든 탓이다!〉고 퍼부었는데, 더우기 늘그막에 접어들고부터는 남편이 온통 작은댁한테만 정을 쏟는 것 같아 집에 불을 지르고 싶은 충동마저 자주자주 일어나는 형편이어서 필시 더 큰 불행이 찾아들기 전에 용한 무당을 불러 액풀이를 해야겠다고 벼러 온 어머니였다.

덩더쿵, 덩더쿵. 무당이 불을 뛰어넘으며 식칼을 휘둘러대고 있었다. 춤추듯, 하늘에 대고 주문을 퍼붓는가 하면, 온통 대청마루를 쓸고 다니며 요령을 흔들기도 했다. 마당 한가운데에서 사위어 가는 불꽃을 보는 어머니의 눈은 기실 어떤 알지 못할 흥분에 휩싸여 있었다. 증오의 빛 같기도 한 그 눈은 언젠가 젊은 서울어머니를 맞닥뜨렸을 때 노려보던 시선과도 같은 것이었다.

큰형과 나는 대문 밖으로 나섰다. 밤장 나너도 서웃서웃한 머리통들이 마당 안 풍경을 구경하고 있었다. 더러는 집안으로 들어서는 아낙네도 있었다. 신명나는 굿판도 굿판이지만 그네들은 한결같이 돼지머리가 빙그시 웃고 있는 상 위의 제물들에 더 침을 삼켰다.

「비가 오려나?」

큰형이 혼잣말처럼 중얼거렸다.

큰형과 나는 과수원으로 들어섰다. 과수원이라고 해야 복숭아나무가 2백여 그루, 국광 사과나무가 80여 그루밖에 되지 않은 자그마한 규모였다. 늙은 과목들은 거의 가꾸지 않아서 열리는 과실 또한 알이 작아지는 형편이었다. 그 용도를 이제는 외양간이라든가 돼지우리 등으로 거의 할애하고 있는 형편이었다.

형은 축사(畜舍) 쪽으로 걸음을 옮겼다. 과수원과 가축들을 돌보며 집안의 자잘한 허드렛일까지 도맡아 해 주는 김씨를 만나기 위해서였다.

김씨가 우리집에 들어온 건 반공 포로 석방의 뒤끝이어서 큰형과 그는 서로 서먹한 처지였다. 도무지 막일을 해먹고 살 위인이 아닌 김씨는, 며칠 전 주인집이 한바탕 시끄러웠던 원인이 바로 다리병신 큰형의 귀향 때문이었음을 이미 알고 있었다. 넓은 집에 일손이 없는 데다가, 타관에서 굴러들어온 오갈 데 없는 뜨내기여서 아버지가 쾌히 불러들였던 사람이다. 반공 포로 출신인 그를 불러들일 독지가는 동네에서 아버지밖에 없었다.

김씨가 관리하고 있는 이곳은 엄밀히 따져서 과수원도 아니고 목장도 아닌, 그러니까 어중간한 농원인 셈이었다. 달무리진 하늘에 힐끗 눈을 던지던 큰형이 김씨의 방 앞에서 헛기침했다.

「웬일입니까, 늦은 밤에?」

하고, 작업복 차림인 채 멀뚱히 천정을 향해 누워 있던 김씨가 놀라 일어났다. 방안 공기가 탁했다. 담배 냄새와 등잔의 석유 냄새와 고리타분한 땀 냄새가 한데 뒤섞여 있었다.

「술도 한잔 안 걸쳤어요? 참, 깜박 잊었군. 집에서 퍼 오는 건데……」

큰형이 문설주 옆에 걸터앉으며 말했다.

「김형이 좀 수고하시겠수? 내 깜박 잊었어.」

「안 그래도 좀이 쑤시던 판이었어요. 횡재 만났구먼요. 내 퍼뜩 가서 가져올 테니 기다리슈.」

그가 잰걸음으로 고무신을 끌며 나갔다.

형의 몸이 불편한 탓으로 늘상 그의 곁에 붙어 다녀야 했으므로 어머니는 오늘밤, 나를 찾지 않을 것이었다. 나는 어머니가 무서웠다. 농막의 뜨뜻한 아랫목에서 나는 가만히 앉아 눈을 껌벅이고 있었다. 졸음이 왔다. 큰형이 담배 개비를 꺼내 물었다. 집에서는 신명이 오른 징소리가 아까보다 한층 더 세게 흘러나왔다. 아마도 밤새워 진행될 조짐 같았다. 형이 담배 한 대를 다 피울 무렵 김씨가 왔다.

「전기불이 빨리 들어와야겠수다. 저쪽에는 전기 사정이 좋아서 진즉에 들어와 있는데, 원……」

술 주전자를 방바닥에 내려놓던 김씨가 무심결에 던진 자기의 말에 스스로 놀라 얼른 큰형 눈치를 살폈다. 길이 어두워서 불편하다는 뜻으로 내뱉은 것에 불과했겠지만 큰형에게도 역시 자극이 되었던가보다.

「저쪽이라니, 고향 말인가요?」

「……아니, 그냥 길이 어두워서. 하긴 여기도 미군이 주둔한 다음부턴 오늘내일 곧 들어온다고 하더군요.」

「꽤 가고 싶은 모양이군요. 그렇지요?」

「아닙니다. 아네요, 홀홀단신 늙다리 주제에 뭐가 그리워서 그런 맘 먹겠어요.」

「술이나 듭시다.」

「………」

낭패스럽다는 듯 머리를 긁적이며 김씨가 자리에 앉았다. 등잔의 심지를 돋우면서도 그는 내내 미안한 기색이었다.

「자, 잔 받으시오.」

큰형이 입가에 미소를 담으며 술을 따뤘다. 내가 따르려 했지만 형은 허락하지 않았다. 형이 말했다.

「이북에 두고온 처자는 어떻게 됐을까요?」

「이래봬도 순수한 총각입니다.」

「어떻게 증명해요.」

심술궂게 큰형이 묻자 김씨의 눈이 거의 보이지 않을 만큼 찢어졌다. 그들은 술을 마셨다. 언덕 아래 집쪽에서 굿이 짬짬이 끊기는 사이 과수원 나무들의 잎 지는 소리가 우수수 빗소리처럼 들렸다.

「한바탕 비가 올 것 같은데요.」

일렁이는 불을 바라보면서 불콰하게 취기가 오르는 큰형이 중얼거렸다. 나는 고구마 가마니에 기대어 그들의 대화를 눈 감고 엿들었다. 잠이 올 것 같았다.

「비가 오면 굿판이 끝나겠지요?」

「그렇겠지요.」

「김형은 어디서 싸우다가 붙들렸소?」

「글쎄, 붙들린 게 아니라……」

「내가 다리에 총 맞은 데는 속초 지역이었소. 금강산 바로 밑에까지 올라갔었는데 하마터면 장전이라는 곳도 쳐들어갈 뻔했군. 고향이 거기라고 했죠?」

「………」

「한계령을 넘을 때였소. 적의 퇴로를 차단하고 마을을 습격했는데 그 마을 뒷산에서 빨갱이 여맹원을 하나 생포한 거요. 우리는 그것의 처리 문제를 놓고 한참 실랑이를 벌였소. 누구는 죽이자고 주장하고 또 누구는 설득해서 우리 쪽으로 맘을 돌려보게 하자는 거였지. 그러나 여자는 비웃더군. 입에 담지 못할 욕설을 퍼붓는 거야. 지독한 독종이었소. 옷이 다 헤져서 허벅지와 유방까지 드러난 몸뚱아리가 볼상 사나와 우리 군복을 주었더니 이빨로 갈갈이 물어뜯는 거야. 공화국 만세를 부르면서. 그래서 내가 죽여 버려, 하고 소리쳤소. 소대장은 그때까지도 어떻게든지 설득시켜 보려고 나무 등걸에 그 여자를 묶어 놓고 달랬어. 하지만 여자는 죽여 버리자고 소리친 나를 향해 지독한 욕설만 퍼붓더군. 그 무서운 눈……, 그때 처음으로 보았소, 살기가 무엇인지. 시선만으로도 충분히 사람을 죽일 수 있다는 걸 처음 알았어. 지금 생각해도 소름이 끼칠 정도니까. 그리고는 입에 거품을 물고 공화국 만세만 부르짖는 거요. 참 이상한 일이지. 공산당이 그렇게 무서운 줄은 몰랐소.」

큰형이 잔을 비웠다. 그리고는 김씨의 표정을 홀깃 살펴보는 것이었으나 김씨의 얼굴은 오히려 잔뜩 호기심에 찬 표정이었다.

「그래서요, 그 다음은 어떻게 됐나요?」

「죽였지. 대검으로 유방을 찔렀어요.」

「그리고는?」

「거기도 찔렀지. 가장 잔혹한 방법을 생각하면 될 꺼요.」

「거기라뇨?」

「김형 고향말요.」

「으음.」

하고 김씨가 가벼운 신음을 뱉었다. 그리고는 자신이 느낀 분노와 형에 대한 의혹의 빛을 지워내기 위해 술을 들이켜고 있었다. 안주를 썹으면서 그가 말했다.

「우린 그런 일은 없었수다.」

「그럼 무슨 일이 있었소?」

그러나 김씨는 입을 열지 않았다. 애매하게 빙긋 웃어 보일 뿐 이내 잔에 술을 부어 형에게 권하는 소리가 들렸고, 그리고 나는 잠이 들었다.

내가 다시 잠에서 깨었을 때 밖에서는 빗소리가 들렸다. 어느덧 굿판도 끝나서 빗소리를 제외하곤 사위가 죽은 듯 조용해져 있었다.

이튿날 아침에 형수가 데리러 올 때까지 김씨 방에서 잠들어 있었는데 큰형과 내가 집으로 급히 돌아오자 어머니는 끙끙 앓아 누워 있었다.

「새벽부터 찾으셨어요. 피를 좀 토하셨어요.」

거의 뜬눈으로 지샌 형수가 빠른 어조로 말했다. 굿판으로 집 안팎을 밤새 뒤흔들어 놓고도 어머니는 아직 성이 안 차는지 이제는 부처님을 들먹인다고 형수가 덧붙였다. 무당이다, 법당이다 정신없이 설치는 걸 보니 아무래도 당신의 심중에는 집안에 대한 불길한 징조가 짚이는가 보았다. 아니면 당신 자신에 대한 불행한 종말을 예감하고 있는지도 모를 일이었다. 몇 해 전부터 시름시름 잘도 앓아 왔던 터여서 혹시 죽음이 눈에 보였던 것은 아니었을까.

그러나 어린 나로서는 솔직히 집안에서 일어나는 크고작은 여러 사건들이 흥미롭기만 했다. 다리병신 큰형의 귀향, 작은형의 도끼 만행과 징역살이, 반공 포로 김씨의 수상한 출현과 어머니의 병환과 액풀이 굿판과 그리고 나의 변성기(變聲期)……

나는 교실에 들어가기가 싫어 땅바닥에 깔린 돌멩이를 걷어찼다. 이대로 다시 돌아가 진종일 농탕이나 칠까 하고 생각했다. 양지바른 산이나 갯가로 나가 마른 잔디 위에 나딩굴고 싶었다.

「병삼이, 너 거기서 뭘 하고 있나?」

종이 울려도 문밖에서 서성이는 나에게 담임 선생이 다가와 귀를 잡아당겼다. 그는 아까부터 나를 지켜보고 있었던 것이다.

「짜식, 반장이 그렇게 바보처럼 서 있으면 어떡해. 빨리 들어가 수업 준비 하잖구.」

그리고는 앞장 선 선생이 드르륵 교실문을 열어젖혔다.

첫째 시간이 끝나고 둘째 시간이 시작될 무렵이었다. 복도 끝 창틀에 기대 담배를 입에 문 채 한참이나 신문을 들여다본 후 돌아온 선생은 교실에 들어서자마자 그 신문을 교탁 위에 펼쳐 놓고 있었다. 수업 과목은 사회생환이었다.

「이번 시간에는 우리, 전쟁에 관해서 공부해 보자.」

흑판에 〈전쟁은 왜 일어나는가?〉라고 크게 써갈긴 선생이 돌아서며 말했다.

「자, 누구 아는 사람?」

그러자 아이들이 너도나도 손을 들었다. 저요, 저요, 저요, 하고 제비새끼들처럼 입을 모아 떠드는 아이들은 변덕 많은 어른 선생의 맘이 돌변하기 전에 한 시간 수업을 재미나는 전쟁 이야기로 꼬박 채우고 싶은 모양이었다. 선생이 한 아이를 지명했다.

「나쁜 사람을 없애기 위해서 일어납니다.」

선생은 계속해서 손을 든 아이들을 지명해 나갔다.

「공산당을 쳐부수기 위해서 그렇습니다.」

「전쟁은 사람 마음이 악하기 때문에 일어납니다. 힘이 약한 쪽을 빼앗으려고…….」

「아닙니다. 진 쪽이 억울하니까 강한 쪽한테 덤벼드는 겁니다.」

「다 맞다. 그런데 정병삼은 어떻게 생각하나? 어디 일어나 대답해 봐.」 하고 다른 아이들의 거수를 제지한 선생이 우두커니 앉아 있는 나를 내려다보았다.

「잘 모르겠읍니다.」

내가 머뭇거리며 일어섰다.

「앞으로 나와.」

선생이 말했다.

「그래, 정병삼의 대답도 맞다. 전쟁이 왜 일어나는지 그 이유에 대해서는 어른들도 잘 모른다. 하지만 전쟁이 일어났을 때는 반드시 이겨야 한다. 왜냐하면 이기는 쪽이 정의의 십자군이기 때문이다. 옳고 정당한 사람은 지지 않는 법이다.」

교탁 앞으로 불려 나와 학생들을 향해 마주 선 나의 머리를 쓰다듬으며 선생이 말을 계속했다.

「자, 지금부터 우리가 이긴 전쟁 이야기를 정병삼군이 낭독할 테니까 잘 들 들어라. 다 들은 다음 이 이야기에 대한 감상문을 써내는 것으로 시간을 마치겠다.」

선생이 교탁 위에 놓인 신문지를 집어서 나에게 건네주었다. 그리고 빨간 색연필로 줄을 그은 기사를 손가락으로 가리켰다. 거기에는 철모를 쓴 군인들 사진과 함께 〈전투〉에 대한 무용담이 실려 있었다. 그 사진 중의 한 사람이 어디선가 본 것 같았다. 자세히 뜯어보니 그것은 큰형의 얼굴이었다. 둘째 시간이 끝나기 바쁘게 그 신문을 말아쥔 나는 숨가삐 집을 향했다. 대문 문턱을 넘어서자 한약 달이는 냄새가 코를 찔렀다.

「어머니!」

하고 들뜬 음성으로 불렀으나 어머니의 대답은 들리지 않았다. 그 대신 문을 연 사람은 큰형이었다.

「웬일이냐, 공부하잖고?」

「큰형이 여기 있어요. 굉장해요.」

「뭐라구? 숨 좀 돌리구 천천히 말해.」

신문지와 나의 얼굴을 번갈아 쳐다보며 큰형이 엉거주춤 자리에서 일어섰다. 그러나 나는 그만 열려진 방안 풍경에 놀라 다음 말을 잇지 못했다. 피난민 의사가 청진기를 귀에 꽂은 채 어머니의 병세를 다급하게 진찰하고 있었고, 그 둘레에 많지 않은 친척들이 둘러앉아서 초조한 눈빛들을 교환하고 있었기 때문이었다. 한약을 달이고 양약을 처방하고 부산을 피우는 것으로 미루어 어머니 병세가 아무래도 심상치 않은 상태인 것 같았다.

신문을 들여다본 큰형의 눈이 잠시 커졌다가 이내 씁쓸한 고소로 바뀌었다. 내가 방으로 들어섰을 때 어머니는 거의 실신한 모습으로 가늘게 눈을 떴다. 숨이 갑갑한지 가슴의 청진기를 치우라고 시늉했다. 그러고는 곧 혼수 상태였다.

그날 밤 어머니는 숨을 거두었다.

살아온 평생이 그저 한(恨)으로만 점철되어 온 어머니는 한 마디 유언도 남기지 않은 채 두 사발 가까이나 더 피를 쏟고 마침내 숨을 거두고 말았다. 정말 허망한 죽음이었다.

갑자기 세상을 뜬다는 건 가는 사람이나 보내는 사람에게 그 고통을 훨씬 줄여 주었던 것인지 이끼 낀 기와지붕 위에 흰 옷이 올라가도 우리 집에서는 별반 곡소리가 새어나가지 않았다. 하긴 어머니가 피를 토하고 운명한 탓으로 몹쓸 역병에 걸렸다느니 어쩌느니, 나쁜 소문만 나도는 판이라 도통 울 기분이 아니었는지도 모르겠다.

서울서 달려 내려온 아버지 역시 그다지 슬픈 기색이 아니었다. 아버지는 그러나 장례식만은 보나 화려하고 걸직하게 치뤘다. 마낭을 가득 채울 만큼 큰 천막을 치고 부엌의 기둥 모서리에 쇠다리가 걸리고 문상객들이 꾸역꾸역 몰려들었다. 가난한 촌구석에서 보기 드물게 풍성한 잔치가 벌어진 셈이었다.

장례는 3일 만에 치러졌다.

상여가 나갔다. 울긋불긋하게 꾸민 종이꽃과 만장을 달고 동구 밖으로 둥실 떠메어져 가는 상여 뒤로 절름발이 상주(喪主)를 비롯해서 쓸쓸한 일가친척들이 메마른 호곡을 따르렀다. 나는 무김덤덤하게 그 뒤를 따랐다.

늙은 은행나무가 있는 공터에서 상여가 한 차례 걸음을 멈췄다. 상여꾼들이 술을 마시고 있을 때 마침 신작로를 지나치던 미군 둘이 이쪽을 향해 걸어왔다. 그들은 카메라를 들이대며 셔터를 누르기에 바빴다. 무슨 신기한 구경거리라도 되는 양 자기네들끼리 설쳐대는 것이었다. 어머니의 죽음은 그들에게 있어서 하나의 아름다운 풍경에 지나지 않았다. 나도 동감이었다. 슬프고 아름다운 비극미가 어린 나의 가슴을 적시고 있었다. 그러나 나는 그때 처음으로 미군에 대한 적의를 느꼈다.

촬영을 끝낸 미군이 막 돌아서려는 순간, 큰형의 목발이 카메라를 들쳐멘 미군의 어깨를 후려쳤다. 너무 갑자기 벌어진 사태여서 모두들 깜짝 놀랐다. 엉겁결에 얻어 맞은 그 미군이 혼비백산 도망치면서 알아들을 수 없는 외마디를 내질렀다. 다른 미군은 그 자리에 우뚝 선 채 이쪽을 노려보았다.

「빨리 꺼져, 이 새꺄!」

큰형의 입에서 욕설이 튀어나오는 건 내가 알기로는 처음이었다. 이글거리는 두 눈을 번뜩이며 큰형은 다시 목발을 쳐들었다. 그러자 그 미군 역시 도망치기 시작했다.

상여꾼들이 일제히 유쾌한 웃음을 터뜨렸다. 초상을 치르는 사람들의 웃음 소리가 나에게는 정말 기이하게 들렸다. 내 생각이 옳았는지 그들의 웃음은 이내 잠잠해져 버렸다. 상여가 훌쩍 한공중으로 치켜올려졌다.

장례를 끝낸 지 일주일쯤 지난 후에 작은형이 돌아왔다. 탈출해 나온 게 틀림없었다. 작은형은 잠깐 얼굴을 내비치더니 다시 새벽밥을 먹고 어디론지 훌쩍 떠나가 버렸다.

그러나 그 이튿날 밤 작은형은 다시 돌아왔다. 모두들 잠에 곯아떨어진 깊은 한밤중에 누군가 뒤에서 나를 꼬옥 껴안는 기척에 놀라 눈을 떴는데 그것은 차디찬 작은형의 손길이었다. 캄캄한 어둠 속에서도 나는 그를 이내 알아차릴 수 있었다.

「병삼아……」

하고 나직하게 나를 부르는 얼굴을 더듬자 작은형은 어느새 울음이 북받쳐서 나를 더욱 세차게 껴안았다. 나도 덩달아 눈물이 나왔으나 밖에서 강한 플래쉬 불빛이 기다리고 있는 줄은 미처 몰랐었다. 형사들이 신발을 신은 채로 성큼 들어왔다. 플래쉬 불빛이 내 눈을 찔렀다. 작은형은 그렇게 꼼짝없이 다시 잡혀 가고 만 것이었다.

　겨울이 가고 봄이 오는 동안 울치에는 많은 변화가 찾아들었다. 그 중에서 제일 괄목할 만한 발전은 전기불이었다. 집집마다 환한 대낮처럼 불을 밝히던 밤, 마을은 온통 축제 분위기로 들떴다. 그 점화식에는 미군 부대의 부대장이 가장 공로가 큰 귀빈석에 앉았다. 그 다음이 아버지였는데 태극기와 성조기가 나란히 악수하는 현수막 아래, 학교 운동장에서 큰 차일을 쳐놓고 늦도록 술잔치를 벌인 것도 아버지 덕분이었다. 양조장에서 직접 막걸리를 퍼날라 마을 사람들에게 맘껏 퍼마시게 한 선심은 물론 돼지까지 두 마리나 희사했던 것이다.

　마을에만 전기불이 켜진 게 아니었다. 앞산과 뒷산의 중턱 군데군데에 유조(油槽) 탱크가 거대한 쇠파이프와 함께 설치되어서 그것을 경비하기 위한 보안등이 휘황하게 밝았다.

　그것은 미상불 굉장한 발전이었다. 캄캄한 시골 구석이 문명의 혜택을 골고루 누릴 수 있는 도시의 성격으로 탈바꿈하기 시작한 것이다. 읍내는 벌써 인구가 팽창해서 사방으로 집들이 늘어났다. 그 중에서도 양키를 상대로 몸을 파는 윤락업자들이 한시절 만났다고 법석을 피웠지만 울치에도 이미 그 바람이 불어닥치고 있었다. 전기불이 점화된 며칠 후 미군과 함께 찾아든 양공주가 면사무소에서 얼마 떨어지지 않은 민가에 방을 얻은 것이다. 처음엔 완강한 거부 반응을 일으켰으나 마을 사람 중 어느 누구도 그들에게 방을 내주어서는 안 된다고 직접 나서지는 못했다.

「해괴한 일도 다 있구나!」

　노인네들이 끌끌 혀를 찼다. 하지만 아이들은 그 미군을 졸래졸래 따라다니면서 껌을 얻어 먹곤 했다.

　달라진 것은 그런 풍경만이 아니었다. 하나둘씩 미군 상대의 가게들이 들어섰고 할일 없이 밥만 축내던 실업자들이 미군 부대에 취직하여 출퇴근하는 어엿한 월급장이로 출세한 것이었다. 그 중에서도 우리집에 들어와 기식하던 반공 포로 김씨가 그 미군 부대에 취직한 일이 가장 큰 소문거리였다. 그가 그렇게 된 데에는 순전히 아버지의 후원 덕분이었다. 까다로운 신원 보증 문제를 전적으로 아버지가 책임지겠다는 조건으로 해결을 보았었는데, 집에서는 처음에 그가 나가는 것을 반대했지만 워낙 농사일을 못하는 데다가 남의 집 머슴살이 살면서 유난히 책을 가깝게 대하는 터라 아버지는 그의 장래를 열어 준다는 뜻에서 쉬 허락하고 적극 주선까지 해

주었던 것이다.

김씨가 맡은 보직은 경비원이었다. 인민군 출신의 반공 포로가 미군 부대의 경비원으로 일하게 된 것이었다.

그러던 어느날, 가난한 이 동네에 이상한 일이 발생해서 그들을 들뜨게 만들었다. 양동이를 이고, 또는 물지게를 지고서 너도나도 앞산 중턱에 자리잡은 미군 유조 탱크 쪽으로 달렸다. 산 아래 밭의 여기저기서 휘발유가 솟아난다는 것이었다. 밭 임자는 자기 땅이 기름에 절어 농사짓긴 다 글렀다고 아우성이면서도 휘발유가 나옴직한 곳을 우물 파듯 파헤치고 바가지로 열심히 퍼올렸다. 유조 탱크의 기초 공사가 잘못되었거나, 미군을 미워하는 누군가가 그 유조 탱크 밑을 구멍냈거나 둘 중의 하나라고 결론지은 조사반은 온 산의 탱크마다 경비원을 증가 배치하여 지켰지만 느닷없이 솟아나는 기름의 유출까지 막지는 못했다. 오히려 그들은 이내 기름을 퍼 나르는 주민들에게 선심 쓰듯 내버려 두고 말았다. 물론 유출되는 그 기름을 막을 길도 없겠거니와 산지사방에서 조금씩 솟아나는 것을 일일이 거두어들일 그런 옹졸하고 가난한 미국인들이 아니었다. 밭 임자들에게는 손해 배상을 해 주겠다고 나서는 동시, 자기 땅이라고 해서 기름에 대한 기득권을 주장하지 말라고 주지시키기까지 했다. 한됫박씩이나마 동네 사람 골고루 나눠 가지도록 조치했는데 참 이상한 시혜(施惠)가 아닐 수 없었다.

작은형이 돌아온 것은 그 무렵이었다. 언젠가 큰형이 목발을 짚고 돌아오던 그 신작로를 작은형 역시 해를 등지고 돌아왔다. 다리까지 절지는 않았지만 작은형은 집에 돌아온 이후 며칠 안 가서 피를 토했다. 맞아서 그런다는 거였다.

「병신은 되지 않을 거다.」

하고 형은 궁금해서 묻는 나에게 씨익 웃었다. 그리고는 그만이었다. 병원에 다녀오더니 일체 바깥 출입을 삼갔다. 자기 방에 틀어박힌 이후 툇돌 위에는 검은 운동화 한 켤레만 덩그러니 놓인 채 주인의 칩거를 지켜주었다.

봄이 끝나갈 무렵, 건강을 다소 회복한 작은형은 서서히 기동을 하기 시작했다. 밤이 깊어지면 운동화 뒤축을 구겨 신고 과수원 쪽으로 놀러 가곤 했다. 김씨는 아직 그 농막에서 혼자 자취하며 미군 부대에 출퇴근하고 있었던 것이다. 그는 웬일인지 부대 주변에 방을 얻어 나가고 싶어하는 눈치를 전혀 내비치지 않았다. 물론 우리 집과 그가 계속 상관 관계를 맺고 있는 것이 서로에게 유리했는지도 모른다. 김씨가 덩치 큰 우리 집을 밤에 지켜주는 대신 그에게는 방세를 아낄 수 있는 이점이 남는 것이었다. 그리고 무엇보다도 따뜻한 가족애가 절실하게 요구되는 사람들이었다.

작은형은 때때로 김씨와 함께 자는 경우도 생겼다. 밤중에 놀러 가서는 이튿날 정오까지 돌아오지 않곤 했는데 두 사람은 상당히 의기 상통하는 데가 있었다.

붉은 달이 떠오르고 어디선가 개짖는 소리가 들렸다. 나는 잠결에 일어나 시끌벅적한 대문 밖으로 뛰어나갔다. 그리고 나는 나도 모르게 아아, 신음했다. 작은형과 김씨가 포승에 묶인 채 미군 지프에 태워지고 있었던 것이다. 도대체 무슨 영문일까. 나는 경찰과 미군 헌병이 가로막은 작은형을 보기 위해 고개를 뽑았다. 형을 마주 본 순간 나는 왈칵 울음부터 터뜨렸다. 형무소에서 돌아와 멍든 몸이 채 풀리기도 전에 형은 다시 어디론지 끌려가던 것이어서 까닭 모를 설움이 북받쳐 올랐다. 내가 우는 바람에 형은 잠시 망설이더니 내 곁으로 다가왔다. 그리고는 다소 공소한 가락이긴 했으나 아주 큰 목소리로,

「내가 글쎄 빨갱이라는구나. 빨갱이가 뭔지도 모르는데……」

하고 태연하게 나를 내려다보았다.

그 당당한 태도로 미루어 나는 절대로 나쁜 짓을 저질러서 형이 잡혀가는 건 아니라고 생각했다. 그 생각은 아버지도 마찬가지였다. 저만큼 떨어져서 흰 베잠방이를 입고 장승처럼 서 있던 아버지는 작은형과 김씨의 연행 이유에 대해서 전혀 이해할 수 없고, 승복할 수 없다는 태도였다.

「도대체 이런 법이 어딨소? 세상에 나를 빨갱이 애비로 몰다니!」

아버지의 고함은 너무 갑자기 터진 것이어서 모두들 놀랐다. 그러나 미군 헌병은 잠시 놀라는 척하다가 이내 웃음으로 바꾸며 아버지의 어깨를 다독였다. 비아냥거리는 것 같기도 하고 위로를 해 주는 것 같기도 한 이상한 제스처였다.

「조사할 게 있어서 그렇습니다. 아마 아드님은 곧 풀려나게 될 겁니다.」

하고 한국인 경찰이 아버지에게 속삭였다. 그러나 아버지의 역정은 좀체 풀려질 것 같지 않았다.

「정식으로 구속 영장을 제시하고 데려가시오. 그리고 내 목숨을 걸어 놓고 맹세하지만 그런 엉뚱한 혐의를……」

아버지의 말이 끝나기도 전에 그들의 차가 출발했다. 그리고 이내 어둠 속으로 사라졌다. 아버지는 한동안 멍청히 서서 하늘을 올려다보았다.

「알 수 없는 일이다.」

붉은 달빛 아래 어둠 속으로 사라져간 아들을 향해 탄식하듯 혼자 중얼

거리던 아버지가 내 손목을 잡았다.

「인간 족속은 정말 믿을 게 못 되는가…… 내가 죄인이다.」

나중에 안 일이지만 김씨는 가끔 야음을 틈타서 수상한 사람을 만나기 위해 읍내 출입이 잦았다는 것이며, 저번 미군 부대 뉴조 탱크의 뉴줄 사건도 경비원 김씨가 고의적으로 자행한 짓이었다는 거였다. 그는 부대를 드나들면서도 많은 정보를 캐내고 남몰래 이적(利敵) 행위를 해온 터였으므로 그 동안 수사 기관의 은밀한 추적을 받아왔는데, 혐의 사실이 결정적으로 포착되는 순간 작은형도 그 현장에 있었다는 것이었다.

우리는 이런 사실들을 믿지 않았다. 더우기 작은형이 김씨 사건에 연루되었으리라고는 전혀 믿지 않았다. 하지만 우리의 기대는 여지 없이 빗나갔다. 과수원 농막, 김씨 방에서 나온 증거물들이 벌써 수사 기관의 손에 의해 제시되었다. 불온 책자, 난수표, 무전기, 대검과 실탄까지 나왔다.

우리 집이 망하기 시작한 것은 바로 그때부터였다.

그로부터 25년이 지난 지금, 작은형은 아직 감옥에 갇혀 있다. 한 번 출감한 적이 있지만, 그때 또다른 반공법 위반으로 재수감되었는데 앞으로도 언제 풀려나오게 될지 묘연하다. 김씨는 어떻게 되었는지 모르겠다. 아마 죽었을 것 같다.

이상한 것은 큰형이다. 목발로 미군을 후려쳤던 그 큰형은 현재 동두천의 텍사스 골목에 살고 있는데, 미군들의 초상(肖像)을 그려 밥벌이하면서, 그들이 정말로 철수할까봐 걱정이 태산 같다. 재수 없는 빨갱이 집안…… ▨

神들의 주사위 ·11

黄　順　元

제 Ⅲ 부

제 3 장　후　렴

　　일시에 모든 신체의 기관이 정지된 듯 한수는 그자리에 서버렸다. 소복한 형수의 모습이 공중에 둥 떠 보였다.

　　「도련님 이럴 수가…… 세상에 이럴 수가……」 형수가 울부짖었다.

　　정말 이럴 수가. 형이 죽다니. 집으로 돌아오는 버스 안에서 한수는 줄곧 졸았었다. 좌석이 옹색하고 포장도로를 벗어나면서 차체가 크게 진동했으나 나른한 졸음기는 그를 붙들고 놓아주지 않았다. 그런대로 목적한 일이 풀려 이제 집에 도착하기만 하면 된다는 안도감에서였을 것이다. 읍내 버스정류소에서 내린 한수는 소변을 본 후 홀가분한 마음으로 집을 향해 발걸음을 재촉했었다. 집 매매가 하루이틀에 안 된다는 걸 알면서도 그동안 형이 기다렸을 생각에 자연 서둘러졌다. 그런데 집 근처에 다다르면서부터 한수는 뭔지 모를 심상찮은 예감에 부딪혔다. 동네사람을 만나 인사를 나누는데 어딘가 안돼 하는 표정같은 걸 읽었던 것이다. 대문을 들어서자 한수의 예감은 사실로 나타났다. 마당 안이 어질러져있고, 대청마루에 아버지와 남녀 몇이 앉아있다가 한수의 들어서는 걸 보고는 몸을 일으켰다. 뒤이어 소복차림의 형수가 맨발로 달려나오고. 형이 목을 맸다는 거고. 오늘 이미 장사를 치렀다는 거고.

정말 어디 이럴 수가. 한수는 다리가 후들거려 더 서있을 수가 없었다. 자기 방으로 들어가 무너지듯 주저앉았다.

문 밖에서 코풀어내는 소리가 나더니 아버지가 들어와 한수 맞은편에 앉는다. 아버지의 얼굴은 수염과 주름으로 뒤덮여 갑자기 더 늙어 보였다.

「대체 이게 어떻게 된 일입니까.」

아버지는 곧 말이 안 나오는 듯 멍청히 있다가,

「글쎄 내가 어제 아침에 뭘 가지러 헛간엘 갔다가……」

한수는 숨을 안으로 삼켰다. 뜨거운 것이 가슴으로해서 전신에 퍼졌다. 형수의 울음소리가 계속 들렸다.

「니가 어딜 가있는질 알어야 전보라두 치지.」아버지가 먹먹한 목소리로 말했다. 「……건호라는 니 친구가 와서 사망진단서두 떼오구 이것저것 다 해줬다.」

「유서같은 건요?」

아버지는 머릴 흔들었다.

「그럼 아무 말두 안 남기구 죽었단 말예요?」

「나한텐 아무 말두……」

「이상하게 뵌 점두 없었구요?」

「글쎄 뭐 별루. ……여느날처럼 아침 일찍 마당 쓸구, 할아버지한테 신문을 갖구 올라갔었지. 그리구 점심 먹구 나갔다가 해지기 전에 들어오드라.」

「누가 형 찾아오지두 않었어요?」

「참, 니 형 나간 댐에 봉룡이가 와서 나더러 다음날 꿩덫 놓으러 가자구 하더라만 사실은 니 형 만나러 왔다가 집에 없으니까 그냥 돌아가는 것같드라.」

봉룡이란 사람이 왔었다면 혹 문진영감이 단 하루도 말미를 줄 수 없다고 해 그걸 알리러 온 것이었을까.

「다급해 보이던가요?」

「아니, 별루.」

그렇다면 형보다도 한수 자기의 동정을 살피러 왔었겠지.

「아버님 들어가 쉬세요.」

무슨 말을 더 묻고 무슨 말을 더 들으랴. 한수는 식사도 마다하고 자기 방에 들어박혀버렸다. 전혀 식욕도 공복도 느끼지 못했다. 그는 실신한 사람처럼 멍해 있었다. 그러한 그의 귀에 간간 형수의 울음소리와 함께 애의 보채는 소리가 들렸다.

　이튿날 아침 아버지가 한수의 방문을 열고 할아버지가 부른다는 말을 했다. 형 대신 할아버지한테 신문을 갖고 갔다가 전갈을 받아가지고 온 것이리라.

　한수는 아버지의 말을 못 들은 체 움직이려 하지 않았다. 그러는 그는 할아버지에 대한 분노가 새삼 끓어올랐다. 할아버지의 그 고질적인 아집이 이런 불행까지 초래하지 않았는가. 동시에 할아버지의 그 아집과 정면으로 대결하지 않고 서울로 갔었던 자신에 대한 회한이 거기 뒤따랐다. 한수는 나무토막처럼 꼼짝않고 누워있다가 벌떡 일어나 앉기도 했다.

　아침상과 점심상이 그냥 물려지고 저녁상을 들여놓는 형수 뒤에서 아버지가 근심스레, 죽은 사람은 죽은 사람이고 무어든 목에 넘겨야지 너마저 형을 좇을 작정이냐고 했으나 상 앞에 앉으려 하지도 않았다.

　한밤중 집안이 조용해지기를 기다려 한수는 방을 나와 헛간으로 갔다. 다리가 허든거렸다.

　본디 외양간으로 사용했던 헛간은 지금 어둠으로 가득 차있었다. 한수는 헛간 안을 무겁게 둘러보았다. 어둠에 용해된 잡동사니들이 어렴풋이 모양을 드러내고 있었다. 드디어 한수는 위를 올려다보았다. 가운데를 가로지른 대들보가 있었다. 대들보가 저렇게 가늘었던가. 형은 어디쯤에다 줄을 늘였었을까. 무슨 생각을 하면서 올가미에 목을 걸었을까. 한수는 어둠속 대들보의 이 끝에서 저 끝까지를 더듬었다. 대체 서울에서 병배와 술을 마시다 형의 목매는 영상을 본 건 무슨 일일까. ……

　한수가 고개를 떨구고 헛간을 나서는데, 한수야, 하고 부르는 소리가 낮게 울려왔다. 형의 목소리였다. 한수는 얼핏 헛간쪽으로 돌아섰다. 그리고 어둠속을 눈여겨 살폈다. 한수야, 형의 음성이 다시 들렸다. 한수는 형의 목소리의 방향을 겨냥해 시선을 꽂았다. 나 여깄어요, 형. 한수야, 너한텐 정말 미안하다. 형, 제발 그런 말은 말아줘요. 한수는 화를 내며 형의 말에 대답했다. 아냐, 형이 평상시의 온화한 음성으로 말을 이었다. 뒷일을 너한테 맡기게 됐으니 미안하잖구. 그따위 문젠 아무것두 아니잖어요? 왜 날 기다리지 않은 거예요? 그러니까 네가 돌아올 때까지 기다리지 않은 게 못마땅하다는 거구나. 물론이죠. 한수는 곧 대답했다. 형이 잠시 사이를 두고, 나를 한번 던져보구 싶었다. 그게 무슨 뜻이죠? 한수가 얼른 물었다. 형이 천천히 밀했다. 처음으루 나 자신을 사랑해보구 싶었어, 이유 오직 그거야, 그 때를 놓치구 싶지 않은 거다, 내가 너무 사치를 한 것같지? 한수는 형의 말뜻을 알 것같았다. 그날 내가 형곁에 있었어야 했어요, 그래가지구 할아버지와 결판을 내는 거였어요, 형은 내가 죽인 거예요, 내가! 그러자 형이 커다랗게 소리쳤다. 관계없다아, 관계없다아! 그리고는 형의 음성은 다시 들려오지 않았다. 한수는 그자리에 못박힌 채 힘없이 두어 번 형을 불러본다.

삼우젯날에 비로소 한수는 세수를 하고 조반을 먹었다. 산소에는 형수와 둘이서만 갔다.

형의 무덤은 어머니의 분묘 아래쪽에 있었다. 봉분에 뗏장을 입히긴 했으나 그냥 뻘건 흙이 드러난 무덤은 쓸쓸하고 초라해 보였다.

무덤 앞에 자리를 깔고 술을 따라놓은 뒤 한수와 형수는 재배했다. 형수는 통곡을 터뜨렸다. 한수는 술을 무덤에 뿌렸다. 형수는 두 손을 짚고 앉아 등어리를 들먹이며 좀처럼 통곡을 그치지 않았다. 한수는 고개를 꺾고 서서 설움을 목안으로 삼키며 형수를 달랠 말을 잃고 있었다.

집으로 돌아오는 길로 한수는 아버지에게 봉룡일 어디 가면 만날 수 있느냐고 물었다.

아버지는 한수가 왜 봉룡을 만나려 하나 싶은 표정으로 잠깐 아들쪽을 보고나서,

「글쎄다…… 곽씨네 복덕방에 가믄 있을까.」

한수는 곽씨네 복덕방 있는 데를 알아가지고 집을 나섰다.

「아, 최선생이시구먼.」

복덕방에서 허적허적 나온 봉룡은 한수의 출현에 거북한 듯 시선을 이리저리 바꿔가며,

「집안에 그런 일이 생기다니 뭐라구 할말이 없구먼. 산역일이랑 내 좀 거들었수. 아버지가 영 맥을 못추구 계셔서 산엔 아예 올라오시지두 못하게 했지.」

한수는 고맙다는 말을 한마디 하고는,

「아저씨, 김문진노인 댁에 지금 좀 같이 가주시죠.」

봉룡이 여전히 시선을 바로하지 못한 채 뒤로 움츠리는 빛이다가 마지못한 듯 앞장서 걸음을 옮긴다.

걸으면서 봉룡은 혼잣소리처럼 그 무던한 사람이 어째서 그런 일을 저질렀는지 모르겠다는 말을 하고나서,

「솔직히 말해서 난 형한테 돈 반제 날짜만 일깨워줬을 뿐이우. 최선생이 책임지겠댔는데 내 뭣땜에 그랬겠어? 하나두 형에게 닦달질 안했다구.」

봉룡은 열심히 발뺌을 한다. 「그저 난 중간에 서서 잘해주려구 한 짓인데

찜찜해 죽겠구먼. 이제 만나보믄 알겠지만 보통 지독한 영감쟁이가 아니어서 지면있는 자리엔 돈 안 놓는다는 걸 내 을마나 애걸해서 얻어낸 건데…… 근데 내 꼴이 이게 뭐냐구.」

「형이 죽은 건 그 빚 때문이 아닙니다.」 한수가 잘라 말했다.

「암, 암 그렇겠지.」

봉룡은 저으기 마음이 놓였다. 그는 아무래도 한영이 돈 변제 날짜에 죽었으니 자기가 혹여 심하게 독촉이라도 해서 그런 일이 생기지 않았나 하는 원망을 한영이네 가족에게 들을 일이 걱정되었었는데 한수의 말을 듣고는 마음이 놓일밖에. 그런데, 지금 한수가 문진영감을 찾아가는 의중이 뭔지 봉룡은 궁금했다. 복덕방에서들 하는 얘기론 이번 금전거래는 두 식영감이 간여한 일이 아닌 데다가 한영이 죽었으니 법적으로 대차관계는 무효라고 했고, 그쯤 채권자인 문진영감편에서도 체념하고 있을 터 아닌가. 그러나 곧 봉룡은, 에라 내가 알게 뭐냐, 어쨌든 한수가 문진영감을 만나게 되면 자기는 이 일에서 아주 빠져나가게 될 테니 다행이라는 생각만으로 마음속이 가벼워졌다.

「일루 들어가믄 되우.」 봉룡이 한 골목 앞에서 걸음을 멈추었다. 「이리루 들어가다 오른쪽으루 넷째 집이지.」

그리고는 한수가 무슨 말을 하기 전에 돌아섰다. 이제 봉룡은 곽써네 복덕방으로 돌아가지 않고 어디 딴데 가서 시간을 보낼 참이었다. 문진영감과 한수 사이에 어떤 말썽이 생겨 자기를 찾을지도 모르니 피해있는게 상책이라는 궁리가 들었던 것이다.

한수는 봉룡이 끝까지 같이 가주리라 여기고 있었으나 군이 동행해야 할 필요도 없다고 생각하며 골목으로 들어섰다. 그리고 봉룡이 가르쳐준 집으로 가 문패를 확인한 뒤 지쳐둔 대문을 밀고 들어갔다. 사랑방 문 앞에서 주인을 부르자 좀만에 미닫이가 열리며 한 노인의 얼굴이 내밀어졌다. 염색을 했는지 까만 머리에 오른 골을 탄 둥근 얼굴이었다.

「김노인장되십니까?」

「뉘시죠?」

「최한영이란 사람의 동생입니다.」

「아, 네.」 문진영감은 의외의 일에 놀라는 듯했으나 이내 평정한 얼굴로, 「말씀은 많이 들어 잘 알구 있습니다. 들어오시지요.」

그리고 안으로 사라진다. 전화를 하고 있던 중인 듯, 이따가 자기편에서 걸겠다는 말과 함께 전화기 놓는 소리가 났다.

「어서 들어오십시요.」 문진영감이 미닫이를 좌우로 열었다.

「아뇨. 괜찮습니다.」한수는 사무적으로 일을 빨리 끝내고 싶었다.「저희 형이 빌린 돈 있죠?」

「이번 불행한 일루 댁에서 얼마나 상심하시구들 계십니까. 문상을 갔어야 옳은데 호된 감기에 걸려가지구 그만……」

「본금이 50만원이라죠? 청산해드리려구 왔습니다.」

「뭘 그렇게까지 서두르실 거야…… 언제구 최선생이 대신 청산해 주시리라는 건 알구있었습니다만……」

안으로 들어가는 문진영감에게 한수가 한마디 덧붙였다.

「복리두 계산하십쇼.」

잠시 후에 문진영감이 채용증서와 인감증명서와 원금에다 이자를 적은 쪽지를 들고 나왔다.

「복리는 계산치 않았습니다. 최선생의 성의를 봐서라두 그럴 수야……」

한수는 말없이 쪽지에 적힌 금액을 갖고 온 현찰로 건네고 상대방이 돈 세는 것 끝나는 걸 보고는 채용증서와 인감증명서를 들고 몸을 돌렸다.

「모처럼 오셨다가 차 한잔두 안 드시구 그냥 가시다니……」

문진영감의 말을 등뒤로 들으며 그곳을 나온 한수는 대문 밖 쓰레기통에 채용증서와 인감증명서를 찢어 던졌다.

「아니 넌 그동안 어딜 또 갔었니? 엉? 그리구 왜 올라오라는데두 안 와!」퇴침을 베고 누워있던 두식영감이 한수의 인사를 받는둥마는둥 소리치듯 말했다.「그래 이 할애비가 니 형을 쥑이기라두 했다는 게냐! 이 고얀 놈들!」

한수는 할아버지의 역정과는 달리 마음이 가라앉아있었다. 할아버지를 만나면 형의 일로 어떤 격돌이 있을지도 모른다고 생각해왔던 한수로서는 스스로 의외롭게 느꼈다.

「이제 모든건 끝났습니다.」한수가 차분히 말했다.

「모든게 끝나?」

「그날 형이 할아버님께 아무 말두 없었습니까?」

「왜 없어!」두식영감은 씨근거렸다.「50만원이 넘는 돈을 갚어달라는 게야.」

「형이 분명히 그랬습니까?」

「그랬다니까! 아침에 신문 갖구 올라와서는 당장 그날루 해달라는 거야. 제멋대루 인감까지 훔쳐내다가 돈 빚내쓰구 뒤가 밀리니까 이 할애비더러 갚어 달래? 집안 망할 놈! 백번 죽어두 싸!」

「제가 그 돈 지금 갚구 오는 길입니다.」

「무슨 돈으루?」

「우연히 형의 일을 알게 돼서 서울 집을 처분해가지구 돌아오니까 이미 일이 일어난 뒤였습니다.」

「뭐라구? 서울 집을 팔어?」두식영감이 버럭 소리를 지르며 팔꿈치로 몸을 일으켜 일어나 앉는다. 「니 몫으루 사논 집이지만 그 집이 어떤 집이라구 니 맘대루 팔어버려? 당장 가서 물러와!」삐뚤어진 입술을 실룩거렸다. 「그리구! 니나 내가 낸 빚두 아닌데 그건 왜 갚어? 법적으루두 걸릴 게 없잖어?」

「법은 어떻든간에 갚어야 합니다. 죽은 형이지만 위신은 살려줘야 합니다.」

형의 위신은 곧 할아버지의 위신이기도 하다는 말은 그만두었다. 그만둔 말이 어디 그뿐이랴. 형은 할아버지의 뒤를 이을만한 능력을 충분히 지니고 있었는데도 단 한 부분도 형에게 자릴 내주지 않았다는 점. 형이 이번에 돈을 빌린 것도 허튼데 쓴 게 아니고 집안을 제 궤도에 올려놓아보려는 한 시도에서 비롯됐었다는 점. 결국 할아버지의 틀에서 벗어나려는 형의 첫 몸짓이었지만 그만 할아버지의 거부로 마지막 몸짓이 되고 말았다는 점.

「앞으루 어떻게 하시렵니까?」한수는 겨우 이 말만을 했다.

두식영감이 한쪽 눈 좀 감긴 눈초리로 한동안 한수를 노려보다가,

「난 모르겠다! 느이들 하는 짓이란 모두 그 모양이니!」두식영감이 쓰러지듯 도로 누워버린다.

「한 가지만 더 말씀드릴 게 있습니다.」한수가 여전히 차분한 어조로, 「이제부터 전 할아버님 뒷바라지를 안 받겠습니다. 아직 구체적인 계획은 없습니다만 어떻게든 혼자 힘으루 해보겠습니다.」

두식영감이 벌떡 일어나 앉았다. 안면에 경련이 일었다.

할아버지에게서 눈을 떼며 한수는,

「저 이만 물러가겠습니다.」

한수가 무릎을 세워 일어났다. 돌아서는 한수의 뒤로 할아버지의, 애야, 하고 부르는 소리가 들렸다. 너무나 비통한 음성이어서 한수는 순간 멈추어섰다.

「좀 앉거라.」

한수는 무엇에 이끌리듯 다시 할아버지 앞에 무릎을 꿇었다. 그리고 할아버지를 바라보았다. 여지껏 보지 못한 할아버지의 모습이었다. 이렇게

왜소해 보일 수가 있을까.

「너두 알다시피 이제 우리 집안엔 너 하나뿐이다.」할아버지의 입꼬리가 마구 씰룩거렸다. 「너마저 그런다면 우리 집안이 어떻게 되겠니? 니 형이란 건 이 할애빌 두구 먼저 가구…… 내 저를 을마나 생각했는데……」

한수는 눈을 감아버렸다.

「그저 너무 물러빠진 게 흠이었지. 그래두 그날 오후에 이발소집 세전 떨어진 것 받아다 들였드리구 갔다. 이번에 니 형이 한 소행이 괘씸해서 야단을 쳐줬지만 왜 나대루 생각이 없었겠니? 글쎄 죽긴 왜 죽어?……」두식영감의 빨갛게 충혈된 눈에 물기가 어리면서 잠시 뭣을 생각하는 빛이다가, 「그 니 애비의 마누란지 뭔지 집에 들여오두룩 해라. 예는 지금 못하드라두.」

「네.」한수가 눈을 뜨며 짤막히 대답했다.

이걸로 형에 대한 아픈 감정이 가셔진 건 아니나 그렇다고 지금 눈앞의 그 누구보다도 약하고 측은한 모습의 할아버지를 더 어쩌랴. 그러한 할아버지의 모습이 곧 자기 자신의 모습으로 비치어왔다. 한수는 조용히 자리에서 일어났다. 어떻게든 자기 힘으로 해나갈 구체적인 방법을 강구해야 한다는 생각은 버리지 않은 채.

할아버지 방을 나온 한수는 아랫방 할머니한테 들렀다.

할머니 역시 할아버지의 아집에 짓눌려 꼼짝 못하고 평생을 살아온 터다. 그러면서도 건강면에서 할아버지보다 월등하게 정정했었는데 전에없이 많이 수척해있었다.

우두커니 앉아있던 할머니가 한수를 보더니 금세 눈물을 주르르 흘렸다. 「이 늙은 게 죽어야 하는데…… 무슨 죄가 많아 이런 꼴을 보게 되는지.」그러면서 할머니는 눈물을 닦으려고도 하지 않는다.

한수는 할머니 얼굴의 깊은 주름살에 번져 흐르는 눈물을 외면하며, 두 분께서 병 나시지 않게끔 몸조리 잘 하시라는 말을 남기고 그 앞을 떠났다.

밖으로 나온 한수는 몹시 피곤을 느꼈다. 거리로 나서서 눈에 띄는 과자점에 들어가 찬 우유를 마시고 진희의 학교로 전화를 걸었다.

퇴근 길에 고향다방에서 한수와 마주한 진희는 형의 죽음에 대한 위로의 말부터 했다. 한수는 진희가 형의 죽음을 알고 있다는 걸 조금도 이상하게 여기지 않았다. 형의 죽음이 보통 죽음이 아니니 읍내에 소문이 퍼져있을 것은 뻔했다.

한수는 진희에게서 빌린 돈을 내놓았다.

「이걸 이렇게 급히 갚으러 나왔나요?」

「아니. 잠시라두 보구 가려구.」

잠깐 둘의 시선이 부딪쳤다. 한수가 먼저 시선을 진희에게서 거두었다.

「형 땜에 빌린 돈이거든. 형과 연관된 건 무어든 어서 정리해놓구 싶은 심정이야. 모르겠어?」

이이를 무얼로 당장 위안을 줄 수 있단 말인가. 진희는 아픈 마음으로 한수가 내준 돈을 핸드백에 넣고는 준비해 온 흰 봉투를 한수 앞에 꺼내 놓는다.

「늦었지만……」

「아니, 이건 뭘. 삼우제까지 다 지냈는데.」한수가 봉투를 도로 진희 앞으로 밀어놓는다. 「가지구 있다가 나중 저녁이나 사. 나 오늘은 이만 갈께.」

「그러세요.」진희는 오래간만에 만나자마자 헤어지는 게 아쉬웠으나 선선히 받아들였다. 그리고 한수를 감싸듯 바라보며, 「기운 차리셔야 해요.」

나중 한수편에서 연락하기로 하고 헤어진 한수는 발길을 건호의 집으로 향했다. 형 때문에 수고한 데 대한 고맙다는 말도 이날로 해놓고 싶었다.

「새 어머님 집으루 모셔오두룩 하세요.」

다음날 아침 한수는 안방으로 들어가 아버지에게 말했다.

아버지는 뚱한 얼굴로 대답이 없었다.

「할아버님께서두 그렇게 하시라던데요.」

「안 데려올란다.」아버지의 말투가 퉁명스러웠다.

「왔다갔다 하시는 게 불편하잖습니까? 새 어머님이 오시면 형수두 좀 수월할 거구요.」

「나 다 관둘란다.」

아버지의 말은 한수에게 뜻밖이었다.

「그건 또 무슨 말씀이세요?」

「그 여잘 보구나서 집안에 이런 일이 생겼잖니.」

「그러니까 더더구나 모셔와야죠. 형의 뜻을 생각해서라두 말입니다. 그리구 저쪽 사정두 있지 않습니까. 애늘 장난두 아니시구요.」

한영아버지는 다시 뚱한 채 말이 없다가,

「그 여자에게 살이 꼈나봐. 그렇지 않구서야 이런 일이 생길 수가 있니?」

「참, 아버님두. 요즘 세상에 그런 게 어딨습니까?」

이때 대청마루 밖에서 봉룡의 서두르는 목소리가 들렸다.

「아저씨 어서 좀 나오세요.」

한영아버지가 마루로 나갔다 들어오더니,

「주책없는 사람. 손서방네가 산밑 밭에 거름을 냈다구 꿩덫 놓으러 가자나? 주책없는 사람. 내가 지금 그런 것 하게 됐어.」

「왜 가보시지 그러세요. 앉아만 계시면 뭘합니까.」 한수가 권했다. 「이럴 땔수록 바깥 바람을 쐬셔야 합니다.」

그러나 한영아버지는 마냥 움직이려 하지 않았다.

저런다고 죽은 사람 되살아오나? 봉룡은 돌아서 나오며 속으로 중얼거린다. 다 제 명인걸. 그렇더라도 정말 한영이 왜 죽었을까. 순해빠진 그 사람이 그런 모진 일을 저지르다니 알다가도 모를 일이야. 하긴 효자 노릇은 했지. 즈이 아버지 장가 들여놓고 갔으니 효자가 아니고 뭐야. 심청이가 따로 있나. 그러지 않았던들 한영아버지는 남은 여생을 구질구질한 홀아비 신세를 면치 못할 뻔했는데. 아뭏든 한영아버지를 이렇게 되게 하기까지 이 봉룡의 힘도 적잖이 들었다는 걸 알기나 하는지.

거름을 낸 산밑 손서방네 보리밭에 이르니 이리저리 먹이를 찾고 있는 꿩들이 보였다. 장끼 한 마리에 까투리가 두 마리. 봉룡이 벌써 웃으며 가까이 가자 꿩들이 푸드득 날아난다.

밭으로 들어선 봉룡은 덫 놓을 자리를 물색한다. 땅에 스며들고난 거름 찌꺼기가 가장 많이 남아있는 곳을 골라 덫 몸체를 묻고, 덫과 연결된 끈에 꿴 불린 콩 서너 알만 지면에 드러나게 한다. 그리고는 밖으로 나와 꿩들의 눈에 띄지 않을만큼 멀리 떨어진 솔포기 뒤에 가 숨는다.

좀 있으려니까 까막까치와 참새들이 날아와 앉는다. 그 뒤로 꿩 서너 마리가 날아오더니 그중 장끼가 까막까치와 참새들을 쫓아버린다. 그리고는 이리저리 먹이를 찾아다니던 장끼가 콩알을 보고 막 쪼아먹을 자세이다가 사면을 두룩두룩 둘러보고는 그 언저리를 빙 돈다. 그러다 딴데로 가서 먹이를 찾으며 날아오는 다른 새들을 쫓는가 싶더니 도로 와서는 콩알 주위를 또 빙빙 돌기만 한다. 의심이 대단한 것이다.

솔포기 뒤에 숨어 이를 지켜보고 있던 봉룡은 안달이 난다. 제길헐, 왜 콱 쪼아먹지 않고 사람 부아통만 터지게 하노.

콩알 앞에서 장끼가 꾸꾸꾸꾸 까투리들을 부른다. 그러나 모여든 까투리들도 콩알 주위를 빙빙 돌 뿐 쪼지를 않는다. 장끼보다 더 의심이 많달까, 영리하달까, 지금까지 덫을 놓아보았지만 까투리는 잡아본 적이 없었다.

이러다가 오늘은 허탕을 칠지 모르겠다고 속으로 투덜거리며 봉룡이 주머니에서 꽁초를 꺼내 불을 붙이려는데 갑자기 푸드득 꿩들이 튕겨 날아난다. 봉룡이 꽁초를 도로 주머니에 집어넣으며 얼씨구나 하고 급히 달려 내려간다. 덫에 친 장끼는 목뼈가 부러져 거의 죽어있었다.

그러면 그렇지. 봉룡이 덫에서 장끼를 뽑아냈다.

여봐란 듯이 장끼의 목을 거머쥐고 집으로 돌아오며 봉룡은 앞으로 거름을 내는 곳이 있으면 어떻게든 한영아버지를 끌어내리라 생각한다.

집에 돌아온 봉룡은 생으로 꿩 털을 뽑고 배를 갈라 내장을 꺼낸 후 도마 위에 올려놓고 토막을 낸다. 큰딸애에게 물을 끓여 꿩 모가지와 발목을 튀겨서 뚱집과 간 등과 함께 국을 끓여 저녁에 먹으라고 이른다. 그리고 다른 토막들은 비닐봉지에 넣는다. 이따 저녁때 자기는 꿩안주를 내고 윤의사더러는 술을 사게 하여 한영아버지와 자리를 같이 할 참이다. 본시 술담배를 못하는 한영아버지지만 꿩고기라도 먹게 하면서 상심도 덜어줄 겸 한영의 죽음에 관한 여러가지 궁금증도 알아볼 셈인 것이다.

「한영부친이 온대더니?」

윤의사가 자릴 잡으며 봉룡에게 물었다.

「화난 사람같이 부어가지구 끔쩍을 안해. 까짓것 술두 못 먹는 사람 곁에 있는 것보담 우리 둘이 먹는 게 오붓해서 좋지 뭐. 자, 먹음세.」

윤의사가 술을 한 모금 마신 뒤 꿩탕을 젓가락으로 뒤적이며,

「이 꿩 사이나루 잡은 것 아닌가?」

「이사람이?」 봉룡이 한 손으론 술잔을 입으로 가져가고 한 손으론 앞 허공을 휘휘 내젓는다. 「덫을 놔서 잡은 거야. 안심하구 들어두 돼.」

「사이나루 잡은 것두 내장만 말끔히 긁어내버리면 아무 상관없지. …… 근데 고기가 좀 질기군.」

「잘 볶으라구 했는데……」 봉룡이 꿩토막을 하나 집어 이빨로 뜯으며 이만하면 먹을 만하다고 생각하는데 윤의사 옆에 앉았던 색시가,

「더 끓여오랠까요?」 하고 윤의사의 눈치를 살핀다.

「그냥 둬. 너두 한점 들어봐. 근데 이거 수꿩인가부지?」

「까투리야 어디 덫에 걸려주나.」

「어쩐지. 수꿩은 걸 보기엔 좋지만 고기 맛은 암꿩만 못해.」

「요 까투리라는 놈은 어찌나 영악스러운지 덫 둘레만 뱅뱅 돌면서 남의 속만 태운다구.」

「그게 자연의 섭리지. 암컷이 남아야 종족이 소멸되지 않으니까. ……너

두 오래 살아야 한다.」윤의사가 색시의 등을 두드린다.

「오래 살기만 하믄 뭘해요. 짝이 있어야지.」색시가 윤의사의 말을 받는다.

「알긴 아논구먼.」

윤의사가 이렇게 말하고 봉룡을 향해,

「그런데 한영부친이 제대루 남자구실이나 하는지 원.」

「나이가 아직 있잖어?」

「반드시 나이대루만 가나 어디? 너무 오래 여자를 가까이하지 않으면 그것이 퇴화되는 법인걸. 남자의 물건은 적당히 쓸 땐 써야지 그렇잖음 제구실을 못하는 수가 있다는 걸 모르나. 2차대전때 종전이 돼서 집으루 돌아간 병사중에 제구실을 못하는 병사가 많아서 미국선 그거 재생시켜 주는 병원까지 생겼었다구. 자네두 해당되는 거 아닌지 모르겠네. 마누라 남의 집 가정부루 들여앉혀놓구 그렇게 지내서 괜찮겠어?」

「원 사람두……」

「여편네 생각 안 나냐 말야?」

「외려 홀가분해서 좋든데.」

「역시 낙천가라 틀려. 내 오늘 오입 한번 시켜줄까?」

「싫으이.」열적은 듯 봉룡이 부스스한 고수머리를 쓸어넘기며,「그럴 생각이 있으믄 그 돈으루 담배나 몇 갑 사주게.」

윤의사가 색시에게 담배 다섯 갑을 사오라고 돈을 꺼내준다.

돈을 받아들고 나가는 색시의 뒷모습이 사라지자 봉룡은,

「원장, 색시 바꾸는 게 어때? 술맛 떨어지지 않어?」한다.

처음부터 봉룡이 생각해오던 바다. 전에 이 오복정에서 본, 얼굴이 오목하고 코끝이 쫑긋한 색시는 어디로 가버린 지 오래지만 다른 색시도 있는데 하필이면 저런 여자가 걸려들었을까. 못생긴 얼굴에 그 화장꼴이라니. 처음으로 이런 데 나온 여자임이 분명했다. 나야 코찡찡이건 상관 없지만 윤의사 보기에 안되었다.

「그냥 내버려둬.」윤의사가 예의 무표정한 얼굴로 말했다.

「원장 취밀 모르겠네.」

「그러나저러나 두식영감네 큰손자가 왜 자살한 거래?」

술잔을 주고받다 윤의사가 말을 꺼냈다.

봉룡이 곧,

「난들 아나. 이건 원장에게만 하는 얘긴데 처음 그 소식 듣구 나 진땀 뺐네. 내가 중간에 서서 돈 빚내주고 한영아버지 새 마누라 물색해주구

하잖았겠어? 근데 바루 돈 갚을 날 죽었으니 내 맘이 어땠겠나. 잘못 생각하믄 내가 중간에서 돈 독촉이나 심히 해서 그런 줄 알지 않겠냐구.」

「딴은.」

「근데 아무래두 한영이 그치가 미덥지 않아서 바루 전날 그 동생을 찾아가 책임지겠다는 언질을 받어갖구 돈 준 사람에게 양해를 얻어놨었기 망정이지……허긴 한수두 형이 죽은 건 돈 때문이 아니라구 하더구만. 그러니 당최 왜 죽었는지 짐작이 안 간다구.」

「결국 그 옹고집 할아버지의 편애 때문이었는지 모르지.」

「아닌게아니라 그 영감이 입으루는 두 손자를 똑같이 애지중지한다구 했지만 실제루는 둘째손자쪽만 위했지. 둘째는 중학교 때부터 집딸리구 사람딸려서 서울 보내 공부시키면서 어쩌자구 한영은 국민학교만 마치게 하구선 애애비가 되두룩 사환부리듯 했느냔 말야.」

「한영이가 그폭치군 꽤 유식하데.」

「사실 머리 좋기루야 한영편이 한수보담 윗줄이었지. 전에두 말했지만 어려선 신동이란 말까지 들었었다니까.……」

색시가 담배를 갖고 들어왔다. 다섯 갑 중 한 갑만 윤의사가 갖고 나머지를 봉룡에게 넘겨준다.

「이번 사건 때만 해두 그래.」봉룡이 하던 말을 이었다. 「영감이 내려와 보지두 않구 시쳇 그날루 내다 묻어버리라는 걸 검시두 해야 하구 이것저것 절차가 있어서 다음날 아침까지 미뤘다는 거야.」

「그건 다른 문제지. 영감으루서야 그런 악상을 당했으니 한시바뻐 집안에서 없애버리구 싶지 않았겠나? 그 큰손자는 결국 집안에서의 자기 위치에 대한 콤플렉스를 극복하지 못하구 만 거야. 전에두 말했지만 그치가 술먹구 밤중에 관계없다아, 하구 소릴 질러댈 땐 발산이 됐지만 그 버릇이 근자엔 없어졌었다면서?」

「그것두 따져보믄 동생한테 억눌린 증거야. 한수가 집에 돌아오구서부터 그 버릇이 없어진 거라구. 형쪽은 동생을 끔찍이 위해주구 보살피구 했지만 동생은 어림두 없었어. 형이 할아버지 밑에서 얼마나 빌빌하구 있다는 걸 뻔히 알구 있으면서두 고등고시 공부합네 하구 돈이나 쓰구…… 집안 일은 내 몰라라 했지. 형이 죽을 때두 집에 없었다구. 형의 빚을 책임지겠으니 며칠만 말미를 달란 사람이 돈줄인 할아버질 놔두구 서울은 왜 갔었느냐 말야. 말루는 형의 빚 책임지겠다구 해놓구는 내 알게 뭐냐구 서울루 피신해버렸든 것 아닌가 몰라. 그 냉정한 놈이?……」봉룡은 여태 한수한테 대해 가졌던 생각과는 판이한 방향으로 마구 지껄여댔다.

「아니지. 할아버지에게 사정하기 싫으니까 돈 변통하러 서울 갔었을지 누가 아나. 그 친구 겉만 냉정해 뵈지 의외루 정이 많을껄.」

「그럴까.」

봉룡은 윤의사 담배갑에서 한 가치 빼어 물며 생각한다. 하긴 윤의사의 말이 옳은 것도 같았다. 그럼 한수가 문진영감을 찾은 건 서울에서 마련해온 돈으로 형의 빚 청산하기 위해서였던가. 그런데도 구렁이같은 문진영감이 내게는 소식도 안 전해주는 건가.

「그렇다믄 더구나 한영이 왜 죽느냔 말야. 꾹 참구 있기만 하믄 장차 자기 몫으루 많은 재산이 굴러들어올 텐데.」봉룡이 고개를 갸웃거렸다.

「그야 진짜 원인은 죽은 본인밖에 알 수 없지. 세상에 모를 일이 어디 한 두 가질라구. 하여튼 아까운 치가 죽었어.」

「산 사람 얘기보담 죽은 사람 얘기가 재미있나보죠?」색시가 엉뚱한 소리를 한다.

「그래 그래 맞다 맞다. 자, 술이나 먹자.」한영의 죽음에 대한 궁금증을 풀지 못한 채 봉룡은 색시에게 술잔을 건넨다. 「한잔 하구 노래라두 불러라. 네 말따나 산 사람 기분 내자.」

색시가 맹맹한 얼굴로 노래를 할 줄 모른다고 한다. 그러다가 술이 떨어지자 색시가 주전자를 들고 나간다.

「저 꼴루 술상엔 왜 나와 앉었누. 부엌에나 틀어박힐 일이지.」봉룡이 다시 윤의사에게 말했다. 「원장, 색시 바꾸자구.」

윤의사의 길쭉한 얼굴이 그냥 무표정하다.

봉룡은 이사람이 오늘 밤엔 별로 여자 생각이 없는가보다 하고 있는데 윤의사가,

「내버려두라니까. 불고기는 불고기 맛이 있구, 비지찌갠 비지찌개 맛이 있는 법야, 이사람아. 불고기만 자꾸 먹어봐. 비지찌개 생각 날 때가 있지.」

「그야 그렇지만……」

색시가 술주전자를 가져왔다. 새로이 술잔을 몇번 주고받다가 불쑥 윤의사가 노래를 부르기 시작한다. 봉룡은 점점 더 윤의사의 속을 가늠잡을 수 없어진다.

——네가 먼저 살자구우 옆구리 쿡쿡 찔렀지이 내가 먼저 살자구우 옆구리 콱콱 찔렀나아, 어허란다 디어야 모두 내 사라앙아…… 뒷동사안 딱따구리는 생나무 구멍두 뚫으는데 우리집 저 멍텅구린……

윤의사가 부르던 노래를 중단하고 색시의 손을 끌어다 손등을 들여다

본다.

「손금을 보려믄 손바닥을 봐야지 손등은 왜 보누?」

봉룡이 핀둥을 주자,

「모르면 잠자쿠 있어.」윤의사가 색시의 손을 놓으며, 「손등의 정맥이 얼마큼 두드러져 나타나있나를 보는 거라구.」

「그걸루 무슨 병이 있나 없나를 알아낸다는 건가?」

「의사는 술 먹으면서까지 진찰만 하는 줄 알어? 잘 들어봐.」윤의사가 느릿한 어투로, 「젊은 여자의 손등에 정맥이 두드러지게 나타나있을수록 말야, 남자를 많이 상대했다는 표야. 생리학적으루 그렇게 돼있어.」

그래 이 여자는 어떠냐고 봉룡이 물으려는데 별안간 윤의사가 재채기를 잇달아 하기 시작했다.

밤들면서 첫눈이 내렸다. 진눈깨비였다.

예기치 않았던 중섭이 한수를 찾아왔다. 진눈깨비로 옷이 젖어있었다.

「홍선생이 전보를 쳐줬어. 세상에 이런 변이 어딨니.」

한수는 말없이 중섭의 손을 붙잡고 왈칵 울음을 터뜨렸다. 형의 일로 처음 소리내어 우는 울음이었다. (계속)

768

道의 生理學 외 3편

——莊子를 위하여

宋 稶

눈이 밝다 귀가 밝다 그러나 코김은 세다 코침은 주고받는다
입맛은 달다 마음은 안다 잘 알면 德이다 말하자면 큰 기운이다

막히면 道가 아니다 굳으면 道가 아니다
숨통이 막히면 발버둥친다! 안다…… 숨결이 편하다……
道는 밝다 통한다 뚫어놓는다 피를 돌린다 나뭇가지에 물을 올린다?
움돋아 싹트는 밑거름 밑둥…… 샘물이 숨어 스며내린 뿌리……

숨결이 세차지 못하다고 어찌 하늘을 헐뜯으랴? 하늘은 항시 뱀처럼
매미처럼 허물벗는다 허울이 좋다?
하늘은 밤낮을 쉬지 않고 눈 귀 콧구멍 입구멍 마음구멍 알 수 없는 알
구멍을 뚫어놓는다

사람은 오히려 마음이 막혀 알 구멍을 모르게 한다 마음이 어찌 모든
몸구멍을 살펴볼 수야……
염통이 밥통이 빈 구석 때문에 저절로 제대로 제구실한다!
물구멍 마음구멍이 기지개를 마음껏 하늘껏 무지개켠다……

내 뱃속은……

내 뱃속은 보이지 않는다 나는 모른다
내 염통은 보이지 않는다 나는 모른다

내 머릿골은 보이지 않는다 나는 모른다
송편을 빚듯이 내가 빚지 않은 내 몸뚱아리여 ! 마음이여 !
(X 레이는 X 밖에는 적지 못한다……)
나는 생각하지 않는 곳에서 숨쉬고 있다

개는 실눈, 사람은 마음 올올이

우리집 스핏쓰는 원래가 白雪公主 아니 公子이지만 어떻게 하다 보니 연탄 장수처럼 검댕처럼 되어버렸다

집사람이 샴푸로 머리만이 아니라 온몸을 머리 미역감기고
참빗으로 참되게 빗어내어 다시금 白雪公子……

나는 내자에게 베이큰 기름으로 그에게 비빔밥을 대접하라고 한다. 그는 먹이, 밥에 대해서는 말귀가 몹시도 밝다.

그는 쫑긋한 두 귀를 쭈뼛하게 세우다가 드디어는 앞발을 포개놓고 실눈을 떴다 감았다……

白雪公子 ? 하얀 눈사람에 (눈개가 어디 있으랴 ?) 오직 새까만 검댕이 세 개 박혔다……

개나 사람이나 눈을 부라리다가 회동그란 눈망울을 회회 돌리다가 실눈을 감는다……

마음은 조인다. 실밥 실마리처럼 풀린다, 마디처럼 맺힌다.
마음 올올이 회회 돌아 감기는 실타래 꾸리……

瀑布水가 하는 말씨

──李太白을 위하여

瀑布水가 날은다 안개가 낀다 꿈을 꾼다 구름을 갚는다
百尺을 열 곱절한 하얀 명주올 폭포수여!
제 무게에 갈갈이 갈기갈기 찢어져 내린다
四方을 에워싼 山봉우리는 붉은 바윗돌을 병풍처럼 펴들었다
(이 바람에…… 이 바람에…… 무슨 바람결일까?)
龍이 못물 속에서 내뿜는 숨결이여!
밤낮할 것 없이 바람이 일고 우뢰가 운다
여기서는 해도 달도 모두가 鬼神 눈동자!
空中을 날으는 샘물, 치솟는 물보라는 虛空을 채우려고 안간힘 軌跡을
쓴다
아아 소나기 銀河…… 銀河가 장마처럼……
큰 섬 작은 섬이 어울리어 골고루 손가락을 펴면서
검푸른 물결이 물감처럼 솔질한 눈썹, 이름모를 풀잎이여!
초록빛 연지가 어디 있는가?
해묵은 이끼가 두 볼처럼 상기한다 함치르르 윤이 오른다……
아아 안개가 날으고 꿈이 낀다!
꿈을 꾸면서 안개가 낀다
구름을 갚으면
꿈을 꾸어 준다……

〔遺稿〕

네번째의 대답 외 2편

吳　圭　原

어느날 어린 王子가 나에게 와 물었읍니다
당신은 무엇 때문에 사느냐고.
나는 대답을 했읍니다
무엇 때문에 사느냐고 남들이 물을 때
내 느낌이 그때마다 조금씩 다를 것 같아서라고.

어린 王子가 다시 나에게 물었읍니다
당신은 무엇 때문에 사느냐고.
나는 대답을 했읍니다.
무엇 때문에 사느냐고 남들이 물을 때
내 느낌이 언제나 조금씩 다른 즐거움을 즐기기 위해서라고.

또 한번 물었읍니다 어린 王子는
당신은 무엇 때문에 사느냐고.
나는 또 한번 대답을 했읍니다
내가 없어지면 당신의 물음에 대답할 사람이 한 사람 줄고
한 사람이 준 만큼 당신이 쓸쓸해 할 것이기 때문이라고.

어린 王子는 고개를 끄덕이며 돌아서서 가다가
다시 한번 되돌아와 물었읍니다
당신은 정말 무엇 때문에 사느냐고.
나는 나에게 대답을 했읍니다
남들이 그렇게 물을 때 그때 나의 대답이 이제는
항상 다르지 않음을 보기 위해서라고.

아, 야, 어, 여, 오, 요——
구, 규, 그, 기, 가——

나는 〈아〉에서 〈아〉까지를
〈가〉에서 〈가〉까지 어린 王子가 걸어 갔을 때
사용하기 싫은 이 시대의 말은 좋아하는 사람에게 주고
동화의 말로만 대답을 했읍니다.

구   멍

1

뚫린 구멍마다 뚫린 구멍이 있읍니다.

구멍은 뚫린 곳에서부터 시작됩니다.

구멍 속은 구멍이 구멍을 비워 놓고 없어 깜깜하기도 하고 구멍이 구멍을 들여다보느라고 들고 있는 겨울에 하늘이 좀 들어와 있기도 합니다.

뚫린 구멍마다 마개가 있을 것 같아 찾아보면 모두 마개를 가지고 있읍니다.

제일 잘 만들어진 마개를 가진 것은 마개를 버리고 온몸으로 마개가 되어 있는 구멍입니다.

그 구멍은 구멍이 스스로 꽉 차 있읍니다.

2

내 가슴을 들여다보니 거기도 뚫린 구멍이 몇 개 있읍니다.

심심할 때 내가 파 본 것도 있고 누가 내 안으로 들어와서 뭣 좀 가져가든지 살든지 하려고 판 길도 있읍니다.

나는 뚫린 구멍을 좀 더 자세히 보려고 손가락으로 후벼팝니다.

손가락으로 파 본 그곳에도 바람이 불고 구름이 머물고 비를 피해 몇몇 사람이 들어 서 있읍니다.

3

뚫린 구멍마다 뚫린 구멍이 있읍니다.
구멍은 뚫린 곳에서부터 시작됩니다.
사랑은 언제나 끝이 아니라 시작이므로 사랑도
뚫린 곳에서부터 시작됩니다.
뚫린 구멍은 그러므로 뚫린 구멍의 끝이 아닙니다.

시작이니 끝이니 하고 내가 주워넘기고 있지만 시작도 끝도 사실은 다
뚫린 구멍이 스스로 마개가 되어 있는 스스로 텅 비워 놓은 구멍입니다.
그러나 나는 존경하옵는 인간이 만든 말 가운데 가장 감동적인 이 〈끝〉
이 어떻게 있는지 잘 지내는지 한번 만나보기 위해 뚫린 구멍의 존재와
뚫린 구멍을 사랑합니다.

아시겠지만
내가 사랑하므로 뚫린 구멍은 뚫려 있읍니다.

끈

1

내 몸은 온통 투명한 끈으로 묶여 있읍니다. 다시 보면 내가 묶여 있는
게 아니라 내 몸이 끈을 키웁니다. 끈은 끈답게 내 몸의 가장 질긴 곳에
뿌리를 내리고 질긴 피와 질긴 살과 질긴 쾌락을 먹습니다. 끈을 가위로
잘라 보면 내가 아픕니다. 귀를 기울이면 그들의 숨소리가 들리고 나와 마
주치면 허리를 도르르 말면서 돌아서기도 하고 웃기도 합니다. 몸을 움직
여 보면 아무렇지도 않습니다. 이렇게 많은 끈에 묶여 있는데도 내 몸은
참 자유롭습니다.

2

끈은 자라면서 잎을 매답니다. 나의 미친 눈짓 하나에 한 잎, 나의 미
친 손짓발짓 하나에 한 잎. 햇빛 속에 고개를 내밀고 탄소 동화 작용도 합
니다. 탄소와 산소와 물이 아니라 만남의 탄소와 헤어짐의 산소, 또는 깨

달음의 탄소와 죽음의 산소, 언어의 물 또는 언어의 오물이 햇볕 아래 함
께 모여 펼치는 혼례 잔치. 하늘 천막, 바람 깃발, 사물 손님——혼례청에
는 항상 내 몸이 제물로 놓입니다. 그때마다 나는 갈증을 느낍니다. 나는
한 잔의 보리차를 마시면서 등나무의 아름다움이 등나무의 튼튼한 줄기와
무성한 덩굴이듯 나의 아름다움인 나의 끈과 그 덩굴이 키운 잎의 그늘
속에 내가 있음을 봅니다.

　　——나의 아름다움, 그러나 나의 敵이여.
　　나는 그러나 또한 보고 있읍니다.
　　이미 아름다운 것은 모두 위험함을.

忍 冬 連 作

朴　㤠　錫

첫째 마당

육교를 건넜다. 눈보라 속에,
표지판이 떨어지고,
판정을 기다리며 인사동이 누워 있다.
놓치지 않고 바람 칼끝이 난도질했다.
가진 者의 승리로 싸움은 끝난다.
아람의 덫에 걸려 망가진 차량들,
타는 者 타고 가고 걷는 者 걸어 온다.

둘째 마당

그물을 쳤다.
한 줄 廣告로 삶을 벌기 위해.
서울 바다에 때아닌 투망질.
걸려들 고기가 未知數일 때
희망은 있는 법──
추위도 모르고 뛰어갔다.
어린 시절 달리기 후보 솜씨로,
어차피 커서도 후보로만 살아왔다.
공산품 값이 나를 앞질렀다.

세째 마당

콩나물 국밥에 점심을 적셨다.
콩나물 악보를 우리집 맏딸은 잘도 쳐댄다.
일년 반 만에 체르니 50번——
줄달음 天才가 따로 있대요.
아내도 이 말 끝에 웃음꽃을 피운다.
그 달 과외비가 나를 압박했다.
안국동 길목이 뒤로 누워 있고,
찬바람 속에
놓치지 않는 법을 일깨우면서
그해 겨울, 육교를 건넜다.

暴君〈네째 마당〉

눈먼 천치다.
재봉틀이다. 들들들………
일만 토라지면 집안을 볶았다.
아내가 배운 것은 눈물과 용서,
어리석은 슬기로 잘도 견딘다.
한눈 팔다가
딸기밭에서 바람 피운 사내,
남은 한 눈 부릅뜨고 소리치는 사내,
일찌기 天才와 詩는 포기하고
재벌들의 주먹과 비웃음 앞에
마음이 흔들린다. 생활이 흔들린다.
뿌리 못 내린 言語의 비듬,
참빗질에 열을 올려도
부서진 시간들의 조가비 껍질.
남의 속 있는 대로 뒤집어 놓고
자기만 도망쳐 외박하는 사내,
조강지처의 노란 아침을

망가진 솥단지로 만드는 사내,
딴 솥밥 브라자 가로채 놓고
자기의 관용을 모르는 지아비,
손톱만치도, 손톱만치 도.

羅州〈다섯째 마당〉

錦城山 비탈에 몇 점의 烽火──
바자울타리와 흙벽이 무너지고
金千鎰이 걸어온다.
참패한 싸움, 싹수없는 초저녁닭이,
기치 창검이 홰를 치고 운다.
군노사령 달무리가 울고
강강술래 강강술래
행주치마도 따라서 운다.
임진년 수자리에 전라도 군번,
羅州邑 군번으로 論山에 왔다.
댕기풀이 이틀 만에 江景에 닿았다.
막사에 켜지는 몇 점의 燈火──
먼 길 강행군에 발바닥이 까지고,
지휘봉이 걸어온다.
연병장에 부복하고 집합을 끝내면
장기판에 몰린 겨자씨 졸개.
망가진 시대, 鼓角이 운다. 찌를 듯이,
하늘을 찌를 듯이, 군노사령 軍歌가 운다.
구부야 구부야 눈물 나는
각개전투는 몇 굽이냐.
두고 온 방죽에는 幼年의 물오리떼,
연무대 하늘에는 鋼鐵의 들기러기,
연쇄법의 비행 편대가
대관령 고개를 타고 넘는다.

뻐꾸기 소리 외 2편

양 성 우

담너머 흙산너머 뻐꾸기 소리
들린다.
그러면 그렇지. 저것은
신음이 아니다. 저것은 신음이 아니다.
불모의 좁은 땅,
검은 머리 풀고 떠난
그 젊은 친구들의
비명도 아니다. 정말 아니다.
글쎄, 인생은 한꺼번에 사는
것이 아니라지만,
내가 이렇게 가만히 누워
하늘만 바라보고 있어도
괜찮은 것일까? 혹은 지금 듣는
여름 아침 뻐꾸기 소리,
저것은 노래일까? 속삭임일까?
그렇다. 밤새도록 타오르고
다시 불붙는,
내 가슴은 이제 내 가슴이
아니고,
뻐꾸기 소리는 뻐꾸기 소리가
아니니,
이제 어찌하랴. 도대체
어찌하랴.

그믐날밤 개울 가에서

우스워라.
못마땅한 일이 너무 많아서
나 여기 혼자 왔다.
쓸개를 씹으며,
물아, 그믐날밤
소리치며 흐르는 물아.
그 어찌 이 시절에 한마디로
내 목숨을 내 목숨이라고
말할 수 있겠느냐?
차라리 잘 드는
칼끝이 아니라면,
우스워라. 눈물의
바람,
죽은 나무 숲을 지나
나 여기 혼자 왔다.
밤이슬 털고.

민 들 레

누가 알랴.
끝모를 황토 바람
가시나무 숲에
오오, 그대가 뿌리는
수천수만의 꿈을

어찌 차마 그 입으로
말할 수 있으랴.
그대 이 시절에 피어나는
꽃이기 전에
밤보다 더 짙은 어둠을
적시는
눈물이었나니.

〔舊稿〕

神　市

신　대　철

나무 위의 동네

숲 전체가 일어나 자욱히 山精氣를 뿜어 내고 있다. 그의 처마 끝에 살던 새는 머리를 쑤욱 내밀며 나무를 따라가다 솟아오른다. 갑자기 숲속이 텅 비어 울린다. 자작나무, 가문비나무, 다릅나무, 아 하늘에 초록빛을 바치고 서 있는 나무들.

그는 나무를 타고 올라 선다.
나무 위의 땅은 안개에 잠겨 가고 있다. 빈 집 빈 길, 모두들 山精氣를 충전받아 山勢가 미치지 않는 데로 날아오르고 빈 집 빈 길,
〈나는 무엇을 바치며 죽어 왔었나?〉

그는 동네 초입에 그의 미래인을 다 세워 놓고 그 위에 조용히 안개를 덮고 드러눕는다. 사람 냄새를 흡수한 안개는 나무 아래 아래로 내려앉는다.

스윽스윽 멀리서
누가 톱질하고 있다.

하늘엔 독수리 그림자

숲 속이 숨쉬는 대로 숨쉬며 그는 잠이 들고,

그의 꿈 속에 들어앉아 그의 원시인이었던 나는 나무를 타고 내려온다. 숲 속 나무 냄새를 위해서나 자신을 위해서 아무 것도 한 일 없이 神市로 다시 살려 나오는 자의 봄

하늘엔 독수리 그림자,
세상은 2시 59분

〈너는 이미 죽어 있다. 누군가가 너를 기억해 내면 그가 기억하는 대로 오늘은 여기 내일은 저기로 가야 한다. 네가 살아 있다는 희망을 갖지 말 것.〉

쿵쿵 나무들이 쓰러지고 있다. 그 자리엔 정적 1분, 나는 휘인 허리를 더 휘여 3시에 몸을 맞추고 나무꽃 한 잎 한 잎이 펴 내는 나무 위의 땅을 하늘에 비쳐 본다. 작은 회오리 바람 하나 한가히 세워둔 채 그는 그의 꿈 속으로 들어가고 있다.

〈산다는 것은 무엇을 살게 한다는 것일까?〉

꽃이 지저귀고 있다

. . . .
. . . .
. . . .
. . . .
. . . .
. . . .
. . . .
. . . .

(소리의 조형화를 위하여)

시간의 목소리

고요하다, 오늘은 무슨 날인지?

노인이 가면서 물을 놓아 주고 있다. 물은 황량한 땅 껍데기를 지나 그
의 몸 속을 지나 나무 뿌리에 모인다.
나는 살아 있었구나,
그는 안심하고 죽어간다.
길가 거미줄엔 흰 구름이 다 흘러 나간 그의 하늘 끝이 붙어 있고 거미
줄 구멍으로 기어 나오는 햇빛 한 줄기를 휘어 감은 아이 몇이 집 사이
사이 비 갠 골목에 피어나 있다. 길은 한 없이 내려가다 땅에 스며 버린
다.

땅
밑바닥에 가라앉은 집에서
빈 시간통을 지고 올라온 사람들은 평지를 벌겋게 취해 넘어가고
〈우리는 우리를 멈추게 할 공간이 없다〉는 노래 아슬아슬 넘어온다.

캄캄해진다.
〈우리는 십여 분 혹은 여분밖엔 움직이지 못할 것이다.〉

※「나무 위의 동네」는 『문학사상』에 실린 바 있으나 문맥을 위해 다시 수록했다.

北極航路 외 2편

金　光　圭

아침 일찍 먼 길을
떠나던 시절
구구재 잔디밭에 누워
비행기를 바라보면
나는 곧장 새가 되었다
하늘을 날을 때는 가뿐해야지
신발을 벗고 양말을 벗고
옷도 훌랑 벗어 버리고
두 팔을 날개처럼 넓게 펴면서
맨몸으로 가볍게 날아 올라야지
수많은 어린이의 꿈을 싣고
하늘로 날아간 고무풍선은
하나도 되돌아오지 않았다

해질 녘 이륙하는 비행기 안에서
안전 벨트를 매고
구두끈을 조이며 나의 몸은
날아 오르는 대신
뛰어 내릴 준비를 했다
발끝에 흙 한점 묻히지 않고
바람에 머리카락 한 올 날리지 않고
제 자리에 앉아 열 여덟 시간
날개 위에 그림자 싣고
북극을 넘어 삼만리
가쁜 숨 몰아쉬며

새벽에 착륙하는 비행기 안에서
담배불을 끄고
다시 구두끈을 조이며 나는
결국 새가 될 수 없음을 알았다

우리의 거울

울퉁불퉁한 거울을 들여다보면
눈이 턱 아래로 내려가고
코가 눈 위로 올라가고
귀가 머리 위로 뿔처럼 솟아 오르고
흡혈귀처럼 송곳니가 삐드러져 나온다
우리의 얼굴이 정말로 그렇게 생겼는가
아니면 이것은 거울이 잘못된 때문인가

눈이 턱 아래 붙어 있고
코가 눈 위에 달려 있고
귀가 머리 위에 뿔처럼 솟아 있고
송곳니가 삐드러져 나온 흡혈귀가
울퉁불퉁한 거울을 들여다보면
아주 반듯한 사람의 모습이 된다
흡혈귀의 얼굴이 정말로 그렇게 생겼는가?
아니면 이것은 거울이 잘못된 때문인가

너무도 보잘것없는 소원이지만
사람에겐 사람의 모습을
흡혈귀에겐 흡혈귀의 모습을
그대로 보여 주는 거울을 갖고 싶다

희   망

희망이란 말도
엄격히 말하자면
외래어일까
비를 맞으며
밤중에 찾아온 친구와
절망의 이야기를 나누며
새삼 희망을 생각했다
절망한 사람을 위하여
희망은 있는 것이라고
그는 벤야민을 인용했고
나는 절망한다 그러므로
나에게는 희망이 있다고
데카르트를 흉내냈다
그러나 절망한 나머지
스스로 목숨을 끊은 그 유태인의
말은 틀린 것인지도 모른다
희망은 결코 절망한
사람을 위해서가 아니라
희망을 잃지 않은
사람을 위해서 있기 때문이다
그렇다면 희망에 관하여
쫓기는 유태인처럼
밤새워 이야기하는 우리는
이미 절망한 것일까 아니면
아직도 희망을 잃지 않은 것일까
통금이 해제될 무렵
충혈된 두 눈을 절망으로 빛내며
그는 어둠 속으로 사라졌다
그렇다 절망의 시간에도

희망은 언제나 미래의 것
어디선가 이리로 오는 것이 아니라
누군가 우리에게 주는 것이 아니라
싸워서 얻고 지켜야 할
희망은
절대로
외래어가 아니다

구구단 외 3편

김 혜 순

점호 끝나고
남은 세월을 벗겨내어
시간의 올을 풀면서, 잃어버려.
밤새도록 구구단을 외웠다.
숫자들은 저마다 수군대며 얽혔다.

잃어버려, 높고 높은 담.
잃어버려, 하나님.
잃어버려, 북을 치면서 다가온 너.
나는 숨이 막혔던가.
잃어버려, 내가 너를 밀었을 때
피었던가, 장미꽃이.
잃어버려. 잃어버려.
지워지려 하는 것들 이제 놓아 주고 잃어버려.
잃어버리지 말라던 그 말을 잃어버려.

밤새도록 나 혼자 구구단이나 외웠다.

고층 빌딩 유리창닦이

사람들보다 하늘과 구름이 더 가깝게 보인다.

술을 마신다.

한 잔 마시고, 두 잔 마시고가 아니라, 스물 일곱 잔 마시고, 스물 여섯 잔 마신다. 유리컵 안에는 종이를 든 사람들이 떠돌고 있고, 가끔씩 수초들이 흔들거리는 것도 보인다. 스물 다섯 잔째 술을 마실 때 지상에서 올라온 새들이 유리창에 부딪쳐 머리를 깬다. 낮달이 머리 위로 떨어진다. 내려갈수록 취기는 올라온다. 마시는 나를 누군가 또 마신다. 네 잔 마시고, 세 잔 마시고, 두 잔 마시고, 한 잔 마신다. 더욱더 취기가 올라온다. 어느덧 사람들이 하늘과 구름보다 더 가깝게 보인다.

나는 배를 움켜잡고 스물 일곱 장의 대형 유리를 토하기 시작한다.

납작납작

—— 박수근의 화법을 위하여

드문드문 세상을 끊어내어
한 며칠 눌렀다가
벽에 걸어 놓고 바라본다.
흰 하늘과 쭈그린 아낙네 둘이
벽 위에 납작하게 뻗어 있다.
가끔 심심하면
여편네와 아이들도
한 며칠 눌렀다가 붙여 놓고
하나님 보시기 어떻습니까?
조심스럽게 물어 본다.

발바닥도 없이 서성서성.
입술도 없이 수근수근.
표정도 없이 슬그머니.
그렇게 웃고 나서
피도 눈물도 없이 바짝 마르기.

그리고 드디어 납작해진
천지 만물을 한 줄에 꿰어 놓고
가이없이 한없이 펄렁펄렁.
하나님, 보시니 마땅합니까?

가 야 금

가을의 창가에 넘쳐 흐르는 하늘
가을의 하늘로 피어 오르는 안개
그 사이로 기러기떼 흐르며
우는 듯, 우는 듯, 흐느끼는 듯.

기러기발 사이로 활을 퉁기며,
땅을 치며, 술대를 밀며,
소리 죽여, 죽여, 죽여.
넘치는 하늘, 피어 오르는 강물
부르는 소리.
더운 안개의 가슴에
심금을 기대어
우는 듯, 우는 듯,
흐느끼는 듯.

비 오는 날 외 3편

박 덕 규

I

文字도 없는 나라에 날아든 한 장의 편지가 우리를 우습게 한다. 그런데 나는 조금도 웃고 싶지가 않다. 푸른 우체통의 거리로 나서고 싶다.

모든 벽이 깨어지면서, 만나는 사람마다 나를 붙들고 부들부들 떨었다. 솜털처럼 나는 일어선다.

창을 열면 농염한 바다가 범람한다. 우리들의 뺄밭. 씨알 같은 생각들이 부서져 이미 나는 하나 둘이 아니다.

어떤 색깔이 와서 내 하늘을 잠재우려 한다.

II

내 우산을 가져가지 마시오. 식구마다
제 食器에 알맞는 밥을 담아 먹었으므로 조금씩 우산 크기로
자라나 마침내 스타카토로 이어지는 네 몸짓을 숨어 보았지만
어느 地圖에도 없는 낱말 소리나는 대로
적어 보아라 적어 보아라 몇 개의
엽전들이 서로 충돌하면서 빛들은 발등까지 내려왔다
순간적으로 주저앉았고 내 발을 어디다 두고
걸을까. 언제부터 뿔뿔이 헤어진 식구들 다시
만날 것 같지 않다. 식구마다

身長이 달라져 있었으므로 허리 아픈 나는
굽 낮은 장화를 신고 기우뚱거리며 난장이 나라의 내
아우는 頭巾을 두르고 소리치며 비듬이 많은
祖上들과 그 魂들 모두 다른

신발을 가지고 있었으므로 첨벙첨벙
소리나는 대로 걸어가는 대로
물은 흘러갔고 30여 년 전 우산을 훔쳐갔던 이웃 아이는
대니무 깅때민 높이 들고 흠뻑
젖어 돌아왔다. 잊어 버려도 좋을
것 새삼스레 안고

      Ⅲ
재채기를 할 적마다 하늘은 깜빡이고 저쪽 하늘은
무슨 색. 오래도록 경작해 온 들에 나가 보았으나
저 풀은 무슨 빛일까. 잡초처럼 끈질기게 공중에 달라붙는 저
깃발은. 언제나 한번은 빛깔이 되고 싶었다. 솜털처럼
부은 얼굴. 닦고 나면 그 얼굴 그 얼굴인데 왜
밤낮없이 찢기는 얼굴들이냐.

데탕뜨 1980

내 살던 동네로 돌아가 새 집을 짓는다.
벽돌집이 허물리고 住民들은 벽돌을 지고
좀 더 견고한 城으로 걸어 들어갔다. 나쁜
짓하면 너도 가두어 버릴 것이다. 나는
의처증. 아내가 국부를 가리고 바들거렸다.
엎드려라, 이년아. 나는 채찍을 들고 달려갔다.
어어 아내는 말문이 막힌다. 불문과에
다니던 아내는 불란서 영화를 좋아하지 않는다.
파리 몇 마리를 잡고 승리의 門으로 돌아갔다.
그 곳으로 날아온 비둘기를 불러 가두었고 아내는
새장 밖에 서서 노래를 흘려 보냈다. 꼭꼭
새가 노래를 쪼았다. 아내는 第二外國語를
찾아다녔다. 연탄 조각으로 전쟁놀이를 하면서 나는
주변을 점령해 나갔다. 住民들은 끊임없이 밧줄을
던진다. 탐조등이 깜빡이고 담 밑으로 무수한

탄피가 떨어졌다. 쓰러지는 異國語. 수갑에
채여서 많은 나라가 오고갔다. 한 나라의
껍데기를 주우며 나는 지도를 만들었다. 아내의
얼굴에 油田을 가꾸고 불씨를 퍼뜨린다. 무조건
火傷을 입고 아내는 鼻音으로 매달렸다. 나를
데려가 줘요. 엎드려라, 이년아. 나는 채찍을
휘둘렀다.

아내는 獨房에 수감되었다.

하 현 달

너는 참 이상한 꽃이야.

잠결에 어린 누이가 뜰에 내린 어둠을 쓸고 있다. 발목에 이는 덜 깬
바람이 흐느적거리며 다시 어둠의 一部가 된다. 치마폭에 갇혀서 나의 누
이는 밤마다 꽃밭을 가꾸자고 한다. 물안개를 뿜으면 꽃들은 조개처럼 입
을 오무린다. 뜰에 가득히 꽃잠을 자다가 나비잠을 자다가 간밤엔 初經으
로 가슴 팔딱이던, 오오라
  네가
  地上에 처음인 그
  입술 작은 꽃이로구나.

해는 달린다 외 3편

박 시 언

해는 달린다, 해는 달린다
주문처럼 입술에 달다
영혼의 공기를 떤다
내부의 알갱이들이 솟구쳐 날은다.
새는,
온전한 바다 위의 모든 새는 날개를 턴다, 털고
갓 빚은 이슬의 공간을 날아 오른다.

상쾌한 전율.
해의 東살을 분질러 장단 맞추기
詩와 그 속날개의 빛나는 깃털이
담긴 쟁반, 놓인 책상
있는 방, 밖의, 쩡쩡
氣를 토하는 공기를 두들긴다.

간밤에 나의 언어는 푸른 명상
맑은 불의 알갱이를 이루고
새소리에 지붕이 날라가 버린
이 아침, 만질 수 없어
스스로 빛나는 미묘한 연꽃.

눈들이 쩽쩽,
공기는 쩽쩽,

房과 時計

꿈꾸는 時計는 없다.
강도의 비 슷날 같은 대낮이 삼켜 버렸다.

(예전엔 꿈꾸는 시계뿐이었다,
 모래시계, 해시계, 물시계.
 개구장이 배꼽시계.
 춘향이 달님시계.
 심청이 장닭시계.
 꿈과 사랑 없이는
 예닐곱의 맑은 개울에다
 시간을 졸졸 흘려보낼 수 없었다.)

이제 안심하려는 알몸을
도마질하는 푸줏간 칼날들이
마른 신경의 손에 잡힌다.

詩와 詩人

나는 너와 탯줄로 이어져 있다.
햇빛처럼
달빛의 화학 실험용 유리대롱처럼
투명한
구곡간장의 골을 따라
농축의 영양이 흐른다.

견우와 직녀는 한 마음의 두 몸 사이
聖스러운 오작교를 이루고,

살 한 점 닿지 아니한
너와 나 사이의 대롱에는
遊離의 고통에 몸부림칠수록
신선한 피의 인력이 흐른다.

뼈도 살도 아닌 우주의 자궁 속
심연의 골반에서

푸른 그리움의 눈물의 베를 짜고
구름의 소매를 치며
심금의 한폭 無爲를 노을로 채색하고,
카오스의 칠흑의 머리 위에
가리마의 銀河가 흐르고 굽이굽이
대롱을 헤엄치는 광부의 땀방울들이
침묵의 피를 마신다.

나는 너와 탯줄로만 이어져 있다.
내가 태아인지 너가 태아인지
글쎄,
너가 커서 나의 골반을 깨고 다시
내가 커서 너의 골반을 깨고,
재크의 콩나무처럼
각자의 우주는 괄목상대하게 깊이 자란다.

혹은,
너와 나는 雙胎이다.

새 벽

괴롬은 자꾸 옹이가 된다
아픔은 자꾸 옹이가 된다
무릎으로 팔굽으로.

달아나라 달아나라
아무 데도 숨을 곳,
옹이 안 생기는 품속은 없다.

으실으실 황홀한
술 깨는 새벽.

風 歌 외 3편

── 東南書院

丁 仁 燮

장마철 우물가에
자린고비 영감도 돌이키도록
어느날 굴비 장수가 될꺼나
뒤 깊은 大會 열어
남아 있는 志者놈 다 불러 모아
새벽 군대, 겨울 군대 만들꺼나
하룻동안 賤하지 않은 흰 헝겊 되어
식은 뒤 나중에 홀로 남아서
밥찌거기 모아 말리는 늙은 어머니의 덮개 될꺼나
좀슬은 석류나무 껍질은 조선왕조實錄
빛난 비단폭 찢어
고래쩍 옷처럼 우리도
장독가에 똥파리 여름 초록
똥파리가 될꺼나, 돌이킬꺼나.

天地玄黃之歌

어느 곳에도 내리지 않는 새를 부르다.
나도 떠 올라 우리가 모르는 머리 위에 너풀거리는

軍綱을 걷다.
낮이 모이는 비탈을 파다가 달맞이꽃을 보며 근심하느니
먼 논바닥에 고향은 눕고 있을까, 우리는
每日의 敵地일까, 몸에는 키우는 벌레들과
밥.
내려앉지 않는 새들을 부르며 地下가 내다보이는
우물가 골짜기에서 견디어라.
곤히 눈 뜨고 잠들어 저 새떼를 부르다. 땅에는
내리는 눈, 밤눈, 산 너머 올라오는 곤한 노래 소리
줄지어 들려오느니.

풀

——유행성 출혈열

풀 한 포기 남김없이 뽑아 들쥐떼를 몰아가며 韓國에 내리는 까치의 山을 月界 벹으로 허물어내리는 달맞이꽃들이, 地上의 노란색으로 피어난 길바닥, 잠시 머리를 가라앉히는 어둠이 내렸다.

烽軍이 되어

만포진 위원 초산 벽동 삭주 의주 션천 정주 안주 평양 황주 남천 개성
금촌 北漢山
동래 양산 영천 의성 안동 영주 죽령 충주 이천 광주 南漢山

서수라 아오지 온성 회령 부령 경성 명천 길주 단천 이원 북청 신포 함흥 안변 추가령 평강 철원 連川
방담진 고흥 장흥 목포 우수영 목포 임자도 법성포 변산 줄포 부안 옥구 상성 논산 눙수 천안 괴태진 초지 제물포 江華
의주 철산 신미도 강서 용강 남포 송화 몽금포 옹진 海州

섬들아

동터올 때
물 쏟아지는 소리를 하며 눈 뜨라
근방에서 나는 烽軍이 되어 근방에 올라 재를 불러
하늘을 불러

따뜻한 마음, 따뜻한 詩

——馬鍾基의 최근 시를 읽으며

金　柱　演

⑴

　잊지 마라,
　낮게 타는 붉은 산 위에 서고
　빙판에 붙는 불은
　우리들의 끝없는 대답이다.　　　　　　　　——「氷河時代의 불」

　우울해서 펜도 잡기 싫은 6월 어느 날 바다 건너 날아온 馬鍾基의 시를
읽었다. 남의 글조차 읽기 싫은 하염없는 虛無의 바닥(虛無! 웃지 말아주
기 바란다. 80년의 초여름은 참을 수 없이 허무하다. 나이 40이 다 되어서야 니
체가 그토록 쩡그린 얼굴을 하고, 벤이 차가운 돌의 표정으로 바라보았던 허무의
실상이 비로소 잡히는가. 많은 생명의 고통 속에서 虛無라는 말의 생명을 겨우 느
끼는 이 부끄러움!)에서 꼬박 한달 하고도 일 주일이 지났다. 그리고 처음
읽은 것이 바로 그의 이 「氷河時代의 불」을 비롯한 그의 시들이다. 예쁜
시, 아름다운 시, 슬픈 시, 그 누구도 거부할 수 없는 쉽고도 정직한 시.
이번따라 유난히 그의 시가 가슴을 메이게 한다. 날카로운 칼과 살을 파
고드는 것 같은 고통도, 육중한 음성으로 온몸을 흥분시키는 격렬한 정열
도 그의 시와는 상당한 거리가 있다. 때로는 感傷的인 느낌마저 줄 정도
로 여리고 다감한 것이 그의 시가 주는 분위기다.

　날아도 날아도 끝없는
　成年의 날개를 접고

창을 닫는다. 빛의
모든 슬픔을 닫는다.

「成年의 비밀」이라는 제복을 갖고 있는 시의 마지막 부분이다. 이해가
잘 안 가는 어려운 단어도 없고, 이른바 관념적인 난해의 그림자라곤 없
다. 〈관념적〉이라는 말은 애당초 이 시인과 무관하다. 어느 부분은 너무
쉽고 어느 부분은 너무도 일상 쓰여지는 말들이라서 차라리 상투적이라는
느낌이 들 경우도 있다. 「成年의 비밀」 가운데 앞서 인용한 대목 같은 것
도 비근한 예라면 예일 수 있을 것이다. 그러나 이 시의 앞부분을 읽고
보면 그 느낌은 스스로 경솔했음을 시인치 않을 수 없게 된다.

最後라고 속삭여 다오
벌판에 버려진 不貞한 裸木은
알고 있어, 알고 있어,
초저녁부터 서로 붙잡고
부딪치며 다치며 우는 소리를.

목숨을 걸면 무엇이고
무섭고 아름답겠지.
나도 목숨 건 사랑의
연한 피부를 쓰다듬고 싶다.

이렇다 할 내용은 없는 시다. 〈내용〉이라고 하는 것보다 대상이 없는
시라고 하는 것이 옳을는지 모르겠다. 그러나 〈나도 목숨 건 사랑의/연한
피부를 쓰다듬고 싶다〉와 같은 표현은 놀라운 감동을 던져 준다. 〈목숨 건
사랑〉이 주는 치열함·무서움이 〈연한 피부를 쓰다듬고 싶다〉란 표현에
의해서 얼마나 절묘한 반전을 겪으면서 위로를 받고 있는가. 이런 기술은
단순한 말만의 기법이 아니다. 거기에는 그것을 통어할 수 있는 정신이
있어야 한다. 馬鍾基에게는 바로 그것이 있다. 문학소녀의 섬세함뿐인 듯
한 말의 표피를 열고 보면 그 속에 단단하게 도사리고 앉아 있는 인생과
시대의 거역할 수 없는 아픔이 있는가 하면, 그 아픔이 큰 소리내어 오열
하고자 하는 것을 재빨리 막아 버리는 따뜻한 超克의 지혜가 있다. 이 정
신과 기술이 이 시인의 매력이다. 그것은 이 시인이 20년이 넘는 시인으
로서의 오랜 연륜을 통해 도달한 어떤 경지라고도 할 수 있겠으나, 나로
서는 그것이 馬鍾基 특유의 본성이라고 할 따뜻한 마음으로부터 우러나오

는 본원적인 시의 승리라고 말하고 싶다.

②　馬鍾基 시의 대상은 대부분 私的이다. 시뿐만 아니라 문학 일반에서 〈私的〉이라는 말은 그리 좋은 말이 못 된다. 문학이 쓰는 사람, 즉 작가의 이야기인 것은 분명하지만 작가 자신만의 이야기, 다시 말해서 사적이어서는 안 된다. 사적인 것은 순전히 그 자신만의 일이어서 다른 사람의 공감을 줄 수 없기 때문이다. 작가 자신의 이야기이면서도 자신만의 이야기가 아닌 것, 그것을 보편성이라는 말로 부른다면 이 보편성이야말로 작가가 갖추어야 할 최대의 덕목일 것이다. 누구의 이야기인지 모를 것을 쓰면 구체성이 없고, 자신만의 이야기를 쓰면 사적인 경지로 떨어지는 이 어려움을 극복하는 곳에 작가의 능력이 있을 것이다. 馬鍾基의 시가 사적인 것이라는 사실은, 그러나 분명히 그 대상이 사적이라는 점에 머물러 있다. 엄밀한 의미에서 아직 그것은 사적이 아니다. 그러므로 내가 말하고자 하는 것은, 누가 읽든지 시인 자신의 이야기 같은 것이 많이 나와 사적이라는 느낌을 가질지도 모를 이 시인의 세계가, 사실은 결코 사적이 아니라는 것을 밝히려는 데에 있다. 확실히 馬鍾基 시의 대상이 일단 사적인 인상을 주는 것은 사실이다.

　　아버지는 돌아가신 뒤 주로 金谷 묘지 근처의 언덕을 중심으로 돌아다니시고 때때로 자식 걱정에 잠 못 드시겠지만, 어머니는 십여 년 홀로 사시면서 요즈음은 남의 땅 신혼 시절의 골목길을 걸으신다지. 남동생은 移民 와서 에리湖 근처에 자주 나가 어처구니없어 앉아 있다더니 여동생은 시카고 남쪽 흐린 연기 속에 무얼하고 있을까.

「中産層 家庭」의 첫 부분인데, 시의 형식을 겨우 갖추었을 뿐, 시인 자신의 집안 이야기이다. 이런 그의 〈개인 사정〉은 특히 시인이 의사라는 직업을 갖고 있고, 또 고국을 떠나 미국에 와 있다는 사실을 중심으로 각별히 부각된다. 〈의사〉와 〈외국 생활〉은 확실히 이 시인에게 있어서 중요한 두 가지 모티프를 이루고 있다. 〈의사〉의 모티프는 도처에서 발견된다.

　　豫科時節에는 개구리 잡아 목판에 四肢를 못박고 산 채로 배를 째고 內臟을 주물럭거리고 이것이 콩팥, 이것이 염통 외어도 봤지만, 개구리 뱃속의 構造를 알아 보아야 사실 그게 개구리와 무슨 상관인가. 개구리는 일찍 죽고 싶었겠지. ──①

의학적으로 말하자면, 소리는
작고 큰 공기의 흔들림이
세 개의 흰 뼈의 다리를 지나
드디어 맑은 물에 다을 때
피어나른 것. ──②

가끔 당신을 만나요.
먼 나라 낯선 도시에
나는 지금 살지만
나를 찾아온 환자 중에서도
비슷한 윤곽, 안경과 대머리
당신은 미소하시겠지만
나는 말없이 반가와서 속으로 울어요. ──③

1966년의 내 統計學은
50여 명의 殺人
200여 명의 死亡診斷.
숨 거두는 모습 기다려 보자면
사람들은 모두 같아.
참으로 외로와 보이더라
한줄석 눈물을 흘리면서 헤어지지. ──④

醫學校에 다니던 五月에, 屍體들 즐비한 解剖學 敎室에서 밤샘을 한 어두운
새벽녘에, 나는 순진한 사랑을 고백한 적이 있네. 희미한 電球와 屍體들 속살
거리는 속에서, 우리는 人肉 묻은 까운을 입은 채. ──⑤

　①「개구리」 ②「소리의 發端」(「새로운 소리를 찾아서」 중 일부) ③「善終
以後·4」④「統計學」⑤「戀歌·9」 등의 작품 중 일부를, 시를 순서대로
읽어나가면서 무심코 뽑아 본 것이다. 의사가 모티프가 되었다고 생각되는
작품들인데, 공통되는 점이 있다면 의사의 職業性 혹은 의사로 인한 어떤
과시적 표현이 거의 보이지 않는다는 점이다. 그는 이미 훌륭한 중견의
의사임에도 불구하고, 의사 모티프는 대체로 의술을 공부하기 시작할 무
렵의 충격과 연결되어 있다. 의사로서는 가장 초기라고 할 예과의 의학도
시절부터 그는 이미 개구리 해부의 무의미함, 덧없음, 생명의 안타까움을
호소한다(①「개구리」). ②는 이 시인에게서는 드물게 보게 의학의 지식을
약간은 자랑스럽게 활용하고 있는 작품인데, 그것은 〈소리〉의 본질을 투

명시켜 보기 위한(시인은 소리에서 생명을 본다) 한 방법으로 쓰여지고 있다. 그런가 하면 ③은 돌아가신 아버지를 그리워하는 일상적 생활인의 무심한 시절의 하나로 의사가 그려져 있다. 의사로서 생명의 허무함을 절실히 느끼면서도 절망하거나 미치지 않고 생명에 대한 따뜻한 사랑의 끈을 놓지 않겠다는 작은 의지가 엿보이고 있는 작품은 ④「統計學」⑤「戀歌·9」등이다. 별로 어려울 것이 없는 이들 작품을 읽으면서 느낄 수 있는 것은, 의사 모티프가 私的인 관심을 훨씬 넘어서고 있다는 사실이다. 육체만을 대상으로 하는 그 즉물적 관심, 혹은 치유라는 과정을 통한 그 공리적 관심이 극복되고 아픔을 사랑으로 變位시키는 따뜻한 마음이 기본적으로 숨어있음을 우리는 알게 된다. 이런 극복의 마음씨는 또 다른 私的 모티프로 생각되는 〈외국 생활〉에서도 마찬가지로 찾아낼 수 있다.

外國에 십년도 넘게 살면서
향기도 방향도 없는 바람만 만나다 보면
헐값의 虛榮은 몇 개쯤 생길 수 있지.

호박잎 쌈을 싸 먹고 싶다.
익은 호박잎 잔털 끝에
목구멍이 칼칼해지도록.
목포 앞 바다의 생낙지도
동해의 팔팔한 물오징어도. ──①

그렇다. 파편이라는 뜻을 버릴 수 없다. 긴장의 순간에 빛나던 시간은 사라져 버리고 더 이상 소리낼 수도 폭파될 수도, 불을 지를 수도 없어서 자유로운, 자유로와서 아름다울 수 없는 沈澱의 生活을, 그러나 한낮에도 未知의 땅에서 던지를 뒤집어 쓰는 파편의 뜻을 버릴 수 없다. ──②

南海 작은 섬 평상에 누워
낮잠이 들기 전
한 마리 파리 소리
그립다.
外國의 高級 침대에 누워
잠이 오지 않는
여름 나이. ──③

여름 꽃이 웃는다.

異國의 한 病棟에
이제 나는 醫師가 되어
퇴원하는 환자에게 꽃을 준다.
보이지 않는 꽃,
십여 년 전 한 여름의
내 웃음을 전해 준다. ──④

이들 작품들 역시 순서대로 읽으면서 뽑아 본 것으로서, ①「몇 개의 虛榮」②「中産層 家庭」③「日常의 外國」④「退院」등의 일부이다. ①은 글자 그대로 외국 생활에서 얻게 된 고국에의 그리움을 말하고 있는데 외국 생활을 〈향기도 방향도 없는 바람〉이라고 규정하고 있는 것이 눈에 띈다. 방향이야 없을지 몰라도 얼마만큼의 〈향기〉쯤 있는 것이 외국 생활 아닐까? 그러나 시인은 그렇게 생각하지 않는 것 같다. 그것은 이 마지막 부분을 보면 잘 알 수 있다.

이제 알 듯도 하다.
돌아가신 先親이 다 던지고 귀국하신 뒤
아쉬움 속에서도 즐기시던 당신의 가난을
가난 속에서 알뜰히 즐기시던 몇 개의 허영을.

몇 개의 허영이란 과연 무엇인가? 바로 그것이 외국 생활에서 만나는 얼마만큼의 향기가 아닐까? 그러나 그것은 시인에 의하면 다만 〈헐값의 虛榮〉일 뿐이다. 〈가난 속에서 알뜰히 즐기시던〉 선친의 허영은 외국 생활을 청산하고 돌아와 만난 고향의 모습, 즉 거울이 되어 다시 반영되고 있는 자기 자신의 모습이다. 다소 감상적일지언정 그 그리움을 꼭 붙들고 살아가는 단정한 한 개인의 모습이다. 인용 ②에서는 외국 생활의 참모습을 〈파편〉이라는 말로 강하게 표현하고 있다. 근자에 이르러 馬鍾基는 이런 투의 강한 어법을 자주 사용하고 있는데 여기서도 〈그렇다. 파편이라는 뜻을 버릴 수 없다〉고 높은 톤으로 말한다. 왜 외국 생활이 파편인가. 거기에는 소리도, 폭파될 그 무엇도, 불을 지를 그 무엇도 없기 때문이다. 그것은 의사라는 직업인 혹은 일상인으로서는 만날 필요가 없는 격정의 세계다. 따라서 시인이 이 작품에서 〈자유로운, 자유로와서 아름다울 수 없는 沈澱의 生活〉이란 아름다울 수 없는 생활에 대한 한탄이며, 그것이 파편으로 이루어지는 자기 인식이다. 그렇다면 아름다운 생활이란 무엇일까? 「日常의 外國」이란 제목을 갖고 있는 ③의 시는 봄·여름·가을·겨울의 네 부분으로 구성되어 있는데, 그 한결같은 분위기는 고국에 대한 그리움이다. 평상에서도 잘 수 있는 낮잠이 高級 침대 위에서도 오지 않는 까닭은, 그가 십여 년 이상 외국에서 살고 있음에도 불구하고 외국 생활이 언제나 파편에 불과하다고 생각하기 때문에 생겨난다. 그리고 그것은 아름다울 수 없다고 생각하는 그곳의 생활 때문에 비롯된다.

그러나 뜻밖에도 우리는 ④에서 시인이 외국에서도 그렇게 불편한 생활만을 하는 것은 아니라는 하나의 조짐을 발견한다. 〈異國의 한 病棟에/이제 나는 醫師가 되어/퇴원하는 환자에게 꽃을 준다〉는 대목을 읽었을 때, 이 시인이 외국에서 느끼고 있는 격리감 · 異和感이 어느 정도 해소되고 있는 것이 아닌가, 혹은 보다 높은 사랑의 경지로 승화되고 있는 것이 아닌가 하는 단서를 잡을 수 있다. 그러나 그는 다시 말한다. 〈보이지 않는 꽃/십여 년 전 한 여름의/내 웃음을 전해 준다〉고. 아, 아직도 시인의 눈에는 〈보이지 않는 꽃〉이 보이고 있는가. 그래서 퇴원하는 환자에게 준 꽃은 〈십여 년 전 한 여름의 내 웃음〉, 즉 고국의 그리움에 못박힌 한국인의 사랑이었던 것인가.

> 그래서 내 꽃은 긴 여행을 했다.
> 당신은 그 모든 꽃 위에 意味를 주신다.
> 피어나고 落花하고 열매 맺는
> 당신의 香氣.

馬鍾基가 「退院」을 이렇게 끝맺음하면서 〈당신의 香氣〉라는 말로 고국과 고향과 젊은 날의 친구와 인정을 그 사랑의 모태로서 받아들이고자 할 때, 우리 또한 그와 더불어 〈그 모든 꽃 위에 意味〉를 가질 수 있다. 여기에서 우리는 그의 여린 듯한 그리움의 갈망이 단순한 그 자신만의 향수로 주저앉지 않고 보다 넓은 지평 위에 있는 인간들을 위한 따뜻한 사랑의 마음으로 성장하고 있음을 느끼지 않을 수 없다.

③ 〈나는 문득 튼튼한 사내가 되고 싶었다〉(「꽃의 理由·2」)고 쓰고 있지만 馬鍾基 시를 튼튼하게 해 주고 있는 받침돌은 우렁찬 남성적 의지라기보다는, 따뜻한 사랑의 마음씨라는 것을 나는 거듭 말하고 싶다. 바로 이 사랑하는 마음이 의사란 튼튼한 기능인, 그리고 미국이란 편안한 외국 생활을 슬프게 만들고 있다. 그것은 동시에 미국에서 사는 의사라는 자신의 안정된 私的 카테고리에서 그가 벗어나 한 사람의 진실을 말하는 시인이

라는 公的 카테고리로 올라서는 지렛대 구실을 하고 있다. 그의 사랑은
그렇기 때문에 돋보인다. 그의 사랑은 어디서 그런 힘을 얻을 수 있었을
까. 그는 일찌기 이런 시를 쓴 일이 있다.

共同墓地를 새벽에 지나면
항상 박하냄새 난다.
박하내 나는 千座의 窓
그 창 밖에서 새벽은
안을 보는 연습이 필요하다.
천장도 바닥도 모서리도 없는
한 個人의 이온化 現象.
그 싱싱한 몸을 일으켜
밤이면 다시 目見하리니
언제 내 손을 깊이 씻어
당신의 지문을 찾아내리.

「證例·5」라는 작품의 끝부분인데, 이 시 앞머리에서 그는 의사의 誤診과
환자의 죽음, 꿈 속에서 死者와의 만남 등을 고백하고 있다. 의사 체험과
시적 자아와의 만남을 거의 동시에 출발한 이 시인에게 있어 직접·간접
으로 屍身과의 경험이 이 시인의 내면을 심화하고 거기서부터 사랑의 質
感이 의미하는 바 무엇을 깊이 터득케 하였다는 점을 우리는 부인하기 힘
들 것 같다. 〈그 창 밖에서 새벽은/안을 보는 연습이 필요하다〉고 했을
때, 그리고 〈언제 내 손을 깊이 씻어/당신의 지문을 찾아내리〉라고 말했
을 때, 우리는 벌써 이 시인이 구체적인 주검 하나하나를 넘어 인간의 영
원한 본질을 향한 어렵고 긴 길을 선택하고 있다는 점을 쉽사리 수긍하지
않을 수 없다. 물론 이에 앞서 더욱 처절했던 육이오 체험이 시인에게 사
랑의 중요함과 어려움을 일깨웠던 증거도 있다.

몇 해 피난 갔다가 다시 돌아왔을 때, 경학원 자리. 그대로 앙상한 소나무를
깔아 놓은 채 있고 조금은 춥고 무서웠지만, 눈 오는 밤을 혼자 걸으면서 사
랑하려고 했지. 세상 모든 것을 사랑하는 것만이 좋은 詩人이 되는 길인 줄
믿고 있었지.   ──「經學院 자리」가운데 부분

메마르고 헐벗었던 소년기 체험이 오히려 시인에게 사랑의 따스한 감정
을 채찍질해 주었다. 그리고 그것은 시체 해부실에서 사랑을 고백하고,

따뜻한 마음, 따뜻한 詩 *809*

시신들의 냄새를 박하냄새로 맡을 줄 아는 사랑으로 커 갔다. 시인은 부모 형제를 떠나 외국으로 간다. 사랑의 따뜻한 마음씨가 부모 형제와 떨어진 다는 것은 남다른 고통이다. 그러나 시인은 언제나 고통 속에서 사랑을 더욱더 키워 왔다. 고국과 떨어져 사는 것, 사랑하는 마을과 떨어져 사는 것, 사랑하는 사람과 떨어져 사는 것은 언제나 마음 아프다. 그러나 단순 한 그리움이 사랑이 아니라는 것을, 사랑하면서도 아무 것도 하지 못하는 것이 얼마나 괴로운가를, 나아가서는 그리움의 대상이 그의 사랑을 배반 할 때 그가 무엇을 해야 하는가에 대해서까지 그는 마침내 생각하기에 이 르렀다. 그 성숙을 우리는 다음 시들에서 여실히 바라볼 수 있다.

> 그림 그리기를 시작했다.
> 겨울같이 단순해지기로 했다.
> 창 밖의 나무는 잠들고
> 形象의 눈은
> 헤매는 자의 뼈 속에 쌓인다.
>
> 항아리를 그리기 시작했다.
> 빈 들판같이 살기로 했다.
> 남아 있던 것은 모두 썩어서
> 목마른 자의 술이 되게 하고
> 자라지 않는 사랑의 꿈을 위해
> 어둡고 긴 內面의 길을
> 핥기 시작했다.

「그림 그리기」라는 이 시의 백미를 이루는 부분은 〈形象의 눈은/헤매는 자의 뼈 속에 쌓인다〉는 표현이다. 마치 광막한 러시아의 평원을 방황하 다가 돌아온 릴케가 파리의 작업실에서 손 끝이 닳은 로댕을 만났을 때의 장면이 이렇다 할까! 우리는 여기서 馬鍾基의 사랑이 그 나름대로 고통 을 극복한 끝에 강인한 팔뚝을 얻고 있음을 본다. 이제 그는 그가 그리워 했던 것들이 어떤 것임을 안다.

> 숨어 다니는 목관 악기 소리는
> 사랑보다 달지만
> 우리들의 古典은
> 머리부터 풀고 칼부터 물지.

자주 깨는 겨울 밤
잠 속의 친구의 신음.
——「유태인의 木管樂器」 뒷부분

　멀리 있는 자가 더 잘 본다고 했던가. 그는 멀리 있어도 이세 우리와
떨어져 있지 않다. 잠 속에서 친구의 신음 때문에 자주 깨는 시인. 멀리
있는 사랑의 나라가 안 보이는 것쯤 당연하건만 그는 〈안 보인다〉고 안타
까와하기 시작한다. 안 보이는 것이야 어제오늘의 일이 아니건만 왜 자꾸
안 보이는 것일까. 여기서 우리는 지금 마침내 시인이 무엇인가를 보고
있다는 작은 역설을 읽는다. 그가 본 것은 시인 자신에게만 안 보이는 것
이 아닌, 모두에게 안 보이는, 혹은 모두들 제대로 보고 있지 못한 거대
한 역사적 상황이다. 그것을 그는 외국에 있는 시인답지 않게 우리 역사
에 대한 깊은 통찰을 통해서 보다 넓게 조망하고 있다. 시인 馬鍾基의 사
랑이 거두고 있는 튼튼한 개가이다. 그가 미국에 있든, 한국에 있든 그는
항상 우리와 함께 있을 아름다운 사랑의 시인이다.

　　이 고장의 바람은 어두운 江 밑에서 자라고
　　이 고장의 살과 피는 바람이 끌고 가는 方向이다.
　　西小門 밖, 새남터에 터지는 피江물 이루고
　　脫水된 영혼은 先代의 江물 속에서 깨어난다.
　　안 보이는 나라를 믿는 안 보이는 사람들.
——「乙亥年의 江」(「안 보이는 사랑의 나라」 중 일부)

세계와 모순

——金光圭의 상상 세계

김　　　현

　　金光圭의 시는 쉽게 읽힌다. 어려운 한자나 관념의 과시적 노출이 거의 없기 때문이기도 하겠지만, 이야기가 있기 때문에 그의 시는 쉽게 읽힌다. 그가 시라는 형태를 빌어 하고 있는 이야기는 다양하다. 때로는 직장을 갖고 살아가는 소시민의 일상적인 되풀이되는 삶을, 때로는 그가 살고 있는 세계를 우화화시킨 것을, 그리고 때로는 더 나아가 분업화되어 전체성에 대한 감각을 잃어버린 현대 문명 사회 자체를, 그는 어렵지 않은 목소리로 이야기하고 있다. 그의 시에 이야기가 있다는 것은 그가 시를 단순한 감정의 유출로 보고 있지 않음을 뜻한다. 서정적 자아의 슬픔·기쁨·고통·아픔 등에 길든 시의 독자에게 그의 시는 때로 시 같지 않은 이상한 물건처럼 보인다. 이야기와 관련된 것을 소설 쪽에 빼앗겨 버린 뒤에 시가 걸었던 응축된 감정의 암시적 표현이라는 길을 그는 벗어나 있는 것이다. 가령,

　　살펴보면 나는
　　나의 아버지의 아들이고
　　나의 아들의 아버지고
　　나의 형의 동생이고
　　나의 동생의 형이고
　　나의 아내의 남편이고
　　나의 누이의 오빠고
　　나의 아저씨의 조카고

나의 조카의 아저씨고
나의 선생의 제자고
나의 제자의 선생이고
나의 나라의 납세자고
나의 마을의 예비군이고
나의 친구의 친구고
나의 적의 적이고
나의 의사의 환자고
나의 단골 술집의 손님이고
나의 개의 주인이고
나의 집의 가장이다

라는 「나」라는 제목을 가진 시의 첫련을 읽으면서 독자들은 뭐 이 따위 시
가 있어라는 느낌에서 벗어나기 어렵다. 그 느낌은 시는 장광설이 아니라,
응축된 감정의 표현이어야 한다는 교과서적 교양에서 연유한다. 그 교과
서적 교양이 어떻게 해서 이루어진 것인가를 밝히는 것은 매우 복잡하고
힘든 작업이다. 지나치게 도식화되는 것을 무릅쓰고라도 그 과정을 요약
한다면, 그것은 시가 산업 혁명 이후의 삶의 리듬을 지탱하기 힘들어지면
서, 다양한 삶의 단면들을 소설 속에 빼앗기고, 그러고도 문학으로 남기
위해, 세계를 내면화시킨 개인의 감정에 주의를 하게 되었기 때문이다라
고 말할 수 있다. 문학에 대한 세계의 반격처럼 그와 동시에 시의 정제된
리듬은 산문의 리듬으로 바뀌어진다. 그것이 낭만주의라고 불리우는 운동
의 요약된 모습이다. 그러나 시가 개인의 고양된 감정에만 주의를 기울이
게 되니까, 시는 점점 감정 표현의 섬세성에 집착, 시인과 같은 감정을
갖지 못하는 사람들에게는 무슨 소린지 알 수 없는 상태로 나아가게 된
다. 그 극단적인 예를 우리는 상징주의와 초현실주의에서 보는 것인데,
그 난해한 시들에 새로운 활기를 부여하려는 노력이 그래서 또 생겨난다.
그 노력의 한 예가 시에 다시 이야기를 도입하는 것이다. 시에 이야기를
도입하는 제일 쉬운 길은, 가령 판소리와 같은 옛날의 형태를 차용하는
길이거나, 소설과 같이 산문의 리듬을 이용하는 길이다. 金光圭가 이용하
고 있는 것은 산문의 리듬이다. 가령 위에서 인용한 시를 계속 예로 들자
면,

그렇다면 나는
아들이고

아버지고
동생이고
형이고
남편이고
오빠고
조카고
아저씨고
제자고
선생이고
납세자고
예비군이고
친구고
적이고
환자고
손님이고
주인이고
가장이지
오직 하나뿐인
나는 아니다

과연
아무도 모르고 있는
나는
무엇인가
그리고
지금 여기 있는
나는
누구인가

라고 되어 있는데, 행을 시적으로 가르고 있다 하더라도 그 시는 i) 살펴
보면 나는 누구이다, ii) 그렇다면 나는 누구인데, 바로 나는 아니다, iii)
그렇다면 나는 누구인가라는 산문적 의문법의 한 전형으로 나타난다. 그
산문의 리듬 속에 시성이 있는가? 그것을 알기 위해서는 그가 어떤 이야
기를 어떻게 하고 있는가를 살피지 않으면 안 된다.
　그가 하고 있는 이야기는 위에 잠깐 언급한 대로 대체적으로 두 가지의
유형으로 나눌 수가 있다. 첫번째 유형은 성장하여 월급쟁이가 되어 고향

을 잃어버리고 사는 소시민적 삶에 대한 이야기이다. 시인 자신을 대부분 뜻하고 있는 화자 나는, 어리석게도 정치와 전혀 관계 없는 무엇인가를 위해 살 수 있다고 믿으며(『우리를 적시는 마지막 꿈』, 58. 앞으로의 괄호 속의 숫자는 특별한 언급이 없는 한 이 시집의 면수를 나타낸다) 안전 제일로 사십 평생을 살아 온(51) 개처럼 충실한 월급장이(89)이다. 그에게 중요한 것은 오늘뿐이다.

> 수은처럼 하얀 콩나물 국에 밥말아 먹고
> 만원 버스에 실려 직장으로 가며
> 나는 언제나 오늘만을 사랑한다(51)

안전 제일로 오늘만을 사랑하며 사는 소시민의 삶에 대해 시인이 갖고 있는 감정은 늪 속에 갇힌 것이라는 감정이다. 그는 이미 날 생각도 하지 못하는 파충류에 지나지 않는다.

> 날을 생각을 버린 지는 이미 오래다
>
> 요즘은 달리려 하지도 않는다
> 걷기조차 싫어 타려고 한다
> (우리는 주로 버스나 전철에 실려 다니는데)
> 타면 모두들 앉으려 한다
> 앉아서 졸며 기대려 한다
> 피곤해서가 아니다
> 돈벌이가 끝날 때마다
> 머리는 퇴화하고
> 온 몸엔 비늘이 돋고
> 피는 식어 버리기 때문이다
> 그래도 눈을 반쯤 감은 채
> 익숙한 발걸음은 집으로 간다
>
> 우리는 매일 저녁 집으로 간다
> 파충류처럼 늪으로 돌아간다(39)

개처럼 충실한 월급장이는 집—늪 속에 깊이 가라앉아 있다. 머리는 퇴화하고 피는 식어, 나이가 들수록 작아진다. 늪 속에 가라앉은 월급장이는 마당에서 추녀 끝으로 날으는 눈치빠른 참새보다도 작아져, 성명과 직업과 연령만을 남긴다(77).

두번째 유형의 이야기는 우화적 이야기이다. 「어린 게의 죽음」이나 「아르헨티나」「소액 주주의 기도」「재미 없는 마술사」와 같은 작품들은 현실을 우화적으로 드러낸 것들이다. 바다의 자유를 꿈꾸는, 그러나 달려오는 군용 트럭에 깔려 길바닥에 터져 죽은 어린 게(79), 내 가족과 재산을 앗아간, 내 희망이었던 79층의 고층 건물(85), 자기를 쏠 때는 가짜 총을 쓰고, 남을 쏠 때는 진짜 총을 쏘는 엉터리 마술사(87∼8)는 고통스러운 세계에 대한 시인의 우화적 인식의 표현이다. 그 세계에서 사람들은 위협을 받으며(87) 살고 있다. 위협을 받으며, 듣지 않으면 살 수 없으므로 귀만 자꾸 커지는(63) 사람들이 사는 나라는,

    언제나 안개가 짙은
    안개의 나라(63)

이다. 그 나라에서는 모두들 안개에 익숙해져 아무 것도 보려고 하지 않으며, 언제나 찬성만 한다(64).

그 두 유형의 이야기는 말의 엄격한 의미에서의 이야기라기보다는, 일상 회화체에서 쓰이는 이야기줌 하자의 이야기에 가깝다. 그 이야기는 그러니까 천지 창조 때의 신의 모습이나, 신화적 영웅들에 대한 것도 아니며, 하늘의 별이나 땅의 동식물의 형성에 관련된 전설도 아니며, 아주 일상적인 이야기이다. 그것은 상식적인 추론에 의지해 있기도 하며, 산문적인 논리에 의지해 있기도 하며, 일상적인 요설에 의지해 있기도 하며, 풍자적 넛두리와 비슷하기도 하다. 그 두 유형의 이야기를 통해 金光圭가 보여 주려 하는 것은 사람들은 편안하게 안전 제일로 살려고 하는 욕망이 있으며, 그것은 대중 매체에 의한 대중화 현상, 현대 문명이 낳은 이기들에 의해 더욱 조장되고 있다는 것이다.

    잠자리처럼 파들거리는 TV 안테나들
    흥미있는 주간지를 보며
    고개를 끄덕여다오
    농약으로 질식한 풀벌레의 울음 같은
    심야 방송이 잠든 뒤의 전파 소리 같은
    듣기 힘든 소리에 귀기울이지 말아다오

확성기마다 울려나오는 힘찬 노래와
고속도로를 달려가는 자동차 소리는 얼마나 경쾌하냐(83)

와 같은 시구는 그러한 것을 간결하게 그러나 강렬하게 압축하고 있다.
그 문명—편안함의 한 표상이 전기이다. 어둠을 밝혀 주는 고마운 전기(80)
는 그러나 우리를 노예로 만든다. 그것이 없으면 냉장고도 컴퓨터도 이용
할 수 없기 때문에 우리는 전기에 복종한다. 거기서 교활한—전기/비겁
한—우리의 대립이 생겨난다.

우리를 노예로 만든 교활한 전기
전기에 감사하는 비겁한 우리(82)

李箱의 무서운—아이/무서워하는—아이의 대립은 길들이는—것〔사람〕/편
안한—것〔사람〕으로 金光圭에게 있어 확대되어 있다. 그 대립에서 벗어나
는 길은 없는가? 우리는 안개의 나라에서 벗어나 대상을 그대로 볼 수는
없는가? 그는 그 가능성을 가슴 두근거리며(88) 민중의 힘과 자연과 고
향에서 찾고 있다. 金光圭 시의 始源의 자리라 할 수 있는 민중의 힘, 고
향, 자연은 그러나 그의 시 세계에서 긍정적으로 나타나는 것이 아니라
부정적으로 나타난다. 그것은 있어야 하는 것이지만 그 있음은 가능태로
나타나는 있음이지 현실태로 나타나는 있음이 아니다. 가령

언제나 달라지며 그대로 있는
역사는 어차피 이긴 사람의 편
그러나 진쪽의 수효는 항상 더 많았지
이제 처음부터 다시 시작할 수는 없지만
이대로 끝내서는 안되겠다고
나는 요즘서야 생각한다(90)

에서처럼 그는 자라나는 민중의 힘을 가능태로 암시하지만, 현실태로서의
민중은 언제나 지고 있으며, 가령

바다밑 깊은 골짜기에
그림자 드리우고
알몸으로 돌처럼
가라앉고 싶다(27)

세계와 모순 817

에서처럼 그는 자연과의 합일을 꿈꾸지만, 혹은 의지하지만, 그것은 의지·
의욕으로 끝나며, 또한

> 떠나갈 수 없는 곳
> 그리고 이제 되돌아갈 수 없는 곳
> 고향은 그런 곳인가(37)

에서처럼 고향은 떠날 수 없는 곳이지만 되돌아갈 수 없는 곳으로 나타난
다. 부정적으로 나타나는 始源의 있음은 그의 시에 탄식·바람·부끄러움
등을 낳게 하며, 혹은 그것들을 감싸고 있으며, 그의 산문적인 시의 詩性
은 거기에서 얻어지고 있다. 산문적인 있음의 세계에서 발산되고 있는 始
源의 빛! 그것이 그의 시성의 의미론적 측면이다.

있되 분위기로만 드러나는 시원의 빛, 그의 표현을 빌면 우리를 가득
채우는 마지막 꿈(47)은 자신을 은폐하면서 자신을 드러내는 모순의 빛이
다. 그 모순의 빛은 때로는 꿈 속에 들려오는 귀에 익은 소리(53), 쇠 속
에서 들려오는 귀뚜라미 소리(51)처럼 소리로도 나타나며, 뿌옇게 빛나는
별(52)이나 떠오르는 장엄한 아침해(57)로 나타나기도 한다. 그 모순의 빛
을 표현하기 위해 시인은

> 냉수를 마시고
> 손을 씻고
> 어딘가 여름 풀밭에 누워
> 나도 여유 있는 웃음을 웃고 싶었다(22)

에서처럼 어딘가라는 막연한 어휘를 사용하여 있음의 자리를 분위기로 보
여 주거나,

> i) 뛰어가다 죽은 이들은
>   유언 대신 어색한 몸짓을 남긴다(24)
> ii) 참으로 헤아릴 수 없는 그녀의 앞날(26)

에서처럼 어색한·헤아릴 수 없는 등의 형태가 뚜렷하지 않은 어사를 자
주 동원하고 있다. 그러나 그것보다 金光圭의 시에서 더욱 중요한 것은
모순을 모순으로 드러내는 어법이다. 그것은 하나의 대상 속의 두 가지
모습으로 표현되기도 하며 두 개의 대상 속의 하나의 분위기로 나타나기도

한다.

　i) 말하여질 수 없는 소리(14)
　ii) 아무도 올라가 본 적이 없는 산(15)
　iii) 색상표에도 없는 낯설은 색깔(16)
　iv) 손으로 붙잡으려면 여전히 아무 곳에도 없는 것(18)
　v) 지금 여기 있으나 아무도 모르는 나(20~21)
　vi) 안개가 되어 가 버린 나에게 편지를 쓰는 나(25)
　vii) 들리지 않고 보이지 않는 나(31)

등은 하나의 대상 속의 두 가지 모습을 표현하고 있으며,

　i) 떠나갈 수 없는 곳
　　　그리고 이젠 돌아갈 수 없는 곳
　　　고향은 그런 곳인가(37)
　ii) 밤은 눈이 없어 아무도 볼 사람이 없어
　　　벗어 놓은 안경도 음탕하게 다리를 벌리고(41)
　iii) 수직이 아니면서도
　　　곧게 자라는 나무(49)
　iv) 먼지 속에 썩어가는 어린 게의 시체
　　　아무도 보지 않는 찬란한 빛(79)

등의 두 개의 대상의 하나의 분위기를 표현하고 있다. 모순의 세계를 표현하기 위해 시인이 사용하고 있는 모순의 어법은, 세계를 있는 그대로 제시한다는 시적 특성외에 세계를 그 전체성·통일성으로 파악하지 못하고 기능적으로 세계를 나눠서 이해하려고 하는 합리주의적 세계관에 대한 통렬한 비판의 의미를 갖고 있다. 갈라 놓은 것들의 사이를 이해하지 못하고, 갈라 놓은 것들만을 절대적으로 볼 때, 다시 말해 부분을 전체로 볼 때, 세계는 전체에서, 시원에서 되돌아갈 수 없게 멀어진다. 그때 세계에 남는 것은 제도와 허위 의식뿐이다. 「도다리를 먹으며」와 「생각의 사이」는 그러한 시인의 태도를 가장 투명히 보여 준다.

　일찍부터 우리는 믿어 왔다
　우리가 하나님과 비슷하거나
　하나님이 우리를 닮았으리라고

말하고 싶은 입과 가리고 싶은 성기의
왼쪽과 오른쪽 또는 오른쪽과 왼쪽에
눈과 귀와 팔과 다리를 하나씩 나누어 가진
우리는 언제나 왼쪽과 오른쪽을 견주어
저울과 바퀴를 만들고 벽을 쌓았다

나누지 않고는 견딜 수 없어
자유롭게 널려진 산과 들과 바다를
오른쪽과 왼쪽으로 나누고

우리의 몸과 똑 같은 모양으로
인형과 훈장과 무기를 만들고
우리의 머리를 흉내내어
교회와 관청과 학교를 세웠다
마침내는 소리와 빛과 별까지도
왼쪽과 오른쪽으로 나누고

이제는 우리의 머리와 몸을 나누는 수밖에 없어
생선회를 안주삼아 술을 마신다
우리의 모습이 너무나 낯설어
온몸을 푸들푸들 떨고 있는
도다리의 몸뚱이를 산 채로 뜯어 먹으며
묘하게도 두 눈이 오른쪽에 몰려 붙었다고 웃지만

아직도 우리는 모르고 있다
오른쪽과 왼쪽 또는 왼쪽과 오른쪽으로
결코 나눌 수 없는
도다리가 도대체 무엇을 닮았는지를 (54~55)

「도다리를 먹으며」라는 제목이 붙은 이 시의 외적 행위는 시인이 도다리
회를 안주로 술을 먹고 있다는 것이다. 두 눈이 몸의 오른쪽에 붙어 크게
튀어 나온 도다리회를 먹으며, 시인은 나눔과 못 나눔에 대해서 생각한다.
이 시에서 나뉘어질 수 없는 것은, 하나님·인간·자연〔도다리〕 등이지만,
하나님과 도다리를 제외한 인간·자연은 전부 둘로 나뉘어진다. 인간의
몸에서도 하나여서 나뉘어질 수 없는 것은 입과 성기이다. 나뉘어질 수
없는 입과 성기는 각각 말하고 싶어하고 감추고 싶어한다. 나뉘어질 수

없는 것은 드러내며 동시에 감추는 것이다. 그 드러내는 동시에 감추는 인간은 나누지 않고는 견딜 수 없어, 저울과 바퀴, 벽을 이용하여 자유로운 산과 들과 바다를 나누고, 인간의 대응물을 만들고, 마침내는 인간을 머리와 몸으로 나눈다. 그 나눔의 과정은 인간/자연, 인간/인간, 머리/몸의 세 과정을 겪는다. 그 나눔의 매개체가 저울·바퀴·벽·교회·관청·학교·술 등이다. 인간은 인간이 만든 것들로 인간/자연, 인간/인간, 머리/몸을 나눈 것이다. 세 과정의 나눔은 결국 자연적인―것/인위적인―것의 나눔의 세 단계에 지나지 않는다. 인간은 자연에게서 떨어져 나온 순간에, 자연의 주인이 되었지만, 그 순간에 전체성·통일성을 상실한다. 나눌 수 없는 것에 대한 직관을 잃어버린 것이다. 나눌 수 없는 것을, 부자연스럽게 혹은 인위적으로 나누어 놓고, 그 나뉘어진 것들 사이의 관계를 생각하지 않게 된 데서, 다시 말해 전체와의 관련 밑에서 부분들을 생각하게 된 데에 인간의 불행은 있다는 것을 「생각의 사이」는 논리적으로 보여 주고 있다.

　　　시인은 오로지 시만을 생각하고
　　　정치가는 오로지 정치만을 생각하고
　　　경제인은 오로지 경제만을 생각하고
　　　근로자는 오로지 노동만을 생각하고
　　　법관은 오로지 법만을 생각하고
　　　군인은 오로지 전쟁만을 생각하고
　　　기사는 오로지 공장만을 생각하고
　　　농민은 오로지 농사만을 생각하고
　　　학자는 오로지 학문만을 생각한다면

　　　이 세상이 낙원이 될 것 같지만 사실은

　　　시와 정치의 사이
　　　정치와 경제의 사이
　　　경제와 노동의 사이
　　　노동과 법의 사이
　　　법과 전쟁의 사이
　　　전쟁과 공장의 사이
　　　공장과 농사의 사이
　　　농사와 관청의 사이

관청과 학문의 사이를

생각하는 사람이 없으면 다만

휴지와
권력과
돈과
착취와
형무소와
폐허와
공해와
농약과
억압과
통계가

남을 뿐이다 (71~72)

　비록 교훈적인 어조로 씌어진 것이긴 하지만 이 시는 인간이 나눈 모든 것 사이의 관계에 대한 생각이 없다면, 낙원은 결코 오지 않는다는 식으로, 합리주의적 세계관을 강하게 공격하고 있다. 부분들의 관계망은 전체에 대한 뚜렷한 비전이 있어야만 형성된다. 시인은 그 전체를 낙원이라는 말로 표시하고 있는데, 낙원에 비추어 부분들의 관계를 맺어주지 않는다면, 이 세상에 남는 것은 휴지·권력·돈·착취·형무소·폐허·공해·농약·억압·통계뿐이다. 「도다리를 먹으며」에 나타나 있는 자연적인 것과 인위적인 것의 대립, 「생각의 사이」에 나타나 있는 낙원과 세계의 대립은 존재하는 始源──민중의 힘·자연·고향과 그것들이 보이지 않고 분위기로만 드러나는 세계의 대립에 다름아니다. 그 대립을 그는 모순 어법으로 훌륭하게──때로는 훌륭하지 않다는 것도 지적해야 하겠으나──제시하고 있다. 그의 시 세계가 산문적이면서도 詩性을 간직하고 있는 것은 시원의 빛과 모순 어법 때문이다. 그것 때문에 시인은 세계를 있는 그대로 모방하는 것이 아니라, 있어야 할 것에 비추어, 세계를 비판적으로 재구성하여 제시할 수 있게 된다.
　세계를 모방하지 않고, 재조정하여 제시한다는 점에서 그는 독일 낭만파의 시적 이념에서 멀리 벗어나 있지 않다. 자기의 이념에 비추어 세계를 깊게 그리고 넓게 비현실적인 차원에서 구축하려 한 낭만파들의 노력은

현실 부정적인 힘의 배양에 다름아니다. 시인이 그의 시집의 **自序**에서

  아무도 되어 보지 못한 그런 사람이 되어 아무도 써 본 적이 없는 그런 글을
써 보려는 것이 나의 오랜 소망이었다

라고 적었을 때, 시인은 세계에서 벗어나 홀로 초월자가 되려 한 것이 아
니고, 이 세계를 부정할 수 있는 힘을 바란 것이었다고 그래서 나는 믿고
있으며, 시인이 그의 「詩論」에서

  언어는 불충족한
  소리의 옷(13)

이라고 말했을 때, 시인은 충족한 소리의 옷을 바라는 것이 아니고, 불충
족한 것으로나마 자기가 본 것을 제시해야 한다는 꿈을 토로한 것이라 믿
고 있다. ▨

實存的 現實과 美學的 顯現

——黃順元論

李　　　泰　　　東

> 그림은 목탄지에 연필로 그린 것들이었다. 한장 한장 넘겨가는 동안 나는
> 단순한 선들 속에 어떤 공통된 요소가 들어 있음을 느꼈다. 무엇인가 그림
> 속에서 불타고 있는 것이었다.
> ——「소리 그림자」

　1　작가 黃順元은 8·15 해방 전까지 써서 모은 창작집 『기러기』의 책 머리에서 일제 암흑기에 햇빛을 볼 수 있었던 작품은 「별」과 「그늘」만이었다고 밝히면서 〈밤에나 나오는 별과 빛을 등진 그늘만이 먼저 햇빛을 보았다는 건 어떤 비꼬인 사실이 아닐 수 없다〉고 말했다. 이러한 그의 말은 작가가 처해 있었던 상황을 이야기하는 것이지만, 그의 문학 세계를 간접적으로 조명하는 의미 깊은 뜻을 지니고 있다. 그가 중견 작가로서 성공을 한 1957년에 쓴 자서전적인 형식의 일인칭 시점의 작품 「내일」에서 그 자신을 〈낭만주의자〉라고 밝힌 것처럼, 그의 작품 세계는 낭만주의와 깊은 관계가 있는 상징주의 경향이 짙다. 그러나 그의 작품 세계는 현실과 유리된 추상적인 상징주의적 세계가 아니라 自然主義的 현실에 깊이 뿌리를 둔 實存主義的 경향을 띤 상징주의적 작품 세계다. 다시 말하면 그의 작품 세계는 「어둠 속에 적힌 판화」의 이미지에서 단적으로 볼 수 있듯이, 카오스 상태의 어둠 속에서 별과 같이 영원히 빛나는 절대적인 인간 가치와 그것과 일치되는 理想的인 美學的 질서를 추구하기 때문에 그것은 처절한 삶의 현실을 바탕으로 해서 자연주의와 상징주의 그리고 실존주의를 융합한 그의 특유의 문학적 전통을 이룩하고 있다. 그러나 그의 문학은 70년대에 와서 리얼리즘 문학이 지니고 있는 歷史意識과 사회적인 현

실 감각이 없어서 〈바람직하지 못한 문학의 한 예〉가 된다고 지적받기도 했다.

물론 그의 문학에는 사회적 리얼리즘이 지니고 있는 보다 강렬한 사회 의식과 변증법적인 역사적 발전이 현저하게 디니니 있지 않다. 그러나 그의 문학은 리얼리즘 문학의 일부분인 자연주의와 낭만주의를 융합한 상징주의와 실존주의적 경향을 지니고 있기 때문에 적지 않은 사회 비평이 그 속에 담겨 있는가 하면, 역사의 내면 구조인 神話가 있고, 삶에 대한 뜨거운 진실이 있으며, 인간 정신을 주장하는 강한 모럴리티가 있다.

그래서 필자는 本稿에서 그의 몇몇 대표작을 중점적으로 살펴본 후, 黃順元 문학이 결코 언간 현실과 유리되지 않는 건강한 문학이라는 사실을 자연주의와 낭만주의를 결합한 상징주의 및 실존주의적인 문맥 속에서 밝혀 보고 그의 문학이 우리들에게 던져 준 문제가 무엇인가를 검토해 보고자 한다.

② 黃順元은 그의 초기 단편, 특히 「별」「산골아이」「닭祭」, 그리고 「소나기」 등과 같은 우수한 작품에서 유년기의 소년 소녀들의 이야기를 많이 다루고 있다. 그러나 그것은 결코 樂園의 세계가 아니라, 공포와 죽음의 그림자가 드리워진 우울한 자연주의적 세계이다. 다시 말하면 이들 초기 작품들은 몇몇 비평가들이 지적한 바와 같이 환상적인 동화의 세계에 집착하려는 것이 아니라, 목가적이고 서정적인 빛으로 충만했던 세계가 살벌하고 공허한 현실 세계로 무너지는 과정에서 일어나는 삶의 경험을 상징적으로 묘사하고 있다. 그의 초기의 대표작 가운데 하나인 「별」은 柳宗鎬가 지적한 것처럼 〈사내아이의 亡母에 대한 美化와 執着, 美化된 어머니의 이미지를 깨뜨리는 누이에 대한 嫌惡感, 그리고 그를 통해 깨닫는 美醜意識의 각성, 혐오의 대상이 보여주는 好意에 대한 反撥 등 人間心理의 델리커시가 섬세한 文章 속에 감동적으로 포착〉[1]하고 있다. 그래서 이 작품은 망모가 상징하는 미지의 아름다운 세계가 어머니를 닮은 〈눈 앞에 있는〉 못생긴 〈누이〉라는 현실에 의해 무너지는 것에 대한 환멸과 분노 및 아쉬움, 그리고 누이의 결혼과 죽음을 통한 생의 변천과 소멸 과정에 대한 충격적인 경험을 이니시에이션의 차원에서 직접 간접으로 다루고 있다.

「산골아이」 역시 얼핏 보면 산골에 사는 소년의 낭만을 토착적인 서정으로 표현한 것같이 보이지만 자연주의적인 삶의 구조에 대한 〈入社意識〉

---

1) 柳宗鎬, 「西歐小說과 韓國小說」, 『韓國人과 文學思想』, p. 55.

을 민간 전승의 신화를 통해서 보편화시키고 있다. 이 작품은 비록 할머니가 소년에게 옛이야기를 하는 형식으로 플롯을 전개시키고 있으나, 할머니가 동굴 속에서 동면하기 위해 준비하는 곰처럼 도토리를 먹는 소년에게 들려 준, 여우의 탈을 쓴 〈꽃 같은 색시〉에 관한 이야기와 눈 오는 밤 꿈 속에서 소년이 호랑이와 싸운 아버지를 공포 속에서 보았다는 이야기는 아무런 의미 없는 동화가 아니라, 소년이 앞으로 부닥쳐야 할 어려운 삶의 현실을 그 속에 담고 있는 〈살아 있는 이야기〉다.

그의 대표작 중의 하나인 「소나기」역시 표면적으로만 볼 때는 사랑이 움트는 어떤 소년과 소녀 간에 일어난 미묘한 감정만을 취급한 듯하나 앞에서 살펴 본 작품들과 동일한 계열에 속한다. 그래서 우리들은 이 작품의 상징적 구성과 이미지의 결합을 주의 깊게 살펴볼 필요가 있다. 이 작품의 플롯은 주인공인 소년이 개울가로 나와 징검다리 위에 앉아 물장난을 하는 윤초시네 증손자 딸을 먼 시선을 통해 서로 만남에서부터 시작된다. 소녀는 세수를 하다 말고 거울같이 투명한 물 속에 비친 자신의 얼굴을 잡으려는 듯이 물을 움켜쥐곤 한다. 그러다 소녀는 물 속에서 조약돌 하나를 집어 〈이 바보〉란 소리와 함께 자신을 알아 달라는 수줍은 욕망에서 돌 팔매질을 한 후, 가을 햇빛이 쏟아지는 갈밭 속으로 사라진다. 다음날 소년은 개울가로 나와 보았으나, 소녀는 그림자도 보이지 않는다. 그 날부터 소년은 가슴 한구석에 어딘가 허전함을 느낀다. 이때부터 소년은 소녀가 던져준 조약돌을 주무르는 버릇이 생기게 된다. 어느날 소년은 소녀가 하던 것처럼 두 손으로 물 속에 비친 자신의 얼굴을 움켜 잡으려 한다. 이때 소년은 어느새 소녀가 와서 자기를 보고 있다는 사실을 물 속에 비친 그림자를 통해서 알고 달아난다. 그는 수줍어 도망치다 징검다리를 헛짚어 넘어지게 된다. 그러나 다시 일어나 코피를 흘리며 메밀밭 속으로 사라진다.

어느 토요일 그들이 개울가에서 서로 만나게 되었을 때, 소녀가 〈비단조개〉를 소년에게 보이면서 말을 건넨다. 그후 그들은 황금빛으로 물든 가을 들판을 달려 산과 들판을 가르는 수로처럼 흐르는 봇도랑물을 건너 산 밑까지 간다. 거기서 다시 가을 꽃을 꺾으며 산중턱까지 오른다. 그러나 산 속에서 갑자기 심한 소나기를 만나 그들은 마을로 내려와야만 한다. 산을 내려오며 그들은 비를 피하기 위해 허물어진 원두막집에 들어가 마른 수숫단 속에서 서로 몸을 가까이 한다. 비가 개인 후 내려오는 길에 소녀를 업고 물이 불은 봇도랑을 건넌다. 그들이 다시 개울가로 왔을 때 하늘은 완전히 활짝 개었다. 그후 소년은 개울가로 나와 보았지만, 오랫동안 소녀를 보지 못한다. 그러다 어느날 그가 소녀를 다시 보았을 때 소녀가 그날 산 속에서 맞은 소나기로 앓게 되어 나오지 못했다는 사실과 아직도 몸이 아프다는 사실을 알게 된다. 이때 소녀는 소년에게 분홍색 스웨타 앞자락을 내 보이며 무슨 물이 묻었냐고 말한다. 소나기를 맞았던 그날 소년의 등에 업혀 빗물에 불은 봇도랑물을 건너다 묻은 풀물이었다. 그리고 소녀는 제사를 지내려고 아침에 땄다는 대추를 한줌 소년에게 건넨다. 소년은 얼굴을 붉힌다. 이튿날 밤 그는 낮에 보아두었던 덕쇠 할아버지의 호두밭으로 가서 호두를 몰래 훔쳐 따 소녀에게 주려고 했으나, 어른들로부터 윤초시네가 양평읍으로 이사를 가게 되었다는 사실을 알게 된다. 그래서 소년은 자리에 누워 호두를 만지작거리며 마음을 조리고 있는데, 마을 갔다 온 아버지로부터 윤초시네 집이 말할 수 없이 기울어졌다는 사실과 윤초시네 증손자 딸이 죽었다는 슬픈 소식을 듣게 된다. 그 소녀가 죽을 때 〈자기가 입던 옷을 그대로 입혀서 묻어〉 달라는 이야기와 함께.

이 작품은 아름다운 전원과 자연의 풍경을 배경으로 해서 早春의 소녀와 소년을 소설 공간 위에 등장시키고 있으나, 그 아름다운 표면 뒤에 숨어 있는 공포와 죽음에 대한 〈이니시에이션〉 문제를 자연주의적 문맥 속에 격조 높게 처리하고 있다. 이 작품의 주제에 의한 이러한 시선은 작품의 내면 구조에 의해 뒷받침되고 있다. 우선 시간적으로 볼 때 몰락해 가는 윤초시네 증손자 딸인 소녀는 소학교 5학년으로서 유년 시절의 〈낙원〉에서부터 추방당하고 있다. 그리고 작품 속에 나타난 계절 또한 여름이 지난 가을이다. 들판에는 흰 수염과도 같은 갈꽃이 가득히 피었고 죽음을 상징하는 偶像을 닮은 허수아비가 서 있다. 또 다른 한편 공간적인 차원에서 볼 때, 산밑까지 뻗어 있는 황금빛 들판이 유년 시절의 낙원을 상징하고 산은 그 다음으로 오는 험난한 생을 나타내고 있다. 이러한 사실은 소년과 소녀가 더없이 맑은 가을 햇살을 받으며 벅찬 가슴으로 그림같이 아름다운 가을 들판을 치달린 후, 산을 타다 무서운 소나기를 만났다는 상징적인 뜻으로 뒷받침되어지고 있다. 다시 말하면 그들이 산밑까지 갔을 때 한없이 맑던 가을 하늘이 갑자기 먹장 구름이 몰고 온 죽음의 〈보라빛〉 비를 맞게 되었다는 것은 아름답고 목가적인 생의 뒷면에 숨어 있는 죽음을 온 몸으로 체험한 것을 상징적으로 나타내고 있는 듯하다.

참 먹장 구름 한장이 머리 위에 와있다. 갑자기 사면이 소란스러워진 것 같다. 바람이 우수수 소리를 내며 지나간다. 삽시간에 주위가 보랏빛으로 변했다.

산마루를 넘는데 떡갈나무에서 빗방울이 듣는 소리가 난다. 굵은 빗방울이었다. 목덜미가 선뜩선뜩 했다. 그러자 눈 앞을 가로막는 빗줄기.

그러나 황순원은 위에서 살펴본 초기의 몇몇 단편에서 자연 법칙에 지배되는 비극적인 인간 상황을 취급하고 있으나, 인간이 그러한 상황을 감상적으로 슬퍼하지 않고, 그의 단단한 언어가 간접적으로 말해 주는 것처럼, 그것에 대해 반항하고 극복하려는 인간 의지를 훌륭하게 보이고 있다. 여기에서 그는 자연주의적인 인간 상황과 인간 정신을 성공적으로 결합시킨 상징주의 문학을 창조하고 있다.

작품 「별」에서 사내아이는 누이라는 현실이 〈美化된 어머니의 이미지〉를 깨뜨리고 있으나 그것에 대해 감상적인 태도를 취하지 않고 분노로써 그것과 대항한다. 그리고 누이가 자연 법칙에 의해 죽었을 때도, 누이의 죽음 그 자체에 대해서는 슬퍼하지만, 그는 절망하지 않고 누이가 어두운 밤하늘에 별이 되리라고 믿는 마음의 자세를 가진다. 그리고 그는 또한 어둠 속에서 언제나 새로운 질서를 가져다 주는 인간 정신의 고향인 어머니에 대한 사랑과 믿음을 버리지 않는다. 그가 어머니 별과 비교해서 누나의 별을 부정하는 것은 누이라는 현실을 부정하는 것이 아니라, 누이가 상징하는 부도덕하고 부조리한 현실에 대한 반항의 뜻이 부분적으로 숨어 있는 것이 아닌가. 그가 인간 정신의 바탕 위에 세워진 사회의 도덕적 규범과 가치를 위반한 누나에 대해서 분노를 느끼는 것도 이러한 문맥에서 읽을 수 있으리라. 그러나 상징적으로 무엇보다 중요한 것은 누이의 죽음에 대한 슬픈 감정이 그것으로 끝난 것이 아니고, 누이를 생각하는 아름다운 낭만적 감정에서 솟아나는 눈물을 통해서 순간적이지만 그의 상상 세계에서 절대적으로 존재하는 어머니 별을 만났다는 것이다.

이러한 그의 문학 정신의 맥은 작품 「그늘」에 나타난 한국의 전통적인 인간 정신을 상징하는 〈구슬〉이미지와 연결된다. 주인공인 어느 청년 화가가 어두운 목노상에서 숯불에 사냥해 온 짐승을 불에 굽는 연인을 그림으로 그리려다 우연히 어느 낯선 남도 사내를 만나 술을 나누며, 주머니에서 조상 대대로 내려오던 주영 구슬을 그에게 보이려다 그것을 땅에 떨어뜨린다. 그러나 그들은 다같이 그 구슬이 어둠 속에서 깨어지지 않았다는 사실을 발견하고 눈물을 지으며 웃는다. 여기에 나타난 구슬은 〈별〉과 같은 이미지이며, 그들이 눈물을 지으며 무엇을 깨닫는 듯 웃는 감정은 「별」의 사내아이가 어머니 별을 두고 느끼는 감정과 크게 유사한 顯現 *epiphany* 의 순간이리라.

　사실 청년의 눈에는 눈물이 괴어 있었다. 그러다가 청년은 무심코 구슬을 쥐어 주는 남도 사내를 보고 노형은 웃지도 않았는데 웬 눈물이요? 했다. 남도 사내의 눈도 어느새 눈물로 빛나고 있었다. 청년은 그늘 속에 희미하게 빛나는 온전 킌 구슬일들을 남도 사내에게서 받아들고는 그냥 눈물 섞인 웃음을 웃곤웃곤 하였다.

　이러한 상징주의적인 정신의　흐름은「산골아이」에 나타난 구슬 이미지에까지 이어져 나타나고 있다. 여우의 탈을 쓴〈꽃 같은 색시〉와 글방 소년과의 이야기는 민속적인 설화이지만, 그것은 구슬의 이미지를 통해 자연주의와 상징주의를 융합시키고 있다. 여기서 구슬 이미지는 황순원이 언제나 즐겨 사용하는 이데아의 이미지인〈별〉과 크게 다른 것이 없으리라. 글방 총각이 영혼의 구체화된 구슬을 삼켜서 그것을 몸 속에 지니고 있을 때, 건강한 인간으로 다시 살아나고, 꽃같이 예쁜 색시는 짐승으로 퇴화한다는 것은 구슬이 본질적인 영혼 현실에 대한 마스크란 사실을 자연주의적인 바탕 위에서 우리 조상들의 정신적 경험의 잔여인 신화를 통해 상징적으로 나타내어 주고 있다.「소나기」역시 작품의 심층 구조에서 보면 이것과 크게 다를 것이 없다고 하겠다. 즉 황순원은 이 작품 속에서 자연주의적인 현상만을 다룬 것이 아니라, 그것을 통해서 일어나는 상징적인 문맥을 구축하고 있다. 그러면 소년과 소녀가〈쪽빛으로 한껏 개인〉어지러운 가을 하늘을 바라보며, 황금빛 들판을 치닫고 칡덩굴에 얽힌 등꽃 모양의 꽃을 꺾으며 산을 타는 것은 어떠한 상징적 의미를 지니고 있을까? 비록 무의식적이지만 그들이 이렇게 산을 타는 것은 무엇인가 허전한 마음을 메꾸기 위한 것으로 설명할 수 있다. 다시 말하면 그들이 징검다리에 걸터앉아 개울물 속에 비친 자신의 그림자를 물 속 아닌 가을의 들판에서 찾으려는 것은 자기 탐구를 위한 상징적 움직임이라 하겠다. 왜냐하면 그들이 움직이는 행동의 구심이자 원심은 개울물에 비친 나르시시즘의 환영에서 출발하고 있기 때문이다. 소녀가 들여다보고 있던 물 속에서 건져낸 조약돌을 소년에게로 던진 것은 자신이 물 속에서 찾고 있던 구슬 이미지와 같은 성격의 영상을 소년에게서 찾은 것이라고 말할 수 있으리라. 소년이 물 속에서 자신의 얼굴을 보고 있을 때, 소녀가 나타난 것은 이러한 사실을 크게 뒷받침해 준다고 하겠다. 또 소녀가 소년과 대화의 말문을 열 때 사용한 비단조개의 이미지 역시 이것과 연결된다고 볼 수 있다. 비단조개에 묻어 있는 아름다운 무늬는 곧 소녀의 가슴 속에 서리어 있는 본질적인 것에 대한 사랑의 이미지가 될 수 있으리라. 소년과 소녀가 황금빛 들판을 달리고, 산을 타며 갖가지 꽃을 꺾는 것은 방랑적인 의미를 지니고서 서로의 가슴 속에 서리어 있는 무지개빛 무늬를 찾기 위함이리라. 비록 소나기가 소녀의 분홍빛 스웨타 앞자락에 소년의 〈물〉을 묻혀 주었지만, 비단조개처럼 아름다운 사랑의 꿈을 안은 순결한 소녀에게 불행한 죽음을 가져온 것은 자연의 힘이 인간에게 가한 가혹한 외상이다. 그러나 애절하게 어린 나이로 요절한 소녀가 그의 옷에 묻은 〈사랑의 물〉을 죽음의 극한까지 뻗치려고 하는 사실은 이 작품에 나타난 인간 상황이 기계적인 자연 법칙에 의해 제한을 받고 있으나, 상상력을 통해 절대적인 인간 가치를 영원히 구원해서 확대하려는 처절한 인간 의식을 우리들에게 의미 깊게 보여 주고 있다.

③ 자연주의와 상징주의를 혼합한 이러한 주제는 『별과 같이 살다』와 『카인의 後裔』 등과 같은 성인이 된 사람들을 주제로 한 작품 가운데서 시대적인 배경과 함께 더욱 구체적으로 나타나 있다. 『별과 같이 살다』의 곰녀는 가난한 농가에 태어났다는 잘못밖에 없지만, 자연주의적인 사회의 힘에 희생되어, 하녀에서 창녀로, 끝내는 어느 늙은이의 소실로 전락을 한다. 그러나 곰녀는 자연주의적인 환경 가운데서도 어디까지나 이기적이고 동물적인 자신의 욕망을 버리고 〈신의 의지〉라고 할 수 있는 역사적인 힘이 구체화된 人間愛 humanity 에 복종해서 어려움에 처해 있는 다른 사람들을 이해하고 돕는 일에 남은 生을 바친다. 『카인의 後裔』는 해방 직후 이데올로기 분쟁과 그로 인한 살벌하고 비극적인 사회 환경이 인간에 대해서 어떻게 작용하는가를 역사적인 배경 속에서 다루고 있다. 그러나 중요한 것은 이 작품의 주인공들이 자연주의적인 작품에서처럼 환경의 힘이나 자연 법칙에 의해서 직접 간접으로 희생되지만, 여기에는 인간 가치를 회복하기 위한 세대간의 처절한 대결이 있다. 구세대에 속하는 도섭영감은 자연적이고 사회적인 힘의 도구가 되어 인간 의지를 상실한 채 『카인의 後裔』로서 그의 獸性을 나타내고 있지만, 다른 한편으로 딸 오작녀와 아들 삼득이는 아버지의 이러한 행동을 침묵으로 반항하며 사랑의 힘으로 인간을 자연 법칙의 덫으로부터 구원하려 하고 있다. 千二斗가 지적한 바와 같이 곰녀와 같은 길 위에 서 있는 오작녀는 역사적인 조건에 굴복하지 않고 〈강렬한 원시적 생명력〉[2]과 연관성이 있는 사랑의 힘에 깊이 뿌리 박고 있는 인간으로서 그 기능을 다하고 있다. 그래서 여기서 또한 역사적인 조건과 인간 가치와의 갈등이 일어나게 되고 이 작품은 자연주

---

2) 千二斗, 「黃順元의 文學」, 『黃順元選集』, 語文閣, p. 542.

의와 상징주의를 결합시키는 현장이 되고 있다.

　그러나 그의 대표작인 『나무들 비탈에 서다』는 이러한 그의 주제를 사회적인 리얼리즘과 실존주의적인 인간 의식을 융합시킨 보다 현실적인 경험의 차원에서 수용하고 있다. 우선 이 작품의 배경이 되고 있는 전쟁은 부조리한 인간 현실로서 앞에서 우리들이 살펴본 자연주의적인 소설 공간과 크게 다를 것이 없다. 다른 것이 있다면 초기 단편의 작품 배경은 신에 의해서 주어진 자연주의적 환경 그것이고, 이 작품 가운데 나타난 현실의 구조는 신에 의해서 주어진 부조리한 인간 조건과 인간이 만들어낸 모순된 사회적 힘이 결합해서 만들어 낸 전쟁이란 상황을 그 바탕으로 하고 있다는 것이다. 그래서 어떤 의미에서 『나무들 비탈에 서다』는 부조리한 삶의 현실과 그 속에 숨어 있는 처절한 폭력에 대한 주인공들의 이니시에이션에 관한 스토리라 말할 수 있다. 물론 시간의 힘이 동호를 비롯한 여러 젊은 병사들의 꿈을 서서히 부숴 버리겠지만, 전쟁은 그것을 가속화시켰다. 이 작품의 주인공의 한 사람인 동호는 전쟁에 참가할 때까지 삶의 부조리한 현실을 몰랐었다. 그가 사회적인 힘에 밀려 의미 없는 전쟁을 치르면서 〈어른〉들이 마시는 술도 배우고 여자의 육체도 알게 된다. 그보다 전쟁에 먼저 참가한 현태는 동호를 어른으로 만든다는 뜻에서 그러한 행위를 가르쳐 준다. 그는 애인 숙이에 대한 죄의식으로 얼마 동안 불안해하나, 〈어른들〉의 습성을 계속함으로써 그가 가지고 있던 자의식적 결벽성, 즉 수줍어하고 불안해하는 〈인간의 순결〉을 상실하게 된다. 그러나 불안정한 자신, 다시 말하면 순결한 자신의 얼굴이 그의 마음 속에서 고개를 들 때마다 그는 거기에서 오는 괴로움을 죽이기 위해서 술을 마시고 다시금 옥주를 찾아 자신의 양심을 그녀의 육체로써 마비시킨다. 그러나 이러한 자신의 타락된 모습을 어둠 속에서 객관적으로 보았을 때 그는 잃었던 자아를 다시 찾고 자신에 대해 분노한 끝에 죽음으로 대결한다.

　동호는 어떤 알지 못할 힘에 떼밀치우듯이 발걸음을 떼었다. 그러나 곧 서버렸다. 한 상념이 그의 뇌리를 할퀴고 지나갔던 것이다. 육신처럼 야속한 건 없어요. 이 몸뚱아리가 희미하게나마 남아 있는 그의 모습을 아주 지워 버리는 수가 있어요. 나두 모르게 무서워질 때가 있어요. 동호는 자기 가슴 속에 모래가 확 뿌려지는 듯함을 느꼈다. 삼시간에 그 모래 한알한알이 뜨거운 열기를 띠고 달아 올랐다. 그는 종잡을 수 없는 어떤 분노에 몸이 굳어졌다.

　동호는 추운 겨울날 이동한 부대가 주둔하고 있는 추파령을 떠나 좁은

산협길을 걸어 소도고미까지 옥주를 만나러 왔을 때, 그는 옥주가 청년 단
장과 교섭하는 것을 어둠 속에서 보게 된다. 동호가 그들에 대해서 총을
쏜 것은 그들만의 교섭 행위 때문이 아니라, 그들 가운데서 자신의 모습
을 발견했기 때문이리라. 그가 〈육신처럼 야속한 건 없어요. 이 몸뚱아리
가 희미하게나마 남아 있는 그의 모습을 아주 지워 버린다〉는 옥주의 말을
기억한 것은 자기 자신에 대한 소리이리라. 동호가 옥주와의 육체 관계는
희미하게나마 남아 있는 숙이의 모습을 지워 버린다는 사실을 깨달았기
때문이리라. 역설적인 논리지만 그에게 있어서 죽음만이 인간의 꿈과 인
간 가치의 상실로 타락해 가는 자신을 구할 수 있는 유일한 길이었으리
라. 다시 말하면 그는 모든 것을 파괴시키는 황폐한 전쟁의 상황 속에서
죽음으로써 인간 가치와 인간의 존엄성을 지킨 것이다. 헤밍웨이의 말처
럼 그는 전쟁의 파편에 의해 파괴되었지만 패배자는 아니었다.

　　동호가 시체를 발견한 것은 그로부터 두 시간쯤 뒤에 다음 차례 초병 교대가 있
었을 때였다. 밤이라 검은 피가 흰 눈 위에 꽉 얼어붙어 있었다. 왼쪽 손목의 동
맥을 끊은 것이었다. 오른손 옆에 깨진 유리 조각 하나가 눈에 얼마큼 파묻혀 있
었다. 그 얼굴이 눈처럼 희었다.

　　그러나 이러한 사실 못지않게 동호에게 충격을 준 것은 김하사가 죽을
때 고향의 부모에게, 한 줌의 흙을 보내 주듯 숙에게 보낸 백지의 편지처럼
모든 것은 無로 끝나며 의존하고 기대할 것이 아무 것도 없다는 비극적인
인간의 실존 상황이었다. 동호는 현태가 말한 것처럼 전쟁이라는 파괴적
인 환경의 힘과 꿈의 현실 사이에 존재하는 삶의 구조에서 오는 환멸과
충격과 인간적인 자의식의 갈등 속에서 희생된 자이다.
　　그러면 이 작품의 다른 주인공의 한 사람인 현태의 경우는 어떠한가. 현
태는 동호보다 전쟁터에 먼저 밀려 온 사람이다. 그는 전방 수색 지대에
있는 잠자는 듯이 누워 있는 초가집에서 혼자 있는 여인을 살해한 경험이
있고 〈저격 능선〉 전투에서 심한 부상을 입고 야전 병원에서 3 주일간 치료
를 받고 돌아온 병사이다. 그는 전쟁 속에서 경험한 잔인할이만큼 비극적
인 인간 상황과 외로움을 그의 인간 의지로써 극복하기보다는 폭력에서
오는 야만적인 희열과 술 및 여자에게 의존했다. 표면적으로 볼 때 그는
전쟁터에서 모든 어려움을 아무런 두려움 없이 이겨내는 용기 있는 사람
으로 보이지만, 언제나 그는 자신보다 뒤에서 말한 다른 것에 의존했다.
그의 이러한 습성은 그가 부유한 가정에 태어나 부모들의 그늘 밑에서 자

랐기 때문인지도 모른다. 그러나 그는 술과 여자의 육체 등에 탐닉해서 전쟁과 양심, 그리고 존재에서 오는 공포를 이기고 자신의 삶을 확인하려고 한다. 그러나 이러한 그의 태도는 그에게 비록 순간적인 희열을 가져다 줄 수 있을지 모르지만, 그의 주변에 있는 사람들을 죽음의 벼랑으로 가져갔다. 그는 제대를 한 후 부산으로 돌아와 戰傷者로서의 아픔을 잊기 위해 술을 마시고 규칙이 없는 방탕한 생활을 한다. 이때 그는 자신을 이기지 못하고 그의 전우인 윤구의 약혼녀인 미란과 관계를 맺은 후 그녀를 죽음으로 몰아 넣었고 동호가 자살한 이유를 알기 위해 찾아온 숙이의 처녀성을 빼앗았으며, 낙원동 평양집에서 정조를 지키며 벙어리처럼 살고 있던 계향이를 죽음으로 몰아 넣었다. 그가 이렇게 자기 파괴적인 반항을 하게 된 것은 그가 너무나 강했기 때문이 아니라 인간으로서 너무나 약했기 때문이다. 그가 그 무인 지대의 초가집에서 살해한 죄의식을 자신의 인간적인 힘으로 극복하지 못하고 카오스 상태의 생활을 한 것은 그가 얼마나 약한 사람인가를 증명해 주고 있다. 그러나 그가 그 자신이 약하다는 것을 자기의 입으로 말한 것은 동호의 애인인 숙이를 정복하기 전 충격적인 장면에서다.

　「그일 죽인 건 당신예요. 전에 그렇지 않던 그일 그렇게 만든 건 당신예요. 그래서 당신은 날 피하고 있었던 거지 뭐예요. 비겁해요. 술 안 먹군 할말도 못 하는 술주정뱅이 술주정뱅이……」
　창백해진 그네 얼굴에 눈만이 발갛게 충혈돼 있었다.
　현태는 자신이 냉연해져 있음을 느꼈다. 새로 컵에 술을 부어 마셨다.
　「내가 그 친굴 그렇게 만들었다구요? 그렇다면 되레 나는 강자일 수 있겠죠. 그런데 지금 나더러 비겁한 사내라구 했잖았어요? 실은 내가 이렇게 비겁자나 술주정뱅이가 된 건……」

그가 그렇게 비겁하고 약한 사람이 된 것은 그 자신이 말한 것처럼 그가 병사로서 수색 지대에서 살해한 여인에 대한 전상자로서의 아픔 때문이다. 그러나 그가 전상자가 된 것은 그의 주변의 무서운 주위의 압력을 인간 의지로써 이기지 못하고 불투명한 주변의 대상을 파괴하려는 〈카인의 後裔〉로서 원시적인 기능을 본능적으로만 수행하려고 하는 데 있다. 작가 황순원의 견해는 전쟁이 일어나고 전상을 입고 또 그 아픔과 삶에 대한 불안을 잊기 위해서 또 다른 타인에 상처를 입히며 자기 파괴적인 행위를 일으키는 〈카인의 후예〉의 속성은 비극적인 인간 갈등의 악순환을 일으킨다는 것이다. 황순원은 『日月』에서 전쟁이 일어나는 원인을 작중 인물의 입을 통해서 보다 직접적으로 이야기하고 있지만 이 작품에서 역시 양면성을 띠고 있는 뛰어난 미학적 이미지를 통해서 극적으로 말해 주고 있다.

이 작품의 비극은 주인공들이 처음부터 고독과 그들의 주변에서 오는 압력을 인간적인 힘으로 비탈에 서 있는 나무처럼 견디지 못하고 있다는 데서 시작된 것이다. 수색 지대에서 〈앞으로 향한 총대를 꽉 옆구리에 끼고 투명하고 고즈넉하고…… 투명한 공간〉을 한 발자국석 조심조심 발을 디디면서 느꼈던 압력은 조용한 하오처럼 투명한 유리벽 속에서 느끼는 압박 즉 無의 空間 속에서 존재하는 데서 오는 압력이다. 그러나 이러한 無에 대한 불안과 압박을 실존적인 인내와 절제로써 견디지 못하고 무의 공간의 벽인 존재의 유리벽을 파괴했을 때 존재의 균형은 파괴되고 그 파편은 인간에게 박혀 전상을 입었다. 그리고 만일 인간이 그 전상을 인간적인 의지로 스스로 이겨내지 못할 때, 그것은 사회에서 파괴적인 연쇄 반응을 일으켰다는 것이다. 현태가 나무가 서 있는 비탈로 내려가 그 초가집에서 불쌍한 여인을 짓밟고 끝내는 그녀를 살해해 버린 것은 그녀에 대한 두려움 때문이기도 하겠지만, 황순원 세계의 전체적인 문맥에서 볼 때, 수색 지대의 투명한 無의 空間에서 오는 압력과 두려움을 본능에서 오는 파괴적인 수단으로 극복하기 위해서였다. 물론 그것은 현태가 자신의 행위를 정당화하기 위한 자기 변명으로 말한 바와 같이 지붕의 무게를 감당하기 힘든 듯이 납작하게 엎드려 있는 초가집 속에 있는 그 여인이 주변의 무서움과 고독을 혼자 힘으로 이겨내지 못하고 현태에게 매달렸기 때문이다.

내가 내려가니까 그 여잔 별루 항거하는 빛두 없었어. 일어나 나오려는데 손을 와 잡지 않겠어? 하지만 해치우구 말았어. 그것뿐야.

현태는 그 자신 자기의 문제를 잘 알고 있는 사람이었다. 그러나 그는 그것을 실천하지 못했을 뿐이었다. 그러나 다른 사람이 자신의 고독과 어려움을 실존적으로 이겨내지 못하는 것을 보았을 때, 자신을 보지 못하고 분노한 끝에 그들을 짓밟아 버렸다. 현태가 無人 지대인 수색 지대에서 혼자 살던 그 여인은 물론, 미란과 숙이를 짓밟아 버리는 것은 그들에 대한 증오와 그 자신이 지니고 있는 파괴 본능이 더불어 복합적으로 나타난 결과이다. 그가 평양집 계향이에게 이끌렸던 것은 그녀가 이 작품 속에 나오는 다른 모든 여인들과는 달리 자신의 감정을 숨기고 자신의 외로움을 남에게 의존하지 않고 스스로 극복하고 있었기 때문이다.

　가끔 현태는 이 백치 같은 소녀가 보고 싶어지는 때가 있었다. 열 아홉 살이라는 이 소녀의 얼굴에는 도무지 감정의 움직임이 나타나지 않는 것이었다. 분이 잘 먹은 새하얀 살갗 안에 모든 감정은 차갑게 사장돼 있는 듯했다. 어쩌다 입가에 웃음을 떠올릴 적에도 내면의 감정이나 의사와는 아무런 관련이 없이 다만 기계적으로 입술이 약간 벌려지는 느낌을 주곤 했다. 그리고 입술새로 드러나는 희고 잔 좀좀한 이가 한층 차갑게 보일 뿐이었다.

　현태가 계향이를 만난 것은 제대를 하고 대학을 마친 후 부친 회사에 자리를 잡고 열심히 일에만 열중하다 어느날 차창 밖으로 허름한 옷을 입은 여인이 두살 나는 계집아이를 안고 지나가는 것을 보고 다시금 전상자의 아픔을 느끼고 무절제한 타성의 늪 속으로 빠져 들어가기 직전이었다. 그 후부터 그가 계향이를 찾는 것은 자신의 본능을 충족시키기 위해서보다 계향이의 표정 없는 얼굴과 자기 절제가 생각나는 계기가 있을 때였다. 그는 죽은 동호의 애인인 숙이에게서 지나친 감정과 무엇인가 타인에게 의존하려는 태도를 발견했을 때마다 계향이를 다시 찾아 그녀의 석고처럼 굳은 얼굴의 표정을 보았다. 그러나 현태는 계향을 끝까지 닮지 못했다. 그는 주변에서 자기보다 더욱 심한 전쟁의 상처를 입고 병원에까지 입원했으나 정신적이고 육체적인 아픔을 스스로의 힘으로 처절하게 견디어 내며 고독을 이기고 일어서고 있는 선우 이등상사와 석기를 눈으로 보고, 또 애인의 죽음과 친구의 도덕적인 배반 등을 비롯한 온갖 경제적이고 사회적인 어려움을 인간 의지로써 의연히 극복하는 모습을 보고 타성의 늪에서 벗어나려고 했으나 끝끝내 본능적으로 일어나는 살해 의식과 같은 자연적인 힘에 의해 좌절되고 만다. 그는 윤구에게서 받은 돈으로 석기의 시야를 밝히는 안경까지 사서 주고, 다옥동 군참새집 결투에서의 무기력하고 무책임했던 자신에 대해서 반성을 한다. 그러나 순간적으로 일어나는 복수심과 살의에서 자신을 구하지 못하고 다시금 인간을 살해하는 칼을 사게 되고, 그것으로 결국 계향이마저 죽게 한다. 계향은 그가 처음에 생각한 것처럼 감정이 없는 백치는 아니었다. 다만 그녀는 그것을 인간적인 의지로써 이겨냈었을 뿐이다. 계향이가 현태의 육체적인 학대에 못이겨 죽고 싶다고 말했을 때, 현태는 그녀마저 〈자기의 휴식처〉가 되지 못한다고 느꼈다. 그러나 계향은 현태가 생각한 것과는 달리 인간의 극한적인 힘인 죽음으로써 자신의 인간 가치를 지켰다.

그러나 의미 없는 전쟁의 깊은 상처를 처절한 인간 의지로써 극복한 사람은 동호와 계향이와 같은 죽은 자들만이 아니었다. 윤구는 황무지를 개척해서 새로운 생명을 상징하는 흰 병아리를 키우면서 자신이 설 땅을 마련했고, 윤구 못지않게 짓밟힌 숙이는 윤구의 작업장으로 찾아와서, 비록 그가 증오하는 현태의 씨를 몸에 지니고 있었지만 비탈에 서 있는 나무들처럼, 혼자 힘으로 그 일을 마지막까지 감당하려고 한다. 틀림없이 숙이는 동호가 죽으면서 보내준 〈백지의 편지〉처럼 그녀가 믿을 것은 그녀 자신밖에 없다는 것을 경험으로 발견했다.

④ 작품 『日月』은 위에서 살펴 본 『나무들 비탈에 서다』의 주제를 또 다른 차원에서 발전시켜 나가고 있다. 이 작품은 표면적으로 볼 때 『움직이는 城』처럼 계급 의식에 대한 갈등 문제를 사회학적인 문맥 속에서 심각하게 다루고 있다. 그러나 치밀한 구성과 탁월한 상징적 이미지로 그물처럼 엮은 이 작품은 심층적인 면에 있어서 자연적인 것과 인간적인 것과의 갈등 문제를 위에서 살펴 본 작품과 유사한 문맥 속에서 다루고 있다. 『日月』의 작품 배경과 소설 공간의 중심부를 차지하고 있는 백정들과 그들의 후예가 겪고 있는 인간적인 갈등은 『나무들 비탈에 서다』의 학살과 살륙의 현장인 이데올로기 전쟁에 참가한 주인공들의 행위와 거기에 잇달은 전상자로서의 아픔, 그것과 크게 다를 것이 없겠다. 왜냐하면 황순원은 『日月』에서 소를 인간을 포함한 모든 생명체의 구원과 일치되는 것으로 사용했기 때문이다.

〈중국 고대 전설상의 제왕 신농씨는 머리는 소머리 몸은 사람. 소를 신성시한 데서 비롯한 증거.〉

〈우리나라 신라 시대의 벼슬 이름——角干 角粲 등 소 뿔을 관직명에 붙인 것으로 미루어 우리 민족도 소를 숭배했던 것 같음.〉

〈구약 성서 출애급기에 금송아지를 만들어 경배했다는 기록 있음.〉

〈서양에서는 물, 달, 소를 생식의 상징으로 보고 있음. 물을 남성의 정수로, 이 물의 간만과 관계 있는 달을 또한 생성의 심볼로 봄. 달 자체가 둥글었다 이울었다, 없어졌다 생겼다 하는 점과 아울러. 그리고 초생달과 소 뿔이 닮고 소 뿔 둘을 합치면 둥근 달이 된다고 하여 소를 역시 생식의 심볼로 봄.〉

이 작품의 주인공인 젊은 건축가 인철은 그의 아버지 상진과 형 인호와의 대화에서 자신이 백정의 후예(카인의 후예)라는 사실과 자기 가문의 비극적인 〈작은 역사〉를 듣게 된다. 즉 그는 그의 아버지가 백정의 아들이기 때문에 주변 사람들로부터 부당한 멸시와 천대를 받아 온 끝에 고모와 아내마저 잃게 되는 비극을 당하게 되자, 분디나뭇골 고향 마을을 떠나 서울로 올라와서 어떻게 돈을 번 후, 골동품과 같은 외형적인 것으로 자신의 과거 신분을 숨기며 살아왔다는 가혹한 사실을 알게 되었다. 그러나 인철은 사회적인 출세를 위하여 자신의 핏줄기가 밝혀질까 두려워 아버지와 모든 인연을 단절해 버리는 형 인호와는 달리, 아버지가 이미 취한 태도를 너무 탓하지 않기로 하고, 지금부터의 〈자신의 방향〉을 정하는 것이 무엇보다 중요하다고 생각한다. 인철은 자신이 걸어가야 할 올바른 방향을 정하기 위하여, 참여자로서 혹은 〈관객의 입장〉에서 여러 방향으로 길을 모색한다. 황순원이 그를 건축 설계사로 설정한 것은 그가 이러한 길, 즉 인간이 보편적으로 택할 수 있는 〈길〉을 모색하는 사람이란 것을 암시하기 위한 것이리라.

그래서 우선 그는 분디나뭇골로 내려가서 그의 큰아버지인 본돌 영감의 최후와 조상 대대로 물려받은, 피를 상징하는 붉은 보자기 속에 싼 칼을 신성시하는 것이 그들의 살륙 행위를 건전하지 못한 실존적인 차원에서 정당화하려는 것으로 파악한다. 그리고 그는 그곳에서 만난 기룡이란 사촌이 백정의 아들로서의 번민이 어떠한 것이며, 그것을 어떻게 극복하는가 하는 경험 철학을 그로부터 듣게 된다. 그리고 다른 한편으로, 백정의 아들이란 자의식과 상처의 아픔을 이기기 위해 그의 주변에서 여러 가지 방법이 간접적으로 제시되고 있다. 아버지는 가족에 대한 애정과 인간 가치를 희생시켜서라도, 돈을 벌고 재산을 모은다는 물질적인 욕망을 통해서 자신의 아픔과 실체를 잊으려고 했고, 아버지에게서 애정을 잃은 어머니는 자기 가정의 죄악을 피하기 위해 기독교에 의존한다고 말하며 산 속으로 들어가 가정과 격리되고 단절된 생활을 한다. 그의 이복 동생인 인주 또한 아버지와 어머니에 대한 상처와 충격 때문에 애정 있는 결혼보다는 연극 배역과 몸을 바꾸려 했고, 동생 인문은 동물에 대한 사랑으로 그것을 이기려고 했다. 그러나 인철 자신이 〈카인의 후예〉로서 느끼는 아픔을 잊기 위해서 취한 행동은 나미와의 관계이다. 그는 순간적인 충동으로, 능동적인 애정으로 접근해 오는 나미와의 육체적인 관계를 통해서 자신의 아픔과 인간적인 자의식을 극복해 보려고 했으나, 殺意라는 동물적인 충동에 지배되어 소를 살륙한 데서 마음의 상처를 입은 얼굴이 떠올라 자신을 억제한다.

자꾸 인철의 머리 속을 검은 파도가 밀려와서 부서지고, 밀려와서는 부서지고, 그 속에 그늘지워진 사내의 빛나는 눈. 잘못 찾아왔읍니다. 내겐 사촌이 없읍니다. 친척이라곤 하나도 없읍니다.

그래서 인철은 다시 술을 마시게 되고 한동안 방황을 하게 되나, 또 다시 자신과 대결하기 위해서 기룡이를 도수장으로 찾아간다. 드디어 그는 기룡이와의 대화를 통해서 기룡의 고민과 백정들이 신성시하는 〈칼〉의 신화를 자세히 알게 된다. 기룡은 6·25 의용군으로 나갔다 돌아와 형과 동생이 이웃 빨갱이에게 살해된 것을 알고, 자신이 물려받은 칼로 살인한 놈의 아버지를 찔렀다. 그러나 기룡이 아버지는 아들 대신 자기가 살인을 했다고 했다. 기룡이는 철이 들면서부터 비록 〈아버지의 대를 이을 생각은 없었으나〉, 아버지가 그의 죄의식을 덜기 위해 노력했을 때, 〈계속 그에게 가중되는 무엇인가를 감당하기 어려워〉서 다시금 소를 살륙하는 백정의 길을 택했다고 했다. 다시 말하면 기룡은 『나무들 비탈에 서다』에 나오는 전상자들과 꼭 같은 아픔을 느끼고, 그것을 극복하고 잊어버리기 위해서 계속적으로 살륙 행위를 한다고 말하며, 자기의 경험에 전쟁과 같은 살륙 행위는 고독하기 때문에 일어난다고 했다. 그러나 그는 고독을 자신과 대결하는 힘으로써 참고 견디어야만 된다고 말했다. 그러나 인철은 고독을 이기고 백정의 아들이 지닌 아픔과 죄의식을 이기는 방법을 나미와 다혜의 사랑에서 발견했다. 다혜는 다소 수동적인 태도를 취했지만, 나미는 적극적인 방법으로 삶의 방향을 모색하는 여인이었다. 그래서 그녀는 인철에게서 다혜보다 더욱 적극적으로 애정을 구했다. 우선 그녀가 인철로 하여금 새로운 집을 설계하도록 한 것은 삶의 방향을 인철과 공동으로 모색하고자 하는 뜻이라 하겠다. 그래서 그들의 관계가 원만하지 못해서 헤어질 때 나미는 언제나 인철에게 건축 설계가 완성될 때 다시 연락해서 만나자고 했다. 그래서 그가 여러 가지 모형을 종합하고 조화해서 나미의 집을 완성해 감에 따라, 그들의 관계는 원만해져 가고, 본능적이고 물질적인 기타 다른 방법으로 인간의 고독과 아픔을 극복하려는 사람은 파탄과 죽음으로 끝난다. 인간에 대한 애정을 버리고 인간 가치를 팔면서 돈을 벌려고 하는 인철의 아버지가 자신의 잘못을 뉘우치고 자살을 하게 되는 것도 이 무렵의 일이다.

그러면 인철과 나미가 찾는 삶의 방향은 무엇인가. 그것은 인간에 대한 애정과 미래의 종합으로서 인철이 설계한 집 이층 홀에서 가진 파티에서 구체화되어 나타났다. 버지니아 울프의 델러웨이 부인이 베푸는 파티에서처럼 이곳에 모인 사람들은 대부분 과거의 잘못과 외상적인 아픔을 이해와 사랑으로써 위로한다. 이곳에 초대된 사람들은 인간적인 사랑과 반성 이외의 것은 아무 것도 바라지 않는 듯한 인상을 우리들에게 주고 있다. 이곳에서 작가 황순원이 강조하려고 하는 것은 나미의 적극적인 사랑과 누님처럼 따뜻한 다혜의 수동적인 사랑의 비교보다는, 존재하는 데서 오는 아픔과 고독을 스스로 이겨낼 수 있는 사람들의 사랑과 이해 그리고 반성과 동정 그 자체인 듯하다. 그래서 인철은 〈카인의 후예〉인 인간의 구원 문제는 예수의 가르침처럼 〈산으로 도피하는 데 있는 것이 아니고, 사람들 속으로 내려가는 데 있는 것〉이라 생각하고 기룡이에게 자기가 발견한 삶의 방향을 말해 주기 위해 그는 그곳을 떠난다.

　　——인간이 소외당한 자기 자신을 도루 찾으려면 우선 각자의 외로움을 참고 견디는 데서부터 시작할 꺼야……. 기룡의 말이었다…… 그건 그렇다. 하지만 그 외로움이란 인간과 인간이 격리돼 있는 상태에서만 오는 게 아니지 않는가.…… 기룡을 만나야 한다. 만나 얘기해야 한다.

5 『日月』에서 〈카인의 후예〉라고 하는 인간의 굴레 때문에 오랜 방황과 번민, 그리고 관찰 끝에 발견한 인철의 〈삶의 방향〉그의 어린 동생 인문이 직관적으로 느낀 생명에 대한 본원적인 애정은 그의 文學의 精髓라고 할 수 있는『탈』에 와서 새로운 미학적 차원으로 확대되었다. 『탈』은 匠人의 끌질로 다듬은 듯이 주옥과도 같이 아름다운 지극히 세련된 20여 편의 단편을 수록하고 있다. 그러나 이 창작집은 주제면에서 안팎으로 너무나 완전한 통일성을 이루고 있기 때문에 조이스의『더블린 사람들』처럼 단편집이라기보다 독특한 구성을 가진 하나의 장편소설과도 같다. 다시 말하면『탈』은 그 속에 담겨 있는「주검의 場所」에서 보여 주고 있는 것처럼 상황과 인간 의식의 확대라는 동일한 주제를 서로 상이한 여러 개의 삽화와 마스크 속에 수용하고 있다. 그러나 무엇보다 우리들의 주목을 끄는 것은 작가 황순원이『탈』에 와서 삶의 경험이나 스타일 면에서 새로운 현대적 감각을 보이면서 적지 않은 시도를 하고 있다는 것이다. 그는 여기에서 이전의 작품들에서와는 달리 自然主義的 경향을 점차 벗어나면서 리얼리즘과 상징주의를 성공적으로 융합시키고 있다. 이를테면, 초기의「닭祭」와 같은 작품에서 그는 이니시에이션 단계에서의 인간의 육체와 정신을 나타내는 〈뱀〉과 〈제비〉, 그리고 금지된 선을 상징하는 〈붉은 댕기〉 등과 같은 원형적인 이미지를 사용해서 인간 의식의 확대에 대한

변증법적인 과정을 신화적인 문맥 속에서 나타내고, 또 『나무들 비탈에 서다』와 『日月』 등과 같은 작품은 인간의 파괴적이고 본능적인 행위를 통해서 오는 인간 경험을 실존적인 인간 경험과 대응시키면서 자연주의적인 문맥 속에 비판적인 색채를 띠우며 객관화시키고 있지만, 작품집 『탈』은 사회적 현실과 건전한 모럴 및 성숙한 인간 경험과 관조를 통해서 삶의 意志와 美學的 顯現의 빛을 찾고 있다. 짙은 사회 의식과 역사적 인간의 의무를 강하게 묻고 있는 「온기 있는 破片」은 개인주의를 벗어난 인간의 유대 의식을 인간의 본원적인 사랑 및 정의감과 희극적인 터치로 연결지으면서, 파괴적이고 본능적이 아닌, 의롭고 정의로운 능동적인 행위를 통해 실존적인 정신의 빛을 찾고 있다. 자유당 독재를 무너뜨린 4·19 혁명의 대열에 참가했던 준오는 총부리에서 불을 뿜자 서로 한몸같이 꽉 끼고 있던 친구의 어깨로부터 팔을 풀고 으슥한 뒷골목으로 도망을 친 후 이제 안전한 곳이라 생각했을 때 그는 날아 온 유탄에 맞아 부상을 당한다. 그러나 그는 처절할 만큼 순수한 人間愛만을 위해 총탄의 비를 뚫고 달려온 어느 창녀로부터 구원을 받는다. 그 후 그는 〈전체의 한덩어리에서〉부터 벗어난 죄의식과 부끄러움에 사로잡혀 자기의 생명을 희생적으로 구해 준 그 용감한 창녀를 찾는다. 그러나 준오는 그녀가 부조리한 사회적인 힘에 의해 희생된 여인임을 알고 놀라며 자신의 고마움을 표시하려고 한다. 그러나 그녀는 준오가 무의식적으로 보인 귀족적인 인간 자세에 분노를 느낀다. 그 후 준오는 계속 자신의 비겁한 행동에 대해 불안해하며 지내다가 그녀와 연관된 마지막 기회에 불의의 폭력에 능동적으로 항거를 하는 순간 건전한 삶의 기쁨을 실존적으로 느낀다.

　　말로는 통할 것 같지 않았다. 억울했다. 준오는 발을 땅에 버티고 몸을 뒤로 채면서 마구 주먹을 휘둘러댔다. 어쿠, 하며 두 손으로 얼굴을 감싸는 상대방의 배를 이번에는 발길로 냅다 찼다. 그리고는 흩어지는 사람들 틈새를 뚫고 있는 힘을 다해 내달리기 시작했다. 오래간 만에 전신에 어떤 탄력 같은 것을 준오는 느꼈다.

　　그러나 사회적인 리얼리즘과 원초적이고 본원적인 인간애와 처절한 인간 의지를 결합시킨 『탈』 속의 작품 풍경들은 짧은 소설 공간이지만 적지 않게 다양하다. 「어머니가 있는 유월의 對話」는 6·25 전쟁으로 피난 오는 임진강 뱃전에서 아기의 울음을 멈추기 위해서 어린 생명을 강물 속으로 집어 던져 버린 어머니가 〈퉁퉁 불은 양쪽 젖을 가위로 짤라〉 버리는 아기

엄마의 위대한 아픔을 간결한 대화체로 우리들에게 감동적으로 보여 주고 있는가 하면, 「原色오뚜기」와 「탈」과 같은 작품은 전쟁과 자연 법칙, 그리고 시간과 기계 문명에 대항하는 불요불굴의 처절한 인간 의지가 뜨겁게 느껴진다. 특히 전쟁 詩만큼 밀도 짙은 「탈」은 아무리 〈정글 법칙〉이 인간에게 아픈 外傷을 가할지라도, 〈人間의 집〉을 지으려는 욕망을 결코 꺾지 못한다는 것을 전쟁터에서 한팔을 잃고 돌아온 어느 목수의 집념을 통해서 우리들에게 충격적으로 보여 주고 있다. 또 「겨울개나리」와 「뿌리」가 순수한 인간과 인간(어린이와 늙은이) 사이에 신비스럽게 물 흐르듯 흐르는 생명에 대한 숭고한 사랑을 밝은 빛깔의 작은 봄꽃과 아기를 안고 돌로 굳어져 있는 마리아상과도 같은 조각으로 객관화시켜 부각시키고 있는가 하면, 독백 형식의 독특한 구성을 보이고 있는 작품 「自然」은 남녀 두 사람 사이의 정신과 육체의 이상적인 결합이란 자연의 힘이 아닌 인간 의지로써만 가능하다는 것을 습관적인 것을 극복하는 특수한 경험 및 〈끊어진 연과 별이 부딪치는 탁월한 이미지 등을 통해서 말해 주고 있다. 그러나 인간에 대한 구원의 길을 온 몸으로 종을 치는 소년들의 맑은 웃음, 그리고 순수한 인간과 예술에 의한 미학적 顯現을 통해서 과거와 현재를 연결지으면서 발견한 「소리 그림자」와 이러한 구원의 길을 외면하고 파괴시키는 오늘의 마비된 불신 사회를 고발한 「주검의 場所」는 다른 어느 작품보다 黃順元의 작가적 재능을 가장 훌륭하게 나타내 주고 있다.

지금까지 살펴본 바와 같이 黃順元 文學은 결코 시대적 현실과 유리된 문학이 아니라, 역사적인 배경 속에 자연주의와 리얼리즘을 함축성 있게 수용한 후, 거기에다 낭만주의적이고 초월적인 인간 정신과 인간 가치를 확대시켜 양면성을 가진 실존적 색채가 짙은 상징주의 문학을 이룩했다. 다시 말하면, 그의 문학의 빛은 황무지적인 인간 상황과 부조리한 인간 조건을 극복하면서 꽃피운 인간 정신의 확대에서 오는 美學的 顯現의 빛이다. 아마 그가 예술을 통해서 어둠 속에서 발견한 수 많은 별들의 빛이리라. 그래서 우리들은 그가 『神들의 주사위』에서 보여 줄 불타는 빛의 의미가 더욱 기대된다. ▨

트카초프의 정치 사상 비판

——특히 레닌이즘의 형성에
미친 영향을 중심으로

金 學 俊

I. 머 리 말

피터 니키티치 트카초프 Peter Nikitich Tkachev 는 1800년대 중반 제정 러시아와 망명지 서구에서 문필 활동을 통해 러시아 혁명주의를 고취시킨 대표적인 혁명 운동가의 한 사람이다. 개인적으로는 불운한 짧은 생애를 마친 그가 제시한 러시아 사회에 대한 분석과 그 실천 처방을 우리가 하나의 체계적 철학이나 또는 사상으로 받아들일 수 있느냐에 대해서는 의견의 차이가 있을 것이다. 가령 에디 James M. Edie 등이 편집한 세 권짜리 『러시아 철학 *Russian Philosophy*』은 정치 사상가를 포함한 26명의 철학자를 다루고 있는데,[1] 여기에 트카초프는 빠져 있다. 그뿐 아니다. 그를 다룬 논문이나 저서도 그를 철학자나 사상가로 보려고 하지 않는 인상을 준다. 울람 Adam B. Ulam 이 〈트카초프의 《이데올로기》는 대체로 음모와 혁명이라는 두 단어에 의해 요약될 수 있다〉[2] 라고 쓰면서 이데올로기란 표현에 인용 부호를 함께 사용하고 있는 것이 그 한 예이다. 그러나 그의 정치적 思考가 후대에 러시아 사회 운동가들에게 중요한 영향을 미쳤으며, 특히 레닌에게 직접적 영향을 주었다는 것은 확실하다. 어떤 의미에서 레닌은 트카초프의 〈제자〉라고 할 수 있을 정도로 트카초프의 혁명 이론은 레닌의 혁명 이론의 바탕을 이루고 있는 것이다.

---

1) James M. Edie, James P. Scanlan & Mary-Barbara Zeldin (eds.), *Russian Philosophy*, 3 vols. (Chicago : Quadrangle Books, 1965).

2) Adam B. Ulam, *The Bolsheviks : The Intellectual History of the Triumph of Communism in Russia* (New York : Collier Books, 1965), p. 84.

러시아 지성사 또는 러시아 혁명사에 있어서 트카초프가 차지하는 위치가 이만큼 큰 데도 불구하고, 그리고 레닌이즘의 성격을 정확히 이해하기 위해서는 트카초프에 대한 이해가 선행되어야 함에도 불구하고, 우리나라에는 그에 대한 소개조차 없는 형편이다.[3] 이 글은 그러한 공백을 메우려는 하나의 노력이다.

II. 러시아 지성사에 있어서 트카초프의 위치

러시아 지성사 또는 러시아 혁명 운동사에 있어서 트카초프의 위치에 대해서는 필자가 다른 글에서 상세히 밝힌 바 있어서,[4] 여기서는 중복을 피하기로 한다. 다만 레닌의 사상 형성에 미친 영향이란 맥락에서 다뤄 보고자 한다. 되풀이하지만, 트카초프는 레닌의 사상 형성에 가장 직접적 결정적인 영향을 준 사람이었다. 트카초프에 대한 이해 없이 레닌에 대한 진정한 이해가 있을 수 없다고 말한다고 해서 그것을 과장이라고 할 수 없을 만큼, 레닌에 대한 트카초프의 영향은 큰 것이었다. 레닌이즘의 중요한 부분을 우리는 트카초프의 정치 이론에서 거의 모두 찾아 볼 수 있다.

이러한 중요성에도 불구하고 트카초프의 이론 체계는 거의 완전히 묻혀 있었다. 트카초프가 레닌에 미친 막대한 영향에 대해 영어로 제일 처음 논문 정도의 분량이나마 발표된 것은 하버드대학교 카르포비치 Mikhail Karpovich 교수가 1944년 『정치학보』에 기고한 「레닌의 선구자 피터 트카초프」라는 글에서였다.[5] 그 뒤 적지 않은 정치학자들이 두 사람 사이의 相似性을 밝혀 왔다. 볼프 Bertram Wolfe, 샤피로 Leonard Shapiro, 벤츄리 Franco Venturi, 페인소드 Merle Fainsod, 마이어 Alfred Meyer 등이 그 대표적인 사람들이다. 가령 샤피로 교수는 이렇게 지적하고 있다.

혁명 활동을 위한 이데올로기는 트카초프에 의해 전개되었다. 그는 혁명이란 인민의 이름 밑에 전문적 소수 음모 집단에 의해 수행되어야 한다는 점을 가르친 최초의 러시아인이었다. 결과를 놓고 볼 때 그와 레닌 사이의 이론적 유사성

---

3) 트카초프를 소개한 글들에 다음이 있다. 김학준, 「19세기 제정 러시아 사상가들의 혁명 이론에 대한 고찰」, 『국방 연구』(국방대학원 안보 문제 연구소), 제19권 제2호(1976년 12월), pp. 417~36; 김학준, 「소련 정치 체제의 전통과 유산」, 『소련 연구』(한양대학교 소련 문제 연구소), 제1권 제1호(1979년 6월), pp. 45~82; 안택원, 「레닌이즘의 사상 사적 연원의 한 연구」, 서울 대학교 대학원 정치학과 석사 학위 논문, 1979.
　　물론 이러한 글들은 문자 그대로 소개의 글이다. 즉 1차 자료에 바탕을 둔 독창적 연구가 아니라 미국에서의 기존 연구를 소개한 것에 지나지 않는다.
4) 김학준, 『러시아 革命史』(서울 : 文學과知性社, 1979), pp. 44~9.
5) Mikhail Karpovich, "A Forerunner of Lenin : P.N. Tkachev," *The Review of Politics* (July, 1944).

은 어느 면에서는 아주 두드러진 것이다. 트카초프가 레닌주의의 선구자로 불리우는 것은 매우 당연한 일이다. 레닌 자신도 그의 한 저서를 읽은 뒤 트카초프를 보다 깊이 연구하려 했으며 그의 연구 논문을 자신의 추종자들에게 반드시 읽도록 권했다. 트카초프의 사상이 레닌에게 영향을 주었다는 사실은 명백하다. [6]

확실히 레닌이 트카초프에게 진 知的 빚은 무척 큰 것이었다. 레닌이 정치 운동에 본격적으로 참여하면서 접하고 또한 심취한 서적은 거의 전부가 트카초프에 의해 씌어진 것들이다. 이 점에 대해, 당시 제네바에 머물면서 러시아 망명가들의 저술들을 수집하고 이를 도서관에 비치하는 데에 남다른 정력을 기울였던 본치 브루이에비치 Vladimir Dmitriyevic Bonch-Bruyevich 는 다음과 같이 회고하고 있다.

블라디미르 일리치 [레닌]는 현대의 무산자 계급 투쟁을 위해 전투적이며 편리한 것이라면 무엇이든지 과거로부터 빌어가면서 현재를 과거와 연결시키는 방법을 알고 있었다. [……]처음부터 블라디미르 일리치는 우리 도서관에 진지한 주의를 기울였으며 그곳에서 저녁에 연구하기 시작했다. [……]우리는 그가 원할 때는 언제나 도서관에 들어와서 연구할 수 있도록 특별히 그에게 따로 열쇠를 주었다. 우리는 고문서 보관소가 있는 지역에 큰 책상을 세워 놓고 그가 우리의 서가에서 요청한 모든 책들을 그가 사용할 수 있도록 그 책상 위에 놓았다. [……]그는 특히 [러시아의] 옛 혁명적 문헌 전부에 관심을 갖고 있었다. [……] 우리는 뛰어난 저술가, 예컨대 트카초프의 저술과 그가 출간한 『나바트 *Nabat*(경종 : 영어로는 *Alarm*)』를 받을 때마다 이 책들의 어느 하나라도 그와 너무도 많이 나누고 싶어했기 때문에 우리는 이 귀한 책들을 그에게 알려 주기 위해 저녁에 도서관에 들리는 일이 자주 있었다. [7]

본치 브루이에비치는 레닌이 트카초프의 저술에 큰 관심을 갖고 있음을 알려 주는 도서관에 있어서의 레닌의 활동들을 계속해서 다음과 같이 묘사하고 있다.

블라디미르 일리치는 트카초프에게 특별한 주의를 기울이면서 이 오래된 혁명적 문헌의 전부를 통독하고 매우 조심스럽게 분석했는데, 이 저술가는 어느 다른 사람들보다 우리의 견해에 가깝다는 것을 특히 지적했다. 우리는 트카초프가

6) Leonard Schapiro, *The Communist Party of the Soviet Union* (New York : Random House, 1960), p. 4.
7) Albert L. Weeks, *The First Bolshevik : A Political Biography of Peter Tkachev* (New York : New York University Press, 1968), p. 4에서 다시 옮김.

합법적 출판물에 쓴 것이라면 어느 것이나 수집하는 것을 대단히 많이 원했다. 그래서 우리는 쿠클린 G.A. Kuklin에게 트카초프가 쓴 모든 것을 찾아내기 위해 1870년대의 모든 여러 가지 정기 간행물들을 조사해 보도록 지시를 내렸다. 그리고 쿠클린은 그렇게 했다. [8]

이 회고에서 나타난 바와 같이, 트카초프에 대한 깊은 연구를 통해 그는 트카초프의 정치 이론을 흡수했으며, [9] 또한 그를 토대로 그의 독특한 정치 이론을 전개했던 것이다. 그렇기에, 앞서 지적했듯, 많은 정치학자들은 트카초프와 레닌의 이론적 유사성과 연결성에 대해 거의 일치된 견해를 제시한 것이다. 그러나 트카초프의 짧았던 생애와 사상의 형성 과정 및 정치 이론 그리고 레닌이즘과의 비교 등 여러 문제들에 대한 비교 연구는 윅스 Albert L. Weeks 교수의 컬럼비아 대학교 박사 학위 논문과[10] 그리고 하디 Deborah Hardy의 워싱턴 대학교 박사 학위 논문에서[11] 비로소 이뤄졌다고 말해도 과장은 아닐 것이다. 이 글은 기본적으로 이 두 개의 연구 업적을 토대로 트카초프의 생애와 사상 체계를 살피고 이를 비판해 보려는 하나의 시도이다.

III. 트카초프가 성장하던 시기의 정치·사회적 상황

트카초프의 생애와 사상 체계를 이해하기 위해 우리는 그가 성장하던 시기에 있어서의 러시아의 정치·사회적 분위기를 이해하지 않으면 안 된다. 트카초프야말로, 하디가 적절히 지적했듯, 〈그의 시대의 아이〉였기 때문이다. 여기서 〈그의 시대〉라고 할 때, 그것은 그가 자신의 사상적 방향을 조금씩 결정해 나가던 1860년대 전후를 말하는 것이다. [12]

1859년 6월 〈러시아 사회주의의 아버지〉로 불리는 헤르첸 Alexander Herzen이 자신의 망명지 런던에서 오가레프 N.P. Ogarev와 함께 편집하던 비판적 동인지 『콜로콜 Kolokol(鐘)』에 러시아의 과격한 비판주의를 공격하는 글을 발표했다. 「대단히 위험하다」라는 제목의 이 글은 실제에 있어서

---

8) *Ibid.*, p.5에서 다시 옮김.
9) Georg von Rauch, *A History of Soviet Russia*, 6th ed., trans. by Peter and Annette Jacobsohn (New York : Praeger Publishers, 1972), p.15. 크랭크쇼도 〈레닌은 체르니셰프스키와 트카초프의 산물이었다〉라고 쓰고 있다. Edward Crankshaw, *The Shadow of the Winter Palace : Russia's Drift to Revolution, 1825~1917* (New York : Viking Press, 1976), pp.296~97.
10) 이 논문이 책으로 출간된 것이 Weeks, *The First Bolshevik* 이다.
11) 이 논문이 다음의 책으로 출간되었다. Deborah Hardy, *Peter Tkachev, the Critic as Jacobin* (Seattle : University of Washington Press,1977).
12) 이하의 내용의 출처는 *Ibid.*, pp.3~16이다.

체르니셰프스키 N.G. Chernyshevskii 와 그의 동료들을 겨냥한 것으로 평가 되었다. 체르니셰프스키는 도브롤리우보프 N.A. Dobroliubov 와 함께 『소브 레멘니크 *Sovremennick*(현대)』라는 과격한 동인지를 센트 피터스버그에서 발행하고 있었던 것이다.

공평하게 말해서, 헤르쩬의 글은 『소브레멘니크』에 대한 반격이었다. 『소브레멘니크』는 〈구세대〉의 반체제 인사들을 공격하는 도브롤리우보프 의 긴 논문을 이미 게재한 바 있었기 때문이다. 이 글에서 청년 도브롤리 우보프는 〈구세대〉의 반체제 인사들의 〈미온적 태도〉를 규탄하고 그들은 실제에 있어서 〈자유주의자〉들에 지나지 않는다고 매도한 것이다. 헤르쩬 의 「대단히 위험하다」는 바로 이 〈신세대〉의 과격주의를 비판한 글이었다· 여기서 헤르쩬은 〈신세대〉의 과격주의자들이 자신들의 〈선배〉들에게 부당 한 공격을 퍼부음으로써 사실상 짜리즘을 도와주는 결과를 빚어내고 있다 고 주장했다.

헤르쩬은 1840년대를 대표하는 반체제적 지식인이었고, 체르니셰프스 키는 1860년대를 이끌어 갈 대표적 반체제 지식인이었다. 따라서 『콜로 콜』과 『소브레멘니크』의 대결은 많은 사람들에게 관심의 대상이 아닐 수 없었다. 많은 지식인들은 그들간의 제휴를 바라기도 하였다. 이에 체르니 셰프스키는 곧 런던으로 가 헤르쩬과 직접 만나 의견을 나눴다. 당대 러 시아 과격주의의 두 거인의 이 역사적 해후는 그러나 문제를 해결하지 못 했다. 상대방을 설득하려는 서로의 노력은 아무런 결실을 맺지 못한 것이 다. 이때 체르니셰프스키는 서른 한 살이었고 헤르쩬은 마흔 일곱살이었 다. 열 여섯 해의 간격이란 정말 깊은 것이었으며, 특히 그 기간중에 일 어난 여러 가지 사건들(가령 크리미아 전쟁에서의 러시아의 패전)이 젊은 층에 준 충격은 너무나 컸었다. 두 사람의 만남은 서로 다른 견해를 갖고 있는 러시아 과격주의의 두 세대의 상징적 만남이었던 것이다.

정말 1840년대의 지식인과 1860년대의 지식인 사이에는, 비록 그들이 반짜르적이라는 점에서는 공통점이 있었으나, 메우기 어려운 간격이 있었 다. 1860년대의 지식인들에게 1840년대의 지식인들은 머릿속에서만 비판 적인 사람들에 지나지 않았다. 그것은 사실이었다. 그들은 예외없이 러시 아의 내단히 잘사는 지주 계층 또는 안락한 향신 출신으로서 농노제가 그 들에게 베풀어 주고 있는 물질적, 육체적, 시간적 여유를 즐긴 사람들이 다. 그들의 거의 대부분은 생계를 위해 일해 본 일도 없으며 관료 기구내 의 명예직을 갖고서 사회적 지위를 누리고 있었다. 어려서는 가정교사에 의해 폭넓은 교육을 받고, 그 다음엔 해외 여행을 통해 안목을 넓혔으며,

그리고 몇 해를 독일의 어느 한 대학교에서 철학이나 문학을 전공한 사람들이다. 당시 문교장관 우바로프 Count S.S. Uvarov 는 사람은 제 신분의 수준을 넘는 교육을 받아서는 결코 안 된다는 생각을 갖고 있어서 대학 교육의 기회를 오직 지주의 향신의 사체에게만 주고 있었다. 따라서 오직 그들만이 대학 교육을 받을 수 있었던 것이다. 대학에서 그들은 주로 실러의 희곡을 읽고, 셸링과 헤겔의 철학을 공부했으며, 푸리에르의 이상향주의(유토피안이즘)에 몰입했다. 푸시킨처럼 결투에 임하기도 하고 헤르젠처럼 피의 맹세를 즐기기도 하였다. 간단히 말해 그들은 사변과 철학 그리고 낭만주의에 빠져 있었던 것이다. 즉각적인 문제들, 그들 주변의 사회 문제들로부터 그들은 멀리 떨어져 있었다. 그들의 지적 열의는 비실제적 영역에 쏟아져 있었던 것이다.

이러한 〈1840년대의 사람들 men of the forties〉은, 적어도 〈1860년대의 사람들 men of the sixties〉에게는, 1860년대의 시대적 상황에 맞지 않는 것으로 비쳤다. 〈1840년대의 사람들〉은 꿈꾸고 희망을 갖고 그리곤 실망해 버리는 능력밖에는 없는 사람들로 비쳐졌던 것이다. 간단히 말해, 그들은 행동의 능력을 결여하고 있는 사람들로 여겨지고 있었다.

그러면 〈1860년대의 사람들〉은 어떠한 성격을 갖고 있는 것인가? 그들은 1850년대 중반부터 러시아에 새로이 전개된 격동적 상황에서 지적 성향이 이뤄진 사람들이었다. 1855년, 그러니까 러시아를 〈검은 반동〉으로 몰아넣었던 니콜라스 1세가 죽고 개혁 지향적인 알렉산더 2세가 즉위한 그해부터, 러시아는 폭발적인 상황에 들어가기 시작했다. 변화를 요구하는 목소리가 커졌으며, 그 목소리는 곧바로 대중 운동으로 연결될 잠재력을 갖고 있었다. 이에 따라 알렉산더 2세는 여러 가지 양보적, 타협적 조처를 취하지 않을 수 없었는데, 그 조처의 하나가 대학 교육의 문호를 어느 정도 개방한다는 것이었다. 그 결과로 가령 1854년에는 375명에 지나지 않던 센트 피터스버그 대학교의 학생 수효는 10년 뒤엔 1,500명으로 늘어났다. 그런데 보다 중요한 것은 수효가 늘어난 그들 대학생의 배경이었다. 그들은 귀족 출신이 아니었다. 하급 관리의 아들, 목사의 아들, 심지어는 소상인의 아들도 포함되어 있었다. 경제적으로 그들은 가난했으며, 따라서 그들은 가난한 대학 생활을 보내지 않으면 안 되었다. 이제 헤르젠과 같은, 또는 헤르젠 시대의 대학생들과 같은 〈지주—대학생〉의 시대는 끝난 것이다. 따라서 그들은 자신의 당장의 생계를 위하여, 그리고 가족들의 생활을 돕기 위하여 직장을 찾지 않으면 안 되었다. 이러한 생활 환경은 그들의 변화 추구적 지적 성향을 크게 자극시켰으며, 그 성향은 과격성을 띠게 되고 따라서 행동으로 기울게 한 것이었다.

이 새로운 세대는 자신의 선배들이 그처럼 깊은 관심을 쏟았던 독일의 이상주의를 형이상학이라고 단정짓고 배격했다. 자신의 선배들의 깊은 관심의 대상이었던 추상적 철학 체계 역시 배격했다. 실제와 행동에 보다 큰 관심을 갖고 있는 그들은 과학과 사회학 및 사회주의 그리고 실제적 정치 강령에 강하게 이끌리고 있었다. 그들은 또한 남이 보지 않는 일기장에서나 자신의 과격한 사상을 토로하는 〈1840년대의 사람들〉과는 달리 행동적 방식에 몰입해 있었다. 〈1860년대의 사람들〉을 실제 정치에 보다 깊이 빠져들게 함에 있어서 중요한 역할을 수행한 것은 저널리즘이었다. 알렉산더 2세는 타협적 조처의 하나로 언론 활동을 어느 정도 허용했는데, 비록 검열 제도는 살아 있고 금기로 되어 있는 대상은 그대로 남아 있었으나, 잡지와 신문이 꽤 많이 발간될 수 있었다. 이에 따라 논쟁이 꼬리를 물고 일어나게 되었고, 이 과정에서 지식인과 대학생을 비롯한 젊은 세대들이 정치적으로 훈련되어 나갔다. 〈1860년대의 사람들〉의 영웅은 체르니셰프스키였다. 그는 알렉산더 2세의 개혁 정치를 가짜라고 비판하면서 오직 전면적인 혁명에 의해서만 러시아는 정의로운 사회로 바뀌어질 수 있다고 주장한 것이다. 그가 주도한 『소브레멘니크』는 바로 그의 그러한 과격주의를 러시아의 청년들에게 주지시키는 데 바쳐지고 있었다. 이러한 시대적 상황 속에서 트카초프는 출생한 것이다. 그리고 그는 그의 시대의 〈뛰어난 아들〉이 된다.

Ⅳ. 트카초프의 생애와 사상의 형성 과정

출생에서 대학 시절까지 트카초프는 1844년 6월 29일 프스코프 Pskov 省의 벨리키 루키 Velikie Luki 읍의 한 작은 마을인 시브트소프 Sivtsov 에서 중농 정도의 지주의 아들로 태어났다. 다섯 형제 자매 가운데 막내였다. 출생 직후 아버지가 별세했기 때문에 그는 형들 그리고 누이들과 함께 홀어머니 밑에서 컸다. 그는 어려서 누이들의 영향을 받은 듯하다. 큰누이는 아동 문학가였는데, 통계학자이며 경제학자로서 『러시아의 富』의 편집 위원인 안넨스키 N.F. Annenskii 와 결혼해 살고 있었으며, 작은누이는 뒷날 혁명 운동에 뛰어든다. 소년이 된 트카초프는 센트 피터스버그 제 2 고등학교에 입학했다. 그의 고등학생 시절에 관한 기록은 거의 없다. 다만 그가 엄격한 학교 분위기에 염증을 내었으며, 그 분위기에서 해방되고 싶은 갈망을 갖고 있었다는 기록이 있을 뿐이다. 그러나 그가 센트 피터스버그에서 고등학교를 다녔다는 것이 그의 지적 성장에 큰 영향을 주었던 것은 확실하다. 이곳에서 그는 반짜르적 잡지들을 보기 시작한 것이다. 트카초프에 대한 소련의 공식 전기 작가인 코즈민 B.P. Kozmin 은, 〈트카초프에게 책들과 잡지들은 학교를 대치시켰다〉고 쓰고 있는데, 그것은 과장이겠으나, 어느 정도의 사실을 말해 주고 있는 것은 분명하다.

혁명가로서의 그의 경력은 센트 피터스버그 대학교 법학부 입학(1861년 가을)과 동시에 시작되었다. 반짜르적 글들에 이미 어느 정도 접해 있던 17세의 이 소년은 당시 반짜르 운동의 중심지였던 이곳의 행동적 열기에 쉽게 젖어들었던 것이다. 그는 곧 소요에 관련되어 두 차례 형무소 생활을 하게 된다. 첫번째는 크론스타트 요새 형무소에서 매우 짧은 기간을, 그리고 두번째는 피터 앤 폴 요새 형무소에서 3개월을 각각 보내게 된 것이다. 법학도로서도 성장을 계속했다. 1862년 봄 그의 첫 법률 논문이 도스토예프스키가 편집하던 『브레미아 Vremia (시대)』지에 게재되었다. 이 논문은 언론 자유의 문제를 법적 측면에서 다룬 것인데, 여기서 그는 토론의 자유와 비판의 자유를 강력히 옹호하고 나섰다. 이 논문은 또한 언론에 관한 형사 사건을 다루는 배심 제도의 개선을 주장했다. 그는 배심원의 구성이 보다 더 평민주의적이어야 한다고 본 것이다. 두번째와 세번째의 논문도 모두 같은 해 『브레미아』지에 차례로 게재되었다. 러시아의 사법 제도를 다룬 이 논문들에서 그는 우선 영국과 프랑스의 사법 제도를 비판했다. 영국의 그것은 귀족주의적이고, 프랑스의 그것은 관료주의적이라는 것이다. 이러한 제도를 피하고 러시아가 지향해야 할 사법 제도는 평민주의적인 것이어야 한다고 그는 보았다. 부자가 빈자를 상대로 소송을 제기할 때는 그 소송 비용을 부자가 부담해야 한다는 그의 주장은 그러한 그의 성향을 반영하는 한 예에 지나지 않는 것이었다.

저술 활동에 뛰어들다 두 차례의 형무소 생활을 마친 뒤 그것을 계기로 트카초프는 곧 저술 활동에 뛰어들었다. 그래서 스무살이 되기 이전에 벌써 12편 정도의 논문을 발표하고 있었다. 도스토예프스키가 『브레미아』 다음으로 내기 시작한 『에포카 Epokha (새 기원)』와 그리고 『주르날 미니스테르스트바 유스티츠시 Zhurnal ministerstva iustitsii (법무성 학보)』및 『유리디체스키 베스트니크 Iuridicheskii vestnik (법학 헤럴드)』에 그의 법학 논문이 실렸다. 그러나 그가 가장 많이 기고한 곳은 『비블리오테카 들리아 크테니아 Biblioteka dlia chteniia (독서를 위한 도서관)』이었다. 이 월간지는 과격주의자는 아니지만 자유주의자로서 당대의 사회 사상과 사회 개혁에 깊은 관심을 갖고 있던 보보리킨 P. Boborykin 에 의해 주도되고 있었는데, 그와 그의 잡지 주변에 당대 일급의 자유주의적 작가들이 모여 있었다. 트카초프가 이들에게서 적지 않은 영향을 받았을 것이라는 점을 우리는 충분히 짐작할 수 있을 것이다.

이 무렵에 트카초프는 마르크스를 읽었다. 그는 특히 마르크스의 경제 결정론 *economic determinism*에 기울어졌다. 그런데 여기서 주의할 것은 트카초프가 이미, 그러니까 마르크스를 읽기 한 해 전인 19세 때에, 경제 결정론에 도달해 있었다는 점이다. 그것은 트카초프가 독일 법학자 단크 바르트 Heinrich Dankwart 를 읽음으로써 가능했던 것이었다. 단크바르트는 자신의 『국민 경제와 법률』이란 큰 저서에서 한 사회의 법률의 바탕으로 그 사회의 경제 체제를 지적했던 것이다. 그렇다고 해서 단크바르트가 법률의 도덕적 기반을 완전히 부인한 것은 아니었다. 그러나 그의 책은 어떤 경제적 관계와 법을 명백히 연관시키는 데 성공하고 있었던 것이다. 역사 발전의 주요 동력 또는 실정법을 포함한 사회 생활의 모든 국면을 설명할 수 있는 유일한 요인은 경제라는 확신을 트카초프는 단크바르트를 통해 가졌고 또 평생 동안 유지하였다.

재능 있는 법률 평론가로서의 트카초프의 저술 활동은 1865년 『비블리오테카 드릴리아 크테니아』의 재정적 파산으로 일단 정지되는 듯하였다. 그러나 그의 재능을 인정한 센트 피터스버그의 과격파 월간지 『루스꼬에 슬로보 *Russkoe slovo*(러시아의 말)』가 정기 기고가의 지위와 봉급을 줌으로써 그는 평론 활동을 계속할 수 있었다. 『루스꼬에 슬로보』는 『소브레멘니크』와 더불어 당시 러시아 과격파들의 2대 잡지를 형성하고 있었다. 체르니셰프스키와 도브롤리우보프가 만드는 『소브레멘니크』에 비해, 『루스꼬에 슬로보』는 보다 더 젊은 층을 상대하고 있었으며 니힐리즘(허무주의)의 대변지로 알려지고 있었다. 책임 편집인은 서구를 두루 여행하였으며 서구의 문화적 가치를 높이 평가하면서 이를 러시아에 도입해야 한다고 생각하고 있던 블라고스베틀로브 G.E. Blagosvetlov 였는데, 트카초프는 그와 평생 동안의 우정을 유지하게 된다.

니힐리즘의 가장 대표적인 설명자로 여겨지고 있던 20대의 피사레프 Dimitri Pisarev 는 바로 이 『루스꼬에 슬로보』에서 활약하고 있었다. 따라서 트카초프는 자연스레 피사레프와 친교를 유지하게 되었지만, 두 사람 사이에는 상당한 견해의 일치와 더불어 견해의 상치가 발전되게 되었다. 가령 두 사람은 모두 짜리즘 체제로 요약되는 러시아의 현존 질서를 공격하는 데 합의하고 있었다. 그러나 지식의 계속적 팽창을 통해 그리고 인간 心性의 창조적 능력의 성장을 통해 인류의 문화는 발전해 왔다는 피사레프의 견해에 대해 트카초프는 사회 경제적 측면에서 역사의 진보를 설명하고

자 했다. 사회적, 경제적 관계의 변화는 새로운 이데올로기를 탄생시켜 기존의 이데올로기를 대체시키며 그 이데올로기의 틀에 맞는 정치 제도가 나타나면서 인류의 역사는 진전된다는 것이 트카초프의 역사관이었다. 그가 『루스꼬에 슬로보』에 쓴 일련의 논문들은 대체로 역사 발전에 있어서 경제적 요인의 우위성을 강조하고 있다.

트카초프는 피사레프의 허무주의도 받아들이지 않았다. 또한 과학과 지식 및 이념에 의해 지배되는 세계를 그리고 있는 피사레프의 견해도 배격했다. 피사레프가 존중해 마지 않는 知的 엘리트에 대해서도 트카초프는 경멸감을 갖고 있었다. 그는 지적 엘리트들이란 그 사회의 기존 도덕률의 노예라고 보았으며 기존 사회의 富의 기생충일 뿐이라고 생각한 것이다. 피사레프가 개별적 인간에 대해 관심을 보였음에 비해 그는 계급의 개념을 통해 인간을 보고자 했다.

여러 가지 점에서 트카초프의 사상적 경향은 경쟁지인 『소브레멘니크』에 가까왔다. 그러나 그는 피사레프와의 견해차를 갖고 논전을 벌이지 않도록 노력하면서 『루스꼬에 슬로보』에 그대로 자리를 지키고 있었다. 이곳에 있으면서 그는 차차 혁명의 방법으로서 음모의 개념을 발전시켜 나가기 시작했다. 물론 음모와 음모적 조직을 통해 기존 체제를 타도할 혁명을 발전시켜야 한다는 주장이 그에게서 시작된 것은 아니다. 그러한 조직들은 이미 러시아에서 생성하고 있었으며 헤르첸의 친구인 오가레프 역시 음모적 혁명 조직 이론을 일찍부터 주창하고 있었다. 그러나 트카초프는 이를 좀 더 체계적이며 구체적으로 진전시켜 나가기 시작한 것이다.

1866년 『루스꼬에 슬로보』는 『소브레멘니크』와 더불어 폐간 처분을 받았다. 알렉산더 2세에 대한 암살 음모가 발각되면서 정부의 언론 통제는 극심해졌고 그 과정에서 당대의 두 대표적 과격지는 영구 폐간의 처분을 받은 것이다. 그러나 『루스꼬에 슬로보』를 이끌어 온 블라고스베틀로브는 표기하지 않았다. 자신이 발행인 또는 편집인이 될 수 있는 권리가 박탈되었음에도 트카초프를 편집인으로 내세워 『광선 Ray』이란 잡지를 출간시켰다. 그러나 이 잡지도 곧 폐간되고 트카초프는 가벼운 견책을 받게 되었다. 1866년말 『루스꼬에 슬로보』의 편집 동인 중 한 사람이었던 슐긴 N.I. Shulgin 이 『델로 Delo(大義)』라는 잡지를 시작했다. 이 잡지는 『루스꼬에 슬로보』보다 훨씬 덜 과격했으며, 그 때문에 그로부터 20년을 지속할 수 있었다. 트카초프는 문학 평론가로 이 잡지에 참여해 그가 1873년 해외로 망명한 이후에도 죽을 때까지 계속해서 이곳에 기고하게 된다.

사상 체계를 형성해 나가다 『델로』에의 참여와 더불어 트카초프는 서구의 철학을 깊이 파고들기 시작했다. 공리주의·실증주의·사회주의·자본주의에 대해 본격적으로 접근해 나갔으며 서구의 역사를 깊이 공부하기 시작한 것이다. 이때 그의 나이는 스물 두 살에 지나지 않았다. 그러나 도브롤리우보프는 스물 다섯 살에 죽었으며 피사레프는 스물 두 살에 죽지 않았는가. 더구나 러시아의 젊은이는 이른 나이에 지적으로 크게 성장하는 예가 흔했다. 따라서 그도 낭비할 시간적 여유를 갖고 있지 않았으며, 그렇기에 무서운 열의로써 수 많은 어려운 책들을 빠른 속도로 읽어나갔다.

트카초프는 우선 공리주의 철학을 집중적으로 파고들었다. 여기서 그는 체르니셰프스키로부터 많은 知的 도움을 받았다. 체르니셰프스키는 벤담의 공리주의적 윤리관을 열렬히 받아들여 이를 러시아에 소개하는 논문들을 꾸준히 발표했었는데, 트카초프는 이 논문들의 영향을 받은 것이다. 그래서 트카초프도 가치는 사회적 유용성 *social utility* 에 의해 평가되어야 하며 선(善 *good*)이란 사람을 행복하게 느끼도록 해 주는 것이라는 공리주의적 윤리관의 원리를 크게 존중했다. 실증주의에 관해서는 콩트 Auguste Comte 의 저서를 열심히 읽었다. 당시 러시아의 과격파들은 실증주의를 지지하고 있었다. 그들은 실증주의가 관념주의를 배격하고 있으며 유물주의 및 합리주의를 포용하고 있다고 보았으며, 과학적 조사 방법을 강조하고 있는 실증주의적 방법론은 사회 현상의 분석에도 적용될 수 있다고 판단한 것이다. 이런 점에 미루어 트카초프 역시 실증주의를 지지했을 것으로 생각해 볼 수 있을 것이다. 그러나 그는 콩트의 실증주의를 배격했다. 지식이 역사 발전의 動因일 수 있다는 콩트의 주장은 옳지 않다고 본 것이다. 지식은 행동을 불러일으키지 못하며 이념은 오직 개인적 이해 관계와 일치할 때만 활발한 동인이 될 수 있는 만큼, 〈순전히 수동적 요소이며' 좀 더 정확히 말해, 장식품적 요소〉에 지나지 않는다고 주장하면서 인류의 진보를 지식의 축적으로 간주한 콩트를 비판했다. 콩트를 몹시 싫어한 나머지 그를 〈부르조아 형이상학자〉라고 부르기도 했다. 콩트는 진정으로 본질적인 철학적 물음과 싸우기를 거부하고 실증주의를 형이상학으로부터 분리시키려는 헛된 노력을 기울였을 뿐이라고 매도하기까지 했다.

『델로』시절에 트카초프는 자본주의 경제학도 열심히 연구했다. 스미드와 맬더스 및 밀의 저술을 특히 꼼꼼히 읽어 나갔다. 2년간에 걸친 그의 연구는 이들 자유주의 학파의 자본주의 경제 이론이 그르다는 결론에 도달하게 하였다. 그들은 인간이 생래적으로 경쟁 심리를 갖고 있고 물질적 욕구에 싸여 있으며 비도덕적 수단을 써서라도 돈을 벌겠다는 욕심을 갖고 있다고 보고 이러한 인간적 본성에서 자본주의가 나왔다고 주장하고 있는데, 그것은 현상 인식의 오류에서 나온 것이라고 비판한 것이다. 자본주의 체제 아래니까 사람의 본성이 그렇게 왜곡된 것이며 새로운 체제 아래서 사람의 본질은 완전히 달라질 수 있다고 그는 주장했다. 트카초프에게 서구의 자본주의 사회는 전체적으로 그른 기회였다. 그 사회는 경쟁적이며 파괴적이고 잔인한 인간을 만들어냈고 노동자로부터 생활 또는 존재의 안전을 빼앗아 버렸다고 그는 본 것이다. 자본주의 사회를 대치할 새로운 사회의 모습을 쓸 수 있는 자유가 당시의 러시아에는 없었다. 그래서 그는 자신의 입장에 어느 정도 부합하는 견해가 담겨 있는 베처 Ernst Becher의 책『현대적 의미에 있어서 노동자의 문제와 그 해결 방법 *The Worker Question in Its Contemporary Significance and the Methods for Solving It*』을 번역해서 1869년에 출간했다. 이 역서에 그는 자신의 견해를 은연중에 밝히는 서문과 주해를 붙였으며 프루동 Pierre-Joseph Proudhon의 글을 부록으로 실었다(이 글에서 프루동은 인민 은행 제도와 국제 노동자 협회 헌장을 제시하고 있다).

이 일련의 작업에서 나타난 트카초프의 사회 사상은 이렇게 요약될 수 있다. 노동은 어떠한 형태로든 모든 생산에 있어서 유일한 원천이므로 노동은 생산품에 대한 모든 권리를 가져야 한다, 그러나 실제에 있어서는 노동과 생산품 사이에는 일종의 허구적 논리에 바탕을 둔 다양한 특권의 도움을 받고 있는 중간인이 서 있어서 생산품을 횡령하고 있을 뿐이다, 보다 좁혀 말해 노동은 자본에 의해 노예화되어 있어서 자신의 열매를 자본에 의해 강탈당하고 있다, 그리고 이러한 상황이 사회 생활 전반을 파괴하고 있으며 사회적 고뇌와 무정부 상태를 유도하고 있다——이러한 생각을 그는 갖고 있었던 것이다. 그러면 이러한 부정의한 사회 상태를 어떻게 교정해야 할 것인가? 그의 해답은 노동자와 소유주의 병합이었다. 보다 구체적으로 그는 베처의 생산자 협동조합 *producer cooperative* 案을 지지했다. 이 조합은 중간인—자본주의자 *middleman-capitalist* 를 제거하고 노동자들로 하여금 그들의 노동으로부터의 모든 가능한 이익을 나누어 가질 수 있게 할 것이라고 그는 생각한 것이다. 생산자 협동조합이 세워지려면 물질적 지원과 재정적 뒷받침이 반드시 필요하다. 이 점에 대해서는 이미 이 협동조합안을 제시해 온 라살 Ferdinand Lassalle과 블랑 Louis Blance 및 프루동도 지적한 바 있으며, 베처도 언급한 바 있다. 베처는 국가가 특수 은행을 세워서 협동조합에 자금을 지원해 주거나 또는 개인 은행에 그렇게 하도록 조처할 것을 제의했는데, 그것은 라살 방식과 별 차이가 없는 것이었다. 그러나 트카초프는 이러한 방식이 실현되기 어렵다고 보았다.

부르조아의 이익에 봉사하기 위해 세워져 있는 국가가 부르조아 이익에 반해 노동자의 이익에 도움을 주는 그러한 제도를 실시하지 않을 것이라고 생각한 것이다. 필자의 견해로 트카초프의 이러한 생각은 잘못된 것이다. 그러나 그는 자신의 이론적 과오를 깨닫지 못한 채 폭력에 의한 부르조아 국가의 타도와 이에 따른 노동자 국가의 건설이라는 그릇된 이론을 차츰 발전시켜 나가게 된다.

『델로』에 참여하는 기간에 트카초프가 서구의 사회 철학 또는 사회 이론에 몰입한 것은 사실이다. 그렇다고 해서 그것이 그가 러시아와 러시아 국민에 대해 잊고 있었다는 것을 의미하는 것은 아니다. 서양 학문에 대한 그의 관심은 오히려 러시아와 러시아 국민에 대한 깊은 이해를 얻으려는 그의 정열의 발로였을 뿐이다. 그래서 그는 『델로』에 러시아의 농민과 여성을 포함해 주로 낮고 가난한 계층에 대한 글들을 써 나갔다. 러시아 농민에 대한 그의 관찰과 분석은 확실히 새로운 것이었다. 그 이전에는 대체로 2개의 農民觀이 있었다. 하나는 러시아 농민이 정신적, 도덕적으로 대단히 순수하며 협동적이라고 보면서 이러한 성품의 농민이 언젠가 봉기하여 구체제를 붕괴시키고 사회주의적인 국가를 만들어 나갈 수 있을 것이라는 생각을 갖고 있었다. 이에 비해 다른 하나는 농민을 우스꽝스럽고 무식하며 거친 성품의 소유자로 보고 있었다. 이러한 농민이 만일 봉기한다면 무자비한 학살이 자행될 것이며 방화와 유혈의 연속이 벌어질 것이라고 주장하고 있었다. 트카초프는 이 두 견해를 모두 배척했다. 그는 우선 러시아의 농민을 이상화하는 견해는 그들의 실태를 전혀 모르는 지식인들의 환상이라고 비판했다. 절대 빈곤에 시달리고 있을 뿐인 농민은 〈胃의 명령에 따라〉움직일 뿐인 존재라고 그는 본 것이다. 그렇기에 그는 농민이 자신들의 복지 향상을 위해 조직화된 봉기를 일으킬 수 있다고 보는 것은 농민의 잠재력을 과대 평가하는 것이라고 주장했다. 그는 러시아의 농민이 무지하고 거칠다는 견해에 오히려 동조했다. 그러나 이 견해를 계속 주장하고 때로는 과장하는 사람들은 〈그렇기 때문에 농민은 계속 현재의 비참한 상태에 머물러 있어야 한다〉는 잘못된 입장을 강화시켜 주고 있을 뿐이라고 비판했다. 너무나 빈곤하기 때문에 그런 성품을 보여 주고 있을 뿐이며 지식인들의 교육적 노력에 따라서 그들을 혁명 세력으로 충분히 끌어들일 수 있다고 주장했다.

네차에프와 만나다 트카초프의 생애에 있어서의 결정적인 전기는 스물다섯 살이 된 1869년에 일어났다. 러시아의 지하 운동사에 있어서 유명한 사건의 하나로 평가되고 있는 〈네차에프 사건〉에 연관되어 그해 봄으로부터 4년간 옥살이를 하게 되었고 마침내 스위스로 망명하게 되었던 것이다. 그는 끝내 고국으로 돌아오지 못한 채 1886년 파리에서 병사한다.

그러면 네차에프란 누구인가? 네차에프 Sergei Nechaev는 1847년 이바노보 Ivanovo의 섬유공장 지역에서 농노의 아들로 태어나 거의 독학으로 공부해서 교사 자격증을 얻은 청년이었다. 열 아홉 살때인 1866년에 수도로 올라와 초등학교에서 라틴어를 가르치면서 센트 피터스 대학교의 청강생으로 등록하게 되었는데, 이때부터 혁명적 대의를 위해 자신의 모든 것을 버리겠다는 일종의 광신자가 되게 되었다. 그는 센트 피터스 대학교의 과격 청년들 및 센트 피터스버그 의과대학의 과격 청년들과 접촉하면서 일종의 비밀 결사를 조직하게 된다. 트카초프와 네차에프의 만남은 이런 과정에서 이뤄졌다. 그것은 1868년말과 1869년초 사이의 몇 개월이었다. 두 사람은 비밀 독서회에서 몇 차례 만나서 서로의 의견을 나눈 것으로 보이는데 센트 피터스버그의 모든 대학교로부터의 학생 대표들로 구성되는 매우 효율적인 기구의 발족에 합의한 것 같다. 그러나 트카초프는 대단히 신중한 사람이었으며 성급히 혁명 운동을 일으키려는 입장은 아니었고 이 점에 있어서 네차에프와의 차이가 확실했다.

이즘 네차에프의 서클에서 「혁명적 행동 강령」이 작성됐다. 狂氣가 넘치는 이 강령은 혁명 세력이 우선 정치 권력을 장악하고 그 권력으로써 사회 혁명을 수행할 것을 주장했다. 그리고 정치 권력을 장악하는 정치 혁명을 준비하기 위해 〈모든 소유와 전문적 직업 및 가족 유대를 포기할 수 있을 사람〉으로써 혁명 주도 세력을 형성해야 한다고 선언했다. 「강령」은 혁명을 성취시키기 위한 구체적 일정도 제시했다. 1869년초부터 시작해 1870년 2월 19일(농노 해방령 선포 9주년)에 혁명이 일어나기까지의 단계적 구상이 상세히 적혀 있었던 것이다. 이 문서를 누가 썼는지는 확실하지 않다. 네차에프가 쓴 것은 틀림없는 것 같다. 그러나 트카초프의 이론에서 나온 용어나 구절도 보인다. 직업적 혁명가의 개념 같은 것이 그러하다. 앞에서 지적했듯, 트카초프는 모든 것을 혁명의 대의를 위해 희생할 수 있는 혁명가들의 집단을 옹호했던 것이다. 또한 정부를 타도하는 수단으로서 음모가 가장 좋다고 트카초프는 주장했었는데, 이 「강령」도 같은 내용을 담고 있었다. 그러나 이 「강령」은 트카초프의 견해와 다른 입장을 보이고도 있었다. 전국적인 농민 반란 같은 것이 그 한 보기로서, 트카초프는 농민이 반란을 일으킬 만한 능력을 갖고 있지 못하다고 보았던 것이다. 농민 반란에 대한 강조는 확실히 네차에프로부터 나온 것이었다.

이 「강령」이 작성된 뒤 얼마 안 있어, 즉 1869년 2월에 네차에프는 러시아를 떠나 스위스로 망명했다. 그곳에서 그는 무정부주의적 혁명가인 바쿠닌과 만난 것이다. 이로써 트카초프와 네차에프의 관계는 끊어졌다. 그 뒤 두 사람은 결코 다시 만나지 못하게 된다. 그러나 네차에프가 출국한 뒤 곧 센트 피터스 의과대학에서 소요가 일어나고 이것이 이웃 대학들로 퍼진 사건이 발생했다. 이때 트카초프도 관여했다. 경찰은 즉각 개입하여 소요의 주모자들과 트카초프 및 그의 내연의 처 알렉상드라 데멘테바 Aleksandra Dmitrievna Dementeva 를 체포했다(알렉상드라는 1850년경 가난한 소시민의 딸로 태어났으나 곧 고아가 되어 여러 집을 전전하며 자라났다. 그녀는 센트 피터스버그의 짐나지움을 졸업했으나 당시의 법령은 여자의 대학 입학을 금지하고 있었으므로 진학하지 못했다. 그 대신 그녀는 여성의 지위 향상을 위한 운동에 참여했다. 그녀의 뛰어난 미모와 정력과 두뇌는 주변의 많은 사람들에게 항상 깊은 인상을 준 것으로 기록되고 있다). 경찰은 이 일련의 사건의 배후에 네차에프가 있음을 곧 파악하게 되었다. 이것이 〈네차에프 사건〉이라고 알려진 것인데, 트카초프는 결국 4년간의 징역형을 선고받게 된다. 악명 높은 피터 앤 폴 요새 형무소에서의 생활은 참으로 괴로운 것이었다. 그러나 트카초프는 이 기간에 많은 책들을 읽기로 결심했다. 실제로 프루동과 마르크스의 저술을 샅샅이 읽어 나갔으며, 스펜서의 『생물학 원리』도 다시 읽었다. 이 과정에서 마르크스에 대한 그의 심취는 확대되어 갔다. 서구 자본주의 체제의 병폐와 서구 민주주의의 〈위선〉에 대한 트카초프의 경멸도 더욱 굳어졌다. 특히 그는 한 나라의 富를 국민 생산이라는 맥락에서 측정하고 생산의 증대를 번영의 증대로 생각하는 경제학자들을 맹렬히 공격하게 되었다. 마르크스의 『자본론』을 면밀히 연구한 그에게는 전체적 國富라는 것은 무의미했다. 번영에의 관건은 부의 배분에 있다고 그는 본 것이다.

유럽으로의 망명 1872년말 트카초프는 석방되어 고향인 벨리키 루키로 보내졌다. 내연의 처 알렉상드라도 이 무렵 석방되어 두 사람은 함께 생활할 수 있었다. 트카초프는 석방과 더불어 러시아의 반짜르 운동의 사상적 기반이 많이 바뀌었음을 깨닫게 되었다. 자신이 옹호했던 음모적 혁명론은 퇴조하고 있었던 것이다. 네차에프 사건을 계기로 러시아의 반짜르적 젊은이들은 음모적 혁명론에 대한 매력을 잃었고, 농민을 계몽시켜 의식 수준을 높여주고 거기서 농민의 봉기를 유도해야 한다는 라브로프 Peter Lavrovich Lavrov 의 주장에 기울어 있었음을 트카초프는 본 것이다. 라브로프의 인민 계몽주의에 대해 트카초프는 경멸감을 갖고 있었다. 그러나 1870년 유럽으로 망명하여 스위스의 쮜리히에서 『브페레드 *Vpered* (전진)』를 발간하고 있던 라브로프의 추종자들이 이 잡지에 참여해 달라고 요청하자 그는 이를 받아들이고 1873년 12월 망명 길에 올랐다. 당시 쮜리히의 러시아 망명자 사회는 양분되어 있었다. 라브로프 지지파와 바쿠닌 지지파가 그것이다. 라브로프 지지파와의 연계 속에 쮜리히로 온 만큼 트카초프는 일단 라브로프 진영에 몸을 담고 있었다. 1874년 3월 라브로프는 자신의 본거지를 런던으로 옮겼다. 그는 쮜리히에서 바쿠닌 지지파와 대결해 지내야 한다는 점이 싫었으며 런던으로 옮겨 가 새 출발을 하고 싶었다. 트카초프도 물론 런던으로 옮겼다. 그러나 여기서 트카초프와 라브로프의 충돌이 발생했다. 『브페레드』의 편집·논설 방향을 놓고 양자의 의견이 날카롭게 부딪친 것이다. 사실 이러한 대결은 늦게 나타났을 뿐이었다. 앞에서 지적했듯, 라브로프는 대중이 혁명에서 주요한 역할을 수행할 것이며 짜르의 전제 체제도 결국 대중 봉기에 의해 타도될 것이라고 보고 있었다. 그런데 이 대중이 지금으로서는 혁명을 일으킬 준비가 되어 있지 않으며, 따라서 농민의 계몽을 통해서, 그리고 농민에게 사회주의 사상을 계속적으로 주입시킴으로써 농민 혁명을 유도할 수 있다고 라브로프는 주장한 것이다. 이것을 트카초프는 반박했다. 트카초프는 〈러시아의 인민은 언제나 혁명에 대한 준비가 되어 있다. 그들은 언제나 혁명을 일으킬 수 있으며, 혁명을 일으키고 싶어한다〉고 주장한 것이다. 체르니셰프스키의 유명한 물음인 〈무엇을 해야 하나〉를 원용하면서 〈우리에게 《무엇을 해야 하나》라는 질문은 더 이상 던져져서 안 된다. 그것은 이미 오래전부터 결정되어 왔다. 혁명이 이뤄져야 한다〉고 그는 강조한 것이다. 그러면 어떻게 무슨 수단으로 혁명을 이룩한다는 것인가? 트카초프는 세 가지 방법을 제시했다. 국가에 대한 정치적 음모, 직접적 선동, 그리고 라브로프가 제안한 선전이 그것이다. 이러한 입장의 트카초프에게 라브로프는 새로운 혁명 운동의 이방적인 사람으로 기껏해야 리버럴일 뿐이지 혁명가는 아닌 사람으로 보였다.

트카초프의 이론은 라브로프뿐만 아니라 엥겔스의 반박을 받았다. 엥겔스는 트카초프를 〈유치한 어린애〉라고 단정하면서 트카초프는 바쿠닌의 아류에 지나지 않는다고 공격했다. 트카초프가 그렇게 진심으로 혁명을 원한다면 그는 논쟁이나 벌이고 있을 것이 아니라 직접 현장에 뛰어 나가 혁명을 일으켜 보라고 비웃기도 했다. 이에 대한 트카초프의 반박도 맹렬한 것이었다. 그는 우선 엥겔스가 러시아의 특수 상황과 혁명에의 특수한 길을 이해하지 못하고 있다고 비난했다. 엥겔스가 러시아 혁명에 대해 논하고 있는 것은 마치 독일어를 공부한 중국인이 독일 정치에 대해 왈가왈부하는 것과 마찬가지라고 그는 반박한 것이다. 러시아의 특수성을 강조하면서 그는 이렇게 썼다 : 〈우리나라의 상황은 완전히 독특하다. 그것은 서구 어느 나라의 상황과도 공통점을 갖고 있지 않다. 서구에서 채택된 투쟁의 방법은 우리에게는 전적으로 그리고 완전히 부적합하다. 우리는 독일의 사회·정치적 여건이 러시아의 그것과 다른 정도만큼이나 독일 방식으로부터 구별되지 않으면 안 될 대단히 특수한 혁명의 프로그램을 필요로 한다.〉 이러한 논쟁의 전개 속에서 트카초프는 결국 런던을 떠나 파리를 거쳐 제네바로 와서 폴란드의 망명객들과 함께 1875년말 『나바트 Nabat(경종)』지를 출간하게 된다. 『경종』이란 이름을 쓴 것은 헤르쩬이 발간하던 『종』보다 그 강도를 더 뚜렷하게 하려고 한 것이 확실하다. 어떻든 『경종』의 출간은 트카초프 개인의 저작 활동에 있어서도 획기적인 또는 가장 생산적인 시기의 개막을 의미하는 것이면서 동시에 러시아 혁명운동의 큰 흐름에 새로운 물줄기가 나타난 것을 의미하는 것이었다. 스위스에 머물고 있는 러시아 망명객 가운데 거물로 꼽히던 악설로드 Paul Axelord 가 나바트의 출현으로 1870년대말 제네바에서 러시아 망명객들은 〈나바트파 Nabatovtsi〉와 바쿠닌 추종 세력의 〈오브스치나 Obschina(콤뮨 : 공동체)파 Obschinisti〉로 양분되었다고 지적할 정도였다. 『오브스치나』는 숲 쿠닌주의자들의 기관지였다.

『나바트』의 첫 호는 1875년 12월 1일 발간됐다. 첫 호의 첫 페이지에 트카초프는 〈지금 또는 대단히 곧이 아니면 아마도 결코 혁명은 일어나지 않을 것 Now, or if not very soon, perhaps never〉이라는 표어를 실었다. 그리고는 〈혁명의 시급성〉에 관한 자신의 논문을 게재했다. 〈자본주의가 발전할수록 러시아의 경제 사회 구조는 변화한다. 부르조아 계급은 점점 강력해질 것이며 마침내, 러시아의 가장 강력한 사회 계급이 될 것이다. 이렇게 되면 이들의 지원을 받아 국가는 보다 더 강력해질 것이다. 따라서 혁명의 성취는 점점 어려워질 것이다. 그러나 지금은 우리의 적이 약하고 오히려 우리가 강하다. 혁명을 빨리 서둘러야 할 까닭은 여기에 있다.〉——대체로 이런 성급한 내용을 그 글은 담고 있었다.

이처럼 『나바트』에 기고한 논문들을 통해 트카초프는 우리가 이 글의 뒷부분에서 살필 트카초프주의를 발전시켜 나갔다. 그러나 트카초프보다 더 과격한 혁명가들이 편집진에 참여하게 되어 1879년경부터는 그의 영향력이 크게 줄어들었다. 이 무렵 그의 내연의 처도 그와의 언쟁 끝에 그로부터 떠나갔다. 그녀는 몽펠리에 대학교 의과대학을 졸업한 뒤 외과의

사가 되어 1903년 러시아로 돌아간 다음 노일 전쟁 때 군의관으로 자원했
는데 군대 내부에서 반짜르 선전 활동을 시도했다는 이유로 체포된다. 실
망과 좌절과 고독 속에서 트카초프는 1879년 제네바를 떠나 파리로 이주
했다. 그러나 그는 활력을 잃었으며 전과 같은 전투석인 글도 쓰지 못했
다. 다만 그 사이 자신이 써 온 글들을 묶어 2권의 전집을 내는 데 그쳤
다. 1881년 1월 프랑스의 혁명 운동가 블랑키 Louis Blanqui가 죽자 그는
추도문을 썼는데 여기서 그는 최대의 경의를 표하고 하다. 프랑스 혁명
운동에 대해서뿐만 아니라 러시아 혁명 운동에 대해서도 크게 기여했다는
것이다. 〈그는 음모 활동의 위대한 기술에 있어 우리의 교사이다. [……]
모든 반동적 정부의 위대한 희생자인 그는 혁명적 이념의 구현이다〉라고
그는 썼다. 말할 수 없는 빈곤 속에 그의 종말은 가까이 왔다. 1882년 11월
30일 블랑 Louis Blanc의 장례식 날 그는 파리의 길거리를 헤매면서 이상
한 몸짓을 나타냈다. 경찰이 체포하여 요양원으로 넘겼는데 〈뇌 마비〉의
진단이 내려졌다. 이때부터 40개월 가까운 세월을 그는 〈살아 있는 시체〉
로서 보내게 되었다. 그는 한 마디 말조차 할 수 없었으며 가까운 거리에
있는 사람이 아니면 알아보지도 못했다. 그 고뇌 속에서 1886년 1월 4일
그는 마침내 42세의 젊은 나이로 죽고 말았다. 장례식에는 파리에 있는
러시아의 거의 모든 망명객들이 참가했다. 그와 커다란 논쟁을 벌였던 라
브로프도 나와서 장례식을 이끌어 갔다. 62세의 노장인 그는 〈무덤 앞에
서 모든 개인적 논쟁은 사라지며 모든 당파적 분열도 아무 것도 아닌 것
이 된다. 우리는 오직 공동의 적에 대한 공동의 투쟁만을 기억한다〉는 말
로 시작하여 〈전제주의에 대한 영원한 전쟁을! 고통받는 계층을 위한 흔
들리지 않는 투쟁을!〉로 끝나는 추도사를 낭독한 것이다. 사후에도 그의
불운은 계속됐다. 파리의 공동묘지 한 구석에 5년간의 전세 계약으로 묻
혔던 그의 시체는 500프랑의 영구 구입비를 치루지 못해 1892년 파헤쳐
지고 납골당으로 옮겨졌다.

V. 트카초프의 국가관과 혁명관

이제까지 우리는 트카초프의 사상 체계가 형성되는 과정을 살펴보았다.
이제 트카초프의 사상 체계 그 자체를 살필 차례가 되었다. 따라서 이 부
분에서 우리는 트카초프의 사상에 있어서 가장 중요한 부분인 대중과 혁
명가의 관계, 그리고 혁명을 통해 집권한 통치자와 대중과의 관계 등을
중점적으로 살피기로 한다. [13]

---

13) 이하의 내용의 출처는 Weeks, *The First Bolshevik*, chs. IV~V.

대중과 소수 혁명가 집단 트카초프는 대중에 대해 아무런 환상도 갖고 있지 않았다. 대중은 혁명에 필요한 용기와 정열이 극도로 결핍되어 있다고 본 것이다. 특히 半봉건적이며 半부르조아적인 부패한 러시아적 상황에서 대중은 그들 자신의 힘만으로는 헤어나기 힘든 악순환 속에 깊이 빠진 채 보수주의와 무절제에 젖어 있다고 주장했다. 1868년에 집필한 「깨어진 환상」에서 그는 이렇게 쓰고 있다 :

심리적 빈곤〔……〕단조로운 성격〔……〕도덕적 미성숙 등의 성격을 갖는 대중 속의 인간은 무엇보다 자기 중심적이다. 이러한 이기주의의 코스는 그의 지능에 있어서, 그의 우매성과 미성숙성에 있어서뿐만 아니라 그의 물질적 빈곤에 있어서도 찾아진다. 〔……〕그가 그의 형제들과의 공통적 이해와 유대를 느낄지는 모른다. 그러나 그는 그의 동지에 대한 지지를 거부하는데, 그것은 그러한 행동이 직장의 상실 또는 빵 한조각의 상실을 가져 올 것이라는 위협감을 인식하기 때문이다. 〔……〕그 결과 각자는 자기 자신의 이해 관계에만 얽매어 행동을 해서 〔……〕일반 이익은 언제나 상실되는 것이다. [14]

대중적 본질이 이렇기에 인민이란 그냥 내버려두면 새로운 것이라고는 아무 것도 건설하지 못하고 오직 그들이 익숙해 있는 낡은 생활 방식을 전파할 뿐이라고 지적하고, 인민은 지도자를 갖지 못하는 한 낡은 것의 파괴 위에 새로운 질서를 세울 수 없으며 공산주의의 이상을 실현시키는 방향으로 전진하지도 못한다고 단정했다. 그는 대중을 철저히 경멸한 것이다. 그의 이러한 태도는 용어의 선택에서도 뚜렷했다. 그는 러시아 사람들을 묘사하면서 〈미개한 군중〉이니 〈반쯤 교육된 다수〉니 또는 〈거칠고 길들여지지 않고 저질의 흐리멍텅한 대중〉이니의 표현을 썼다. 이러한 입장은 인민주의로 대표되는 민주적 경향이 우세했던 1870년대의 러시아 지적 풍토에서는 독특한 것이었다. 그는 인민주의자들과 여러 방면에서 깊은 관계를 맺었음에도 불구하고 반민주적 입장을 확고히 견지했던 것이다.

대중에 대한 그의 경멸은 자연히 혁명적 소수에 대한 그의 신뢰와 비례하는 것이었다. 바꿔 말해 혁명에 관한 한 그는 엘리트적 신념을 가졌던 것이다. 가령 「깨어진 환상」과 「신흥 세력」 및 「미래의 인민과 프티부르조아의 영웅들」 등의 초기 논문과 그리고 바쿠닌의 무정부주의를 공격한 후기 논문에서 그는 〈생각이 잘 정리된 소수 〔……〕우리 가운데 최선의

---

14) *Ibid.*, p. 75에서 다시 옮김.

사람들 〔……〕 새로운 인텔리겐챠, 즉 혁명 전에는 엘리트 혁명가이며 혁명 후에는 지배자가 되는 엘리트 혁명가〉에 높은 비중을 두었다. 이러한 소수에 대해 그는 이렇게 썼다.

　　〔지적인〕 소수는 투쟁을 위한 잘 생각되고 합리적인 형태를 고안해서 이미 결정된 목표를 향해 지도해 나가고 〔……〕 이상적인 목표를 향해 〔대중을〕 이끌어 나가야 한다. 혁명이 정말 일어나면 인민은 폭풍우와 같은 저돌적 힘으로써 행동하면서 언제나 계산 없이 그리고 의식 없이 행동하여 그 과정에서 모든 것을 깨뜨리고 파괴한다. [15]

되풀이하지만 트카초프는 知的이며 과격한 소수의 혁명가들이 대중을 위해 혁명의 목표도 설정하고 리더쉽을 제공하지 않으면 안 된다는 점을 강조했다. 인민이 그들의 파괴적 혁명력을 적용하도록 길을 열어 주는 것이 바로 혁명적 소수이며 이 힘에 의존하여 혁명적 소수는 이 폭력을 혁명의 직접적 적의 파괴로 영리하게 이끌어나가야 한다고 그는 주장했다. 트카초프의 혁명 이론은 결국 궁정 쿠데타 또는 소아병적인 좌익 폭동주의 *putschism*가 아닌가? 사실 트카초프의 비판자들은 트카초프가 혁명의 대중적 기반에 거의 아무런 주의를 기울이지 않았다는 점에서 그를 프티 부르조아 블랑키즘의 옹호자로 비난하고 있다. 그러나 트카초프가 혁명의 대중적 기반을 무시했다는 비판은 타당하지 않다. 그 스스로 대중적 봉기가 수반되지 않은 권력의 중앙에 대한 공격과 혁명가에 의한 권력의 장악은 오직 가장 좋은 조건 아래서만 긍정적이고 지속적인 결과를 가져올 수 있다고 지적함으로써 대중 봉기의 중요성은 결코 경시하지 않았던 것이다. 혁명 세력과 대중과의 유대감에 대해서도 그는 적지 않은 관심을 보였다. 트카초프는 더 나아가 혁명의 목표나 기술이 대중의 심리에 미칠 영향에 대해 민감하였으며 따라서 혁명의 프로그램이 대중 사이에 전파되었을 때 대중이 어떤 태도를 취할 것인가에 대해서 깊은 관심을 보였다. 그는 또한 대중의 파괴력을 시인하였으며, 따라서 조직된 혁명가들의 가장 중요한 과제의 하나는 대중들에게 〈단결된 세력으로서의 느낌 *the feeling of united force*〉을 심어 주는 것이라고 주장했다. 이 점을 부연하면서 트카초프는 이렇게 썼다.

　　대중은 유효한 힘이 그들의 대의 아래 집결되어 있음을 느끼지 않으면 안 된

---

15) *Ibid.*, p. 76 에서 다시 옮김.

다. 〔……〕 이와 같은 확신만이 그들을 단결시킬 수 있으며, 일단 단결이 되면 그들은 자신들 가운데서 힘을 느낄 수 있게 될 것이다. 16)

힘과 국가 및 혁명 조직 트카초프의 정치 사상에 있어서 힘 *force* 과 조직은 중요한 의미를 갖는다. 특히 그는 〈중앙 집권적 권위의 힘과 효력 *the might and efficacy of centralized authority*〉에 대해 항상 존경심을 갖고 있었다. 〈정부의 장치 *government apparatus*〉가 어떤 방식으로 조직되는 경우 어느 특정 계급의 이익에 치우치지 않고 모든 계급 위에 서서 보편적인 권위를 행사할 수 있을 것인가의 문제는 그의 관심의 한 초점이기도 하였다(이 점은 트카초피즘에 있어서 비마르크시스트적 개념의 하나이다).

앞에서 지적했듯, 트카초프는 〈국가가 선과 악의 모든 면에서 엄청난 힘을 갖고 있다고 강조했다. 국가는 그의 손의 힘에 의해 노동의 이익이 남지 않는 현재적 상황 *the unprofitable contemporary situation of labor* 을 변경시키고 자본의 탐욕을 억제할 수 있다〉고 쓰기도 하였다. 국가는, 경제의 영역을 넘어서서, 〈우리의 행동의 기준을 제공하고 우리의 양심을 지배하는 공법이다〉라는 것이 그의 결론이었다. 이 표현은 법률은 공적 양심 *public conscience* 이라고 한 홉즈 *Thomas Hobbes* 의 표현과 비슷하다고 하겠다. 전반적으로 보아 트카초프가 묘사하는 국가는 확실히 강력한 권력을 보유한 홉즈적 국가였던 것이다. 트카초프는 이어 개개인의 양심을 강조하는 종교의 초자연적 성격이 〈각 개인으로 하여금 도덕 행위에 대한 그 자신의 개별적 길 *his own, separate road of moral action* 을 택하지 않게 하도록 해야 한다〉고 주장했다. 만일 각 개인이 도덕적 행위에 대한 그 자신의 개별적 길을 택하는 경우 그 자신의 개별적 양심은 충족되겠으나 법은 법의 보편적 의무 부과성 *universal obligatoriness* 과 법의 보편적 적용성을 잃게 될 것이라는 것이다. 그렇게 되면 법은 〈이반 *Ivan* 에 대해서는 이러한 것이 피터 *Peter* 에 대해서는 저러한 것이 되며, 그리고 일반적인 인간 행동에 대한 의무적 규범으로서의 법의 종막을 의미하는 주관적이며 사적이고 개인주의적인 법 *subjective, personal, individualistic law*〉이 될 것이라고 경고했다. 그 경우 공법은 〈인간 관계의 공통적 규제자〉로서 기능하지 못하게 된다고 또한 경고했다. 트카초프는 또한 법이 강제력 *force* 에 바탕을 두고 있을 뿐만 아니라 법은 효과적인 적용 속에서 끊임없이 지지되고 유지되어야 한다는 점을 강조했다. 더구나 민간 사회 *civil society* 에 있어서 법과 경찰 및 법원에 의한 강제력의 적용은 인간 진보의 敎唆者로서 간주

16) *Ibid.*, p. 78 에서 다시 옮김.

되어야지 그 당시의 무정부주의자들이 주장하는 바와 같이 그 반대로 간주되어서는 안 된다는 점을 강조했다. 그러나 그는 법은 강제적으로 그리고 선한 목적을 위해 적용되지 않으면 안 된다고 보았다.

트카초프의 국가 이론은 전반적으로 종합에 볼 때 선위수의에 대한 강소라는 특징을 갖고 있다. 이 입장은 그의 혁명 조직론과 그리고 혁명 이후 독재권론에도 그대로 나타나며, 이것은 또한 사회주의 인텔리겐차에게 계승된다. 그러나 그의 국가 이론은 철저한 무정부주의자들로부터는 물론 라브로프의 추종자들로부터 〈위험스러운 것〉이라는 비판을 받았다. 권력은 그 사용자를 부패시키게 마련이며, 이 점은 권력이 절대에 접근했을 때 더욱 그렇다고 라브로프의 추종자들은 비판했다. 이 비판에 대해 트카초프는 이렇게 답하고 있다 :

그대들은 무엇을 두려워하는가 ? 이 혁명적 소수자가——부분적으로는 그의 사회적 지위 때문에, 부분적으로는 그의 이상 때문에, 그리고 인민의 이익에 완전히 스스로를 바쳤기 때문에——그의 손에 권력을 장악함에 의해서 갑자기 대중적 폭군 *popular tyranny* 으로 변형된다고 생각하지 않으면 안 될 어떤 권리를 그대들은 갖고 있단 말인가 ?

그대들은 주장하고 있다. 〈모든 권력은 인간을 부패시킨다〉라고. 그러나 권력을 장악하고 있는 지도자들이 권력을 장악한 이후보다 권력을 장악하기 이전에 더 나은 사람들이었다는 생각을 그대들은 어디에서 얻었는가 ? 그들의 전기를 읽어 보라. 그러면 그대들은 정반대의 인상을 갖게 될 것이다. 국민의회의 일원이며 프랑스 운명에 대한 전권의 지배자였던 로베스피에르와 혁명 이전 무명의 시골 변호사였던 로베스피에르는 하나이며 동일한 사람인 것이다. 권력은 어떤 방법으로도 로베스피애르의 도덕적 특성에 있어서나 그의 이념과 의도에 있어서나 그리고 그의 가정에 있어서의 행위조차에 있어서도 약간의 변화도 가져 오지 않았다. [17]

트카초프가 소수 음모가에 의한 혁명론을 전개했음은 앞에서 지적한 바 있다. 그의 이론을 그의 〈강력한 중앙 집권적 지도부〉론과 관련시켜 살피기로 하자. 트카초프는 〈집권 정상층이 혼돈과 무질서 및 무정부 상태 또는 多頭政治를 노정할 때, 즉 정권이 동요하고 비틀거릴 때〉가 혁명을 일으키기에 가장 좋은 시기라고 보았다. 이러한 현상이 일어날 때 〈조직된 혁명가들〉은 권력의 중앙부를 강타하고 구정권이 장악하고 있는 〈강제력과 응징력〉, 즉 국가의 유효 권력 *effective power* 을 제거하지 않으면 안 될

17) *Ibid.*, pp. 84~5에서 다시 옮김.

다고 그는 주장했다. 그런데 그는 〈강제력과 응징력의 제거〉만으로는 족하지 않고 이를 대중에 공표하는 것이 중요하다고 역설했다. 그 사실이 널리 알려졌을 때에만 대중은 구정권에 대한 두려움에서 해방되어 그들의 무제한적 파괴력을 발산시킬 것이기 때문이라는 것이다. 완전히 사회주의 이념에 몸 바친 〈헌신적인 직업적 혁명가〉로 구성될 〈혁명의 타격군 *revolutionary striking force*〉은 엄격하고 빈틈없이 또한 중앙 집권적으로 조직돼야 한다고 그는 주장했다. 이 점에 대해 그는 『나바트』에서 다음과 같이 썼다 :

　혁명의 성공은 분산되어 있는 혁명의 세력들을 하나의 활성체로 통합하고 조직함에 달려 있다. 이 활성체는 또한 단일의 공통적 계획에 따라 행동할 수 있어야 하며, 단일의 공통된 영도력에 복종할 수 있어야 한다. 즉 권력에 있어서는 중앙 집권, 기능에 있어서는 분권의 원칙에 바탕을 둔 조직이 되어야 한다. [18]

그리고 그는 그 혁명 조직이 철의 기율을 갖는 조직이 되지 않으면 안 된다는 것을 강조했다. 그는 이렇게 썼다 :

　만일 어떤 크거나 강력한 당에게 조직이 필요하다면 약하거나 작은 당, 이제 막 그 형성이 시작되고 있는 당에게 조직이 필요하다는 것은 의문의 여지가 없다. 우리 사회 혁명당의 처지가 그러하다. 이 당에게 단결과 조직의 문제는 생사의 문제이다. [19]

혁명 이후의 노동자 국가　혁명의 〈파괴적 단계〉를 종식시킨 다음 소수의 혁명가 집단은 혁명의 〈건설적 단계〉에 들어가서 〈영원히 혁명적인 국가〉를 세워야 한다고 트카초프는 주장했다. 이 점에 대해 그는 이렇게 부연했다 :

　혁명적 소수는 사람들을 억압했던 질곡으로부터 그리고 구정권의 공포와 폭력으로부터 그들을 해방시킨 다음 힘을 혁명의 적에 대한 파괴를 향해 영리하게 돌려야 한다. 이러한 방식으로 혁명적 소수는 적이 저항하거나 반격할 수 있는 모든 수단을 박탈할 수 있는 것이다. 그리고 나서 자신의 힘과 자신의 권위를 이용함으로써 새롭고 진보적인 〔……〕 요소를 국민적 생활의 조건 속으로 도입할 수 있으며 국민의 생활을 오랜 쇠사슬로부터 해방시킬 수 있다. [20]

---

18) *Ibid.*, p. 86에서 다시 옮김.
19) *Ibid.*, p. 87에서 다시 옮김.
20) *Ibid.*, p. 93에서 다시 옮김.

〈영원히 혁명적인 국가〉는 어떤 성격을 갖고 있어야 하는가? 그는 그 국가가 중앙 집권적인 국가여야 한다고 보았다. 혁명 이후 지방 분권화하는 것은, 그리고 민주주의로 가거나 연방제적인 조처로 넘어가는 것은 혁명의 목표를 파괴하게 될 위험성을 안고 있다는 것이다. 그 국가는 또한 완전히 권위주의적이어야 한다고 보았다. 사회 생활의 물질적 정신적 측면 모두에 대한 전체적 권력을 장악하고 있으며 경제와 입법권을 장악할 뿐만 아니라 언론과 교육은 물론 가족 내부의 관계에 대해서조차 통제할 수 있는 힘을 국가는 갖고 있어야 한다는 것이다. 이에 저항하는 〈불순 세력〉을 제거하기 위해 〈공안위원회 K.O.B.;Commission for Public Security〉를 세울 것을 주장한 것도 그였다.

〈영원히 혁명적〉인 노동자의 나라 다음엔 무엇이 일어나야 하는가? 국가의 소멸이 일어나야 하는가? 이 물음에 대해 트카초프는 깊은 관심을 나타내지 않았다. 인민 사이에 완전한 평등이 실현되었을 때에만 국가가 소멸될 수 있다는 정도로 언급하고 있을 뿐이다. 물론 그가 국가와 법률이 존재하지 않는 천년 왕국에 대한 무정부주의적인 꿈을 완전히 버리지 않은 것은 아니다. 그러나 복종이 완전히 자발적으로 일어나며 관료주의가 없고 진정한 개성이 실현되며 또 다른 공산주의의 목표가 구체화될 수 있는 국가 없는 공산주의 사회에 대해서는 거의 언급한 것이 없다.

Ⅳ. 결론 : 트카초피즘과 레닌이즘

우리는 이 글의 첫 부분에서 레닌주의의 주요 내용은 트카초프의 저술에서 발견된다고 지적했다. 레닌이즘에 밝은 사람이 이 글에 소개된 트카초프의 정치 사상을 접했다면 그는 분명히 그 점을 확인할 수 있을 것이다. 그러면 구체적으로 말해 트카초프의 정치 사상 가운데 레닌에게 계승된 것은 어떤 것들인가?

첫째, 소수의 직업적 혁명가들——이들은 물론 인텔리겐챠로 구성된다——로 음모적 혁명 정당을 결성해야 한다는 것.

둘째, 이 소규모의 그룹이 러시아의 도시 권력 중앙 *urban power centers*에서 군사적 방식으로 권력을 장악해야 한다는 것.

세째, 엘리트적 정당 내부에서의 극도의 중앙 집권주의를 강조하고 있는 점.

네째, 혁명을 수행한 바로 그 지식인적 혁명가들로써 강력한 사회주의 독재 체제를 수립해야 한다는 점.

다섯째, 사회를 새로운 사회주의 질서 속으로 재편성하면서 영구 혁명을 수행해야 한다고 강조하는 점.

여섯째, 국가 소멸설에 대해 비교적 소극적인 점.

일곱째, 혁명 이후의 국가에 있어서 정치적 반대 *political opposition* 를 관용하지 않겠다고 하는 점.

이처럼 트카초피즘과 레닌이즘 사이의 유사성은 명백하다. 그리고 이점은 1920년대에 소련 학자들에 의해서도 시인되었다. 미트스케비치 S.I. Mitskevich 가 그 대표적인 학자이다. 그는 〈강철 같은 규율을 갖는 소수 음모가의 혁명 정당에 의한 권력의 정치적 장악에 대한 요구〉라는 점에 있어서뿐만 아니라 러시아 사회에 대한 분석에 있어서도 볼셰비즘과 레닌이즘 사이에는 상사성이 있다는 논문을 발표했던 것이다. 그러나 그는 곧 다른 볼셰비크 학자들로부터 공격을 받았다. 그 공격의 초점은 레닌이즘은 마르크시즘에서 나온 것이지 결코 트카초피즘에서 나온 것이 아니라는 데 있다. 미트스케비치에 대한 가장 뛰어난 공격자는 코즈민 B.P. Kozmin 이었다는 점만을 지적해 두고자 한다.

오늘날에 있어서도 레닌이즘에 대한 트카초프의 기여는 소련 학계에서는 무시되고 있다. 그는 그저 블랑키스트 또는 폭동주의자 정도로 간단히 처리되고 있을 뿐이다. 볼셰비즘의 연원은 모두 마르크스와 레닌에게만 돌아가야 하기에 그는 의도적으로 매장되는 비운을 겪게 된 것이다. 그러나 트카초프의 폭동주의적 정치 사상(이것이 민주적 정치 사상에 어긋남은 물론이다)이 레닌이즘의 바탕이 된 것은 틀림없고, 이 점에서 트카초피즘과 레닌이즘은 모두 우리의 비판을 받아야 할 것임은 명백하다. 폭력적 수단에 의한 사회 변화의 추구는 우리의 이념과 양립할 수 없기 때문이다. ▨

프랑스革命과 獨逸知識人 ·2

李　　光　　周

V. 革命의 시대의 開幕

〈모든 징후로 미루어 판단할 때 유럽의 정치 조직은 이제 일대 변혁의 전야에 직면하고 있다〉라고 1787 년 독일의 슈바르트 Schubart 는 말하였다. 포르스터 G. Forster 는 또 다음과 같이 말하였다. 〈유럽은 무서운 혁명에 직면하고 있다. 일반 민중의 불만은 격심하며 이를 구하는 데는 오직 流血만이 효과적이다.〉혁명은 이미 많은 사람들에 의해 예감되었었다. 프랑스혁명의 발생은 유럽 혁명의 발발을, 그리고 세계사상 혁명의 시대의 개막을 의미하였다. 이러한 상황에 대하여 미쉴레는 다음과 같이 그의 『프랑스革命』(1847~53)에서 기술하고 있다.

9 월 21 일 국민공회는 쮜르리 궁전에 공화국 깃발을 세웠다. 2 개월이 채 못 되어 이웃 나라의 국민들은 모두 그들 도시의 탑 꼭대기에 세워진 이 깃발에 입을 맞추게 된다. 9 월 24 일과 29 일 샹베리와 니스는 그들의 城門을 연다. 이탈리아에의 문이다. 10 월 24 일 독일의 박수 속에 마인쯔가 우리들의 군대를 맞이한다. 11 월 14 일 3 색기는 브뤼셀에 나부낀다. 안트워프의 탑에 그것이 펄럭이는 것을 보고 영국과 네덜란드는 두려움에 떤다. 2 개월이 못 되어 大革命은 주변 일대의 물가를 적셨던 것이다. 건강과 풍요를 가져오는 나일江처럼 그것은 사람들의 축복 속에 水量을 더하여 갔다. 이 장엄한 정복에 있어 이상하였던 것은 그것이 정복이 아니었다는 사실이다. 〔……〕오랫동안 틈이 벌어졌던 형제가 다시 만나고 끌어안는다. 이것이 저 위대한 대혁명과 함께 단순한 역사의 모두이다. 1)

---

1) J. Michelet, *Histoire de la Révolution française*(1847~53), 日譯 『フランス革命史』(中央公論社版 世界の名著 1968) 282 面 이하.

대혁명과 함께 〈세계는 프랑스에 몸을 맡긴다〉라고 미쉴레는 말하였거니와 그것은 浪漫主義史家의 화려하고 과장된 레토릭만은 아니었다. 독일의 철학자 피히테는 1799 년에 〈올바른 사람에 있어 프랑스 공화국만이 그의 진정한 나라로 생각됨은 명백하다〉라고 공언하였다. 피히테와 더불어 프랑스에 있어 새로이 탄생된 공화국을 자신의 진정한 조국이라고 생각하는 사람들에 의하여, 그리고 또 〈1789 년의 이념〉에 인도되어, 이제 유럽은 혁명의 시대에 돌입하였다. 네덜란드에서는 1795 년에, 스위스와 아일랜드에서는 98 년에, 이탈리아에서는 미라노가 96 년에, 로마가 97 년에, 나폴리가 98 년에, 벨지움에서는 89 년 이래 반란이 일어났다. 독일에서는 라인란트 공화국이 수립되었다. 혁명의 물결은 서유럽의 변경인 스페인, 포르투갈에 그리고 동유럽에까지 파급되었다. 폴란드에서는 코슈우시코 T. Kosciuzko(1746~1817)의 지도하에 94 년에 혁명이 절정에 달하였으며 헝가리에서도 같은 해 75 명의 공화주의자들이 체포되었다. 그리스에서는 97 년에 프랑스군 지원 아래 오토만 제국에 대한 전 국민의 봉기가 있었다. 한 러시아인은 당시 〈혁명의 매혹〉이 〈시베리아 깊숙이까지〉 침투되었다고 말하였다. 이미 지난 호에서 밝힌 바와 같이 1763 년 이래 범유럽적 규모로서 전개된 혁명 운동은 아메리카 독립 전쟁에 크게 고무되면서 전쟁과 더불어 1792 년에서 1800 년 혹은 1801 년에 이르는 동안 그 클라이맥스를 체험한다. 혁명적 격동은 버크가 지적하였듯이 16 세기 프로테스탄트에 의한 종교 개혁 이래의 전유럽을 휩쓴 실로 범유럽적인 사건이었다.[2] 그러면 앙시앵 레짐하의 봉건 체제 속에서 혁명의 시대를 창출한 것은 누구였던가. 그것은 놀랍게도 유럽 각지의 한주먹의 知識人들이었다.[3] 그들 지식인들은 신문·잡지의 편집인으로서, 팜플렛의 제작자로서 여론을 형성하였으며, 교단에서, 극장의 무대에서 새 시대의 바람을 일으키고 민중을 격려하였다. 그들은 또 당시 각 도시에 프랑스의 쟈코뱅 클럽과 같은 정치적 결사를 구성하였다. 그것은 아메리카에도 영국에도 있었으며, 유럽 대륙에서는 특히 암스테르담, 미라노 및 독일 라이란트 지방의 마인쯔의 것이 유명하였다. 로테르담의 자유주의적 정치가인 반 호겐도르프 Van Hogendorp(1761~1822)는 1786 년에 저술된 책에서 그의 나라

---

2) R.R. Palmer, *The Age of Democratic Revolution* I, (1974), p. 5f.
3) 1789 년과 그 뒤의 유럽 혁명에서의 知識人의 역할을 최초로 강조한 것은 토크빌이었다. 〈문필가는 여론의 지도자가 되고 일반적으로 〔……〕 직업 정치인이 하는 역할을 하였다.〉 〈그때까지만 하여도 한 나라의 정치 교육 전체가 지식인들에 의해 행하여진 일은 없었으며 이 특이성이야말로 프랑스혁명에 특별한 성격을 부여하고 이후의 정권을 널리 알려진 형태로 하는 데 크게 기여하였던 것이다.〉 A. de Tocqueville, *The Old Régime and the French Revolution*, (1955), pp. 142, 146.

가 한 결사에 의해 분쟁 속으로 말려들고 있다고 말하였다. 〈사람들은 말하기를 이 결사는 귀족과 민주주의자들 *democrats* 로서 나뉘어져 있다〉라고 지적한다. 그는 1791년에 다음과 같이 말하고 있다.

모든 나라에 있어 누 가지 큰 당파가 형성되고 있다. 〔……〕 하나는 개인 혹은 몇몇 사람에 의해, 인민 대중에 군림되며 신성한 기원에 유래된, 교회에 의해 지지되고 옹호되는 정부의 권리이다. 그들의 원리는 공식으로 교회와 국가에 의해 표현된다. 이에 대하여 새로운 체제가 맞선다. 그 체제는 그것에 복종하는 사람들의 자유로운 동의에 의한 것 외의 정부의 권리를 용납하지 않는다. 그리고 그것은 자신의 행동에 책임을 지는 정부에 참가하는 모든 사람들에 의해 지지된다. 그 원리는 공식적으로는 인민 주권과 민주주의 *democracy* 아래 실행된다.[4]

이렇듯 90년대 이래의 범유럽적인 혁명 시대의 도래에 선구적 역할을 다한 것은 비밀 결사 *secret societies; Geheimsgesellschaft* 를 근거지로 한 민주주의적 지식인들이었다. 17세기에 이르도록 유럽 지식인의 社交의 장은 교회나 극장, 시청 회의실, 길드나 시장 또는 도시의 광장 등이었다. 그 뒤 18세기에 이르러 유럽 지식 사회의 사교는 이미 지난 호에서 언급한 바 있는 살롱·아카데미·독서 클럽·카페·프리메이슨 및 啓蒙會 *Illuminat* 등을 무대로 하여 이루어진다. 그런데 프리메이슨과 계몽회는 1789년을 전후하여 본래의 종교적 윤리적 혹은 문화적인 성격에서부터 점차 프랑스의 쟈코뱅 클럽과 같은 색채를 띠게 되어 비밀의 정치 서클로 변했다.

독일의 경우 계몽회의 창시자인 바이스하우프트 A. Weishaupt 는 비밀 공제조합인 프리메이슨의 조직을 1737년에 영국으로부터 도입하여 독일 최초의 지부를 함부르크에 만들었다. 브라운쉬바이크(이 나라는 18세기 후반 괴테의 바이마르公國 등과 함께 독일 諸邦 중 善政으로 알려졌다)의 페르디난트 Ferdinand 公도 이 운동에 가담하였으며 프리드리히 대왕은 즉위 직후 입회하였다. 프리메이슨은 프로테스탄트계의 각 지역에 있어 종교적 자유를 희망하는 귀족·고급 관료·상류 시민·지식인 등 교양 있는 인사들을 멤버로 하여 급속히 발전되어 많은 지부가 생겼다. 레싱도 그 회원이었으며 그들의 모토는 자유와 평등 그리고 자유주의적 세계주의였다. 〈나의 목적은 理性이 최상권을 획득케 하는 데 있다. 會의 이상은 빛을 널리 보급시키는 일이다. 우리들은 암흑과 싸운다〉라고 바이스하우프트는 말한 바 있다. 계몽회의 中興의 역할을 한 것은 크니게 Knigge 남작(1752~96)이었다. 그의 노력에 의해 계몽회의 지부는 파리──프랑스의 결사의 수령은 유명

---

4) Palmer, *ibid.*, p. 2.

한 오를레앙公이었다. 그는 자유주의 귀족으로서 프랑스 혁명 초기에 활약하였으며 루이 16세의 처형에 찬성표를 던졌다. 그러나 공포 정치 시대에 반혁명의 죄명으로 처형된다. 1830년의 7월혁명에 의해 왕위에 오른 루이 필립은 그의 아들이다——와 와르소, 덴마크와 이탈리아로 퍼졌다.[5]

90년대에 이르러 프리메이슨과 계몽회를 모체로 하는 비밀 결사가 대부분의 독일 지역에 만들어졌다.[6] 반혁명파들 사이에서 그 멤버들은 혁명적 집단으로 간주되었다. 마리 앙토와네트는 1790년 그녀의 오빠인 오스트리아의 레오폴트 황제에게 보낸 편지에서 다음과 같이 호소한다. 〈모든 프리메이슨회에 주의하십시오. 각국의 불순 분자들은 그것으로 그들의 목적을 이룰 수 있다고 믿고 있읍니다. 저의 조국 및 폐하의 조국을 그러한 해독으로부터 하나님이 보살펴 주시도록.〉 계몽회나 프리메이슨에 대한 독일 관헌의 탄압은 반계몽주의에 대한 투쟁의 형태를 취하여 이미 혁명 이전에서부터 행하여졌다. 즉 바이에른 왕국(그 수도인 뮌헨은 당시 성당과 수도원 및 행렬 기도의 거리로서 비개화주의의 중심지였다)에서는 1784년 계몽회에 대한 추방령을 내렸으며 프로이센에서도 종교령으로 봉쇄하였다. 〈국가에 적대되는〉 교설은 헤센—카셀에서도 합스부르크 王家 치하에서도 또 마르부르크 대학에서도 禁忌가 되었다.[7] 혁명 뒤의 반계몽회의 대표는 저명한 의사이며 문필가였던——19세기초에 이르도록 독일의 신문 잡지 편집인의 대다수는 교수나 관료 및 변호사·의사 등의 〈본업〉을 가진 인사들의 겸업이었다——쩜메르만 Zimmermann, 『빈 신문』의 편집자이며 레오폴트 황제의 신임이 두터웠던 호프만 A. Hoffmann 교수 및 괴히하후젠 Göchhausen 등이었다. 호프만 교수는 다음과 같이 말하였다. 〈나는 혁명의 원인은 프리메이슨에 있으며 그것은 또 문필가나 계몽회에 의해 실행되었음을 강력히 주장한다.〉[8]

그들은 과연 혁명적이었을까. 물론 프리메이슨·계몽회 등 비밀 결사의 회원들은 로마 가톨릭의 교권주의와 전제 정치를 비판하고 혁명에 의한 프랑스의 몰락을 기쁨으로 맞이하였다. 그러나 그들의 세력과 해독을 반혁명파는 과장하였다. 박해와 탄압 속에서 그들 중의 래디컬한 그룹은 체제를 규탄하는 입장을 취하였으며 그들을 통해 독일에 있어서도 이제 새

5) G.P. Gooch, *Germany and the French Revolution*(1920), pp. 29~33.
6) 프랑스혁명 전후의 독일에서의 프리메이슨·계몽회 등 비밀 결사의 성격 및 그 역할에 관하여서는 F. Valjavec, *Die Entstehung der politischen Strömmungen in Deutschland 1770~1815*, (1951), SS. 229~43,
7) *ibid.*, S. 146.
8) Gooch, *ibid.*, p. 66f.

로운 정치 문화가 대두되었다. 그러나 그것은 혁명적 민주주의적이라기
보다는 보다 온건한 자유주의적 입장이었다. 〈데모크라시 *democracy*〉란 용
어[9]는 널리 알려진 바와 같이 그리스 아테네에서 처음 쓰여진 이후 중세
에 있어서도 몇몇 정치 사상가들에 의해 사용되었다. 그런데 〈데모크라시〉의
용어는 아메리카 민주주의의 아버지로 알려진 제퍼슨에 있어서도 기피되
었다. 혁명 이전의 프랑스의 계몽 사상가들에 있어서조차 〈데모크라시〉가
실제적 관련하에 바람직한 뜻으로 쓰여졌던 예는 별로 없었다. 프랑스에
서는 1789년까지만 하여도 그 말은 없었으며(당시에는 또 〈liberal〉〈radical〉
및 〈progressivae〉란 말도 아직 없었다), 아마도 1780년대에 네덜란드에서 처
음으로 사용된 시대의 造語였다. 그러나 18세기의 마지막 10년대에 〈데
모크라시〉 및 〈데모크라트〉는 예상 이상으로 유포되었다. 온건파나 보수
주의자들은 시대의 위험한 경향을 표현하고자 하였을 때 부정적인 의미로
사용하였으며 영국이나 스코틀랜드에서는 그것은 반민주주의자들에 의해
독점되다시피 하였다. 프랑스혁명 당시에도 〈데모크라트〉보다는 〈애국자
patriots〉〈쟈코뱅 *Jacobins*〉 및 〈상퀼로트 *sanculottes*〉가 더 많이 쓰여졌다.
루이 16세가 단두대에서 처형되었을 때 그것을 지켜 보고 있던 민중은
〈데모크라시 만세!〉가 아니라 〈공화국 만세!〉를 부르짖었다. 그때 한
젊은이는 〈Long live democracy!〉를 들었노라고 보고하고 있으나 그러나 그
는 그리스인이었다. 〈데모크라시〉는 혁명 프랑스에 있어서조차 아직 제자
리를 발견 못 한 것이다. 바람직한 뜻으로서 〈데모크라시〉를 처음 쓰기 시
작한 것은 『인간의 권리』(1791~92)의 저자로서 새 시대의 이념을 높인 토
마스 페인과 로베스피에르 및 훗날 피우스 7세가 되는 인물로 알려진다.
  이제 〈데모크라시〉는 점차 긍정적인 의미로서 쓰여졌다. 즉 1789년의
벨지움의 반란에서 나타난 바와 같이 보다 더 선구적 지식인들은 그들 자
신과 그들 정치의 입장을 표현할 때 그 용어들을 사용하기 시작하였던 것
이다. 그러나 이들 데모크라시의 선구자들에 있어서도 〈순수한 민주주의〉
란 존재하지 않았으며 그것은 루소의 『社會契約論』에서 시사되듯이 스위
스와 같은 小國에서만 가능한 것으로 생각되거나 혹은 당시의 영국이나
베니스 공화국에 있어서와 같이 왕정이나 귀족 정치와 균형을 취하기 위한
요소로서 생각되었다. 그러나 어떻든 〈민주주의〉는 바야흐로 시대의 새로
운 정신, 새로운 정치 경향이 되었으며 점차 하나의 원리로서 등장하였다.
원리로서의 민주주의의 대두에 크게 작용한 것은 이데올로기적으로는 루

---

9) 이하 〈democracy〉 및 〈democrats〉의 용어의 역사에 관해서는 Palmer, *ibid.*, pp. 13~
  6, p. 20 참조.

소였으며 또 실천적으로는 로베스피에르였다. 그런데 민주주의 시대가 공포 정치 *terreur*에 의해 특징지어지는 로베스피에르의 정치적 퍼내티시즘 *political fanaticism*과 더불어 대두되었다는 사실은 민주주의의 앞날의 다난을 예시한다고 할 것이다. 그리고 또 이 새로운 정치적 퍼내티시즘은 혁명이라는 새로운 유럽적 문명을 쌓아 올릴 것이다.

Ⅵ. 革命의 최초의 衝擊

7년전쟁 뒤에 일어난 무의식적으로 안락을 요구하는 죄 없는 욕망은 시들고 弛緩과 감상에 타락하였다. 사회의 풍습・예술・과학・신학・철학 등의 모든 영역에 있어 많은 새로운 경향과 기운이 급격히 일어났다. 그리고 하나의 철학적 항쟁과 함께 정치적인 항쟁이 세상에 퍼지고 그것은 民家에서 궁전으로 전하여진 戰慄과 진통 속에서 급속하고 강렬히 느껴졌다. 우리 집의 좁은 교제 범위에서조차 양친의 보수적 습관에도 불구하고 새 시대의 영향은 완연하였다. 정치에 대한 관심은 날로 높아졌다. 나도 그러한 영향을 받아 몇 해동안에 걸쳐 신문을 열심히 보아 왔다.

독일의 애국 시인이며 역사가인 아른트 E.M. Arndt는 자서전 속에서 1770년대의 그의 소년 시절을 이렇게 회상하고 있다. 한편 82년 역사가인 뮐러 J. Müller는 그의 형제에게 보내는 편지 속에서 다음과 같이 말하고 있다. 〈제가 지금 결혼하는 것은 바람직하지 않은 것으로 생각됩니다. 왜냐하면 모든 정치가들의 의견에 의하면 혁명이 바야흐로 유럽에 일어나려고 하고 있으며 그렇게 되면 獨身일 때 저 혼자의 일만 걱정하면 되기 때문입니다.〉[10] 그러면 독일은 어떠하였던가. 87년에 뮐러는 다음과 같이 말한다. 〈법도 정의도 없고 제멋대로의 課稅에 대해 어떠한 보장도 없이 우리들의 자녀・자유・권리 혹은 우리들의 생명까지도 유지하는 것이 하루도 불확실하며 보다 강대한 세력도 무력한 먹이가 되고 국민 의식도 없는——이것이 우리나라 형편이다.〉〈대혁명을 예상치 않은 사람이 있겠는가〉라고 함부르크의 추밀고문관 크로이쯔 Creuz는 말하였거니와 괴테는 『파우스트』 속에서 아우엘바하 酒店의 학생들의 노래 속에 독일 제국을 〈신성 로마 제국이라구? 그것이 어떻게 지탱된단 말인가?〉라고 비꼬았다.

혁명이라는 새로운 문명의 한 형태는 유럽의 모든 국가의 경계, 모든 도시의 성벽, 모든 언어의 장벽을 뚫고 국제적인 것으로 받아들여졌다. 독

---

10) Gooch, *ibid.*, p. 38.

일의 경우 라인강 하나 넘는 그 위치 때문에 어느 나라에 있어서보다도 더욱 충격적이었다. 하노바의 귀족 출신이며 프리드리히 大王 밑에서 일한 바 있는『미네르비 Minerva』誌(이 잡지는 당시의 자유주의 사상의 중심이었다) 편집자인 아르헨홀쯔 Archenholz 는 〈프랑스혁명에 의해 일어난 거대한 관심에 사람들은 모든 것을 잊고 있다. 가장 좋은 詩도 읽혀지지 않고 그들의 지나친 정치적 욕망을 만족시키는 신문이나 저술에만 사람들은 흥미를 갖는다〉라고 불평하고 있거니와 프랑스혁명은 그 초기에 있어 각계 각층의 독일인들을 흥분과 환호 속에 몰아 넣었다. [11]

우선 독일 지배 계급의 반응을 살펴보자. 1789 년에 대해 군주나 그 측근자들은 애초에는 냉담하였다. 그러나 프랑스 절대주의의 몰락이 그들의 세력 균형에 플러스가 되리라고 믿게 되자 그들은 혁명을 우려하거나 반대할 이유를 찾지 못하였다. 다른 나라의 지배자들과 마찬가지로 그들도 혁명이 자신들의 스테이터스 쿠오에 위협이 되리라고는 거의 생각하지 않았던 것이다. 프로이센의 외무대신 헬쯔베르크 Helzberg 나 오스트리아의 제국 재상 카우니츠 Kaunitz 등과 같은 정치가는 혁명이 유럽 대륙에서의 프랑스의 세력을 약화시키리라는 예상으로 만족을 감추지 않았다. 그들의 계몽주의적인 세례로 하여 적지않이 혁명에 동조한 귀족들 중에서도 슐레스비히—홀시타인의 귀족인 프리드리히 크리스티안 Friedrich Christian 은 자진하여 세습의 귀족 권리를 포기하였다(루이 16세의 처형은 그의 심경에 변화를 가져오지만). 프로이센의 대신 시트루엔제 Struensee 는 1799년에 한 프랑스 외교관에게 〈王은 그의 스타일 나름으로 한 민주주의자이다. 〔……〕몇 해 이내에 프로이센에는 더 이상 특권 계급은 존재하지 않게 될 것이다〉라고 말하였다. 사실 독일에 있어 프로이센 이상으로 혁명을 환영한 곳은 없었다. 프리드리히 대왕의 형제 중에서 가장 장수한 하인리히公은 〈나의 프랑스 찬미는 일생 변치 않을 것〉이라고 공언하였다. 많은 프로이센인이 파리에로의 〈巡禮의 길〉에 나섰는데 그중에는 쟈코뱅 클럽의 일원이 된 슐라플렌도르프 백작, 고등법원장 모르겐베세르 Morgenbesser, 명문 출신의 성직자 리엠 Riem 등이 있었다. 프리드리히의 추종자들에게는 왕의 근본 정신은 1789 년의 이념과 다름이 없는 것으로 확신되었다. 사실 프리드리히는 현실적으로는 실현되지 못했지만 이론적으로는 만인 평등을 주장하였다. 특히 볼테르의 제자인 이 포츠담의 哲學王의 종교적 관용은

---

11) 이하 프랑스혁명 초기의 독일의 반응에 대해서는 대체로 Gooch, *ibid.*, pp. 39~72; Valjavec, *ibid.*, S. 146f. ; Palmer, *ibid.*, Ⅱ. p. 435f. ; K. Epstein, *The Genesis of German Conservatism*, (1966), p. 434f., 및 F. Herty, *The Development of the German Public Mind*, (1962) pp. 420~22 참조.

파리의 계몽 사상가나 혁명가들의 그것과 흡사하였다. 그 위에 또 베를린 의 귀족과 관료들의 혁명에의 공명에 작용한 것은 프리드리히의 행정사법 개혁과 〈인권〉에 관한 사상이, 프로이센의 〈一般法〉과 프랑스의 새로운 입법이 유사하다는 인식이었다. 그 밖에 宿敵 오스트리아에 대한 증오를 혁명 프랑스와 함께 나누게 된 사실도 유의되어야 할 것이다. 프리드리히 의 만년에는 공화주의가 계몽주의의 한 전초 기지였던 베를린[12]의 사교계 에 이미 만연되고 있었다. 한편 프리드리히 대왕과 함께 독일 계몽 전제 주의를 대표하는 오스트리아의 요젭 2세는 1789년 이전에 프로테스탄트 와 그리스 正敎의 자유를 인정하는 한편 로마 교회의 봉건적 특권을 배제 하고 농노제 폐지와 학문의 자유에 힘을 다한 바 있다. 그의 진보적인 개 혁은 90년의 그의 죽음과 함께 무너졌으나 그러나 혁명 직후 많은 귀족 들에게 영향을 주었으며 또 19세기를 통해 자유주의자들을 고무하였다. 그러나 혁명에 대한 독일 귀족과 상류 계층의 애초의 지지는 대체로 혁명 이념에 대한 인식 부족에서 출발한 것이었으니 그것은 계몽주의가 그들에 있어 필경은 세기의 유행 사상에 지나지 않았다는 점과도 비슷하다고 할 것이다. 루이 16세의 처형을 계기로 드러난 독일 지배 계급의 공포와 반 혁명은 전향이라기보다도 그들이 처음부터 혁명의 의미를 올바르게 인식 못 한 당연한 귀결이라고 할 것이다.

혁명은 그 시초에 있어 많은 독일 지배 계급의 애매한 〈지지〉를 얻었다 고는 하나 그러나 그보다 많은 자들이 반혁명의 입장을 분명히하였다. 혁 명이 발발하자 자체적으로 방위 수단을 강구하였으나 한편 또 당황한 지 배자들은 공동 대책을 모색하였다. 황제 요젭이 죽은 뒤 選帝侯들의 회합 이 있을 때 독일 제국에 대한 혁명의 영향이 토의되었다. 이때 마인쯔의 선제후는 〈聖典이나 미풍 양속에 어긋나거나 혹은 국가 전복이나 공공 질 서를 파괴하는 데 도움이 되고 있는 서적은 모조리 금지할 것〉을 제의하 였다. 이 동의는 통과되고 신황제 레오폴트는 출판의 인가에 관한 법령을 발표하도록 간청되었다. 군주들은 불온 서적의 발행을 금지하고 프리메이 슨 · 계몽회에 관한 정보 수집에 부심하였다. 그리고 여러 지역에서 반계 몽주의적, 반자유주의적인 탄합이 자행되었다. 그런데 이러한 탄합은 封 建遺制 그대로의 신성 로마 제국의 독일인들을 정치적으로 자각케 하는 역작용을 일으켜 시민 계급의 정치화 현상이 나타났다. 당시 독일의 도시 는 기업 활동의 중심지라기보다는 家父長的 의식이나 생활 양식이 지배되 고 있는 城邑의 성격이 짙었다.

---

12) R.H. Förster, *Die Rolle Berlins in europäischen Geistesleben*(1968), S. 39f.

그러나 함부르크, 라이프찌히, 프랑크푸르트 등의 대상업 도시에 있어
서는 18세기에 이르러 상인들이 市政의 유력한 멤버로 활약하게 되었다.
그 위에 프랑스혁명 전후를 통해 시민 계급은 그들 중의 교양 있는 전문
직 계층을 통해 점차 정치와 사회 문제에 관심을 갖기 시작하였다. 18세
기 후반기 이래의 레싱, 괴테, 실러 등에 의한 독일 市民劇의 성행은 시
민 의식의 자유에의 앙양을 말하여 주거니와 특히 함부르크가 독일의
도시 중에서 프랑스혁명에 대하여 가장 민감하였다. 이 독일 최대 항구
도시에서의 親佛 그룹의 리더는 지베킹 H. Sieveking이었다. 그는 실업계
의 거두로서 그 저택은 정치 클럽이 되고 있었다. 그리하여 거기에서는
독일, 프랑스, 네덜란드, 아일랜드 및 아메리카의 애국자들 patriots(당시
자유주의자·공화주의자 혹은 혁명가들은 그렇게 불리웠다)이 자주 모임을 가졌
다. 1797년 함부르크의 애국자들은 博愛協會 Philanthropische Gesellschaft
를 결성하여 세계 시민주의와 공화주의 증진을 다짐하였다. 지베킹의 클
럽과 유사한 것들을 우리들은 18세기의 마지막 30년 동안 중부 독일의
계몽주의의 중심지였던 브라운시바이크에서도 볼 수 있다. 그 지도자는
문필가인 마우빌론 J. Mauvillon(1743~94), 캄페 J.H. Campe(1746~1818) 및
트라프 E.C. Trapp(1745~1818)였다. 함부르크나 브라운시바이크의 공화주
의자들은 대개가 혁명 프랑스에 대해 우호적이었으며 〈인권〉의 원리가
세계와 문명의 진보에 기여하리라는 일반적인 견해를 취하였다. 그러나
그들은 결코 혁명을 원하지 않았으며 프랑스나 독일의 변혁이 불필요하다
는 입장이었다. 그들이 갈망한 정치적 요구란 행정적 개혁의 범위를 넘지
못 하는 말하자면 계몽적 전제주의의 그것이었다. 이러한 한계는 귀족 출
신으로서 계몽회의 리더로 혁명에 적극 찬동한 크니게 남작에서도 다름이
없었다. 그는 〈……신중한 개혁은 상층부에서 비롯되어야 한다〉라고 역설
하였으며, 자신이 〈독일에서의 혁명을 시사하거나 지지하고자 하는 생각
을 지닌 일은 없었다〉라고 주장하였다. 그는 혁명의 불가피성을 이해하고
인권을 찬양하였으나 그러나 지배자들이 방종과 쇼비니즘을 청산하고 언
론의 자유를 허용하며 인민의 대표자들과 협력함으로써 폭력 혁명은 회피
될 수 있다고 믿었다. 그리고 입헌 군주 체제는 공화 체제보다도 우월하
다는 것이 그의 결론이었다. 독일 시민 계급의 공화주의란 정치적이라기
보다도 사상적 도덕적인, 말하자면 그들의 의식 형태와 정신 구조를 뿌리
깊이 규제하고 있었던 敬虔主義 Pietismus나 프리메이슨 혹은 계몽회의 범
위를 벗어나지 못한 것이었다. 〈우리에게 우리들의 권리를 달라——즉 사
상의 자유, 언론의 자유, 출판의 자유, 신앙의 자유를 달라. 이 네 가지

자유만 있으면 어떠한 정부도 좋다.〉 베크를린 Wekhrlin의 이 말은 현세
긍정의 윤리 weltbejahende Ethik와 정신의 내면적 자유만을 강조한 독일의
루터주의의 풍토하애서는 당연한 일일는지 모른다. 궁극적으로는 종교적
인 감성에 용해되게 마련인 독일에 있어서의 정신적, 사상적 자유의 한계
는 근대 독일 최대의 자유인으로서 일컬어지고 있는 레싱에 있어서도 나
타났다. 레싱은 『에밀리아 갈로티 Emilia Galotti』(1772)에서 자유 사상을 가
장 직접적으로 표현하였다. [13] 자유는 정치적 이슈로서 구체화되었다. 그
러나 그것은 결국 윤리적 문제로서 결말된다. 作中 인물인 오도아르도는
처음에는 법을 위반한 음탕한 영주를 살해하는 것을 정당하다고 생각한
다. 이때 그의 반항은 정치적 의미를 획득할 수 있었다. 그러나 그는 딸
을 죽이고 영주의 법정에 선다. 영주도 언젠가 심판을 받으리라는 종교적
희망에 힘입으면서 〈나는 재판을 받기 위해 당신 앞에 나갈 것이다. 그리
고 당신도 언젠가 우리들 모두를 심판하는 신의 법정에 설 것이다〉[14]라
고 외친다. 독일의 정신적 풍토하에서는 자유는 스토익적인 자기 희생을
통한 정신에 의해서만이 성취될 수 있었다. 이러한 현상은 시투름 운트
드랑 시대의 괴테나 실러의 〈정치적〉 작품에 있어서도 비슷하였으니 정치
사회의 문제는 언제나 휴머니즘적 形而上學的인 함축성을 띠고 애매하게
처리되었던 것이다.

그러나 실천적 정치적 봉기가 전혀 없었던 것은 아니다. 울름, 아우그
스부르크 및 에슬린겐 등 몇 개의 도시에서는 산발적인 반란이 일어났다.
그때 반란 지도자들은 市의 등기부를 뒤지고 귀족 명부를 들쳐 그들이 영
주에 대해 어떠한 의무도 지니고 있지 않음을 증명하고자 하였다. 진정한
혁명의 부르짖음은 로이틀린겐에서 일어났다. 여기에서는 상업조합인 길
드가 民政官을 배제하고 12인의 시민 대표로 구성된 위원회를 조직하였
다. 그들은 조세의 폐지에 만족하지 않고 〈인류의 명예스럽지 못한, 그러
므로 인간의 천부의 권리가 날로 존경받고 있는 우리들의 계몽된 시대에
있어 많은 경우 폐지된〉 농노제의 개혁을 결의하였다. 그러나 민정관은
帝王의 위력으로 그 위원회를 탄압하였다. [15] 민주적이며 혁명적인 소요는
오히려 농민들 속에서 일어났다. 혁명이 발발한 직후인 8월에 이미 독일
제국내의 리이게 Liege에서는 성직 군주가 축출되어 이웃 나라의 군소
영주들의 간담을 서늘하게 하였다. 혁명 후 수 개월간의 몇몇 지역에서의

13) L. Löb, "The Drama of Freedom: from Lessing to Hebbel" in *Literature and Western
   Civilization*, vol Ⅳ. (ed. Daiches and Thorlby, 1975) pp. 423~49.
14) *ibid.*, p. 425.
15) Gooch, *ibid.*, p. 69f.

농촌의 분위기는 지극히 험악하였다. 90년 3월 뮐러는 마인쯔에서부터 그의 형제들에게 다음과 같이 썼다. 〈민중은 널리 만연된 자유의 정신에 의해 불붙고 있읍니다. 울리히, 쾰른, 트리에르에서의 사태는 낙관을 불허합니다.〉작센 슐레지엔 지방에서, 또 네클렌부르크, 트리에르 및 슈파이어에서도 소요가 일어났다. 농민들은 林野에 관한 옛 권리의 부활을 요구하고 봉건 제도에서 기인된 부역을 거부하였다. 항쟁은 〈인권〉등의 혁명의 원리에서 유발된 것이 아니라 〈낡은 권리〉의 주장에서 비롯되었다. 그리하여 봉기는 잘 다스려진 國君 지배하에서는 전혀 없었다. 팔쯔와 마인쯔의 농민들은 프랑스군이 진주하면 그들과 손을 잡으리라고 공공연히 말하였다. 어느 지방의 농민들은 영주의 무력 위협을 받자 다음과 같이 응답하였다. 〈우리는 두렵지 않다. 병사들은 우리들의 아들들이다. 장교가 그들에게 발사를 명하면 우리들은 《한스, 미하엘, 우리들 편에 서라!》라고 외칠 것이다.〉[16]

당시의 농민 폭동 중에서 가장 규모가 컸던 것은 1790년 選帝侯領인 작센에서의 봉기였다. 그들은 이웃 나라인 베멘의 농민들과 같이 신문에 놀랄 만큼 큰 관심을 가졌다. 혁명의 파급은 계몽주의가 널리 일반 서민층에까지 침투되었던 지역(그것은 대체로 함부르크―라이프쩌히―프랑크푸르트 괴팅겐을 연결하는 지역이었으며 영국적 자유주의와 몽테스키외의 이념의 독일내의 근거지가 되는 하노버였다)[17]이었고 특히 신문이 보급된 지역과 그렇지 못한 지역간에는 격차를 드러내고 있었다. 혁명에는 知的 변혁이 선행되었던 것이다. 작센의 농민들은 프랑스에서의 농민 폭동에 관해 적극적으로 알고 싶어하였다. 그들과 베멘의 농민들은 당시 출현된 비정통적인 종교적 예언자에 의해 고무되었으며 되벨른 Döbeln의 한 助祭가 프랑스와 벨지움의 혁명 속에 그리스도 재림의 징후를 보았다는 말이 널리 유포되었다. 봉기한 농민들은 노예적 봉건 체제의 타도를 외쳤으며 귀족과 영주들은 드레스덴에 피신하였다. 몇 주 동안 이렇다할 조직이나 지도자가 없었던 농민 반란은 작센의 5천 평방킬로미터 지역을 휩쓸었다. 반란은 루터시대의 농민전쟁 이래 독일에서의 가장 대규모의 민중 운동이었다. 그러나 그들도 결국 선제후의 군대에 의해 진압되었다. 그 농민 봉기와 거의 때를 같이하여 작센 지방에서 폭발하였으나 거의 비무장된 것이었고 여러 도시가 불온한 상황에 놓여 있었으나 각 지역간에는 어떠한 연결도 없었다. 또 동일한 領內의 도시와 농촌 사이에도 전혀 유대가 결여되고 있었다.

16) *ibid.*, p. 68f.
17) F. Heer, *Europäische Geisteogsschichte*(1967), S. 551, Hertz, *ibid.*, p. 424.

봉기한 농민들은 고립 무원의 상태였던 것이다. 비슷한 소요는 덜 폭력적이었지만 실레지아의 영내에서도 일어났다. 지방의 소요는 1794년 여름을 고비로 수그러졌다. 프로이센의 새 法令이 영주들에 의한 종래의 강제노동을 폐지하리라는, 아마도 폴란드의 코수시코의 선언에 자극된 루머가 농민들 사이에 퍼졌기 때문이었다. 질서는 회복되었다. 이상과 같은 그간의 작센이나 실레지아의 반란에 있어 혁명 프랑스는 전혀 개입하지 않았다.

1789년과 함께 열린 혁명의 시대에 있어 많은 사람들이 독일 혁명을 예감하였다. 그러나 혁명은 일어나지 않았다. 왜 독일에 있어 혁명은 일어나지 않았던가. 그 주요 이유로서 역사가 헤르쯔 Hectz 는, 1) 독일의 주요 領邦의 재정과 행정은 프랑스보다도 질서가 있었다. 그 원인의 하나는 프랑스보다도 전쟁을 치르지 않았기 때문이다. 한 예로서 오스트리아 제국의 인구는 프랑스의 6분의 5였으나 프랑스는 그 부채에 있어 오스트리아의 6배 이상이었다. 프로이센의 경우는 부채가 전혀 없었다. 2) 부르조아지의 부재. 근대 혁명은 〈교양과 재산〉을 갖춘 시민 계층에 의해 주도되었다. 3) 지식인의 비정치성. 4) 중간층과 산업 노동자의 不在. 5) 파리와 같은 대중심지의 부재. 6) 지도자의 무력과 왕의 무능. 7) 영방 국가의 분립에 기인된 내셔널리즘의 부재 등[18]을 지적하고 있거니와 도시 폭동과 여러 지역의 농민 반란과 관련하여 특히 독일 혁명의 불발 원인으로서 지적되어야 할 것은 영방 분립의 독일의 정치 사회적 현실이라고 할 것이다. 300여 개의 中·小 영방과 프로테스탄트와 가톨릭의 종교적 분열——독일에 있어서만이 특수하였던 이러한 국가 분열의 현실은 안정되고 부유한 시민 계층의 성립을 방해하였을 뿐만 아니라 또 여론의 형성을 불가능하게 하였다. 브란데스는 〈우리들은 파리를 갖지 않는다. 어떠한 중심도 어떠한 공통의 목적도 없다. 쉬바벤人과 작센人은 서로 전혀 타국 사람이다. 마인쯔人이 동요하면 헤센人은 그들에 대해 반대 행동을 취하며, 독일인을 진압하기 위하여 항시 독일인이 진군한다〉고 말했다. 지배 계층이 그들의 봉건적 특권을 옹호하고자 하는 공통의 목적으로 단합된 데 대하여 개혁을 요구하는 소리는 언제나 분산되어 메아리쳤던 것이다.

VII. 〈哲學이 국가에서 실현됨은〉

이제 우리들은 우리의 주제인 1789년에 대한 독일 지식인의 반응에 관해 살펴보자. 프랑스 혁명 직전의 독일은 역사가 구치 Gooch 가 지적하듯

---

18) Hertz, *ibid.*, pp. 426~32.

이 정치적으로는 노쇠하고 知的으로는 독일 정신사상 유래 없었던 文運 융성의 모습을 드러내고 있었다. [19] 즉 서유럽 여러 나라보다는 뒤늦었다고는 하더라도 계몽주의 사조는 18세기 후반에 이르러 대체로 독일 전역에 보급되었다. 당시의 知的 풍경에 있어 주목할 것은 지식이 처음으로 학문의 세계에서 분리되고 대학의 문 밖으로 그 영역을 확대한 사실이다. 이러한 현상은 대학 교수가 아닌 많은 자유로운 文筆家들의 출현과도 깊이 관련된다. 각 방면의 문필가들을 배경으로 앞에서 지적한 바와 같이 신문·잡지·팜플렛·단행본 등의 방대한 정기·부정기 간행물들이 쏟아져 나왔으며 또 여러 지역에 독서 클럽·프리메이슨·계몽회 등의 知的 서클이 활발히 운영되었다. 독일은 칸트가 지적한 바와 같이 바야흐로 〈계몽의 과정 속에〉 놓여 있었다. 계몽된 시민 계층이나 프로테스탄트계의 牧師館으로부터 이른바 〈國家國民 Stoatnation〉을 준비하는 〈文化國民 Kulturnation〉을 창출한 교양 계층이라는 독일 지식 계층이 배출되었다. 이 지식인들에 의하여 1789년의 부르조아지 혁명과도 비할 수 있는 이상주의 철학과 인문주의 문학에 의해 대표되는 위대한 정신 운동이 혁명의 세기 속에서 독일에 개화되었다. 그리고 또 주목할 것은 칸트, 피히테 그리고 레싱, 실러 등에 의해 바람직한 국가에 대한 강렬한 정치적 志向이 점차 체계적으로 논의되었다는 사실이다. 그러나 정치적 이슈는 원래 외부로부터의 자극에 의해 일어났다.

혁명 직전의 독일 지식 사회의 자유주의적, 민주주의적인 지향에 크게 작용한 것은 프랑스 정치 사상의 영향과 아메리카의 독립 전쟁(1775)이었다. 독일 지식인들의 정치 교육에 대한 최대의 교사는 루소였다. 루소[20]의 저서들은 프랑스에서 출판되자 번역되어 모든 독서인들을 매료하였다. 〈그의 영향은 실로 거대하여 볼테르의 그것을 훨씬 넘었다. 그는 나의 청년 시대의 가장 현명한 사람들의 영웅이었다〉라고 역사가 니부르 Niebuhr 는 말하고 있거니와 레싱도 칸트도, 헤르데르, 클린거, 괴테 실러, 야코비 캄페, 아른트 및 겐쯔 등 당대의 모든 知的 엘리트가 루소를 탐독하였다. 괴테의 『베르테르의 슬픔』(1774)에서부터 실러의 『群盜』(1787)에 이르기까지의 작품과 독일 낭만파는 루소의 영향하에서 나왔다. 몽테스키외[21]의 〈적당한 진보〉의 사상은 지극히 일찍기 독일에 전하여저 초기 자유주의 정립에 기여하였다. 프리드리히 大王은 청년 시절에 그의 저작을 읽었으

---

19) 프랑스 혁명 직전의 독일의 지식 사회에 관해서는 대체로 Gooch, *ibid.*, pp. 1~38, W.H. Bruford, *Germany in the Eighteenth Century*, (1965) 참조.

20) 이하 루소의 영향에 관해서는 Gooch, *ibid.*, p. 35f., Valjavec, *ibid.*, S. 152f.

21) 몽테스키외의 영향에 관해서는 Valjavec, *ibid.*, S. 152.

며 특히 하노버의 여론을 폭넓은 헌정에로 지향케 하였다. 그러나 그의 영향이 독일에 있어 학자나 사상가들에 국한된 것과는 달리 루소는 남녀 노소에게 영향을 주었다. 볼테르는 여러 가지 이유로 하여 독일 지식인들 사이에서는 평이 좋지 않았다. 몽테스키외가 영국식의 자유주의 사상을 독일 지식인들에게 인식케 한 데 대하여 루소는 일반 서민의 미덕을 감지케 하였다. 그러나 칸트[22)]를 제외한 몇몇 독일 지식인들이 루소를 본질적으로 인식하였을까? 즉 독일 지식 사회에 있어 사람들은『社會契約論』의 저자로서의 루소를 망각하고『에밀』의 저자로서의 그의 일면에만 열중하였던 것이다. 그 결과〈인민 주권〉의 원리를 내세운 근대 민주주의의 최초의 이데올로그는 반근대적, 반사회적인 낭만주의 문학의 선구적 역할을 독일에서 다하게 되었다. 루소에 대한 독일 지식인의 이러한〈오해〉는 몽테스키외와 볼테르에 대한 태도에서도 없을 수 없었다. 그들은 전통적 귀족제의〈옹호자〉로서 받아들여졌던 것이다. 그뿐만 아니라『法의 精神』으로부터 독일의 보수주의자들은 J. 뫼제르 Möser 에 있어서 보는 바와 같이 독일의 과거와 특수성에 대한 역사주의적인 숭배의 하나의 근거를 찾았다. 이상과 같은 사실에도 불구하고 그러나 루소는 독일에 있어 민주주의 사상의 보급에 큰 영향을 주었다. 특히 1789 년 전후의 거의 모든 급진주의자들은 루소의 세례를 받은 인물들이었다. 이러한 사실은 반혁명적 입장에 선 모든 인사들이 프랑스에서와 같이 처음부터 가장 심하게 루소를 공격하였다는 사실과 부합된다.

프랑스혁명에 앞선 제 2 의 정치적 자극은 아메리카의 독립 전쟁이었다. 독립 전쟁은 혁명 직전의 프랑스에 가장 큰 영향을 주었으며 독일에서도 큰 지지를 받았다. 사람들은 신문을 통해 그 진전을 상세히 알 수 있었으며 화제는 격양된 어조로 교환되었다. 특히 지식인들은 공화주의에 대한 관심을 새롭게 하였으니 독일에 있어 공화주의 사상이 대두되는 계기가 되었다. 문필가들에 있어서는 1775 년에 그 경향이 강하게 퍼졌다.[23)]〈우리들은 자명의 진리로서 모든 인간은 평등하게 만들어지고 조물주에 의해 일정한 빼앗을 수 없는 천부의 권리를 부여받고 그 속에 생명 자유 및

---

22) 독일의 정신적 계보는 역설적인 루소를 읽는 데 있어 많은 오해를 초래하였다. 그리하여 많은 동시대인들이 루소 속에〈感情의 권리〉의 사도를 본 데 대하여 칸트는 전적으로〈인류의 권리의 부흥자〉〈무조건적인 것〉을 향하는 의지를 통찰하였다. 이러한 루소의 본질은 독일 지식인들 중에서 어쩌면 유일하게 그 원리로 하여 프랑스혁명을 종시 일관 지지한 자유주의자 칸트에 있어서는〈우리들의 시대의 위대한 발견〉으로서 생각되었다. E Cassirer, *Rousseau, Kant, Goethe: Two Essays* (1962). 日譯.「18世紀의 精神—루소와 칸트그리고 게一테』. (1979), 21~98面 참조.

23. Valjavec, *ibid.*, SS. 147, 149.

행복의 추구가 포함됨을 믿는다……〉「독립선언」(1776)에 제창된 자연권·
계약 사상·〈합의의 지배〉·혁명권의 이념은 일반의 관심을 끌었으며 프
랑스혁명 뒤에도 아메리카는 자유의 나라로서 독일 지식인들의 정치 체제
의 비교와 절제에 대한 저항이 근거가 뇌었다. 영국에 예속되었던 하노버
이외의 지역의 모든 문필가들은 식민지군에 동정하였으며 영국의 패배를
곧 자유의 승리로서 확신하였다. 「독립선언」도 관헌의 허용 아래 신문에
실렸다. 클로프시토크는 〈이 고결한 영웅의 전쟁, 다가오는 위대한 날의 새
벽〉을 축하하는 시를 썼다. 그는 방문객들에게 보스턴에서 온 지팡이에 입
맞춤하기를 권하였다. 괴테는 프랭클린과 워싱턴은 독일 하늘에 빛나는 이
름이라고 찬양하였다. 대선제후 P. 래오폴트는 토스카나의 헌법 초안을 버
지니아 헌법을 모범으로 하여 만들었다. 프로이센 귀족인 시토이벤 Steuben
과 그 밖의 유지들은 반란군에 참가하여 싸웠다. 그러나 이러한 독일인
한 사람에 대해 100인의 독일인이 영국편에 서서 싸웠음을 지적하여야
할 것이다. 영국과 보호 조약을 맺은 독일의 제후들이 군대를 파견하였으
며 특히 네덜란드와 러시아에서 傭兵에 실패한 영국은 독일에서 그것을
보충하였다. 그리하여 이제 군주들에 의한 인간 매매가 행하여졌다. 700
만 파운드의 금액으로 2만 9천의 병사들이 끌어 모여졌다. 이러한 폭거
는 독일의 여론을 식민지군 지지로 규합하였다. 〈부친의 친지나 내가 아
는 사람으로서 영국편에 선 사람은 없었다. 법 앞에 평등하다는 생각은
그 당시에 있어서는 아마도 지금보다도 더 큰 매력을 지닌 듯하였다. 우
리들이 알고 있는 귀족까지도 그러한 생각을 갖고 있었다……〉라고 살롱
의 여주인 헤르쯔 Herz는 당시를 회상하고 있다.

군주들에 팔려서 신대륙의 전쟁터에 끌려간 용병에 가장 분격한 것은
실러였다(『기교와 사랑』, 1783). 그런데 강한 여론의 압력에 대항하는 소리
도 없었던 것은 아니다. 헤센伯은 프랑스의 미라보의 규탄 팜플렛을 매점
하여 불사른 뒤 그의 인민을 매각함은 봉건 군주로서의 권리라는 반박서를
발표하였다. 또 자신의 아메리카 독립 전쟁에 관한 많은 보고와 논평으로
독일 지식인들의 관심을 새 대륙에 쏠리게 한, 쉴레쩨르 Schlözer는 영 본
국을 비호하는 데는 주저하였으나 반란의 정당성에는 이론을 제기하였다.
그런데 전쟁이 아메리카인의 승리로 끝나자 많은 용병들이 독일로 돌아와
서 희망에 찬 이야기들을 전하였다. 특히 시토이벤은 王도, 무위 도식하는
귀족도 없는 만인이 행복하고 가난을 모르는 나라에 관해 썼다. 1783년
익명의 한 교수는 『베를린 月報』에 다음과 같이 기술하였다. 〈아! 나의
쇠사슬은 내가 독일인임을 나에게 알려 준다. 유럽이여, 그대의 머리를

234

들어라. 그대도 또 자유의 몸이 되고 그대의 폭군들을 쫓아낼 날이 언젠가 올 것이다. 〉²⁴⁾

아메리카 독립 전쟁에 대한 독일 지식 계층의 지대한 관심과 또 그것을 둘러싼 갖가지의 활발한 논의(그것은 때로 이론적인 두 개의 반대 진영을 낳았다)는 독일 여론에 일찌기 없었던 비판적 정치 의식을 조성케 하였으며 또 미래의 자유주의와 보수주의라는 두 진영에 의한 당파 정치 대두의 길을 열었다. ²⁵⁾ 근대적 자·유주의는 18세기 계몽주의의 아들이었으며 자유의 이념은 프랑스혁명에 앞서 아메리카에서 그의 최초의 실현을 보았다. 제퍼슨의 독립 선언은 자유주의의 마그나 카르타였다. ²⁶⁾ 독일에 있어서도 자유의 사상은 프랑스혁명에 앞서서 이미 조성되었으니²⁷⁾ 말하자면 독일 지식 계층은 1789년에 앞서 이미 혁명으로 성숙되어 있었던 것이다.

앞에서 지적한 바와 같이 혁명과 그 이념은 신문에 흥미를 지닌――혁명 뒤 최초의 몇 해 동안은 유럽의 거의 모든 신문들은 파리의 봉기와 그 진전에 관해 대서 특필하였다. 신문의 논조는 혁명과 더불어 하루아침에 래디컬해지고 거의 모든 신문이 1793년까지 혁명의 편에 서서 논평하였다. 그리고 정치적 팜플렛도 쏟아져 나왔다. 그것들은 지배 계급이나 관헌의 방해를 받지 않았으며 오히려 반혁명적인 신문이나 책자의 출판들이 방해되었다. 그 시점에 있어 대다수의 영방 정부는 중도주의를 표방하였던 것이다. 한편 오스트리아와 바이에른 정부는 혁명에 찬성이건 반대이건 모든 저술을 금지하였다. ²⁸⁾ 혁명에 열중한 독일의 여론과 출판 경향은 (나폴레옹의 대두에까지 계속되었다) 농민들을 포함하여 계몽주의에 물든 각계 각층의 사람들을 파리에서와 같이 밤낮으로 자유와 인권을 논하게 했다. 반혁명주의자였던 역사가 니부르는 당시의 이러한 풍조에 관해 다음과 같이 비웃음을 띠며 말하고 있다. 〈나는 1789년의 가을 시트랄준트에서 우리들의 牧師가 신문 강좌를 연 일을 기억하고 있다. 그도 또한 다른 사람들

24) Gooch ibid., 35f.
25) Valjavec, ibid., S. 149.
26) F.C. Sell, Die Tragödie des deutschen Liberalismus, (1953) SS. 12, 13.
27) 독일 자유주의의 성립에 대한 프랑스혁명의 영향은 과대 평가되어서는 안 된다. Wahl은 독일을 포함한 모든 자유주의는 〈1789년의 이념〉으로부터 유래된다고 주장한다. 그러나 그에 앞서 영국 사상은 독일에 대해 보수주의와 함께 자유주의적 영향을 강하게 주었으며 혁명이 독일에서 자유의 사조를 창출한 것은 아니었다. 뿐만 아니라 영국과 독립을 쟁취한 아메리카의 모범이 프랑스혁명의 민주주의적 사상으로부터의 자유주의 사상의 근원적인 독립성을 확보하였다. 리터 G. Ritter가 구별하였듯이 〈프랑스(혁명) 사상에 대한 독일 민주주의의 친근성〉과 〈영국 사상에 대한 독일 자유주의의 친근성〉은 유의되어야 할 것이다. 사실 혁명 당시 프랑스 사상의 영향을 깊이 받은 독일의 문필가나 정치가들은 거의 모두가 민주적 경향이 짙었다. (Valjavec, ibid., S. 153.)
28) Hertz, ibid., pp. 424, 425f.

882

과 마찬가지였다. 당시는 바보로 생각되지 않으려면 누구나 모두 계몽이
니 자유니 하는 말을 하여야 하였다. 어느 강의실에서건, 僧權主義니 理
性敎니 인권이니 그 밖에 타인에 양도할 수 없는 권리 등에 대해 이야기
함을 들을 수 있었다……〉[29]

혁명의 반응은 특히 지식인들에 있어 충격적이었으며 그들은 우선 기쁨
으로 그것을 맞이하였다.[30] 독일 문단의 원로인 클로프시토크는 자유의
승리를 찬미하는 백인의 소리가 요구된다라고 노래하였다. 혁명은 이 노
시인에 있어 프리드리히의 피에 물든 月桂冠보다 더욱 아름다운 것을 의
미하였다. 그는 프랑스 시민이 되고 싶어하였으며 국민의회는 그에게 실
러와 함께 명예 프랑스 시민권을 수여하였다. 혁명의 복음은 지식인들을
詩的 감동으로 사로잡았다. 역사가 쉴레쩌 Schlözer 는 天使들은 하늘에서
謝恩讚歌를 노래하고 있으리라고 말하였다. 포르스터 G. Forster 는 〈철학
이 인간의 가슴 속에 성숙케 하고 그리고 국가에서 실현됨을 보는 것은
참으로 훌륭하다〉라고 말하였다. 겐쯔 Genz 는 인류는 오랜 잠에서 깨어
났으며 혁명은 철학의 최초의 현실적 승리라고 하였다. 비일란트 Wieland,
슈바르트 Schubart, 브르게르 Brüger, 보쓰 Voss, 헤르데르 Herder, 시톨베르
크 형제 Stolbercgs, 리히터 Richter, 횔데를린 Hölderlin 이, 역사가 아르헨홀
쯔 Archenhölz 와 니콜라이 Nicolai 의 잡지도, 헤르쯔 H. Herz (1764~1847:
유태계 의사의 딸이며 그 미모와 교양으로 하여 그녀의 살롱은 18세기 베를린의
문학가들의 센터였으며 초기 낭만주의의 기원이 되었다), 레빈 R. Levin (1771~
1837 : 베를린에서의 괴테 숭배자들의 일단의 중심 인물)의 살롱에서도, 함부르크
의 거리에서도, 지식인들은 시를 쓰거나 祝宴을 열었다. 모든 학교와 대학
에서도 교사나 학생들이 열광하였다. 당시 독일 인문주의의 전개에 획기
적인 기여를 하고 있었던 괴팅겐 대학에서는 학생들이 〈자유의 나무〉를
심고 마르세이유를 노래하며 밤새도록 그 주위를 돌았다. 할레 대학(이 최
초의 근대적인 대학은 독일 계몽 사상의 중심 무대였다)의 학생인 슐라이에르마
헤르는 그의 부친에게 〈나는 혁명을 사랑합니다〉라고 편지를 썼다. 혁명
이 발발하자 같은 튀빈겐의 신학생이던 헤겔과 셸링(횔데를린도 함께 튀빈
겐 대학에 재학하고 있었다)은 운집한 학생들 앞에서 1789년의 강령을 낭독
하였다. 헤겔은 뒤에 『歷史哲學』에서 프랑스혁명을 상기하여 〈이것은 황
홀한 태양의 떠오름이다. 모든 사색하는 사람은 이 사건을 찬양하였다.
숭고한 감정이 새 시대에 군림하였다. 세계는 마치 神이 세상과 화합한

---

29) Gooch, *ibid.*, p. 64.
30) 이하 지식인들의 애초의 긍정적 반응에 대해서는 Gooch, *ibid.*, p. 40f 및 Valjavec, Hertz,
   Epstein 의 前揭書 참조.

것인양 정신적 열광으로 들끓게 되었다〉라고 祝言하였다. 쾨르너 G. Körner
는 바스티유 파괴의 기념일에 그의 가문의 귀족 특허장을 불살랐다.〈王
位는 흔들리고 인간은 이제 노예가 아니다〉라고 베를린의 목사인 예니쉬
Jenisch 는 읊었다.

1781 년에 출판된 『純粹理性批判』을 통해 이미 철학 사상의 혁명을 성
취한 칸트는 처음부터 혁명의 벗임을 명백히하였으며 〈무신론자〉 피히테
또한 위험한 혁명가라는 비판을 받았다. 프랑스 혁명론을 서술한 그는 한
편지에서 프랑스 시민이 되기를 원하며 독일 혁명을 위해 프랑스 방식대
로의 대학의 교수가 되는 것이 소원이라고 고백하였다. 뒷날 독일 보수주
의와 민족주의의 챔피언이 되는 낭만주의 작가들도 초기에는 혁명을 열렬
히 지지하였다.

혁명은 교양 있는 부인들에 있어서도 크게 환영받았다. 철학자의 어머
니이며 女流小說家였던 요한나 쇼펜하우에르는 1787 년 파리를 방문하여
거기에서 루이 16 세와 왕비를 보았으나 그러나 유혈 뒤에도 그녀의 마음
은 흔들리지 않았다.〈나는 항시 신문을 싫어하고 있었으나 이제 나는 『함
부르크 신문』을 애타게 기다렸다. 어느 여름날 나는 창가에 기대어 배달부
가 신문을 갖다 주는 것을 기다리고 있으려니 남편이 마차를 몰고 왔다.
[……] 그는 자유의 최초의 승리, 바스티유 습격의 뉴스를 알려 주기 위해
일을 팽개치고 온 것이다. 이때부터 세계의 전면적 변화에 관한 일찌기
없었던 희망과 함께 나의 마음 속에 하나의 새로운 생명이 눈을 떴다. 나
의 동시대인은 어느 젊은이의 가슴에도 불타고 있었던 자유에 대한 열렬
한 사랑을 기억할 것이다. 바스티유 습격 및 그 뒤에 있었던 살인과 그 밖
의 극단적 행위는 흥분할 때의 불가피한 사건으로 간주되었다…….〉그녀
도 공포 시대를 혐오하였다. 그러나 執政時代에 다시 파리를 찾았을 때에
도 계속하여 〈바스티유의 파괴〉를 기뻐하는 마음에 변화가 없었다.[31]

    저 여명에 살았음은 축복이어라,
    그러나 젊어서 그것을 맞이하였음은
    지극한 행운이었으니

영국의 시인 워즈워드는 1791 년 파리에 갔을 때 이렇게 읊었거니와 혁
명은 유럽과 독일의 지식인들의 정치적 연대를 마련하였다. 그리하여 혁
명에 관한 그리고 그것을 찬동하는 많은 팜플렛과 작품 및 희곡이 쏟아져
나왔다. 혁명에 관한 독일에서의 최초의 체계적 기록은 7 월 14 일 직후

---

31) Gooch, *ibid.*, p. 54.

파리에 뛰어간 젊은 프로이센의 소설가 슐쯔 F. Schulz 에 의해 보고되었다. 『프랑스大革命史』라고 이름지어진 그 260페이지의 저술은 베스트 셀러가 되어 수천의 독자들에게 혁명의 성격에 관해 처음으로 명확한 관념을 주었다. 〈1789년, 9월 5일 파리에서〉라고 附記된 그 서문에서 필자는 이야기는 공평한 목격자의 기록이라고 주장하였다. 그는 구제도와 함께 민중의 잔인한 狂氣를 숨기지 않았으며 소란은 장래에도 다소 있을 것이며 정치적 도덕적으로 부패의 극에 달한 거대한 왕국이 단시일내에 개혁될 수는 없을 것이라는 것이 그 결론이었다. 그 책은 편견에 사로잡히지 않은 냉정한 필치로 일관되었다. 그러나 혁명의 극적인 시대를 통해 발간된 많은 글들이 독일에서도 공평을 잃고 있었다. 왜냐하면 혁명의 시대는 많은 지식인들에게 그들 자신의 政治的 告白의 시기를, 당파와 분열의 시기를 의미하는 것으로 보인 것이다. 저명한 교육가이며 혁명의 파리 〈巡禮의 길 pilgrimage〉에 앞장 섰던 캄페의 『書簡集』(1790)의 경우도 그러하였다. 시시각각 변화되는 혁명의 장면이 독일 지식인들에게 끼친 영향은 괴팅겐 대학의 저명한 역사 교수였던 스위스계의 뮐러 J. Müller(1752∼1809)의 방대한 서한집에 가장 잘 나타났다.[32] 뮐러는 프랑스에서의 혁명 이전의 개혁의 움직임을 기쁜 마음으로 관찰하였다. 그는 혁명 속에서 국민 해방을 보았다. 그리고 환희로써 7월 14일을 맞이하였다. 그는 그의 형제들에게 다음과 같이 썼다. 〈7월 14일은 로마 제국 멸망 이래 가장 좋은 날입니다. 우리들의 세기는 프랑스의 경박함을 모방하였으나 다음 세기는 프랑스인으로부터 용기를 배울 것입니다. 〔……〕 나는 현재 두려움에 떨고 있는 부정한 재판관이나 도저히 참을 수 없는 폭군들의 몰락을 빕니다. 국왕이나 그 고문관들이 자기들도 또 인간임을 알게 됨은 전적으로 바람직합니다. 암은 쇼크 치료로써만 고쳐질 수 있습니다.〉 그러나 일개월 뒤의 그의 태도는 변해진다. 〈유감스럽게도 의회(국민 의회를 말함)에서는 양식보다도 웅변이 효과가 있다는 나의 의견에는 당신도 동의하리라고 믿습니다. 그리고 또 당신은 아마도 그들은 지나치게 자유로와지고자 하기 때문에 오히려 조금도 자유로와지지 못 하리라는 것을 이해하리라고 믿습니다. 〔……〕 그리고 솔직히 말하면 프랑스에서 오늘날 일어나고 있는 것은 우리들에게 모방하고자 하는 욕망을 일으키지 않습니다. 사람들은 지나치게 값비싼 대상을 지불하여 보다 더 좋은 것들을 손에 넣기보다는 오히려 현재 있는 좋은 것들을, 아니 참을 수 있는 것들을 버리지 않고 두고 싶은 것입니다. 실제에 있어 모든 것을 지배하고 있는 것은 높은

---

32) 이하 혁명에 대한 뮐러의 심경의 변화에 대해서는 *ibid.*, pp. 46∼52.

양반들이 아니라 〔……〕 폭력에 의해 이룩된 일들 및 1400년에 걸친 기만을 뒤집어 놓을 수 있는 것은 절대신일 뿐입니다.〉 1주일 뒤 뮐러는 다시 그의 심중을 드러내고 있다. 〈〔……〕 나는 이 일(혁명)의 존속 여부에 대해 의심을 품습니다. 〔……〕 그리고 대체로 경험은, 어떠한 자유로운 민족도 도덕 없이는 존속될 수 없으며 또 어떠한 도덕도 종교 없이는 존재할 수 없음을 가르치고 있으나 의회는 바로 종교를 어리석은 것으로 보고 있읍니다.〉 이제 뮐러의 관심은 혁명이 독일에 끼칠 영향이었다. 〈프랑스의 선례가 이웃 나라를 눈뜨게 함은 지극히 당연하며 〔……〕 그러나 우리들 독일인들이 잊어 왔던 인간의 권리를 되찾는 데 있어 프랑스와 같은 잔인성을 사용할 위험은 없읍니다.〉 1790년 2월 그는 다음과 같이 쓴다. 〈이제 프랑스의 戱畵는 민중의 마음을 전적으로 뒤집어 놓았음으로 승려나 귀족은 몰락을 두려워해서 자유로와짐을 거의 원하지 않는 상태이다. 선동 정치가들의 지나친 요구는 전제 정치가 행해지고 있는 곳에서는 그것을 강화하고 그것이 축출된 듯이 보였던 곳에서는 그 복귀를 조장하고 있다.〉 과격파의 공포 정치를 비판하면서도 그러나 뮐러는 혁명 1주년을 긍정적으로 맞이하여 다음과 같이 희망을 토로하였다.

오늘은 자유의 기념일이다. 이것은 영구히 지속되리라고 나는 생각한다. 이 사업 속에는 神의 의지가 포함되고 있는 듯이 생각된다. 신은 새 질서를 바라고 있으시다. 이 개혁은 처음에는 자기를 지탱 못 할 듯이 생각되었다. 그러나 자유의 관념은 제 국민에 널리 깊이 침투되고 그들이 그에 의하여 받는 이익도 또 너무나 명백하므로 그것을 버릴 수 없다. 이 정신은 멸하지 않고 남을 것이다.

91년을 통해 뮐러의 심중은 희망과 절망으로 교차되었다. 〈나는 이 혁명 속에도 많은 장점이 있음을 인정한다. 그러나 프랑스 국민은 바야흐로 파멸 도상에 있으며 그들에 있어서는 추상적 이론이 전부이다.〉 〈그러한 혁명이 다른 나라에 일어나지 않기를 나는 희망한다. 그러나 나는 그것이 교훈으로서 도움이 되고 영향을 미치기를 간절히 희망한다. 실제에 있어 혁명은 그러한 역할을 다하고 있다.〉 역사가 뮐러는 점차 비판적이면서도 王位와 祭壇 아래 구축된 절대주의 체계의 취약성을 잘 알고 있었으며 그러므로 또 혁명의 필연성과 그 의의를 누구보다도 잘 인식하고 있었다. 혁명 초기의 그의 동요는 여기에서 기인된 것이었다. 프랑스가 오스트리아에 宣戰하고 파리 코뮌이 성립하여 혁명이 격화의 양상을 드러낸 1792년 초에 그는 다음과 같은 두려움을 나타내었다. 〈만약 프랑스인들이 밀려오면 민중은 공포심, 귀족에 대한 혐오의 감정 및 새롭고 기이한 것을 좋

아하는 마음에서 반드시 그들을 극진히 지지할 것이다. 만약 전쟁이 일어
나면 그 불길은 전 유럽에 퍼지고 역사상 최대의 투쟁이 개시될 것이다.〉
뮐러는 또 혁명의 불투명한 미래 속에서 자신의 운명에 대해서도 생각해
야 하였다. 그가 마인쯔에 돌아오자 選帝侯는 그에게 착위를 주고 고문관
으로 대우하였다. 그리하여 그는 과격파로부터 變節者라는 낙인이 찍히
게 되었다. 그러나 그는 스스로도 언명하였듯이 결코 반동의 편은 아니었
다. 같은 해 5월에 그는 다음과 같이 말하였다. 〈부유한 시민들은 두려
워하고 있으나 그 밖의 사람들은 민주 정치를 바라고 있다. 50년 동안
유럽에 확산된 정신을 총검으로써 진압시킴은 불가능한 것으로 생각된다.
또 가령 가능하다고 하더라도 아마도 그것은 인류의 최대 불행이 될 것이
다.〉 9월에 뮐러는 황제의 초빙을 받아 빈에 여행하였으나 마인쯔에 돌
아오니 프랑스군의 점령하에 놓여 있었다. 점령군 사령관 퀴스틴 Custine
은 뮐러를 새로운 행정 기관의 책임자로 포섭하고자 교섭하였으나 정중히
거절당했다. 다시 두 사람의 회견이 이루어지고 퀴스틴은 재차 지위와 명
예를 제의하였으나 허사였다. 뮐러는 라이프찌히에서 다음과 같이 말하였
다. 〈하나님은 전격적으로 인류를 쇄신하고 정치와 종교에 관한 우리들의
관념을 정화하고자 한다. 그것은 소동이 없이는 행해지지 않는다. 혁명이
연이어 일어나는 시대가 가까이 올 것이다. 그러나 마지막에는 모든 것이
진정되어 보다 더 좋은 상태가 될 것이다.〉 그의 최악의 두려움은 루이
16세의 죽음에 의해 사실로 나타났다. 93년 1월의 국왕 처형 사건은 뮐
러를 반혁명파 속에 몰아넣었다. 그리하여 4월에 그는 다음과 같이 말하
였다. 〈유럽의 모든 도시에 있어 사람들은 파리의 無神論者들에 반감을
갖고 있다. 모든 인류는 마음 속에서는 이들 거인들에 의해 유린되었다는
느낌을 갖고 있다. 〔……〕 프랑스인은 인류의 夢魔로 화하고 있다.〉 이제
그는 공포로 잠을 이루지 못하며 〈프랑스에서의 미치광이, 괴물들〉을 저
주한다. 그리고 그는 전적으로 버크의 동조자가 되었다. 〈나는 진화에는
대찬성이나 혁명에는 반대이다. 우리의 동시대인들은 얼마나 맹목적인가.
또 오늘날의 청년들은 얼마나 개혁에 매혹되어 있는가〉라고 그는 96년에
말하였다.

혁명 초기에는 크게 환영하다가 얼마 안 가서 등을 돌린 많은 지식인들
중에서 우리들은 계몽주의 철학자인 야코비 F.H. Jacobi (1743~1819)[33]를
발견한다. 그는 변혁은 불가피하며 스스로 자유의 벗임을 공언하면서도
계몽 운동의 지도자들과 의회 및 인권 선언을 규탄하였다. 이미 공화국

33) *ibid.*, p. 54f.

탄생의 *前夜*에 그는 절망에 빠졌다. 〈혁명에 대한 나의 기쁨은 1789년의 8월로써 종말을 고하고 그 이후 나는 날로 절망적이 되었다. 인류가 어떻게 하면 구제될는지 나는 모르겠다. 그러므로 나는 최후의 심판설에 찬동한다.〉공화정의 성립과 그 정책은 그를 공포 속에 몰아넣었다. 그러나 야코비와 함께 지난날 그처럼 혁명에 흥분하였던 많은 독일 지식인들이 공화정의 성립과 더불어 회의와 공포의 심정으로 혁명에 등을 돌리게 되었다. 革命史上 일찌기 없었던 지성의 이 轉向은 그러면 어떻게 하여 일어났는가. 이제 우리들의 관심은 그 전향의 과정과 그 의미를 규명하는 데 옮겨져야 할 것이다.

韓國民族主義의 政治神學的 分析

張　日　祚*

Ⅰ. 머리말——主題에 대한 問題性과 問題意識

1970년대를 마무리하면서 우리들에게는 짓눌린 압박감, 팽팽한 긴장감, 찢어지는 듯한 분열감, 그리고 아무 것도 성취하지 못한 허탈감과 같은 否定的인 감정이 무겁게 축적되어 있다. 특히 오늘의 한국 역사 현실을 긍정적으로 받아들이지 않고, 이것에 이념 비판적으로 대결하거나 극복하려고 하는 입장에 서는 모든 사람들에게 있어서는 이러한 부정적 현실 감각이 전반적으로 공통된 것이다. 1970년대의 한국 역사 현실을 이렇게 자기 폐쇄적으로 現狀固定시킨 가장 큰 직접적인 요인은 오늘의 政治支配體制이며, 이러한 정치 체제에 비판적으로 대결한 세력 집단에는 크게 이념 비판적으로 대결한 사상·이론 집단과 사회 운동적으로 대결한 행동 집단으로 나뉘어진다. 구체적으로는 한국 기독교가 주축이 된 종교 세력 집단, 교수·문필가·언론인·학생이 주축이 된 지성 세력 집단, 공장 노동자와 농민들이 주축이 된 노동 세력 집단, 정치가·군인들이 주축이 된 정치 세력 집단들이 이러한 이념 비판 집단과 저항 행동 세력 집단에 각각 가담되어 있었다.

한국 민족주의의 정치신학적 분석이라는 우리들의 주제는, 1970년대의 한국 역사 현실을 구성하고 있는 이러한 이념과 현실에 걸친 갈등을 한국 민족주의와 기독교 사이의 갈등이라는 성격과 차원으로 압축·환원시켜서 분석하려는 데 주안점을 두고 있다. 그렇다면 이러한 관점에서 설정된 한국 민족의 집단적 삶의 이념 표현으로서의 한국 민족주의와 한국 기독교의 한 理念型으로서의 정치신학이라는 범주는 서로 어떤 관계에 놓여 있

---

* 韓國神學大교수. 社會倫理. 저서, 『欲望과 充足의 變化體系』『社會運動理念史』 등.

으며, 그러한 관계가 갖는 뜻이 무엇인가를 밝힘으로써 한국 민족주의를 정치신학적으로 조명·분석·극복하고자 하는 우리들의 목표에 접근할 수 있으리라고 본다.

지난 1970년대의 한국 역사 현실에 있어서 한국 기독교가 가장 날카롭게 대결했던 것은 소위 韓國的이라고 부르는 民族傳統理念이었다. 이러한 한국 전통 이념을 우리는 韓國民族主義라고 집약하고 여기에 대결했던 한국 기독교를 政治神學이라고 집약할 수 있다. 이렇게 한국 민족주의와 대결하는 기독교의 이념을 우리가 정치신학이라고 할 때, 여기서 정치신학이라는 개념은 우리가 한국 민족주의를 조명·분석·비판·극복하려는 규범적 이념이라는 것을 말한다. 이것이 우리들의 기본 전제이다. 정치신학의 槪念史的 展開에 대해서는 다음에서 다시 자세히 논의하겠지만, 우선 여기서는 정치신학이라는 범주가 한국 민족주의를 분석·평가하는 데 있어서 사용될 하나의 해석학적 전제와 尺度라는 사실을 명백히하는 것이 무엇보다 중요하다.

그 다음, 이러한 해석학적 전제와 척도에서 분석·평가될 대상으로서의 한국 민족주의는 정치신학이라는 틀 속에서 해석·정리되어야 할 것으로 주어져 있다는 것이다. 말하자면, 한국 민족주의는 정치신학적 평가의 대상이라는 것이다.

이렇게 말함으로써 우리는 한국 민족주의와 정치신학이라는 두 개의 범주가 서로 어떤 의미에서 이념적으로 연관되어 있으며, 어떤 구조에서 해석학적인 상관 관계에 놓여 있는가를 명백히한 셈이다. 우리의 주제에 따르면 한국 민족주의는 분석과 평가를 받아야 할 現實인 狀況 Kontext 과 解釋學的인 事態 Praxis요, 여기에 대해서 한국 기독교의 이념형으로서의 정치신학은 한국 민족주의를 분석·평가해야 할 理念的이고 當爲的인 原則 Text과 解釋學的인 原理 Theorie다. 말하자면 기독교적인 입장에서 한국이라는 우리들의 삶의 현장을 조명·분석·평가하려는 것이다.

한국 민족주의의 정치신학적 분석이라는 우리의 주제는 한국 전통 이념 속에서 외래적인 한국 기독교가 갖는 갈등 현상을 분석·평가한다는 과제 이외에, 이러한 민족 전통 이념과는 전반적으로 갈등 관계에 놓여 있는 한국 기독교 내부의 분열과 亂脈相을 구심점적으로 통합할 수 있는 한국 기독교의 현대적 自己同一性을 발견한다는 또 하나의 주요 목표를 갖는다. 만약 한국 기독교가 지금과 같은 내적인 자기 분열과 난맥상을 극복하여 현대 세계와 동질적으로 통합된 집단적 자기 동일성을 성취하지 못한다면 한국 고대 사회로부터 한국인의 心性을 밑바닥에서 결정적으로 지배하여 오늘에 이르기까지 그 막강한 影響史的인 힘을 발휘하고 있음에도 불구하고, 한국 역사 현실의 近代的 進步를 위해서는 결코 창조적 肯定性으로서가 아니라 파괴적 否定性으로서 작용해 왔을 뿐인 저 한국적 샤머니즘 Shamanism 처럼, 세계사 진보의 전환점을 만든 이른바 近代性 Modernität 과는 가장 날카롭게 대립되는 前近代的 非歷史性과 非社會性의 상징과 신화의 종교, 私的인 內面性과 密敎的 宗敎性을 벗어나지 못하고, 마침내 역사 속에서는 역사 도피적이고, 사회 현실 속에서는 反사회적 샤머니즘적 한국 기독교로 퇴화하고 말 것이다.

그러므로 다시 요약하면, 한국 민족주의의 정치신학적 분석이라는 우리의 주제를 전개함에 있어서 우리가 풀어 나가야 할 일에는 두 가지 측면이 있다. 그 하나는 한국 민족주의를 비판적으로 극복할 수 있는 고유한 규범과 지평으로서 한국 기독교 내부에서 정치신학이라는 이념을 확보하는 일이다. 여기에는 내적 분열과 난맥상을 이루고 있는 한국 기독교를 정치신학이라는 하나의 이념형을 중심으로 통합할 뿐만이 아니라, 한국 기독교 보수주의 신학을 批判神學的 이념으로까지 전환시키는 과제가 포함된다. 이것은 한국 기독교 내부의 과제로서, 한국 민족주의와 대결해야 할 한국 기독교의 현대적 自己同一性의 성취의 문제다. 한국 기독교의 이러한 내적인 자기 통합과 자기 이념의 현대적 극복을 통한 자기 동일성의 성취 없이는, 한국 기독교가 현대 사회에 있어서 그 어떤 사회 집단이나 이념과도 역사적·사회적인 主體로서 대결할 수 없다. 그러므로 한국 기독교는 무엇보다 먼저 현대적 자기 동일성을 성취해야 하는 과제를 가진다. 그 다음은 이렇게 성취된 한국 기독교의 현대적 자기 동일성으로써 한국의 토착·고유·전통 이념으로서의 한국 민족주의와 대결하고 그것을 극복하는 일이다. 한국 민족주의와의 대결에서는 한국 기독교의 구심점적으로 통합된 自己存立과 保存이 문제되고, 이러한 한국 기독교를 통한 한국 민족주의의 극복에 있어서는 한국 민족주의의 정치신학적 이념 전환이 문제된다. 그렇다면 한국 민족주의를 분석할 규범으로서의 한국 기독교 정치신학의 정리로 넘어가 보기로 하자.

II. 한국 현실 지평을 분석하는 규범으로서의 政治神學이라는 範疇

우리가 한국 민족주의를 조명하고 분석할 빛과 자리로서 설정한 정치신학은 일정한 槪念史와 問題領域을 가지고 있다.[1]

1) Schmitt, *Politische Theologie* II, Berlin 1970, 15ff.

정치신학 *Politische Theologie* 이라는 말은 1922년 뮌헨에서 칼 시미트의 강의를 책으로 펴낸 『政治神學 *Politische Theologie*』과, 1935년 라이프찌히에서 야곱 헤그너가 펴낸 에릭 페터슨의 『정치 문제로서의 一神論 *Der Monotheismus als politisches Problem; ein Beitrag zur Geschichte der politischen Theologie im Imperium Romanum*』에서 전형적으로 발견되고 있다. 시미트의 책은 그가 독일의 헌법학자로서 정치신학이라는 개념을 신학적 도그마와는 관계 없이 일반적인 측면에서 槪念史的으로 연구한 것이며, 페터슨의 글은 1930년대의 독일 프로테스탄티즘이 처한 위기에 대해서 신학의 본질에 입각한 신학적이고 교의적인 토대를 부여하려는 데 의도가 있었다. 신학적 一神論의 입장에 서 있는 페터슨은 정치를 교회의 영역에 포함시켰다. 그런데 페터슨의 이러한 정치신학은 바이마르 공화국의 절대 군주제적 교권 지배 체제로부터 시민적 정치 권력이 분리될 때 위기에 직면했고, 1933년 국가사회주의적 히틀러 정권이 권력을 장악했을 때 다시 한번 위기에 처했다. 전자의 위기는 하나님 주권적 정치신학이 시민 주권적 계약 정치론에 의해서 대치될 때 있었고, 후자의 위기는 히틀러의 일당 체제와 전제주의가 기독교적 하나님 예배 대신에 領導者崇拜 *Führerkult*를 요구할 때 있었다. 그런데 페터슨의 정치신학은 평화와 질서를 사랑하는 가이사랴의 유세비우스 감독처럼 정치적 평화와 사회적 질서를 파괴하는 폭도들이나, 콘스탄티노플의 폭도 장사꾼 여자들을 편들지는 않았다. 그래서 그의 정치신학은 결과적으로 현존하는 정치 질서와 타협하고 협력하는 體制擁護的 성격으로 굳어졌다. 페터슨의 이러한 정치신학은 그가 1924~1930년까지 본 대학의 개신교 신학 교수로 있으면서 가톨릭으로 改宗한 사실과 관련이 있고, 1933년 히틀러 정권과 가톨릭 교회가 일종의 화친 조약을 맺은 것과도 관련되어 있다(Reichskonkordat). 이것이 1930년대까지 독일에 있어서 정치신학의 개념사적 전개의 배경이다.

그 다음 1950년대와 1960년대에 들어와서 정치신학의 개념은 다시 새로운 양상으로 발전하고 있다. 1969년 뮌헨 대학 정치학 교수 한스 마이어는 『時代의 소리 *Stimmen der Zeit*』라는 잡지 2월호에서 「政治神學 *Politische Theologie*」라는 논문을 싣고, 가톨릭 신학자 메쯔가 『世界性의 神學에 붙여 *Zur Theologie der Welt*』 (Mainz und Munich, 1968)라는 책에서 다룬 정치신학의 개념과 대결하는 입장을 취했다. 메쯔의 정치신학에 대해서는 다음에 다시 다루기로 하겠다. 마이어는 여기서 에릭 페터슨과 같이 보수적인 입장을 취했다. 마이어와는 달리 가톨릭 신학자 에른스트 파일은 1969년 루돌프 베트가 펴낸 『革命神學論 *Diskussion zur Theologie der Revolution*』에서

메쯔의 정치신학을 옹호하면서, 정치신학으로부터 혁명신학으로 넘어가는
길을 검토하고 있다. 여기서 파일은, 19세기의 진보적인 신학자 다빗 프
리드리히 시트라우스처럼, 일신론적 기독교가 고대 사회의 이교적 다신교
에 대해서는 혁명적인 새로운 종교였고, 이교적 다원론보다는 진보적이라
고 생각했다. 그러므로 그는 그 당시 배교자 줄리안은 반동이라고 보았으
나, 여기에 대해서 성 아다나시우스는 혁명가라고 보았다. 그러나 오늘날
은 사태가 정반대로 벌했다. 오늘날은 이렇게 일신론적 전통으로 계승된
교회적 기독교를 낡거나 반동적인 기독교라고 보고, 이렇게 낡고 반동적인
기독교를 비판적으로 극복하는 기독교를 새로운 진보적 기독교라고 본다.
그런 의미에서 시트라우스는 새로운 이념과 새 시대의 이념을 古典的인 형
태로 파악한 선구자다. 파일이 이해한 바에 의하면 메쯔의 정치신학은 기
독교 신앙을 사회적 현실과 관련시키는 데 있다. 新實證主義者 에른스트
토피치는 가톨릭 잡지 『말과 진실 Wort und Wahrheit』(1955, Heftl, S. 19~30)
에 실은 「우주와 주권──정치신학의 기원 Kosmos und Herschaft, Ursprünge
der politischen Theologie」에서 정치신학이라는 개념의 문제 영역을 취급하고
있다. 특히 토피치는 왕이 신으로 나타나고 신이 왕으로 나타날 수 있는
페터슨의 보수주의적 정치신학의 약점을 잘 간파하고 있었다.

　요컨대 마이어, 파일 그리고 토피치의 논문들은 직접간접으로 여러 가
지 방향에서 페터슨의 정치신학 개념과 관련되어 있다. 마이어는 페터슨
의 보수적 사상을 그대로 받아들이고 있는가 하면, 파일은 페터슨을 反革
命的 정치신학으로 평가하고, 토피치는 政教合一主義 Cäsaropapismus 를 비
판했다. 그리고 그러한 비판이 특수한 신학적 발언이라고 보는 데서 일반
종교학의 발언이라고 보는 데로 넘어가고 있다. 이것이 1950년대와 1960
년대의 정치신학 개념이다.

　1920년대와 1930년대를 주도한 정치신학의 개념은 에릭 페터슨의 하나
님의 君主體制 Göttliche Monarchie 의 사상에 입각한 현존 정치 체제 옹호적
인 성격으로 나타났고, 1950년대와 1960년대의 정치신학은 요한네스 베 메
쯔의 體制批判的 神學이라는 성격으로 나타나고 있다. 1920년대에서 1960
년대까지 독일의 특수 상황 속에서 형성된 정치신학의 이러한 兩面性은
1970년에 나온 칼 시미트의 『政治神學 II Politische Theologie II』에서 정치신
학 일반을 이해하는 政治的 解釋學의 두 가지 理解地平을 가능케 했다.
현존하는 정치 體制를 옹호하는 낡은 보수적 정치신학과 그것을 비판하는
새로운 진보적 정치신학이라는 범주가 그것이다. 시미트는 이러한 정치적
해석학의 틀에 따라서 하나님의 나라를 현존하는 세상의 나라와 일치시키

려고 한 보수·반동적 정치신학의 原型 *Prototyp* 을 유세비우스라고 보고, 지상의 나라를 유일한 것으로 보지 않고 이것을 이와는 다른 하늘나라에 의해서 극복해야 한다고 보는 진보·혁명적 정치신학의 원형을 아우그스틴이라고 보았다.[2] 현존 정치 체제에 대한 贊反의 입장에 따라서 갈라지는 이러한 정치신학의 두 가지 범주는 비단 고대 기독교의 유세비우스와 아우그스틴의 대조에만 적용되는 것은 아니고, 예수 당시의 문자적 律法主義者와 靈的인 福音主義者들에게도 적용될 수 있으며, 더 소급해서는 구약의 祭司宗敎와 豫言者精神의 차이에서도 그러한 대조를 볼 수 있게 한다. 고대 기독교에서 보는 유세비우스와 아우그스틴의 정치신학 모델은 하늘나라를 로마 제국과 일치시키는 데 대한 하늘나라와 지상의 나라의 分離論 *Zwei-Reiche-Theorie* 이 그 핵심이고, 현대 기독교에서 보는 페터슨의 국가 교회론과 복음 교회의 하늘나라와 땅의 나라의 분리론도(K. Barth 의 『로마서 강해』서문) 하나님과 인간을 同一視하려는 데 대한 비판이 그 핵심을 이루고 있다. 어느 편이냐 하면 여기서는 하나님의 우위적 권위가 문제의 핵심이다.

그러나 1940년대 이후, 양차 세계 대전을 거치면서, 西方기독교의 一神論은 바로 오늘날 서방의 정치·경제적 帝國主義와 야합되어 있다는 그 구조적 성격 때문에, 오늘날 서방의 제국주의적·일신론적 기독교를 그대로 옹호하는 것은 현대 세계가 지향하는 이념적 행방에 바추어 보수·반동적인 정치신학이라고 보고, 이러한 서방적 기독교를 비판·부정하는 것이 새로운 진보적 신학이라고까지 보게 되었다. 현대 초기에 있어서 이러한 보수 정치신학은 이성과 현실을 섭리에 의해서 통합하려 한 헤겔에 의해서 표현되었고, 진보 정치신학은 이성과 현실을 혁명에 의해서 통합하려 한 헤겔 좌파에 의해서 전개되었다. 특히 마르크스의 宗敎批判에서 헤겔적 보수 정치 신학이 옹호·은폐하고 있는 왕이나 군주로 탈바꿈한 하나님의 지배 체제의 정치·사회·경제적 부자유, 비동질성·불평등이 동시에 비판·폭로되었다. 오늘 서방 제국주의의 일신론적 기독교 정치신학을 비판하는 좌파 비판 신학의 역사적 기원은 바로 헤겔 좌파의 포이에르바하, 시트라우스, 마르크스에게서 비롯하여 지금은 블로흐, 골비처, 마르크바르트에게까지 이르고 있다. 그러므로 오늘날의 좌파 비판 신학은 이념적으로 서방 제국주의 세계의 希望 없는 하나님을 뒷받침하고 있는 신학적 存在論을 넘어서 사회적 實踐論으로 건너감으로써 이러한 신학적 전통 이론 일반을 비판할 뿐만이 아니라, 이러한 전통 이론의 이념에 의해서 뒷받침

2) Schmitt., *Ibid.*, 68ff.

받고 있는 모든 경제·정치·문화의 현실과 구조를 실질적으로 비판·개조하려고 한다. 그리하여 이러한 좌파 비판 신학은 1945년 이후 제국주의에서 해방하고, 소수의 가진 자가 지배하는 계급 사회를 혁명해야 할 역사적 낭위에 식면한 보는 신생 녹립국·제3세계의 現場의 神學 *Praxis Theologie* 과 접근하여, 그 이념과 이론적 토대를 제공하고 있다. 여기서는 제국·자본주의 체제가 빚어내는 인간의 문화·정치·사회·경제적 疎外가 문제의 핵심이다.[3] 이것이 1920년대에서 1960년대까지의 독일 좌파 정치신학과 그 여파에서 나타난 개념사적 전개가 함축하고 있는 뜻이다.

그 다음 1960년대 이후에 메쯔와 몰트만의 정치신학을 마저 정리함으로써, 한국 민족주의를 조명·분석할 수 있는 새로운 진보적 정치신학의 틀을 파악하는 데 이를 수 있다고 본다.

메쯔는 그의 『世界性의 神學에 붙여 *Zur Theologie der Welt*』에서 정치신학이라는 개념을 크게 두 가지 차원에서 이해하고 있다.[4] 그 하나는 현대 신학이 公共社會나 政治社會보다는 私的인 個人에게 관심을 쏟고 있는 현대 신학의 극단적인 私的 性格과 내면적 경향을 비판적으로 수정하려는 것이 새로운 비판적 정치신학이라고 보고 (신학적 실존주의 비판), 또 다른 하나는 私的 안일을 추구하는 현대 사회의 이러한 條件 아래서 우리가 個人을 넘어서 인간의 삶의 전체성과 근원성을 새롭게 인식할 수 있는 종말론적 메시지를 적극적으로 창조해내는 것을 또한 정치신학이라고 본다(신학적 역사주의 비판). 신학을 私的인 個人의 일이라고 보는 데서 사회·정치적인 현실의 일이라고 보는 데로 비판적으로 넘어가는 이러한 과제는 사회 사상에서는 종교적 실존과 사회적 실존을 통합하려고 한 18세기 프랑스 계몽주의와 그 후 마르크스주의에 의해서 추진되었고, 신학에서는 복음서 연구를 예수의 個人的 傳記의 뿌리에서가 아니라 社會·構造的 傳記의 脈絡에서 조명·해석하려고 한 樣式史學派의 연구와, 복음서의 메시지는 그것을 쓰고 편집한 記者의 지식사회학적·해석학적·구조주의적 조건에 의해서 前構造的으로 制約·構成되어 있다는 관점에서 그것을 조명·해석하려고 하는 編輯史學派의 방법적 이념에 의해서 뒷받침되어 있다. 성서신학의 이러한 방법론적 전환은 현대 신학이 고대적 형이상학과 존재론에서 이론과 실천의 통합이라는 현대적 실천론으로 전환한 것과 같은 이념 위에 선 것이다. 그것은 방법론에 있어서 자연과학과 사회과학의 사실성과 구체성의 이론을 수용한 것을 의미한다. 여기서 우리는 종교적 진리를 私的·實存的·內的 사실로 고정시켰던 과거의 낡은 관점에서 社會的·歷史的·現實

---

3) F-W. Marquardt, *Theologie und Sozialismus*, München 1972.
4) Schmitt, *Ibid.*, 107ff.

的 사실로 그 이해가 전환돼 갔다는 것을 알게 된다. 그리고 복음의 메시
지를 종말론적으로 다시 인식시킨다는 과제는 私的 욕망의 구조와 同質的
으로 통합되어 있는 근대와 현대의 시민·이익 사회적 성격의 자기 만족적
인 개인의 실존적 자기 인식으로부터 인간의 사회·역사적 자기 인식으로
의 전환을 통해서 수행되었다. 그러므로 개인의 사회적·역사적 책임의
각성을 환기시키는 모든 종말론적 신학은 결국 정치신학, 사회 비판적인
신학으로 된다.

몰트만에게 있어서 정치신학이란 신앙을 정치에 해소하거나 교회를 정
치 운동에 해소하는 것이 아니라, 오히려 그리스도인·교회·신학을 바른
말이 바른 곳에서, 바른 행위가 바른 상황에서 일어나는 것과 일치시키는
것이며,[5] 그런 의미에서 정치신학이란 기독교 신학이 새 시대를 의식하는
대로 나아가야만 하는 자리, 환경, 공간 그리고 무대를 말한다.[6] 따라서
정치신학이란 기독교를 정치 속에 해소시키거나 기독교를 휴머니즘으로써
代置하는 것이 아니다. 종교를 정치 속에 해소시킨다면, 언젠가는 정치가
다시 우리들의 종교로 탈바꿈할 것이다. 따라서 국가나 정당이 이 지상에
서 우리가 예배를 드려야 할 정치적인 神 *Leviathan* 으로 탈바꿈할 것이다.
참다운 기독교 정치신학은 이웃을 위하여 몸으로 헌신하는 데 있고, 이것
을 우리는 十字架라고 말하며, 十字架란 우리의 정치적 비판, 자유의 정
치를 위한 우리의 희망이다. 그러므로 십자가에 달린 자를 바라보는 것은
자기를 위해서 남을 탓하는 것이 아니라, 남을 위해서 자기를 기꺼이 내
어놓음으로써 우리도 십자가를 지는 그러한 의미의 정치신학을 우리에게
요구하는 것이다.[7] 몰트만에게 있어서 새로운 정치신학은 오늘날 世界次
元을 단순한 자연과학적인 코스모스나 世界性의 私的인 構造物로서가 아
니라, 역사 과정 속에 있는 사회적 현실을 하나님의 현실로서 이해하고 있
다. 그래서 하나님의 휴머니티를 사회적 현실 속에서 실현함으로써 사회
를 人間化하려고 한다. 그리스도인으로서 산다는 것은 이러한 하나님의 현
실로서의 사회 과정 속에서 산다는 것으로 이해된다.[8] 새로운 정치신학의
이해에 있어서 몰트만도 메쯔와 생각을 같이하고 있다. 다만 메쯔는 몰트
만보다 신학의 사회적 차원과의 만남에 있어서 더 개방적이고 많은 가능
성을 준다.

이로써 우리는 정치신학의 개념사와 문제 영역을 대강 살펴보았는데

5) 몰트만, 『政治神學』(전경연譯), 서울 1974, 87面.
6) J. Moltmann, *Kirche im Prozeß der Aufklärung*, München 1970, 17面.
7) Moltmann, *Ibid.*, 50f.
8) Moltmann, *Kirche in der Kraft des Geistes*, München 1975, 29面.

여기서 우리는 한국 민족주의 이념을 조명·비판·분석할 수 있는 진보적인 기독교 신학으로서의 새로운 정치신학의 범주를 드러내고, 그것을 정리해 보는 것이 좋겠다.

첫째로, 정치신학의 개념사적 전개는 하나님 자신의 초월적인 자기 중심적 주권을 중심 내용으로 하는 神의 王國 *Göttliche Monarchie* 에서, 개인의 私的 人格을 중심으로 하는 市民社會的 종교를 거쳐, 시민사회의 사적 개인 신앙의 非歷史·反社會性을 다시 비판적으로 극복하려는 批判神學 *Kritische Theologie* 과 사회 역사 현실의 차원과 과정을 하나님의 內在的 현실이라고 보고 그것을 신학의 차원으로까지 끌어들이며 통합하는 오늘날 새로운 의미의 政治神學 *Politische Theologie* 에까지 이르고 있다.

둘째로, 그러므로 이러한 정치신학의 전개 과정에서 보면 세계성과 세계 차원을 소외시켜 버린 고대 기독교적·교의적 하나님 중심 신학은 그 후 시민사회적·개인적 **인간 중심의 신학**에 의해서 극복되었고, 이러한 시민사회적 **개인 신학**은 다시 시민사회가 소외시켰던 사회적 인간들을 주체로 하는 **사회적 신학**으로까지 전개되고 있다.

셋째로, 이러한 개념사에서 하나님, 私的 個人 그리고 社會的 人間이라는 신학의 중심 개념의 변천과 함께 정치신학도 독단적 초월신학, 체험적 실존신학, 현실적 사회신학으로 변천해 왔다.

넷째로, 그러므로 오늘 우리가 한국 민족주의를 비판적으로 조명하려고 하는 정치신학은 사회적 인간을 신학의 주제로 삼는 가장 진보적인 단계에까지 이른 새로운 정치신학의 자리다.

다섯째로, 사회적 인간을 구원하려는 오늘의 새로운 政治神學은 革命과 解放의 두 차원을 그 속에 포함한다. 라틴 아메리카에서 유래한 解放神學은 같은 처지에 있는 아시아·아프리카를 포함하여 **서방 선진·자본·제**국주의의 식민지로서 억압받고 착취당하는 민족들 *Volkes*의 해방을 목표로 하며, 전세계적인 민중 해방 투쟁에 있어서 사회주의적 이념과 방법의 수용과 채용을 기독교에게 요구하고 있는 그러한 신학이다. 그리하여 해방신학은 라틴 아메리카에서는 마르크스주의, 아시아에서는 毛主義, 아프리카에서는 新民族主義와 접근하고 있다. 그리고 새로운 해방신학은 사회적·역사적 인간의 구원을 목표로 하는 정치신학과, 양극화된 계급 사회에서 억압·착취된 인간을 사회·경제 구조적으로 해방하려는 혁명신학을 수용하면서 국제적으로나 세계적으로 인간을 이념, 집단, 민족, 계급, 인종, 그 밖에 특수한 이해 관계의 속박에서 해방하려는 신학이다. 그러므로 결국 혁명신학은 체제 *System* 에 내포된 사회·경제적 구조 *Struktur* 의

非同質性을 극복하자는 데 주안점이 있고, 해방신학은 체제 자체의 정치·이념적 모순의 극복을 주안점으로 한다.

여섯째로, 이러한 새로운 정치신학에서 우리는 한국 민족주의를 조명·분석하는 데 적용할 수 있는 다음과 같은 몇 가지 規範的 개념들을 끌어 낼 수 있다. ① 새로운 정치신학이 갖는 성격에서 우리는 近代性 *Modernität* 이라는 범주를 얻는다. 이것은 현대적 세계관과의 開放的 同質性을 의미하는 것이다. 이 근대성은 사회·역사 속에서 규정되는 사회적 인간의 성취를 목표로 하고 있으며, 사적 개인이나 소수 엘리트의 정당성에 기초한 사회의 前近代性이라는 이념과 날카롭게 대립하는 범주다. 전근대성으로부터 근대성으로 넘어가는 이념의 전환은 啓蒙이라는 방식으로 추진되었고, 이런 이념은 다시 改革과 革命을 통하여 실천되었다. 이는 세계관을 바꾸는 작업이다. 個人 *Individum* 에서 社會的 人間性 *Mitmenschlichkeit* 으로의 인간관의 전환이 이러한 세계관 전환의 핵심이다. 그러므로 새로운 정치신학이 내포하고 있는 이념으로서의 近代性, 이 근대성을 사회·역사적으로 확산하기 위한 啓蒙, 이러한 계몽을 다시 사회·역사화하려는 改革과 革命은, 한국 민족주의에 대해서 現實批判的으로 적용될 정치신학의 基本 범주들이다. ② 이 새로운 정치신학의 지평에 내포되는 혁명신학은 인간의 사회·경제적 近代性으로의 전환을 주제로 하고 있다. 인간의 사회 경제적 해방을 위한 중심 개념은 다 함께 같이 산다는 共存 *Zusammenlebeben; Symbiose* 이란 말이다. 이런 이념은 개인에서 社會的 人間性으로의 인간관의 전환을 전제로 하고 있다. 따라서 사회·경제적 지평에서 같이 사는 共存이 가능하기 위해서는 인간의 사회·경제적 所有와 그 分配의 이념적 원칙과 그 실천 방안이 문제된다. 현대 세계가 도달한 가장 진보적인 사회·경제 이념과 실천을 바로 자기 것으로 간주하는 혁명신학의 이러한 정신은 한국 민족 사회의 소유 형태와 그 분배 방식에 대해서도 현실 비판적으로 적용되어야 할 규범을 갖다준다. 이러한 빛 안에서 우리 민족 사회·경제의 소유 형태와 그 분배 방식이 검토될 수 있을 것이다. 우리가 民衆神學이나 社會參與라고 하는 말들은 사회·경제적 공존을 지향하는 현대 사회·경제 이념과 일치하고자 하는 정치신학의 자기 표현이다. ③ 해방신학은 국제 정치적 구조 관계 속에서 약소·후진 국가가 선진·강대 국가의 지배로부터 政治的으로 해방하는 것이 목표이며, 인간의 자연법적 권리를 이념적 바탕으로 하는 人權의 문제가 중심 개념을 이룬다. 인간의 권리와 가치가 평등하다는 생각은 국제 사회에서 어떤 민족이 어떤 민족을 지배할 수 없이 원칙적으로 대등한 관계에 있다는 세계 共同體 의식을 확립시킨다. 땅 위의 모든 사람이 같은 권리와 가치를 가진다는 생각은 文化·政治·經濟的 帝國主義를 비로소 비판하고 넘어설 수 있게 했으며, 이념적으로나마 힘의 정치 *Realpolitik* 로부터 휴머니즘적 정치로 넘어가는 것을 가능케 했다. 그래서 지금 세계는 자연과 신화의 힘에 지배되던 단계에서, 자연과 신화에서 자기 자신을 주체적으로 分離할 수 있는 人間의 主體的 자기 발견의 단계를 거쳐, 인간과 인간의 정의로운 공존과 인간과 자연의 평화로운 조화를 지향하는 世界共同體的 自己認識의 단계에까지 도달하고 있다. 그러므로 지금 우리가 다루는 새롭고 진보적인 정치신학 은 인간 정신사의 이러한 진보를 외면하거나 排除하지 않고, 이러한 次元 과 開放的으로 同質化하려는 世界史의 자연스러운 추세의 産物인 것이다.

일곱째로, 오늘날 새로운 진보적 정치신학은 그러므로 현대 세계가 꿈 꾸는 가장 이상적인 政治理念의 展望을 준다. 민족 고유 전통 문화는 그 폐쇄성을 넘어서 세계 문화와의 開放的 同質化를 가능케 하고(世界的 普遍 性), 전근대적 정치 이념과 체제는 왕으로 상징되는 한 사람의 王權에서 市民 또는 民衆으로 상징되는 다수의 民權을 지나 인간 모두를 상징하는 人間權利의 차원으로의 전환을 가능케 하며(自由化→民主化→人間化), 불평 등한 사회·경제적 계층과 소유 양식은 사회 계층의 철폐와 사유 재산제 의 규제나 止揚을(현대 세계가 도달한 인간의 知性과 良識에 비추어) 정당하고 합리적이라고 承認하는 데까지 이르고 있다(平等·社會正義).

그러므로 새로운 진보적인 정치신학은 오늘날 세계가 지향하고 있는 가 장 진보적인 정치 이념과 이념상 서로 일치하고 있기 때문에, 이러한 정치 신학의 자리에서 한국을 보고, 생각하고, 삶으로써 그리스도인으로서의 자 기 동일성을 획득하려는 사람들은 한국 민족주의라고 통칭되는 한국 민족 의 집단적 삶의 이념과 새로운 진보적 정치신학 사이에서 서로 다른 이념 과 방법의 갈등을 절감하게 된다. 한국 민족주의와 정치신학 사이의 이러 한 집단적 갈등은 이미 그 갈등을 해결할 수 있기 위하여 우선 한국 민족 주의를 분석할 규범으로서의 정치신학 자체의 검토와 정리를 요구했고, 그 다음 이러한 정치신학의 규범에 따라서 조명·분석될 대상으로서의 한 국 민족주의의 검토와 정리를 다시 요구한다.

III. 韓國民族主義의 分析

韓國民族主義라는 개념은 근대 세계 정치사에 나타나는 민족주의 일반 과 한국 민족주의의 고유성이라는 두 측면에서 분석될 수 있겠다.

세계 정치사에 나타나는 민족주의는 고대와 중세를 넘어서 근세 국민국가의 성립과 더불어 형성되었다. 근세 국민국가는 교회·봉건 귀족·지방 분권·반농주의로부터 王·상인 계급·중앙 집권·증상주의로 전환함으로써 중세기를 극복하는 것이 그 과제였으며, 國家의 統一과 國力의 富强을 추구하는 것이 그 본질이었다. [9]

　이러한 국민국가 전개 과정에서 형성된 민족주의라는 말의 중심 개념은 nation 이다. [10] 이 nation 이라는 말은 國家, 國民, 民族이라는 세 가지 뜻을 아울러 가지고 있다. ① 國家란 主權·領土·國民을 구성 요소로 하는 支配와 被支配 관계로 성립되는 政治體制와 權力機構라는 것이 그 본질이다. ② 國民이란 이러한 국가적 정치·권력 체제 안에서 일정한 주권의 지배를 받는 사람들의 集團이다. 그러나 국민은 人種이라는 제약을 받지 않는 政治的으로 編成된 인간 집단이다. ③ 民族이란 人種 중에서 言語·기본 생활 양식을 共通으로 갖는 사람들의 집단이며, 국민과는 달리 自然·歷史·社會的 性格을 같이 나누어 가지는 것이 특징이다. 이렇게 볼 때, 같은 정치 이념과 체제 안에서 사는 지배 주권으로서의 國家와 피지배 實體로서의 國民은 어느 정도 後天的이며 自意的 契約에 토대를 두고 있으나, 民族은 이와는 달리 先天的이며 숙명적인 필연에 토대를 두고 있다. 그래서 근대 이후 현대 세계에 있어서 정치 이념과 체제를 바꿈으로써 국가를 선택·변경할 수 있고, 國籍을 옮김으로써 國民됨을 선택·변경할 수는 있으나, 핏줄·언어·역사·삶의 전통에 토대를 둔 民族을 마음대로 선택·변경할 수는 없다. 그러므로 세계 정치사에 나타나는 민족이라는 개념은 피·말·역사·삶을 같이 나누고 統合되는 데 그 기반을 두고 있으므로 이것을 우리는 文化的 同一性이라고 부르고, 국가·국민은 정치 이념과 체제의 지배와 피지배를 기반으로 그 外的 權力관계에서 組織·통합되어 있으므로 이것을 우리는 政治的 同一性이라고 부르겠다. 그렇다면 nation 이라는 개념에 함축된 국가·국민·민족이라는 여러 가지 뜻 중에서 민족은 인간의 삶을 그 內部에서 通時的으로 통합시키는 삶의 時間的 同一性이고, 국가·국민은 인간의 삶을 그 외적 형식에서 同時的으로 통합시키는 삶의 空間的 同質性이라는 데서 각각 그 본질을 끌어낼 수 있다.

　그 후 이러한 국민국가는 민족주의를 文化的 측면에서는 다른 人種을 敵對視하는 생각 *Xenophobie* 와 자기 種族과 民族만을 편애하는 생각 *Ethno-centrism* 을 이념화하고, 政治的으로는 狂信的 애국주의 *Chauvinisme* 로 나타나서, 근세 국민국가 이전에 르네상스, 계몽주의 운동과 불란서혁명을 통

　9) 崔文煥, 『民族主義의 展開過程』, 서울 1977. 31ff.
　10) 차기벽, 『한국 민족주의의 이념과 실태』, 서울 1978. 10ff.

해서 형성되었던 인간의 자연법적이고 보편적인 自由·平等·人間尊嚴이라는 위대한 인간 정신에 입각한 정치 이념과 체제를 反逆하는 결과를 가져왔을 뿐만이 아니라, 그 후 이 국민국가들이 모두 해외에 무역을 확대하고, 식민지를 개척하는 자본·제국주의로 전개되면서, 여기에 대항하는 새로운 대항 정치 이념과 체제로서의 社會主義와 共產主義를 불러일으키는 장본이 됐다.[11] 따라서 근세 국민국가를 바탕으로 하는 민족주의는 아메리카·불란서 혁명에서 표출된 자유주의나 불란서혁명을 다시 혁명한다고 함으로써 나타난 마르크스주의처럼 기독교의 뒤를 따라서 적어도 人類의 救濟를 약속한 보편적 信念의 體系는 아니다.[12] 그러므로 세계 정치사에 나타나는 民族主義는 그것이 문화적이거나 정치적이거나간에, 世界 속에서 자기 민족의 利益만을 추구하겠다는 세계 속에서의 일종의 民族的 個人主義라는 성격으로 특징지워진다. 따라서 이러한 민족주의가 세계 정치 전개 과정에서는 크게 두 가지 양상으로 나타났다. 선진·강대국이 추구한 민족주의는 약소·후진국을 공격·지배하는 민족주의로 나타났고(그것을 우리는 植民·帝國主義라고 부른다), 약소·후진국이 추구한 민족주의는 이러한 선진·강대국에 대항하는 抵抗民族主義로 나타났다.[13] 세계 속에서 자기 나라만 살겠다는 이러한 식민·제국주의적 민족주의에게서 짓밟히고 빼앗겼던 후진·약소·저항 민족주의 국가들은 그리하여 1945년 제2차 세계 대전 이후 대부분, 소위 新民族主義노선을 걸으면서, 세계 속에서 자기 나라만 아니라 모든 나라가 다같이 平和的으로 共存하면서 살아야 한다는 人類共存의 보편적 신념의 체계를 지향하는 데로 전환했다. 이것이 오늘날 소위 제3 세계권을 형성하고 있는 新民族主義 국가들의 정치 이념의 성격과 방향이며, 따라서 신민족주의의 이러한 이념이 지금 현존하는 세계 정치 정세 속에서 西方 자본주의적 제국주의나 東方 사회주의적 제국주의의 그 어느편에도 당파적으로 가담하지 않고, 非同盟·中立을 내세우고 그것을 지켜 나가려는 것은 당연한 귀결이다. 그리고 제2차 대전 이후에 새롭게 형성된 신민족주의의 국제 세력은, 오늘날 자기 나라 이익만을 추구하는 兩分된 世界列強이, 기독교적인 이웃 사랑의 왕국, 고대 희랍·로마적인 만인 평등의 자연법 사상, 르네상스와 계몽주의의 휴머니즘, 프랑스혁명의 자유·평등·존엄 사상, 初期 마르크스의 휴머니즘에 토대를 둔, 인간과 인간, 인간과 자연을 이념과 현실에 있어서 하나로 공존·통합시키려는 모든 위대한 사상과 그 전통에 反逆하는 정치

---

11) F. M. 왓킨스(李洪九 역), 『近代政治思想史』, 서울 1975
12) 왓킨스, 같은 책, 190面
13) 차기벽, 같은 책, 82ff.; 李奎浩, 『이데올로기의 正體』, 서울 1978, 309面.

세력이라는 이념 비관적 신념에 토대를 두고 있다. 그러므로 앞으로 발전하고 승리를 거두어야 할 정치 이념은 한 사회 안에서는 개인주의를 넘어서는 共同體主義, 국제간에는 민족국가를 넘어서는 世界主義, 세계 속에서는 인간과 자연의 평화적 共存, 인간과 자연이 통합된 우주 Kosmos 에서는 그 우주를 밑에서 근거지우고 있는 存在나 하나님과 다시 一致해야 한다는 이념이다. 여기에 반역하는 모든 이념은 인류가 이날까지 추구해 온 위대한 眞理, 실천해 온 위대한 倫理, 창조해 온 위대한 美學을 파괴하고, 반역하는 것이다. 세계사는 곧 存在의 자기 전개, 하나님의 自己啓示다. 그러므로 세계사가 표출하는 계시적 의미를 우리는 바르게 읽어야 한다. 이러한 패권적 민족주의와 신민족주의의 관계에서 우리는 식민·제국주의적 민족주의와 야합했던 현체제 옹호적인 보수주의 정치신학과 세계·인간주의를 지향하는 신민족주의와 일치하려는 새로운 정치신학 사이에 각각 뚜렷한 이념적 차이가 있다는 것을 알게 된다. 따라서 새로운 정치신학의 내포 개념인 革命神學과 解放神學의 정치 이념적 모태가 바로 이 제3 세계권이라는 것도 자명하다. 세계 정치 전개에 있어서 민족주의의 이러한 상황과 성격을 분석·정리하면서, 한국 민족주의의 성격 분석으로 넘어가 보자.

우리는 위에서 한국 민족주의를 抵抗民族主義라고 규정했다. 한국 민족주의의 이러한 抵抗的 性格은 1860년대 서방 세력이 아시아에 침략해 들어오면서 한반도에 開港을 강요한 것에 대한 反應으로서(1876 開港), 1910년 한일합방 이후 일본 식민지 정책에 대한 반응으로서 뚜렷이 성격화된 것이다. 이것은 近世 100年史에 형성된 한국 민족주의의 對外的 성격이다. 근세 이전에도 우리 민족이 같은 피, 같은 말, 같은 생활 전통과 환경 속에서 同質感을 가지고 살아 왔다는 文化的인 민족주의는 오랜 전통을 가지고 있다. 그러나 그것은 다만 역사적 사실로서 남아 있을 뿐, 오늘 우리들의 삶의 현실과 감정 속에 살아서 존재하는 것은 아니다. 그런데 開港 이후 근세 100년간의 역사 속에 나타났던 서방 열강과 일본 세력의 침략은 오늘날 우리 아버지 어머니와 우리 할아버지 할머니가 직접 체험했던 사건이고, 우리에게도 직접적이고 뜨겁게 그 체험이 전달되고 있다. 따라서 이렇게 직접 체험된 사건들은 한국 민족을 外勢에 대항하는 저항적인 성격으로 만들었다. 근세 100년간에 나타난 서방과 일본은 아직도 文化的 近代化, 정치적 自由·民主化 그리고 경제적 産業化를 이룩하지 못한 채 前近代性에 머물러 있던 朝鮮에 대하여 모두 앞선 세력이었다.

그러므로 우리보다 강한 外勢는 약한 우리들에게 누르고, 짓밟고, 빼앗는 힘으로 나타났고, 여기에 대해서 우리는 저항하면서 싸우는 데서 민족 공동체로서의 同質感을 느낄 수 있었다. 특히 일본 植民主義는 우리 전통 고유 문화를 말살하고, 정치 권력을 無力化·박탈·해체했으며, 경제적 착취와 수탈로 일관했다. 근세 초기의 이러한 서방 침략 세력에 대해서는 衛正斥邪思想과 東學思想으로서, 일본 침략 세력에 대해서는 3.1 독립 운동과 모든 抗日 운동으로써 저항했다. 그러나 근세 100년간의 한국이 당면한 민족적 과제는 서방과 일본의 외세를 막고 對外的으로 한국 민족의 政治的 獨立을 확보하는 것 이외에도, 이미 우리보다 앞선 서방이나 일본에 뒤떨어진 한국의 近代化를 추진해야 할 內的 과제에 직면해 있었다. 근대화의 이러한 역사적 요청은 오랜 봉건적 왕조 정치에 퇴화된 민족 내부의 前近代的 後進性을 극복하기 위한 줄기찬 內政改革의 추구로서 나타났다.[14] 그것을 우리는 開化自強運動이라는 개념 속에서 집약적으로 파악한다. 그러나 봉건적 왕조 정치 전통을 개혁함으로써 近代化된 新天地(이 말을 우리 말로 하면 〈새 하늘과 새 땅〉이다)로 넘어가려고 하는 開化派의 이 위대한 脫出의 몸부림은 한편으로 이미 한반도를 점령한 외세와 대결하는 민족의 집결된 이념, 그리고 힘의 집중과 통합이라는 역사적 至上命令과 결코 兩立할 수 없이 날카롭게 對立하는 갈등에 빠졌고, 또 다른 한편 이미 오랜 전통 속에 계승되어 온 조선 왕조의 봉건적·보수적 前近代性 그 자체와 피할 수 없는 갈등 속에서 마침내 실패로 끝났다. 그러므로 근세 100년간에 형성된 한국 민족주의의 抵抗的 性格의 내부에는, ① 선진·강대국의 침략에 대결하는 한국 민족의 정치적 독립과 주권을 위한 투쟁이 총체적으로 담겨 있고, ② 그 때문에 근대화의 역사적 요구 앞에 직면했으면서도 외세에 저항하는 상황 때문에 민족의 이념과 힘을 근대화의 에너지로 전환시키지 못하고 희생시킬 수밖에 없었던 쓰라린 경험이 축적되어 있다. 그러므로 근세 100년간의 한국은 밖으로 정치적 독립과 주권을 빼앗겼을 뿐만 아니라, 안으로 近代化도 이룩하지 못했다는 이 두 가지 사실에 의해서 1945년까지의 한국 민족주의의 性格이 결정되어 있다. 따라서 이러한 연유에서 우리는 近代化, 民主化, 産業化의 그 어느 것도 성취하지 못한 것이다. 따라서 근세 100년사 전개 과정에서 새로운 정치신학의 이념과 통합될 수 있는 개혁적 요소들은 모두 非正統性으로서 배제되었다.

그렇다면 1945년 이후 오늘의 문제는 무엇인가? ① 民族의 分斷과, ②

---

14) 이러한 內政改革은 實學派思想 속에서부터 싹텄고, 그것이 開化自強 운동에까지 맥맥히 흐르고 있다.

近代化가 오늘 우리들의 민족적 과제로 부과되고 있다. 이 두 과제를 우리는 어떻게 분석·정리할 것인가?

南北의 분단 문제는 오늘 우리에게 민족의 집단적 삶의 이념과 실제로서의 歷史的 한국 민족주의에 대한 價値評價를 하도록 요구한다. 근세 100년의 한국사 속에서 王朝史的 전통에 대하여 革命的 개혁을 갈망했던 모든 非正統勢力이 한국의 역사 맥락 속에서 現代的으로 다시 表出·再演된 하나의 왜곡된 사태가 北의 共産主義로 나타났고, 보수적 전통을 계승한 세력이 지금 南의 현실을 주도하고 있다고 본다. 남북의 이러한 兩分은 근세 100년을 포함하여, 그간 5000년 한국 민족사를 총체적으로 批判하고 反省케 한다. 근세사 속에서 開化派를 실패로 끝나게 한 우리 民族傳統의 文化·政治·사회·경제에 대해서 우리가 내리는 평가적 결론은 우리 한국은 아직도 文明되지 못한 前近代的 野蠻文化라는 것, 백성이 나라의 主人이 되어 있지 못하다는 것, 그리고 다같이 함께 사는 사회의 꼴이 꾸어지고 있지 못하다는 것이다. 北에서는 민족 전통 문화, 전통 정치 이념과 방식, 그리고 전통 사회·경제 형태와 방식 자체를 전면·총체적으로 止揚해 버리려고 하는 데 비해, 南은 가능한 한 모든 전통을 그대로 고수·보존하려고 한다. 그러나 전통을 批判的으로 止揚하거나 保守的으로 固守하거나간에 문제는 어느 이념과 그 방식의 문제가 아니다. 과연 어느 쪽이 현대 세계가 보편적으로 승인할 수 있는 人間化된 삶의 質을 보장하는가의 문제다. 여기서 우리는 문화 창조를 위해서 민족이 있다거나, 지배자를 위해서 백성이 있으며, 경제 성장을 위해서 노동자가 있다는 모든 前近代的인 理念體系와 그 實踐方式을 과감히 청산해야 한다. 왜냐하면 우리가 사는 현대의 價値判斷의 主體와 尺度는 고대 사회적 自然이나 神이 아니고, 중세 사회의 敎權的 도그마도 아니며, 그렇다고 부르조아적 市民이나 民衆, 사회주의적 人民이 아니라, 고대 희랍·로마의 자연법적 인간이며, 서로 사랑하며 살아야 하는 기독교적인 보편 인간이기 때문이다. 이것을 나는 제3 이데올로기라고 부르고자 한다.[15] 민족 문화·정치·사회 경제에 걸친 이념과 그 실천이 이렇게 人間化된 삶의 質을 보장하는 현대 세계의 보편 가치와 통합되어 있고, 同質化되어 있는가 어떤가에 따라서, 오늘의 南北體制의 現代的 正當性이 평가되는 것이다.

우리는 앞에서 우리 민족사의 同一性과 同質性에 대해서 말했다. 同一性은 連續된 通時的 傳統 안에서 획득되고, 同質性은 開放된 共同地平의 空間 안에서 성취되는 것이다. 그러므로 민족 집단의 同一性은 계속되는 時

---

15) 黃性模(編), 『第三의 이데올로기』, 서울 1978.

間의 연속성을 추구하는 것이며, 同質性은 연장되는 空間의 연속성을 추구하는 것이다. 따라서 동일성에서는 시간이 흘러도 그 자체가 변함없이 일정한 것으로 남아 있는 것, 동질성에서는 공간이 변하는 데 따라서 그 자체가 변화된 공간 속에 나타나는 그것과 만나서 끊임없이 同化되어 가는 것이 요구되고 있다. 현실이 꼭 그런 것은 아니지만 논리적으로만 보자면, 同一性을 강조·추구하는 쪽은 閉鎖·保守·現狀維持로, 同質性을 강조·추구하는 쪽은 開放·進步·質的 變化로 性格化한다. 그러므로 年代記的 세계사는 다같이 1979년도라는 同時性에 도달해 있음에도 불구하고 지상의 여러 민족들이 文化的 質에 있어서는 서로 差異가 나는 것은, 그들이 時間上으로 긴 역사적 經驗을 자기 역사 내부에서 계속 축적하지 못했기 때문이 아니라, 오히려 서로 다른 민족과 문화 사이에서 그들의 經驗을 相互交換할 수 있는 空間的 접근과 만남을 갖지 못했기 때문이다. 근세 100년사에서 이렇게 異質的인 外部世界와 만나는 開港의 重要性이 바로 이것이다. 긴 시간이지만 공간이 폐쇄된 데서 얻어지는 同一性 속에 담긴 特殊·固有性이, 짧은 시간이지만 개방된 공간 속에서 얻어지는 同質性 속에 담긴 普遍·一般性에 의해서 끊임없이 극복되어 가는 과정이 바로 世界史의 目標다. 그러므로 同一性을 강조하는 쪽은 民族傳統에 一致하는 正統性이라는 데 귀착하고, 同質性을 강조하는 쪽은 世界現實에 一致하는 正當性에 도달하게 된다.

오늘의 한국 민족주의가 부과하는 또 하나의 과제인 近代化 문제는 그러므로 전통 지향적 同一性의 추구가 아니라, 세계 개방적 同質性의 추구에 속하는 문제다. 근대화는 우리 전통 문화를 계승·고정시키는 데서가 아니라, 오히려 아무런 質的 변화도 가져오지 못한 시간의 연속을 劃期的·轉換的으로 斷絕시키는 데서 성취되는 것이다. 근대화란 시간의 연속성으로부터 同時代에 주어져 있는 共同地平的 世界空間으로 전환하고, 그 세계 공간 안에 있는 世界共同體 *Weltgemeinschaft* 와 同質化하고 統合하려는 것이다. 다시 말하면 한국의 近代化란 우리 민족의 年代記的 時間性으로부터 世界史의 歷史性 속으로 편입되어 들어가려는 민족적 방향 전환이다. 그러므로 오늘날 南北이 이념과 현실에 있어서 갈등하고 싸우는 문제나, 近代化의 문제는 결국은 民族傳統的 同一性으로부터 世界開放的 同質性으로 넘어간다는 데 그 本質이 있으며, 이러한 전환적 과제의 成敗는 오직 우리가 앞서 새로운 정치신학의 범주들에서 제시했던 文化의 세계 개방적 同質性, 정치 이념과 현실의 人間化(人權), 그리고 인간이 다함께 같이 살 수 있는 사회·경제를 성취하느냐 못 하느냐에 달린 문제로서 파악된다.

Ⅳ. 韓國民族主義의 政治神學的 克服

그렇다면 한국 민족주의가 어떻게 이와 같이 될 수 있는가? 克服이란 辨證法的 過程을 통해서 가능하다. 그것은 우리가 歷史的 時間 속에 갇혀 있기 때문이다. 그러므로 극복은 이 시간의 포로에서 同時代的 공간 속으로 해방하거나 탈출하는 데서 가능하다. 그러나 전통의 시간 속에 속박된 사람을 세계 개방의 공간 속으로 데리고 나가는 데는 일정한 사회과학적인 법칙이 있다. 소수의 몇 사람만이 진보적인 생각을 가진다고 해서 민족 집단 전체가 진보적인 단계로 변화되는 것은 아니다. 그러므로 역사 전체를 새롭게 변화시켜야 한다. 여기에 어떤 한 순간에 도둑같이 임하는 파국적, 묵시적 종말의 때와는 다른 역사 전개 과정을 통한 변증법적 과정이 있다. 역사 변화의 방법을 총괄해서 우리는 깨우침(啓蒙)이라고 한다. 민족 집단 전체가 깨우쳐져서 스스로 변화를 창조하는 행동을 해야 한다. 그렇지 않으면 노예의 역사가 있을 뿐, 주인의 역사는 영원히 오지 않는다. 좋은 것을 창조하는 행동에서 사람은 삶의 意味를 얻는다. 이것은 개인이나 민족이나, 세계도 꼭 같다. 참다운 의미란 그가 그 자신과 일치하는 데서 온다. 그의 그 자신과의 일치에서 얻는 의미를 위해서 전통적 同一性은 의미의 불변성을 보장하고, 세계 개방적 同質性은 의미의 보편성을 보장한다. 이러한 時間과 空間의 統合은 存在가 存在하는 形式인 까닭에, 의미란 바로 존재의 存在方式과 一致하는 것이다. 그러므로 우리 한국 민족은 한국 민족으로만 존재하려고 하면 존재할 수 없게 된다. 한국 민족은 인류와 통합되어 있기 때문이다. 한국 민족이 참으로 존재하려면, 한국 민족이면서, 동시에 세계적이 되어야 한다. 민족적 차원에서 오늘날 민족 이념과 그 방법에 포함되는 價值判斷에서 혼란과 차이가 생기는 까닭은 우리의 인식론적 자리, 해석학적 시각, 그리고 가치 판단의 기준을 전통과 개혁, 민족과 세계, 시간과 공간의 統合된 차원에서 구하지 않고 어느 한쪽에 치우치거나 고정시켜 놓기 때문이다. 文化는 세계적으로 개방되어야 하고, 정치는 人間化되어야 하며, 사회·경제는 共存體制로 넘어가야 한다. 이것이 오늘날 가장 앞선 정치 이념이자 동시에 새로운 정치신학의 이념이기도 하다. 보수적 한국 민족주의가 이러한 진보적 성격으로 전환할 수 있기 위하여, 이미 앞선 깨달음에 들어선 한국 기독교가 우선 아직도 잠자는 기독교 내부를 이런 성격으로 統合해야 하고, 또한 한국 민족 집단을 이런 성격으로 통합해야 한다. 그 다음에 비로소 한국 민족은 전근대적 전통을 극복하고 近代性과 동질화된 세계와의 統合이 가능하다. 전근대적 민족 집단의 현대 세계에의 이러한 통합은 폐쇄된 특수에서 개방된 보편으로 넘어가는 세계사의 이념과 일치하는 것이며, 다시 *存在自體*와 일치하는 역사적·변증법적 과정이기도 하다. 참다운 존재란 인간의 생각 속에서 상상되는 것이 아니라, 시간과 공간의 만남에서 전개되는 시간성과 역사성을 통해서 나타나는 것이다. 그러므로 한국 민족은 세계가 전개되어 가는 歷運의 과정에서 발견되는 하나의 계기다. 그래서 하나님은 한국 민족의 하나님이기도 하다. 우리 민족은 세계의 모든 민족과 마찬가지로 이와 같이 존재 자체, 역사의 미래, 그리고 세계 그 자체를 향해서 개방되어 있다. 이제 남은 문제는 이러한 世界社會的 개방성을 한국 민족이 자기 운명으로 받아들이고, 그것을 一部少數集團이 아니라 民族共同體의 全體次元에서 主體的으로 內面化하느냐 못 하느냐에 달려 있다. ▨

야곱의 씨름

金　炳　翼

① 역사에 대해 몸으로 느낀 내 두 개의 경험.

1975년 2월 15일, 신문들에는 거의 비슷한 장면, 그래서 거의 비슷한 감동을 일으키는 사진들이 나왔다. 그것은 어둠을 배경으로 많은 사람들이 두 손을 치켜들고 만세를 부르며 또 다른 사람들을 환영하는 모습이었다. 환영받는 사람들은 출감된 사람들이고 환영하는 사람들은 그들을 출감시키기 위해 그 동안 애써 온 사람들이다. 그러나 나의 감동은 그들에 의해서만 빚어진 것은 아니었다. 오히려 그 사진에는 나타나지 않은, 그러나 그 사진을 신문 독자들에게 볼 수 있게끔 만든 많은 사람들의 숨은 노력에 나는 더 큰 감명을 받고 있었다. 그렇다, 만세를 부른 사람들이나 그들의 환영을 받은 사람들의 그 감격적인 장면이 만들어지기까지 숨은 얼굴들의 애타는 노력들은 얼마나 끈질기고 굳세었던가! 그 사진의 장면이 이루어지기까지의 겉으로 드러나지 않은 숱한 곡절들을 바로 옆에서, 때로는 거기에 더불어 끼이면서 바라보아 온 내게, 그것은 어떤 개개인, 어떤 집단들의 부분적인 힘이 아니라, 그 무엇도 막거나 누를 수 없는 역사의 대세, 밑으로 자갈도 굴리고 옆으로 우뚝 선 바위도 깎고 위로 배와 구름도 띄우며 거칠 것 없이, 그러나 유유하달 수밖에 없는 대하의 흐름과 같은 역사의 필연적인 힘을 느끼고 있었다. 그 전 해 가을, 학생들과 기독교인들은 자그마한 그러나 부산한 움직임들을 만들고 있었고 그럼에도 그 중요한 움직임들은 공개적으로 알려지기를 거부당하고 있을 때, 그 숨은 얼굴들은 그 〈無用한 情熱〉로 보여 온 움직임들을 위해 거의 무용하게 보이는 정열들로 대응하기로 선언했다. 110일 만에 사람들이 볼 수 있었던 그 사진은 그러므로 그 두 개의 無用한 情熱 속에서 갖은 시련 끝에 배태된 감격적인 장면이었다. 그 사진을 새삼스레 바라보면서, 꼭 30년 전 여름의 만세 사진을 보았을 때의 사람들이 그랬음직한, 그러나 그것이 우리 손에 의해 이루어졌다는 뿌듯한 자부심이 덧붙은 감동을 얻지 않을 수 없었다. 아아, 역사는 역시 이런 것이다!

그로부터 한 달 후, 그 숨은 얼굴들은 신새벽의 광화문 지하도와 종로를 배회했다. 작은 보따리들을 들고, 얼굴은 초췌하고 그러나 눈에는 오기로 가득차서, 떠밀리는 행렬을 이루며 행인들의 시선에 아랑곳없이 그 숨은 얼굴들이 배회하고 있었다. 그것은 그 사정을 알든 모르든, 그러기까지의 사정에 동의하든 안 하든, 분명히 참담한 광경이었다. 그간의 곡절을 옆에서 바라보며, 그리고 그 행렬의 한끝에 붙어 더불어 밀리며 나는 또 한 번 역사를, 답답한 역사를 느껴야 했다. 그들이 거리로 내몰려야 했던 것은 누구의 잘못일까. 틀림없이 그들의 잘못이 아니었고 그들의 바라는 바, 생각해 온 바에 그릇됨이 있었던 것은 분명 아니었다. 그렇다면 누구 탓, 무엇 탓 때문일까. 나는 몇몇 사람, 힘센 몇몇 사람들의 잘못된 뜻과 행동이 얼마나 많은 사람들의 가슴을 아프게 할 수 있는가를 거듭거듭 생각하지 않을 수 없었다. 대하의 흐름을 막는, 거슬리는 몇 덩이의 바위. 정말 유유하던 강물은 유유하지 못한 것일까. 역사는 더 많은 블로크와 더 많은 본회퍼, 그리고 이름 없이 스러져간 수많은 목숨들의 희생을 필요로 한다는 것인가. 그것은 그처럼 낭비적인 것인가. 아아, 역사란 정말 이런 것일까.

이렇게 해서 나는 한 달 남짓 사이에 역사의 필연과 그것의 배반을 거의 동시에 체험하였다. 그 필연은, 어둠 속으로 깊이깊이 함몰되어 가는 듯한 시대의 절망 속에서 문득 반전을 기약함으로써 얻어질 수 있는 자유를 향한 역사의 승리로서의 인식이었고, 그 승리감의 절정에서 역사에의 자부심으로 우리 앞의 삶에 기대를 하고 있을 때 문득, 시계 바늘을 거꾸로 돌리듯 다시 어둠과 침묵의 세계로 되쫓겨 가고 있음을 깨달아야 하면서 그 배반을 체험했던 것이다. 한밤중의 만세 소리와 여명에서의 내쫓김——이 錯綜과 不連續을 우리는 어떻게 이해해야 할 것인가. 역사는 어둠인가 여명인가, 엄숙함인가 희화적인가, 희망인가 절망인가. 도대체 역사란 무엇인가. 그것은 의미를 갖는가 안 갖는가. 〈역사의 교훈〉이라든가 〈역사의 심판〉이라 할 때 그것은 의미가 있는 것일 것이고 교훈의 내용이 무엇이든 심판의 기준이 어디에 있든 우리는 역사가 우리를 구원해줄 수 있다는 위안을 받을 것이다. 그러나 〈역사는 반복한다〉든가 〈해 아

261
·
김병익

래 새로운 것이 없다〉는 말의 진지한 힘에 이끌릴 때 역사는 문자 그대로 무용한 정열일지 모른다. 그리고 나는 무용한 정열이 무용하지 않다는 사례를 체험했고 이 체험은 다시 그 스스로가 지닌 진실을 배반하는 것을 목격했던 것이다. 1975년의 처음 몇 달은, 이렇게 문제를 원점으로 되돌리는 혼란을 나에게 빚어 주었고 그것은 나로 하여금 역사에 대한 不可知論을 만들어 주었다. 〈역사는 역시 이런 것이다!〉와 〈역사란 정말 이런 것인가!〉의 자부와 회의를 책에서가 아니라 실제 삶의 한 체험으로 동시에 받아들여야 했을 때 그것에의 판단은 결코 쉬울 수가 없는 것이다.

그로부터 5년이 지난 이제도, 나는 그 난해한 문제에 결정을 내리기는커녕 앞으로도 여간해서 내게 풀려질 것 같지 않으리라는 두려움에 쌓여 있다. 숱한 사학자·철학자들이 시도한 해답들이 여전히 애매한데 나의 대답이 어떻게 가능할 것인가. 그러나 한 시대가 물러가고 새로운 시대가 다가오는 역사의 전환을 자각하며, 이러한 전환이 이루어질 수 있기까지 내 시야에 들어온 일들, 그 일들이 내 몸 안에서 요구해 온 생각들은 역사에 대한 적어도 내 자신의 태도에 하나의 지침을 마련해 주었다. 지침이라니! 그것은 너무 과분하고 과시적인 말일지도 모르겠다. 여하튼 내가 역사에의 不可知論을 버리지 못하면서도 내리게 된 결론은, 역사란 그것이 의미 있다고 믿는 사람들에게는 그 의미를 허용해 주는 존재라는 것이다. 역사에서 아무런 교훈과 의의를 기대하지 않는 사람, 도대체 역사를 의식하지 않는 사람에게 역사란 不在의 존재이며, 그런 것이 아니라, 역사의 지향에 신념을 갖고 과거의 일에서 전철을 발견하며 미래의 역사에서 희망을 갖는 사람들에게 그것은 실존의 결단을 요구할 만큼 삶 그 자체의 구체성과 실제성을 갖는다는 것이다. 그렇다면, 아니 그렇다 하더라도, 〈역사란 그것이 의미 있다고 믿는 사람들에게는 그 의미를 허용해 주는 존재〉라는 말은 동어 반복이고 상투적이 아닌가. 이런 비판을 나는 겸연쩍게 수락하지 않을 수 없다. 그럼에도 나의 이런 겸연쩍은 생각을 지금 철회하기는커녕 오히려 더 고집하고 싶다. 왜냐하면 그것은 내 체험적 관찰에서 얻어진 것이기 때문이며, 사실 70년대 현상이라고밖에 할 수 없는 지난 10년 동안의 일련의 사태 진전과 그것에 저항하는 움직임들과의 관계들은 이 상투적인 표현 속에 어떤 진실성의 힘을 부여하면서 같은 말의 반복이라 할 때에도 그 같은 말의 차원이 서로 다르다는 것을 깨닫게 만들기 때문이다. 70년대는 이런 관점에서 매우 주목되어야 할 시대일 것이다.

[2] 〈의미 있다고 믿는 사람에게 의미를 허용하는 역사〉라는 말을 다시 한 번 반복해 보자. 펜밖에 모르는 사람에게 칼은 不在의 것이거나 無用한 것이며 반대로 칼만 쓰는 자에겐 펜이란 저혀 하잘것없는 잡동사니 중의 하나이다. 펜과 칼을 동시에 쓸 줄 알았던 사람들과 그들의 행복한 시대가 있었던 것도 사실일 것이며, 불행히 펜밖에 모르는 자와 칼만 쓰는 자와의 대결이 불가피했고, 거기서 불을 보듯 분명하게 이루어지는 칼 잡은 자의 승리란 결과와 그것이 지배하는 시대가 있었던 것도 사실일 것이다. 역사가 그 어느 편에 서 왔던간에 내가 지금 여기서 강조하고 싶은 것은 칼이든 펜이든 그것의 용법과 결과를 알고 있는 사람에게만 그 용도와 의미가 열려 있다는 점이다. 칼이든 펜이든 그것이 아무리 귀중한 것이라 하더라도 용법과 결과를 모르는 한 무의미할 수밖에 없으며, 거꾸로 칼 든 자로부터 아무리 불신받는다 하더라도 펜을 쓸 줄 아는 사람에겐 그 펜의 위력이 칼의 위협보다 거대한 결과를 만든다는 것을 알고, 또 그렇게 사용한다는 말이다. 역사는 그 칼이나 펜처럼, 그 용법과 결과를 인식하는 사람들에게 그 자신의 中立性을 깨뜨리고 그 스스로에게 가능한 의미와 가치를 창조하도록 열어 준다. 70년대의 갈등과 싸움, 그리고 거기서 빚어진 현상들은, 역사에 대한 인식으로 보자면, 궁극적으로 그것이 의미 있다고 믿는 사람과 그렇지 않은 사람들 사이에 벌어진 갈등과 싸움과 현상일 것이다. 이에 대한 뚜렷한 증거는 이 시대의 부정적인 힘들에 대항하여 싸운 사람들이 종교인·문필가·학자·학생 들이었으며 이들은 이들 나름의 영역으로 보자면 늘 역사를 인식하고 거기서 교훈을 발견하며 미래를 향해 그것을 창조하고자 하는 사람들이란 점에서 분명해진다.*

돌이켜보면 우리의 70년대란 참으로 애매한 성격의 시대이다. 여기서 애매하다는 말은, 그것의 성격이나 본체가 불투명하고 모호하다는 뜻에서 쓰인 것이 아니라, 그와 반대로, 아주 분명하고 확실한, 그러나 상반·상극되는 두 개의 성격이 공존하고 있음으로 해서 70년대의 참모습을 어느 것으로 확정하기에 힘들다는 뜻으로 쓰인 것이다. 가령 우리 눈에 가장 뚜렷하고, 또 부인하기 힘든 경제 성장의 문제를 들어도 그렇다. 어떤 반체제자도 그간의 GNP의 팽창과 절대 빈곤의 개선과 빈궁민의 감소를 부인하지 못할 것이다. 실제로 실업자의 수도 줄었으며 우리의 일상 생활도 질에서나 양에서 현격한 개선을 보았으며 〈우리도 잘 살 수 있다〉는

---

* 이에 대해서는 나의 글 「문화의 민주주의」(『뿌리 깊은 나무』 1980년 2월호)를 보라.

자신감을 전반적인 경제관으로 보급시킨 것이 사실이다. 그러나 이런 성장에도 불구하고, 그리고 그 성장을 인정함에도 불구하고 상당수 아니면 대부분의 사람들은 오히려 더 큰 빈곤감을 느끼기 시작했으며 이러한 빈곤감을 재촉하는 경제 정책과 구조에 노골적인 비판을 가해 온 것도 사실이다. 조세희의 〈난장이〉가 대변하고 있는, 우리 사회 계층에서 경제적 혜택이 가장 적은 도시 주변의 근로자들을 예로 들건대, 그들의 생존 방식은 60년대 이전의 농촌 사람들보다 분명히 더 나아졌음에도 그들은 자신들이 〈인간답지 못한 삶〉에서 허덕이고 있다고 깊이 자각하며 삶의 권리를 위해 더욱 가열하게 싸워야 한다고 믿는다. 문제는 이런 숫자가 작다는 데 있는 것이 아니라 점점 더 붙어 가는 데에, 그리고 〈인간다운 삶〉을 누리면서도 여기에 동의하는 사람들의 의식의 폭이 넓어져 간다는 데에 있다. 〈성장에의 자신감〉 못지않게 〈풍요 속의 빈곤감〉이 만연되어 가는 이유는 무엇일까. 나는 그것이 많이 가진 자와 적게 가진 자의 격차가 너무 크다는 것, 그리고 그 격차에 어떤 정당성과 윤리성·공평성을 부여할 수 없다는 것, 나아가 우리의 정치·사회·문화·도덕 등등의 생활에서 경제적 부가 지나치게 큰 지표로 작용하고 있다는 것 등 세 가지 이유로 본다. 아뭏든 우리가 70년대 현상의 하나로서 경제적 성장이 경제적 빈곤감을 고조시켰다는 역반응을 지적할 수 있을 것이다.

경제 문제에서 좀 더 발전시켜 보자. 우리의 물량적 성장이 일면으로는 행정 관료와 권력—기업간의 제휴로 자유와 정치를 유보하며 이룩된 것이었고 또 다른 면으로 GNP의 성장을 통치술의 강화에 한 방편으로 사용될 수 있도록 유도했으리라는 것은 대충 짐작된다. 우리 사회에서 정치적 보수성 내지 체제 지지의 성향을 가장 강력히 드러내는 계층이 이렇게 해서 구성된 외형상의 중산층과 그 이상의, 경제 정책적 혜택을 받은 사람들일 것이다. 그럼에도 불구하고, 이 점은 앞으로 실제에 있어 좀 더 검증되어야 할 것이겠지만, 이러한 경제적 부의 절대적 증가가 정치적 합리주의와 민주주의 혹은 자유에 대한 의식과 선호의 강화를 촉진시켰다는 것이 지목되어야 할 것이다. 그것은 체제 비판자들이 근로자를 제외하고는 대부분 경제적 혜택을 받은 중산층 출신이라는 점에서 드러날 뿐 아니라 일반적인 시민 의식(예컨대 아직 미약하지만 비로소 태동하고 있는 소비자 보호 운동, 여권 운동, 압력 단체들의 운동 등)의 고조에서도 그 초보적인 양상이 발견된다. 이것은 생활의 윤택과 여가의 증가가 문화적 따라서 가치관적 관심을 고양시킨다는 이유, 그들이 사용하는 생활의 이기와 매스콤들이 삶과 사고에서의 합리주의와 윤리성을 은연중에 고조시킨다는 이유 때문일 것이다. 다시 말하면 부의 증가와 생활의 편의화, 그래서 얻어질 수 있는 문화적 삶의 관심은 어차피 정치적 민주주의와 삶의 방법의 자유화를 유도하게 된다. 70년대의 역사는 경제적 성장을 추진하는 한, 그것의 정치적 현실적 의도가 어디에 있던 간에 통치 권력의 팽창에는 스스로의 한계를 자초하지 않을 수 없다는 하나의 범례를 보여 준 것이다.

경제적 물량 증가와 정치 권력의 강화에 불연속선적인 기류가 흐르고 있을 때 문제되는 것은 그것들의 구조 위에 서 있는 문화의 질과 내용이다. 그리고 지난 10년 동안의 우리 문화에 대해서 비판과 평가가 동시에 가해지고 있었음도 사실이다. 도시 문화의 퇴폐성, 현실 순응적인 소시민 의식, 物神化 풍조에 따른 가치관적 타락이 더욱 만연하여 이 시대의 풍조를 이룬 것은 아무리 지적해도 지나침이 없을 것이며, 그럼에도 불구하고 그러한 풍조에 대한 비판과 양심의 촉구가 가열해졌다는 사실 자체, 그리고 이른바 意識化 작업이 문화 각계에서 광범하게 번져 갔으며 연구와 창작에서 높은 성과를 만들어냈다는 점도 높이 인식되어야 할 것이다. 이러한 양면성은 문화 현상에서뿐 아니라 문화에 대한 태도와 방법론에서도 해당된다. 문화에서도 결코 기피될 수 없는 윤리성과 양심이 예외적으로 강조된 것이 지난 70년대이거니와 이런 도덕주의가 창조 정신에 도식적인 압력을 가했으며 그와 반대로 문화의 자유로움에 대한 집념이 현실 순응을 유도할 소지를 마련한다는 것, 민족주의의 강조가 복고주의 또는 국수주의로의 길을 열 수 있는가 하면 보편주의가 자기 포기의 가능성을 지니고 있다는 것이 그러한 예의 몇몇일 것이다. 이런 예들은 어떤 사물이든 양면성을 지니고 있다는 가치론적 개연성에서가 아니라 구체적이고 현상적인 평가에서 그러하다.

70년대의 이 같은 애매성, 이질적인 것들의 상극화를 돌이켜보면서 나는 이 10년대를 전후반기로 양분해 보고 싶은 유혹을 느낀다. 75년을 고비로 삼으면 경제적으로는 양적 성장에 대한 기대와 성취로부터 상대적인 빈곤감의 심화에로, 정치적으로는 일인에의 권력 집중에서 거기에 대응하는 재야의 반항 세력으로, 문화적으로는 체제로의 순응주의에서 비판적인 의식화의 고취로 궤도 수정되는 것이 그렇다. 물론 겉보기에는 후기의 제세력들이 대수롭잖게 여겨질지도 모르지만 곰곰이 따져 보면 70년대 후반, 위에서 취해진 제반 조처와 정책들이 밑으로부터의 제휴된 세력들을 전제로 하고 이루어진 것들이며 따라서 80년대를 예고하는 극적인 사건이 구체적으로 누구의 손에 의해 이루어졌든 현실과 이념의 역학 관계로 볼 때 그러한 사태는 조만간 필연에 가까운 일이었다.

③ 나는 방금 〈필연〉이란 말을 썼는데, 그렇다면 역사는 예정론적인 것이며 그것은 허무의 수렁 속에서 건져질 수 있다는 것을 뜻하는 것인가. 결론적으로 보자면 나는 그렇다고 시인한 셈이다. 그러나, 다시 반복하자면, 앞에서 쓴 〈필연〉이란 말에는 70년대적 현상으로서의 애매성을 유도한 또 하나의 힘을 전제로 하고 있는 것이다. 그것은 후반기에 제휴하여 일어난 밑으로부터의 움직임——역사를 의미 있는 것으로 만들려고 노력한 숱한 사람들의 의식과 행동을 뜻한다. 나는 70년대에 뚜렷한 기미를 보이기 시작한 〈문화의 민주화〉를 지목하면서 그 민주화의 주역들이 정치적 경제적 민주화를 자신들의 문제로 삼은 문화인들이라는 점에 새삼스런 의미를 부여하고자 했거니와 근원적으로 이 문화인들은 역사에 의미를 부여하고자 하는——역사의 무의미성에 절망하는 아나키스트까지도 포함하여——사람들임을 강조하지 않을 수 없다. 그들은 4·19의 패배를 인정함에도 불구하고 그 정신과 의의의 패배를 허용하지는 않았던 것이다. 그들의 집요한 노력과 희생은 무용한 정열로 보일 만큼 가혹한 것이었으나, 밤새 야훼와 씨름하며 구원을 얻어낸 야곱처럼, 침묵하고자 하는 역사로부터 교훈과 의미를 뜯어내는 데 성공한 것이다. 역사는 그것을 요구하는 자의 부대낌에 견디어내지 못하여 다시는 밟지 말아야 할 전철을 내주지 않을 수 없었던 것이다. 그것은 다시 말하자면 역사를 감추려는 자들, 역사에서 의미를 포기하도록 요구하는 사람들과의 다툼에서 역사를 소중하게 인식하는 사람들의 役事의 성취를 뜻한다.

역사를 감추려는 사람들일수록 역사를 더욱 밖으로 내민다. 그 내민 역사는 李淸俊이 『당신들의 天國』에서 말하는 바의 銅像으로서의 역사이다. 위엄 있고 화려한, 그러나 움직임과 말이 없고 차디찬 동상. 그 뒤에서 그들은 역사를 화석화시킨다. 그렇게 굳어 가는 역사에 온기와 생명을 불어넣기 위해 블로크와 본회퍼의 피가 필요했을 것이다. 그러고 보면 역사는 동상을 내미는 자와 그 뒤에 숨은 역사에 피를 넣어주려는 자들과의 싸움의 역사일지도 모른다. 그러므로 〈언제든 역사는 바뀐다〉는 경고 속에 역사는 희망과 두려움을 느끼게 된다. 희망의 한 순간에 절망이 오는가 하면 끝없는 어둠의 미로 속에 헤매는 듯하다가 어느 새 여명을 발견하게도 된다. 이것은 우리가 역사와 더불어 살고 있음을, 또 그렇게 해야 함을 깨우쳐 주는 것이고 이 깨우침이 우리 삶의 樣式이 되어야 한다는 것을 강조하는 것이다. 깨어 있는 삶에서 역사는 깨어 있고 잠자는 사람에게 역사는 잠들어 있다. 그리고 그 깨어 있음은 자유로움이고 자유로움을 위한 것이며 자유로움에 의한 것이다. 우리의 삶이 이렇지 못할 때 역사는 하나의 돌멩이로 굳어질 것이며 이렇게 굳어질 역사에의 우려가 우리의 앞날에 결코 걸혀져 있는 것은 아니다. 왜냐하면 역사는 우리가 만들어야 하는 것이고 우리가 거기에 뜻을 새기는 것이기 때문이다.

뜻을 새긴다는 것, 그것은 스스로의 가슴을 새긴다는 것이며 자기의 생각과 행동을 역사와 더불어 존재하게끔 만든다는 것이다. 이 말은 물론 우리 개인을 지나치게 과신한 것일 것이다. 그러나 과연 개인 없는 역사가 있을 것이며 역사에 의지하지 않는 인간의 삶이 있을 수 있겠는가. 한 작은 생명의 빛과 광막한 어둠과의 대결! 그것이 파스칼的 고뇌이며 뢰르소의 결단이라면, 그리고 그 고뇌와 결단에 의해 허망스러운 우주에 삶의 의미가 부여될 수 있다면 우리가 역사에 대해 가지는 것도 그런 것이 아니겠는가. 實存的 決斷——한 세대 전에 유행했던 이 말의 世代들이 4·19의 주역들이라는 생각에 미친다면, 뒤늦게나마, 침묵의 역사로부터 몇 마디 말을 건져 올리려는 노력들의 귀중함을 깨닫게 되고 그 귀중함이 자신을 귀중하게 끌어올리며, 더불어 거기에 끼일 역사의 귀중함을 깨닫는 기쁨을 얻게 되는 것이다. ▨

░ **書 評**

英國革命의 探究

洪 致 模

羅鍾一:英國近代史研究:서울대학교出版部・338면・4,800원

本書의 저자인 羅鍾一 교수는 본인 스
스로 피력한 바와 같이 1956년 전남대
학교 사학과에 봉직하면서부터 오늘에
이르기까지 꾸준히 영국 근대사를 연구
하여 온 석학이다. 그간 지방 대학에서
강의를 맡고 있다가 모교인 서울대학교
로 자리를 옮긴 후에는 더욱 연구에 박
차를 가함으로써 이와 같은 훌륭한 저
서를 西洋史學界에 내놓게 된 것에 대
해서 同學의 한 사람으로서 진심으로
축하해 마지 않는다. 羅鍾一 교수가 이
책을 보내 주기 전 저자는 역사학회의 요
청을 받고 1976년에서 1978년까지 국내
서양사학자들 중에서 영국 근대사에 관
한 논문만을 추려서 회고와 전망의 뜻에
서 언급했을 때 羅교수는 그 동안 써온
논문이 여러 편이 됨으로 속히 한 권의
책으로 묶어서 출판할 것을 부탁한 바
있었거니와 (『歷史學報』, 제 84 집, pp.
179~87을 참조할 것) 필자가 회고와 展
望에 관한 글을 쓸 때 羅교수의 논문이
이미 인쇄소에 넘어가 있던 사실을 전
혀 모르고 있었다. 여하튼 기쁘고 반가

운 일이다. 본래 필자는 宗敎改革史를
취급하다 보니 영국의 종교 개혁을 비
롯하여 스코틀랜드의 종교 개혁사에까지
손을 대게 되었고 그러다 보니 어느덧
英國革命時代까지 내려오게 되었다. 그
런데 필자가 역사의 숲속을 헤매는 과
정에서 터득한 사실은 영국 근대사에 해
당하는 튜더 Tudor 및 스튜어트 Stuart
시대는 종교 개혁의 시대일 뿐만 아니
라 동시에 정치와 경제의 변혁기였기
때문에 이 시대를 연구하려고 할 것 같
으면 한편만을 완전히 분리시켜서 다루
기가 어렵다는 것을 알게 되었다. 재언
하면 정치와 종교 그리고 경제적 제요
소가 혼합된 채 상호간에 긴장 *tension*
관계를 유지하면서도 서로 충격을 주고
받으면서 약 한 세기간을 강력하게 작용
하고 있었다는 것을 감지하게 되었다.
이와 같은 사실을 전제로 할 때 필자는
羅교수의 저서를 평하기에는 부적격자
라는 것을 솔직하게 고백하지 않을 수
없다. 다만 동시대를 같이 공부한다는
뜻에서 감히 羅교수의 저서에 대해서

몇 마디 부언하는 데 그치고자 한다.

저자가 엮은 목차를 보면 크게 2편으로 나뉘어 있어 제1편은 〈英國絶對王朝의 性格〉이라는 제목하에 제1장은 「튜더 革命」 그리고 제2장은 「第一次 엔클로저 enclosure 運動」으로 되어 있다. 그러므로 제1편은 튜더 시대의 종교 개혁의 수반 현상으로 나타난 행정 개혁 문제와 더불어 政治·經濟·社會에 커다란 영향을 미쳤던 綜劃運動 enclosure에 대해서 정책적인 측면에서 치밀한 분석을 시도한 논문들이라고 할 수 있다. 저자는 1956년 이래 西洋史論을 비롯하여 기타 『역사학보』에 발표한 것들을 다시 손질을 해서 시대적으로 체계화시키려고 무척이나 애를 쓴 흔적을 뚜렷하게 보여 주고 있다. 현실적으로 보아 한국에 있어서 서양사를 연구함에는 어려운 점이 한두 가지가 아니다. 우선 原史料에 접하지 못한다는 것은 말할 필요도 없지만 본고장의 사가들이 硏究한 것을 우리 나름대로 수집하고 정리하여 충분히 체계적으로 소화시킨다는 것도 여간 어려운 작업이 아니다. 저자는 이와 같은 어려움을 극복하면서 그 나름대로 역사적 사실과 그것에 대한 사가들의 여러 해석과 견해를 우리들에게 잘 소개하고 있다. 제1편 제1장의 튜더 革命論爭은 주로 엘턴 Elton 교수의 主著라고 할 수 있는 『튜더 政府革命── 헨리 8세 통치기의 관료제 변화』를 중심으로 야기된 논쟁점을 요령 있게 소개하고 있다. 전날 『과거와 현재 Past and Present』誌에 게재되었던 윌리엄즈 Williams와 해리스 Harris의 비평과 이에 대한 엘턴 자신의 회답에서 부각된 국가 행정상의 혁명이라든가 〈엠파이어 empire〉의 개념에 대한 문제 등은 튜더 시대를 연구하는 사가라면 누구나 일단 짚고 넘어가야 할 문제라고 생각된다. 헨리 8세가 〈英國內의 教會 Church in England〉를 〈英國教會 Church of England〉로 바꾸기 위해서는 그 자신이 의회의 지지를 얻어야 했기 때문에 어차피 〈議會內의 國王 King-in-Parliament〉으로 군림해야 하는 묘한 함수 관계를 유지할 수밖에 없었다는 역사적 현실 속에서 차라리 종교적 이해 관계가 어쩔 수 없이 정치적 변혁을 초래시킬 수밖에 없었다고 보고 싶다. 그러므로 종교 혁명(로마 교회에 대한 체제상의 도전이었으므로)은 곧 행정 개혁이라는 과업을 초래시켰다고 보아야 할 것이다. 이와 같은 정치적 과업의 이면에는 여러 가지 복합적 요인이 동시에 작용했을 것이지만 엘턴 교수는 이 문제에 대해서 시원스럽게 설명을 하지 않고 있는 것 같다. 단지 과감한 행정 기구의 개편만을 가지고 엘턴이 말한 바와 같이 〈어떤 변화가 기존의 것을 체계적으로 완전히 파괴하지 않을지라도 국가 통치의 基本法에 근원적으로 영향줄 때, 이러한 변화를 혁명이라 부를 수 있다면〉(p. 7)이라는 엘턴의 주관적인 개념을 그대로 받아들이기는 어렵다. 물론 이 문제에 대해서 羅 교수 나름대로 正當한 理解가 있을 것으로 생각한다.

다음 제2장은 엔클로저 운동에 관한 것인데 필자는 社會經濟史 분야에서 羅교수만큼 식견을 가지고 있지 못하지만 엔클로저 운동 그 자체를 농업 혁명으로 보아야 할 것인가에 대해서 羅교수는 이 운동을 튜더 시대의 정치 체제와 그 이후의 정치적 대변혁과 관련시켜서 고찰해야 한다고 주장하고 있는데 대해서 전적으로 찬동하고 싶다. 우선 엔클로저 운동의 시기 문제에 있어서 영국의 고전적 경제사가였던 애쉴리 Wiliam Ashley 교수의 견해(p. 37)에 대한 터니 R.H. Tawney 의 수정, 이어서 베레스포드 M.B. Beresford 교수의 再批判에 이르기까지 각주를 통한 논문의 소개는 사학도들의 좋은 길잡이가 될 것이다. 그리고 엔클로저 운동의 시기와 실시자 그리고 국가 정책으로서의 성격 등에 관한 논의를 잘 분석하여 주고 있다. 그런데 필자의 흥미를 끌고 있는 것은 엔클로저 운동과 영국 혁명과의 관계이다. 이것은 영국 혁명 운동의 주체 세력의 사회적 배경을 구명함에 있어서 불가분리의 관계를 가지고 있기 때문이다. 약 1세기를 통과하면서 겪은 농촌의 변화는 곧 농민의 계층 분열로 나타났는데 이 기간에 있어서 소지주로 부상한 계층이 소위 스콰이어層 Squir-archy 이라 불리우는 젠트리 gentry 들이었다는 것은 이미 상식적인 이야기로 되어 있다는 것은 이미 상식적인 이야기로 되어 있다. 현재까지의 연구의 성과로 보아 이들은 영주의 直營地를 빌어 경작하던 大借地農들로서(비록 터니 교수의 견해에 수정을 가하더라도) 英國革命의 주축을 형성했던 구성 분자들이었다. 그런데 역사가들은 이들이 혁명 당시 〈興起하는 젠트리〉였든지 혹은 〈沒落하는 젠트리〉였든지 간에 이들이 엔클로저의 실제적인 담당자들이었다는 것과 또한 혁명시에는 反王黨派에 소속시키고 있다는 점이다(p. 91). 이 시대의 경제사를 연구하고 있는 역사가

로서 베레스포드, 홉킨스, 파커 등은 종전까지의 터니의 견해에 수정을 가함으로써 〈젠트리〉는 신흥 지주층이 아니라 古來의 家門으로서의 영주적 성격을 실증하는가 하면 헥스터 Hexter 나 로우퍼 Trevor-Roper 교수는 〈엔클로저가 富裕한 者의 自求策이었다〉(p. 92)는 의견 대립을 소개하면서 이들 모두가 영국 혁명에서 의회파에 속해 있었다는 주장에 대해서 羅교수는 다시 한번 반성과 검토를 하고 있다. 羅교수는 브룬턴 D. Brunton 과 페니그턴 D.H. Pennigton 이 간행한 『長期議會의 議員들』과 켈러 Mary F. Keeler 여사가 쓴 『長期議會 The Long Parliament』(Philadelphia, 1954) 그리고 1635년 11월에서 1638년 6월까지 조사하여 작성한 「人口減少構造」 등 세 자료를 羅교수 나름대로 再綜合과 分析을 시도한 점은 높이 평가해야 할 것이다. 그러면 그 결과 얻어진 결론은 무엇일까. 아직도 터니 교수의 연구 성과가 약간 우세하기는 하나 그것만으로는 낙관할 수 없다는 것이다. 즉 혁명 주체 세력의 사회 경제적 배경과 성분을 가려낸다는 것은 현재로서는 속단할 수 없다는 것이다. 그러므로 〈革命을 오직 經濟的 要因만으로 해석하려는 것은, 이미 낡은 방법이긴 하지만 그렇다고 또 오직 非經濟的 要因만으로 해석하려는 것도 역시 넌센스라고 한 말은 십분 타당한 말이지만〉(p. 106) 그 비경제적 요인이 무엇을 의미하는지 羅교수는 분명히 언급하고 있지 않음으로 아쉬움을 남기고 있다. 만약 영국 혁명의 원인을 사회 경제적 측면에서 계속 구명하려고 한다면 당분간은 스톤 Stone 교수의 『英國革命 The

Causes of the English Revolution』(1972)
이 문제가 될 것이다.

튜더 시대와 스튜어트 시대를 의미 있
게 연결짓는 방법으로 羅교수는 엔클로
저 운동으로 부상한 사회 계층으로서
〈젠트리〉문제를 취급한 후 그 젠트리층
에서 성장한 크롬웰의 정치 및 종교 사
상을 논한 것이 제 2 편 제 1 장의 「퓨리
터니즘과 올리버 크롬웰」이다. 羅교수
는 여기서 영국 혁명사 연구의 대가인
크리스토퍼 힐 Christopher Hill 의 연구
를 조심성 있게 참조하면서 크롬웰의 정
치 사상과 종교 사상을 역설적으로 해
석하고 있다. 그 결과 그의 정치 사상은
현실주의로 그의 종교 사상은 이상주의
로 나타났다고 말한다. 그러나 크롬웰의
신앙과 그의 정치 행동을 이분화시켜서
고찰하는 것이 타당한 연구 방법인지 좀
더 두고 생각해 보아야 할 것 같다. 크
롬웰의 종교적 寬容思想이 그의 정치적
행동과 결단에 미친 영향이 적지 않다고
주장하는 학자도 있기 때문이다. 제 2 장
은 〈長期議會의 長老派와 獨立派〉의 문
제를 다룬 논문이다. 헥스터 J.H. Hex-
ter 가 1938년 『美國歷史學雜誌』에 문제
를 제기한 것을 20년이 경과한 1958년
율 George Yule 에 의해서 비판되자 이
어서 언더다운 D. Underdown, 펄 V.
Pearl, 글로우 L. Glow, 포스터 S. Fos-
ter, 워든 B. Worden 등 영국 혁명사 연
구의 중견 사가들이 논쟁에 참가하게
되었다. 터너의 「젠트리論爭」에 이어서
홉스바움 Hobsbaum 의 「17世紀危機論
爭」 그리고 「獨立派와 長老派」의 性格論
爭은 『과거와 현재』誌가 마련했던 가장
활발한 문제들이었다. 제 3 장의 크롬
웰과 릴번은 羅교수의 논문 중에서 가

장 긴 것이다. 이것을 한 권의 책으로
묶어서 〈크롬웰과 릴번〉이라는 제목하
에 영국 혁명사를 서술해도 좋은 문제임
에는 틀림없다. 羅교수는 문제 의식을
예리하게 파악함으로써 문제점이 나변
에 있는가를 제시하고 있다. 즉 장로파
지도자들이 그들의 목표를 議會主權의
실현에 국한하여 사실상 왕정과의 타협
으로 끝나려 했을 때 독립파의 이론가
들은 人民主權을 주장하였고 독립파들
이 그 인민 주권의 이상을 장로파들과
의 타협 속에서 얼버무리려 하였을 때
水平派 *Levellers* 들은 自然權·平等選擧
등을 주장함으로써 민주 정치의 실현을
요구하였다. 이리하여 혁명의 現實政治
는 이상주의자로 출발한 혁명가를
현실주의적 정치가로 변모시키고 이러
한 변모는 더욱 급진적인 이상주의자를
대두시켰다. 이러한 과정은 혁명의 성
패 여부와는 관계 없이 혁명이 끝날 때
까지 되풀이되며 이렇게 하여 〈革命은
그 자체의 힘으로 進展하되〉〈革命的 理
想主義者들에게는 결국 언제나 실망적
인 것으로 끝나고 마는 것이다〉(p.186)
라는 언더다운 교수의 주장을 받아들이
면서 크롬웰과 릴번의 종교 사상이나
정치 사상 자체보다는 혁명 과정에서
그들이 취한 태도와 행동 그리고 혁명
진행 과정에서 현실적으로 제기된 제문
제에 대한 크롬웰과 릴번의 대응 방식
이 여하했었는가를 치밀하게 분석하였
다.

끝으로 제 4 장은 「퓨리터니즘과 科學」
이다. 이 논문은 역시 힐의 역작이라
고 할 수 있는 『英國革命의 知的 起源
English Revolution』(Oxford, 1965)를 둘
러싸고 커니 H. F. Kearney, 래프 Th-

ᵉodor K. Rapp, 월터리지 Gweneth Whi-
tteridge 등이 『과거와 현재』誌上에서
논쟁한 것을 요령 있게 소개한 글이다.
羅교수는 전문가들뿐 아니라 초보자를
위해서 친절하게도 이 문제를 둘러싸고
학자들간에 벌어졌던 논쟁을 〈研究史
的 考察〉이라는 제목으로 무려 20페이
지에 가까운 지면을 할당하여 서술하였
다. 요컨대 문제는 퓨리터니즘이 근대
과학의 발달에 기여했는가 그 사실 여
부를 구명하는 데 초점을 두고 만약 적
극적으로 기여했다면 퓨리터니즘의 어
떤 요소가 과학의 발달을 촉진시키는
데 작용했는가를 구체적으로 분석하는
데 있을 것이다. 그런 의미에서 羅교수
는 퓨리턴들의 신앙 사상의 근본이 되
는 豫定說・以信得義, 그리고 萬人祭司
職과 聖經觀을 고찰하고 있다. 여기서
한 가지 지적코자 하는 것은 豫定과 攝
理와의 관계이다. 본래 예정이란 말은
하나님의 거룩한 뜻에 따라 인간의 救
援計劃을 설정할 때 選擇者와 不選擇
者를 구별하였다는 뜻에서 사용하는 신
학적 용어이며 攝理 Providence 란 신이
선택받은 자들을 불러서 구원에 이르
도록 여러 가지 방법을 사용하는데 이
때 신이 인격적으로 聖靈의 事役을 통
해서 행하는 수단과 방법을 가리켜서
섭리라고 표현한다. 羅교수는 기독교인
이 아니기 때문에 양자 사이의 개념을
정확하게 파악하지 못하고 있는 것으로
이해되거니와 가령 예를 들면 〈神의 攝
理〉에 의하여 예정되었다는 표현은 〈神
의 意志〉에 의하여 예정되었다고 해야
옳다(p. 271). 그리고 〈곧 熱狂者들은
그 투철한 敎權主義的 性格으로 보아〉
(p. 270)라는 구절이 보이거니와 보통

신앙의 열광자들은 교권주의자들이 아
닌데 羅교수의 이 표현은 앞뒤가 맞지
않는 것 같다. 또한 p. 280 첫 줄에 〈神
의 말씀인 聖經을 통해서 信徒 각자에
게 직접적으로 啓示된다〉는 구절은 퓨
리턴적 救援觀을 나타내는 표현이 아니
다. 神의 第三의 位格이 되는 聖靈 Holy
Spirit 이 하나님의 말씀을 가지고 인간
의 심정 속에 역사할 때 人間이 回心
Conversion의 경험을 가지게 되는 동
시에 예수 그리스도가 유일한 구세주
라는 사실을 확신하게 된다. 神이 신
도 각자에게 계시된다는 말은 퓨리턴이
아닌 불건전한 신비주의자들이 흔히 쓰
고 있는 상투적인 표현이다. 넓은 관점
에서 볼 때 대동소이한 표현인 것 같
지만 실제적으로는 큰 차이가 있다. 신
비주의자들은 인간의 구원을 단지 神
과의 靈交를 통한 合一 Union 으로 생각
하지만 건전한 신앙을 가진 퓨리턴들은
반드시 예수 그리스도가 신과 인간과의
中保者로서 그의 代贖의 행위를 통해서
나타나는 속죄를 강조하는 것이 특징으
로 되어 있다. 퓨리턴들이 神의 은총을
생각할 때 특수 은총 Special grace 과
보통 은총 Common grace 을 구분했다
는 점은(p. 275) 아주 잘 지적하여 주
었다. 이 보통 은총의 영역이 곧 자연
인바 자연 속에는 신이 창조할 때 정해
놓은 理法이 있으며 인간이 그것을 발
견하는 행위가 곧 과학 행위인바 그것
은 〈의심〉에서 출발하는 것이 아니라
신념에서 출발하는 행위이기 때문에 세
속주의를 전제로 하고 출발하는 비기독
교적 과학자들과는 달리 퓨리턴들은 창
조주의를 전제로 하고 과학을 연구했고
발달시켰다. 그러므로 이데올로기로서

의 프로테스탄티즘은 한갖 어떤 정신적 에토스만을 조성시키는 데 공헌했다기 보다는 오히려 과학 연구에 적극적으로 투신했다고 픽자는 생가한다. 어히튼 羅교수는 우리들에게 좋은 테마와 아울러 논의의 문제점을 잘 제시하여 주었다고 생각한다.

모든 악조건을 극복하면서 연구해 온 끝에 羅교수는 영국 혁명사를 자기 나름대로 체계적으로 정리하였다. 이것은 앞으로 냉국 혁명사 연구의 디딤돌이 될 것으로 의심치 않는다. 다음 증보판이 나올 때는 研究著書 목록을 삽입해 줄 것을 기대한다. ▨

▧ **書 評**

이슬람 世界의 理解

金 定 慰

루훌라호메이니著 : **神이 지배하는 나라** : 多樂園 · 236 면 · 2,000 원
廉 在 瑢 譯

호메이니著 : **호메이니, 나의 鬪爭宣言** : 詩人社 · 207 면 · 1,800 원
李 商 圭 譯

로댕송著 : **아랍의 拒否** : 두레 · 336 면 · 2,500 원
任在慶譯

세계사는 인간의 자주와 평등을 찾아 가고 있다. 이것은 인간 개개인의 관계 뿐만 아니라 인간이 만들어 스스로 소속하고 있는 국가간의 사이에서도 마찬가지이다. 73년 오일 쇼크 이후 세계의 눈길은 中東으로 집중되었다. 석유 수입국의 표정은 어이없다는 것이었으나 수출국의 표정은 흐뭇한 것이었다. 기름 값의 상승은 수입국의 호주머니 사정을 악화시켰으나 반면에 수출국의 배를 살찌게 하였다. 단순한 富의 증가보다도 이제는 자기 물건 값을 자기 손으로 결정할 수 있다는 자부심에서 수출국의 기쁨은 더욱 컸다. 이러한 석유 수입의 증가에도 불구하고 수출국 내부에서는 일반 대중의 불만이 석유 수입에 대한 분배를 둘러싸고 점차 그 갈등이 심화되었다. 여태까지 보물인 석유를 너무

싸게 팔아 왔다는 후회심과 그 책임은 資源의 관리자(정부)가 철부지였거나 또는 외국 세력의 비호 아래 있었기 때문이라는 국민의 자주 의식이 점차 눈뜨기 시작하였다. 이 자주 의식은 民族主義라는 이름으로 정치 무대에 등장하였다.

제 2 차 세계 대전 이후 서구 열강으로부터 정치적 독립은 달성하였으나 경제적으로는 여전히 외세 의존적이었기 때문에 이러한 민족 자주 의식은 더욱 두드러졌다. 이 추세에 더욱 박차를 가한 것이 대전 직후 일어난 아랍 諸國과 이스라엘간의 분쟁이었다. 서기 1 세기경부터 나라를 잃고 유랑 생활을 하는 유태인이 戰後에 구미 열강의 도움으로 국가를 창건하는 데 성공하였다. 이 유태국은 아랍 세계와 이슬람 세계의 한

복판을 가로질러 각각 東西로 갈라 놓았다. 그 결과 팔레스타인 아랍인은 천년 이상 대대로 살아오던 정든 고향을 떠나 인접 아랍국에 피난처를 구해야 했다. 더구나 이슬람 국가와 지중해를 사이에 두고 천년 이상 겨루어 온 기독교 국가의 도움으로 이스라엘이 창설되었기 때문에 이슬람 교도들의 원한은 사무치는 것이었다. 그러나 국력의 부족으로 중동 제국은 열강의 부당한(?)결정에 속수무책이었다. 점차 자각한 중동 민중은 내부의 개혁 없이는 그들의 자주 의식을 국제 사회에서 실현할 수 없다는 것을 깨닫게 되었다. 그래서 비교적 정치 의식이 높고 또 가난한 非産油國의 민중은 王政을 무너뜨리고 共和政을 수립하게 되어 외교에 있어서 중립 정책을 추구하였다. 반면에 산유국은 재정 사정이 다소 윤택하였으므로 민중의 불만을 둔화시켜 정권을 계속 지탱할 수 있었다. 이러한 즈음에 고질적인 팔레스타인 문제와 최근에 세계의 이목을 끈 이란 위기를 이해하는 데에 도움이 될 책자들이 우리말로 번역되어 나온 것은 기쁜 일이 아닐 수 없다.

산유국인 이란의 국토는 대체로 해발 1000m 이상의 高原에 놓여 있어 기후도 온화하고 그 넓이는 우리 한반도의 8배에 해당하며 또 인구는 약 3,600만에 달하여 중동에서는 대국이다. 더구나 석유 수입으로 경제적 여건도 좋아서 공업화를 도모하면 장차 대국으로 성장할 수 있는 가능성도 있다. 즉 석유 수입에서 들어온 자본과 선진 구미 제국의 기술을 결합하여 공업국으로 달바꿈함으로써 이란은 공산 세력의 南下를 막고 중동 각국의 불안한 內政을 완

화시켜 주는 안정 요소로 서방측은 看做하였다. 그러나 팔레비 왕의 약 40년에 걸친 독재와 그에 따른 관료의 부패, 농지 개혁에 따른 농업 생산성의 감소, 급격한 공업화에 의한 도시 빈민의 증가, 석유 수입의 偏在에 의한 빈부차의 격심, 기술 도입과 정권 안정을 도모하기 위한 지나친 친서방 정책과 친이스라엘 정책은 국민의 자주 의식을 손상시켰다. 이 자주 의식은 전통적인 이란 국민의 魂인 이슬람에 뿌리를 박았으므로 점차 범국민 운동으로 퍼져 끝내 反王政 운동으로 발전하지 않을 수 없었다. 이 시점에 1952년 모사데그 수상이 이끌었으나 미국의 개입으로 끝난 혁명의 반골인 호메이니옹이 이 반란 세력의 지도를 맡았으니 팔레비 왕조는 무너지게 되었다. 1979년 2월에 성공한 이 혁명은 제3세계에서 처음으로 민중 봉기에 의하여 이루어졌으므로 그 세계사적 의의가 큰 것이다. 더구나 사회 제도와 정치 의식의 수준이 비슷한 인접 중동 산유 諸國에 비슷한 혁명의 가능성을 제시하는 계기가 되었으므로 세계의 주목을 받게 된 것이다.

호메이니옹은 이미 탁월한 혁명가로 공인되었으나 이론가로서의 역량이 아직 우리에게 알려져 있지 않은 이때 그의 저서가 두 출판사에서 거의 동시에 번역되어서 흐뭇한 마음 금할 수 없다. 그러나 이 두 권의 번역판은 각각 『神이 지배하는 나라』와 『호메이니, 나의 鬪爭宣言』이라는 상이한 제목을 가지고 있다. 그 원본은 1964년 호메이니옹이 이란에서 추방당하자 망명지인 이라크의 남부 도시이며 쉬아派 이슬람의 성지인 나자프市의 종교 학교에서 한 강의

록을 토대로 하여 1969년 페르시아어 (이란어)로 발행한 이슬람 철학에 대한 그의 견해를 밝힌 것이다. 이 책은 두 번역판의 서문에서도 밝힌 것처럼 1978 년 말기 호메이니옹이 파리로 망명처를 옮겼을 때 추종자로 당시 파리에 거주 하던 현 이란 대통령 바니 사드르의 부 인과 몇 명의 프랑스 사람이 협력하여 만든 佛譯版에서 우리 말로 옮겨진 것이 다. 本評著는 지난 겨울 방학 때 이란에 약 2개월간 머물고 있는 동안 이 책을 구입하였다. 마침 서평하여 달라는 청 탁을 받고 原本과 대조하면서 공부하는 기회를 맞아 더욱 즐거웠다. 원본은 팔 레비 왕의 치하에서 나왔으므로 출판사 의 이름과 저작 연대도 없었고 또 저자 의 이름도 호메이니옹의 이름 대신 무 사비(이란에는 흔한 이름)로 되어 있다. 그 主題目은 〈이맘(이슬람교의 성직 명 칭)에게서 온 편지〉로 되어 있고 副題 目은 〈흑막의 폭로자〉로 되어 있다. 물 론 원본에는 번역본에서 보는 거와 같 은 주석은 코란에서 나온 인용 구절을 제외하고는 거의 없다. 이 수많은 주석 은 평자가 구해 볼 수 없었던 佛譯本에 서 나온 것 같다. 주석이 필요한 어휘 들은 대체로 非이슬람 교도에게 생소한 이슬람 종교 용어와 고유 명사이다. 호 메이니옹은 이란내의 뜻있는 청년을 상 대로 하여 이 책을 저술한 것이다.

이 책의 내용에는 序章을 포함하여 이슬람 정부 수립의 필요성, 이슬람 정 부의 기능과 특색 및 이슬람 정부 수립 을 위한 행동 계획 등 全 4章과 이슬람 교와 호메이니옹에 대한 해설과 부록으 로 이란 이슬람 공화국 新헌법의 주요 골자가 있다. 序章은 집필 당시 즉 1969

년 이전의 이란 정치의 현실을 전통적 인 쉬아파 이슬람교의 입장에서 분석하 고 있다. 여기서 유태교도들과 식민주 의자들을 이슬람 교도의 적으로 규정하 고 이둘의 영향을 받는 사람들이 이란 내의 각 분야에 활동하고 있고 심지어 일부 이슬람 학자들까지 영향을 받았다 고 보고 있다. 이들 이슬람 학자들은 종교의 연구 대상이 개인 생활의 영역 에 限하고 국가 사회를 연구 대상으로 삼고 있지 않다고 비난한다. 호메이니 옹은 자기의 주장을 증명하기 위하여 많 은 이슬람 古典을 소개하면서 그 대부 분이 주로 국가 사회를 대상으로 한 것 이지 결코 개인 생활을 위주로 하지 않 았다고 주장한다. 그래서 이슬람에 바 탕을 둔 진정한 국가 사회를 건설하기 위해서는 이슬람 정부 수립이 필수 불 가결하며 신자들의 적극적인 정치 참여 를 역설한다.

제 1장에서는 이슬람 정부의 필요성 을 다시 상세하게 취급하고 있다. 즉 모든 국가적 사회 제도가 비록 이슬람 에 바탕두고 있다고 해도 이 제도를 유 지 집행하는 행정부가 없다면 그 실행 은 의문시된다고 판정하고 그 증거를 이슬람 역사에서 구하고 있다. 즉 教祖 모하메드와 그의 사위이며 쉬아파 이슬 람의 초대 이맘인 알리의 정부를 教政 一體의 정부라 논하면서 제시한다. 다 시 이슬람法적인 차원에서 그 필요성을 논증한다. 즉 국가가 생긴 후에 법이 나 온 것이 아니고 이슬람법이 알라에 의해 계시되고 난 후에 이슬람 국가가 생성 되었으므로 이슬람법은 영원 불변하며 이 법의 시행은 곧 이슬람 정부 수립을 전제로 한다는 것이다. 나아가서 재정

에 관한 법, 국가 방위에 관한 법, 형벌법은 정부 조직의 존재 없이는 그 실효성이 보증되지 않는다고 본다.

제2장에서 호메이니옹은 이슬람 정부와 非이슬람 정부의 차이점을 비교하면서 이슬람 정부의 특색을 밝히고 있다. 서구식의 다수결에 의한 정부보다 이슬람식의 神의 정부가 우월하다고 역설한다. 전자는 소수의 의견을 무시하는 반면에 후자는 전지전능하신 신이 인간의 생활에 가장 유효 적절한 법을 제정했기에 공정하다는 것이다. 또 다수결에 의한 總意는 다수가 소수로 변할 수도 있기 때문에 그 법은 절대적이 아니지만 신은 영원한 존재이므로 그 법도 영원하다는 논리다. 이 장에서는 또 누가 이슬람 정부의 首班이 되느냐는 실질적인 문제도 다루고 있다. 그는 그 자격을 이슬람법을 잘 알고 확신을 가진 신자로서 도덕적인 행위에도 완전해야 된다고 믿고 있다. 비록 王制下에서도 이슬람 법학자가 왕을 지배하면 그 정부는 이슬람 정부로 보고 있다. 형식적인 통치자는 왕이지만 실질적인 통치자는 이슬람 법학자라는 것이다. 이 점은 이란 이슬람 공화국의 新헌법에 그대로 반영되고 있다(신헌법 107조~111조 참조). 그는 또 나아가서 통치자의 필요성을 강조하고 있다. 대중은 불완전한 존재이기에 완전한 본보기가 필요하며 신께서 스스로의 창조물인 인간을 지도자 없이 버려둔다고는 믿지 않기 때문이다. 이제 알라의 사자이신 예언자와 그의 후계자인 이맘이 이 세상에 존재하지 않는 이상 그들의 遺業을 이어 받은 이슬람 법학자가 이슬람을 지키는 파수꾼이요 要塞이다. 그에게는 오직

신께서 내리신 召命만이 존귀한 것이고 세속적인 富와 권력에서 초월해 있기 때문에 이를 늘이거나 줄이는 일도 없고 오직 정신석 미덕으로 다스려 억압되고 가난한 사람을 도울 것이다. 정신적 미덕의 관점에서 보면 예언자·이맘 및 이슬람 법학자간에 차이가 있지만 법을 시행하는 데 있어서는 이들간에 한치의 오차도 있을 수 없는 것이다. 즉 정부의 본질은 인간을 위한 神의 작용 이외에 아무 것도 아니라는 것이다. 또 이러한 이슬람 정부의 우두머리가 되는 권위나 명예와는 상관이 없다는 것이다. 예언자와 이맘의 후계자인 이슬람 碩學들은 神의 나라를 이 지상에 구현하기 위한 前衛隊에 해당하는 것이다. 그들이 정부를 장악해야 곧 이슬람 체제가 확립된다는 것이다. 따라서 이슬람 석학들이 해야 할 일은 알라가 계시한 立法을 제외하고 行政·司法을 포함한 모든 생활 영역을 관장하는 일이다. 이 논리에 따라서 이슬람 교도에 대해 권한이 없는 정치 권력은 물론 명목상의 이슬람 교도인 압제자가 임명한 사법관에게도 재판을 받는 것이 금지되고 있다. 호메이니옹은 위에 열거한 모든 점을 이슬람 古典(코란, 예언자와 諸이맘의 言行錄 등)에서 그 근거를 제시하고 있다.

제3장에서는 어떻게 하면 억압적인 팔레비 치하에서 저항하여 정권을 탈취한 후 진정한 이슬람 국가를 건설할 수 있는가 하는 행동 계획을 전략적으로 다루고 있다. 여기서도 이슬람 석학들은 이슬람 戰士로서 싸워 이길 강력한 의지로 정신 무장되어야 함을 먼저 강조한다. 그들은 선전과 교육 활동을 통

하여 自由와 幸福을 실현하기 위해서는 종교가 필요하다는 것을 대중에게 인식시켜야 한다고 주장한다. 이들 모하메드의 제자들은 스승이 宗敎家·政治家·戰略家·將軍·外交官 및 敎育者로서 활동한 찬란한 업적을 본받아 능동적으로 자기를 현실에 참여시켜야 한다는 것이다. 祈禱와 정치는 분리되어 있는 것이 아니고 서로 밀접하게 결합되어 있기 때문에 금요일의 집단 예배와 메카 순례 등의 종교 의식을 행할 기회가 오면 마땅히 정치적 참여 의식을 고취하는 발언이 필요하다고 주장한다. 또 신도의 내부 조직을 개혁하여 서로간의 우애와 단결을 고취하며 宗敎學校를 정화하고 종교를 상품으로 삼고 있는 성직자의 옷을 찢어 폭로시켜야 한다. 그리하여 가짜 교도의 증가를 예방해야 한다. 호메이니옹은 유럽의 기독교가 정치에서 손을 떼고 교회에서 三位一體 등의 이론만 떠들고 있었기 때문에 마침내 물질주의적인 敵에게 패배한 교훈을 배워야 한다고 믿는다. 나아가서 외국의 정신적 사상과 그에 부화뇌동하는 이란내의 정치 교육 기관과 선전 기관은 제거되어야 하지만 진정한 자주 의식의 함양을 위한 연구와 외국의 선진 과학 기술은 배워야 한다고 주장한다. 그러나 이슬람의 기초와 명예가 위기에 처했을 때 위장하거나 침묵을 지키는 위선적 태도를 버려야 하며 또 각자는 자기 일만 해야 한다는 식민주의적 사고 방식에서 벗어나야 함을 역설하였다. 그래서 유럽 사상에 이슬람 석학들이 감화될 수 없다는 사실을 알고 그들에 대한 대중의 신뢰를 허물어뜨리려는 식민주의자의 책동을 분쇄하는 것이 급선무

라고 믿고 있다.

호메이니옹이 全 4章에서 논한 이슬람 정부는 서구식 교육을 받은 이슬람 지역 학자들의 주장 아래 세운 이슬람 공화국과는 다르다. 후자는 어디까지나 이슬람 교도가 정권을 장악하여 이슬람 전통에 그다지 어긋나지 않지만 또 현시대 감각에 맞는 법률 제도 아래 자유 시장 경제 체제를 주축으로 한다. 이 후자의 예가 공식 명칭이 이슬람 공화국인 파키스탄과 모리타니아 등이다. 이 두 나라는 실제로 다른 일반적인 이슬람 국가와 별 차이가 없는 것이다. 누구나 명목상 이슬람교 신자면 국가 원수가 될 수 있는 것이다. 반면에 전자는 이슬람 법학자를 실질적인 국가 원수로 하는 神政國家이다. 국민 생활의 전부를 이슬람化하여 한 사람의 낙오자도 없이 死後 천당에 가게 하는 것이 그 기본 임무이다.

이란에 쉬아派가 공식 종교로 선포되고 국민의 90%가 이를 따르게 된 것은 16세기에 창설된 사파위 왕조 이후이다. 그러나 쉬아파의 전통이 확립된 것은 순니파에 대한 반란 세력으로 남아 있었던 7·8세기경이다. 그래서 호메이니옹은 순니파 칼리프(모하메드의 후계자)를 억압자로 규정하고 있다. 이러한 이슬람 역사에 대한 기본 지식 없이는 이해하기가 힘들 것 같다. 특히 쉬아파와 순니파의 차이점의 이해가 필요하다. 후자는 모하메드와 4명의 직계 후계자, 在位順으로 보면 아브 바크르, 우마르, 오스만 및 알리를 모두 인정하는 반면에 전자는 오직 예언자의 사위인 알리만 인정하고 그 전임자를 찬탈자로 보는 것이다. 알리의 암살(661년)과 함께 그

뒤를 이은 우마이야朝(661∼750년)와 압바시야朝(750∼1258년)는 순니파에 속하였으므로 쉬아파는 그늘에서 살게 되었다.

두 번역본인 廉氏本과 李氏本에 공통된 결점은 종교 용어와 고유 명사의 우리 말 音譯이 그 원음과 너무나 차이가 많다는 것이다. 물론 불역본을 평자가 보지 못했기 때문에 그 이유를 알 수 없으나 원본의 〈ㅎ〉 音은 〈ㅍ〉이나 〈ㅋ〉으로 音譯된 사례가 많았다. 예로 아콘드(廉氏本, p. 31 ; 李氏本, p. 18)는 아혼드가 原音에 가깝다. 이 음은 호메이니의 〈호〉음과 같은 것이다. 또 사히프(올바른 것)는 사히흐(廉氏本, p. 29 ; 李氏本은 省略)이다. 또한 너무나 원음과 차이가 많아서 그 원음을 찾기 힘든 것도 있다. 예로는 이슬람 법학을 페크 feqh 라고 하는데 두 역본에서는 훼크프로 표기하고 있다. 중동어의 음역에 있어서 철자 중심과 발음 중심으로 하는 두 가지 방법이 있다. 철자 중심은 아랍어 자음을 로마 자음으로 서양의 중동학자들이 정해 둔 규약을 따르는 것이다. 여기에는 아랍·페르시아 및 터키어 등에서 공통인 용어를 쉽게 원음으로 돌려 그 뜻을 알 수 있는 이점이 있고 또 모든 학술서에는 대략 이 방법을 택하고 있다. 이러한 전문 술어는 대부분이 아랍어에서 나온 것이므로 그 모음이 원어에 표기되어 있지 않지만 아랍어의 모음 법칙에 따라서 음역된다. 따라서 터키어와 페르시아어만 해득하는 사람에게는 다소 어려움이 있다. 그러나 이 용어를 터키어와 페르시아어 발음대로 음역하면 역자의 恣意的인 면이 가미되고 또 아랍어와는 모음 법칙에

다소 차이가 있으므로 原意를 이해하는 데 어려움이 있는 것이다. 또 한 가지 지적할 점은 〈東洋〉이라는 개념이다. 이 용어는 우리 말에서는 한자 문화권을 지칭하는 것으로 이해하고 있다. 그러나 서구 사람이 말하는 오리엔트 orient 는 近世까지 주로 중동을 지칭하였다. 물론 서양인의 한자 문화권 진출 이후 그들은 이 지역을 〈극동〉이라 불러 廣意의 〈오리엔트〉개념에 포함시켰다. 이 용어에서 파생된 오리엔털리스트 orientalist 라는 뜻은 中東學者를 서양어에서는 일반적으로 지칭한다. 이 용어를 廉氏本에서는 〈동양학자〉라 번역하였고(p. 27) 李氏本에서는 〈오리엔털리스트〉라 음역했다(p. 14). 우리 말로는 中東學者로 번역함이 타당할 것 같다. 또 李氏本은 코란의 인용 구절은 모두 그 출처를 명기하였으나 廉氏本은 그렇지가 않아서 참조에 어려움이 있었다. 코란은 이슬람 교도의 聖典이므로 그들은 항상 코란 구절만은 그 출처를 밝히는 것이다. 코란 구절을 〈아예〉(아랍어는 Aya)라고 한다. 그 원뜻은 〈정표·징후〉이다. 이 용어가 廉氏本에서는 정확히 번역되어 있으나(p. 134) 李氏本에서는 〈창구〉라 번역되어(p. 117) 그 뜻이 흐려져 있다. 또 佛語版에 있는 기다란 주석을 두 역자는 많이 단축한 흔적이 보인다.

고질적인 中東의 癌으로 지칭되고 있는 팔레스타인 문제를 이해하는 데 커다란 도움을 줄 譯書가 출판되어 흐뭇하다. 더구나 이 책은 中東學界의 세계적인 巨頭인 막심 로댕송 Maxime Rodinson 의 저서 『이스라엘과 아랍의 拒否

Israel et le refus arabe』이기 때문에 더욱 기쁨이 크다. 저자는 1915년 유태계의 프랑스인으로 파리에서 태어나 그곳의 東洋語學校에서 샘 Sam 語를 전공한 후 다년간 중동 각처에서 연구하였다. 그는 1955년 소르본 대학 교수에 취임하여 중동과 이슬람에 관한 강좌를 맡았다. 그의 저서에는 『아랍의 拒否』를 포함하여 『이슬람과 자본주의』『마르크시즘과 이슬람 세계』 및 『모하메드』 등이 있다.

이 책은 이스라엘과 아랍 양민족의 분쟁사를 세계사와의 밀접한 관련 속에서 그 생성기부터 제3차 중동 전쟁이 일어난 1967년 직후까지 취급하고 있다. 1000년 이상을 유럽 각지를 유랑하던 유태족이 나라 없는 설움에서 예루살렘에 있는 시온 동산으로 돌아가자는 19세기 말엽에 일어난 시온주의의 발생과정과 또 서구 열강의 식민 통치 아래 신음하고 있었던 아랍 민족의 反식민지 독립 운동을 이 분쟁과 연관지어 분석하고 있다. 이 양 민족의 非국가 시대 즉 제2차 세계 대전 전까지의 분쟁은 단순히 식민 통치하에 있는 약소 민족간의 대립이었으나 국가를 형성하여 독립을 달성한 대전후의 분쟁은 서서히 세계적인 이슈로 등장함을 나타내고 있다. 또 아랍 諸國은 共同의 敵 이스라엘에 대처하는 정책 통일을 달성하는 데 실패함에 따라 그 내분은 갈등으로 발전하고 또 아랍 각국 내부에서도 이 문제를 둘러싸고 일어난 각 정당간의 대립은 점차 격화되어 갔음을 역력히 보여 주고 있다. 이 분쟁 때문에 1952년 7월에 낫세르가 이끄는 군사 혁명이 일어나 파루크의 왕정은 무너졌다. 낫세르 대통령과 더불어 아랍 민족 통일 운동이 대두되었고 이 운동은 이스라엘을 위협하는 것이었다. 또 이라크에도 1958년 군사 쿠데타가 발생하여 親西方的인 王政이 물러나고 밧트 Baath 黨이 정권을 잡게 되는 경위를 보여 주고 있다. 이와 함께 아랍 세계의 왕국 수는 점차 줄어들고 共和政은 늘어났다.

낫세르의 아랍 민족 통일 운동에 대항하여 사우디 아라비아를 중심으로 한 아랍 보수 진영과 밧트당 정권이 수립된 이라크와 시리아의 아랍 사회주의 운동이 상호 경계·분쟁·협조하는 등의 미묘한 관계를 예리하게 분석하고 있다. 또 이와 더불어 이스라엘 국가 건설 과정에 당면한 어려운 점을 이스라엘내의 각 정당의 입장에서도 밝히고 있다. 아랍과 이스라엘 사이에 일어난 제1차(1949년), 제2차(1956년), 및 제3차(1967년)에 걸친 전쟁의 원인과 결과를 소상하게 설명하고 또 이를 둘러싼 미·소 양국의 태도와 영국·프랑스의 역할 등을 밝히고 있다. 또 유엔 총회와 안전 보장 이사회에서 각국이 벌인 외교 舌戰과 그에 대한 평가 등도 다채롭게 포함되어 있다. 한편 팔레스타인 아랍인의 피난 과정과 생활 양상도 설명하고 또 그들의 저항 활동도 서술하고 있다. 즉 팔레스타인 해방기구 P. L. O.의 성립과 변천 과정, 이 기구 산하의 각 단체의 활약상 특히 알파트 al-Fath 와 알아시파 al-Asifa 등 팔레스타인 특공대의 이스라엘 내부에 대한 침투 작전 등도 고려하고 있다.

이 저서는 1967년말까지의 아랍—이스라엘 분쟁을 원저자가 취급하여 최근 12년간의 변화 과정에 대한 궁금증이었으나 역자는 친절하게도 〈아랍 세계 그 후의 10년〉이라는 제목 아래 이 기간 동안 일어난 중대 사건, 즉 제4차 전쟁(1973년)의 원인과 결과를 분석하고 그에 따른 세계적인 오일 쇼크와 대석유 회사의 역할 등을 해설하여 그 아쉬움을 덜어 주고 있다. 더구나 이 章은 미국의 국제적 지위가 70년대에 들어와 베트남 전쟁으로 인하여 약화되고 상대적으로 群小諸國의 지위가 향상됨으로써 국제 관계에 있어서 나타난 새로운 양상을 분석하고 또 팔레스타인 해방 기구 내부에서도 아라파트가 그 의장으로 등장함으로써 이 기구의 국제적 지위가 향상됨을 설명하고 있다. 현재 이 기구

는 세계 100여개 국가의 승인을 받고 있는 것이다. 또 리비아의 왕정이 1969년 붕괴되고 反이스라엘적인 강경론자 카다피의 등장과 1970년 낫세르 이집트 대통령의 사망으로 야기되는 아랍 諸國간의 새로운 관계를 취급하고 있다. 중동의 석유 자원에 의존하고 있는 유럽 공동체의 對中東政策도 서서히 변하여 아랍 쪽에 기울어지는 과정도 고려하고 있다.

이 책의 특점은 앞의 두 책에 비하여 고유 명사와 전문 용어가 원음에 비교적 가깝게 음역된 것이다. 또 정확성을 기하기 위하여 이러한 용어 뒤에 영어·불어 등으로 표기하여 독자의 이해를 돕고 있는 것은 높이 평가할 일이다. ▨

■ 書　評

大衆文化와 文化의 大衆化

유　　재　　천

康賢斗編 : **大衆文化의 理論** : 民音社 · 226 면 · 2,500 원
金柱演編 : **大衆文學과 民衆文學** : 民音社 · 185 면 · 2,200 원
호세 오르테가 이 가세트著/沈一變譯 : **大衆의 叛亂** : 槿域書齊
· 220 면 · 2,400 원
C. A. 반 피어슨著/吳榮煥譯 : **文化의 戰略** : 法文社 · 314 면 · 4,300 원

① 60년대말부터 우리나라에서 전개되어 온 문화 현상 가운데서 가장 두드러진 특징을 지적한다면 대중 문화의 급격한 팽창, 혹은 문화의 대중화 경향이라고 할 수 있을 것이다. 매스 미디어의 대량 보급, 산업화에 따른 도시화와 산업 노동자의 대량 등장, 경제의 팽창에 따른 문화 시장의 확대, 교육받은 인구의 증가 등이 상호 작용하여 그와 같은 문화 현상을 촉진시켰다고 볼 수 있다. 대중 문화의 보편화나 또는 문화의 대중화는 사회의 구조적 변화에 따른 자연스런 결과이다. 그러나 이와 같은 문화 현상은 기존의 문화 유형에 변화를 초래하는 것으로, 새로운 체험인 동시에 옛 문화 질서에 대한 도전으로 받아들여진다. 역사상 커다란 변혁의 시기에는 언제나 그랬던 것처럼 변화에 대한 저항과 적응의 문제가 오늘의 우리나라 사회 문화에 있어서도 가장 큰 관심사로 대두되고 있다. 매스 미디어가 생산하고 공급하는 대중 문화에 대한 비판, 전통 문화와 외래 문화의 갈등과 융화의 문제, 문화의 특수성과 보편성에 관한 논쟁, 문화의 대중화와 문화의 귀족주의를 둘러싼 배타적 입장과 포용의 태도 사이의 갈등 들이 모두 새로운 문화 형태의 정립 혹은 새로운 문화 질서의 탄생과 관련된 진통이라 할 수 있다.

이러한 문화의 문제들 가운데서 그 동안 가장 활발하게 논의되었던 관심사의 하나가 대중 문화와 문화의 대중화 문제였다. 그럼에도 불구하고 이 문제에

대한 지금까지의 논의는 같은 말을 되풀이해왔다는 느낌이 짙고 이론적이었다기보다 직관적이었으며 우리의 문화 현상을 외래의 개념 틀에 비추고 재단하고 평가해 보는 데 치우쳤다는 반성을 하지 않을 수 없다. 그렇게 되었던 배경에는 여러 까닭이 서로 얽혀 있겠지만 논의의 준거틀이 미처 마련되어 있지 않았다는 점을 한 원인으로 꼽을 수 있을 것 같다. 이런 뜻에서 이번에 새로 출간된 『大衆文化의 理論』과 『大衆文學과 民衆文學』『大衆의 叛亂』 및 『文化의 戰略』은 대중 문화와 문화의 대중화를 비롯한 이 시대 우리 문화 현상을 이해하고 평가하는 데 큰 도움을 주리라고 생각된다.

②『大衆文化의 理論』은 〈대중 문화란 무엇인가?〉라는 물음에 답하기 위한, 또 이러한 질문을 두고 지적 사고를 하기 위한 이론서가 되었으면 하는 뜻에서 현대 대중 문화에 관하여 언급한 외국의 주요 논문들을 번역·수록한 책이다. 편자는 이 책을 모두 다섯 개의 장으로 나누어 그 나름대로 대중 문화의 이론을 체계화하려 했다. 제1장은 대중 문화의 개념을 다룬 글들을 모았고, 제2장은 대중 문화의 이론을 이해하는 데 필요한 사회 이론을 소개하고 있다. 편자는 제3장에서 대중 문화에 대한 비판적 이론을 제시하고 제4장에는 긍정론을 편 글을 묶어 놓았다. 그리고 제5장에서는 대중 문화에 대한 비평 방법을 모색한 글들을 보여 준다.

이미 누구나 다 아는 바와 같이 대중 문화를 보는 시각은 부정적인 입장과 긍정적인 입장으로 크게 나뉘어진다.

유럽 대륙의 지적 전통에 뿌리를 두고 대중 문화를 보는 시각은 대체로 부정적인 태도를 나타내고 있으며 미국의 지적 풍토에서 자란 대중 문화 논자들은 대체로 긍정적인 시각을 가지고 있는 것으로 알려져 있다. 이 책에서도 제3장과 제4장은 바로 이 같은 두 가지 서로 다른 대중 문화에 대한 시각을 다루고 있다. 그러나 이 책의 편자인 강현두 교수는 대중 문화에 대해 긍정적인 입장에 서서 이 책을 엮고 있다. 따라서 이 책의 전체적인 내용은 대중 문화를 현대 사회의 한 지배적인 문화 형태로 보고 이를 독자들에게 이해시키는 데 초점이 모아져 있다. 특히 여기에 실린 여러 논문들 가운데서 대중 문화를 긍정적으로 받아들이는 데 좋은 관점을 제시하고 있는 글은 허버트 갠스의 「취향 문화와 취향 공중」「대중문화 비판론의 근거와 역사적 편견」이라고 생각된다. 독자에 따라서는 이 책의 편자가 대중 문화를 긍정적으로 평가하는 관점을 옹호하고 있다는 뜻에서 이 책의 편향성을 못마땅하게 생각하는지도 모르겠다. 이 점은 확실히 이 책의 장점이기도 하고 단점이기도 하다. 그러나 〈문화란 무엇인가〉에 대한 질문에 답을 하거나 적어도 이해에 도움을 주기 위해서는 대중 문화라는 문화 현상을 긍정하고 그 토대 위에서 이를 평가하는 작업이 오히려 부정의 시각에서 논의하는 것보다 더 효과적일 수 있을 것이다. 이런 의미에서 편자의 기본 입장은 비난받을 일이 못 된다고 생각된다.

이 책의 큰 장점 가운데 하나는 편집 체계에서 찾을 수 있다. 즉 대중 문화의 개념 정의로부터 시작하여 비평의 방법에 이르기까지 대중 문화를 이해하는 데 필요한 기본적인 지식과 관점들을 체계적으로 잘 편집해 주고 있다. 특히 각 장마다 편자가 붙인 해설은 주제를 독자가 이해하는 데 큰 도움을 주고 있다. 이 같은 방식은 앞으로 책을 편집하여 펴내는 이들의 모범이 되어야 할 것으로 생각된다. 이 책이 편집 체계나 내용의 면에서 대중 문화에 대한 독자의 이해를 돕는 데 크게 기여할 것이라는 점은 부인할 수 없다. 그러나 되도록 책이 완벽해야 할 것이라는 욕심을 가지고 이 책을 뜯어 보면 몇 가지 결함을 발견할 수 있다. 이 책에 실린 대부분의 논문은 외국의 저명한 사회학자나 대중 문화 연구자들의 주요 논문을 번역한 것이다. 그런데 여기에 번역·수록된 외국 학자들의 논문치고 그 논문을 완역하여 실린 것이 하나도 없다는 점은 큰 결함이라 아니할 수 없다. 그것도 문장 한두 개를 건너 뛴 것이 아니라 논문의 소항목 전부를 빼어 버린 경우가 많다. 예컨대 에드워드 실즈의 「대중 사회와 대중 문화」의 경우 〈문화의 재생산과 전달〉〈문화의 소비〉〈문화의 생산〉과 같은 소항목이 모두 번역에서 제외되었다. 보기에 따라서는 이 같은 방식이 편자의 권한에 속하는 일이기 때문에 탓할 바 못 된다고 할는지도 모르겠다. 그렇다 하더라도 적어도 편자는 발췌 번역임을 밝히는 것이 도리일 것이다. 이 점 편자가 소홀히했던 것 같다. 이와 함께 지적할 수 있는 또 다른 결함은 편자가 집필한 논문의 원문에는 각주를 표시하는 각주의 번호를 붙여 놓고 실상 각주는 달지 않았다든지(예 : 13페이지의 주 ①, 16페이지의 주②③) 번역 논문에서 원저자의 각주를 번역하지 않았다는 점이다. 또한 어떤 번역 논문에서는 편자가 단 역자 주와 원저자의 각주가 구별 없이 달려 있기도 하다. 이런 지적은 혹 지나치게 형식적인 것에 대한 집착이라 생각될지 모르지만 좋은 책이 갖추어야 할 요건에는 합당치 않다는 의미에서 밝혀 두는 것이다.

③『大衆文學과 民衆文學』은 최근에 자주 논의되고 있는 문학의 대중화 문제, 또는 대중 문학의 문제를 사회 문화의 변동이라는 시각에서 조명하면서 이와 관련된 열 분의 전문가가 쓴 열 편의 글을 모아 엮은 책이다. 이 책의 편자는 70년대의 한국 문화는 문화의 담당자(생산자)와 향수자(소비자)라는 문제에 있어 매우 중요한 인식의 변화를 보여 주고 있다는 점에 착안하고 있다. 즉 문화란 것이 대다수 사람들의 삶의 자리에서 떠나 몇몇 사람들만의 놀이로 시종할 수 있는가 하는 점에 대한 반성에서 출발하여 문화가 삶 자체와 불가분의 관계에 서는 만큼 어느 몇몇 사람의 삶이 아닌 우리 모두의 삶이 그 전체로서 문화에 막중한 영향력을 행사하고 있다는 너무나 당연한 인식조차 당연하게 받아들여지지 못하는 우리의 현실에 부딪친다. 편자는 이 같은 현실을 우리를 오랫동안 지배해 온 선비 의식, 엘리트 의식, 신성성 의식 등의 관념의 각피가 아직도 단단하기 때문이라고 진단한다. 그러나 편자는 우리의 사회 문화적 변동이 그 같은 단단한 껍질을 벗기고 있다고 파악하고 그런 문맥 속에서 대중 문학 혹은 민중 문학의 문제에 접근하고 있다. 따라서 편자는 이 책에

서 이 시대의 우리나라 문학을 문학이라는 장르에 가두어 놓고 진단하지 않고 사회 문화적 변동이라는 큰 흐름 속에 개방시켜 놓고 전체 사회 문화 현상 아래서 조명해 보이려고 시도하고 있다.

이 책에 실린 열 편의 논문은 내용에 따라 대체로 세 가지의 큰 범주로 나누어 볼 수 있다. 즉 사회와 문화의 구조적 변동의 성격을 진단하는 글들과 대중 문화의 개념과 성격을 분석하는 논문들, 그리고 산업 사회 내지 대중 사회에서의 문학의 성격을 논의하는 글들로 나눌 수 있을 것이다.

이 책의 권두 논문에 해당하는 「민중과 대중」이라는 논문에서 편자인 金桂演 교수는 오늘의 민중의 개념은 이미 근세 이전의 농촌 사회적 민중이 아닌 새로운 가치 개념으로서의 〈민중〉으로 전화되고 있다고 보고 실질적으로 오늘의 민중은 곧 대중이라고 보아도 좋을 것이라는 견해를 피력하면서 권력 엘리트에서 소외된 일반 서민이 곧 그 실체라고 생각한다. 그는 실체를 대중의 일부로 하고 있는 민중이지만 그것은 사실상 지식인의 관념——올바른 삶을 지향하고자 하는 지식인의 자기 반성의 그림자임을 인정하면서 이것이 바로 〈민중〉이라는 개념 구조의 이중성임을 지적하고 있다. 이러한 개념 도식 속에서 〈《대중》의 실체를 인정하고, 《민중》을 실체 아닌 방법 정신으로 인식함으로써 문학의 민주화를 향한 정직한 방법론을 개발할 수 있을 것〉이라는 그의 견해는 주목할 만하다고 생각된다.

이 책에 실린 대중 사회와 대중 문화의 성격과 개념을 다룬 글들 가운데 박순영 교수의 「대중 사회와 대중 문화」는

이른바 대중 문화에 대한 비판적 입장을 강력하게 드러내고 있다. 그의 논거의 대부분은 오르테가 이 가세트나 프랑크푸르트학파의 지적 전통에 뿌리를 두고 있다. 한편 박영신·오생근·김현 교수들의 대중 문화에 대한 시각은 비록 오늘의 대중 문화가 결코 만족스러운 것은 아니나 대중 문화 자체를 거부하는 문화의 귀족주의를 비판하는 대중 문화 긍정론을 펴고 있다고 하겠다. 조동일 교수의 「구비 문학과 민중 의식의 성장」은 지난날 우리의 민중 문화에 담겨 있는 민중 의식에 대한 성찰이 문학의 관심사일 수만은 없다는 점을 잘 깨우쳐 주고 있다. 김우창 교수의 「산업 시대의 문학」과 염무웅 교수의 「도시—산업 시대의 문학」은 편자이기도 한 김주연 교수의 〈민중〉을 방법 정신으로 인식할 필요가 있다는 주장과 조응될 수 있는 문학론이라고도 볼 수 있겠다. 이들의 글은 민중 문학이란 무엇인가에 대한 이해를 돕고 있다. 또한 〈진정한 민족 문학이란 오늘날 우리 민족이 처한 극단적 위기를 올바로 의식하는 문학인 동시에 모든 일급 문학에서 요구되는 보편성과 세계성을 지닌 문학〉이라는 백낙청 교수의 관점 역시 음미할 만하다고 생각된다. 앞에서도 말한 바와 같이 이 책은 오늘의 우리나라 문학의 문제를 사회 문화적 변동의 틀 속에서 조명하면서 대중 문학 또는 민중 문학의 개념과 성격을 여러 측면에서 접근하고 있다. 그러나 아쉬운 점이 있다면 대중 문학이나 민중 문학의 개념과 성격을 문학의 생산과 소비의 메커니즘 속에서 분석해 보이면서 동시에 그와 같은 메커니즘을 체제와의 관련 아래서 다룬

논문이 없었다는 점이라 하겠다.

④ 『大衆의 叛亂』은 호세 오르테가 이 가세트의 대표적 저작 가운데 하나로 1930년에 간행된 책이다. 이 책의 일부는 이미 번역 소개된 일이 있지만 완역은 이번이 처음이다. 이 책의 번역이 이제야 이루어졌다는 것은 늦은 감이 있지만 오늘의 우리나라 사회 문화 현상을 이해하고 산업 사회의 문화와 그 미래상을 점쳐 보는 데 큰 도움이 될 것이라는 점에서 아직도 여전히 새롭다고 하겠다.

오르테가 이 가세트는 우리가 잘 아는 바와 같이 귀족주의자이다. 그는 극단적으로 대중을 혐오하는 입장에 서 있다. 그에 의하면 대중이란 특정한 기준에 기초하여 스스로가 선악의 가치 판단을 하지 않는 사람들이며, 자신을 〈다른 사람과 똑 같은〉 존재로 느끼며 그렇다고 해서 별로 마음에 불편을 느끼지도 않고, 다른 모든 사람과 동일하다는 것을 느낌으로써 오히려 마음이 평안해지는 사람이다. 즉 한 마디로 말해서 대중이란 평균인이다. 가세트는 이와 같은 대중이 유럽 사회의 지배적인 세력으로 등장하고 있다는 사실을 두고 유럽의 모든 민족과 국가와 문명이 그 어느 때보다도 커다란 위기에 직면한 것으로 파악한다. 가세트의 이와 같은 관점은 집단 의지의 표현을 요구한 마르크스나 또는 이익 집단들 사이의 연대를 희구한 만하임 등과 전혀 다른 입장을 드러내 주고 있다. 마르크스나 만하임 등이 대중이나 집단에 대해 낙관론의 관점을 폈다면 가세트는 비관론에 철저하다. 그는 대중이 갑자기 하나의 군집으로 나타남으로써 어느 곳으로 눈을 돌리든지 거기에는 언제나 군중이 있다는 것이다. 뿐만 아니라 전에는 세계에 있어서 소수 집단, 인류 문화의 창조적 역할을 담당해 온 계층의 사람들에게만 향유되어 왔던 자리까지 점유하기에 이르렀다는 것이다. 전에는 군중이 존재했다고 하더라도 사회라는 무대의 뒷구석만을 차지하고 있어서 알려지지 않고 지나쳐 버렸지만 이제는 그들이 각광을 받으면서 무대에 나타나 주요 등장 인물로 되어 버렸다고 개탄한다. 그리하여 이미 주역들은 물러가고 합창단만이 있을 뿐이라는 것이다. 그리고 그는 〈오늘날 우리는 대중이 물리적 압력의 수단으로 법을 벗어나서까지 자기네들의 소망과 욕구를 직접적인 방법으로 추구하려 하고 있는 과도 민주주의 *hyper-democracy* 의 승리를 목격하고 있는 것〉이라고 말한다.

가세트는 인간을 크게 두 가지의 유형으로 나눈다. 하나는 자기 자신에게 과도한 곤란과 위험을 부과하는 사람이며, 다른 하나는 자신에게는 아무런 부담도 부과하지 않으면서 순간순간을 무의미하게 살아가는 사람, 완전해지고자 하는 아무런 노력도 경주하지 않는 사람, 물결에 따라 흔들리는 부표와 같은 사람이다. 말할 것도 없이 전자는 엘리트이며 후자는 대중이다. 따라서 그에 의하면 사회를 사회 계급으로 구분할 것이 아니라 대중과 엘리트로 나누어 보아야 한다고 한다. 즉 상류 계급이나 하류 계급이나 따질 것 없이 대중과 엘리트는 그 어느 계급에나 속할 수 있다고 본다. 그에 따르면 현대가 당면한 파국적 현상은 선택된 엘리트가 무기력해지고 대중이 지배 세력으로 등장하는 데 있다.

이 책에서 대중에 대한 매도 못지않게 우리의 관심을 끄는 것은 가세트의 엘리트 혹은 귀족에 대한 개념이다. 그에 의하면 고귀하다는 말은 노력이 깃든, 탁월하다는 말과 같다. 그러므로 귀족이란 노력하는 삶과 동의어이며, 자기 자신을 극기하고 의무와 책임을 부여함으로써 스스로를 탁월한 사람으로 만드는 사람이다. 이런 관점에 미루어 보면 대중이란 평범한, 생기 없는 삶 속에 안주하는 사람들이 된다. 그에 의하면 귀족이란 세습으로 주어지는 권리가 아니라 치열한 창조적 정신의 소유자에게 주어지는 사회적 보상이 된다.

우리는 가세트의 『大衆의 叛亂』을 읽고 여러 가지 반론을 제기할 수 있다. 과연 귀족이 지배하던 질서가 바람직한 것인가? 귀족의 신분은 정말 세습적인 것이 아닌가? 대중이란 과연 무기력하기만 한 존재인가? 대중이 지배하는 사회와 문화는 쓰레기와 같은 것인가? 등등 다양하고도 본질적인 질문을 던질 수 있다. 그리고 그러한 질문에 대한 대답 역시 가세트의 관점을 옹호하는 것일 수만은 없다. 그러나 가세트의 관점 가운데 많은 약점과 그릇된 시각이 있다고 하더라도 우리는 현대 사회의 문화와 정치 제도 등에 비추어 맹목적인 다수의 소수에 대한 횡포를 경고한 점이라든지, 문화를 향유할 줄만 알고 문화 창조의 고통과 투쟁의 역사를 잊어버리고 있는 데 대한 깊은 우려와, 전체주의 사회의 대두 가능성에 경종을 울리고 있는 그의 예견자적인 사회 진단에 귀를 기울여 볼 만하다.

⑤ 『文化의 戰略』은 현대 네덜란드의 저명한 철학자인 반 피어슨 교수의 문화철학을 접해볼 수 있는 좋은 기회를 우리에게 마련해 주고 있다. 피어슨 교수의 철학에 있어 중심 과제는 역자가 소개한 바에 따르면 인간과 실재와의 상관 관계의 문제라고 한다. 그는 이 상관 관계를 심적 태도 결정과 가치 평가라는 두 차원에서 분석한다는 것이다. 전자는 그의 존재론과 철학적 인간학에서 논구되고 있으며 후자, 즉 가치 평가는 과학철학과 문화철학에서 각각 다루어지고 있다고 한다. 따라서 이 책은 그의 가치 평가의 측면을 논구한 문화철학의 내용을 담은 것이 된다.

피어슨 교수는 문화를 역동적인 것으로 본다. 문화란 단지 주어진 어떤 것이 아니라 무엇보다도 하나의 임무라고 보는 것이다. 즉 이 책은 그의 관점에 따라 문화를 명사나 사물로 보고 다룬 것이 아니라 일종의 동사나 행동으로 보고 그러한 행동은 곧 인간의 책임이며 인간의 方策인 동시에 사회의 전략이라는 입장에서 씌어진 것이다. 그에 의하면 문화의 문제는 이론적 반성 그 자체에 목적이 있는 것이 아니고, 어디까지나 미래를 바라보며, 미래에 초점을 두면서 문화를 위한 정책 결정에 도움이 되도록 다루어져야 한다. 그는 문화를 인간의 삶의 방식을 표현하는 것으로 파악하고 있다. 이 책은 역사상 인류가 지녔던 문화, 즉 삶의 방식의 표현을 세 가지 모형으로 형태화하고 그러한 모형을 통해 미래의 문화를 설계하려는 전략을 마련해 보인다. 피어슨 교수가 마련한 세 가지 문화의 모형은 신화적 모형, 존재론적 모형, 기능적 모형이다. 신화적 형태는 인간이 주위의 힘에 압도당할 때 갖는 독특한 자세, 혹은 태도를 특정으로 한다. 이 단계의 인간은 아직 자신을 에워싸는 것으로부터 자기 자신을 구별할 줄 모른다. 제 2 의 형태인 존재론적 형태에서는 인간은 그를 에워싸고 있는 힘에 직접 참여하지 않고 그 자신과의 사이에 일정한 거리를 떼어 놓고 그것과 맞선다. 기능적인 형태에서는 인간을 환경으로부터 분리시키는 것도 아니요 인간이 환경에 의해서 직접 지배된다는 감각을 갖는 것도 아니다. 그것은 일종의 指示機能에 역점을 두고 있으며, 그 중심적인 특정은 참여나 이탈이 아니라 관계 *relation* 에 있다는 것이다. 이와 같은 문화의 각 형태는 저마다 하나의 프로그램의 표현, 즉 인간과 규범적인 세력 간의 관계를 통제하기 위하여 계산된 절차의 표현이라고 피어슨 교수는 파악한다. 따라서 각 문화는 프로그래밍을 위한 전략을 가지며 또 문화가 하나의 임무인 이상 마땅히 전략적이어야 한다는 것을 주장하고 있다.

그런데 이와 같은 문화의 세 형태는 진화적인 성격의 것으로 보는 것이 아

니다. 말하자면 문화의 발전이라는 것이 반드시 좋은 상태로 나아가는 것은 결코 아니라는 것이다. 따라서 어느 한 문화 형태가 그 이전의 형태보다 더 우월하다는 것은 있을 수 없다는 관점이 된다. 예컨대 신화적인 관점의 맥락에서는 呪術의, 존재론적 형태에서는 實體論 *substantialism* 의, 그리고 기능적 형태에서는 操作主義 *operationalism* 등의 부정적 요인을 내포하고 있는 법이다. 이런 문맥 속에서 보면 피어슨 교수의 문화 형태론은 正·反·合으로 되는 헤겔의 문화 발전의 도식이나 또는 신학적 단계, 형이상학적 단계, 실증적 단계로 문화의 진화 과정을 파악하는 콩트의 개념과 차이를 보인다.

우리는 피어슨 교수의 이 책에서 문화를 역동적으로 파악하고 하나의 전략으로 접근하는 새로운 문화 이론을 접할 수 있다. 저자는 이 책의 저술에 있어 사진을 활용하여 설명을 보완하는 방법을 쓰고 있다. 이 같은 방법이 독자의 이해를 크게 돕고 있다는 점 또한 기능주의적 접근법이라 할 수 있을 것 같다. ▨

우리 音樂文化의 테두리

黃　東　奎

李康淑 : **열린 음악의 세계** : 도서출판은애 · 353 면 · 3,500 원
姜碩熙 : **세계 음악의 현장을 찾아서** : 高麗苑 · 284 면 · 1,700 원
서우석 : **現代音樂의 理解를 위하여** : 문장사 · 246 면 · 1,500 원

① 우리의 문화 양상 가운데 음악이 차지하고 있는 자리는 특이하다. 문학이나 미술과는 달리 음악에는 작곡자와 감상자 사이에 숙련된 연주가와 적절한 연주회장이 있어야 하는데 우리의 사정이 여의치 않아 그것을 제대로 뒷받침해 주지 못하고 있다는 뜻이 아니다. 그것은 연극이나 무용 등 공연 예술 전반의 사정일 것이다. 그보다는 다른 예술과 달리 오늘날 한국 음악이 완전히 서로 다른 세 개의 문법을 갖고 있다는 데 특이성이 있다. 우리는 국악·서양 음악, 그리고 전위 음악을 동시에 갖고 있는 것이다.

위 세 가지 사이의 차이는 서양화·동양화·전위 미술 세 가지 사이의 차이와는 본질적으로 다르다. 위 세 음악은 문법이 전혀 다른 세 언어와 같다. 오히려 더 다르다고 할 수도 있다. 한국어로 된 작품을 영어로 번역하는 것은 한계가 있겠지만 가능한 데 반해 국악 작품을 서양 음악으로 번역한다면 전혀 다른 작품이 될 것이다. 서양 음악으로 편곡된 국악은 이미 서양 음악이다.

전통적인 서양 음악을 모국어로 가진 서양의 여러 나라에도 전위 음악은 있다. 그러나 그들의 전위 음악은 전통 음악의 껍질을 찢고 나온 것들이다. 서양의 전위 음악 작곡가들은 우선 전통 서양 음악이 지니고 있는 음계와 화성에서 물리적인 한계를 느끼고 더 다양한 가능성으로 뛰어든 자들이다. 물론 거기에는 정해진 인과율에서 벗어나 音 자체와 만난다는 정신적인 해방의 뜻도 들어 있을 것이다. 그러나 우리의 입장은 조금 다르다. 19세기말에 서양 음악이 들어오면서 국악을 해체시키고 그 자리를 서양 음악이 채워 주지 못했다. 서우석이 『現代音樂의 理解를 위하여』에서 몇 차례 지적하듯이 그 동안 우리

의 서양 음악은 연주, 그것도 문제가 있는, 연주 일변도였던 것이다. 오랫동안 뿌리 뽑힌 채 방치되었던 국악은 상당한 의미에서 소생되고 있지만, 아직은 동호인들의 사랑을 받을 뿐, 우리 정신의 의미 있는 한 자리를 차지하고 있다고 감히 말할 수 있는 사람은 별로 없을 것이다. 이런 판단 자체가 서양 음악을 숭상하는 사대 풍조 때문이라고 반박을 받을 수도 있겠지만, 반박에 앞서 왜 국악이 적어도 동양화만큼의 생명력도 가지지 못했는가에 대한 성찰이 있어야 할 것이다. 그 성찰은 그러나 음악과 미술 사이의 차이를 다시 생각하게 만들고, 결국 음악의 특수성으로 되돌아가게 만든다.

姜碩熙를 비롯한 한국의 전위 음악가들은 자기들이 서양 음악이나 국악의 문법적 폐쇄성을 극복하고 세계 음악으로 전진하고 있다고 자부하고 있다. 고정된 진동수에서 音을 해방시키고, 전통 악기의 음색에서 소리 모습을 다양화시키며, 세 音 또는 네 音 사이의 어울림을 기조로 하던 화음에서 화음 자체의 영역을 무한히 넓히고, 제한된 틀에서 무한으로 벗어나자는 이 운동은 범세계적인 문법, 혹은 無文法이라는 利點을 가지고 있다. 그러나 우리는 지난 십여 년간의 한국 전위 음악을 정직하게 들여다보아야 한다. 그 동안 예컨대 스토카우젠 Stockhausen 의 「모멘테 Momente」를 축소하거나 일부를 발췌한 것 같은 작품이 얼마나 많았으며, 존 케이지 John Cage 의 다양한 음악은 말할 것도 없고 그의 禪的인 발언을 그대로 답습해서 자신의 음악을 설명하려 한 작곡가가 얼마나 많았는가를 생각해야 할

것이다. 심지어는 마유주미 도시로(黛敏郎)의 「涅槃交響曲」의 흉내까지 나오는 정도인 것이다.

여하튼 위의 세 가지 음악은, 거의 배타적으로, 한국의 현대 음악을 형성하고 있다. 게다가 납득이 잘 안 가는 대목도 많은 연주 비평 정도의 음악 비평의 부재가 상황을 더욱 삭막하게 만들고 있다. 이런 때에 李康淑·姜碩熙·서우석의 책들이 나오게 된 것은 우선 경하할 만한 일이라 아니할 수 없을 것이다.

[2] 李康淑의 『열린 음악의 세계』는 위의 세 음악을 다같이 사랑하려는 자세를 갖추는 것이 〈열린 음악〉으로 나아가는 첫 발딛음이라고 말하고 있다. 한국의 서양 음악(그는 흔히 고전 음악이라고 부른다), 현대 음악(혹은 전위 음악), 국악(그는 흔히 종족 음악이라고 부른다) 사이의 문제는 다음처럼 요약된다.

　음악의 경우 많은 종류의 음악을 좋아할 수 있다는 것은 바람직한 일이다. 고전 음악만을 좋아하던 사람들이 현대 음악이나 종족 음악을 좋아하게 되면 음악 세계의 새로운 국면을 발견하게 될 것이다. (「이런 음악 교사」)

그는 한국인들이 어떤 한 음악 체계에 사로잡히지 말고 소리의 모든 양상을 즐길 수 있게 되기를 기대하고 있는 것이다. 훈련을 통해, 교육을 통해, 그것은 가능하다고 그는 주장한다. 『열린 음악의 세계』의 상당 부분이 교육에 대

한 것이라는 사실에는 그가 대학에서 음악 교육을 담당하고 있다는 것을 뛰어넘는 어떤 것이 있다. 그 어떤 것에는 다음 두 요인이 있을 것이다. 그 하나는 그가 音樂學 교육을 받는 동안 두루 영향을 받았을 것으로 추측되는 행태주의 *Behaviorism* 일 것이다. 그것은 「음악 양식과 사회」같은 논문 속에 잘 나타나 있지만, 보다는 이 책 전체를 지탱해 주는 기둥 가운데 하나가 바로 행태주의적인 思考일 것이다. 그 사고는 스키너 상자 *Skinner box* 에 안주하기를 원하는 사람과 뛰어 나오고 싶어하는 사람을 구별하되, 뛰어 나와 또 더 큰 스키너 상자를 만든다는 관찰 양식에서 스키너流가 된다(p. 241).

스키너가 대표하는 행태주의, 원래의 취지는 그렇지 않았지만, 결국 훈련을 통한 변화 가능성에 큰 비중을 두게 되었다. 인간 조건과 동물 조건 사이의 경계를 흐리게 만든 이런 思考는 조작적 행동 *operant behavior* 의 관찰을 위해 상자 속에 가둔 비둘기나 쥐와 인간이 같은가, 또는 갇힌 비둘기나 쥐가 자유로운 자연 상태의 비둘기나 쥐와 같은가라는 反論에 부딪치게 된다. 그러나 그의 행태주의는 하나의 기둥을 이루고 있을 뿐 건물의 중심 구조를 이루고 있지는 않다. 그 사실은 그가 음악 그 자체에 대하여 말할 때 드러난다. 그때 그는 인간의 인식 능력에 대하여 거의 현상학 *phenomenology* 적인 관심을 가진다. 극단적인 표현은 「藝術에서 상투성과 진보」끝머리에 나오는 〈아름답다는 이유 하나만으로 그 아름다운 음악이 인간을 지배하도록 그냥 두어 두는 입장이 아니라〔……〕음악을 인간

스스로가 지배할 수 있는〉이라는 구절 같은 데 나타난다. 이것은 스키너 상자에서 나와서 더 큰 스키너 상자를 이루는 비유와 겉내석으로는 같은 고리를 이루고 있지만 본질적으로는 다른 사고이다. 그것은 오히려 「즉흥 연주의 美學」으로 가는 사고인 것이다. 어떻게 보면 李康淑은 행태주의와, 행태주의에 상반되는 루소—촘스키流의 현상주의 *phenomenalism* 가 만나서 合奏를 시작하는 하나의 마당으로 보이기도 한다.

교육에 대한 그의 관심을 받치는 또 하나의 요인은, 별로 잘 가르치지도 못하는 서양 음악 일변도의 한국 음악 교육 실태에 대한 그의 분노이다. 그 분노는 다음과 같은 구절 속에 뚜렷하게 나타난다.

　한국 특유의 음악 어법이 있고, 또 서양 특유의 음악 어법이 있다면, 우리는 어느 음악 어법을 택해야 하겠는가. 구조 기준에 입각하면 어느 것을 택해도 무방할지 모르겠으나, 기능 기준에 입각하면 한국 어법을 택해야 한다는 입장을 필자는 취하고 싶다. (「음악과 음악 비평」끝머리)

그리고 때로는 서양인이 동양에 와서 동양음악과(한국에 와서는 국악과)가 있느냐고 묻게까지 된 현상태에 대하여 개탄도 한다. 그러나 그럴 때 그는 좀 난폭하다고 나는 생각한다. 이제 우리가 유행가에까지 들어온 서양 음악의 체계를 버리고 국악의 체계를 택하라는 것은(모든 사람에게 두 체계를 요구하는 것은 인간의 인식 능력상 무리이다) 지나친 독선으로 보인다. 서양 음악이

헝가리의 종족 음악을 분해시킨 후 코다이 Kodály 와 바르토크가 어떻게 헝가리의 삶과 정신이 담긴 서양 음악을 창조했는가에 대한 생각도 있어야 하는 것이다

여러 기회에 씌어진 글을 모은 이 책은 성격상 같은 뜻의 말이 여러 번 되풀이되는 흠을 갖고 있지만, 그의 생각은 신선하다. 그리고 많은 물음들을 제기하고 있다. 그 물음은 변방 문화 *marginal culture* 의 지식인이 당연히 자기의 물음으로 가져야 할 것이다. 그 물음에 대한 답은 李康淑 혼자의 힘으로 만들어지기는 힘들겠지만, 그 답의 시작이 진정한 우리 문화의 시작일 것이라는 생각이 든다.

③ 姜碩熙의『세계 음악의 현장을 찾아서』는 서양 음악·국악·전위 음악 중에서 주로 전위 음악 작곡가로서 겪은 일들을 모은 手記이다. 어떻게 보면 지나치게 문학적인 수기이기도 하다. 예로서 제일 먼저 실려 있는 「和와 不和의 〈音〉이 함께」라는 서독 하노버 현대 음악제 참관기의 첫 연을 들어 보자.

블레즈의 「말라르메 즉흥곡」, 첸다의 「중주곡」, 그리고 존 케이지의 「피아노 협주곡」이 연주되었다. 둘째날은 폴란드와 헝가리의 실내 합주단들이 자국(自國)의 현대 음악을 연주했으나 별로 성과를 거두지 못했다.

첫째날 연주는 르포르타지답게 담담한 어조로 제시되었다. 그러나 둘째날의 연주는 왜 그런지의 이유를 제시하지 않고 별로 성과를 거두지 못했다고

표현된다. 이런 것을 우리는 소설이라 부른다. 한편에 치우쳐 있는 話者의 설정을 전제로 하지 않고서는 이해가 잘 안 되기 때문이다. 그의 글에 나오는 〈나〉는 저자 姜碩熙가 아닌 범세계적인 전위 음악에 도취해 있고 특히 姜碩熙의 작곡을 광적으로 좋아하는 話者로 보아야 한다. 두번째로 실린 〈'76년 META 음악제와 ISCM 세계 음악제 르포르타지〉라는 副題가 붙은 「세계 음악의 현장」에서 〈나〉가 姜碩熙 작곡의 「부루」 연주 결과를 칭찬한 신문들을 소개하는 부분을 읽어 보자.

이들은 강씨의 작품을 〈일천 오백여 년전 신라 시대 화랑의 생활 감정을 공간과 시간을 뛰어넘어 현재 속에 재현시킨 놀라운 성과〉라고 말했다.

독일 신문의 음악 평론가들이 어떻게 신라와 화랑의 생활 감정을 이해하여 감히 〈재현시켰다〉라고 하는지 이해가 가지 않는다. 사실 화랑의 생활 감정이라면 우리 자신도 잘 모르는 부분이 많은 상태인 것이다. 이런 〈놀라운 성과〉의 글을 읽노라면 話者 뒤에서 싱긋이 웃고 있는 姜碩熙를 상상하지 않을 도리가 없는 것이다. 의도적으로 그의 글 일부를 들어 탓하자는 것이 아니다. 나는 그의 「부루」가 아름답다고 생각하는 사람에 속한다. 그러나 이 책의 상당한 부분은 자화자찬으로 차 있다. 묘사, 특히 서독 마을의 아름다운 묘사와 연주회장의 열기 같은 것이 잘 그려져 있음에도 불구하고, 자화자찬, 아니 자화자찬이 있게 하는 정신의 상태가 읽는 사람을 괴롭히는 것이다. 그 상태를 만

드는 데 청중의 전위 음악 몰이해로 고독에 몰린 한 예술가의 고통이 기여를 했을 것이다. 몸부림이라고 볼 수도 있을 것이지만 모든 것을 불확실하게 단순히 여기다는 사고도 기여했을 것이다.

「피나 바우시와의 대화」를 읽어 보면, 피나가 관중과의 성과와 관계 없이 자기가 느낀 것을 표현해야 한다고 말하자 姜碩熙가 〈……우리나라에서도 춤을 추는 사람은 자기 자신이 즐기고 있지. 관중의 취미에 맞추거나 누굴 보여 주기 위해 춤을 추는 건 아니거든요〉라고 하는 대목이 나온다. 그건 개인적으로 흥에 겨워서 추는 춤과 직업적으로 춤을 추는 사람을 혼동한 사고이다. 혹은 姜碩熙의 마음 속에 있는 한 한국 무용가를 한국 전체의 무용가로 비약시킨 발언이다. 그런 혼동 혹은 비약은 金凡夫의 『花郎外史』의 물계자에게 감탄하는 대목에도 나타난다. 물계자가 전장에서 학이 춤을 추는 것처럼 칼을 썼다고 해서 한국의 검법이 중국 및 일본의 검법과 다르다고 그는 주장하는 것이다. 그것은 픽션의 비유와 사실을 혼동한 것이다. 중국이나 일본의 픽션에 학춤 같은 칼씀이 어찌 없겠는가? 솔거가 그린 황룡사의 노송도에 진짜 새들이 날아와 부딪쳐 떨어졌겠는가?

그러나 姜碩熙에게는 정열이 있다. 전 생애를 기울여 아름다움을 추적하는 자에게 오는 정열이다. 이 책이 한 예술가의 내면 세계를 보여 주지 못하는 것은 사실이지만(자신의 약점을 그처럼 감추는 「나의 자서전적 창작 편력」을 달리 찾기는 힘들다), 그의 정열은 삶의 뜨거움과 만나는 경험을 우리에게 준다.

④ 서우석의 『現代音樂의 理解를 위하여』는 오늘날 한국 음악의 거의 모든 문제를 다룬 책이다. 작곡·연주·음악 평론에 관련 깊은 날날 것도 없고, 대중 음악, 음악 진흥 정책, 그리고 연주 회장의 크기에 대한 견해(p.62)까지 포함하고 있다. 한 온건한 良識이 본 한국 현대 음악 상황의 축도라고 할 수 있을 것이다. 姜碩熙와는 달리 그는 전통적 서양 음악의 체계를 갖고 있는 작곡가이고, 李康淑과 달리 종족 음악의 절대적 가치를 인정하지 않는다. 극단적으로 말한다면 李康淑은 서양의 전통 음악도 하나의 종족 음악으로 치고 있다. 서우석은 그러나 서양 음악이 이룩한 정신적인 크기를 시인한다.

이미자의 유행가나 프랑스의 샹송이나 또 우리나라의 판소리나 다같이 음악이고 어느 것이 더 우월하다고 말할 필요는 없으나, 서양의 고전 음악은 같은 음악이지만 보다 지적이고 건축적이며 음악의 가능성을 성실히 그리고 깊이 추구하여 만든 예술이라고 할 수 있다. (「서양의 고전 음악」)

서우석과 앞의 두 사람과의 차이는 전위 음악을 대하는 태도에서 극명하게 엿볼 수 있다. 전위 음악 작곡가인 姜碩熙는 말할 것도 없고 李康淑도 전위 음악에 대해서는 긍정적이다. 전위 음악의 한 극단이라고 할 수 있는 즉흥 연주에 대해서도 李康淑은 姜碩熙가 포함된 그룹의 즉흥 연주를 따뜻한 마음으로 기록하고 있다(『열린 음악의 세계』, p.217). 서우석은 「청중 없는 외로운 고통, 전위 음악」에서 전위 음악의 즉

우리 音樂文化의 데두리 *941*

홍성 혹은 우연성을 설명하면서 다분히 회의적인 태도를 보인다.

더우기 우연 음악을 쓰다가 보면 다음과 같은 벽에 부딪치게 된다. 그곳에는 자기 발전이 없으며 더우기 자신이 만든 여러 작품도 발전하고 있는지 아닌지 알 수가 없다. 〔……〕 아마도 발전이 끝난 곳, 또는 끝난 듯이 보이는 곳에서 이 음악은 의미를 가질 수 있는 것으로 보인다(p.123).

위의 취지를 姜碩熙의 글「나의 자서전적 창작 편력」과 「(나의) 작품 해설」에 옮겨보면, 당신은 발전이 정지된 세계의 음악을 쓰면서 그것을 발전적인 관점에서 기술하려고 했으니 이상해졌다, 더구나 당신이 자신의 음악을 禪的인 상태와 자주 비교하는데, 禪은 不立文字요, 가 될 것이다.

서우석은 회의주의자이다. 앞의 두 저자와 비교해도 그렇고 신문 잡지에 오르내리는 다른 음악 논객들과 비교해도 그렇다. 회의주의자가 흔히 지니는 해박한 지식, 뛰어난 감수성, 판단의 중용성 등을 고루 갖추고 있다. 그리고 멋있기 위해서 신비화시키지 않으려는 정신을 가지고 있다. 그의 안목은 정확하다. 『現代音樂의 理解를 위하여』는 아마도 오늘날 한국 음악의 상태에 대한 가장 정확한 보고서일 것이다. 姜碩熙와 李康淑은 서우석에게 물을지도 모른다. 당신은 한국의 음악 교육 제도나 진흥책이 제대로 시정된다면 한국 음악이 처해 있는 문제들이 해결된다고 생각하는가? 변방 문화의 예술가로서의 고민은 어디 있는가? 서양의 고전 음악 체계를 가지는 것은 좋다, 그러나 코다이나 바르토크, 아니면 무솔그스키나 보로딘이 되려는 정신은 어디 있는가? 설마 모짜르트나 베토벤이 나올 수가 있다고 생각하지는 않겠지.

서우석은 대답할 것이다. 이 책은 작곡가 서우석의 책이 아니고 음악 평론가 서우석의 책이다. 아무 데서나 자신의 고민을 이야기하는 것은 촌스러운 일이다, 우선 正道를 걷는 일이 중요하다, 의도로 말하면 결과와의 대응 속에서 의미를 가질 뿐이다. 예술 가곡을 쓰려고 의도한 우리나라의 많은 가곡 작곡가들이 결과적으로 대중적 가곡을 쓴 것을 생각해 보자(p.221 참조).

그때 우리는 물을 수 있다. 좋다. 그러나 이제는 당신이 사랑하는 서양 고전 음악의 체계를 통해 무엇이 한국에서 일어날 수 있는가 하는 가능성에 대해서도 말할 때가 오지 않았는가? 바람직하지 않은 여건 속에서도 의미 있는 일은 해야 하는 것이다.

⑤ 위 세 사람이 지니고 있는 정신은 우리 음악 문화에 있어서 중요한 위치를 점하고 있다. 본의 아니게 姜碩熙가 너무 비판받은 형태가 되었지만, 그것은 그의 음악이 아니라 그의 글이, 혹은 그의 문학적 소양이 비판받은 것이다. 단순화시키자면 李康淑의 국악(그렇다고 그가 편파주의자는 아니다), 姜碩熙의 전위 음악, 서우석의 서양 고전 음악은 우리 음악의 삶의 현장이다. 앞으로 음악의 창조적 행위는 이 세 정신이 이루는 테두리 안에서 일어날 것이며, 그 테두리를 세 사람의 책이 처음으로 밝혔다는 사실을 말하고 싶다. ▨

순간의 경험과 지속의 경험

李　昇　薰

金相沃 : **墨을 갈다가** : 창작과비평사 · 115 면 · 1,500 원
全鳳健 : **피리** : 문학예술사 · 137 면 · 1,200 원
朴龍來 : **白髮의 꽃대궁** : 문학예술사 · 110 면 · 1,200 원
朴利道 : **바람의 손끝이 되어** : 文村 · 132 면 · 1,500 원

① 순간이란 시간의 개념에 지나지 않는다. 시간은 물론 우리의 경험을 가능케하는 하나의 조건이다. 경험은 반드시 우리가 경험으로 의식할 때 비로소 경험이 되는 것이며, 언제나 그것은 그러한 의식을 가능케 하는 조건들을 전제로 한다. 시간이라는 개념이나 공간이라는 개념 따위는 모두 그러한 조건들에 지나지 않는다. 그러나 이러한 경험의 조건들이 경험의 조건들로만 머물지 않고, 바로 삶의 조건들이 된다는 점에 문제가 있다. 오늘날 순간이라는 시간적 개념은 우리 삶의 내용을 포괄적으로 조명한다. 우리는 순간적인 삶을 영위하는 것 같다든가, 우리에겐 이미 과거도 미래도 없는 것 같다든가 하는 말들 속에서 그것은 여지없이 드러난다. 일상의 삶 속에서 읽게 되는 이러한 순간의 개념을 우리는 단절이니

소외니 하는 말들로 부연한다. 문학 작품의 경우 이러한 순간의 개념이 특히 강력한 주제로 드러나는 것은 20세기부터이다. 지속이란 말 역시 비슷한 문맥에서 읽히지만, 지속은 이때 어디까지나 순간과의 상대적인 개념으로 이해된다. 그것은 단절이 아니라 화해, 소외가 아니라 충만을 내포한다. 순간이라는 말과의 상대적인 관계에 따라, 그것은 문학 작품에서 다양한 주제의 폭을 거느린다.

단순한 시간적 개념에 지나지 않는 순간과 지속의 관계가 단순한 시간적 개념에 머물지 않고 바로 삶의 개념으로 이해된 것은 그다지 오래지 않다. 특히 순간과 지속의 종합 속에서 삶을 이해하려고 노력한 흔적을 우리는 이 시대의 탁월한 시인·철학가·지식인들의 지적인 작업에서 읽을 수 있다. 순

간과 지속의 종합은 삶의 단절을 극복하는 행위이지만, 또한 그러한 극복이 어디까지나 현실과 밀착되어 이루어짐을 암시한다. 순간과 지속의 종합이 탁월하게 이루어졌던 것은 물론 중세 기독교인들에게서이다. 중세가 안고 있는 부정적 측면을 배제해선 안 되겠지만, 그들이 오늘날 상대적으로 나타내는 긍정적인 측면은 아무리 강조해도 지나치지 않다. 그러한 긍정적인 요소 가운데 하나가 순간과 지속의 종합 혹은 화해이다. 삶의 의미는 바로 지속의 의미이며, 그것은 모든 순간들을 감싸고 있는 보이지 않는 손, 바로 神의 손 때문에 가능했다. 시간은 방향을 상실하고, 따라서 외로운 개체로 뒹구는 것이 아니라 어디까지나 신을 지향함으로써 끊임없는 연속, 끊임없는 풍요의 개념으로 나타난다. 삶의 의미 역시 그렇다. 좀 더 정확하게 말하면 중세 기독교적 시간은 순간이 동기가 되어 지속을 갈망한다기보다 지속이 동기가 되어 순간을 포섭한다고 할 수 있다. 순간이 동기가 된다는 것과 지속이 동기가 된다는 것은 다른 말이다. 순간이 동기가 되어 지속을 갈망하는 삶은 앞에서도 말했듯이 이 시대 삶의 한 모습이다. 그것은 중세 기독교적 삶과는 역방향을 취한다고 할 수 있다. 어떻게 우리는 삶의 지속, 삶의 화해, 삶의 풍요를 획득할 수 있을까. 주어진 네 분의 시집에서 내가 읽은 순간과 지속의 관계는 다음과 같고, 그것은 좀 더 나은 삶을 지향하는 이 시대 시인들의 가장 섬세한 의식일 것이다.

② 朴利道는 중세 기독교적 시간을 갈망한다. 삶의 의미가 바로 지속의 의미로 이해되는 그러한 시간은 그러나 그에게는 하나의 시적 방향일 뿐, 완벽한 시적 형상화에는 성공하지 못한다. 그러한 시간을 소유하지 못할 때 그에게 남는 것은 소유를 갈망하는 눈짓뿐이다. 그것은 〈바람의 손끝이 되어〉그를 어루만진다. 그러한 갈망이 성취될 때 그는 일상의 삶을 초월하는 한 마리 〈갈매기〉가 된다. 일상의 삶은 공포의 빛깔을 띠고 있다. 일상의 삶을 초월하려는 것은 그러한 공포 때문이다. 그의 시각은 신선한 바다를 그리며, 그의 촉각은 싱그러운 바람을 그린다. 싱그러운 바람의 손끝은 행복한 시간의 이미지이지만, 그러한 시간은 그러나 그의 삶을 영원히 어루만질 수 없다. 바람의 손끝은 보이지 않을 뿐만 아니라, 우리의 소유물도 될 수 없기 때문이다. 그것은 갈망의 차원에 머문다. 순간적 삶의 공포와 지속적 삶의 신선감은 끝끝내 배반된다. 순간과 지속의 화해를 이룰 수 없다는 참담감은 그를 〈의식의 끝〉에 서게 한다. 의식의 끝은 순간과 지속의 배반, 바람의 손끝이 허망하다는 뼈저린 자각을 표상한다. 의식의 끝에서 그가 만나는 것은 무엇인가.

이제 내 의식의 끝이 보인다
잠자듯 쉬어 간
예수의 돌무덤,
壽衣가 없는 무덤을
나는 파헤친다

「잿빛 聯想」 일부이다. 의식의 끝에서 그가 만나는 것은 잿빛 연상이다. 잿빛은 그의 의식이 비극적임을 알려 준다. 〈잿빛의 겨울〉〈죽음의 계절〉속에 그는 서 있다. 그는 자기 의식의 끝을 바라본다. 일종의 자의식의 세계이다. 「바람의 손끝이 되어」에서는 나타나지 않던 세계이다. 의식에 대한 의식은 외부 현실과의 단절을 환기한다. 외부 현실과의 교통에서 그는 삶의 지속이 불가능함을 읽었다. 이제 그는 삶의 지속을 다른 방향에서 꿈꾼다. 이제 그가 만나는 것은 〈예수의 돌무덤〉이다. 그는 그 무덤을 파헤친다. 예수의 무덤을 파헤치는 행위는 일상의 삶을 초월하려는 다른 몸짓이다. 그것은 순간으로 표상되는 일상의 공포를 이제 그가 어떻게 벗어날 수 있는가를 암시한다. 순간을 동기로 하는 지속의 성취를 그는 신의 개념에 의탁하여 노래한다.

　　밤 사이
　　하나님은 쉬지 않고
　　나의 形象을 새로이 지으신다.

「나의 形象」 일부이다. 결국 그는 신과의 만남을 통하여 삶의 지속을 성취하지만, 그러한 지속은 그러나 이번 시집의 강력한 모티프가 되는 것은 아니다. 실제로 시집에서 우리가 읽는 것들은 지속을 지향하는 의식의 치열한 싸움이기보다는 의식의 純化된 모습이며, 의식의 순화가 순화 자체로 머무는 모습이다. 순화가 순화 자체로 머문다는 것은 긴장을 상실하고 있다는 뜻이다. 신과의 만남을 통한 순간과 지속의 화해는 사실 얼마나 적나라한 의식의 긴장을 요구하는가.

　　③ 金相沃은 일상의 삶과 진정한 삶이 배반된다는 의식에서 출발한다. 그

의 의식은 일종의 버림받은 의식이다. 버림받았다는 것은 고독하게 되었다는 말과 다르지 않다. 고독은 아주 작은 희망을 거느린다. 고독한 희망이라고 할 수 있다. 고독은 물론 순간이 환기하는 명제이지만, 그것은 지속을 지향하는 순간이 아니라, 어떤 지속과도 단절된 순간이 환기한다. 그때 순간은 바로 지속 자체가 되지만, 동시에 그것은 공허한 심연이 된다. 순간과 지속의 동일성이 긍정적 차원이 아니라 부정적 차원으로 나타난다. 그는 공허한 시간 속에서 〈墨을 갈며〉 산다. 묵을 간다는 행위는 시간의 공허를 메꾸는 방법이며, 고독한 의식을 이기는 방법이다. 그러나 그가 묵을 갈다가 만나는 것들은 현란한 無償의 행위, 일종의 禪과 같은 것은 아니다.

　　밤마다 밤이 이슥토록
　　墨을 갈다가
　　벼루에 흥건히 괴는 먹물
　　먹물은 갑자기 선지빛으로 변한다.
　　사람은 해치지도 않았는데
　　지울 수 없는 선지빛은 온 가슴을 번져난다.

「墨을 갈다가」 끝부분이다. 묵을 가는 행위는 현란한 무상의 행위, 고독한 의식을 고독한 의식 자체로 수용함이지만, 이 시에서 그것은 〈먹물〉과 〈선지빛〉의 동일성을 통하여 매우 일상적인 세계를 지향한다. 일상의 삶이 진정한 삶일 수 없다는 자각에서 비롯된 고독의 수용이 또한 일상의 삶을 지향한다는 것은 하나의 역설이다. 그러한 역설은 그의 의식이 단순치 않음을 한시암

다. 대체로 일상의 삶에서 버림받은 의식은 낭만적인 향수의 세계를 지향하거나, 순간적인 자기 인식을 통한 지속의 세계를 지향한다. 묵을 가는 행위는 순간적인 자기 인식, 순간의 공허 속에 가득히 안주하는 일이지만, 이 시집에서 읽게 되는 것은 그러한 세계에의 고요한 안주보다는 거기서 벗어나려는 강렬한 의식의 운동이다. 그것이 그의 시를 살아 있게 하는 힘들 가운데 하나인지 모르겠다. 「異敎의 풀」 같은 시에서 우리가 읽는 것은 고독한 의식의 고독한 수용이 아니라, 그러한 의식에 대한 의연한 거부이다.

> 그날 서릿발 내린 咀呪,
> 풀도 나지 말라 풀도
> 나지 말라 외쳤지만
> 억새풀 허옇게 뒤덮인다.

결국 그의 시는 순간적인 자기 발견과 순간적인 사물 경험을 통하여 지속의 세계를 지향한다기보다는 그러한 세계를 벗어나 사물들의 일상적 역동성과 만난다. 사물들의 일상적 역동성 속에서 그가 읽는 것은 〈咀呪〉〈서릿발〉〈억새풀〉 같은 것들이다. 이러한 의식의 전환이 그러나 아직은 감정의 과잉과 연결될 때가 많고, 따라서 지속보다는 일상적 순간의 범주에 머문다.

④ 朴龍來는 순간을 순간 자체로 의식한다기보다 과거와 연결된 것으로 의식한다. 순간을 순간 자체로 의식한다는 것은 버림받은 의식, 고독한 의식이며, 고요 속에서 그것을 수용함으로써 시인들은 지속을 성취한다. 그것은 삶의 無償에 대한 뼈저린 의식을 수단으로 한다. 그러나 순간을 과거와 연결시킨다는 것은 일단 삶의 무상을 수단으로 하지만, 지속을 성취하려는 노력에 기억이라는 인자가 하나 더 첨가됨으로써 독특한 빛깔을 나타낸다. 이때 기억은 단순한 생물학적 개념으로 끝나지 않는다. 그것은 과거 사실의 직접적인 재생이라기보다는 과거 사실의 변형 따라서 재창조라는 의미를 나타낸다. 그것은 인간만의 능력이다. 이러한 기억의 탁월한 능력을 깨달은 것은 18세기적 사고의 위대함 가운데 하나이다. 기억에 의해 인간은 순간의 허망에서 도피할 수 있게 되었다. 순간으로부터의 도피는 일상의 시간으로부터의 도피를 의미하지만, 기억의 논리에 의하여 그것은 단순한 도피의 차원을 넘어선다. 기억에 대한 20세기적 사고는 그런 점에서 도피의 문맥이 아니라 오히려 창조의 문맥으로 읽혀져야 한다. 기억에 의하여 산다는 것은 과거로의 단순한 도피가 아니라 순간 속에 포착되는 과거와 〈함께 있음〉을 의미한다. 문제는 함께 있는 과거, 그것을 어떻게 수용하고 다시 진정한 삶으로 창조하는가에 있다. 시인은 어렴풋한 순간 속에 끊임없이 출몰하는 기억을 노래한다. 어렴풋한 순간은 〈어스름〉〈자다 깨다/깨다 자는〉 시간이며, 그러한 시간 속에서 그는 머언 들녘을 바라본다. 머언 들녘 끝에 나타나는 것은 과거에 대한 기억들이다. 그러한 기억들은 대체로 두 가지 유형으로 제시된다. 하나는 상처와 결합되는 기억이며, 다른 하나는 행복과 결합되는 기억이다.

——오오냐, 오냐 들녘 끝에는 누
가 살든가

——오오냐, 오냐 수수이삭 머리마
다 스쳐간 피얼룩

——오오냐, 오냐 火賊떼가 살든가

——오오냐, 오냐 풀모기가 날든가

——오오냐, 오냐 누가누가 살든가

「누가」 전문이다. 기억이 이렇게 상처와 연결되어 전개하는 것은 미래가 존재하지 않는다는 일종의 허무주의이지만, 그것은 동시에 허무주의를 극복하려는 행위이기도 하다. 그러나 그의 기억은 순간 속에서 진정한 삶을 재창조하기에는 무력하다. 기억은 이때 싱싱한 지속이 아니라 무력한 지속을 성취한다. 무력한 지속은 죽은 지속이다. 모든 슬픔은 죽은 지속이 환기한다. 슬픔을 환기하는 기억은 그러나 행복과 결합된 순간의 견고성을 지향하기도 한다.

강아지 밥 주고 나니 머리 위 반딧불 떴어라 柴扉 닫고 멍석머리 모깃불 놓으면 깜박 깜박 저만큼 또 반딧불초롱.

「流寓 I」 전문이다. 미래가 부재한다는 점에서는 앞 시와 비슷한 의식의 모습을 드러낸다. 순간이 시의 동기가 된다. 그러나 앞의 시에서 우리가 읽은 기억의 상처는 전혀 보이지 않는다. 기억이 행복을 환기한다. 그러나 행복의 기억은 완벽한 기쁨의 시간, 지속의 총체성으로 드러나지 않는다. 충만하는 기쁨, 소위 절정 체험이기보다는 사소한 기쁨의 흔적이 있을 뿐이다. 그것은

〈반딧불〉 같은 기쁨이다. 그의 시가 최소한 삶의 지속을 성취할 수 있는 것은 따라서 사소한 행복과 연결되는 기억 때문이 이니냐. 상처와 연결되든 행복과 연결되든 그의 현재는 언제나 미래가 부재하고 과거의 슬픔으로만 번진다. 그가 〈어스름〉 〈설핏한 어둠〉 〈여우비〉 〈속절없이 설레는 강가 은버들〉 〈흩날리는 눈발〉 〈진눈깨비〉 같은 이미지들을 자주 사용하는 것도 순간 속에 과거의 슬픔이 번지기 때문이다. 〈번짐〉은 번짐 자체로 끝날 때 어떤 지속과도 단절된다. 그의 시적 승리는 기억의 이러한 번짐을 그가 탁월하게 막고 규제할 수 있기 때문이다. 그것을 나는 이미지의 並置, 혹은 견고한 재현성이라고 다른 자리에서 말한 바 있다. 그것은 슬픔으로 번지는 기억의 물살에 확고한 방향을 잡아 준다. 그때 그는 기억의 심층을 엿볼 수 있음으로써 낭만주의적 감상의 오류를 벗어난다. 순간과 지속의 화해는 기억의 심층을 응시할 때 새로운 모습을 띠고 다가온다. 우리가 그에게서 읽는 것은 슬픔의 거부가 아니라 슬픔의 번짐에 대한 거부이다.

⑤ 全鳳健은 순간을 순간으로 포착함으로써 새로운 지속을 성취한 시인이다. 순간에의 순간적 포착은 순간의 소박한 수용이나, 순간으로부터의 도피를 의미하지 않는다. 그것은 시간의 개념 자체를 無化시키려는 노력이다. 시집 『속의 바다』에서 읽을 수 있었던 의식이 특히 그렇다. 한마디로 無名의 시간을 더듬는 행위이지만, 그는 그러한 행위를 더욱 발전시키지 않는다. 이유는 여러 가지이겠지만, 무엇보다 순간의 과잉 속

에서 그가 겪어야 했을 현기 때문이었
으리라. 그는 순간이 아니라 지속을 지
속 자체로 탐구하기도 한 시인이다. 시
집 『春香戀歌』에서 읽을 수 있었던 의
식이 특히 그렇다. 지속 속에서 스스로
의 삶을 정립하겠다는 그의 의식은 한
마디로 역사적 의식의 다른 얼굴이었지
만, 그는 그러한 의식을 더욱 발전시키
지 않는다. 시집 『피리』에서 우리가 읽
는 것은 그의 이러한 두 가지 시도, 두
가지 몸짓이 마침내 어디로 가고 있는
가에 대한 암시이다. 그는 2중의 무력
감을 딛고 새롭게 삶의 시간을 추구한
다. 순간의 자아와 지속의 자아를 창조
할 때 겪은 의식의 2중 구조가 이제 최
초로 만나는 시간은 다시 순간이지만,
그것은 지옥의 시간을 표상한다. 〈마카
로니 웨스턴〉이 그런 시간을 보여 준다.

　　모래밭이다
　　놈은 비를 만지지 못한다
　　모래밭이다
　　놈은 비에 젖는 바람을 만지지 못
　한다
　　놈은 비에 젖는 풀섶을 만지지 못
　한다
　　비에 젖고 비에 젖는 바람에 또 젖
　어
　　비에 젖고
　　비에 젖는 풀섶에 또 젖어
　　한껏 물먹은 계집을 만지지 못한다

「마카로니 웨스턴 拾遺」 일부이다. 일
상의 삶을 물들이는 시간은 모래밭의 시
간이며, 그것은 악마적인 원망을 내포
한 시간이다. 지옥의 시간이라고 부를
수 있는 이러한 순간 속에서 그는 슬픔

　948

도 관능도 모조리 증발한 황량한 不毛
와 만난다. 불모의 의식의 끝에 서 있는
이미지가 〈청맹가니 죠오〉이며 〈말라빠
진 늙은 말〉 타고 가는 惡黨이다. 그러
나 악당들은 〈물썬 피를 뿜으며 큰대자
로 나가떨어지는〉 것이다. 그는 지옥의
시간을 천국의 시간으로, 불모의 순간
을 풍요의 지속으로 전환시킬 수 있는
능력이 결여된 시간 속에 머문다. 그것
은 참담한 의식이다. 참담한 의식은 그
러나 참담한 의식으로 끝나지 않는다.
그는 순간을 순간 자체로 수용하지만,
이제까지와는 다른 태도를 제시한다. 의
식의 어둠이 문득 의식의 밝음으로 전
환된다. 그러한 전환은 자연과의 만남
을 수단으로 하며, 이 만남을 집약하는
이미지가 〈눈〉〈돌〉〈새〉이다. 눈은 모
든 것을 〈묻어 버림〉으로써 비로소 과
거를 보게 하고, 작은 〈나비들〉이 되기
도 한다. 돌은 〈한 마리 큰 새가 되어/
모래밭의 모래 속을 날아가면서/말이 없
게〉 된다. 그러나 새는 〈죽어서 하늘에
묻혀/빛으로 덮이어〉 있을 뿐이다. 그
는 새의 삶이 아니라 새의 죽음을 노래
한다. 의식의 밝음이 다시 의식의 어둠
으로 덮인다. 불모의 순간이 다시 찾아
오는 것이지만, 이때 불모는 지옥의 순
간이 아니라 지속을 갈망하는 자의 내
면에 서리는 아련한 불빛이다. 불모의
극한에서 새롭게 만나는 희디흰 無, 희
디흰 천국의 순간 같은 것이다. 그가
새를 노래하면서 새의 〈없음〉을 노래한
다는 것은 무슨 의미를 띠는가.

죽기 전날 밤 꿈에 너화는 보았다.
바다안 延平島에 솟는 물보래를. 사냥
꾼에게는 잡히지 않는 물보래를. 철망

사이에는 갇히지 않는 물보래를. 무수한 물보래가 솟고 솟고 또 높이 높이 솟는 것을 그것은 한껏 날개 치솟는 수천 마리의 새, 하늘빛에 젖어서 눈부시게 날으는 수만 마리의 너화였다.

「너화」끝부분이다. 새의 〈없음〉을 노래함으로써 그가 강조하는 것은 새로운 이데아에의 갈망이다. 새가 표상하는 것은 그러한 이데아의 세계로의 지향이다. 그것은 〈하늘빛에 젖어서 눈부시게〉날 수 있는 시간이다. 그는 사라진 〈너화〉〈황새〉〈원앙이 사촌〉〈노랑부리 백로〉따위를 노래한다. 그것은 〈있음〉과 〈없음〉의 변증법을 통하여 고뇌의 순간에서 어떻게 우리가 벗어나야 하는가를 암시한다. 있음과 없음, 순간과 지속은 지도 위에 〈있기도 하고〉〈없기도 하는〉하나의 섬으로 표상되며, 영원히 지워지지 않는 〈피리소리〉로 들려온다. 그러나 순간은 일방의 죽음과 새의 죽음을 동시에 통과함으로써 마침내 〈물빛보다 맑은 피리소리〉로 승화한다. 피리소리는 새로운 지속의 세계를 암시한다. 그것은 역사적 시간으로 잠입하는 순간이며, 순간 자체가 환기하는 無와 현기에서 획득되는 하나의 시적 오브제이다. 그러나 순간과 지속이 역사적 시간을 수단으로 하여 화해한다고 할 때, 그것은 역사적 시간 자체에 대한 집요한 질문을 전제로 한다. 역사적 시간과 우주적 시간의 관계가 어떻게 드러나는가에 이 시인은 더욱 유의할 필요가 있으리라. ▨

301
·
이
낭
훈

時代와 存在, 詩의 힘

金　明　仁

李東洵 : 개밥풀 : 創作과批評社 · 119면 · 1,200원
양성우 : 북치는 앉은뱅이 : 創作과批評社 · 140면 · 1,500원
李雲龍 : 산불 · 산불 : 詩文學社 · 131면 · 2,500원
馬光洙 : 狂馬集 : 心象社 · 103면 · 1,500원

[1] 李東洵 詩集 『개밥풀』이 주는 감동은 역사의 어둠에 묻혀 버린 겨레와 존재를 향한 그의 허물 없는 사랑에서 우러나고 있는 듯하다. 작품에 나타난 심정적 차원은 티없이 해맑은 정서라 할 수 있지만 암울한 세계와 주제를 응시하면서 천분의 청정함을 손상 없이 지켜낸다는 것이 실로 눈물겨운 노력임을 그의 詩는 은연중에 보여 준다. 명백히 분단 상황에 바탕을 둔 대부분의 그의 시들은 우리 삶이 화해로운 질서의 자리에 도달하는 것이 결코 쉽지 않다는 비감에서 출발한다. 그러나 침울한 주제 앞에서도 끝까지 꿈과 슬기를 놓치지 않음으로써 슬픔은 다시 새로운 극복의 의지와 열망에 연결되고 있다. 「序詩」 「개밥풀」 「瑞興金氏內簡」 「一字一淚」 「앵두밥」 「애장터」 등은 역사와 시대를 증언하는 날카로운 비판 의식을 담고

있으나 동시에 그가 삶에서 만나는 고통과 쓰라림을 어떻게 견디며 소화하는가를 심층 깊게 표현한다.

　이땅에 먼저 살던 것들은 모두 죽어서
　남아 있는 어린 것들을 제대로 살아 있게 한다.
　성난 목소리로 나직이 불러보던 이름들도
　언젠가는 죽어서 땅 위엣것을 더욱 번성하게 한다.　——「序詩」

〈달리던 노루는 찬 기슭에 무릎을 꺾고/날새는 떨어져 그의 잠을 햇볕에 말리〉듯이 결국은 우리 모두 소멸해 갈 필연의 존재들이다. 그런데 죽음이 곧 태어남이란 자연적인 질서에 이르게 되면 삶은 한낱 못견딜 만큼의 고통도 쓰

라림도 아니라는, 긍정과 화해를 향한 이 귀중한 이해는 그의 詩集의 冒頭에 제시되고 있다. 〈성난 목소리로 나직히 불러보던 이름들도〉〈기다림에 쉽게 이던 푸른 날들도〉 언젠가는 사라지고 마침내 잊혀가겠지만 그 소멸 자체가 땅 위엣것들을 더욱 번성하게 만든다는 이 무궁한 세계의 조화로운 포용은 숙명적인 체념이나 달관, 또는 허무의 몸짓은 아니다. 사랑이나 善에 의해 지배되는 당위의 세계를 지향하는 그의 도덕적 정열은 오히려 실세계의 不協和에 대한 완강한 저항을 읽게도 한다. 인용구의 〈제대로〉라는 표현은 여전히 어둡고 그리움에 가득 찬 세계에서 그가 선택하게 될 행동 공간을 궁극적으로 암시하는 의미심장한 말로 이해된다. 아마도 그가 끊임 없이 과거의 세계를 추체험해 보이는 이유도 〈제대로〉 이루어지지 않은 역사에 반응하는 공분적인 태도라고 할 수 있다.

 눈물로 간을 맞춰 비벼먹던 염천에
 이제 누가 그 앵두밥을 기억조차
하겠느냐
 앵두밥 앵두밥 한이 맺힌 앵두밥
 멀건 나물국에 방울방울 떨어지던
 이제 누가 그 피눈물을 알고나 있
겠느냐   ——「앵두밥」

전통적인 운율이 드물게 성공하고 있는 위의 인용구는 대동아 전쟁 무렵의 가난과 쓰라림을 형상화하고 있다. 설익은 보리 이삭을 뜯어 앵두밥 해 먹던 지난 시절의 고통을 새롭게 환기함으로써 이 詩人은 실세계 속에 아직도 존재하는 갈등과 억압적 요소에 대한 각성

을 날카롭게 촉구한다. 역설적 깨달음의 문맥으로 읽혀지는 〈이제 누가 그 피눈물을 알고나 있겠느냐〉는 진술의 바탕에노 상처의 자각보다는 역사가 던져 준 교훈조차 잊게 되어 버린 시대의 간교함을 고발하는 장치가 놓여 있다. 그리하여 비감에 젖어 사변의 비극을 노래한 「애장터」와 같은 작품에서는 〈이쪽저쪽 군인들이/마을 장정 끌고 와서 총을 쏘던〉 역사의 현장을 재조명함으로써 여전히 어둡고 뿌리 잘린 현실을 선명하게 부각시킨다. 그가 언 땅에서 죽은 혼백들을 만나고 오랜 어둠 속을 방황하는 실향민들과 재회한다는 것은 우리들 가슴 속에 남아 있는 한의 강도가 아직도 녹지 않았다는 현실 인식에서 비롯되지만, 그것은 그것대로 이웃과 겨레를 향한 그의 짙은 隣人愛라 할 수도 있다. 역사를 바라보는 시선은 개인적인 관점이겠으나 주어진 역사를 공유한다는 것은 이미 그 속에 내재된 슬픔과 기쁨, 쓰라림과 분노조차도 자기화하는 일일 것이다. 여기서 우리는 그가 어째서 항용 의식을 열어둔 채 스스로 부여잡은 세계를 끝없이 연민하는가를 이해하게 된다. 〈이땅에 먼저 살다간 사람들은 이땅에 묻히고, 그 위에 돋아나는 풀과 열매를 먹으며〉(後記) 이 땅에서 살아가야 할 생존의 절실함은 자신과 이웃을 향한 보편적인 사랑으로 확대되고 주어진 삶도 분노도 뜨겁게 껴안게 하는 것이다. 설화를 통해 민족의 수난을 〈문둥이〉에 조응한 「달개비꽃」이나, 시대의 어두운 삶을 동일한 식물 심상으로 노래한 「개밥풀」에서도 역사를 바라보는 개인적인 시선이 보편적인 사랑으로 확산되어 그 슬픔이 극복되는 과정

을 보여 준다. 그러나 「달개비꽃」이나
「개밥풀」에서 특히 유의되는 것은 이러
한 시에서는 자칫 잃기 쉬운 섬세함과
청순함을 그가 끝까지 지키고 있다는
점이다. 〈귀뚜라미 방울새의 비비는 바
람/그 속에도 우리는 숨죽이고 운다〉
(「개밥풀」)는 표현에서 드러나는 티없
는 무상성은 투명하고 영롱하기까지 하
다. 그리하여 그것은 「나비꿈」「瑞興金
氏內簡」 등의 일련의 작품을 거치면서
궁핍과 절망을 뛰어넘는 시적 명징성을
획득하는 근원적인 힘으로 작용된다.
특히 「瑞興金氏內簡」은 가족 단위의 체
험을 전통 문학인 내간의 형식에 투사
시켜 슬픔의 깊이를 한결 가라앉히고
있다.

　　우리 모자 함께 흘린 그해의 땀방울
　들이
　　지금 이 나라의 산수유꽃으로 피어
　나서
　　그 향내 바람에 실려 와 잠든 나를
　깨우니
　　출아 출아 내 늬가 보고접어 못견디
　겠다

격정적인 정서와 추상적인 사랑으로
서는 설명하기 어려운 이 가늘고 고운
개성은 그의 천분적인 자질을 이야기
한다. 그리고 고통에 찬 세계를 이겨나
가려는 그의 역동적인 힘이기도 할 것
이다. 다만 죽은 친구를 추모하는 「아
주까리」나 자유의 열망이 나비를 통해
환상되는 「나비꿈」 등이 오히려 더 압축
된 환기력을 지녔다고 생각하게 되는
것은 그러한 작품이 담은 절실한 체험
의 울림이 스스로 절제해 버린 표현의

공명대를 통해 그대로 독자에게 전달되
기 때문이라고 생각해 보았다.

　[2] 양성우는 詩集『북치는 앉은뱅이』
를 통해 황량하고 닫힌 세계 속에서 끝
끝내 회복되지 않는 임에 대한 열망과
기대를 노래하고 있다. 난삽하지 않은
표현과 상징이 통절한 그리움에 결합되
어 끝까지 긴장과 밀도를 유지하고 있
는 그의 시들은 그대로가 절박하고 절
실한 체험의 힘으로 우리를 압도한다.
회의와 반성, 고통과 주저, 절망과 기다
림을 결단과 행동에 연결시킴으로써 슬
픔·환희·불화·인종·의지와 갈등 등
이 교묘하게 교차되는 그의 작품 세계는
이 시대 개인적인 생존과 경험을 뛰어넘
어 보편적인 아픔으로까지 확대된다.

　　내가 이 세상
　　잠깐 동안의 나그네이듯이
　　사람들은 북을 치며 모두 떠났다
　　말하라 그대,
　　안개 낀 우수에
　　나는 지금도 여기에 갇혀 있으니
　　저 벌판을 그대 없이 어떻게
　　물같이 흐르랴　　──「雨水」

겨울이 가도 어둡고 답답한 산천, 〈끓
어오르는 가슴의 피〉 누르며 기다리는
것은 〈그대〉이다. 흘러가는 시간 속에
서는 〈나〉 또한 잠깐의 나그네에 불과
하다. 그런데 〈사람들은 북을 치며/모
두〉 떠난 저 벌판을 나는 홀로 흐를 수
없다. 〈어떻게 흐르랴〉는 이 진술은 안
개 낀 우수에 갇혀 있다는 지향의 막막
함도 이유가 되나, 그대의 부재, 곧 임
을 향한 간절한 화해에 바쳐지고 있는

듯하다. 반드시 그대와 화해롭게 흘러야만 된다는 이 길고 뜨거운 사랑의 결의는 고행과 기다림의 자세로 언제나 여기, 나를 남게 하는 것이다. 그러나 우리의 간절함에도 그대는 회복될 기미가 없다. 〈말하라 그대,〉라고 그가 암울하게 외칠 때, 그것은 기다려도 오지 않는 그대에 대해서, 여전히 어둡고 절망에 찬 세상에 대해서, 한결같이 고통스럽고 견디기 힘든 삶에 대해서 괴롭고 안타까운 실존의 쓰라린 자각이 된다.

이와 같이 양성우의 詩集『북치는 앉은뱅이』속의 시들은 거의가 그대를 기다리는 아픈 열망을 형상화하고 있다. 그것은 때로 〈떨리는 손으로 꽃 꺾어〉그대에게 바치고 싶은 간단 없는 충동으로(「꽃 꺾어 그대 앞에」), 〈스스로 소리치며〉이글이글 타오르는 불의 바다로(「가슴의 불」), 〈궂은 비 오는 여름날 밤에 눈물로〉기다리는 끝없는 사무침으로(「여름날 밤의 부루스」) 표현되기도 한다. 어떠한 초월도 현실에 굳게 발묶인 세계내의 시적 자아는 그의 고행적 결의와 강도를 재게 하는 척도이지만, 나아가서 필연적으로 그가 선택할 행동과 신념을 다잡는 준엄성이기도 하다. 대체로 그에게로 오는 그대 또한 지치고 만신창이의 모습으로 드러나는데, 이것은 화해의 지평과 관련해서 밀고먼 도정을 환기하는 내포라고 할 수 있다. 고통스럽고 쓸쓸한 세계는 끝없이 아픔을 중첩시키고 기다림은 좀처럼 성취되지 않는다. 주어진 상황이 비극적일수록 강장한 결의는 그만큼 굳고 엄숙하다. 그것은 〈밤을 이어 더 큰 밤이 온다 하여도〉(「쓴 잔을 마시며」〈증오할 것은 증오하려는〉 다짐이 자신에

게 더욱 엄격하게 적용되기 때문일 것이다. 때때로 그는 〈오시는 임〉을 노래하지만 그 세계 속에서도 결핍은 여전하나.

그대 돌아와 마루 위에 눕고
만신창이의 모습으로 모든 것이
낯익을 때,
듣는가 그대, 넘치는 눈물
두손으로 누르며
이 시절에 머리 깎은 아이들
　　　　　　　──「그대 돌아와」

위의 시에서는 〈오시는 임〉이 표현되어 있다. 이 문맥도 현실의 고통과 쓸쓸함이 그대로 읽혀진다. 실세계 속에 자리잡은 그의 갈망과 아득한 거리 너머로 떨어져 있는 그대와의 화합할 수 없는 간극. 아마도 그것은 절망적인 깨달음이라고 할 수 있다. 그러므로 〈오시는 임〉이라는 〈그대〉에의 성취는 끝까지 도달되지 않을 그리움의 또 다른 모습이다. 이루어지지 않는 꿈이야말로 그의 경우 슬픔의 심도를 더욱 깊게 만드는 인식의 줄거리가 아닐까. 이렇게 볼 때, 양성우의 〈그대〉로 환기되는 표상은 그의 시의 핵심적 요체인 듯하다. 밝혀진 몸가짐으로 판단한다면 그것은 정치 상황이나 현실적 고뇌 속에 떠오르는 어떤 것이라고 추단할 수도 있다. 그러나 단정적인 해석은 오히려 그의 시를 보다 경직시킬 선입관으로 작용할 것이다. 실제로 그것이 자유이거나 정의, 그리고 그 밖의 어떤 것이라 하더라도 결국은 화해로운 세계의 총체적인 기다림이라고 이해하는 것이 보다 유연하고 적절한 입장이 된다.

그러므로 그를 일러 편집된 태도를 문제삼는 것도 전혀 정당하지 못하다. 문제는 그가 선택한 세계가 아니라, 그 세계를 통해 현실을 체험하는 삶의 진폭일 것이다. 우리가 아무리 기복 없는 삶을 겪을지라도 생존은 언제나 다양하고 유다른 깊이를 그 속에 마련해 두고 있다고 생각해 본다.

③ 李雲龍의 第4詩集 『산불·산불』은 도시화와 산업 문명으로 황폐해 가는 존재와 삶을 그 본래적인 모습으로 환원시키려는 열의와 진지성을 읽게 한다. 鄙語와 諷刺의 언어를 바탕으로 특별한 수식 없이 구도되어 있는 그의 작품들은 우리의 삶과 결합된 인위적인 요소들을 거부하거나 타파함으로써 그 스스로 질서의 본향이라고 생각하는 자연——농촌에로의 귀환을 끊임없이 시도한다.

> 무엇이 안 되어 가는가
> 안 되는 것을 위하여 애호박 너는
> 절망하는 밤을 앓으며
> 이 막막한 덩굴에 매달려서
> 너다운 것이 너답게 둥글게 못 살아
> 눈치 먹고 곯아 떨어진 애호박
> 안개꽃 잠시 피었다가 스러지는
> 잔잔한 눈물 독하게 끊어 버리고
> 저녁 해거름 젖은 등떼기
> ──「곯아 떨어진 애호박 하나」

反都市的이라 할 수 있는 이 시인의 남다른 관심은 고향 상실과 소외의 현장이다. 현실은 마지막 남아 있던 조화로운 삶의 공간, 고향의 흙까지도 척박하게 만들었다. 그의 심정적 자아를 암울하고 막막하게 하는 것은 우리의 노력에도 불구하고 거대한 시대의 흐름, 객관 세계의 변화에 힘없이 파묻혀 가는 전통 세계의 나약함이다. 시대는 편의와 변형의 다른 모습, 폭력과 非理로 다가오고 지탱의 힘이 이미 소진되어 버린 자연과 질서는 있는 그대로의 친화적인 삶조차 어차피 상실의 아픔을 겪게 한다. 도도한 역사의 흐름 속에 파묻혀 사라질 수밖에 없는 존재의 눈물겨운 궁핍, 대체로 그의 시가 관류해 내는 요약된 줄거리는 이처럼 절망적인 정조에 관련되어 있다. 그러나 끝끝내 그는 삶에 대한 사랑을 버리지 않음으로써 스스로 어둡게 느끼는 만큼 세계의 부조화에 집요하게 부딪혀 나간다. 〈애호박〉을 현실의 알레고리로 사용한 위의 인용 시에서도 우리는 강건하고 끈질긴 생명력이 투박하나마 포용력 있는 정조에 흡수되어 극기와 사랑의 힘으로 전화되고 있음을 느낄 수 있다. 어떠한 사물에도 삶의 상징적 모습을 가탁시키려 하는 그의 시는 허망 속에서도 끈질기게 회복되는 이 좌절 없는 사랑으로 하여 역설적으로 암울하고 절망적인 세계를 견딜 수 있는 결의와 도전적 정신을 우리에게 열어 보인다. 그러므로 「마늘이 양파에게」「산불」「아이의 손에 먹살 잡혀 온 흙의 진실」「돼지야 네 슬픔을 말하라」 등은 이미 그 자체가 의문과 허물 투성이의 시대를 고발하는 것이기도 하지만, 온갖 어려움을 겪으면서도 그 生來的인 모습을 잃지 않으려는 동질적인 존재에 대한 애정과 연대감을 형상화시킨 것으로 이해된다.

> 우린 닮았다. 똥글똥글한
> 매 맞으며 울며 도는 팽이 엇비슷한

따글따글한 자양의 함축
톡 쏘는 맛으로 이름 난 독특한 맛
언제나 마지막엔 진국으로 가라앉
을   ──「마늘이 양파에게」

일상적이고 非審美的인 言表를 통해
이 작품에서도 그가 환기시키는 것은
버림받고 내팽개쳐진 역사의 현장, 곧
산업화에 떠밀린 農村이다. 그곳에는
〈이래 저래 벌 받는〉 인종이 있고 〈털
어도 까봐도 알맹이 없는〉 공허가 있다.
도마 위에 난도질당한 희생물로 안 들
어가면 숫제 감칠맛 없는 마늘과 양파
이지만, 이 토속적인 생명력은 이제 시
대의 주역에서 멀리 밀려 나 있다. 점
차 잊혀져 가는 의식물들──텃논·산신
령·비포장 도로·꽹과리·곡괭이·봉숭
아·재래종 볍씨·허수아비·외양간·
두름박·관솔불 등을 여러 개의 다른
모습으로 그가 반복해서 변주하는 이유
도 역사의 유전과 더불어 상실의 아픔
을 함께 겪는 시대 전체의 삶, 그 원형
으로서의 농촌과 관련된다. 그것은 〈포
장 안 된 시골길에 개꿈처럼〉 버려진 조
만간 사라질 세계의 잔영처럼 쓸쓸하게
남아 있지만, 그러나 우리의 의식 세계
에서는 제거될 수도, 제거되어서도 안
될 우리적인 바탕이기도 하다. 〈아버님
젯상에도 겨우겨우 대와서/어디만큼 덜
컹거리는〉(「비포장 도로」) 빛낡은 의식
이긴 하나 〈망발과 허세 경제학자들의/
숨넘어가는 소리에도〉 언제나 마지막
엔 진국으로 가라앉을 우리 삶의 앙금
이기도 하다. 어떠한 우여곡절의 끝에
서도 살아남을 이웃과 우리 것에 대한
이 정열적 사랑은 그러므로 그로 하여
금 끈질기게 이 땅을 노래불러야 할 시

인으로서의 소명 의식으로까지 비약된
다. 시가 餘技를 멀리 벗어난 진정성은
주어진 대로의 투박함조차 수식 없이 드
러니게 하는데, 이것이 그다운 개성으
로 언제나 간직되는 것은 아니더라도
적어도 그의 시를 힘있게 하는 원동력
임에는 틀림없다.
다만 강박하고 전투적인 결단이 문학
적인 감수성과 절제를 잃게 만들 때,
많은 작품에서 도식적인 전개를 예측하
게 하는 것은 비단 그의 경우에만 한정
되는 문제가 아닐 것이다. 아무리 심층
적인 신념과 결합된 것일지라도 그 현
실 인식이 피상적일 때, 작품은 단조롭
고 반복적이라는 혐의를 벗어나기 어려
울 것이다. 俗語나 일상어를 차용함으
로써 그 나름대로의 시적 분위기, 이를
테면 판소리의 효과까지 의도된 듯하나
바로 지나치게 의도된 그 점이 더러는
진부한 표현과 상식성으로 부분적이나
마 그의 시를 일상적인 넋두리와 관련
지워 바라보게도 한다.

④ 馬光洙 詩集 『狂馬集』의 세계는
가치 개념이 혼란된 현실적 자아와 허
위적 지성의 정신 세계를 문제삼음으로
써 자기를 포함한 지식인 계급이 쉽게
빠져들지도 모를 지적 공허나 유희적
도피 성향을 비판적으로 반성해낸다.
이미 형성된 관념에 대한 독특한 도전
으로 구별지워지는 그의 시들은 모순과
갈등에 가득찬 감추어진 삶의 모습을
끊임없이 해체하는 과정 속에서 얻어질,
보다 자유로운 시적 자아에 도달하려는
의도를 드러내 보인다. 때로는 자아의
극단적 분열이 상반된 그대로 노출되어
냉소·회의·주저·갈등 등이 적절하게

時代와 存在, 詩의 힘   955

지적되는 태도에서도 거짓과 허구를 파괴하려는 날카로움이 있다. 그리고 스스로를 던져 존재 전반을 회의하는 것은 그의 諷刺詩의 기본적 입장이기도 하다.

歷史와 役事의 관계도 그렇다 例를 들어
萬里長城의 役事가 中國의 歷史와 威信을
한껏 높여 주었다 그렇지만
그걸 짓느라고 참 많이들 죽었다.
歷史가 위냐 役事가 위냐
그러나 역시 나는 石造殿 앞뜰이
내집 庭園쯤이라면 참 좋겠다.
내가 그 안에 사는 王이라면 더욱
좋겠다.   ──「石造殿」

숨겨진 役事와 드러난 歷史와의 관계, 그리고 향락에 대한 개인적인 충동을 교묘하게 결합시킨 인용 작품이나, 진실을 대면하는 괴로움을 현실적 은폐로서 폭로시킨 「나는 야한 여자가 좋다」 등에서도 풍자의 거울로는 자신이 사용되고 있다. 억압적인 희생으로 가꾸어진 아름다움이나 사태를 감춤으로써 위장의 미를 더욱 빛내려는 민주주의적 화장술은 근원적으로 진실을 호도하는 데는 일치가 있다. 우리의 이끌림은 이면적 사실의 여하에도 불구하고 드러난 아름다움을 떨칠 수 없다는 것인데, 이 점이 그의 풍자시에 간직된 갈등의 줄거리이기도 하다. 역사의 틀 밖에 버려진 사실을 직시하는 일이나 드러난 진실을 대면한다는 것은 때로 고통과 폭력으로 압도해 오기까지 한다. 그리고 이것은 진실이 진실 그대로 인정되지

않는 현실적 고뇌와 관련이 있다. 그러므로 도덕적 권위나 神聖한 〈말〉, 진리 그 자체는 그것이 진리이기 때문에 우리에게 고통을 가중시키는 요인이 되기도 한다. 작품 「釋迦」나 「죽음 앞에 선 예수」도 이와 동일한 문맥 속에서 이해된다.

한껏 〈말〉밖에, 다른 무엇이 더 있겠느냐
내 차라리 한낱 벙어리였으면 좋을 것을
人生 八十은 너무도 짧아, 내 이제 虛無히 죽어 가나니
뉘 있어 나를 죽음의 고통에서 구원해 주리?
數萬 마디 說法들이 지금 내게 무슨 소용이 있으랴   ──「釋迦」

그러나 그의 시의 요체는 아마도 삶의 심각함조차 파괴해 버리려는 욕망에 있는 듯하다. 「빨가벗기」라는 한 편의 시는 상식·역사·사랑·평화·윤리 또는 인위적인 마지막 갈등마저도 벗어 버리고 싶은 〈본능〉을 이야기함으로써 고뇌에서 상대적으로 홀가분해지려는 변환 의지를 드러낸다.

빨가벗고 살고 싶군, 모든 것 훨훨 훨 벗어 던지고
홀가분하게 살고 싶군
자유도 싫군, 희망도 싫군, 입는 것 다 싫군

이렇게 볼 때 馬光洙의 작품 세계는 삶 전체를 포함해서 모든 보존된 가치를 일단 반성해 보려는 지적 태도에 관

련되어 있는 듯하다. 그리고 그 과정을 여과해 나온 지금까지의 그의 결론은 대체로 요약해서 〈허망〉이란 말로 대치시킬 수 있을 것 같다. 전통적인 윤리관을 문체삼은 『孝道에』나, 선민 의식을 풍자한 「貴骨」, 쉽사리 반성 안 되는 개인주의적 욕망을 이야기한 「왜 나는 純粹한 民主主義에 몰두하지 못할까」, 제한된 범주 속에 첩가하는 지식인의 무능한 권위주의적 실상을 벗겨 보이는 「大學」이라는 작품에서도 그 세계가 파괴된 만큼 강렬하게 부딪혀 오는 허망감을 떨칠 수 없다. 그러므로 회의와 갈등에 필연적으로 뒤따라 오는 것도 고독감이 아니면 비관적 세계관이다.

한 번으로 끝내 버릴 수 있다면 얼마나 좋겠니
꿈이 뭔지 죽음이 뭔지 나는 몰라
입담 속에 섞여 있는 그윽한 戰慄
生活 속의 다만 한 가닥 戰慄
그 설레이는 喜劇에의 충동이
나를 꿈 속으로 이끌어들였을 뿐.
哲學이 宗敎가 自然이 自由가
내게 새삼 무슨 힘이 돼?

인용시 「莊子死」는 입담과 풍자의 언어조차 부질없는 무위로 끝난 뒤의 허무를 이야기한다. 기댈 모든 것이 파괴되어 버린 세계는 마침내 참담하다. 이

제 남은 것은 동물적 충동뿐. 벌어진 모든 사태, 모든 관계에서 자신을 거울로 사용하고 있는 이 회의와 절망은 이를바 기인으로서의 자신의 무기력이나 욕망의 감추어진 세계를 반추해낸다. 그러나 냉소 또는 자조가 만들어내는 그의 풍자의 세계는 우리가 일반적으로 생각하는 풍자의 분위기와 후련함과는 거리가 있다. 그의 풍자는 비관적인 그의 세계 인식조차도 결국은 쏠쏠한 미소를 띠우며 바라보게 한다. 그것은 그의 회의가 일상사에서 출발하여 존재 전반에 걸쳐 있음을 뜻하는 것이기도 하다. 對自的인 주저와 회의의 세계는 속물적 지성의 행동 없는 비겁성을 환기시키는 장치로 사용되고 있다 할지라도 실세계의 고통을 끝까지 고통으로 끌어안지 못하는 한, 우리가 겪어내야 할 생존의 가장 중요한 양식, 삶의 진지함 그 자체마저 흐려놓을 우려가 있다. 그리하여 그것은 시의 또 다른 이름, 사랑과 죽음이라는 존재론적 자각까지도 불신과 허위에 비끄러맬 염려를 언제나 남기게 되는 것이다. 나는 오히려 그의 시에서의 성공적인 모습은 「포플라」나 「高句麗」 유의 열망에 있는 것이라고 생각했다. 제한된 지면으로 언급할 자리가 없어졌지만 특히 「포플라」는 고전적 시 구성법을 의도와 일치시킨 드문 佳作이라고 느꼈다. ▨

▨ 書　評

삶, 또는 타락한
世界에서의 實存

張　錫　周

徐廷仁 : **토요일과 금요일 사이** : 文學과知性社 · 312면 · 2,000원
柳烘鍾 : **하늘로 간 아마** : 우성출판사 · 270면 · 1,500원
金秀男 : **달바라기** : 삼연사 · 286면 · 2,000원

사람들은 소설가를 관찰자, 경험인, 인간성 탐구자, 영혼의 움직임의 분석자, 사회적 不義의 증인, 나아가 印稅受領者로 생각한다. ——미셸 제라파

[1] 미셸 제라파의 지적처럼 작가는 창작을 하는 데 있어서 숙명적으로 자기 자신의 직접적이고 공공연한 주관적 언어, 다시 말하면 자신의 정서, 자신의 지성, 자신의 교양과 접맥되어 있는 언어로부터 자유로울 수가 없다. 지금 우리가 살펴보려는 徐廷仁의 『토요일과 금요일 사이』에도, 柳烘鍾의 『하늘로 간 아마』에도, 金秀男의 『달바라기』에도 그 점은 자명하게 나타난다. 이를테면 徐廷仁에게서는 전라도의 방언과 전라도의 소도시라는 환경적 變數의 빈번한 등장으로, 柳烘鍾에게서는 동식물의 생태에 관한 광범위하고도 전문적인 지식의 빈번한 원용으로, 金秀男에게서는 그가 성장하고 현재 그가 사회적 기반을 갖고 있는 大田과 그곳의 방언과 그곳 소시민층의 삶의 묘사를 통하여 나타난다. 그들의 작품집을 개별적으로 살펴보기로 하자.

[2] 徐廷仁의 작품들의 일반적인 경향은 범상한 일상적 현실의 냉철한 객관적 묘사를 통하여 우리가 거의 무의식적으로 적응해 가며 살아 가는 현실 세계의 한심스러움, 혹은 비틀려짐을 드러내 보임으로써 우리 의식에 작은 놀라움과 충격을 가하는 데 있다고 할 수 있다. 더 구체적으로 지적하면 지리적으로는 전라도 소도시의, 시간적으로는 부의 편중과 가치관의 혼란의 징후와

대규모 인구의 **離村向都**가 서서히 일어나기 시작한 60년대 이후의, 신분적으로는 범상한 소시민들의 삶의, 음영과 풍속을 기지에 찬 해학과 잔혹할 만큼 절제된 문체로 환히하게 드러내 보이는 데 있다고 말할 수 있다. 이번에 상자된 그의 『토요일과 금요일 사이』는 『江』과 『가위』에 이은 세번째 창작집에 해당한다. 이 창작집에는 표제 작품을 포함하여 11편의 작품들이 수록되어 있는데, 위에서 지적한 그의 문학적 특성들이 모든 작품들에 일관된 모습으로 나타나고 있음을 확인할 수 있다.

우선 우리는 그의 작품들이 표층으로 드러내 보이는 특성 중에서 가족 성원들의 결속력의 약화, 혹은 친족간의 유대 관계의 와해에 대한 집중된 관심에 대해서 주목해 볼 만하다. 뤼시엥 골드만 Lucien Goldmann 의 지적처럼 〈시장을 위한 생산 체제의 특징을 이루는 개인주의 사회〉에서는 모든 사물들이 **使用價値** *valeur d'usage* 를 상실하고 **交換價値** *valeur d'échange* 로 변질되는 특성을 드러내는데, 다시 말하면 세계는 그 세계를 눈에 안 보이게 지배하고 저항할 수 없는 큰 힘을 행사하는 비진정한 **價値** 때문에 타락하게 되는데, 그것이 한국 사회에서는 가족 성원들의 결속력의 약화, 혹은 친족간의 유대 관계를 와해시키는 근본적 요인으로 나타남을 **徐廷仁**의 작품들은 뚜렷하게 보여준다. 그런 관점에서 **徐廷仁**의 소설에서 두드러지게 나타나는 가족 해체 현상과 친족간의 유대 관계의 약화, 혹은 와해에 대한 집중적인 관심은, 그가 한국 사회의 **價値志向**의 **變化**와 일반적인 정향 *general orientation* 을 통찰하고 있

으며, 그의 소설적 구조가 그것과 하나의 엄격한 **相同關係**에 있음을 보여 주는 것이다. 전통적으로 유교적 가치관에 바탕을 둔 **안**록 사회의 **堂內親** 문중 등 부계 원리, 혹은 직계 원리를 근간으로 하는 혈연간의 친화와 유대는 신성시될 만큼 강조되어 온 가치관이었다. 그것이 표면적으로는 서구의 부부 중심 가족, 혹은 핵가족과 같은 가족 제도로의 변화를 겪으면서 급격히 혈족간의 친화는 그 힘을 상실하게 된다. 「사촌들」은 그 점을 정면에서 드러내 보여 준 훌륭한 작품이다. 또한 「굴」과 「뒷개」 같은 작품에서도 우리는 그러한 현상을 간취할 수 있다.

「사촌들」은 전라도의 소도시에──지명에 대한 직접적인 언급은 없지만 대화 중의 사투리로 미루어 보건대──근거를 가지고 있는 네 명의, 사촌이라는 혈연을 매개로 연관된 사람들의 인간 관계에 대한 냉혹할 만큼 치밀한 묘사를 보여 준다. 〈하라는 공부는 않고 쌈판에서 뼈다구가 굵은〉 그래서 〈그 죄값으로〉 지금은 월부책 외판원으로 동창과 친척들을 찾아다니며 괴롭히는 민태, 소도시에서 살 만큼 안정된 경제적 기반을 굳힌, 그래서 〈맥주다 스카치다, 통닭에 안심살에 보신탕에 부지런히 잡쉬서 뱃가죽에 기름덩이깨나 오른〉 불학무식의 돈수, 서울에서 〈미제 깔개에다가, 미제 소제기에다가, 에어콘에다가, 꼭 호텔 객실같이 꾸며 놓고〉 살며 돈 있고 지체 높은 사람으로 〈성공한〉 영국, 〈나이가 마흔이 다 돼 갖고 들어앉은 폐인〉으로 〈공부만 잘 해도 소용 없더〉라는 좋은 보기로 지칭되는 경구 등 네 명의 사촌지간에 있는

인물들의 삶의 얽힘과 각각의 인물들이 현재 누리고 있는 삶에 대한 가치 판단의 심정적 반응을 꼼꼼하게 묘사함으로써 가장 보편적인 이 시대의 한국인의 삶의 음영과 풍속의 모형을 도출하는 데 성공하고 있다. 이 작품의 표면적 줄거리는 돈수의 민태를 통한 〈도청 국장 만나게 해 주기〉와 영국의 경구를 통한 〈신문사 논설위원에게 청넣기〉뿐이다. 사실 영향력 있는 사람과의 친교를 가진 혈연을 통한 다리놓기는 한국 사회에서 얼마나 익숙한 풍속인가! 이제는 월부책 외판원으로, 혹은 페인으로, 혹은 소도시의 중산층으로, 혹은 서울의 부자로 각각 신분적 등급을 달리하게 된 사촌 형제들의 삶의 樣態를 응축된 문장으로 드러내면서, 〈성공한 자〉들의 속물성과 이기심·탐욕스러움에 대한 비판과 아울러 〈실패한 자〉들의 혈연에 대한 건강한 친화력과 삶에 대한 眞正性을 대조적으로 보여 준다.

이런 점에서 徐廷仁의 소설들은 골드만의 소설에 대한 정의, 즉 소설은 〈타락한 사회에서 타락한 방법으로 진정한 가치를 추구하는 이야기로 특징지워지며, 주인공에 있어서 이러한 타락은 間接化 現象, 즉 진정한 가치가 內在的인 차원으로 끌려 들어감으로써 自明한 현실로서는 사라져 버리는 현상으로 나타난다〉라는 말을 강하게 환기시킨다. 非表面的인 차원으로 잠복되어 버린 이 진정한 가치는 소설 세계의 전체를 통일된 구조로 수렴시키는 숨은 원리로 작용한다. 이를테면 「나들이」의 경우, 얼핏 보기에는 부친상을 당한 친구에게 문상을 다녀오기 위하여 집을 나선 중년 남자가 겪는 사소한 체험들의 묘사

로서, 텔레비젼·라디오·신문 등 매스미디어의 획일화에 대한 비판, 기차·버스 등 대중 교통 수단의 습관적인 연착·연발에 대한 비판, 시골 여관에서의 일박 때 여자를 불러 주며 언제나 그 여자가 숫처녀라고 손님을 속이는 소년의 상습적인 거짓말에 대한 비판으로만 읽을 수 있다. 그러나, 이 작품에서 그러한 것들에 대한 단순한 비판의 의도는 덜 중요한 요소이다. 만일 우리가 「나들이」와 같은 작품에서 작가의 비판적 의식만을 강조한다면 사실상 작가가 작품의 심층에 감추고 있는 더 중요한 작가 의식을 간과해 버릴 수 있는 위험에 직면할 수도 있다. 작가는 우리들의 삶에 불이익을 초치하는 그 모든 일들에 대해서 타성적으로, 혹은 무관심한 반응만을 보이는 사람들의 모습들에 객관적인 묘사를 통하여 그것이 바로 우리들의 보편적인 삶임을, 그것이 바로 우리들의 삶의 진정한 실체임을 고통스럽게 보여 주는 데 더욱 적극적인 작가적 관심을 갖고 있다고 생각된다.

이제 비진정한 價値가 인간 관계를 어떻게 왜곡시키며, 그것이 어떻게 삶을 훼손시키는 폭력적인 힘으로 작용하는가를 보여 주는 몇 개의 예문을 구체적으로 살펴보기로 하자.

i) 「영국이 성도 잘 해 놓고 사요. 미제 깔개에다가, 미제 소제기에다가 에어콘에다가, 꼭 호텔 객실같이 꾸며 놓고 사요.」
「서울 가면 더러 들러냐?」
「어쩔 것이요. 한 질이라도 더 퍼야제? 며칠 전에 올라가서 사상 대전집 한 질 들여 노라고 했더니, 니

그거 팔아서 얼마 먹냐? 그럽디다. 한 질 삼십 권에 구만원인디, 내가 이만원 묵소, 그랬더니, 만원짜리 두 장을 착 꺼내 줌서, 옛다, 이거 가져라, 그럽디다.」

「니 맹 잡았구나.」

「차비만 폈소. 나올 때 조카놈 둘이 말똥말똥 쳐다보고 있길래 호주머니에다 한 장석 질러 줘 버렸소.」

──「사촌들」

ii) 언니는 돈 쓰는 것이 헤펐다. 그래서 나는 언니가 부자라고 생각했다. 그러나 부자라도 돈을 함부로 쓰는 것은 좋은 일이라고 생각되지 않았다. 우리들은 백화점에 가서 한나절에 십만원을 쓰기도 했다.

「언니, 우리가 오늘 장본 돈이면 시골에서 집을 한 채 살 수 있어.」

「삼십만원이면 술집에서 하룻밤 술값이야. 술 마시는 사람들은 그 돈을 앉은 자리에서 뿌린다. 시골 돈과는 이름만 같지 성질이 달라.」

언니가 물치를 시골이라고 부르는 것이 처음에는 귀에 설었는데, 어느새 나도 그렇게 부르게 되었다. 그리고 이곳에 돈이 혼한 것이 이상하고 부럽고 화났었는데, 이젠 물치에 돈이 귀한 것이 창피하고 이상하고 화가 났다. 나도 많이 달라졌다. 언니는 나보다 한 발 앞섰다. 같은 돈이 아예 다르다고 한다. ──「물치」

iii) 어째서 갑자기 서울과 돈이 싫어지고, 어린애처럼 어머니가 보고 싶어진 것이냐. 썩은 새국이 새는 찌그러진 오두막집에서 개똥밭 매는 어머니와 같이 살자고 했으면 서울 벌판에까지 기어올라와서 가슴에 구멍이 뚫리도록 바득바득 악을 쓰며 바둥댈 것이 없지 않았느냐. 그 서울이 보통 서울이냐. 몸에 지닌 돈 한푼 없고, 해는 서산에 지고, 찾아갈 아는 사람 집 하나 없어 정릉 뒷산 숲 속에서 낙엽을 깔고 나뭇잎으로 이슬을 가리며 별빛 아래 밤을 지새워야 했던 그 서울 벌판이 아니냐. 있는 놈들은 시골서 서울살이 흉내를 내고 없는 놈들은 서울 올라와서 머슴아들은 잘되면 부잣집으로 장가 들고 못되면 오다가다 만난 창부와 붙어 살고, 가시내들은 식모살이, 공장살이, 술집살이에 어린 피를 뱉으며 허위적거리다가 종내에는 서울 바닥에서 허리뼈가 부러진 촌놈한테 시집을 가는구나. 시골 구석에 그대로 묻혀 있었더라면, 서울 거리에다가 오장 육부를 뽑아 주지나 않았을 것을.

──「토요일과 금요일 사이」

세 개의 예문에서 두드러지는 것은 서울/시골의 대립이다. 아울러 위의 예문의 조심스러운 독법을 통하여 그의 상상력의 근저에 은밀하게 깔려 있는 서울＝돈의 동일시와 돈＝비진정한 價値의 매개물이라는 등식을 유추해 낼 수 있다.

i)에서는 잘살게 된 자가 그보다 못사는 혈족에게 보이는 반응의 구체를 통하여 그것이 어떻게 친족간의 친화력을 약화시킬 수 있는가를, ii)에서는 서울살이, 특히 돈의 헤픈 씀씀이의 목격을 통해서 시골/서울의 대립적인 차이를 비현실감으로 받아들이다가 차츰 그것

에 길들여지는 소녀의 의식의 변모를, iii)에서는 비진정한 價値가 지배하는 서울살이가 우리의 삶에 가하는 억압과 폭력을 폭넓게 조망하게 된 작중 인물이, 그의 결혼 상대자 집안의 막대한 경제력을 배경으로 그에게 제공되는 호화 아파트에서의 풍요롭고 편안한 요양 생활이라는 유혹을 물리치고 귀향하게 됨을 보여 준다.

60년대 이후의 농어촌에서 대도시에로의 인구 이동이 주로 지위 상승의 동기 혹은 사회 경제적 지위 향상에의 동기에 의해 이루어졌음은 잘 알려진 사실이다. 그러나, iii)의 예문이 적나라하게 드러내듯이 극소수의 예외적인 경우를 제외하고는 그들은 실패와 좌절을 경험한다. 오히려 그들은 삶을 훼손당하는 결과를 감수하지 않을 수 없는 지경에 이르게 된다. 〈어린 피를 뱉으며 허위적거리다가〉라는 말의 내포가 보이듯 비진정한 價値의 지배를 받는 서울살이가 농어촌 출신의 상경자들에게 혹독한 시련을 강요했음을 이해할 수 있다. 그들이 치러야 했던 혹독한 시련의 결과로서 특히 「토요일과 금요일 사이」의 귀향하는 작중 인물의 폐결핵, 「물치」의 두 여자의 경우 물질적인 풍요를 제공받은 대가로 그들이 치루어야 하는, 성적 유희의 대상으로의 전락과 마침내의 죽음이 그 대표적인 예이다.

이처럼 徐廷仁 소설이 보여 주는 유혹—타락—훼손—낙향의 구조는 60년대 이후의 한국인의 삶과 엄격한 대응 관계를 이루며, 이것은 다시 시골/서울의 대립적인 구조, 혹은 비진정한 價値/진정한 價値의 대립과 엄격히 상응함을 이해할 수 있다. 따라서 徐廷仁 소설들

의 여러 작중 인물들이 낙향을 하거나 귀향을 하는 것은, 비진정한 價値의 지배를 받는 타락한 세계에서의 패배와 좌절을 의미하며, 그들의 병, 특히 폐결핵은 그 타락한 세계가 그들에게 입힌 폐해, 혹은 훼손의 훌륭한 등가물이다. 이런 관점에서 徐廷仁이 그의 소설에서 보여 주는 실패하고 좌절한 자들에 대한 각별한 애정과 긍정적인 가치 부여의 의미를 이해할 수 있다. 즉 그들이 진정한 價値의 추구자들이기 때문이다. 「사촌들」에서의 경구가 대표적인 인물이다.

지금까지 살펴본 것처럼 徐廷仁의 소설이 주는 감동은, 그가 보여 준 범상한 한국인들의 삶에 대한 깊은 천착으로 획득된 날카로운 세계 인식과, 그가 이룩한 미학적인 측면에서의 탁월한 성취에서 기인함을 깨달을 수 있다. 그의 소설에, 타락한 세계에서 진정한 價値를 지향하는 사람들의 성공과 행복이 묘사될 수 있도록 진정한 價値가 한국인들의 삶을 지배하는 숨은 원리가 되기를 희망하는 것은 나만의 희망일까.

③ 柳烘鍾의 『하늘로 간 아마』와 金秀男의 『달바라기』는 함께 묶어서 살펴 보기로 하자. 두 작품집은 냉정하게 말해서 객관적인 수준에 있어서 徐廷仁의 『토요일과 금요일 사이』보다 한 급 아래에 있다고 보여진다. 미학적인 측면에서의 성취를 비교해 볼 때 그 점은 확연해진다. 소설을 거칠게 요약하여 일상적인 삶의 의도적인 왜곡——굴절 메커니즘을 통한 문학적인 차원으로의 변형을 위한——혹은 일상적 현실 세계에서의 체험의 반성적 수용이라고 정의할

때 柳烘鍾의 『하늘로 간 아마』가 보여 주는 세계는 확실히 이색적인 세계이다.

그의 소설에서 우선적으로 발견되는 특성은 〈여자는 갓 잡아낸 싱싱한 인어 같았다〉〈산벌레처럼 산을 헤집다가 고개를 드니 해는 석양으로 뉘엿뉘엿 이제 서둘러 하산할 때였다〉〈두 마리의 물개 같은 사내는 열심히 배영으로 바다를 헤엄쳐 나갔다〉〈실크 잠옷 속에 내비치는 현애의 단아한 속살들이 스르슴 뱀처럼 다가오더니 서서히 꾸물럭거리며 내 목과 허리와 다리를 칭칭 휘감아 오기 시작했다〉〈우리는 소파에 늘치처럼 길게 늘어져서 짧고 곤한 잠 속에 깜빡 빠졌던 것 같았다〉라는 표현들이 보여 주듯이 작중 인물에 대한 행동 묘사의 직유로 거침없이 동원되는 동식물의 생태적 특성들은 그가 그만큼 그것들에 관한 정보에 해박하다는 사실을 입증한다. 실제로 「거미의 城」과 「불새」에 나타나는 거미의 생태에 관한 지식, 조류의 생태와 분포 상황, 조류의 이동을 유도하는 요인들에 대한 그의 지식은 전문적인 성격을 띠고 있다. 소설의 배경도 「불새」에서는 국내의 조류 분포 상황을 조사하기 위하여 현지 답사차 남해안 섬들을 추적하다가 우연히 〈불섬〉에 들어갔다가 들은 전설의 새를 기다린다거나, 「하늘로 간 아마」에서는 대학에서 1천 97미터의 천미산 일대의 희귀 식물 채집을 목적으로 편성된 학술 탐사반의 일원으로 참가한 사람의 체험담이라거나, 「거미의 城」에서는 작중 인물인 오교수가 A대학 생물학과의 유능한 젊은 박사이고, 현애와 〈나〉는 생물학과의 동기로 그의 제자라든가, 하는 식으로 밀접한 관련

성을 보여 준다.

그러나, 그의 동식물에 관한 그의 해박한 지식이 소설의 미학적인 구조를 얻는 결정적인 요인으로 삭봉할 만큼 육화되지 못하고 정보적 차원에만 머물러 있다는 느낌을 지울 수가 없다. 이것은 그의 소설들이 지나치게 소재 지향적이라는 비판을 모면할 만한 근거를 갖고 있지 못하다는 말과 같다. 또한 그것은 그가 추구하는 불가사의한 신기성, 혹은 비관습적 세계의 미스테리와 같은 것들이 공허한 상상력의 산물로 호기심의 대상이지 감동의 대상이 못되었음을 의미한다. 그의 소설에서 삶의 진실을 일깨워 주는 체험의 밀도가 약화되었을 때 그 점이 흉하게 노출된다. 소설이 단순한 호기심의 대상으로만 존재할 수는 없을 것이다.

金秀男의 『달바라기』의 세계는 시시콜콜한 소시민적 일상의 풍자적 수용이라고 말할 수 있을 것이다. 표제 작품인 「달바라기」는 6·25 동란 직후의 시대적 배경을 보여 준다. 아이들의 투명한 시선에 의해 대전천 둑의 하꼬방 동네에 사는 가난한 사람들의 삶의 애환이 摘示되고 있다. 아울러 가난이 아이들의 의식에 얼마나 큰 압력의 요인으로 작용하는가, 또한 가난이 어떻게 아이들의 순진성을 훼손시키는가를 보여 준다.

이 작품을 제외하고는 시정의 자질구레한 일상적 에피소드들이 그의 소설의 제재가 되고 있다. 딸의 결혼식장에서야 비로소 첫 대면한 사위가 불구임을 알게 된 소외된 가장의 비애라든가, 종적인 명령 체계에의 절대적인 순응이 덕목으로 지적되는 집단내에서 맨 윗사람의 턱에 생긴 쌀알만한 종기로 인해

파생되는 연쇄적 상황의 희화적인 모습이라든가, 다방을 점거한 인질범의 얘기라든가(「딴따라 딴다」), 배설의 조절 능력을 상실한 노인네들의 얘기라든가(「望八」), 암내가 난 치와와종의 개의 교접과 관련하여 모견과의 그것을 성사시키는 일이 과연 온당한가 하는 윤리적인 갈등을 겪는 주인의 얘기라든가(「빼빼」), 교직에 종사하는 작중 인물의 시시하고 고달픈 일상이라든가(「破스탈로찌 先生」), 하는 것들이 그것이다.

이러한 소설들이 공감을 불러일으키기 위해서는 그 작품들을 출현하도록 허용하게 한 共存의 場으로서의 사회적인 여러 요인들에 대한 작가적 관찰의 적확성이 전제되어야 할 것이다. 문학은 사람과 사람 사이의, 혹은 사람과 사물 사이의 외연적 變數로서의 사회적 관련과, 사람이 본래적으로 가진 내연적인 常數로서의 근원적인 지향과 충동의 필연성에 대한 탐구라고 말할 수 있다. 그러나, 그것이 여타의 인문과학이나 사회과학과 구별되는 이유는 그것의 이루어짐이 인간의 구체적 삶을 감각적 외관으로 가지고 있어야 한다는 전제 때문일 것이다.

金秀男의 소설들은 문학적 긴장의 밀도를 획득하지 못했기 때문에 시정의 조잡한 미시적 관찰의 수준에 머물고 있다는 답답함을 안겨 주었다. ▨

書 評

葛藤의 樣相과 受容

權 五 龍

金東銑 : **荒地** : 순천당 · 215면 · 2,000원
全商國 : **늪에서는 바람이** : 도서출판 문장 · 267면 · 1,800원
조선작 : **장대높이뛰기 선수의 고독** : 삼조사 · 406면 · 2,500원
韓勝源 : **그 바다, 끓며 넘치며** : 도서출판 은애 · 336면 · 2,500원

[1] 소설이 기본적으로 갈등을 통해 그 의미를 구축해 가는 문학 양식임은 새삼스러울 바가 없지만 그럼에도 한편한 편의 작품들이 새롭게 읽힐 수 있는 까닭은 그 갈등을 빚는 요소들에 대한 작가의 시각과 조명이 매양 새로운 것인 때문이리라. 그 갈등을 일으키는 양극 사이의 폭은 무한히 좁을 수도, 또 무한히 넓을 수도 있다. 그것은 한 인간의 존재의 양면 사이의 갈등일 수도 있고 개인과 개인, 개인과 사회 사이의 갈등일 수도 있으며 또는 현실 세계와 초월적 세계에서의 삶의 양태 사이의 갈등일 수도 있다. 그런데 그 갈등이란 그 자체로 완결된 것이 아니라 하나의 과정이라는 것, 다시 말해 그 같은 갈등을 빚어내는 두 가지 이질적 요소를 종합함으로써 차원의 비약을 동반하는 새로운 상태를 일구어내기 위한 과정이라

는 사실에서 중요한 의미를 갖는다. 또 소설의 테두리 안에서 살필 때 그 갈등이란 일차적으로는 작품의 전개에 근원적인 동력을 제공하는 두 요소 사이의 상관 관계이지만 보다 넓은 문맥에서 볼 때 그것은 문학과 사회의 가치의 갈등으로 부각되어지기도 한다. 다시 말해 어떤 의미에서 그 자체만으로는 몰가치 지향적인 사회 진전 과정의 추세 속에 스스로 하나의 대립항으로 자신을 던짐으로써 맹목으로 내닫는 사회에 그것이 새로운 균형을 지향해 나아갈 수 있게끔 하는 복원력을 부여하는 것이다. 소설이 제일의적 중요성으로 지니는 현실에 대한 리얼리티의 요구 때문에 불가피하게도 현실 사회의 존재 피구속성에 묶여 있으면서도 궁극적으로는 이 같은 존재 피구속적 여건을 이탈하는 강한 유토피아 의식을 함축할 수 있는 것

은 소설이 갖는 갈등의 질적 변화 기능에서 유래한다고 할 수 있다.

여기서 우리는 소설이 현실의 리얼리티를 제일의적 과제로 삼는 것이라 했는데, 그렇다면 소설이 갖는 갈등의 구조는 그것을 기존 사실이라는 측면에서만 바라본다면 다름아닌 사회 자체의 갈등의 양상이기도 하다. 소설의 갈등을 통해 작가는 현실에서의 삶의 구석구석에 배여 있으면서 그 삶의 실제를 엮어내는 여러 변수 요인들 사이의 은밀한 역학 관계를 드러내는 것이며 그 드러냄 속에 작가의 현실관을 아울러 반영한다. 그런데 사회적 현실이란 것 또한 어떤 새로운 생성과 지양의 계기를 찾아 끊임없이 유동하는 과정에 있는 것이라는 사실을 상기한다면, 작가는 자신의 현실관을 반영하는 가운데 그 현실의 질적 변화를 수반하는 새로운 상태에 대한 상상적 제시라는 요청에 부딪치게 되는 것이라 할 수 있다. 물론 소설에서 그 새로운 상태란 반드시 문면에 드러나게끔 되어 있는 것만은 아니고, 또 그러한 상태의 이미지가 작품 속에 형상화되어 있느냐, 그렇지 않으냐라는 문제는 그 자체로는 별로 중요한 문제가 아니라 할 수도 있다. 오히려 정작 중요한 의미를 갖는 것은 문학이 그려 보여 주는 상상적 세계가 현실의 구체적 실상에 관해 품는 이해의 유효성이라 여겨진다. 다시 말해 상상력과 현실 인식 사이의 교통 가능성의 폭, 그리고 그러한 상상력이 현실 인식 속으로 침투하여 그것을 새로운 긴장으로 충전시킴으로써 현실로 하여금 보다 적극적으로 어떤 상상적 현실과 합치할 수 있게끔 해 주는 역동성을 갖도록 만

드는 힘의 삼투 관계에 대한 정직한 인식이 보다 요구된다는 것이다. 이런 사실을 몰각하고 상상적 세계의 건설만을 문학의 윤리적 강요 사항으로 받아들일 때 자칫 그것은 현실 인식 자체를 무화시켜 버리게 될 위험성이 있다. 또 그때 그 같은 문학은 사람들에게 거짓 희망을 불어 넣음으로써 현실에서 직접적으로 느끼는 갈등 의식을 심정적 차원에서 안이하게 해소시켜 버리게 되고 마는 결과를 초래할 수도 있다.

② 全商國의 『늪에서는 바람이』가 갖고 있는 문제는 바로 이러한 지적과 관련되어 있다. 이 소설은 고등학교 교사로서 학생 시위 사건의 배후 인물로 지목되어 파면당한 전직 교사가 새로 이사하여 살게 된 동네에서의 인정담을 그 동네 바깥을 싸고 있는 타락한 가치와의 대비를 통해 부각시키고 있다. 이 작품에서의 갈등은 따라서 그 좁은 동네를 떠받치고 있는 윤리적 가치와, 가령 양선생 같은 인물이 품고 있는 물질주의적 가치의 대립을 통해 드러나게 된다. 이 같은 대비는 사실 이제 와서는 별로 새롭다랄 것도 없다 하겠지만 그렇다 하더라도 그것이 분명 가치 있는 조명임에는 틀림없다. 문학이 언제나 새로운 의미의 사냥만을 목표로 하는 것은 아니겠기 때문이다. 그러나 주제의 진부함은 필경 그러한 주제를 보다 새롭게 돋보이게 하기 위한 구체적 사실들의 새로움에 대한 요구를 증대시킨다. 그래서 정작 이 소설의 큰 비중은 그 마을의 여러 주민들이 보여 주는 생활의 구체적인 모습들의 묘사에 바쳐져 있다. 어떤〈뼈대 있는 줄거리를 생각하

고 쓴 것이 아니〉라고 작가 스스로 後記에서 밝히고 있지만 사실 이 작품은, 다시 後記를 인용하면, 〈어제의 아픔과 오늘의 고통을 서로 나누어 갖는 공감대로서의 이웃〉을 형성하려는 의지를 형상화하려 했던 것이라 할 수 있다. 그런데 문제는 이와 같은 주제 의식을 품고 마을의 여러 주민들의 생활의 묘사를 통해 이룩해낸 정신적 에토스가 폐쇄적이고 소극적인 것이라는 사실에 있다. 따라서 그것은 그러한 윤리적 연대 의식의 생성을 저해하는 현실적 요인들에 대등하게 맞설 수 있는 정신의 원리가 되어 주지 못한다. 구체적으로 살필 때 우선 이 마을의 주민들은 마을 바깥의 사회와 일체의 교섭을 갖지 않는다. 이런 까닭에 이 마을은 폐쇄적 소집단의 성격을 띠게 되는데 話者의 시점인 주인공이 실업자로 되어 있음은 그 같은 폐쇄성을 더욱 두드러지게 만든다. 구태여 외부와의 교섭이라면 주인공의 마누라를 통해 오가는 주인공과 양선생 사이의 심리적 교환, 그리고 공터를 가로막는 정체 불명의 힘과 그에 맞서는 마을 주민들의 진정서 사건에 얽힌 관계뿐이지만 그것들은 하나같이 일방적인 소극성에 머물고 있다. 주인공이 이 소설의 관찰자이며 동시에 화자라는 사실을 다시 떠올린다면, 이 마을 전체의 성격을 규정짓는 소극성은 주인공이 지니고 있는 성격과도 많은 부분에 있어 상통할 수 있는 소지를 갖는다. 주인공 우기력의 소극적 성격은 마을 사람들이 그에게 의뢰하는 진정서 초안 작성을 한사코 거절한다든가, 자기의 젊은 부인의 뒤를 밟아 달라는 김 노인의 부탁을 수락하게 된다든가 하는

등의 행위를 통해 살펴 볼 수 있다. 그는 그러한 사태에 직면하여 내심의 갈등을 일으키면서도 결국은 자신의 의사에 따른 결과적 행위를 펼쳐 보이지 못한다. 사실 그가 재직하고 있던 학교를 사직하게 된 것도 그가 어떤 적극적 행동을 펼쳐 보였던 때문은 아닌 것이다. 소극적이고 비의지적인 주인공의 성격은 그의 실제 행위와 내심의 의도를 서로 엇갈리게 만드는데 그 교차의 양상은 흔히 〈態度의 喜劇〉이라 부르는 것을 방불케 한다. 그 태도의 희극은 상대적으로 소극적이고 폐쇄적인 주인공의 심성에 가해지는 외부적 요인들의 압력의 크기를 암시해 준다고 하겠다. 이 같은 관점에서 볼 때 이 작품의 결말 부분에서 주인공이 느끼는 이웃들과의 강한 연대 의식의 정체도 사실은 양선생에 대해 품고 있는 묘한 열등 의식의 보상에서 기인하는 태도의 희극이라 할 수 있으며 따라서 그것은 주인공과 그 마을 외부의 현실에 미만되어 있는 타락한 가치에 대한 갈등 의식이 단순한 심리적 차원에서 풀려 버리고 있음을 말해 주는 것이라 하겠다.

[3] 『늪에서는 바람이』가 갈등의 심적 해소를 보여 준 것이라면 趙善作의 『장대높이뛰기 선수의 孤獨』은 애당초 사회 구조에 발생의 근원을 갖는 문제를 심리적 근원의 문제로 치환시킴으로써 현실 인식의 유효성을 무화시켜 버린 작품이라 할 수 있다. 여기서 주인공 방명호는 그가 장대높이뛰기 선수였다는 이력에 대한 서술로부터 묘사되어 있는데, 그의 이 같은 전직은 소설이 전개되어 나가는 과정에서 실제로 연출되어질

그의 삶의 면모 전부를 우의적으로 암시한다는 것말고는 그다지 본질적인 의미를 갖고 있지는 않다. 정작 그의 신상에 관해 알아야 할 중요한 것은 그가 학력·재산 등의 여러 가지 면에서 사회적으로 인정받을 수 있을 만한 현실적 가치를 하나도 지니지 못하고 있다는 사실이다. 그러나 사회적 성공에 강한 집착을 품고 있는 방명호에게 있어 이처럼 허술한 외부적 조건은 섭사리 뛰어넘을 수 없는 만만찮은 장애가 된다. 사람들이 추구하는 궁극적 목표가 어떤 것이건간에 원칙적으로 사회는 그것의 실현을 기약해 주는 가능성의 현장이 되어주어야 할 것이라는 당위적 관점에서 볼 때 방명호를 둘러싸고 있는 현실은 일단 모순된 것이라 하지 않을 수 없다. 또 그런 의미에서 애당초의 방명호는 사회적 모순의 피해자라고도 할 수 있다. 그래서 방명호는 그가 처해 있는 현실적 제약에서 발돋움하기 위해, 〈자기를 들어올릴 수 있는 장대〉를 구하기 위해 궁여지책으로 결혼 상담소를 찾는다. 그러나 극단적으로 말해 방명호를 위요하고 있는 사회 현실은 그때부터 이미 모순된 것이기를 그쳐 버린다고 말할 수 있다. 오히려 그 순간부터 방명호라는 인물이 하나의 모순의 덩어리로 화하게 되는 것이다. 사회란, 혹은 현실이란 그 자체만으로서 정당하거나 모순된 것은 아니다. 어떤 사회에 대해 모순되어 있다고 일컫는 것은 그 사회가 사람들의 윤리적 정당성과 사회의 몰가치성이 화합할 수 없는 지경에 있음을 가리키는 것이라 할 수 있다. 타인에 대한 공감적 이해를 통해서도 어느만큼은 가능한 것이겠지

단 일차적으로 사회 구조의 옳고 그름에 대한 판단은 사람들의 실존과 사회 제도 사이의 상충 과정에서 생겨난다. 소설 사회학에서 소설의 주인공을 〈문제적 개인〉이라 일컫는 것도 그 인물이 현존 사회의 타락한 가치와 그것을 초월하는 모순된 두 가치를 동시에 체현하고 있다는 까닭에서이다. 그러나 결혼 상담소에 발을 들여놓은 이후의 방명호에게서는 아무런 문제성도 찾아볼 수가 없다. 결혼 상담소의 〈전속 맞선꾼〉으로 행세하게끔 된 후 그는 간혹 자기의 처지와 행위에 혐오감을 느끼곤 하지만 그러한 심리적 갈등의 내면에서 진정한 가치의 흔적은 이미 엿보이지 않는다. 방명호를 통해 사회 구조의 실상이 모순된 것으로 제시된 순간부터 그는 그 모순에 적극적으로 영합하려는 태도만을 보여 줄 따름이기 때문이다. 따라서 주기적으로 그에게 찾아드는 심리적 갈등의 장면들은, 가령 현수경에서 장숙 여인으로, 또 주한나로……이런 여인들과 얽혀 엮어내는 새로운 사건의 전개로 넘어가기 위한 분기점의 구실밖에는 하지 않는다. 다분히 소설의 구성적 편의를 위해 동원된 듯이 보이는 이 갈등들은 만약 이 소설이 내면 심리의 내용들을 밝혀 줄 수 있는 서술 원리 위에 서 있었다면 처음 방명호를 통해 부각되었던 실존과 제도 사이의 괴리 및 모순을 더욱 심층적으로 파헤칠 수 있는 방편이 될 수 있었을 것이다. 그런데 이 작품은 작가 관찰자 서술 시점 위에 놓여져 있으며 또 작가가 어느만큼의 전지적인 재량을 보유하고 있으면서도 정작 심리적 갈등의 장면에 있어서는 그 심리의 추이를 깊이 있게 천착

968

해 들어가지 않고 있다.

그녀의 돌연한 웃음, 그리고 당돌하며 조심성 없는 말투 따위는 도리어 방명호의 자존심을 꾸겨주기에 안성마춤이었다. 일테면 그녀는 어쩌다가 여기까지 따라나오기는 했지만 당신 따위는 안중에도 없다, 계속해서 그런 태도였던 것이다.

파괴적인 충동을 지그시 참으며 방명호가 말했다.

이것은 방명호가 주한나를 처음 만났을 때의 장면 가운데 방명호의 심적 상태의 변화와 비교적 가깝게 결부되어 있는 부분이다. 여기서 작가는 방명호의 내면을 투시하고 있으면서도 그의 충동적 성격만을 돋보이게 할 뿐이다. 이 충동적 성격은 얼마 뒤에 이어지는 〈방명호는 에라 모르겠다, 될 대로 돼라 하는 심정으로 다시 말했다〉라는 대목에서 거듭 확인되어 있다. 이 같은 충동적 성격으로 말미암아 그가 주한나에게 결혼 상담소의 생태에 관해 소상히 밝혀 준다든가, 그곳을 찾아 온 남대식을 쫓아 버린다든가, 미아리의 한 체육관으로 현수경을 찾아 간다든가 하는 행위에는 윤리적 동기가 스며들 수 있는 틈이 막혀 버리고 만다. 또 그 성격의 충동성은 방명호의 심리적 갈등의 동기까지도 충동적인 것으로 비춤으로써 개인과 사회의 진정한 가치와 타락한 가치의 대립 사이에서 발생하는 것으로 형상화될 수 있었던 갈등을 단순한 심리적 경향의 문제로 제한시켜 버린다. 이렇듯 문제 의식의 초점이 흐려지게 된 까닭은 어디 있는 것일까? 이 물음에 답하기 위해 우리는 다시 이 소설의 시점과 방명호라는 인물이 그려져 있는 됨됨이를 살펴볼 필요가 있다. 이 작품에서 방녕오는 자신의 실존의 무게 전부를 사회적 모순의 벽에 부딪쳐 나가는 인물이 아니다. 이것은 그가 작가의 관찰 시점에 따라 의도된 모습대로만 그려져 있음에서 기인하는 성격인데, 방명호가 작품 속에서 자체의 생명력을 지닌 인물이라기보다는 무언가의 조종에 따라 움직이는 인형 같은 느낌을 주는 것은 단지 그가 진여사의 올가미 속에서 그녀의 지시대로 수동적으로 움직이고 있기 때문만이 아니라 이 같은 시점상의 원리에도 그 이유의 일단이 놓여져 있다. 이 같은 시점의 외재성 때문에 이 작품은 당초 작가가 뜻했던 것과 같은 〈현장 검증적〉인 것이 되지 못하고 작가의 의도에 따라 제단된 작품이 되고만 듯하다. 말하자면 결혼 상담소를 중심으로 이루어지는 방명호의 생활 반경은 문학의 〈타락한 방법〉을 보여 주기 위해 미리 치밀하게 구성된 개요에 따라 설정되어 있는 것이다. 이것은 작가가 에필로그에서의 윤리적 개입을 준비하기 위한 필연적인 구성이었다. 방명호의 죽음으로 귀결되는 에필로그는 〈타락한 방법〉에 대립되는 〈진정한 가치〉의 항목에 대응하는 것으로 볼 수 있다. 그러나 〈타락한 방법〉과 〈진정한 가치〉가 이렇듯 확연히 구분될 수 있는 것으로 생각되지는 않는다. 또 〈타락한 방법〉이란 것이 작가가 생각하듯 현대 사회에 있어서의 소설의 〈존재 이유〉가 되는 것도 아니다. 만일 둘 중의 어느 하나에만 매달릴 경우, 전자의 경우 그것은 범속한 세태 소설로 떨어질 우려가 있고 후자의 경우는 추상적 관념 소설로 화해 버릴 가능성이 있다. 또 그 둘을 별개의 것으로 병존시킬 때 자칫 그것은 권선징악류의 테제 소설이 될 위험도 있다. 소설은, 골드만도 밝히고 있듯, 그 두 사항의 변증법적 총체이다. 〈타락한 방법〉이 현대 사회에 있어서의 소설의 존재 양태라면 〈진정한 가치〉는 서술의 방법적 원리로서 그 두 사항은 동시적으로 융합되어 있어야 하는 것이다.

④ 『장대높이뛰기 선수의 孤獨』을 통하여 살펴본 문제점 중 몇 가지는 金東銑의 『荒地』에도 적용된다. 『荒地』는 작금의 우리 사회에 팽배되어 있는 여러 가지 대립, 즉 진정한 가치 / 타락한 가치, 정신 / 물질, 순수 / 비순수 등의 여러 대립의 의미를 상징적으로 보여 준다. 이 작품의 배경이 대학교이고 주요 등장 인물이 대학생이라는 것은 흔히 말하는 순수의 의미를 상징적으로 지니고 있는 공간이며 인물이라는 것을 암시하는데, 주인공 김덕만은 이 같은 비유적 의미를 전개하기 위해 조형된 인물이다. 이 작품에 있어서도 정작 핵심적인 인물은 김덕만이면서도 소설의 전개는 김덕만의 시점이 아니라 〈나〉라는 제삼자적 인물의 시점을 통해 이루어지고 있다. 따라서 김덕만이라는 인물의 됨됨이며 그의 실존 과정의 의미는 그가 구체적으로 보여 주는 행위들을 통해 직접 전달되는 것이 아니라 나에 의해 설명되거나 회상되거나 또는 추측되는 방식에 의거하여 전달된다. 이와 같은 시점의 여과 작용 때문에 그의 행위의 의미들은 이 작품이 의도하는 바의

결과에 도달하기 위해 필요한 범위로만 추상되어 버린다. 이런 까닭에 이 소설은 채 육화되지 못한 관념적인 느낌을 짙게 풍긴다. 그러나 다른 한편에서 볼 때 이러한 시점의 구사가 이 작품에 반드시 부정적인 기능만을 하는 것은 아니다. 우선 이 같은 시점은 김덕만이 모습을 보이지 않고 있다가 문득 돌변한 모습으로 다시 나타나는 경이적 반전을 위해서도 효과적인 것일 수 있다. 그러나 이보다 한결 중요한 의미를 갖는 것은 화자=관찰자가 작품 속의 한 인물이기 때문에 작가 자신의 논평적 개입의 여지가 그만큼 줄어들고 또 비록 관념적이긴 하더라도 작품의 의도가 생경하게 노출되지는 않는다는 점이다. 다시 말해 작품의 의미 공간이 변증법적인 것일 수 있게 된다는 것이다. 구체적으로 살필 때 화자인 나는 김덕만이 하숙하고 있었던 하숙집 여주인과 대척되는 지점에 위치해 있는 인물이다. 그 여인이 보여 주는 행위의 의미가 〈순수성을 침해하는 작금의 권력과 금력을 상징〉하고 있는 것이라면 반대로 나라는 존재의 의미는 침해받는 순수성을 끝까지 지켜 나가려는 의지에 있는 것이라 할 수 있다. 이 두 개의 견인력 사이에는 애당초 나의 입장에 가까이 있었던 김덕만은 종국에 가서는 현실적 가치에 스스로를 물들이고 만다. 이 같은 태도의 변화는 김덕만에게 심리적 갈등을 강요하는 것이지만 여기서 중요한 것은 김덕만이 나누어 가지고 있는 두 가지 이질적인 가치 사이의 갈등이 그의 개인 심리 속에서 해소되지 않고 화자인 〈나〉에게로 전이되어 현실에 대한 정직한 물음으로 바뀌고 있다는 점이다. 결과적

으로 〈나〉가 문제 되는 것은 점차 만연 되어 가는 훼손된 현실 가치 앞에서 본 래의 〈순수성〉을 고수해 나아가기 위해 과연 어떤 행동 양식이 필요할 것인가라 는 질문이다. 따라서 『荒地』는 현실의 갈등 양상을 어떤 닫혀진 형식적 체제 속에 가둠으로써 그 속에서 어떤 해결 을 시도하는 것이 아니라 그것을 있는 그대로 열어 보이는 방식에 의존해 있 다. 현실의 갈등에 대한 이 같은 수용 방식을 우리는 韓勝源의 작품을 통해서 다시 찾아볼 수 있다.

⑤ 이제까지의 세 작품이 사회 현실의 공시적 인식 태도에 관련된 것이라면 韓勝源의 『그 바다, 끓며 넘치며』가 보 여 주는 갈등은 보다 역사적인 터전에 뿌리를 내리고 있는 여러 요인들이 엉켜 빚어내는, 역사 인식에 대한 이데올로 기적 갈등의 양상이다. 이 작품이 말해 주고 있는 바는 우리나라 사회가 그 집 단 의식의 심층에서 살필 때 아직 청산 되지 않은 봉건적 사회 구조에서 민중 적 의지를 핵으로 삼는 새로운 사회 구 조로 옮아가는 과도기에 처해 있다는 것, 그리고 그 민중적 의지에서 발단되 는 탈봉건의 노력이 앞으로도 끊임없이 지속되어야 할 것이라는 사실이다. 이 렇게 도식적이고 거칠게 말해 버렸지만 그렇다고 해서 실제 작품 자체가 그런 것은 결코 아니다. 작품에서 이 같은 주 제는 그 투박스러움을 거의 느끼지 못 할 정도로 섬세하게 녹아들어 있다.

이 작품의 배경이 되는 것은 김 양식 을 주된 업으로 하는 전라도 남쪽 해안 의 한 마을이다. 이러한 배경 설정은 韓勝源의 많은 작품들에 공통되어 있다.

그러나 이 작가의 탁월한 역량은, 한 가지 사례로, 이 같은 배경의 특수성을 특수성의 테두리에만 가둬 놓지 않고 거 기에 한국 사회 전반의 공통된 문제들 을 투영시킴으로써 보편적인 차원으로 끌어올리고 있다는 데에서도 유감 없이 발휘되어져 있다. 이 소설의 배경이 되 는 새텃몰과 큰동네의 두 마을은 적어 도 백 년 가량의 역사적 함축을 지니고 있다.

원래 한 마을이던 것이었다. 한데, 백여년 전에 큰동네의 만호를 지낸 영감 주변의 최씨들이 둘로 갈라 놓은 것이었다. 양지바르고 아늑하여 살기 좋은 땅에서 어찌 상것들하고 이웃해 서 살 수 있느냐며, 우대의 산협에 자 리를 잡아 놓고 자기들이 종 부리듯하 는 갯투성이들을 몰아 넣었다. 그게 새텃몰이 된 것이었다.

이 같은 역사적 배경을 지닌 두 마을 이기 때문에 그 주민들이 김 양식장인 응달 개포를 놓고 벌이는 각축은 단순 한 경제적 이해 관계를 둘러싼 것이기 보다 한결 복합적인 요인들이 교차하여 빚어내는 필연적인 충돌의 성격을 지니 게 된다. 그 충돌의 필연성은 이 작품 에서 마을을 둘러싸고 있는 지형에 관 한 묘사, 그리고 그 같은 지세에 대한 사람들의 토속 신앙적 믿음의 제시에 의해 뒷받침되어 있다. 산과 바다가 어 울어져 이루고 있는 형국에 대한 아니 마 / 아니무스적 성격의 부여는 이 소설 에 신화적인 성격까지도 아울러 제공한 다. 역사적인 것과 신화적인 것의 병치, 그리고 후자의 전망에 입각하여 역사적 현장의 의미를 재음미하는 것 역시 韓勝源의 소설 세계의 특징적인 일부를 이룬다. 그의 소설들이 갖는 신화적 성격은, 가령 「廢村」에서처럼 강한 암시를 던져 줌으로써 작품 전체에 활력을 부여한다는 기능을 갖는 것이기도 하지만, 단순한 기법상의 차원을 떠나서도 그것은 삶의 원형으로 상정된 구조에 비추어 사람들의 실제적 삶의 필연성 여부를 조감케 하는 입체적인 시각의 원리가 되어주기도 한다. 『그 바다……』에 있어서도 도입부에 제시된 마을의 신화적 성격은 작품에서 실제로 벌어지는 사건들의 의미를 촌탁하게끔 만드는 시금석의 역할을 한다.

여기서 또 한 가지 묘한 것은, 이 골짜기가 그렇듯 앓는 듯한 소리에 귀기서린 요사스러운 쉿소리까지를 곁들이게 될 경우, 그 해엔 반드시 새텃물과 큰동네의 처녀나 과부 가운데 어느 한 여자가 아기를 밴다고 했다.

여기 인용된 부분에서 제시되어 있는 것은 이 소설이 기초하고 있는 결합과 생성의 신화적 모티프이다. 이렇게 커다랗게 둘러진 소설 공간의 테두리 속에서 사람들은 그것에 부합되기도 하고 상처되기도 하는 삶의 실상들을 펼쳐 보인다. 그 삶의 실상이 노정하는 이데올로기적 갈등이란 과연 어떤 것일까? 『그 바다……』의 형식적인 특징 가운데 또 하나는 그것이 여러 가지의 팽팽한 대립 구조를 그 저변에 깔아 놓고 있다는 점이다. 그 대립은 여러 가지로 나타나 있다. 그것의 신화적 의미가 아니마 / 아니무스적 대립임은 앞서도 말한

바와 같지만 구체적으로 그것은 새텃물과 큰동네의 대립이며 윤칠보 / 최질만, 그의 자식들인 수진 / 희심, 그리고 들독 / 청도댁의 대립이다. 이렇게 가닥가닥 나뉘어진 대립의 역사적 줄기를 거슬러 올라갈 때 그것은 이씨 조선이라는 봉건 사회가 기초해 있었던 양반 / 평민의 대립으로까지 소급된다. 이렇듯 복잡다단하게 펼쳐져 있는 의미의 대립은 윤칠보와 최질만이라는 두 인물을 통해 구현되어져 있다. 각각 새텃물과 큰동네의 이장 겸 총대직을 맡고 있는 이 두 인물들은 비단 응달 개포의 김 양식권을 둘러싼 표면적 알력에서뿐만 아니라 그외 여러 가지 점에서 상반되는 태도를 보여 준다. 우리는 이 두 인물을 통해 이 작품이 함축한 시간의 두께인 약 백 년 동안의 역사적 진화 과정에서 주형된 두 가지 특징적인 행동 양식을 볼 수 있다. 그 중 최질만을 통해 나타나는 것이 봉건적이고 전근대적인 사회 구조를 지켜나감으로써 이미 그것으로부터 획득할 수 있었던 기득적 자산을 보전해 나가려는 필사적인 안간힘이라면 윤칠보를 통해서는 그 백 년 동안의 격동기를 거치는 과정에서 한국사의 흐름이 보여 주었던 민중적 동의를 기반으로 하는 호혜적 평등 사회의 점진적 구현이라는 역사철학적 인식에 입각한 행동 양식이 구체화되어 있다고 할 수 있다. 응달 개포에 대한 소유권을 주장하는 데 있어서도 최질만이 내세우는 근거라는게 고작 증조부때부터의 인습의 논리 위에 서 있음에 비해 윤칠보는 그러한 인습적 권리의 허구성을 꿰뚫어봄으로써 자신의 주장에 정당한 근거를 확보한다. 우리는 이 두 인물을 통해 각

기 특징적으로 드러나있는 행위의 의미를 보다 뚜렷이하기 위해 이조 사회를 지배하고 있었던 양반·평민의 대립적 세계 인식이 오늘날까지 어떻게 변화해 와으며 또 그것이 구체적으로 어떻게 발현되어 있는가를 최질만의 가계를 통해 비록 가설적으로나마 살펴볼 필요가 있다. 그것의 추적을 거침으로써 우리는 이 소설의 신화적 성격이 암시하고 있는 결합과 생성의 필연성에까지 도달할 수 있을 것이다.

이조 사회의 이념적 지주였던 유교적 이념이 양반 계급과 평민 계급에 있어 각기 내용을 달리하는 것임은 이미 잘 알려진 바와 같거니와, 평민 계급에 있어서의 유교적 이념이 향약이라든가 두레·계 등의 구체적 실현물을 통해 알 수 있듯 수평적 세계관 위에 서 있는 것이라면 양반 계급의 세계관은 수직적 이념을 그 전망으로 갖는 것으로서 지배와 통치를 이념적 목표로 삼았던 것이라 할 수 있다. 또 그 두 계급 사이에는 넘을 수 없는 뚜렷한 울타리가 가로놓여 있었으며 이러한 사회 구조의 효과적인 경영을 위해 양반들은 정치·경제 등 사회 각 분야의 모든 실력을 자기네들에게로 집중시켜 놓고 있었다. 그러나 임진란 이후 경제 활동의 주체적 지위가 서서히 평민 계급에까지 확산되면서 사회의 계급 구조가 허술해지는 틈을 타 평민들 중에서 空名帖과 같은 방법을 통해 양반의 반열에 올라서게 되는 신양반 계층이 생기게 된다. 이 신양반 계층의 세계관은 그 대강에 있어 양반 계급의 세계관의 아류에 해당한다고 볼 수 있는데, 『그 바다……』에 있어서도 최질만의 증조부는 바로 이런

방식으로 양반의 지위로 발돋움한 것이었다. 한편 그 같은 대립적 사회 구조에서 계급간의 갈등은, 양반의 평민에 대한 태도가 노골적이고 압제적인 것이었다면 평민들의 양반에 대한 대립 의식은 표면화되지 못한 채 심층 의식에 잠재되어 집단적 무의식을 이루게 된다. 새텃몰 사람들과 큰동네 주민들의 대립은 각각의 이 같은 집단 무의식에 뿌리박고 있는 것이라 할 수 있다. 그러나 그러면서도 큰동네 사람들에 대한 새텃몰 사람들의 반감을 단순한 보상 의식에서 기인하는 것으로만 할 수는 없는 것은 평민 계급에 스며들었던 집단 무의식이 반봉건 투쟁이라는 근대 의식을 그 내용으로 하는 것인 까닭에서이다.

양반이나 신양반 계층의 사람들의 행동 양식이 특징적으로 두드러지게 되는 것은 일제 시대에 들어오면서부터라 할 수 있다. 이미 구한말의 일련의 정치적 개혁에 의해 계급 차별이 제도적으로는 철폐되었지만 그것이 본래 그들이 지니고 있었던 수직적 세계관 자체의 변혁을 의미하는 것은 아니었다. 음성화된 양반 계급의 수직적 세계관은 사회의 지배라는 이념적 목표의 효과적 수행을 위해 현실적 세력과의 결탁을 불가피하게 만들고 다른 한편으론 경제적 실력의 독점을 필요로 하게 만든다. 일제 시대에 있어 그 두 가지 요구를 동시에 충족시킬 수 있는 방법은 친일이었다. 최질만의 아버지가 친일파로서 그 세력을 등에 엎고 응달 개포를 차지했던 것은 이러한 사정을 반영한다. 그러나 친일파에 대한 처리가 해방 이후 납득할 만한 수준에서 이루어졌었다면 의식의 근대화는 좀 더 이른 실현을 기대할 수

葛藤의 樣相과 受容 **973**

있었을 것이다. 친일파에 대한 미흡한 처리라는 역사적 관심 또한 韓勝源의 작가적 관심의 일부를 이루고 있는 문제로서 다른 작품들에서도 취급되어져 있지만, 아뭏든 친일 잔존 세력은 해방 이후에도 전과 다름없이 친일의 대가로 얻어낸 기득적 유리함을 유지하게 되는데 여기 새로이 첨가되는 것은 이데올로기의 점유라는 문제이다. 한편으로 그것은 친일의 죄과를 은폐하기 위한 자기 방어적인 것이라 볼 수도 있지만 또 한편으론 이념적 정당성으로 위장된 허위 의식을 남에게 유포시킴으로써 자신의 입장을 강화하기 위한 방편이기도 하다. 질만의 형인 최성만이 공산주의에 가담했던 것은 전자의 입장에 해당하며, 최영만이 응달 개포를 독점하려는 속셈을 감추고 〈국가적 손실〉이라는 명분을 내세워 질만과 칠보를 화해시키는 것은 후자의 입장에 해당한다. 이렇듯 보수를 원칙으로 하여 현실적 권력과의 결탁, 경제적 수단의 독점, 이데올로기의 점유 등의 수단으로 특징지워 볼 수 있는 잔존 봉건 계층의 세계관은 변함없는 수직적 구조를 이념의 골격으로 하는 것이기 때문에 그로부터 빚어지는 행위의 양상들은 반드시 다른 계층에 대해서만 발휘되는 것이 아니라 동질 집단 속에서도 필경 그 모습을 드러내게 마련이다. 질만의 사촌형인 최영만이 최질만까지도 속여 가면서 응달 개포의 양식권을 자기 몫으로 독점해 버리는 것은 이 같은 사례를 입증해 주는 우수한 보기이다. 『그 바다……』가 품고 있는 결합의 모티프는 바로 이러한 경위를 통해 구체화된다. 그것은 수진과 희심, 혹은 들독과 청도댁의 사이에

서 가능성이 암시되고 있긴 하지만 그것은 가능성에만 머물고 있을 따름이며 정작 이 소설의 실제적인 결합은 최영만이라는 새로운 상대에 대하여 칠보와 질만이 공유하게 되는 입장의 동질성 위에서 싹트게 된다. 다시 말해 최영만과 최질만 사이에 새로이 놓여진 관계는 이제껏 질만과 칠보 사이에, 나아가서는 봉건 세력과 민중 사이의 관계에 놓여 있었던 관계의 새로운 양상이라 할 수 있는데, 최영만과의 관계를 통해 새로이 부각된 최질만의 입장은 이제껏 칠보가 지니고 있었던 입장에 동화됨으로써 보다 광범한 동의를 기반으로 한 민중적 이념의 생성의 계기를 열어 보여 주게 되는 것이다.

이제까지 우리는 최근 발간된 네 편의 장편소설을 갈등의 양상과 그 문학적 수용이라는 점에 겨냥하여 살펴보았다. 그 수용 양식의 차이를 막론하고 그것들이 한결같이 목표하고 있는 것은 지금 우리가 처해 있는 현실이 얼마나 어지럽게 얽힌 갈등의 현장인가를 밝혀 보여 주는 것이었다고 여겨진다. 그러한 관심은 모두가 값진 것이었다. 그러나 오늘날 우리가 문학에 대해 바라는 사항 중의 하나는 문학이 문학만의 의미로 읽혀지기를 바라지는 않는다는 사실일 것이다. 우리는 문학이 열려 있는 것이기를 바란다. 그리하여 문학이 보여 주는 고뇌가 실제의 삶에서 우리가 느끼는 그것과 합치하는 것이기를 바라는 것이다. 문학과 독자의 이해의 동질성이야말로 지금의 사회 현실에 얽혀 있는 갈등을 지양하는 가장 믿음직한 힘이 될 수 있을 것이다. ▨

▨ 書　評

1920년대　韓國文學의　再評價

朴　喆　熙

尹弘老：**韓國近代小說硏究**：일조각・312 면・4,500 원
吳世榮：**韓國浪漫主義詩硏究**：一志社・469 면・7,000 원

① 한국 문학의 전개 과정에 있어서 1920년대는 특히 중요한 위치를 차지한다. 주지하다시피 3·1 운동이 계기가 되어 확산된 문화 운동의 일환으로 각종 신문 잡지와 동인지가 격증되면서 이 땅에는 비로소 본격적인 문학의 개화를 본 것이다. 뿐만 아니라 서구 문학과 적극적으로 교접하면서 1920년대 문학은 전대의 문학과 비교하여 그 방법과 인식의 관점에는 상당한 전환이 이루어지고 있었다는 것도 사실이다. 그것은 한마디로 전대 문학의 계몽적 교훈주의 등과 같은 관념적이고 추상적인 他說的 形式의 극복인 것이다. 전대 문학, 가령 개화기 문학의 경우 그 주류를 이루는 골격은 어디까지나 개체적인 현실의 구조가 아니라, 관념적이고 보편적인 공적인 구조로 일관되어 있다. 그러나 1920년대 문학은 개화기 문학과는 다르게 현실을 응시하는 구체적인

눈을 보여 준다. 1920년대 문학의 한 특징을 이루는 이러한 구체의 눈과 같은 自說的 전환이 리얼리즘의 형식으로 나타난 것은 대체로 이 때문이다. 한국 문학에 있어 近代의 변화가 他說的 형식의 거부와 自說的 요소의 발견이라는 패러다임적 관점에서 가능하다고 할 때, 리얼리즘의 형식은 그렇기에 他說的 형식의 反命題로 보아 틀림이 없다. 그만큼 1920년대 문학은 한국 문학의 근대적 변화를 가능케 하는 시기의 산물이며, 그것을 가능케 하는 층의 요구라고 일단 보아지는 것이다.

일반적으로 他說的 形式에서 自說的 形式에로의 변화는 어떤 계기에 의해 촉발된다. 他說的 질서에 새로운 요인이 작용해서 계기를 찾으려는 싹이 트면 그것은 자동적으로 自說的이 되는 것이다. 그런 계기는 위기에 직면한 상황에서 나온다. 그것은 물론 문화 접촉

을 통한 위기 의식으로 분석할 수 있지만 1920년대 한국 문학의 경우, 그것은 타설적 형식의 극복과 아울러 외부 세력에 대거리하는 고유한 자아의 발견 내지 재인식이 된다. 민족 문학은 근대 문학이어야 하고 근대 문학은 민족 문학이어야 한다는 명제도 기실은 이러한 문맥에서만 가능할 수 있다. 그렇기에 1920년대 문학은 비단 이 시대의 문제만이 아니라, 오늘의 입장에서 그 시대의 문학을 이해하고 또 그 시대의 문학을 통하여 오늘의 문학을 이해하는 데 있어서 가장 중요한 단서가 되는 것이다. 1920년대 문학의 재인식은 이렇듯 한국 근대 문학의 형성과 그 전개를 논하는 데 중요한 의의가 있다.

② 이와 같이 1920년대는 한국 문학사에 중요한 의미를 띠고 있기 때문에 문학 연구가들에게 일찍부터 관심의 대상이 되어 왔고 그만큼 매우 중요하고도 보람 있는 과제의 하나로 간주되어 왔다. 그동안 1920년대 문학에 관한 연구 논저는 헤아리기 어려울 정도로 누적되었으며, 자료 연구나 작품 연구에도 많은 진전은 물론 있었다. 그러나 이런 사정에도 불구하고 이루어진 성과는 만족한 것이라고 하긴 어려울 듯하다.

첫째, 대부분의 작품론은 단편적인 고찰이 주가 된 감이 없지 않기 때문에 핵심적이고도 본질적인 접근이 요망되고 있다. 둘째, 작품 해석을 위한 사회 배경이나 개인 생애에 작품 세계를 單純히 결부시켰기 때문에 소박한 反映論에 머물 위험을 배제할 수 없다. 세째, 文藝思潮論的, 比較

文學的 연구는 우리 문학사를 주체적으로 이해하려는 受容 여건에 대한 다각적인 검토 없이 외래적 영향을 지나치게 강조한 나머지, 이 시대 문예 사조의 未熟性, 또는 淺薄性·雜駁性 등을 들추어 내는 것에 머무르는 경우가 없지 않다. (『韓國近代小說究硏』, p.3)

이렇듯 단편적인 고찰이나 소박한 반영론 그리고 일방적인 외래 문학의 授受 안에서만 이해·설명하는 데 그쳤고 바로 그렇기 때문에 1920년대 문학을 정면으로 다루기에는 문제의 중요성은 강조하면서도 핵심적이고도 본질적인 접근을 기대할 수 없었던 것이 그 동안의 사정이었다. 이런 의미에서 이번에 약속이나 한 듯이 나란히 나온 吳世榮의 『韓國浪漫主義詩研究』와 尹弘老의 『韓國近代小說研究』는 이러한 관습적 관점에 대한 재검토 내지 반성이라는 점에서 일단 진일보한 글이라고 생각한다. 그만큼 두 저서는 한결같이 1920년대 문학을 정면으로 다루고 있으며, 장르상의 차등을 넘어서서 다같이 한국 근대 문학의 형성과 그 요인에 초점을 맞추고 있다. 두 저서는 그만큼 1920년대 한국 문학의 본격적인 접근이며 재평가로서 그 시각과 노고가 각별했던 그만큼 여러 가지 면에서 학계와 문단에 실속 있는 문제를 제기한 것으로 보아진다. 따라서 두 저서의 강점의 하나는 문학사 연구에 있어서 예비적인 작업이 되는 자료와 문헌에 대한 정확한 실증적 검토를 거쳤다는 점에 있다. 1920년대 문학을 단독 테마로 삼았다는 것 자체가 저자들의 철저한 실증 정신의 한 반영으로 보인다. 이러한 정신은 『韓國浪漫主義詩研究』에서 극대화한다. 지금까지 1920년대 민요조 서정시를 한 권의 책에서 다룬 예는 아마도 없었으리라고 생각하며 여기서 이 책의 가치의 일단이 잘 드러난다고 할 수 있다. 또한 두 저서는 약속이나 한 듯이 그 접근 방법은 다르나 일단은 한국 근대 문학의 형성과 그 요인을 다루고 있음을 다 같이 시인하고 있다. 전자는 1920년대 시의 민요 지향성을 드러냄으로써 한국 근대 시 형성의 연원과 그 형성 과정이 밝혀지길 기대하였고, 후자는 민족주의적 리얼리즘의 형성 과정이 곧 1920년대 근대 소설 형성의 한 원천임을 규명코자 하였다.

특히 1920년대 한국 문학에 있어서 민요의 형식이 시의 전통적 지향성으로 자각되고 민족주의 이념을 소설에서 강조한 것은 한마디로 自說的 詩學에 귀착되고 있음을 알 수 있다. 〈民謠詩 창작이 한국 낭만주의 운동의 한 양상〉으로 보고 〈20년대 소설 지향점은 문예 사조의 측면에서 넓은 의미의 리얼리즘〉으로 규정할 때 그러한 자설적 과정이 곧 한국 근대 문학 형성의 한 다이내미즘임은 더 말할 나위가 없다.

③ 『韓國浪漫主義詩研究』와 『韓國近代小說研究』는 문학을 한편으로 문학의 역사 속에 파악하고 있으면서도 다른 한편으로는 문화라는 보다 광범위한 역사 속에 투영코자 한다. 그만큼 두 저서는 1920년대 문학 연구는 그 이념상 민족주의의 지향이라는 점에서 만난다.

民謠詩는 그 理念上 民族主義를 지향한다. 실제로 民謠詩派에 해당하는 朱耀翰, 金素月, 金億 등은 文學史家들에 의해서 〈國民文學派〉의 동반자들로 규정되고 있다. 말하자면 民謠詩 創作은 歷史의 小說化・時調復興과 더불어 1920年代 國民文學運動의 구체적 실천이었다. 따라서 民謠詩派의 硏究는 20年代 文學에 나타난 民族主義의 한 양상을 드러내 밝히는 일이 될 것이다. (『浪詩研』, p. 11)

20년대의 時代精神은 합방 전후 愛國啓蒙運動을 발판으로 하여 성장되었으며 3·1운동을 계기로 民族의 覺醒에 의한 文化運動・社會運動과도 역사적 맥락을 갖는다. 이러한 時代精神을 기반으로 하여 형성된 이 시대 소설은 3·1운동 전 愛國啓蒙運動, 20년대의 民族解放運動 등과 마찬가지로 文化運動의 일환으로 발전하였고 그 주제 의식 또한 民族主義 理念을 지향하고 있음이 두드러지게 드러난다. (『近小研』, p. 285)

그럼에도 불구하고 두 저서 사이에는 뛰어넘을 수 없는 차이가 존재하고 있다. 이 차이는 시와 소설이라는 쟝르상의 차를 말하여 줄 뿐만 아니라, 그 방면의 접근 방법에 있어서 문학관의 차를 말하여 주고 있다. 『浪詩研』은 1920년대 詩, 그 중에서도 민요적 서정성에 기초하여 시를 쓴 일군의 시인들을 대상으로 한 데 비해 『近小研』은 1920년대 소설 전반이 대상이 된다. 전자는 넓은 의미에서 시인에 대한 연구이고 후자는 작품에 대한 연구다. 말하자면 전자가 1920년대 민요 시인들의 민요관・문학

이념, 그 형성 배경과 문학적 특징 등을 고찰하여 그들이 한국 낭만주의의 한 자리를 차지할 수 있었음을 밝혔다면 후자는 1920년대 작품 경향이 민족주의적 리얼리즘 형성 단계를 지향하고 있다는 관점에 의해 주요한 작품을 선별하여 이들 작품을 오늘의 관점에서 검증하면서 해석하였다. 결국 두 저서가 다같이 역사주의 방법에 입각하면서도 문학과 역사를 고찰하는 데 있어서 그 접근 방법은 이와 같이 다르다. 그러나 중요한 것은 문학과 역사 이 둘의 관계를 기계적 평면적이 아닌 유기적 원근법으로 보는 시각이다. 1920년대의 역사적 배경(시대 정신)과 문학의 기계적 평면적 연결보다 이 둘의 관계가 어떤 식으로 연결되어 있는가를 밝히는 일이다. 그렇지 않을 때 『近小硏』과 같이 작품의 인식 차원을 작품 외적 현실성에 너무 집착하여 작품 분석이 너무 단선적으로 처리될 수도 있다. 민족주의적 리얼리즘의 맥락상에서 李光洙·金東仁·玄鎭健 등을 연결시킨 것은 그런대로 이해가 된다고 하여도 傾向派까지 동일한 선상에 포괄할 때 민족주의적 리얼리즘이라는 총체성만으로 1920년대 소설을 이해·설명하는 데 시련을 면키 어려울 것이다. 민족주의적 리얼리즘은 1920년대 작품의 총체적 전개 양상만이 아니라 모든 한국의 작품에 해당할 수 있기 때문이다. 민족주의적 리얼리즘에 대한 좀 더 본질적인 성격의 구명이 요구되는 것은 이 때문이다. 이런 의미에서 민요조라는 형식상 이유만으로 金億·朱耀翰 등의 초기 시와 후기 시를 동일하게 취급한 『浪詩硏』도 난점이라고 할 수 있다. 민요시라 하여도 시대에 따라서 작가 의식에 따라서 커다란 변화를 보여 주고 있다는 점 또한 무시할 수 없기 때문이다. 이 점에서 다음과 같은 구절은 문학과 역사를 유기적 원근법으로 밝히는 하나의 패턴이자 관점일 수 있다.

> 1920년대 詩의 연구는 적어도 세 가지 전제 아래 진행되어야 온당하다. 그것은 첫째 文學史 硏究라는 점, 둘째 文藝思潮史的 硏究라는 점, 세째 植民地文學의 硏究라는 점 등이다. 文學史에 포괄되는 한, 20年代 詩硏究는 필연적으로 歷史主義方法을 택할 수밖에 없는데, 여기서 歷史란 물론 文學的 慣習, 樣式까지도 포함하여 20年代 詩가 위치하는 內外的 關係意味를 총칭하는 말임을 밝혀 둔다.
>
> 다음으로 20年代 詩硏究는 또한 浪漫主義의 解明으로부터 시작되어야 할 것이다. 浪漫主義라는 말은 매우 다양한 뜻을 지니고 있어서 간단하게 사용하기는 어려운 用語이나, 몇 가지의 단서를 붙인다면 1920년대 시를 이해하는 데 있어서 이보다 적절한 文藝思潮는 없을 줄 안다. 〔……〕
>
> 마지막으로 20년대 詩硏究는 社會學的 批評態度에서 출발하지 않을 수 없다. 그것은 人間이 社會的 動物이라는 너무도 당연하고 평범한 인간 조건을 확인하기 위해서가 아니라, 1920年代 植民地狀況 아래 놓여 있었다는 엄숙한 현실을 확인하기 위해서이다. (『浪詩硏』, 책머리에)

그만큼 『近小硏』의 저자가 강조했던 이른바 統合的 解釋論을 『浪詩硏』이 일단 실천한 셈이다.

④ 『浪詩研』은 한마디로 민요조 서정성에 기초하여 시를 쓴 1920년대 일군의 시인들을 민요시파로 규정하고, 민요시파의 세계가 바로 한국 낭만주의의 양상으로 보아, 이의 연구를 통해 서구와는 다른 한국 낭만주의의 일면을 헤아리고 있다. 물론 이러한 논의는 그렇게 새삼스러운 것은 아니다. 그 동안 이에 관하여는 여러 가지 논의가 있었으며 다양한 주장도 있었다. 그러나 그 성과는 빈약한 편이었다. 그만큼 계획이나 체계가 없는 산발적인 논의가 고작이었다. 그런데 저자는 『浪詩研』에서 민요 시인들의 민요관·문학 이념, 그 형성 배경과 문학적 특징을 통하여 한국 낭만주의 시의 특성을 집요하게 추적하였다는 점에서 평가해야 할 의의를 지닌다.

더구나 1920년대 시의 민요조가 다만 민요적 율격을 의미하는 종래의 관습적인 논의를 벗어나서 한 시대의 문학적 이념의 표방으로 밝힌 점이나 또한 그것이 문학사의 한 시 유파로 마땅히 문학사의 평가 대상이 되어야 한다는 결론도 성과라 할 수 있다. 저자의 말과 같이 종래의 문학사가 동인지 중심의 기술에 기울어진 경향이 없지 않았던 바에 비추어 이제 우리는 민요시파와 같이 자연 발생적으로 대두한 문학 운동도 문학사의 평가 대상에서 제외시킬 수 없기 때문이다. 이 점에서 『近小研』 역시 1920년 소설을 민족주의 운동의 일환으로 총괄한 것은 새로운 착상이라고 할 만하다.

『近小研』에서 저자는 소설의 사적인 계기 관계를 파악하기 위해서 이 시대의 소설류를 몇 가지 형태로 유형화하여 근대 지향적 사상이 각 개인의 의식 속에 어떻게 투영되었고 그 의식은 소설에 어떻게 굴절·반영되었는가를 살피고, 1920년대 작품의 총체적 전개 양상을 찾고자 하는 것이라고 하였다. 그리하여 1920년대 작품의 총체적 전개 양상을 민족주의적 리얼리즘으로 귀착시켰다. 말하자면 1920년대 소설이 겉으로 보기에는 아주 이질적이지만 심층의 논리에는 다같이 1920년대 소설의 최저 공분모로서 이른바 민족주의적 리얼리즘이라는 공통점을 가지고 있다는 것이다. 이때 민족주의적 리얼리즘은 1920년대 소설의 총체적 전개 양상으로서 나아가 애국 계몽 운동—문화 운동—외래 사조의 맥락으로 다루어진 것이 된다. 이런 견지에서 허만트의 이른바 단일한 방법에 시종하지 않고 특정한 시대 감정, 또는 종합적인 공시적 조직체를 통해 해명될 구조를 향해 크게 다가선 셈이다. 이러한 점은 『浪詩研』의 저자에 의해서도 전술한 바와 같이 깊이 인식되어 있었다.

그러나, 이러한 『浪詩研』『近小研』의 시도는 평가해야 할 공적이면서도 적지 않은 문제점을 아울러 지니고 있는 것도 또한 사실이다.

가령 『浪詩研』의 경우, 세계에 대한 인식 태도가 서구의 낭만적 문예 사조와 유사하다는 그 자체만으로 1920년대 민요 시인들의 시가 바로 낭만주의 시라는 소박한 등식에서 저자의 의도가 완전히 벗어났다고 할 수 없으며, 설사 민요시파의 시가 1920년대 독특한 낭만주의 문학 운동으로 귀결된다고 한다면 그것은 극히 한정된 의의밖에 지니지 못한다. 문제는 양자의 유사성이 개별 적인 유사성(시의 음악성 등), 그리고 표면적인 현상의 일치와 같은 세부적인 유대에서만 파악할 것이 아니라, 그것 을 가능케 하는 내재적 맥락의 구명이 전개되었더라면 한국 낭만주의 시의 바른 모습이 보다 더 정확하게 밝혀지지 않았을까 하는 아쉬움이 없지 않아 있다. 〈리얼리즘의 變容〉을 논한 『近小硏』 에서 역시 이 점은 마찬가지다. 특히 『近小硏』의 경우 리얼리즘의 개략을 소 개하는 데 너무 치중한 나머지 한국 부분에 이르러서는 상대적으로 덜 힘을 기울인 것이 아닌가 생각한다. 리얼리즘 이 싹트지 않을 수 없었던 한국의 사회적 역사적 배경을 좀 더 깊이 천착했어야 마땅하다고 생각한다. 민족주의적 리얼리즘의 개념이 모호하고 리얼리즘이라는 용어 규정 역시 문학 개론적인 범주를 벗어나지 못한 인상을 주는 것도 실은 이 때문이다. 말하자면 한국 문학 전체를 일관하는 보편적 법칙이나 한국 문학 자체내의 변화 같은 것이 마땅히 베풀어짐으로써 1920년대 낭만주의나 민족주의적 리얼리즘의 특성이 보다 선명해질 수 있었던 것이 아닌가 한다. 물론 이러한 의식이 두 저서에 전혀 의식되지 않은 것은 아니다.

낭만주의자들은 이성적으로 세계를 보는 대신 그것을 감성적으로 보았다. 20년대 민요시에 과잉 노출된 감정은 이러한 맥락에서 이해되어야 하리라고 필자는 생각한다. 그것이 서구의 경우에서처럼 세계 인식의 방법으로까지 승화되었는지에 대하여는 확언

할 수 없으나 절대의 합리적, 이성적인 세계관—유교의 논리적인 세계관에 대한 반동으로 형성되어 세계를 보다 직관적, 감성적인 관점에서 보려고 노력했던 사실은 부정할 수 없다. 즉 20년대 민요시의 감정 옹호는 꼭 서구의 그것에 비교할 수 없는 것이지만 대체로 낭만주의적 성격을 지향하고 있었다. (『浪詩硏』, pp. 160~1)

歷史主義的 觀點에서 보면, 1920년대 소설이 리얼리즘의 방향으로 발전된 것은 저널리즘의 영향 혹은 근대 소설의 양상 자체가 리얼리즘과 밀접되었다는 점 이외에, 우리의 文學傳統과의 연계에서도 그 요인을 찾아야 한다는 점이다. 특히 實學思想·東學思想에 영원한 당대의 現實的 價値觀에 대한 관심은 外來的 리얼리즘을 受容함에 있어서 그 잠재력으로 작용하였다고 볼 수 있기 때문이다. (『近小硏』, p. 7)

이와 같이 원심적 비평의 반명제가 되는 求心的인 방법론의 중요성을 강조하면서도 그것을 가능케 하는 논증은 두 저서가 다같이 외면하고 있었다. 그러나 『浪詩硏』과 『近小硏』은 1920년대 문학에 대한 체계적이며 이론적인 연구의 하나라고 생각한다. 이 두 저서를 통하여 비단 우리는 이 시기뿐만 아니라, 그 후의 한국 문학의 흐름이나 오늘의 문학까지도 그 나름대로 재조정하면서 하나의 시각을 얻을 수 있으리라고 생각한다. ▨

우리 문학의 자기 반성

金　仁　煥

김　현 : **文學과 유토피아** : 文學과知性社 · 356 면 · 3, 500 원
李商燮 : **언어와 상상** : 文學과知性社 · 316 면 · 3, 200 원
조동일 : **문학연구방법** : 知識産業社 · 271 면 · 3, 300 원

[1] 인간이 일을 하면서 흘리는 땀의 성질은 일의 종류에 따라, 그리고 개인의 능력과 처지에 따라 천차만별이다. 김매기와 구두짓기는 그 구체적 형태에 있어서 서로 다른 노동이다. 어떤 의미에서 실존적이라고 부를 수 있는, 구체적 노동이 사물의 본질인 사용 가치의 근거가 된다고 할 수 있다. 다른 한편 인간의 노동은 구체적인 모습을 털어냄으로써 사회의 관계 구조 속에 편입된다. 몇 섬의 벼와 몇 켤레의 구두가 서로 교환될 수 있다는 사실을 설명하려면, 김매기와 구두짓기라는 행동의 바닥에 공통된 성격의 땀이 흐르고 있음을 인정해야 한다. 추상적인 형식에서 볼 때 인간의 노동은 〈땀 일반〉으로 존재하며, 개인적 의미를 넘어서서 사회적 의미를 지니고 있다. 이러한 추상적 노동이 상품의 교환 가치를 형성하는 것이다. 노동의 이중성이 상품의 이중성으로 귀결된다. 노동을 매개로 하여 개인의 삶은 사회 생활로 변형된다. 그러나 개체의 내용 전부가 사회적인 것은 아니다. 오히려 개인의 힘에 의해서만 사회가 형성된다고 보아야 한다.

문학 작품을 해석할 경우에 노동의 이중성은 해석함과 해석됨의 상호 매개로 나타난다. 김현은 비평은 두 의식이 능동적으로 부딪쳐 〈울림〉이라고 규정한다. 이상섭은 이 울림을 좀 더 상세히 검토하여, 해석의 주체와 의미의 주체는 다만 인격적인 관계로 얽혀 있는 것이 아니고 해석자의 언어와 텍스트의 언어가 상호 작용하는 언어적 관계로서 존재함을 밝혀내고 있다. 본문이 말하는 바를 제대로 알아듣는 것이 해석자의 기본 태도이지만, 해석자에게도 말하고 질문할 권리가 있다. 의미의 주체를 본문의 저자라고 가정하여 저자가 의도한 의미를 확실하게 하기 위하여

고심하는 태도에 대해서도 깊이 유념하고 있지만, 이상섭의 관심은 주로 본문 자체의 의미로 향하고 있다. 작품의 본문은 일상 언어의 한 토막이 아니라 독자적으로 존립할 수 있는 〈언어의 문학적 조직체〉라는 생각이다. 해석자의 임무는 본문을 형성하는 낱말과 이미지와 테마의 약동을 이해하고, 그 구성 패턴의 타당성을 가려내는 데 있으며, 진리의 내용을 발견하는 것은 그의 일이 아니다. 音韻과 異音을 구별하는 언어학의 방법에 비추어 본문의 의미와 의의를 나누어 보는 견해에 동의하면서 이상섭은 해석자의 前理解가 의미의 이해에 작용하는 적극적인 활동을 긍정한다. 본문을 앞에 놓고 이것은 서정시이다, 이별의 시이다, 애국의 시이다라는 등으로 머리에 떠오르는 전이해에서 출발하여 시행 착오를 거쳐 적절한 이해에 도달하는 것이 해석의 과정이라는 것이다. 두 사람 이상이 본문의 의미를 함께 나눌 수 있는 것은 의미의 쟝르를 통해서 형성되는데, 주관적 쟝르 형성이 객관적 쟝르 형성의 전제가 된다.

조동일도 주관의 배제에는 반대하고 있다. 그러나 조동일은 문학을 신비롭게 여기는 不可知論에 대하여 반대하는 데 더 힘을 쓰고 있다. 우연과 꿈과 영혼까지도 체계적으로 분석하게 된 20세기에 이르러서도 시체의 해부를 금지하고, 왕권은 신이 내리신 것이므로 不可侵이라고 주장하던 시절의 망상이 남아 있어 우리 문학의 연구를 방해하고 있다는 생각이다. 문학은 논리를 넘어선다는 견해에 대해서도 조동일은 세상에 이미 있는 논리를 넘어서지 않는 학문이 어디 있느냐고 반문한다. 진화의 논

리가 미흡했기 때문에 그 논리를 반성하고 DNA의 논리를 찾아낸 것이 아니냐고도 묻고 있다. 또 하나 조동일이 힘써 배척하는 것은 서양 이론의 권위인데, 이 문제는 김현의 진술이 낮은 어조 때문에 설득력이 더 강한 듯하다.

김현은 서양의 문학 이론에 대처할 길로서 두 가지를 제시한다. 서양의 문학 이론은 서양의 문학을 대상으로 한 논리이지, 동양의 문학에서 찾아낸 원리가 아니며, 또 서양의 문학 이론 자체가 역사적인 형성 과정의 산물이지, 고정된 내용은 아니라는 것이 김현의 첫째 논지이다. 그러므로 서양의 이론은 올바른 논리라는 편견에서 벗어나 그것 자체의 역사적, 문화적 배경을 검토해 보는 태도가 요청된다. 둘째로 서양의 문학 이론은 제삼 세계의 문학에 대해서 어떤 형태로든 서양의 팽창주의와 식민주의의 일부로 작용하게 마련이라는 것이다. 김현은 파농의 말을 인용하고 있는데, 그 인용이 내게는 매우 적절하게 생각된다.

민족의 건설은 필연적으로 보편 가치의 발견과 장려를 수반해야 한다. 다른 민족과 동떨어지는 것은 민족 해방이 아니다. 민족이 역사에서 자기의 역할을 다하도록 이끄는 것이 민족 해방이다. 국제적 의식이 생성되고 성장되는 것은 민족 의식 가운데서이다.

② 조동일의 문학 이론은 문학을 형상의 인식이라고 보는 관점을 취하고 있다. 과학 및 주술과 견주어서 조동일은 문학의 본질을 한정한다. 형상이므

로 실상을 그대로 나타내지 않고, 인식이므로 인습을 반복하지 않고, 표현이므로 해결을 목적으로 하지 않는다. 과학은 실상에서 이탈할 수 없으나 문학은 대상을 형상으로 변형하며, 인습에 대한 불신이 일어나면 주술은 존재할 수 없으나 문학은 애초부터 인습에 대한 거절이다. 형상은 나타난 의미로 작용하고 인식은 숨은 의미로 기능하여, 문학 작품은 언제나 모순의 통일을 이룩한다. 寓意는 구체적 행동으로 나타나지만 추상적 개념이고, 비유는 납득할 수 없는 연결로 드러나지만 상식 이상으로 납득할 수 있는 연결이며, 상징은 구체적 한정인 듯하지만 실은 구체적 개방이다. 역설은 당착으로 보이지만 당착의 뒤에는 논리와 진실이 숨어 있고, 반어는 긍정 또는 부정으로 여겨지지만 긍정의 부정 또는 부정의 부정을 감추고 있다.

문학 작품의 전체와 부분을 검토할 때에 조동일은 陰과 陽의 二進法을 사용하고 때로는 0을 도입하여 三分法을 활용하기도 한다. 理一分殊 理通氣局의 입장에서 조동일은 전체를 부분의 대립적 총체로 간주한다. 부분은 서로 어긋나고 대립되게 마련인데, 어긋나고 대립되는 부분들과 떨어져 따로 있을 수 없다.

부분들의 대립과 반복으로 형성되는 작품의 질서에는 음성 질서와 시간 질서와 공간 질서가 있다. 의미 있는 독립 단위의 경계를 큰휴지·중간휴지·작은휴지로 나누어 聯·行·音步를 설정하고, 작은 휴지 내부의 기준 음절 수를 정하면 음성 질서가 밝혀진다. 시조의 세째 행에서 첫 음보는 4음절보다 작고 둘째 음보는 4음절보다 큰데, 이

것은 앞 두 行의 흐름이 세째 행에 들어와 잠시 멈추었다가 잇달아 빨리 움직여 3·4 음보의 마무리를 도와 주기 위함이다. 김소월의 「금잔디」에서 2음보 行과 3음보 行의 섞임은 정적인 것과 동적인 것의 대립이라는 주제에 기여하고 있다. 음성 질서를 작품의 의미와 관련해서 해석하려고 하는 데에 기계적인 율격론을 넘어서려는 시도가 보인다. 진행의 시간과 내용의 시간이 엇바뀌어 가며 시간 질서를 이룬다. 문단·話素·行·聯 등의 단락들이 연결되는 질서는 선후 관계와 인과 관계로 짜여져 있지만, 간혹 단락의 순서를 바꿀 수도 있고, 단락의 확대나 축소가 가능하게 짜여질 수도 있다. 가사의 시간 질서는 시조의 시간 질서보다 느슨하게 얽혀 있다. 작품을 대립의 총체로 볼 때, 대립의 측면을 공간 질서라 한다. 의미·사건·인물·이미지 들은 내적 또는 외적으로 대립되어 있다. 김소월의 「금잔디」는 삶과 죽음, 무거움과 가벼움의 대립 위에서 전개되고 있다. 채만식의 『탁류』에는 묘사와 군소리의 대립이 두드러진다. 묘사로 독자를 이끌어 놓고 작품에 몰입하는 독자의 발을 걸어 몰입을 방해한다. 묘사와 군소리의 대립은 초봉이의 불쌍함에 동정하게 하고, 초봉이의 어리석음을 비판하게 하는 이중의 기능을 지니고 전개된다. 조동일은 필요로 하는 관계와 거부하는 관계가 맞서 있는 경우를 대립이라고 하고, 다시 필요로 하는 관계가 강한 대조와 거부하는 관계가 강한 갈등을 구분한다.

자아와 세계를 두 축으로 하여 조동일은 문학을 네 갈래로 나누고 있다.

서정은 작품 외적 세계의 개입이 없는 세계의 자아화이고, 교술은 작품 외적 세계의 개입이 있는 자아의 세계화이며, 희곡은 작품 외적 자아의 개입이 없는 자아와 세계의 대결이고, 서사는 작품 외적 자아의 개입이 있는 자아와 세계의 대결이다. 서사 문학의 작은 갈래는 자아와 세계의 보완적 대결인 신화와 세계 우위의 대결인 전설과 자아 우위의 대결인 민담과 자아와 세계의 갈등적 대결인 소설로 집단화된다. 신화는 세계의 신비를 이야기하고 전설은 세계의 경이를 보여 주며 민담에서는 자아의 가능성이 고양되고 소설에서는 진실이 추구된다는 것이다.

자아와 세계의 관계는 있는 것과 있어야 할 것 사이에서 동요하고 있다고 본 조동일은 미적 범주에 대해서도 해명하고 있다. 숭고와 우아는 있는 것과 있어야 할 것이 서로 필요로 하는 관계이며, 비장과 골계는 있는 것과 있어야 할 것이 서로 거부하는 관계이다. 숭고는 있어야 할 것으로 있는 것을 수정하고, 우아는 있는 것으로 있어야 할 것을 수정하며, 비장은 있어야 할 것으로 있는 것을 부정하고, 골계는 있는 것으로 있어야 할 것을 부정한다. 미적 범주들은 서로 융합되는 경우도 있어서, 골계에 우아가 가미되면 해학이 나타난다. 어떤 작품에 대하여 검토할 때에 조동일은 〈이 작품이 논쟁을 건다〉는 말을 간혹 하는데 작품이 말할 때까지 기다리는 수동적 태도가 아니라 능동적으로 작품의 입을 여는 操作主義의 태도이다. 다소 번거로운 구분에도 불구하고, 조동일의 이론은 우리 문학이 처음으로 이룩한 독자적 체계이다.

김현의 비평이 지니고 있는 가장 큰 특징은 언어에 민감한 정신이다. 그는 구두점 하나에까지 예리하게 신경을 쓴다. 〈웃음, 뒤의 소리〉라는 장영수의 詩行을 놓고 쉼표가 없었으면 웃음과 소리의 대립이 흐려졌으리라고 지적한다. 언어에 민감한 정신이 무엇보다 먼저 유의하는 것은 작품의 호흡 또는 리듬이다. 정현종의 시가 민요와 동요의 호흡으로 침투하는 것을 높이 평가하고, 시의 한 행은 행을 이루지 못하는 낱말(진실)과 싸워서 이룩한 성과라는 견해를 토로하기도 한다. 스핏쓰라는 이름 때문에 주둥이가 뾰족하다는 이미지에서도 김현이 찾아내는 것은 이름에 우선권을 부여하는 송욱의 상상력과 함께 네 번이나 거듭되는 시옷 자의 형태이다. 말의 소리와 의미에 겨레가 부여한 온갖 심리적 가치의 울림을 가장 중요하게 보는 김현은 리듬과 이미지의 대립에 고심한다. 〈님이며는 // 나를 // 사랑하련마는 // 밤마다 // 문밖에 // 와서 // 발자취 소리만 내이고 // 한번도 // 들어오지 아니하고 // 도로 가니 // 그것이 사랑인가요〉하고 호흡에 의지하여 율격을 파악한 후에 님과 나, 보이지 않는 모습과 들리는 님의 발자취 소리, 들어옴과 도로감의 대립을 통하여 애초에 파악한 율격을 다음과 같이 수정한다. 〈님이며는 // 나를 사랑하련마는 // 밤마다 문밖에 와서 // 발자취 소리만 내이고 // 한번도 들어오지 아니하고 // 도로 가니 // 그것이 사랑인가요.〉 다음으로 김현의 정신이 민감하게 반응하는 것은 이미지이다. 〈사람이 풍경으로 꽃피어난다〉라는 정현종의 시구를 분석하면서 김현은 〈꽃 뜨어난다〉라는 낱말 속에서 울리고 있는 아름다움·풍요로움·속을 열어 놓음 등의 낱말 계열 *paradigm*에 유의하고 있다. 한용운이 「꿈 깨고서」를 두고도 님이 간 것이 아니라 님의 발자취 소리를 듣게 한 꿈이 님을 찾아가 버렸다는 이미지에 대하여 의론하는 것으로 해석의 핵심을 삼고 있다. 김춘수의 「幼年時」에 나오는 이미지의 변모를 검토하는 김현의 눈은 더욱 예리하다. 어항 속의 붕어처럼 입을 벌리고 있는 山茶花가 명주실 같은 늑골을 보여 준다. 이 이미지를 통하여 자연은 산다화를 품어 기르는 어항이 되어, 실내와 실외가 동심원으로 겹쳐지고, 매끄러운 명주실과 단단한 늑골의 대립을 통하여 산다화는 부드럽고 억센 자기의 내부를 열고 있는 인간이 된다. 『廣場』의 수정된 결말에서 갈매기라는 상징적 장치의 변모를 분석할 경우에도 두 여자가 한 여자와 그녀의 딸로 바뀐 것은 바다와 어머니의 결합을 강화할 뿐 아니라 작품 전체에 있어서 이데올로기의 색채를 약화시키고, 무덤 속에서 몸을 푼 여자의 용기 곧 사랑이 강화된다는 효과를 발견해낸다. 오정희의 「織女」에 나오는 문장 하나를 분석하여 꽃을 든 여자와 개천을 건너가는 남자라는 예사로운 어귀로부터 인연·자궁·아이를 낳고 싶음·소원의 좌절·기형의 위대성 등의 함축을 이끌어 내는 것은 탁월한 분석이라고 하겠다. 리듬과 이미지의 분석을 넘어서 김현은 언어와 현실이 만나는 경계 지역으로 들어간다. 조동일이 대립의 총체라고 일컬은 내용에 침투하는 것이다. 신대철의 시에서 낮음과 깊음의 대립을 찾아내어 비속성의 위협과 질문의 깊이를 맞세우고, 정희성의 작품에서는 날아오름과 엎드림, 큰소리로 울기와 짐승같이 숨죽여 울기, 아궁이에 숨겨둔 불씨가 땡볕에 주저앉은 푸포기의 대립을 발견한다. 송욱의 시에 흔히 나타나는 불꽃과 바다의 대립이 남자와 여자의 대립이면서 남성 속의 여성적인 것과 여성 속의 남성적인 것까지도 함축한다는 해석은 陰陽의 변증법을 해석에 도입한 例가 된다. 황동규의 시에서 이미지가 깨어 있음과 마비되어 있음의 대립으로부터 진실과 억압의 대립으로 변모하자, 시의 형식도 묶음과 드러냄의 대위법을 갖추게 되었다고 해석하기도 하고, 가벼움과 무거움, 고통과 행복의 대립으로서 정현종은 부정을 떠난 전체가 아니라 부정적 전체성 자체를 붙잡았다고 판단하기도 한다. 정현종은 한국 사람이므로 한국을 사랑해야 한다고 말하지 않고, 고통으로 꽃피어나려면 그 고통의 땅을 사랑해야 한다고 말한다는 생각이다. 김형영의 시에서도 이미지가 나와 너와 그, 우리와 당신들의 대립으로부터 대립을 매개하는 동물 이미지를 거쳐 돌 같은 밤과 꿈꾸는 나의 대립에 이름에 따라 파괴 자체를 화해로 보려는 의미의 구조가 드러난다. 장영수의 「미국의 웃음」은 미국과 한국, 해와 바다, 남자와 여자의 대립을 〈자각—떠남—시련〉의 과정으로 전개하며, 박기동의 소설들은 공격과 도피, 가출과 벌의 대립을 회한과 두려움의 분위기로 전개한다. 두 사람이 모두 권위의 근거를 문제삼고 있다. 미국의 절대성은 한국의 성숙으로 무너지고, 살부의식은 아들의 성숙으로 해소된다. 이청준의 작품에 흩어져 있는 시골과 도시, 생활과 예술, 진실과 소문, 일상성과 진정성, 가짜 예술과 진짜 예술, 어머니에게로 돌아감과 현실에 적응함의 대립은 꿈과 현실, 욕망과 금기, 쾌락 원칙과 현실 원칙, 사용 가치와 교환 가치의 대립을 확인해 주는 것이다. 꿈과 현실의 어느 한편을 선택하지 않고 그 대립 자체를 드러내려고 노력하는 데에서 김현은 이청준의 탁월함을 본다. 자신의 욕망에 정직한 정신을 보는 것이다. 이청준의 소설은 모든 개인이 그 자신에 대해 적대적이며, 낯설고 매몰차고 압제적인 것으로 느끼게 된 상황을 드러내고 그렇지 않은 세계의 꿈을 보존하고 있다는 것이 김현의 생각이다. 교환 가능한 것으로서 다른 무엇을 위해 존재하는 자기에 대한 비판이 이청준의 소설이라는 것이다. 서정인이 쓴 문장에서 인물의 입장과 인물 밖에 있는 시선이 함께 숨어 있음을 지적하고, 김현은 심미적 거리의 제거가 지닌 의미를 해석한다. 관리된 세계, 사물화된 세계에서 주석이 금지된 제시는 공예품 공장의 복제에 그치게 된다. 화자의 자세를 일관되게 유지시키던 질서 있는 삶은 이미 파괴되었다(20세기의 한국에는 있어 본 적이 없다). 사람들이 서로 낯설음을 느끼게 된 사회에서, 인습에 의해 조성된 친숙한 낯설음을 보고하기 위해서 소설은 예술적인 형상으로의 변용에 만족할 수 없다. 話者의 윤리적인 주석은 소멸되었지만, 서정인의 작품에서 화자는 묘사와 허구의 허위성 자체에 제동을 거는 구실을 한다. 서정인의 작품은 화자의 시선과 사건의 진행을 뒤섞어서 독자를 바깥에 놓아 두기도 하고 때로는 무대의 위로, 뒤로, 옆으로 이끌기도

한다. 김현의 글을 읽으면서 나는 〈음운론에서 중요한 것은 음운이 아니라 대립〉이라고 한 트루베츠코이의 말을 생각하였다. 트루베츠코이는 변별 자질이란 용어를 처음 사용한 사람이다. 동물과 인간을 변별하는 자질의 하나가 문학이라고 김현은 생각한다. 나는 김현의 비평에서 언어학과 비판 이론의 약혼을 발견하였는데, 결혼에 이르는 날을 보고 싶다.

1946년 여름에 羅善榮과 金永錫이 비노그라도프의 『文學論敎程』을 번역해 내었는데 이제 35년이 지나서야 러시아 형식주의가 제대로 소개되는 것을 보면, 문학 이론의 소화라는 일도 그리 쉽지는 않은 모양이다. 이상섭은 전적으로 형식주의의 입장을 취하고 있다. 문학 작품을 문학적 장치들이 역동적으로 통합되어 있는 하나의 체계라고 규정하는 형식주의자들은 비유·리듬·구문 등의 문학적 장치들은 낯설게 하기 또는 내세우기라는 방법으로 정신의 노력을 강요하고 습관적 반응에 충격을 주도록 마련되어 있다고 생각한다. 낯익음의 껍질을 벗기고 그것을 다시 낯설게 하여 지각의 신선함을 되살리는 행위가 문학이라는 것이다. 일상적인 현상 가운데 어떤 것을 두드러지게 내세우는 것도 동일한 효과를 얻을 수 있다. 소설에서 의미 있는 최소의 事件單位(하나의 문장이 될 수도 있음)를 話素라 하면, 현실의 사건은 話素化된 경우에만 소설의 플롯에 참여할 수 있다. 이야기의 전개에 꼭 필요한 限定話素와 빼도 이야기가 통하는 自由話素를 구분할 수 있고, 상황의 변화를 드러내는 動的 話素와 상황의 묘사를 담당하는

靜的 話素를 나눌 수 있는데 소설을 소설답게 만드는 것은 오히려 自由話素와 靜的 話素이다. 그러나 모든 話素는 작품의 체계에 기여하는 제 몫을 하고 있지 않으면 안 된다. 모든 글은 전달하는 말과 전달되는 말의 통합체로서 그 둘 사이에는 일종의 대화가 벌어지고 심한 경우에는 논쟁이 일어난다. 여기서 전달되는 말을 유지하려는 고전주의의 태도와 전달하는 말이 전달되는 말의 독자성을 해체하려는 낭만주의의 태도와 전달되는 말이 전달하는 말을 흡수하게 되는 사실주의의 태도가 구별된다. 초점을 달리하는 두 말이 하나의 테두리 안에 묶여 있는 예의 대표적인 경우는 패러디이다. 시의 언어는 문장을 이루는 통합 관계보다 동의어·관련어들의 발견을 목적으로 하는 계열 관계에 의존한다. 문장의 형식을 빌지 않을 수 없지만, 본질적으로는 계열체적 질서이다. 계열체의 항목 사이에는 은유의 관계가 성립된다. 정현종의 「자기 자신의 노래」에서 〈눈물의 양〉〈사랑의 양〉〈파멸의 양〉이라는 동의어 내지 관련어가 마주쳐 이루는 울림을 이상섭은 예로 들고 있다. 부분과 전체의 관계를 종속자와 주도자의 관계로 변형한 형식주의의 관점에 동의하고, 이상섭은 시에 있어서 다른 모든 요소들을 수정·변형·관련시키는 주도적 요소를 리듬이라고 생각한다. 리듬은 주도자이면서 동시에 주도자와 종속자의 교차이다. 리듬은 일상적 억양과 전통적 율격에 대하여 대위법적 관계에 있는데, 비상한 강조와 비상한 약화를 통하여 낯설게 하기의 효과를 산출한다. 시조의 리듬을 검토하고 이상섭은 음수로 정한 정격은 확률상 1%에 미치지 못하고 실제로 100 수 중에서 중장 첫구 첫마디가 정격인 것은 56 수밖에 안 된다는 사실을 밝혀낸다. 그는 시조의 형식성을 다만 3장 6구 12 마디라는 요건 안에 국한시킬 것을 제안하고, 1 음절로부터 10 음절 이상까지가 한 마디에 포함될 수 있으므로 음수율은 시조의 형식으로 타당하지 않다고 주장하고 있다. 일상 언어에서도 속도를 조절하면 3 음절에서 9 음절까지가 거의 비슷한 질량으로 인식된다는 사실을 근거로 하여 이상섭은 〈억조 / 창생 ∥ 엿고자 / 원이러냐〉라는 律讀을 적절히 설명하고 있다. 더 나아가서 대부분의 엇시조를 평시조로 환원시켜 놓았으니, 〈그 넘어 / 님이 왔다 하면 / 나는 아니 한번도 쉬어 / 넘으리라〉와 같은 律讀이 가능하다고 생각한다. 이러한 리듬이 현대시에도 살아 있다고 믿는 이상섭은 〈도끼 ∥ 소리가 ∥ 날 ∥ 때마다 ∥ 구경꾼들이 ∥ 하나씩 ∥ 나자빠 ∥ 졌다 ∥ 연거푸 ∥ 나무밑둥에 박히는 ∥ 도끼 ∥ 소리〉로 읽기도 하며, 시조의 종장 형식을 살려 〈친구여 / 사람들이 돌아보지도 않는 이 눈물나게 넘치는 자산을 ∥ 혼자 아껴서 / 곱게 가지리로다〉라고 읽어보기도 한다. 이상섭의 비평에서 나는 서양 이론에 대한 이해와 우리 문학에 대한 사랑을 동시에 느낄 수 있었다.

③ 창작과 전달과 수용에 대해서도 이상섭은 형식주의의 관점으로 검토하고 있다. 어느 야산의 솔을 보고 눈덮인 봉래산에 우뚝 솟은 소나무를 그려내듯이 경험을 토대로 하여 경험보다 더 바람직하거나 바람직하지 못한 형상

을 그리는 것이 상상인데, 그것의 특색은 세상을 수직으로 즉 천국에서 지옥까지 바라보는 데에 있다. 작가는 몽상가이고, 작품도 스스로 꿈을 꾸고 있는 것이다. 독자는 꿈 속에서만 작품을 만날 수 있다. 문학의 체험은 권고와 경고, 즐거운 놀이 등을 다 포함할 수 있지만, 문학에서 가장 중요한 것은 상상과 언어가 어울려 무형한 체험이 형태를 갖추고 변모된다는 사실이다. 『三代』에 그 시대가 잘 나타나 있다는 말은 오류이다. 초상화가 잘 되었다는 말과 실물과 닮았다는 말은 전혀 다른 내용의 진술이다. 1920년대의 우리 사회를 보지 못하고서 어떻게 닮았다는 말을 할 수 있겠는가? 창작―전달―수용의 과정에서 볼 때 문학도 일정한 규칙을 따르는 언어 행위이다. 그것은 단순한 발언 행위나 발언 달성 행위가 아니라, 표시·지시·약속·표현·선언 등의 의미를 동반하는 행위라고 할 수 있다. 발언 동반 행위는 〈믿다〉〈암시하다〉〈질문하다〉〈간청하다〉 따위의 수행사로 나타난다. 문학은 작가가 일정 기간 발언자의 역할을 계속하도록 허락받고, 독자는 발언자의 입장을 일정 기간 포기하는, 특수한 대화이다. 그러나 바른 정보를 분명하고 적절하게 주고받는다는 협동의 원칙이 문학에서는 흔히 지켜지지 않는다. 오히려 문학은 정상적인 대화의 흐름을 일부러 교묘히 어기는 행위이기도 하다. 낯설게 하기의 방법이 다시 도입되는 것이다. 문학사에도 낯설게 하기의 원리가 적용된다. 익숙해진 문학적 장치에 대한 반발의 연속이 문학사이기 때문이다. 한 시의 리듬은 모든 시의 리듬과 연관되며 또 비유·문

체·의미 등 그 시의 다른 요소들과 연관된다. 쟝르 역시 이러한 이중의 연관성을 지닌다. 문학사는 체계의 변이로 설명해야 한다.

조동일은 역사주의의 입장에서 창작―전달―수용의 문제를 다룬다. 선후창의 공동작이 공동체의 해체와 더불어 개인작으로 변모하고 드디어 저작권이 인정되는 경우에 이르는 과정을 더듬으면서, 그는 사상을 중시하는 작가와 경험을 중시하는 작가의 차이에 유의한다. 민요와 탈춤처럼 창작―전달―수용의 거리가 밀착되어 있는 경우, 무가와 판소리처럼 전문적인 전달자가 등장하여 영리가 개입되는 경우, 貰冊家가 등장하여 전달의 과정이 복잡하게 되고, 坊刻本의 출현으로 출판이 정착되는 경우를 차례로 검토한 후에 조동일은 현대 사회에 있어서 전달자가 자행하는 횡포를 경고한다. 수용의 성격을 조동일은 몰입과 비판, 자기 발견과 자기 비판으로 다양하게 제시하고 있지만, 그가 긍정적으로 평가하는 것은 관중이 개입하는 풍자적 희극의 수용이다. 비판적 인식을 가장 중요하게 보고 있는 것이다. 문학사가 체계의 변이라는 견해를 일단 수락하여 조동일은 직육면체의 입체를 가정한다. 가로는 쟝르, 세로는 담당 계급을 나타내는 左面과 右面이 각각 시대의 先後가 되고, 가로는 시간, 세로는 쟝르를 나타내는 上面과 下面이 각각 담당 계급의 上下가 된다. 가로는 시간, 세로는 담당 계급을 나타내는 前面과 後面은 각각 그 자리에 해당되는 쟝르들이 귀속된다. 그러나, 조동일은 중세 문학과 서양 문학에 반대하고 근대 문학과 민족 문학의 창조를 앞당기

는 데에 문학사 연구의 임무가 있다고 밝힘으로써 형식주의를 뚫고 넘어서서 역사주의로 돌아온다.

김현은 상사와 아내의 억압을 감수하고 독자와 편집자의 경멸에 저항하며 시인으로 남는다는 것이 어떻게 가능한가라는 구체적인 문제를 제기하고 있다. 작품의 수용이란 세계를 되묻는 행위라고 생각하는 김현은 작가와 독자가 만나는 직관의 공간을 가정한다. 직관은 이해가 아니라 전이해, 다시 말하면 〈이해의 자리〉이다. 문학사에 있어서 근대의 개념은 순서 개념이 아니라 본질 개념이라고 애써 주장하면서, 서구화가 아니라 민주화로서 근대의 본질을 지적하고, 조선 후기 사회의 구조적 모순을 극복하려는 문학을 근대 문학이라고 규정한 것도 우리 시대의 전이해에 토대한 발언이다. 까마라의 말을 이끌어 김현은 자신의 꿈을 확인하고 있는데, 내가 보기에 그것은 우리가 이룩한 근대 문학이 아니라 이루어야 할 근대 문학의 본질에 스며들 수 있는 내용인 듯하다.

사회 전체가 높은 과학 수준에 이르고 전문적 자질을 얻게 되는 때, 인간성이 자유로와지는 때, 인간이 한 사회의 주인공이 되어 끊임없이 모든 문제에 대해 좀 더 책임 있는 존재가 되는 때, 종속적인 기관으로서의 국가가 각 개인의 책임감과 전폭적인 사회 생활에의 참여를 존중하는 사회, 국가가 소수를 존중하고 일체의 차별 없이 인종·집단·이념·종교 들의 조화를 추구하는 사회, 책임있게 조직된 기본 제도와 중간의 독자적인 기구가 존재하며, 더 넓은 사회화를 지향하여 그 구조가 기능하는 사회의 주인이 되는 날을 꿈꾸고 있읍니다. ▨

本誌 號別 總目次

※ (재) : 수록 작품

해제를 위한 회고

─『문학과지성』 창간 10주년 기념호 복각본에 대하여

김병익

본문

이 책은 1980년 8월 창간 10주년을 기념하여 기획 편집하던 중 신군부 정권에 의해 뜻밖의 정기간행물 등록 취소 처분으로 강제 폐간되고 제작 발행을 중단하면서 교정쇄로 출력하여 약간의 부수를 표지와 목차 없이 가제본하고 한정된 관계자들에게 나눠 본 '계간『문학과지성』 1980년 가을·제11권 제3호·통권 제41호'의 복각본復刻本이다.『문학과지성』 창간 45주년, 도서출판 문학과지성사 창사 40주년을 맞으며 의미 있는 기념을 기획하고 있는 문학과지성사의 청을 받고 창간 동인과 문학과지성사 측이 협의하여 공간되지 못한 채 숨어 박혀 있던『문학과지성』 제41호를 다시 원형대로 간행하기로 한 것이다. 우리는 이 복각본을 만들기 전에 몇 가지 점을 논의하여 다음과 같이 정했다:

1. 1980년 초, 『문학과지성』 창간 10주년 기념호로 제작한 원형을 그대로 살려 본문과 차례 등 모든 형태와 내용을 본래 모습대로 복각한다 다만 원서에 차리지 못한 표지만은 기왕의 표지 형태로 재현한다;

2. 따라서 이 당시 아직 혼용되던 본면의 한자를 그대로 사용하고 서평란의 2단 조판과 본문의 순서와 쪽수도 원형을 유지한다;

3. 여기에 이 기념호의 내용과 폐간 당시의 일들을 '해제'로써 보고하고, 몇몇 분들의 좌담으로 발행 10년 동안 발간되어온 계간 『문학과지성』의 성격과 성과, 의미와 의의를 회고 평가토록 한다.

이 뜻에 따라 나는 이 잡지의 폐간 당시와 그 후의 전말을 정리하는 것으로 해제를 대신한다.

『문학과지성』 창간 동인(김병익 김현 김주연 김치수와 후에 영입된 김종철 오생근)은 창간 9주년을 맞던 1979년 여름 춘천 성심여대에서 '산업사회와 문화'를 주제로 소흥렬, 박영신, 김우창이 주제 보고를 맡은 세미나를 열었고 이듬해의 10주년 기념호는 현장 토론 대신 지상 세미나를 기획했을 것이다. 내가 이처럼 어정쩡하게 회고하는 것은 분명 특집 기획을 했을 것인데 이 복각본에는 그 실적이 보이지 않기 때문이다. 아마 내가 썼을 「창간 10주년 기념호를 내면서」에 이 사태는 이렇게 보고되고 있다: "창간 10주년 기념호가 이처럼 초라하게 만들어졌음에 대해 깊은 자괴감으로 사과한다"면서 "우리는 당초 '80년대의 이념적 지향'이란 표제로 지난 10년 동안을 검토하고 앞으로의 10년에 어떤 바람직한 지표를 탐구해보려고 했었다. 그러나 그것은 보류되었고, 그 탓을 필자들에게 돌릴 수 없었다"라고 밝힌 것으로 보아, 여러 필자들에게 앞뒤의 10년을 점검하고 전망하는 특집의 글을 청탁했을 것은 분명하다. 그러나 이 잡지는 8월 18일의 발간을 앞두고 그 준비가 한창이던 7월 31일에 돌연 등록 취소되었고 그 때문에 특집은 단념하고 이미 입수되어 제작 과정에 얹힌 글들과 투고의 글들에 대한 거친 심사를 거쳐 수록키로 한 글들만으로 '특별호'를 만들었다. '특별호'란 공개되지 못할 잡지이기에 특별할 수밖에 없어 붙인 것이다. 우리는 한없이 섭섭하고 혹은 훗날의 어떤 부활을 위한 마음을 가다듬기 위한 기념으로 교정지 50부를 제작하고 가제본하여 간행되지 못할 잡지를 만들었다. 그랬기에 이런 사태에 이른 데에서 느낀 원죄적 자괴감을 느끼면서 "자기에의 성찰, 명징한 진실에의 탐구에도 막다른 골목이 있으며 그 막다름은 존재론적, 혹은 우리 식으로 표현하자면 한계상황적 부딪침이 될 것"으로 인식하면서도 "우리는 희망을 갖지 못하는 사람들을 위해 희망한다"고, "희망하기 위해 희망한다"는 과감한 동어반복으로 절망을 극복하고자 했을 것이다.

이렇게 해서 암흑기의 비밀문서처럼 제작된 이 책은 문지 편집팀과 몇몇 필자들, 서지적 호사가들이 나누어 가지게 되었지만 공식적인 목록으로 등재되거나 시장에 암매되지도 않은, 잉태는 했지만 출산은 못한 불운한 책이 되고 말았다. 35년 만에 이 책을 다시 들춰보며 우리가 느끼는 소회도 각별하지만, 이름만 듣고 실체를 보지 못한 젊은 독자들에게도 따뜻한 기대감을 채워드릴 수 있기를 바란다.

『문학과지성』 1980년 가을 · 제11권 제3호 · 통권 제41호'는 공간되지 못한, 그래서 호수와 간행기에 등재되지 못한, 그러나 실체를 가진 잡지이다. 한창 제작 중에 강제 폐간되었기에 우리는 기왕 청탁해서 입수한 원고와 이미 투고받아 쟁여두고 있던 원고를 몰아 교정쇄로 묶었기에, 예정했던 원고를 못 넣기도 하고 계획되지 않은 원고를 끼워넣기도 해 그 목차가 어수선했다. 정연한 목차를 이루지 못하고 성급하고 부실하게 '창간 10주년 기념호'를 엮었지만 그래도 원래의 『문학과지성』의 모습을 갖추고 있어 35년 전의 옛 모양을 그대로 독자들에게 보여주고 싶었다. 그 모습을 좀 훑는다.

표지는 작가이며 그림을 잘 그린 김승옥이 그려 매호 가을, 겨울, 봄, 여름의 철에 따라 계절 색깔을 입혔지만 원화의 구도는 여전히 태양처럼 커다란 원형에서 불꽃들이 살아 타오르는 발랄한 그림이었다. 속표지 역시 표지와 같은 그러나 장식도 색깔도 없는 동그라미를 가운데 앉히고 그 위에 한자로 '文學과知性'의 제호가 얹히며 그 아래에는 간행 연도와 계절, 호수가 적혀 있다. 이 잡지에는 목차를 만들지 않았지만, 내표지에 이어 차례 면이 나오고「창간 10주년 기념호를 내면서」로 본문이 시작되는데, 여기서 쪽수는 봄호부터 새 계절로 옮겨 가면서도 이어 매겨 한 해 네 호의 쪽수 넘버가 연속 표기된다. 이 복각본의 첫 페이지가 '656'에서 시작되는 이유다.

앞서 말한 것처럼 이 특별호는 특집 없이 소설, 시, 비평의 작품들과 논문, 서평으로 지면이 계속된다. 이 10주년 기념호에 황순원, 이청준, 송욱, 오규원, 김현 등 이미 작고한 이름들이 보여 그동안의 세월을 실감케 한다. 신인으로 정인섭, 박덕규, 박시언 등의 시 작품이 처음 발표되고 32권의 책이 7편의 서평 대상이 되고 있다. 본문 350쪽에 서평으로만 70쪽이 할당되고 있는 것을 보며 퀼리티 페이퍼일수록 서평에 집중하는 선진문화의 성향을 상기하면서 요즘의 계간지들이 서평에 소홀해진 경향을 되돌아보게 된다.

『문학과지성』 편집에 특유한 시, 소설의 재수록 작품이 이 호에는 보이지 않는다. 우리는 매호 지난 석 달 동안 발표된 문학작품 혹은 산문을 골라 수록하고 그에 대한 리뷰를 수록해 왜 이 글을 재수록하는지 그 글의 의미하는 바가 무엇인지를 밝혀왔다. 김현의 아이디어로 창간호부터 시행된 이 '재수록'은 그간의 우리 문학 동향을 살피면서 우리가 어떤 작품을 왜 좋은 성과로 평가하는지를 밝힘으로써 우리 동인들의 문학관에 대한 그 실제를 밝힐 수 있었고 재수록의 기회를 얻은 작가와 시인은 그 리뷰를 통해 자신의 창작에 대한 가능성을 확인받으며 보다 높은 수준의 문단 데뷔로 자부할 수 있었다. 우리는 그 재수록 작업을 통해 좋은 작가 시인들을 개인적으로 사귈 수 있는 망외의 소득도 얻었다.

권말의 '본지 색인'은 으레 지난 10개 호의 글들을 장르별로 목록화해왔는데, 이 41호에는 창간호부터 40개 호를 호별 목차대로 정리했다. 10년간의 실적을 마지막으로 보고한 것이다.

속말

7월 말의 아침부터 달구는 더위를 선풍기로 밀어내며 통의동 골목길의 사무실에서 바쁘게 일하고 있을 때였다. 10시 반이 좀 넘어서였을 것이다. 문득 걸려온 전화를 받으니 (아마도) 소설가 이문구였다. "『문학과지성』이 『창작과비평』과 함께 등록 취소되었대요. 라디오 뉴스를 들어보세요." 아닌 밤중에 무슨 홍두깨인가. 나는 곧 라디오를 켰다. 11시 뉴스였는지에서 바로 방송이 되었다. "문공부는 오늘……"로 시작하여 정부가 백 몇십 종의 정기간행물을 등록 취소했는데 주간, 월간, 계간지들의 이름이 몇 나열되는 명단에 분명 『문학과지성』이 『창작과비평』과 함께 들어 있었다. 여기서, 그때로부터 10년 후에 작고한 김현을 회상하며 이 잡지의 폐간 당시를 회상한 대목을 옮긴다.

　　1980년 7월 말일, 창간 10주년 기념호 제작에 한창 매달리고 있는
참에 난데없는『문학과지성』의 '폐간' 소식이 날아들었다. 그것은『창
작과비평』『뿌리깊은 나무』등과 함께, 지난 5월의 광주사태에 이은,
지식 사회에 대한 대량 학살이었다. 우리는 뉴스로 먼저 알았고 이틀
후엔가에 '발행 목적 위배'라는 사유로 등록을 취소한다는 공문을 받았
다. 많은 사람들이 위로차 사무실을 찾아와주었는데 그들은 마치 빈소
를 찾는 조문객처럼 엄숙한 표정들을 갖고 있었다. 우리는 기왕 교정
을 보아온 지령 41호의『문학과지성』을 교정쇄로 50부 복사해서 가제
본하여 동인들과 가까운 문인들에 기념으로 나누는 일로 더 이상 햇볕
은 보지 못할 우리의 잡지를 전별했다.(「김현과 '문지'」, 1990. 8;『열림
과 일굼』, 문학과지성사, 1991, p. 352)

　35년 전의 일이 기억으로 무척 희미해진 나는 7월 말일이 혹 7월 30일
이 아닌가 의심이 들어 굳이 확인해보고 싶었다. 부탁해 당시의 신문을
찾아주기를 김예란 교수에게 부탁하여 받은 사이트에서 마침내 1980년
7월 31일자『동아일보』를 볼 수 있었다. 목요일인 그날치 석간신문의
1면 톱기사로 "주월간지 등 172개 등록 취소"란 제목으로 이 '언론 학
살'이 보도되었다. 이 기사에 의하면 31일 문공부는 "부패 요인, 음란,
사회불안 조성"을 이유로 정기간행물 총 종수의 12퍼센트인 172종의 주
간, 월간, 격월간, 계간, 반년간, 연간의 잡지들을 등록 취소했다는 것이
다. 주간지에는『기자협회보』, 월간지로는『뿌리깊은 나무』『월간중앙』
『씨올의 소리』가 들어 있었고 계간으로『창작과비평』『문학과지성』이 있

『동아일보』
1980년 7월 31일자 종합 1면

었다. 물론 부패 혹은 선정적이거나 실적 미달의 제호가 거의일지 모르
지만, 위의 제호들은 물론 여기에 해당될 간행물이 아니었다. 이틀 후
에 송달된 8월 1일자의 '등록 취소 처분' 공문에 그저 '발행목적 위반'이
란 말만 적혀 있었다. 나는 이 신문 지면을 다시 보며, 문학지『문학과지
성』이 신문 1면 톱기사의 표제로 나온 영예가 그 폐간 뉴스였다는 역설
을 씁쓸하게 되씹었다.

당시 1966년에 창간된『창작과비평』과 그보다 4년 후에 창간된『문학

과지성』이 1970년대의 문학계와 지식층에 가장 큰 영향력을 가지고 있었다. 물론 신문사에서 발행하는 여러 월간지와『문학과지성』보다 4년 늦게 간행되기 시작한 계간『세계의문학』등 여러 잡지들이 활발하게 발행되고 있었지만 지식사회에서는 이 두 계간지가 주목의 대상이 되었던 것 같다. 그러나 같은 문학 종합 계간지라 하더라도『창작과비평』과『문학과지성』은 그 성격이 다르고 대조적이었다.『창작과비평』이 진보적인 자세로 평등 문제를 제기하며 현실에 대한 노골적인 비판을 가했다면『문학과지성』은 자유 문제를 제시하며 지적 성찰을 현실 접근의 방법론으로 제기했다. 그렇기에 두 잡지가 상반된 입장을 취하고 있었지만, 그럼에도 당시의 권력과 사회 정치 경제에 비판적인 입장을 취하고 있는 점에서는 비슷했다. 나는『창작과비평』의 문제 제기적 용기에 감사했고『문학과지성』의 대안 제시적 태도로 자족했다. 근대화로 전환하는 이 시기에 이런 공동의 태도와 대조적인 인식을 나는 상호 보완적인 관계로 보았고 그 경쟁이 현재의 점검과 미래의 선택에 시너지 효과를 일으키리라고 생각했다.

당시 많은 지식인들, 문인들은『창작과비평』과『문학과지성』의 상반된 입장 때문에『문학과지성』의 폐간은『창작과비평』의 유탄에 맞은 때문이 아닌가라고까지 생각했고 억울한 마음이 든 나도 그렇겠다고 짐작했었다. 그러나 내 짐작이 틀렸다는 것은 머지않아 알게 되었다. 그해를 넘긴 다음 해 초였는지, 서울신문 논설위원실에 근무하면서 문화계 행사와 정보에 아주 밝은 고(故) 이중한이 내게 제목은 분명치 않지만 일종의 1980년 '통치 백서' 같은 보고서를 가져와 한 대목을 보여주었다. 거기에는 "문제의 정기 간행물들을 등록 취소함으로써 불온한 지식인들의 집단화를 해체했다"는 내용이 적혀 있었다. 그러니까『창작과비평』

과 『문학과지성』만이 아니라 『뿌리깊은 나무』나 『씨을의 소리』 편집진도 권력층이 못마땅해하는 지식인들의 집단화를 이루고 있었던 것이고 신군부 권력은 지식인들의 의식적인 모임과 거기서 나올 공론을 싫어했던 것이다. 그제야, 글의 어떤 내용, 어떤 필자의 무슨 대목이 아니라 지식인들의 집산 자체를 권력은 바라지 않았고 그 공론의 집중적 매개가 되는 잡지들을 이참에 해체시킨 것임을 깨달았다.

그리고 1년쯤 지났는지, 당시 청와대 비서였는지의 대학 1년 후배 이아무개가 나를 만나자고 했다. 코리아나호텔 커피숍으로 기억되는 자리에서 대좌하자 그는 내게 잡지를 새로 간행해보지 않겠느냐며 그 경비와 편의는 모두 맡아주겠다고 했다. 나는 이 의외의 제의에 달리 생각할 여지없이, 『문학과지성』을 복간하는 일 외에는 달리 내가 할 일이 없다고 거절했다. 문지를 폐간하고 새 잡지를 낸다는 것은 명분으로나 실제로나 의심받을 일일 뿐이었고 그 정권 아래서는 수락할 수 없는 제의였다. 물론 우리는 약속 없이 헤어졌고 그후 다른 잡지에 그 혜택이 간 것 같다는 말을 소문으로만 들었다.

이은 말

우리는 창간 10주년 기념호 제작을 중단하고, 아니 폐지당하고, 앞서 말한 것처럼 기념으로 교정쇄본 50부를 만들고 우리가 청탁한 원고에 대한 소정의 원고료를 필자들에게 지급하는 것으로 손을 털었을 것이다. '문지'의 다른 동인들도 그랬겠지만, 나로서는, 우리가 의도하지 않았다 하더라도 권력에 의해서든 다른 사정 때문으로든, 폐간할 수밖에 없이 되었다면 우리의 『문학과지성』은 그 10년으로 운을 다한 것이고 따라서 그것이 맡은 역할도 이것으로 끝내야 하며 굳이 미련 둘 일은 아니라고 생각했다. 모든 것은 본인의 의지와는 관계없이 그 스스로의 필연 혹은 우연이란 얼굴을 가진, 필연의 운명을 가진 것이라고 생각했고 『문학과지성』도 마땅히 그 운명을 수락해야 한다고 생각했다. 더구나 잡지의 폐간에 이어 출판사 등록도 취소한다는 흉흉한 소문이 돌고 있었다. 다행히 그런 최종 사태는 일어나지 않았고 그해 말 인천에서 가진 문지 동인 송년 회의에서 이런저런 비관적인 의견들이 오간 끝에 다음 몇 가지 합의를 보았다:

1. 잡지는 일단 자신의 소임을 다한 것으로 간주하고, 다음 언젠가 우리가 새로운 계간지를 낼 수 있고 또 낼 필요가 있다면, 그 편집권은 우리가 아니라 다음 세대에게 위임할 것이고 그 점을 분명히 하기 위해 제호도 바꾸도록 한다;

2. 앞으로 단행본 출판에 집중하되, 군부 정권의 억압과 오늘의 현실에 대해 비판을 계속하면서 '판금' 조처를 피하기 위해 아직은 검열의 회피 여지가 많은 번역 이론서를 개발하며 우리의 편집 방향을 새로운 지적 계몽주의 운동으로 조용하게 전개한다;

3. 잡지 편집동인들은 단행본 간행의 편집위원으로 우리가 어떤 책, 어떤 작가의 작품을 간행할 것인지의 편집권을 발휘한다

등의 합의를 이루었다. 그런 참담한 결론을 내리고 한없이 이어지는 소주잔과 유행가 가락. 다음 날 지하철 1호선으로 귀경하면서 찬 하늘이 우울하게 그러나 새로운 신선감으로 펼쳐지고 있는 풍경을 창밖으로 바

라보았다.

군부 정권도 출판사 등록 취소까지는 너무했다 싶었는지 더 이상의 조처를 유보해서 우리의 도서 발행은 이후로도 계속할 수 있었다. 문학과지성 사무실도 통의동에서 마포 경찰서 바로 뒤의 3층 건물에 창비, 한길사와 각각 한 층씩 나눠 쓰다가 마포 출판단지로 옮기게 된다. 여기서 우리는 1980년대에 새로운 미디어로 개발된 '무크지'를 우리 아랫세대가 편집해서 『우리 세대의 문학』으로 내도록 주선해서 총 6집을 발간했고(1982년 5월~1987년 6월. 5집부터 제호의 '세대'가 '시대'로 바뀐다), 마침내 노태우 정권 아래서 잡지 등록이 가능해지자, 1987년 우리의 먼저의 약속대로 후배 비평가들이 제2세대 편집동인으로 구성되어 정기간행물 발간을 등록했다. 우리는 우리 문학 동아리의 지속적인 발전을 위해 후배들에게 문호를 개발하며 새로운 편집동인들을 영입해왔기에 새 잡지의 방향과 실제 편집은 당연히 그들의 담당이었다. 이 새 계간지가 복간호가 아니라 창간호임을 분명히 하기 위해, '문학과지성'으로 제호를 하자는 일부 의견에도 불구하고 나는 새 이름을 만들기를 권했다. 나는 후배들이 그 '문학과지성'이란 이름으로 구속되기를 바라지 않았고, '문학과사회'란 좀 어색한 새 제호는 내가 제안한 것으로 기억된다.

마침내 새로운 세대에 의한 계간 『문학과사회』가 1988년 봄에 창간되었다. 『창작과비평』이 전의 이름을 고수한 데 비해 『문학과사회』는 바뀐 제호와 호수, 바뀐 편집자 이름 때문에 많이 불리했다. 그럼에도 홍정선 권오룡 성민엽 정과리 등의 2대 편집동인들은 그들 나름의 독자성을 가지고 출판사 명의에 개의치 않고 자유롭게 잡지를 편집했고 1세대 편집동인들과 매년 워크숍을 통해 서로 의견을 교환했다. 그리고 애통스럽게도, 『문학과지성』 창간 멤버 중 가장 큰 지도력을 가진 김현이 1990년에, 창간 때부터 톡톡히 후원자 노릇을 하며 정신적 기둥이 되어온 인권 변호사 황인철이 3년 후에 각각 다른 부위의 암으로 작고했다. 나는 이 제야말로 문학과지성사가 잡지 간행과 출판 작업까지 다음 세대로 넘겨줄 준비를 해야 한다는 생각을 하지 않을 수 없었다. 우리는 주식회사로 전환할 준비를 시작했고 주식도 발행하며 우리가 믿을 수 있는 필자와 지식인 들에게 할당해만 발부토록 했다. 1994년 초에 드디어 개인회사에서 주식회사로 등기를 바꾸고 6년 후 두 번의 임기를 마친 2000년 봄에 나는 퇴직했다. 다음의 대표는 문사 동인들의 추천을 받아 주간으로 일해온 시인 채호기가 맡았다.

나는 '문학과지성'이란 하나의 집단이 세대에서 세대로 승계되기를 희망했고 내 다음 세대를 이끄는 소설가 이인성이 이 세대 교체의 프로토콜을 세심하게 작성했다. 그리고 그 절차에 따라 대표는 채호기에 이어 홍정선·김수영을 거쳐 주일우로 승계되고 문지 편집위원과 별도로『문학과사회』편집동인이 이제 4대로 흘러내려왔다. 매년 정초에 이 4대가 함께 문지 그룹의 시인 소설가 평론가 들과 MT를 가지며, 매주에는 요일을 달리하여 각 세대들이 따로 모여 편집을 상의하고 우정을 돋우고 있는 듯했다.

마치는 말

『문학과지성』폐간호를 해제한다며 나는『문학과지성』의 폐간과 그 이후의 약사를 기술한 셈이다. (이상 내 중심으로 기술했기에 내 몫의 역할이 과장된 점을 감안하여 읽어주시기를 부탁드린다.) 이 실례를 거두면서 이제 마지막 덧붙이는 보고를 해야겠다.

작년 가을, 일조각 한만년 선생님 10주기를 맞는 행사에 나는 추념의 글을 썼다. 한국 출판계의 거대한 성취를 남기신 그분은 『창작과비평』과 『문학과지성』을 창간토록 해준 은인이기도 했다. 그 글이 발표된 지면에서 여섯이 찍은 사진을 다시 만났다. 막 제작된 『문학과지성』 창간호 몇 권씩을 들고 일조각이 있던 종로 어디선가 저녁을 함께하고 누군가의 제의에 따라 함께들 근처의 사진관에 들어가 기념사진을 찍었다. 뒷줄에 김치수, 일조각 편집장으로 『문학과지성』 간행의 실무를 맡았던 최재유, 그리고 김현이 서 있고 앞줄에 황인철을 가운데 두고 성민경 변호사와 나 등 세 고교 동창이 양쪽으로 앉아 있었다. 그 45년 전의 사진 속 인물들은 서른 안팎의 젊은, 아니 앳된 얼굴들이었다. 그런데 아뿔싸, 그 여섯 중 이제 다시 보니 아직 살아 있는 얼굴을 붙이고 있는 사람은 나 하나뿐이었다. 하나씩 하나씩 서로 다른 병으로 저세상으로 가고 마침내 김치수까지 작년에 세상을 뜸으로써 이제 나 혼자만 남은 것이다! 독자는 이 외로움을 짐작해주실는지. 아직, 창간 후 1년 뒤에 참여하여 문지와 함께 세월을 보낸 김주연과 김현의 추천으로 1976년인가에 동인으로 참여한 오생근이 남아 있고 매주 화요일마다 문지 친구들의 모임이 계속되고 있지만, 계간 『문학과지성』이 드디어 창간되었다고, 마침내 우리의 잡지가 나왔다고 환성을 올리던 그 사진 속의 멤버 가운데 나 혼자 오롯이 남았다는 것은 참으로 믿기지 않는 일이다. 이걸 시간의 가혹한 운명으로 견디어야 할 것인가, 체념할 삶의 쓸쓸한 말로 받아들여야 것인가. 폐간의 운명을 담은 잡지를 복각하여 출판하면서 새삼 추연한 마음으로 글 끝이 흐려지고 만다……

덧붙이는 말

작년 2월 연세대학교 국학연구원이 마련한 한 대담에 초대를 받았다. 『창작과비평』과 『문학과지성』을 중심으로 한 1970년대의 공론장에 대해 염무웅과 함께 대담을 한다는 것이었다. '『창작과비평』'를 대표한 염무웅은 자세한 메모로 근 50년 전의 일을 상세하게 밝혔지만 나는 기억으로만 대충 얼버무리고 말았다. 그럼에도 그 대담은 국학연구원의 『동방학지(東方學志)』 제165집에 수록되었고 그 별쇄본 15부가 내게도 배달되었다. 이런 학회지와 별쇄본을 보고 난 후에야 나는 『문학과지성』도 이제 아카데미적 연구 대상이 되고 있음을 비로소 실감했다. 잡지를 낼 수 없었던 1980년대에, 『창작과비평』이 영인본으로 간행되어 활발하게 독자들에게 접근하는 것을 보고서도, 그리고 『문학과지성』을 영인하여 시판하자는 업자들의 요청을 거절하면서 우리는 이 잡지의 재생과 유통을 피해왔다. 거기에는 이제 유명을 달리한 잡지에 대해 미련을 갖지 말자는 내 게으른 결벽 때문일 것이다. 그래서 연세대의 학술지에 그 긴 대담이 실린 것을 보는 내 마음은 착잡했다. 우리가 한 일이 후학들의 학문적 접근 대상이 된다? 이 자문은 생소하고 민망했다. 그럼에도, 아니 그렇기에, 잉태하고서 출산하지 못한 '창간 10주년 기념'의 『문학과지성』 제41호의 35년 뒤늦은 발간은 반갑고 감회가 새롭다.

김병익

문학평론가. 문학과지성사 창사 대표. 비평집으로 『상황과 상상력』 『전망을 위한 성찰』 『열림과 일굼』 『숨은 진실과 문학』 『새로운 글쓰기와 문학의 진정성』 『21세기를 받아들이기 위하여』 『그래도 문학이 있어야 할 이유』 『기억의 타작』 『이해와 공감』 등이. 산문집으로 『한국문단사』 『지식인됨의 괴로움』 『페루에는 페루 사람들이 산다』 『게으른 산책자의 변명』 『조용한 걸음으로』 등이 있음.

문학과 우정의 열린 공동체, 그 르네상스의 꿈

─『문학과지성』 창간 10주년 기념호를 발간하며

때_ 2015년 10월 17일 토요일
곳_ 문학과지성사 회의실
김주연, 오생근, 우찬제, 강동호, 금정연

좌담을 시작하며

우찬제 주말인데도 참석해주셔서 감사하다. 1970년 8월에 창간된『문학과지성』이 창간 10주년 기념호였던 41호(1980년 8월 20일자)를 공간하지 못한 채 폐간되었다. 역사적 사건이었다. 41호를 보다 보니 맨 뒤의 판권란에 〈원고 모집〉 사고가 있었다. 참 시리게 들어왔다. 이 판권란을 보니 당시 문학과지성사는 종로구 통의동 35-84번지 영련빌딩 3층에 있었더라. 그로부터 35년이 지난 2015년 가을에 다시『문학과지성』 41호를 펼쳐놓고 보니 만감이 교차한다. 당사자이신『문학과지성』 편집동인 선생님들은 아마 마음이 더하실 것이다. 오늘 이 자리에서 가제본된 41호를 앞에 두고『문학과지성』 세대와 현재『문학과사회』를 만들고 있는 신세대 사이의 허심탄회한 소통을 시도하면서, 과거를 성찰하면서 의미 있는 미래를 기획하는 발판을 마련했으면 좋겠다. 그러니까『문학과지성』의 폐간 이후 태어난 세대와 함께하는 역사적인 대화인 셈이다. 이 좌담과 함께 실릴 김병익 선생님의 글에서도 자세히 밝혀지리라 생각하지만, 우선 1980년 8월 폐간 무렵의 풍경을 먼저 떠올려보고 넘어가기로 하겠다. 오생근 선생님은 당시에 프랑스에 계셨으니까, 김주연 선생님이 먼저 폐간 무렵 『문학과지성』의 분위기를 말씀해주시는 것으로 말길을 열어가자.

김주연 35년이 지났다고 하는데 나이든 사람들이 잘하는 얘기로 나는 엊그제 같다. 그 당시에는 통의동 골목에 사무실이 있었는데 거의 매일 나가 앉다시피 했다. 무슨 일이 특별히 있어서보다도 당시의 상황이 하도 흉흉하다고 할까 집에 가만히 앉아 있을 수가 없는, 어디 나가서라도 세상 돌아가는 일을 귀동냥이라도 좀 해야 되지 않을까, 이런 마음들로 거의 매일 모이다시피 했는데 한마디로 그 시절에는 누가 앞으로 이렇게 될 것이다, 지금 상황이 이럴 것이다,라는 것에 대해서 확실한 어떤 앎을 가지고 있는 사람이 없어서 이른바 유언비어가 횡횡하던 시대였다. 그래서 정치적인 격변, 또 군부의 동향, 이런 것에 대해서 우리 같은 사람은 아무것도 모르는데 그래도 이게 어떻게 될 것인가를 아주 참 불안한 마음으로 지켜보았다. 그러면서도 『문학과지성』 같은 문예지에

직접적인 파급이 그렇게 빨리 오리라는 예상은 사실 못 했었다. 그래서 그런 바깥의 동향에 신경을 쓰고 귀를 기울이다가 어느 날 갑자기 바로 당신네들 잡지 폐간하라, 이런 명령이 떨어져서 처음에는 너무 실감이 나지 않았다. 남의 일처럼, 더군다나 그때는 신문을 보니까 『창작과비평』하고 『문학과지성』이 들어가 있지만 그 전체를 여러 잡지, 또 다른 정기 간행물들에 포함시켜 폐간을 시켰는데, 어떤 신문에서는 큰 제목으로 '음란물들을 폐간시킨다'고 나와서 우리가 웃었다. 우리 잡지가 졸지에 음란물로 포함되었구나, 했던 생각이 먼저 떠오른다.

우찬체 오생근 선생님은 당시 프랑스에서 이 소식을 접했을 텐데. 지성 면이나 문화 면에서 당시 프랑스는 전혀 다른 분위기였으니까, 그쪽에 있으면서 어처구니없는 소식을 듣고 소회가 남달랐을 것 같다.

오생근 소회가 남다르긴 했어도 현장에 없었기 때문에 크게 실감을 하지는 못했던 것 같다. 그 당시에 프랑스에는 박사논문을 쓰려고 갔었기 때문에 거기에 더 많이 신경을 쓰면서 한국

의 상황에 대해서는 여러 가지 소문으로만 접했다. 아무래도 그 현장에 있었던 분들이 체험한 것과는 좀 동떨어진 느낌을 가지고 있었던 것 같다. 그래서 당시의 상황에 대해서는 깊이 있는 이야기를 할 처지가 못 된다고 생각한다. **우찬제** 41호 서문에 이런 부분이 있다. "희망을 갖지 못하는 사람들을 위해 희망을 갖는다는 것이다. 이 말은 희망을 갖기 위해 희망한다는 동어 반복일 수 있겠지만 우리는 이 속에 숨겨진 깊은 역설에 유의한다." 아마도 이 서문은 폐간 통보를 이미 받은 상황, 『문학과지성』 41호가 공간되기는 어려운 상황에서 쓴 서문일 텐데, 그래서 이런 역설적인 표현밖에 없었던 것인지도 모르겠다는 생각을 한다. 지금 보면 상당히 참담한 상황이었음에도 불구하고 모든 감정을 절제하고 이런 태도를 보여줄 수 있다는 것이 참으로 놀랍다. 그러면 이제 다시 80년으로부터 10년을 거슬러 올라가서 『문학과지성』의 창간 과정에 대한 이야기를 시작해보기로 하겠다. 모두에 말씀드렸다시피 오늘 좌담은 폐간 이후에 태어난 현 『문학과사회』 동인들이 『문

학과지성』을 편집하셨던 선생님들과 대화를 나누는 시간이다. 저는 매개 역할만 할까 한다.

강동호 이미 여러 지면들을 통해서도 당시 『문학과지성』에 관여했던 동인들의 이야기가 회고된 바가 있지만, 이 자리에서 『문학과지성』의 탄생 과정에 대한 구체적인 이야기들을 들어보는 것도 의미가 있을 것 같다. 특히 70년대 이후의 문학사, 『문학과지성』과 『창작과비평』에 대한 연구들이 본격적으로 시작되는 시점에서 새로운 세대에게 당시 상황을 직접 들려주는 것은 의미가 있을 것 같다. 『문학과지성』의 탄생 배경과 그리고 그것을 후에 출판사로 발전시키는 과정에 대한 질문을 드리고 싶다.

김주연 나는 1969년부터 1971년 2년 동안 외국에 있었다. 외국에서 공부를 하고 있었기 때문에 사실 『문학과지성』 창간 당시의 멤버는 아니다. 그러고 보니까 (회의실 벽에 걸린) 저기 사진 속의 여섯 사람 중 세 사람은 갔고(김현, 황인철, 김치수), 세 사람(김병익, 김주연, 오생근)만 남아 있다. 구태여 이렇게 구분한다면, 참 묘하게도 창간 당시 훨씬 더 일을 열정적으로 한 사람들이 먼저 갔다. 그래서 내가 여기서 뭘 얘기를 하면 저 사람들이 "잘 모르고 저런 말을 하네……" 이럴 것 같기도 하다.(일동 웃음)

내가 외국에 있을 때 편지를 참 많이 주고받았다. 가장 자주 주고받은 사람이 저기 있는 김현 씨다. 김현 씨는 뭐를 쓰던 편지든 원고든 단 하루라도 글을 안 쓰면 안 되는 사람이었다. 그래서 편지를 참 잘했는데, 나는 편지를 잘 안 했다. 답장도 안 하고. (웃음) 그렇게 편지를 주고받는 과정에서 김현 씨가 잡지를 같이하자는 이야기를 자연스럽게 건넸다. 김병익 씨와도 두세 번 그런 편지를 주고받았고, 그래서 나는 자연스럽게 외국에 있으면서도 잡지에 참여하는 것으로 이야기가 되어 있었다. 잘 알려진 이야기지만, 김현 씨하고는 1966년에 『사계』라는 시 동인지를 같이했었다. 김현, 나, 황동규, 박이도, 정현종, 김화영이 동인이었는데, 그 잡지는 3호까지 나왔다. 그 과정에서 시 중심으로만 잡지를 만들 게 아니라 좀더 외연을 확장하자고 해서 1968년에 『68문학』이 나오게 된 것이다. 그러니까 1969년 이전부터 꽤 오랫동안 해오던 일의 연장선상에서 자연스럽게 『문학과지성』이 탄생했다고 볼 수 있다.

강동호 처음 구상했던 제호가 '현대평론'이었지만, 당국의 허가를 받지 못한 것으로 알고 있다. 그렇다면 '문학과지성'을 제호로 삼게 된 특별한 이유나 에피소드가 있는지 궁금하다. 일부에서는 최재서의 평론집 『문학과지성』을 염두에 두고 있었던 것은 아닌지도 궁금해한다.

김주연 '현대평론'이라는 제목이 제일 처음에 나왔을 때, 당국에서는 평론이라는 말을 매우 못마땅해했다. 당시는 삼선개헌을 앞두고 정치적인 분위기가 자꾸만 경색되어가고 있는 상황이었는데, 당국에서 아주 민감한 반응을 보인 단어가 '평론'과 '비평'이었다. 하여간 '평'자가 들어가 있는 걸 아주 싫어했다는 게 지금 생각하면 아주 난센스다. 그래서 그 제목을 바꾸게 되었다. 그런데 그럼 '문학과지성'이라는 제목으로 어떻게 정해지게 되었나, 하면 그것은 김병익 씨가 그전에도 말했지만, 그냥 여러 사람들 입에서 자연스럽게 나왔다는 게 정확한 기억으로 이야기되더라. 최재서 선생의 『문학과지성』이라는 책이 존재한다는 것은 그 후에 알게 되었다. 김병익 씨 역시 전혀 몰랐다고 하더라.

강동호 무산되긴 했지만 평론, 비평을 앞세웠다는 사실이 상당히 의미심장하게 들린다. 『문학과지성』 창간 이전에 『창작과비평』이 존재했지만, 『문학과지성』 창간호처럼 당시 평론이 압도적인 분량을 차지하는 문예지가 많지 않았던 것 같다.

김주연 멤버 전원이 평론가들 아닌가. (웃음)

우찬제 그러고 보니 『사계』에서 『68문학』으로, 그리고 마침내 『문학과지성』으로 가면서 점차 동인 구성이 줄어든다. 점차 평론으로 구체화되는 양상이다.

김주연 아, 그렇게 보면 또 그렇다. 그리고 이번 기회에 꼭 기록으로 남겨두고 싶은 것이 있다. 『문학과지성』의 창간 당시 제일 공신은 사실 황인철 변호사와 일조각 한만년 사장이다. 황인철 변호사는 이십대부터 판사를 역임했는데 아버지가 시골 초등학교 선

김주연

생님이셨고 더욱이 8남매의 장남이었으니 집안의 사정을 짐작할 수 있지 않나. 그래서 변호사 사무소를 개업했는데, 신임 변호사로서 그 역시 녹록지 않은 상황 속에서도 『문학과지성』의 스폰서로 흔쾌히 나서줬다. 물론 김병익 씨와 친구이긴 합니다만, 그의 경제적인 지원 덕분에 일조각과 더불어 『문학과지성』을 만들 수가 있었던 것이다.

우찬제 창간 당시에는 물론 예상하지 못했겠지만, 『문학과지성』은 이후 문학사뿐만 아니라 지성사적으로 굉장히 의미 있는 잡지로 성장하게 되었다. 그런데 『문학과지성』이 창간되던 시기에는 다양한 잡지들이 공존하고 있었다. 특히 『창작과비평』에 대한 의식도 없지 않았으리라 짐작한다. 그런 다른 잡지들과의 관계 속에서 『문학과지성』만의 독특한 편집 방향이 있었다면 이야기해달라.

김주연 4·19 이후에 그야말로 지적인 욕구의 분출이 거침없이 일었다. 당시 다양한 잡지들이 등장한 것도 그런 맥락에서 이해할 수 있다. 그중에서 '문지'와 '창비'의 출현은 유독 눈에 띄었다. 일반적으로 두 잡지를 대립적으로 이해하는데, 사실 '창비'나 '문지' 모두, 말하자면 우호적인 우군으로서 한국의 지적인 풍토를 성장시켜나가는 중요한 계기를 낳았다고 볼 수 있다. 물론 잡지끼리의 어떤 경쟁이 없지 않았으며, 『문학과지성』의 경우 『창작과비평』의 존재를 염두에 두지 않을 수 없었다. 당시 계간지는 『창작과비평』이 유일했는데, 당연히 『문학과지성』만의 독창적인 편집 방향을 고민하게 되었다. 가령 편집자에게 보내는 글을 실음으로써 독자와 편집자의 쌍방향 소통 체계를 갖춘다던가, 재수록을 통해 기존 작가와 작품을 발굴하고 거기에 비평을 싣는 등 내용과 형태 둘 다에서 당시에는 드물었던 기획과 편집을 계속해서 실험하게 되었다.

우찬제 『문학과지성』은 이른바 '문지 그룹'이라고 불리는 작가, 시인 들을 적극적으로 발굴했고, 말씀하셨던 것처럼 재수록 제도 등을 통해서 그것을 실천한 것 같다. 또 3호쯤부터는 독자와의 소통을 위해서 편집자 서문보다 앞자리에 편집자에게 보내는 글을 실었다. 때로는 그런 독자 편지에 대한 답이 실리기도 하고. 오생근 선생님께서는 『문학과지성』 동인 중에서는 '젊은 피'였는데 『문학과지성』 편집 과정에서 후세대 동인들이 담당했던 주도적인 역할에 대해 말씀해주시면 도움이 되겠다.

오생근 당시 『문학과지성』에서 필자들을 다양하게 발굴을 한다거나, 좋은 원고를 찾으러 다니는 역할이 나와 김종철 같은 후배 세대에게 맡겨졌던 것 같다. 그때만 하더라도 『문학과지성』은 문학 중심적이라기보다 지성의 영역, 문학장 이외의 다른 사회과학이나 역사학에 대한 관심을 문학 못지않게 큰 비중으로 다뤘다. 바로 그 분야의 다양한 필자들을 저와 김종철 세대의 후배들이 발굴하는 것이 주된 역할이었던 것 같다.

소소한 만남의 풍경들

금정연 『문학과지성』이 공적인 동인들이긴 하지만, 개인적으로는 오랜 친구이기도 하다. 김주연 선생님은 어쩌다가 모였다고 하지만, 모여서 무엇을

했는지도 궁금하고, 어떤 풍경이었을지도 궁금하다

김주연 김병익 선생과 황인철 변호사는 57학번이고 다른 사람들은 다 60학번 동기생들이다. 그러니까 같은 대학 같은 학번이니까 60년부터 계속 알던 사람들, 말하자면 친구들이다. 뭐 새삼스럽게, 특별한 계기 없이 너무나 자연스럽게 모였다. 다만 지금 광화문 교보문고 자리의 다방에서 자주 모이기는 했다. 당시에는 그 자리에 자이언트 다방, 비봉 다방 그리고 무교동 쪽의 연 다방 같은 곳이 있었는데(일동 웃음), 그냥 특별한 일 없이 그 근처에서 자주 모였다. 두 분들은 요즘 어디서 자주 모이시나?

금정연 우리는 합정 인근에서 만난다.

김주연 그런가. 하여간 그런 식이다. 일 없어도 만나지 않나. 영화도 보고.

강동호 영화는 안 본다. (일동 웃음)

김주연 우리는 뭐 영화 보자고 만나서 아침부터 저녁까지 영화만 보던 때도 있었다. 그런 시절이었다. 그 당시 서울 변두리는 다 논밭이었기 때문에 광화문에서 자주 만날 수밖에 없었다. 지금 생각해보면 내가 1960년대 중반에 외국에 가기 전에 경향신문 문화부에 있었다. 김병익 씨는 동아일보 문화부에 있었고. 경향신문이 소공동 롯데호텔 그 뒤, 그러니까 시내 한복판에 있었다. 그런데 다른 사람들은 1960년대에 일정한 직장이 없어 늘상 나나 김병익 씨한테 놀러온 것이다. 그런데 그때 김현 씨가 아주 뭐라고 할까, 최근에 내가 어디에 썼는데, 단적으로 말해 추진력이 아주 대단했다. 좋은 아이디어가 생각나면 바로 행동으로 옮긴다. 가령 여기 오생근 선생 글 보니까 좋다는 생각이 들면 우리는 보통 글 좋네 하고 끝나지만, 김현 씨는 바로 일어선다. 그래서 우리가 어디 가려고? 하면, 아, 오생근 만나러 가야지 하고 직접 행동에 옮긴다.(웃음)

강동호 실제 있었던 일인가?

김주연 뭐 거의 실제다. 여기 오 선생이 계시니 편의상 그렇게 얘기한 것이고, 다른 사람들의 경우에도 비슷하다. 예를 들어 정현종의 경우는 나처럼 신촌에 살았다. 그래서 서로 왕래가 잦았고 황동규, 홍성원 이런 분들은 김병익 선생하고 동기들이고. 그래서 자연스럽게 모이다가 더 재밌는 걸

우찬제

기획해보게 된 것이다.

우찬제 자연스럽게 오생근 선생님이 『문학과지성』에 합류하게 된 이야기를 들어야겠다.

오생근 처음에는 순전히 김현 선생님과의 관계 때문이었다. 대학 3학년 때 김현 선생이 조교로 오게 됐는데, 그 당시의 문리대 조교들은 월급을 받지 못하는 무급 조교였다. 그러니까 특별히 학교에 해야 할 일을 아침부터 저녁까지 근무하듯이 할 필요도 없었고 그야말로 좀 자유로운 위치에 있었다고 할 수 있겠다. 그러나 과에 일이 계속 있었기 때문에 그 조교를 도와주는 학생이 과마다 있었다. 제가 그런 역할을 하는 학생이었다.

우찬제 일종의 조조교였나?

오생근 그렇다. 일종의 조조교라고 할 수 있다. 그래서 김현 선생님 옆에서 김현 선생이 글 쓰고 일하는 여러 모습을 보고 많은 것을 배울 수가 있었다. 그전까지만 하더라도 내가 문학을 좋아하긴 했지만 비평가가 되겠다, 뭐 이런 생각은 전혀 하지 않았는데 김현 선생을 보고 비평가 할 만한 일이라는 생각을 조금씩 하게 됐다. 그래서

4학년 때 『대학신문』의 '대학문학상'이라는 것에 응모를 했는데, 그전에는 시, 소설, 희곡만 모집하다가 공교롭게도 내가 대학 4학년 때 처음으로 비평 공모가 생겼다.

우찬제 오생근 선생님을 위해서?(일동 웃음)

오생근 그래서 처음으로 비평을 써서 응모를 해봤다. 일종의 최인훈론이었는데. 봄에 대학문학상 발표가 나고 그래서 제가 응모한 글이 당선이 되고 난 다음 어느 날 김현 선생이 야, 최인훈 씨하고 고은 씨가 널 만나러 왔다고 하면서 같이 나가서 술이나 먹자고 하셨다.

김주연 당시 최인훈, 고은 둘이 잘 어울려 다녔다.

오생근 그 당시에 최인훈과 고은 선생은 서로 잘 어울려 다녔을 뿐만 아니라, 젊은 소설가 시인 중에서 아주 높은 평가를 받는 분들이었다. 그런 분들이 대학생을 찾아왔다고 하는 것이 참으로 감동스러웠다.(웃음) 그런데 지금 와서 가만히 생각해보면 그 두 분이 나를 찾아왔다는 것이 사실이었을까 하는 생각도 든다. 아마도 김현 선생을 찾아왔거나 아니면 김현 선생이 어떤 자리에서 자기 대학 후배가 당신에 대해 쓴 글이 있으니까 시간 나면 놀러 와서 격려해주라는 식으로 얘기하지 않았을까. 어쨌든 대선배 작가이자 시인인 두 분이 찾아와서 김현 선생하고 같이 학교 앞 중국집에서 음식을 먹고 이야기를 나눴던 것이 나에게는 감동적인 사건이었다. 그 이후에도 김현 선생 찾아오는 문인 친구들과 저녁 때마다 나가서 술 마시는 자리에 합석하게 되었다. 이렇게 문학하는 선배들과 자연스럽게 어울려 지냈는데, 그분들에게 많은 영향을 받았던 것 같다. 나중에 대학원에 가자마자 1970년에 『동아일보』 신춘문예로 등단을 하게 되었다. 물론, 등단하자마자 군대를 가야 했지만, 그 공백 기간을 거치고 대학원을 마치면서 『문학과지성』의 선배들의 도움으로 글을 쓸 기회를 자주 얻게 되었다. 그러다 자연스럽게 『문학과지성』에 합류하게 된 것이다. 그러니까 나는 '문지' 선배들에게 많은 고마움을 느낄 수밖에 없다. 내가 내 또래들보다 정신적으로나 삶을 살아가는 데 있어서 조금이라도 나은 점이 혹 있다면, 그것은 전적으로 선배들과 어울리면서 알게 모르게 많은 배움을 얻었던 덕분이라고 생각한다.

패배주의와 샤머니즘의 극복

강동호 그렇다면 다시, '현대평론'이라는 제목을 내걸고 처음 잡지를 만든다고 했을 때, 서로 공유하고 있었던 비평적 자의식이나 방법론이 무엇이었나. 어떤 방식으로 당시의 한국 비평계에 충격을 주고 갱신하려고 했는지도 궁금하다.

김주연 오생근 선생이 1970년대 중후반부터 합류를 했으니, 『문학과지성』의 전반부에 대해서는 내가 이야기를 전부 도맡아서 해야 하는 처지이다. 나는 『문학과지성』 6호부터 본격적으로 편집에 참가했다. 내가 1971년 9월에 한국에 돌아왔는데 오자마자 뭘 쓰라고 하더라.(웃음) 그래서 쓴 것이 「문학사와 문학비평」이라는 글이다. 이게 6호의 이른바 권두 논문으로 나갔는데 김병익, 김현, 김치수 세 사람이 내 글을 참 좋아했다. 그것은 그 글

의 논지라든지 또는 어떤 지향점 같은 것이 『문학과지성』의 그것과 일치한다는 것을 말해준다. 우리는 이런 방식으로 서로의 비평적 지향점을 자연스럽게 인식하고 공유했다.

금정연 창간호 서문을 읽어보면 창간 당시 『문학과지성』 동인들이 지니고 있던 한국 사회에 대한 문제의식을 분명하게 감지할 수 있다. 서문에서는 한국인의 의식을 참담하게 만드는 요인으로 "패배주의와 샤머니즘에서 연유하는 정신적 복합체"를 지목하고 있다. '패배주의'는 당시 사회 현실을 감안하면 쉽게 수긍이 가는 면이 있지만, 샤머니즘을 언급한 것은 다소 의외라는 생각도 든다. 한국 사회의 의식 구조를 비판하는 데 있어 '샤머니즘'이라는 개념이 중요했던 이유는 무엇인가?

김주연 '패배주의'라는 것은 1960년대의 어떤 지성적 분위기와 관련이 있다. 그러니까 4·19가 1960년에 일어나고 바로 그다음에 5·16이 일어났다. 최근에 들어서는 5·16을 4·19의 연장선상으로 보는 사회과학적인 견해도 있는 것으로 알고 있지만, 적어

오생근

도 당시에는 5·16은 4·19에 대한 반 동으로 여겨졌다. 그래서 어떤 좌절 의 분위기가 60년대에 만연했다. 그래 서 1950~60년대 문단의 주도적인 분 위기가 그런 패배적인 상황을 그냥 인 정하고 받아들이는 면이 있었다. 이런 좌절의 상황을 넘어서야 하지 않을까 하는 문제의식에서 나온 단어가 패배 주의다. 샤머니즘이라고 하는 것은 앞 으로도 우리 사회에서 계속 논의될 필 요가 있다고 본다. 나 개인적으로 샤 머니즘의 극복이라는 것을 중요한 문 제로 봤다. 샤머니즘이라는 단어가 가

지고 있는 의미는 크게 두 가지다. 하 나는 소위 민간신앙이라는 실체를 가 진 샤머니즘이고 다른 하나는 샤머니 즘적인 사고방식이다. 우리가 말하는 샤머니즘의 극복은 후자의 극복을 말 한다. 1960년대까지 한국 문단이 이런 샤머니즘에 깊게 침윤되어 있었다는 우리의 판단이 있었던 것이다.

오생근 제 3자의 입장에서 패배주의와 샤머니즘에 관해서 말씀드리자면, 그 것의 반대말은 합리주의라거나 이성 적 사고방식이라고 생각한다. 다시 말 해서 우리 사회와 문화의 제일 큰 문

제점은 감상적이고 비이성적인 사고 방식, 그와 비슷한 관행이라고 생각되기 때문이다.『문학과지성』창간 동인들이 대체로 서구문학 전공자들이거나 또는 서구문학의 영향을 받고 성장한 사람들이어서 그러한 서구적인 합리주의 정신이나 자유로운 사고방식과 가치관을 무엇보다 중요시했다. 그래서 우리 문화와 사회의 가장 큰 병폐 가운데 하나가 그러한 패배주의와 샤머니즘으로 요약될 수 있는 분위기라고 판단했고, 그것들을 시급히 극복해야 할 부정적 요소로 생각했다고 할 수 있다.

우찬제 실제로 당시의 샤머니즘이나 패배주의에 대한 문제의식은 한국 문학과 한국 정치 사회의 상황에 관한 냉철한 직관의 결과가 아닐까 싶다. 특히 김동리로 대표되는 당시의 주류, 이전의 주류 문학이 1960년대 말까지 샤머니즘에 기댄 운명론적인 사고를 보였던 것이 사실이니까. 그런 상황에서 오생근 선생님이 말씀하신 것처럼『문학과지성』초기 동인들이 외국문학 전공자와 사회과학 전공자였기 때문에 한국 문학에 대한 객관적이고 냉

철한 분석이 가능했던 것 같다.

반성적 회고

강동호 사실『문학과지성』에 대해서 회고를 하거나 출판사 '문학과지성사'의 오랜 역사적 활동에 대해 조명하는 지면은 간헐적으로 있어 왔다. 그런데, 이런 조명들이 주로 밝은 면, 혹은 문지의 영광에 집중되어 있었던 것 같다. 하지만 지금 시점에서 돌이켜봤을 때 남는 아쉬움 같은 것도 있으리라 짐작된다. 출판사가 성장하고, 세대 교체가 이루어지고,『문학과지성』이후에도 계속 간행되는 계간지들을 쭉 지켜보셨는데, 이 과정이나 출판사로서의 '문학과지성'에 대한 반성적 회고도 가능하지 않을까.

오생근 물론 어떤 작가를 더 주목했어야 했는데 그러지 못했다는 아쉬움은 남을 수 있다. 하지만『문학과지성』의 운영 방식이나 체제 등을 정비한 것에 관해 후회되는 점이 없는가로 질문을 바꿔본다면, 나는 그런 것은 하나도 없다고 생각한다. 설사, 아쉬운 것

이 있었을지는 모르겠지만 일단 결정을 하고 나면 아까 김주연 선생도 말씀했던 것처럼 문지 구성원 모두 동의를 했다. 가령 체제상에 있어서 문학과지성사를 주식회사로 전환할 때, 혹은 다음 세대에게 문학과지성사의 경영을 넘겨주는 결정을 할 때마다 누구나 다 동의할 수 있는 결정을 내렸다. 그 과정에서 여러 의견을 제출할 수 있고 토론도 할 수 있다는 게 핵심이다. 이견이 있다 하더라도 나중에 다 합리적으로 동의할 수 있는 그런 결정을 하게 되면 그것에 반대했던 사람도 애초부터 찬성했던 사람처럼 책임지고 활동할 수 있는 분위기가 있었다는 이야기다. 그 논의 과정이 그야말로 민주적이었기 때문에, 일단 결정을 하고 나면 다 그것에 공동으로 책임을 졌다. 지금까지 문학과지성사가 나름대로 성장하고 발전할 수 있었다면 모든 것이 다 그런 과정의 결과였다고 생각한다. 한 가지 더 덧붙이자면, 바깥에서는 문학과지성사를 볼 때 '주인 없는 회사'라는 식으로 이야기하기도 하는데, 저는 남들에게 주인이 없는 회사처럼 보여주면서 문학과지성이 다음 세대에게 계속 이월될 수 있는 그 힘이야말로 문지의 차별성이자 또한 문지의 경쟁력일 수 있다고 생각한다. 그것은 시간이 지날수록 문지의 큰 자산이 될 것이라고 생각한다. 어떤 의미에서 그것은 반시장주의적 시스템이 아니라 시장주의를 넘어서 영원히 가치가 있을 수 있는 초시장주의적 시스템이라고 말할 수 있겠다.

김주연 지금 오생근 선생이 말씀한 게 큰 프레임에서는 우리의 경쟁력이고 좋은 점이다. 그러한 요소 덕분에 문학과지성사가 오랫동안 지속될 수 있는 힘을 갖추고 있다고 볼 수 있다. 하지만 여기에 덧붙이자면, 나는 현실에 대처하는 순발력이 조금 더 있었으면 하는 생각을 가지고 있다. 이게 아쉽다. 무슨 말씀인가 하면, 대중문학 등의 가독성 있는 작가들을 문지가 놓치는 경향이 있다. 세계가 변하고 있는데, 올바르고 좋은 작품을 바라보는 세계관이 상대적으로 좁아진 면이 있지 않을까. 이런 점에 대해서는 아쉬움이 있다. 오늘날 문학하는 환경도 독서 환경도 자꾸만 더 열악해지고, 문학 자체도 보다 극단적인 시각에 서

384

는 게 아닌가 하는 측면에서 볼 때 우리가 좀더 지평을 넓혀서 더 활발하게 독자와 소통하려는 노력에 눈을 돌릴 필요가 있다고 본다. 『문학과지성』은 특정 이념을 고수하지 않는다는 점에서 특별한 방향성이 없다. 다만, 높은 수준에 대한 지향성이 있을 뿐이다. 그것이 『문지』의 창간 정신이다.

금정연 현재 발간되고 있는 『문학과사회』나 기타 다른 문학 잡지 등을 볼 때 느껴지는 아쉬움 같은 것은 없나?

김주연 『문학과지성』이나 『문학과사회』는 조금 교과서적인 것 같다. 잡지는 한 번 보고 버리는 경우들이 많은데 『문사』랑 『문지』는 보관해둬야 할 것 같다. 또 볼 경우가 많으니까. 이걸 부정적으로 본다면, 너무 잡지 같지 않은 잡지라는 뜻으로 볼 수도 있을 것 같다.

오생근 사회적 배경과 영향도 있을 것이다. 예전에는 지성이라고 하면 의당 문사철 중심의 교양을 의미했다. 『문학과지성』의 구성원들이 대체로 서울대 문리대 출신들이었는데, 문리대라고 하는 것이 거의 문사철 중심으로 돼 있어서 문학을 하더라도 역사나 철학에 대한 공부가 어느 정도 되어 있어야 한다는 분위기가 있었다. 그런 점에서 본다면 요즘 잡지들은 지나치게 문학 중심적이다. 예전의 『문학과지성』을 보면 역사학이나 철학 논문들도 많이 수용한 흔적이 있다. 이것을 예전의 『문학과지성』과 요즘 문예지들 사이의 차별성이라고 얘기해야 할지 모르겠는데, 여하간 지금의 문학 중심적인 경향으로 잡지들이 편집 방향을 잡아가는 것은 문제적이라는 생각도 든다. 적어도 서평란이라도 다양하게 만들어서 인접 분야의 중요한 글이나 책을 소개하는 지면들을 확보할 필요가 있다는 생각이 든다.

강동호 확실히 『문학과지성』을 비롯해서 당시 문예지들을 보면 현재에 대한 반성이라는 것이 자연스럽게 뒤따를 수밖에 없는 것 같다. 금정연 씨도 이야기했던 것처럼, 최근의 문예지들이 자사 출판사에서 나오는 책들을 위한 홍보의 장으로 많이 변질되었고, 이러한 현상을 자연스러운 변화라고 받아들여야 할지 끊임없이 고민을 하게 된다. 『문학과사회』가 그런 전반적인 분위기와 흐름에 저항하고자 했던 것도 사실이지만, 다소 소극적인 방식에 머물고 있다는 항간의 비판이 있는 것도 사실이다. 그런 점에서 이번 41호 복각본 출간을 준비하면서 과거의 『문학과지성』을 살펴볼 때 느낀 바들이 적지 않았다. 우선 『문학과지성』을 비롯하여 과거 잡지들이 현재의 문예지들과 달리, 영역을 막론하고 다양한 종류의 지성적인 글들이 많이 실리고 또 그런 글들이 독자들에 의해 향유될 수 있었다는 사실 자체가 놀라웠다. 어떻게 보면 굉장히 어렵고 학술적인 글들인데도 그것이 당시 독서 시장에서 통용되었다는 것이 부럽기도 하고, 다른 한편으로는 현 세대에 비판적이고도 지성적인 문예지에게 시사하는 바가 적지 않다고 생각한다. 물론 시대의 변화를 받아들일 필요는 있을 것이다. 『문학과지성』이 표명하고 있는 지성에 대한 강조를 동일한 방식으로 현 세대에 강요하는 것은 적절하지 않을 것이다. 김주연 선생님께서도 말씀하셨지만, 『문학과사회』가 잡지답지 않게 너무 무겁다는 평도 종종 듣는다. 결국, 현 시대 독자층의 변화된 분위기를 염두에 두면서도 『문학과사회』 역시 잡지의 역할, 그러니까 오늘날의 어떤 반지성적인 분위기와 싸워나가는 생산적인 기능을 할 수 있도록 고민할 필요가 있다는 생각을 요즘 들어 자주 하게 된다. 그런 의미에서 『문학과지성』은 『문학과사회』를 만들어가는 현 세대에게 있어서 가장 창조적인 비판적 참조점이 될 수 있다고 믿는다.

금정연 요즘 계간지의 문제점이 저는 두 가지 정도 있다고 생각한다. 하나는 전문가주의. 그러니까 스페인 문학은 스페인 문학 전공자가 얘기해야 되고, 국문학은 국문학 전공자가 얘기해야 되고, 영문학은 영문학 전공자만 얘기해야 한다는 어떤 고정된 전문가주의가 있는 것 같다. 이 논리에 따라 중남미 문학은 중남미 평론가만 얘기할 수 있다면, 사실은 그건 중남미 독자만 읽어야 되는 게 논리적으로 맞다고 생각될 수 있는데, 그런 식의 어떤 거리감을 느끼게 되는 측면이 있는 것 같다. 또 하나는 뭐 일종의 현실적인 자조라고 해야 되나, 그러니까 어떤 작품이 나왔을 때 사실 이 작품이 사회적으로 크게 팔리지 않을 것이라는 걸 모두가 알고 있는 상황에서 굳

금정연

이 이 작품의 흠결을 잡기보다는 그냥 서로서로 좋게좋게 애기하는 지점들이 분명히 있는 것 같다. 그래서 발전적이지 않고 퇴행적인, 단순한 소개 정도에 그치는 논의들이 많은 것 같은데, 독자들을 위해서라도 장기적으로는 그런 부분을 조금씩 해결해나가야 하지 않나 하는 생각을 저 개인적으로 하고 있다.

우찬제 '문학'과 '지성'을 통한 '전체에 대한 성찰'에의 자부심과 열정을 지닐 수 있었던 세대와 '현실적 자조'와 관련한 반성을 해야 하는 세대 사이에는 역사적 시간이 많이 개재되어 있는 것처럼 보인다. 거기에는 변화된 정치·경제·사회·문화의 현실이 있고, 문학 상상력과 자의식의 변동도 관련된다. 무엇보다 문학 계간지의 매체 효과라는 변수도 상당히 달라졌다. 그러나 문학 계간지를 편집하는 입장에서는, 어느 시절이나 자기 시대를 가장 위험한 시대, 혹은 위기의 시대처럼 받아들이면서, '문학'과 '지성'의 예민하고 또 전위적인 풍향계가 되려 한다는 점에서는 비슷한 것 같다. 그런 자의식 없이는 꿈을 꿀 수 없으니까 말이다.

우정의 공동체

금정연 저는 선생님들 말씀을 듣고 문득 여쭤보고 싶은 게 있었어요. 오생근 선생님의 경우 5년 후배의 입장에서 배움이나 영향 관계에 대해 말씀해주셨는데, 김주연 선생님의 경우는 모두 동기들에 가까웠다. 그러니 겉으로는 드러나지 않는 어떤 지적인 경쟁 관계라고나 할까, 좋은 의미에서의 경쟁이나 불꽃 튀기는 긴장이 내부에서는 있었을 수도 있을 것 같다.

김주연 이런 질문은 내가 『문학과지성』을 시작한 이래로 처음 들어보는 질문인 것 같다.(웃음) 물론 다 문학하는 사람들이고 이름 석 자 가지고 글 쓰는 사람들이다 보니, 각자 자기 세계와 개성이 있을 수밖에 없다. 오생근 선생은 5년 후배고 또 성도 다르지만 매스컴 같은 데서 4K라는 이름으로 우리를 은연중에 한 사람처럼 묶는 경향이 있었다. 심지어는 네 명 중 두 명(김현, 김치수)이 불문과다 보니 나도 불문과인 줄 아는 사람들도 있다. 그래서 내가 숙명여대 독문과에 재직할 때 내게 온 우편물 절반 정도가 불

문과로 가는 일도 있었다.(웃음) 무슨 말씀이냐면 그렇게 무슨 일사불란하게 하나인 것처럼 보이는 면이 있었지만, 실제로는 당연히 그렇지 않았다. 그래서, 소위 우리가 우정이라고 말하는 요소가 제일 중요한 것 같다. 문학과지성사에는 전통적으로 내려오는 편집과 관련된 하나의 원칙이 있었다. 편집과 관련하여 누구라도 한 사람이 주장을 하면, 그 사람 의견을 따르는 방식으로. 반대로 한 사람이라도 반대를 하면 그 반대 의견을 따른다. 다만 여기에는 단서가 있다. 이해와 설득을 기반으로 강력하게 주장을 해야 한다는 것이다. 이것이 우리의 유일한 원칙이었다. 이 원칙을 어기게 되면 우정을 해치게 되고, 결국 다른 중요한 일들도 못하게 된다. 물론 서로에 대한 오해가 생길 수 있었던 에피소드들이 전혀 없었던 것은 아니나 그럼에도 사소한 갈등을 극복할 수 있었던 것은 우리에게는 그것보다 더 큰 무언가가 있었기 때문이다.

강동호 문지 동인들이 지니고 있었던 우정을 저는 정치적인 고민의 산물이라는 생각을 요즘 들어 계속하고 있

다. 여기서 말하는 우정은 단순한 개인적 친분이나 친밀함을 뜻하는 것이 아니라, 일종의 평등한 공동체의 지속을 위한 정치적 기술처럼 보인다. 이건 단순히 동일한 이념을 가지고 있다고 해결되는 것은 아니다. 방금 김주연 선생님께서 말씀을 해주시긴 했지만, 조금 더 구체적인 노하우라고나 할까? 그런 경험에 대해 질문드리고 싶다.

오생근 나는 세 가지로 정리해볼 수 있다고 생각한다. 첫번째는, 문지 1세대의 동인들이 모두 비평가인데 비평가는 시인이나 소설과는 달리 타인들의 작품들을 읽고 그것을 분석하고 해석하는 일을 하는 사람들이어서 기본적으로 타인에 대한 관심과 이해력이 많은 사람들이라고 볼 수 있다. 야구에 비유를 하자면 비평가는 투수의 성향보다는 포수의 성향에 가깝다고 할 수 있다. 그러니까 자기만을 생각한다거나 또는 어느 한 사람을 생각하지 않고 여러 사람을 생각하고 타인과의 관계를 중시하기 때문에 그만큼 자신보다 전체의 화합이라거나 팀워크라거나 이런 것을 존중하는 역할을 할 수 있다고 생각한다. 그것이 흔히 있을 수 있는 갈등이나 내부적 위기를 극복하는 1차적인 요인이라고 할 수 있다. 두번째는, 저를 포함해서 문지 1세대의 비평가들이 문학에 대해서 갖는 중요한 문제의식이 바로 문학은 삶과 세계를 이해하고 반성하는 것이라는 사실이다. 이런 문학관을 비평가가 여기저기서 피력을 하다 보면 결국 자신의 삶에 대한 반성의 능력도 그만큼 신장되지 않겠는가. 자기 자신에 대해서 반성을 하지 않고 자기주장만 강하게 고집하면 우연적으로 있을 수 있는 오해나 갈등이 해소되지 않고 계속 깊어지는 반면, 그렇지 않고 어느 순간 나라고 뭐 늘 잘했던 것은 없지, 하면서 반성하는 그 순간 얼마든지 태도가 바뀌어져서 이해와 포용성을 보여줄 수 있다. 세번째로, 문지 1세대는 문지의 자유로운 정신 못지않게 모리스 블랑쇼가 말하는 어떤 특별한 우정의 공동체에 대한 인식을 공유하고 있다. 아까도 우정에 대한 여러 가지 말이 나왔지만 그 우정에는 문지의 어떤 울타리에 모일 수 있는 모든 사람들이 다 공감하는 그런 우정의 논리라고 부를 만한 것이다. 거기에 덧붙여

강동호

서 말하자면 근 40년 동안 일주일에 한 번씩 문지 동인들과 친구들이 만나는 모임이 계속돼왔는데 지금은 물론 앞으로도 계속될 것이다. 예전에는 그 모임에 열 명 이상이 참석했는데, 최근에는 타계하거나 몸이 불편해서 나오지 못하는 분들도 계셔서 열 명 내외로 줄어들긴 했다. 이러한 친구들이 모여서 담소를 나누고 또 식사를 함께하는 일은 일종의 세리머니처럼 문지의 중요한 전통을 이룬다. 이러한 의식이 간혹 있을 수 있는 갈등이나 오해를 불식시키는 중요한 장으로서 계속 작동하고 있다는 데에서 특별한 우정의 공동체의 기반을 찾을 수 있을 것이다.

마치며
—문학과지성이라는 뜨거운 상징

우찬제 41호 복각판의 독자들을 위해서 우리가 마지막으로 『문학과지성』을 정의하는 한 문장씩 말씀하시는 것으로 오늘 좌담을 마무리하도록 하겠다. 아무래도 순발력 있는 세대인 강동호 선생부터 하도록 하겠다.

강동호 음, 저는 『문학과지성』은 '문학과 지성'이어야 한다라고 하고 싶다. '문학과지성'은 역사적으로 존재했던 특정 잡지를 가리키기도 하지만, 다른 의미에서는 반성적 지성의 이념형을 가리키는 개념이라고 생각한다. 그런 의미에서 '문학과지성'은 고정된 실체도 아니고, 이미 과거에 존재했다가 사라진 이념도 아니라고 생각한다. '문학과지성'을 오늘날 다시 회고할 필요가 있다면, 그 이념이 오늘날까지도 환기하고 있는 문제의식이 적지 않다는 것은, '문학과지성'이 출발했을 때 던졌던 문제의식이 오늘날까지도 이어지거나, 혹은 더 심화될 필요가 있기 때문일 것이다. 그런 의미에서 '문학과지성'은 일종의 상징이지만, 단순히 기념되는 형태로 고착되는 죽은 상징일 수 없다고 생각한다.

우찬제 뜨거운 상징?

강동호 네. 그것이 여전히 오늘날에도 살아 움직이는 뜨거운 상징이려면, '문학과지성'은 과거의 유물이 아니라 일종의 '실천적 테제'여야 한다고 생각한다. 『문학과지성』은 '문학과지성' 이어야 한다는 말은 그런 의미에서 수행적 명제이기도 하다. 이념 따위가 다 소용없다는 생각이 문학 영역 안에서도 널리 통용되고 있는 현실에서, 한 시인의 표현을 빌리자면, 이 명제는 우리가 여전히 문학과 지성의 영역에서 '구체적인 이념'을 요청해야 한다는 것을 화두로 제시할 수 있다고 생각한다.

우찬제 금정연 선생은 어떤가.

금정연 저는 『문학과지성』은 책이라고 말하고 싶다. '문학과 지성'을 매개할 수 있는 게 결국은 책이고, 문학과지성사라는 출판사도 저한테는 책이고 독자들에게도 그럴 것이라고 보기 때문에 책이라고 생각한다.

오생근 『문학과지성』은 문학과 우정의 열린 공동체이다.

김주연 『문학과지성』이 아까 금 선생이 재미있다, 하는 얘기와 더불어 전문가 집단 놀이에 빠져서는 안 되는 게 아닌가, 그런 얘기를 했는데 나는 그런 것을 다 묶어서 '희망'이라고 얘기하겠다. 그러니까, 『문학과지성』의 앞날, 희망을 말한다면 오늘의 현실에 대한 분석을 넣어야 할 텐데 『문학과지성』이 창간되고 폐간될 당시는 디지털이라는 말도 없었다. 아날로그 시대나. 그러니까 80년 가을 41호에서부터 지금까지 얼마나 많은 시간이 지났나. 35년?

우찬제 네, 35년.

김주연 그러니 이것은 굉장한 현실 변화가 아닌가. 가만히 있을 때도 그런데 우리가 얘기하는 무슨 농업 혁명이다, 지식 혁명이다. 또 오늘날의 정보 혁명, 거기 더 나아가서 지금 얘기하는 건 잡지도 필요 없잖나, 이거 아닌가. 그래서 『문학과지성』은 이제는 지적 노동자의 단계에서 벗어나서 지적 생산자여야 한다. 여기서 지적은 지식이라고 불러도 상관없겠다. 이때 지식 생산자라는 것은 상당한 모험을 감수하고 대중과 만나야 된다. 아까 시장주의니 반시장주의니 하는 말들도 나왔는데 나는 반시장주의라는 말은 없다고 생각한다. 그래서 시장은 글을 쓸 수 없고 팔리지 않는 상품을 만들 수 없다. 그러려면 지금까지와는 확실히 다른, 아주 위대한 변별성을 갖춘, 그야말로 아주 무시무시한 세상에 들어선 게 아닌가 싶다. 그런데 이런 것

을 넘어서기가 보통 일인가. 지식 생산자의 자리로 들어서기 위해서는 제일 필요한 것이 과감성이라고 생각하고, 그 과감성에서 제일 긴요한 것은 독자와의 만남이라고 생각한다. 지금의 독자라는 것은 다 지식 노동자들이다. 초등학교 안 나온 사람도 스마트폰을 쓰며 지식 정보를 접하는 세상이다. 그리고 사람들은 매일같이 SNS에 들어가서 무언가를 호소하고 표현하지 않나. 그런 세상에서 아날로그 시대에 창간된 『문학과지성』이 계속 지속성을 갖고 더 나아가서 어떤 평가를 받기 위해서는 좀 과감한 지식 생산자로 나가야 되지 않겠는가.

우찬제 저는 『문학과지성』은 르네상스의 꿈을 향한 열린 실천의 장이었다, 그렇게 말하고 싶다.

김주연 내가 최근에 어디 특강을 다닌 일이 여러 번 있었는데, 꿈의 힘. 그런 것으로 내가 강연한 것이 있는데 비슷한 것 같다. (일동 웃음)

우찬제 저는 요새 다시 문학인들 또는 지식인들에게 필요한 것이 르네상스를 향한 꿈이 아닐까 싶다. 1980년대의 『문학과지성』의 실천 노력 이런

것들을 오늘날 다시 되살릴 수 있다면
더 의미 있는 '문학의 실천'이 가능하
지 않을까 싶고. 어쨌든 우리가, 역사
에서 if, 만일이라는 표현을 쓰는 것처
럼 바보스러운 일은 없지만, 이 41호
가 예정대로 1980년 8월 20일에 발간
되었더라면 우리 문학사의 방향이 지
금과는 또 다르지 않았을까 하는 생각
을 해보면서 아쉬움을 보태본다. 오늘
긴 시간 동안 감사했다. 마치겠다.

김주연
문학평론가, 숙명여대 명예교수. 저서로『상황과 인간』『문학비평론』『사랑과 권력』『가짜의 진실, 그 환상』
『디지털 욕망과 문학의 현혹』『문학, 영상을 만나다』『사라진 낭만의 아이러니』『몸, 그리고 말』『독일문학
의 본질』『독일 비평사』등이 있음.

오생근
문학평론가, 서울대 명예교수. 저서로『삶을 위한 비평』『현실의 논리와 비평』『그리움으로 짓는 문학의 집』
『문학의 숲에서 느리게 걷기』『위기와 희망』『프랑스어 문학과 현대성의 인식』『초현실주의 시와 문학의 혁
명』『미셸 푸코와 현대성』등이 있음.

우찬제
문학평론가, 서강대 국문과 교수. 저서로『욕망의 시학』『상처와 상징』『타자의 목소리: 세기말 시간의식과
타자성의 문학』『고독한 공행: 밀레니엄 시기 소설 담론』『텍스트의 수사학』『프로테우스의 탈주』『불안의
수사학』등이 있음.

강동호
문학평론가, 『문학과사회』편집동인.

금정연
서평가. 저서로『서서비행』『난폭한 독서』등이 있음.

문학과지성사 창사 30주년 기념식(2005년 서울 한국일보사 송현클럽)
왼쪽부터(첫 줄) 유재천 · 김병익 · 김치수 · 오정희 · 박완서 · 김형영 · 김윤배
(둘째 줄) 홍성원 · 황동규 · 김주연 · 정명환 · 김승옥 · 정문길 · 복거일 · 김명인
(셋째 줄) 김원일 · 오생근 · 이청준 · 박이문 · 김화영 · 정현종 · 이하석 · 김인환

문학과지성사 창사 30주년 기념식
왼쪽부터 (앞줄) 정찬 · 김진석 · 김혜순 · 이명세 · 정과리 · 이성복 · 황지우
(뒷줄) 이광호 · 최시한 · 성민엽 · 장경렬 · 권오룡 · 채호기 · 홍정선 · 이인성 · 김상환 · 우찬제

문학과지성사 창사 30주년 기념식
왼쪽부터 김수영 · 우찬제 · 이수형 · 하재연 · 정이현 · 허윤진 · 은희경 · 한유주 · 최성실 ·
김현주 · 최하연 · 이광호

2015년 서천 국립생태원에서 가진 신년 간담회
왼쪽부터 (앞줄) 김현재 · 이수형 · 정용준 · 백가흠 · 정현종 · 이근혜 · 조연정 · 강계숙 · 김현주 ·
(뒷줄) 주일우 · 최시한 · 김태용 · 김형중 · 김경욱 · 김태환 · 서우석 · 우찬제 · 최재천 · 권오룡 ·
김병익 · 이광호 · 김광규 · 강동호 · 오생근 · 김형영